中国文库
文学类

鸳鸯蝴蝶派作品选

（修订版）

范伯群 编选

中国出版集团
人民文学出版社

图书在版编目(CIP)数据

鸳鸯蝴蝶派作品选(修订版)/范伯群编选. -北京:人民文学出版社,2011
(中国文库)
ISBN 978-7-02-008545-3

Ⅰ.①鸳… Ⅱ.①范… Ⅲ.①通俗小说-作品集-中国-现代 Ⅳ.①I246

中国版本图书馆 CIP 数据核字(2011)第 040920 号

责任编辑:杜 丽
责任校对:刘光然
整体设计:翁 涌 李 梅
责任印制:王铁生

鸳鸯蝴蝶派作品选(修订版)
Yuanyang Hudie Pai Zuopin Xuan
范伯群 编选

人民文学出版社 出版
http://www.rw-cn.com
北京市朝内大街 166 号 邮编:100705
北京瑞古冠中印刷厂印刷 新华书店经销
2011 年 9 月第 1 版 2011 年 9 月第 1 次印刷
开本:880 毫米×1230 毫米 1/32 印张:18.125
字数:457 千字 印数:1-4500
ISBN 978-7-02-008545-3
定价:40.50 元

“中国文库”出版前言

“中国文库”主要收选20世纪以来我国出版的哲学社会科学研究、文学艺术创作、科学文化普及等方面的优秀著作。这些著作,对我国百余年来的政治、经济、文化和社会的发展产生过重大积极的影响,至今仍具有重要价值,是中国读者必读、必备的经典性、工具性名著。

大凡名著,均是每一时代震撼智慧的学论、启迪民智的典籍、打动心灵的作品,是时代和民族文化的瑰宝,均应功在当时、利在千秋、传之久远。“中国文库”收集百余年来的名著分类出版,便是以新世纪的历史视野和现实视角,对20世纪出版业绩的宏观回顾,对未来出版事业的积极开拓,为中国先进文化的建设,为实现中华民族伟大复兴做出贡献。

大凡名著,总是生命不老,且历久弥新、常温常新的好书。中国人有“万卷藏书宜子弟”的优良传统,更有当前建设学习型社会的时代要求,中华大地读书热潮空前高涨。“中国文库”选辑名著奉献广大读者,便是以新世纪出版人的社会责任心和历史使命感,帮助更多读者坐拥百城,与睿智的专家学者对话,以此获得丰富学养,实现人的全面发展。

为此,我们坚持以邓小平理论和“三个代表”重要思想为指导,深入贯彻落实科学发展观,坚持贯彻“百花齐放、百家争鸣”的方针,坚持按照“贴近实际、贴近生活、贴近群众”的要求,以登高望远、海纳百川的广阔视野,披沙拣金、露钞雪纂的刻苦精神,精益求精、探赜索隐的严谨态度,投入到这项规模宏大的出版工作中来。

“中国文库”所收书籍分列于6个类别,即:(1)哲学社会科学类

（哲学社会科学各门类学术著作）；(2)史学类（通史及专史）；(3)文学类（文学作品及文学理论著作）；(4)艺术类（艺术作品及艺术理论著作）；(5)科技文化类（科技史、科技人物传记、科普读物等）；(6)综合·普及类（教育、大众文化、少儿读物和工具书等）。计划出版约1000种，分辑出版。自2004年以来，已先后出版四辑，每辑约100种，分精平装两类。2011年时值辛亥革命100周年，特将"中国文库"第五辑作为"纪念辛亥革命100周年"特辑推出，主要收选民国时期原创性人文社科类名著。

"中国文库"所收书籍，有少量品种因技术原因需要重新排版，版式有所调整，大多数品种则保留了原有版式。一套文库，千种书籍，庄谐雅俗有异，版式整齐划一未必合适。况且，版式设计也是书籍形态的审美对象之一，读者在摄取知识、欣赏作品的同时，还能看到各个出版机构不同时期版式设计的风格特色，也是留给读者们的一点乐趣。

"中国文库"由中国出版集团发起并组织实施。收选书目以中国出版集团所属出版机构出版的书籍为基础，并邀约其他数十家出版机构参与，共襄盛举。书目由"中国文库"编辑委员会审定，中国出版集团与各有关出版机构按照集约化的原则集中出版经营。编辑委员会特别邀请了我国出版界德高望重的老专家、领导同志担任顾问，以确保我们的事业继往开来，高质量地进行下去。

"中国文库"，顾名思义，所收书籍应当是能够代表中国出版业水平的精品。我们希望将所有可以代表中国出版业水平的精品尽收其中，但这需要全国出版业同行们的鼎立支持和编辑委员会自身的努力。这是中国出版人的一项共同事业。我们相信，只要我们志存高远且持之以恒，这项事业就一定能持续地进行下去，并将不断地发扬光大。

"中国文库"编辑委员会

中国文库

（第五辑）

【哲学社科类】

孙中山著作选编　　陈铮选编 ……………………………… 中华书局
黄兴集　　湖南省社会科学院编 ……………………………… 中华书局
宋教仁集　　陈旭麓主编 ……………………………………… 中华书局
廖仲恺集　　广东省社会科学院历史研究所编 ………………… 中华书局
朱执信集　　广东省哲学社会科学研究所历史研究室编 … 中华书局
中国政治思想史　　陶希圣著 ……………… 中国大百科全书出版社
民国政制史　　钱端升等著 …………………………… 上海人民出版社
民国政党史　　谢彬撰　章伯锋整理 ………………………… 中华书局
经学历史　　皮锡瑞著　周予同注释 ………………………… 中华书局
清代学术概论　　梁启超著　朱维铮校订 …………………… 中华书局
新唯识论　　熊十力著 ………………………………… 上海书店出版社
逻辑　　金岳霖著 …………………………………… 中国人民大学出版社
科学与玄学　　罗家伦著 ……………………………………… 商务印书馆
中国古代经济史稿　　李剑农著 ……………………… 武汉大学出版社
中国近代经济史　　汪敬虞主编 …………………………… 人民出版社
中国交通史　　白寿彝著 …………………………………… 团结出版社
中国经济原论　　王亚南著 ………………… 中国大百科全书出版社
中国经济思想史　　唐庆增著 ………………………… 商务印书馆
财政学　　何廉、李锐著 …………………………………… 商务印书馆
货币与银行　　杨端六著 ………………………………… 武汉大学出版社
刑法学　　蔡枢衡著 …………………………………… 中国民主法制出版社
乡土中国　　费孝通著 ……………………………………… 人民出版社
文化人类学　　林惠祥著 …………………………………… 商务印书馆
优生概论　　潘光旦著 ………………………………… 北京大学出版社
西洋文化史纲要
　　雷海宗撰　王敦书整理导读 ……………………… 上海古籍出版社
西学东渐记　　容闳著　徐凤石　恽铁樵等译
　　钟叔河导读、标点　………………… 生活·读书·新知三联书店
中国现代语法　　王力著 …………………………………… 商务印书馆
语言学史概要　　岑麟祥编著　岑运强评注 …… 世界图书出版公司

蔡元培教育论著选　高平叔编 …………………… 人民教育出版社
陶行知教育论著选　董宝良主编 ………………… 人民教育出版社
中国报学史　戈公振著 ……………… 生活·读书·新知三联书店
陆费逵文选　陆费逵著 …………………………………… 中华书局
张元济论出版　张元济著　张人凤　宋丽荣选编 …… 商务印书馆
韬奋文录新编　邹韬奋著 ………… 生活·读书·新知三联书店

【史学类】

国故论衡　章太炎撰　庞俊　郭诚永疏证 ……………… 中华书局
国史大纲　钱穆著 …………………………………… 商务印书馆
通史新义　何炳松著 ………………………………… 商务印书馆
台湾通史　连横著 ………………… 生活·读书·新知三联书店
武昌革命史　曹亚伯著 ………………… 中国大百科全书出版社
辛亥革命与袁世凯　黎澍著 …………… 中国大百科全书出版社
北洋军阀史　来新夏等著 ………………………… 东方出版中心
中国国民党史稿　邹鲁编著 ……………………… 东方出版中心
中华民国外交史　张忠绂编著 ……………………… 华文出版社
西洋史　陈衡哲著 ………………………… 中国大百科全书出版社
欧化东渐史　张星烺著 ……………………………… 商务印书馆
清末立宪史　高放著 ………………………………… 华文出版社

【文学类】

秋瑾诗文选注　郭延礼　郭蓁编选 ……………… 人民文学出版社
邹容集　张梅编注 …………………………………… 人民文学出版社
陈天华集　刘晴波　彭国兴编　饶怀民补订 …… 湖南人民出版社
于右任诗词选　杨中州选注 ……………………… 河南文艺出版社
南社诗选　林东海　宋红选注 …………………… 人民文学出版社
鸳鸯蝴蝶派作品选　范伯群编选 ………………… 人民文学出版社
文学研究会小说选　李葆琰编选 ………………… 人民文学出版社
创造社作品选　刘纳编选 ………………………… 人民文学出版社
太阳社小说选　李松睿　吴晓东编选 …………… 人民文学出版社
湖畔派诗选　刘纳编选 …………………………… 人民文学出版社
浅草－沉钟社作品选　张铁荣编选 ……………… 人民文学出版社
《语丝》作品选　张梁编选 ……………………… 人民文学出版社
未名社作品选　黄开发编选 ……………………… 人民文学出版社
新月派诗选　蓝棣之编选 ………………………… 人民文学出版社

象征派诗选　孙玉石编选 ························· 人民文学出版社
新感觉派小说选　严家炎编选 ··················· 人民文学出版社
现代派诗选　蓝棣之编选 ························· 人民文学出版社
论语派作品选　庄钟庆编选 ······················ 人民文学出版社
京派小说选　吴福辉编选 ························· 人民文学出版社
东北作家群小说选　王培元编选 ················· 人民文学出版社
七月派作品选　吴子敏编选 ······················ 人民文学出版社
西南联大文学作品选　李光荣编选 ·············· 人民文学出版社
九叶派诗选　蓝棣之编选 ························· 人民文学出版社
荷花淀派小说选　冯健男编选 ··················· 人民文学出版社
山药蛋派作品选　高捷编选 ······················ 人民文学出版社
红楼梦辨　俞平伯著 ································· 商务印书馆
中国诗史　陆侃如、冯沅君著 ···················· 百花文艺出版社
中国文学发展史　刘大杰著 ······················ 复旦大学出版社

【艺术类】

万木草堂论艺　康有为著 ························· 荣宝斋出版社
中国绘画史　潘天寿著 ······························ 团结出版社
中国绘画理论　傅抱石著 ························· 江苏教育出版社
中国雕塑艺术史　王子云著 ······················ 人民美术出版社
中国陶瓷史　吴仁敬　辛安潮著 ··················· 团结出版社
中国戏剧史　徐慕云著 ···························· 东方出版中心
洪深戏剧论文集　洪深著 ························· 东方出版中心
焦菊隐戏剧论文集　焦菊隐著 ······················ 华文出版社
中国古代乐论选辑　吴钊　伊鸿书　赵宽仁　古宗智
　　吉联杭编 ·· 人民音乐出版社
素月楼联语　张伯驹编著 ··························· 华文出版社
中国书法理论体系　熊秉明著 ···················· 人民美术出版社
夏衍电影论文集　夏衍著 ························· 东方出版中心
银幕形象塑造　赵丹著　赵青整理 ················ 东方出版中心

【科技文化类】

自然辩证法在中国　龚育之著 ··················· 北京大学出版社
科学家谈21世纪　李四光等著 ·········· 中国大百科全书出版社
继承与叛逆——现代科学为何出现于西方
　　陈方正著 ································ 生活·读书·新知三联书店

中国医学史　陈邦贤著 …………………………………… 团结出版社
化学史通考　丁绪贤著 ……………………… 中国大百科全书出版社
科学概论　王星拱著 …………………………………… 武汉大学出版社
竺可桢科普创作选集　竺可桢著 ………… 中国大百科全书出版社

【综合普及类】

书林清话　叶德辉著 ………………………………………… 华文出版社
文坛五十年　曹聚仁著 ………………… 生活·读书·新知三联书店
张菊生先生七十生日纪念论文集
　　胡适　蔡元培　王云五等编 ………………………… 商务印书馆
佛教常识问答　赵朴初著 ……………………………… 华文出版社
词心笺评　邵祖平著 ……………………………… 复旦大学出版社
西潮与新潮　蒋梦麟著 …………………………………… 东方出版社

目　次

侦探推理

倡门狭邪

黑幕揭秘

滑稽笑柄

家庭事务

论中国现代文学中的“继承改良派”

——《鸳鸯蝴蝶—〈礼拜六〉派作品选》再版序

范 伯 群

一

当20世纪90年代初，在编选《鸳鸯蝴蝶—〈礼拜六〉派作品选》时，还正处于中国大陆的通俗文学的复苏期，而有关的理论建设方面，更是处于摸索阶段。现在，当我们跨进21世纪的门槛而要为该作品选再版时，情况就有所改观，对通俗文学的创作和研究工作，也在有序地深入展开。对历史上的新文学与通俗文学之争的看法，也正从片面走向全面，从主观走向客观，因此，在对待通俗文学的态度上，也正从过去的蔑视到今天的正视。

在研究中国文学的现代化的进程中，我们知道在19世纪末到20世纪初，中国文学中的诗歌、小说、戏剧和文体都经历了历史性的变革，也即从古典型向现代型转化。在这历史的转换途中，一部分作家以自己的文学功能观和对文学事业的信念构成了一个“借鉴革新派”。这“借鉴”是指按照他们的功能观和文学信念向世界文学的精华学习与吸纳，翻译引进并尝试着自己进行创作，从而掀起一个文学革命运动，使本民族的文学与世界文学接轨，并要使自己成为世界文学之林中的佳木。胡适的《尝试集》就是诗歌革新的初步尝试，而鲁迅的《狂人日记》是借鉴果戈理作品的生态来针砭本民族锢弊的革新之作，乃至成为新文学巨人起步的划时代丰碑。而另一部分作家，亦按照他们自己的文学功能观和对文学的信念构成了一个“继承改良派”。所谓“继承”就是承传中国古典小说中的志怪、传奇、话本、讲史、神魔、人情、世情、讽刺、狭邪、侠义等小说门类和品种，加以新的探索和开掘；而他们的“改良”则是在社会现代化的过程中，尝试通俗文学的现代化，他们瞄准大都市民间社会的形形色色的变异，构成了一种以反映大都会生活为主轴的，又以娱乐消遣为主要功能的“都市通俗文学”。从中国现代广大读者的多样需求来看，我们认为借鉴革新是必需的，这些作家要力争使我们的民族文学为世界文学增色；而继承改良也是必要的，有一批作家去继承弘扬民族古典小说的传统，从而记录下都市民间民俗生活的现代化社会步态，以满足中下层读者的精神消费，也是文学义不容辞的职责。中国现代社会对文学的需求是多方面与多层次的，既需要生产知识精英们所渴求的精神食粮，也需要提供市民大众所需的日常精神消费品。只要举一个生活中的最普通的例子就能使我们想像，这两种产品皆有其广阔的生存空间。在鲁迅的书信与日记中，有他多次给母亲周太夫人邮寄张恨水、李涵秋和程瞻庐的小说的记载，这就说明，对他母亲这样一位读者而言，她对《呐喊》、《彷徨》并不感兴趣，但这决不因此而贬低了鲁迅小说的伟大的价值。文学的功能是多样性的，广大读者对文学的需求也是因人因时因地而异的。胡风在他的回忆录《鲁迅先生》一文中写道：“走进了他的房里的时候，他正包扎好了几本预备付邮的书。他告诉我，这是《啼笑因缘》，寄给母亲看的。又补了一句：‘她的程度刚好能读这种书。’接着笑了笑：‘我的版税就是这样用掉的……”①且不说其他，就单单以“程度”而言吧，中国有如此广大的人民处于如此的程度，这个通俗流派的存在的必然性与必要性，它的不以人们意志为转移的客体性，也是无可争议的。

我们过去将借鉴革新派称为“新文学”，以表示其有异于我们固有文学的"新质",但这并不等于民族固有的文学就是"旧文学";于是在文学术语上也有用"纯文学"、"严肃文学"等等为其命名。可是这种称谓又有将继承改良派作品视为"杂文学"和"玩世文学"之嫌,因此也是并不妥当的。而且我们的"纯文学"就未必见得"纯",例如,此类作品有时带有如此强烈的政治意图,因此,它们也并非就是"纯文学";"严肃文学"的尺度更难于作界定,至于"旧文学"、"杂文学"与"玩世文学"等名词的本身就带有一种贬义,似乎有一概加以否定之意。那么我们是否有更为"科学"的称谓加以替代呢?我们认为借鉴革新派的作者大多是崇尚革新精神的知识精英们,而它的作品的读者层面也主要面向知识阶层;而继承改良派侧重于传统的继承,并摸索新的通俗途径,它的作品则大多面向市民大众。因此,前者我们可称其为"知识精英文学",而后者的表现形态主要是"都市通俗小说",则称其为"市民通俗文学"较妥;在我们今天,这种通俗文学的题材已大大扩展了,不再限以"都市通俗小说"了,我们觉得应称其为"大众通俗文学"。时段不同,称谓可以略异,但我们认为其内质却是基本相同的。

就知识精英文学而言,他们中的主流倾向是以"遵命文学"为写作目的的,往往侧重于强调政治性与功利型;而以"传奇"为目的,在消遣的前提下生发教诲作用的市民通俗文学,它们在客观上侧重于文化性和娱乐型。两者都在侧重地发挥文学"之一"功能。两者是应该互补的,而不是你死我活的。知识精英文学与市民通俗文学都给我们以及我们的后代留下可以承续和研究的东西。就知识精英文学中持革命态度的作家而言,他们崇尚"前瞻",以改造世界为己任;在知识精英文学作家中,还有一定数量的以膜拜艺术为己任的"为艺术而艺术"者,他们倾向"唯美"而以"美的使者"自居;而就市民通俗文学作家而言,在党派性上大多是"超脱"的,他们所考虑的是要使自己的"看官们"读小说时感到非常有趣,达到娱乐消遣的主要目的。因此,他们非常愿意找一些社会众生相中的新异事物，使看官们读得津津有味、眼界大开。在描写这些新异事物时，他们并不想去为其“定性”，他们只想进行细致的描摹，因此他们的作品往往“存真性”很强。这种“存真性”在过去往往被斥为“低层次的真实”，但这种“低层次的真实”不会将一棵幼苗按照社会发展规律而去写成“参天大树”，它留给子孙们的倒是“存真”的原汁原味的历史原貌。我们的子孙所欢迎的大概是“存真的历史原貌”，当他们将自己周边的现实与祖先按社会发展规律所描绘的“参天大树”相比，有时或许会哑然失笑，觉得祖先们绘制的未来的“蓝图”颇有点“差之毫厘，失之千里”，这可能就是我们“前瞻”中的失误与局限。正像解放初期，有些人“前瞻”社会主义就是“楼上楼下，电灯电话”一样，这种理解，今天听了令人觉得幼稚可笑。我们的子孙倒需要祖先们只提供当时生活的真实，用不到“画蛇添足”。如此看来，“前瞻”性的作品仅仅是鼓舞我们自己前进的精神动力，而子孙后代会用他们周边的现实，更准确的去阐明历史的经验教训。

既然中国文学在现代化的途程中有了雅俗文学的“分道扬镳”，那么现实的论争总是会产生的。都市通俗文学作家群被称为鸳鸯蝴蝶派，这个“派名”就是知识精英作家为它命名的。周作人于1918年4月19日在北京大学演讲时就提及：“现代的中国小说，还是多用旧形式，就是作者对于文学和人生，还是旧思想，同旧形式不相抵触的缘故。”他在举例时，提到了“《玉梨魂》派的鸳鸯蝴蝶体”。[②]稍后，在1919年1月9日，钱玄同在《“黑幕”书》一文中指出：“其实与‘黑幕’同类的书籍正复不少，如《艳情尺牍》、《香艳韵语》及‘鸳鸯蝴蝶派的小说’等等。”[③]接着在1919年2月2日，周作人在《中国小说中的男女问题》一文中说：“近时流行的《玉梨魂》，虽文章很是肉麻，为鸳鸯蝴蝶派小说的祖师，所记的事，却可算是一个问题。”[④]至此，这个“派名”及其“祖师”都定了下来。可是，鸳鸯蝴蝶派作家平襟亚却讲了另一个《“鸳鸯蝴蝶派”命名的故事》[5]，说是在1920年某天，他们在某酒楼聚餐，席间行酒令时，规定每人要背诵一联诗，内中要嵌有“鸳鸯”、“蝴蝶”者，其时“隔墙有耳”，以后就有人指认他们是“鸳鸯蝴蝶派”云云。我们不排斥平襟亚所说的是事实，可是这是1920年的事，它不能“抹杀”1918—1919年知识精英作家的演讲和所写的“白纸黑字”。“鸳鸯蝴蝶派”之名出自知识精英们口中与笔下，是带有贬义的，但还是承认《玉梨魂》所记的事，“却可算是一个问题”，也就是说还没有“一概否定”。可是后来的调子越升越高，直到革新的《小说月报》之后的另一文学研究会的刊物《文学旬刊》创刊，对鸳鸯蝴蝶派的批判就越来越集中与猛烈了；这其中当然也不乏正确的意见；可是在1923年7月《文学旬刊》改名为《文学》时发表《本刊改革宣言》，就出现了“势不两立”的“决一死战”的情绪：

> 以文学为消遣品，以卑劣的思想与游戏态度来侮蔑文艺熏染青年头脑的，我们则认他们为“敌”，以我们的力量，努力把他们扫出文艺界以外。抱传统的文艺观，想闭塞我们文艺界前进之路的、或想向后退去的，则我们认为他们为“敌”，以我们的力量，努力与他们奋斗。至于其他和我们在同路上走的人，即使他们的主张与态度和我们不同，我们还是认他们为“友”的。[6]

这种用“扫出”和与之“奋斗”的严厉的批判态度，将论争拉入了一个“不共戴天”的境域，实际上是将通俗文学视为洪祸逆流，而坚决采取了“鲧”的治水中的“围堵”的办法，却缺乏“禹”的治水中的“疏导”的措施。其中有若干的历史的教训是值得今天总结与记取的。

二

《文学·本刊改革宣言》是打着彻底反传统的旗号出现于文坛

上的，而要将“传统的文艺观”扫出文艺界的主要手段是对其进行严厉批判。归纳起来，知识精英文学中的某些批评家给市民通俗文学作家缝制了三顶尺码并不合于他们头寸的帽子：其一是说他们代表了封建阶级（或曰垂死的地主阶级）和买办势力在文学上的需求，是遗老遗少的文学流派，因此是一股文学史上的逆流；二是认为这是半封建半殖民地的十里洋场的畸型胎儿；三是游戏的消遣的金钱主义文学观念的派生物。而这些结论又被后来的一部分现代文学史的撰写者转辗“传抄”，形成“众口铄金”的态势，其实这些现代文学史的编撰者并不一定看过这个流派的作品，这三个“权威”结论本身就使这些文学史编撰者对该派作品产生了“先天性的厌恶”，于是也就“不屑一顾”，先验地将这种结论视为“众口一词”的“定论”。其实这些结论是一种“历史性的误导”。它愈“权威”，误导性就愈强。

反帝爱国思想是这个通俗流派作家一贯具备的主要品质，在“五四”前后是这样，在抗日洪流中也是这样，他们讲究民族大义与民族气节，但这也恰恰是我们民族美德的一个重要的组成部分。他们之中的一位代表性人物包天笑曾谈及他的写作宗旨是：“拥护新政制，保守旧道德。”⑦这说明他对孙中山的反清廷、反帝制、反民族压迫的民主主义革命是拥戴的。包天笑于民国元年至七年（1912—1918）编了一套五册《新社会——共和国宣讲书》在第1集第1章就开宗明义地说：“诸位先生，在下是个乡下人，一向住在乡间，世界上种种的事情，都没有开过眼儿，今天偶然进得城来，只觉得眼前庄严灿烂，飞扬飘荡，都挂着五色旗，一望过去，真变成了一座锦绣城池。”包天笑是抱着欣喜的心情，为共和国的老百姓编写普及读物的。而第2集第9章是《国民自由》，书中提出国民有十大自由，即身体自由、家宅自由、产业自由、言论自由、出版自由、集会自由、书信秘密自由、迁徙自由、信教自由、诉讼自由。这虽然不是文学作品，但说明了包天笑的“拥护新政制”并非虚言。而这一套启蒙读物的销路也很畅，第1集在民国元年12月出版的当月就再版了一次。文坛上一直有一种看法，认为鸳鸯蝴蝶派是袁世凯称帝、民意消沉时所产生的“颓废文学”，殊不知他们之中的大多数皆是反袁的斗士，这是因为袁世凯欲称帝，已沦是新政制的死敌。在副刊上发表《玉梨魂》和《孽冤镜》的《民权报》，当时被称为“鸳鸯蝴蝶派”的大本营，他们就是因为反袁激烈，而袁世凯的手又伸不进上海租界里去查封报纸，最后只能限止它在租界之外发行，办报经费就难于为继，被迫停刊。不过此派人对传统道德的过分依恋，使他们的作品既有封建性的糟粕，也有民族美德的精髓；但类似“苦节”、“愚孝”之类的思想，也随着时代的前进步伐已逐渐为他们所唾弃。他们不是地主阶级的孝子贤孙，他们是站在都市市民的立场上去观察事物的作者群体。包天笑还在1917年1月主编出版《小说画报》，他在卷首写道：“盖文学进化之轨道必由古语之文学变而为俗话之文学，……自宋而后，文学界一大革命即俗话文学之崛然特起。”在编者《例言》中第一条即提出：“小说以白话为正宗，本杂志全用白话体，取其雅俗共赏，凡闺秀、学生、商界、工人，无不咸宜。”他还带着自我检讨的口吻说：“近世竞译欧文而恒出以词章之笔，务为高古以取悦于文人学子。鄙人即不免坐此病。”⑧此后，包天笑就用白话译述，而被当时有些人认为太“洋化”了。这本全用白话体的刊物的创刊与胡适的《文学改良刍议》的发表正好是同年同月，这说明包天笑并非受胡适文章的影响，他不过是继承中国古代白话小说的传统而加以光大之。在我们的词典中一直将“改良”作为一个贬义词，这大概始于近代。那时的革命派与改良派的斗争是很剧烈的，“君主立宪”一旦得逞，那么就不会有民主共和国的诞生。但是也不能因为这两派有这么一次决定国家命运的交锋，就将“改良”这个词打入了十八层地狱，永世不得翻身。其实革命一旦胜利，革命派掌握了政权，他们也就喜欢“改良”，在现权政的基础上，作一点修订改善，会有利于现政权的巩固；不过他们忌讳用“改良”这个词罢了。“改”的目的是为了“良”，在特定的时间与空间也不失为前进的一种方式，它与激进的“革”是为了要对方的“命”的方式，有时是可以轮流、互补或参照运用的。对不同的时代与不同的对象可以也应该采取不同的方式而获得相同的前进效果。将今天的“改革开放”看成是在坚持社会主义制度的前提下的“改良开放”有何不可？“改良开放”就是为了“学习国外的有用经验使我国的社会主义制度更加完美”之谓也。

所谓“半封建半殖民地十里洋场的畸形胎儿”也是一个“冤假错案”。如果以世界文学的发展规律来烛照这一文学现象，是可以很客观地剖析这个问题的。在英国，与鸳鸯蝴蝶派风格相差无几的通俗小说也曾随着工业革命的兴起而大量产生，也曾随着工业主义之帆传到欧洲的其他国家和漂洋过海登陆美洲；在东亚，日本的东京与大阪，最初也出现了新兴都市阶层为消遣而翻译和模仿英法的通俗小说。为什么大都会的兴建总与“通俗热”会联系在一起的呢？这是由于工业的发达使印刷术和造纸工艺都达到了比较先进的水平；而大量的移民进入大都会后，对五光十色的社会现象深感眩目费解，迫切需要有报刊增大其信息量并指导他们的行止；同时，在高速的机器运转中，他们脑中的弦也绷得太紧了，在业余的闲暇，他们也需要放松被绷得太紧的脑弦；而在1905年废除科举制度后，大批文士失去了借以平地飞升、荣宗耀祖的习惯性通道，他们要寻找新的安身立命的“社会位置”。他们中的一些才子也涌进大都市，在那里既需要“体力劳工”，同时也需要“文字劳工”，他们就在“绞脑取酬”的队伍中扮演了新的社会角色。如此，物质基础（原料）、读者需求（买方）、作者队伍（卖方）诸条件都已俱备，通俗文学怎么能不兴旺呢？他们把自己的“镜头”对准大都市是因为读者需要他们帮助解释这个飞速运转、千奇百怪、瞬息万变的社会中的许多令人不解的现象，这就形成了一个特定的“都市通俗小说”的热潮，但反映何种生活绝不等于是何种势力的产物；写十里洋场决不等于是这一温床培植的毒菌;就像藤本植物"爬山虎",以它的卷须吸附于墙壁或岩石上,即使是爬满了整个墙面与岩体,它的根还是深深植扎于土壤中。近现代通俗文学主要是继承传统白话小说的章回体形式,去反映大都市生活的"琳琅满目",但它是从都市的"市民视角"观察外部世界的,而不是以殖民者的视角去解释这种社会结构的合理合法性。它并非是什么"畸形胎儿",而是中国小说传统在现代化律动下的探索与应对。

至于"游戏的消遣的金钱主义",则更能为我们今天的读者所理解的了。这里首先是文学功能观之争。新文学社团有它们自己的追求,如文学研究会在宣言中宣告了自己的文学信念:"将文艺当作高兴时的游戏或失意时的消遣的时候,现在已经过去了。我们相信文学是一种工作,而且又是人生很切要的一种工作:治文学的人也当以这事为他终身的事业,正同劳农一样。"⑨这一段话历来被认为是针对"鸳鸯蝴蝶派"的一种批判。文学研究会的文学功能观是无可厚非的。但文学流派易犯的毛病是往往将自己信仰的"之一"文艺观夸大为"唯一"文艺观。流派是以自己的文学信念与文艺风格为其特征而存在的,也因对这一文艺观的坚信而产生排他性的偏颇。文学的功能是非常宽泛的,例如有战斗功能、教育功能、认识功能、审美功能和娱乐功能……我们不能一般地反对文艺的娱乐功能和趣味性,而娱乐功能和趣味性又是通俗文学的本色之一。不过优秀的通俗文学作品,也会包蕴"寓教于乐"的教化功能。

"金钱主义"也是当时的通俗文学的本色之一。我们对"金钱主义"的理解当然是局限于通俗文学的商品性。在过去,知识精英文学作家是不屑于把自己的作品"沦为"商品的。他们往往是文学领域中的志愿军,他们是为了事业而献身的,有的革命作家甚至为革命文学而献出了宝贵的生命。但是通俗文学界就有所不同,他们是文学领域中的"职业兵"。对他们说来文学是一种职业,他们实际上也是中国的第一代职业作家。用张恨水的话说就是,流自己的汗,吃自己的饭。以作品之本,求生存之利,“文字劳工”就意味着卖文为生,按质论价,靠收稿费抽版税吃饭。这个道理对今天的知识精英文学作家来说,也是非常容易理解的,根本不可能作为一种罪状来加以罗织。

这三个误导性的结论,具有极大的指控性,也往往作为政治帽子扣在通俗文学作家头上。这种视“传统的文艺观”——“继承改良派”为“敌”的情绪,促使他们去“努力把他们扫出文艺界以外”,“努力与他们奋斗”。八十多年已经过去了,但这个“扫出”的“奋斗”的结果,是愈来愈渺茫了。

在辩诬之后,我们就可以也应该给近现代市民通俗文学作一界定:中国近现代通俗文学是指以清末民初大都市工商经济发展为基础得以繁荣滋长的,在内容上以传统心理机制为核心的,在形式上以继承中国古代小说传统为模式的文人创作或经文人加工再创造的作品;在功能上侧重趣味性、娱乐性、知识性与可读性,但也顾及“寓教于乐”的惩恶劝善效应;基于符合民族欣赏习惯的优势,形成了以广大市民层为主的读者群,是一种被他们视为精神消费品的,也必然会反映他们的社会价值观的商品性文学。

三

在当年,这“扫出”与“奋斗”的具体行动,除了对其进行批判之外,就是阵地的争夺战了。争到一个阵地,就是“扫出”的一次胜利。阵地当然是可以争夺的,因为按当时的认识,对方是“敌”,就应该去争去夺。即使在今天已经不以“敌方”论处了,但至少还有一个“竞争”的问题。在20年代最大的一次“扫出”是茅盾接编《小说月报》,把这块通俗文学作家的重要阵地给争夺过来了;30年代最大的一次“奋斗”是黎烈文接编《申报·自由谈》。可是结果又如何呢？商务印书馆在《小说月报》之外，另办《小说世界》；《申报》当局在《自由谈》之外，另辟副刊《春秋》。这种“接编—另办”的模式只能说明一个问题：不管你承认不承认，客观上还是受市场规律的制约。书局和报社的老板一方面表示顺应时代潮流，打出“进步时尚”的招牌，拓宽报刊在知识界的影响；另一方面，他们也不能丢掉广大市民读者，这是重要的财源之一。

知识精英文学对市民通俗文学的批判，除了正面的效应之外也存在负面的缺失。我们认为根本性的缺失就在于将“继承改良派”看成是敌人，犯了战略上的方向性的错误；而其他的许多战术性的批评或许是对的，或许是由于战略方向性的定位错误而影响它的精准性。作为一个以市民为主要读者对象的文学流派，它自身是存在着若干缺陷的，在内容上、艺术上、格调上都有许多需要改进的方面。另外，通俗文学界自身也缺乏一支理论队伍，这就既无法为自己特性以作自我保护，也无法检点自己的不足以自律提高。不过在知识精英文学界也有对鸳鸯蝴蝶派定位准确的作家，例如朱自清，他的“鸳鸯蝴蝶派倒是中国文学的正宗”的论点是很有道理的：

> 在中国文学的传统里，小说和词曲（包括戏曲）更是小道中的小道，就因为是消遣的，不严肃，不严肃也就是不正经；小说通常称为“闲书”，不是正经书……鸳鸯蝴蝶派小说意在供人们茶余酒后消遣，倒是中国小说的正宗。中国小说一向以“志怪”、“传奇”为主，“怪”和“奇”都不是正经的东西。明朝人编的小说总集所谓“三言二拍”。“二拍”是初刻和二刻《拍案惊奇》，重在“奇”很显然。“三言”是《喻世明言》、《警世通言》、《醒世恒言》，虽然重在“劝俗”，但是还是先得使人们“惊奇”，才能收到“劝俗”的效果，所以后来有人从“三言二拍”里选出若干篇另编一集，就题为《今古奇观》，还是归到“奇”上，这个“奇”还是供人们茶余酒后消遣的。

这是朱自清在《论严肃》一文中说的话。此文发表于1947年，主要目的是告诫那些“一味讲究正经”的作家，“只顾人民性，不管艺术性，死板板的长面孔教人亲近不得，读者恐怕更会躲向那些刊物里去。”[10]像这一类的告诫，鲁迅在生前就有过阐述：“说到‘趣味’那是现在确已算一种罪名了，但无论人类底也罢，阶级底也罢，我还希望总有一日驰禁，讲文艺不必要‘没趣味’。”[11]“在实际上，悲愤者和劳作者，是时时需要休息和高兴的。”[12]这些话是与《论严肃》同调的。其实鲁迅与朱自清都在讲一个“大众化”的重要的原则，那就是要大众化首先就要使老百姓感到“惊奇”、“有趣”，这才能达到“劝俗”的效果；而不能简单化地理解为我们怎样用通俗的形式与通俗的话语使老百姓来接受我们的“政治概念”。那就不是发挥“文学”的潜移默化的功效，而是讨论“宣传品”如何发挥作用。可见，通俗文学中蕴藏着“文学大众化”的宝贵经验；朱自清发现了这个道理，但他的话并没有引起知识精英文学界的重视。

知识精英文学将通俗文学视为“敌”而进行严厉的批判，主要是在“五四”时期，后来，“鸳鸯蝴蝶派似乎也打倒了”。[13]论争就没有像过去一样激烈。那是由于通俗文学作家抱着一种“井水不犯河水，各有各的读者”的态度，说是“公好馒头婆好面，各有各的胃口罢了。”[14]这些“职业兵”缺乏理论上应战能力，只能埋头于写作，“流自己的汗吃自己的饭”去了。而知识精英文学作家们也忙于自我内部论战，也就无暇去顾及对通俗文学界的持久攻击了。

直到党的抗日统一战线政策的提出，知识精英文学作家主动表示了团结抗日的愿望。鲁迅所说的一席话最具有代表性：

> 我以为文艺家在抗日问题上的联合是无条件的，只要他不是汉奸，愿意或赞成抗日，则不论叫哥哥妹妹，之乎者也，或鸳鸯蝴蝶都无妨。但在文学问题上我们仍可以互相批判。(重点是原有的——引者注)[15]

市民通俗文学作家在抗日战争中的表现，在民族气节上是经受住考验的；在文学创作上也是有所进步的，例如张恨水的作品和其他作家的“国难小说”皆取得了一定的成绩。可是知识精英文学界一方面执行了抗日民族统一战线的政策，另一方面却并没有就过去的战略性的方向错误作一次清算，因此，注定这种联合是暂时性的或策略性的，甚至觉得这是一种恩赐。一旦抗日取得胜利，这种联合战线是否还能得以巩固，就是一个问题了。事实也正是这样，在20世纪40年代末到50年代初，在大陆，以行政或半行政的手段，终结了这一流派的继续存在；这一作家群体中的个人也许还写些文章，但作为一个流派，已经不复再有所作为。

这使中国大陆上的通俗文学创作中断了三十年。直到粉碎“四人帮”之后，情况才有所突变。随着我国的“改革开放”的大好形势，台港的通俗文学、特别是其中的武侠小说与言情小说登陆大陆，在大陆掀起了一股“通俗热”。这股热浪的掀起，有其复杂的原因：八个样板戏的大普及使大陆成为一个文化单色调的枯燥乏味的荒凉沙漠，民众的文化饥渴感使通俗文学有了潜在的生机；市场经济与开放政策将台港的一些所谓政治上“无害”的作品，开放了进来，使与通俗文学久违了的民众读得津津有味，那就是我们所谓的“引进热”，“文革”使一部分人对政治产生疏离感以及经济大潮的快节奏皆呼唤文艺的娱乐功能，“文化大革命”革掉了一代人学习文化的机会，造就了只能接受浅近的通俗文化的青年一代；通俗文艺通过大众传媒（主要是电视的迅速普及）闯进了千家万户，当然也包括高雅知识分子的客厅与卧室，使有些认为通俗即庸俗的知识分子也对通俗文艺有所接触，开始对其价值判断有新的理悟……上述种种原因，在大陆形成了一个“反弹的合力”，使沉寂了三十年的通俗文学在“一夜间”就“大行其道”，使那些对它曾不屑一顾的人也惊呼：文化市场被通俗文学占领了。知识精英文学一度成了大众通俗文学汪洋中的岛屿。那时知识精英文学一部长篇印数一般只有几千，而台港的通俗小说动辄百万以上。在“引进热”中，大陆的读者在深感兴趣的同时，也发现这些台港的通俗文学作品的老祖宗原来就在大陆，于是又将20世纪二三十年代、乃至四十年代的可读性强的通俗小说翻了出来，大陆的出版社又掀起了一股“重印热”。

在20世纪二三十年代把所有的通俗文学不加分析地视为“洪水猛兽”的“鲧”先生们，在40年代末和50年代初，以为已经完成了他们的治水大业，谁知一夜间大堤被“引进热”和“重印热”两股大潮给冲塌了，眼前是一片汪洋。1983—1986年，大陆上的通俗期刊达到二百七十种，有的刊物的最高发行量又高达二百七十万份；这还不算报纸副刊中大量的“周末版”。周末即礼拜六，周末版就是供现代大众休娱的“礼拜六”周刊。记得台湾出过一本通俗文学的评论集《流行天下》，这是很耐人寻味的书名。通俗文学就像水一样，在民间到处流动，抽刀断水水更流，堵得不好是要出问题的，那就是洪水泛滥。

三十年沉寂，三十年断层，“通俗热”陡升高温。这断层带来的严重影响又必然会暴露无遗。一是老一代通俗作者大多谢世，即使活着也不大可能创作出今天所需要的通俗小说，大陆不存在一支现成的训练有素的通俗文学作者队伍，在人才匮乏的现状下，高温必然带来了“量多质差”的矛盾；二是新上阵的作者不懂通俗文学有异于知识精英文学的创作规律，既不知道哪些题材宜于写通俗文学作品，而对这些题材又应掌握在什么尺度之间。于是武侠的走火入魔就堕入暴力；而言情的失控下坠就滑向色情。于是“鲧”先生们又有口舌了，他们这次是可以扮演现代卫道士的角色。殊不知这正是大家在尝着三十年沉寂，三十年断层的苦果。

但是历史的教训应该记取：大众所喜闻乐见的通俗文学是无法“消灭”的，除非你先“消灭”大众；即使一度用行政或半行政的手段使其沉寂了，但它总有着潜在的生机，一有风吹草动，它又会破土拔节。堵,则形成水患;导,则共享水利。只能用大禹的“因势利导”的办法,我们应该懂得共建通俗文学“水利工程”的重要性。怎样才是“导”呢?老一辈的通俗文学作家没有为我们用理论的形式总结过通俗文学的内在的创作规律,他们当时崇尚“儒家风范”,在他们的作品中色情之类的东西是没有的,但“儒风”会带来某些封建思想的残余。取其精华,弃其糟粕,进一步总结他们的创作经验,正本清源是“导”的一个重要方面。过去,知识精英文学的理论家们只是注重“批”、“扫”、“斗”、“堵”,其实如果真是懂得“大众化”,真想要“大众化”就应该有那种气魄:用自己的理论优势,总结出一套通俗文学的创作规律,从《三国演义》、《水浒传》、《西游记》这类“民间积累型”的作品中,从后来的《红楼梦》、《儒林外史》等“文人独创型”的作品中,从冯梦龙、蒲松龄的短篇作品中,包括近代韩邦庆(《海上花列传》作者)们的作品中,现代张恨水、刘云若们的作品中,总结他们的成功经验,建立我们有中国特色的通俗文学理论体系。这才是大禹式的“因势利导”的根本。应该以天下为己任,将通俗文学也包容到我们的文学研究视野中来。有了这种大气魄才会拥有我们健康的多样化的、真正为群众喜闻乐见的通俗文学。

四

鸳鸯蝴蝶派从总体上来说,是继承古代白话小说的传统,但在与近代的血缘关系上,他们是直接承传晚清的狭邪小说、侠义公案小说和谴责小说的衣钵,同时也引进了西方的侦探小说并加以中国化,使古代通俗小说中的英雄、儿女、神魔三元素,发展为现代通俗小说中社会、言情、武侠、侦探四大主要门类。

狭邪小说就是写妓院的小说。今天的读者一听到“妓院”这两个字就马上会联想到“性交易”一类的低级色情场所。今天的读者已不大知道，在清末民初，大都市中的一些高等妓院，不过是一种“公开的社交场所”而已，虽不能说其中没有“性关系”，但是这在高等的妓院的“书寓”、“长三”和略次一等的“幺二”中，是有当时的规矩与尺度的。只有最末一等的“野鸡堂子”才是赤裸裸的“性交易所”，有的通俗小说中称它为“肉林”，以表示与妓院的区别。高等妓院中的常客中有官绅商贾，他们视妓院为权钱交易、交谊应酬、商业谈判的场所；文人雅士则作为诗酒风流，找寻灵感和唱和之地；在辛亥革命前后，也有革命者作为筹划举义之密室，当然也不排斥他们之中有些名士根性，不免表露才子本色的又一个侧面，总之，它有社交场合的实用价值的一面。不过，也会有纨绔子弟之流挥霍大把白花花的银子求得性欲的发泄。上述种种狎客展示了都市中的较为广阔的生活面，因此，狭邪小说已初露了现代社会小说的端倪。张爱玲又认为反映妓院生活的《海上花列传》的主旨是写“禁果的果园”中的种种爱情生活。在男女社交不能公开的封建社会里，盲婚造成了许多没有感情基础的夫妻，于是有些人是到妓院里去找一位宣泄感情的“红粉知己”，有些狎客以“缠绵见长”，欣赏温情软语的“清游风味”，而不尚肉欲的追求。“当时至少在上等妓院——包括次等的幺二——破身不太早，接客也不多……女人性心理正常，对稍为中意的男子是会有反应的。如果对方有长性，来往日久也容易发生感情……”[16]但张爱玲又看到另一面，妓院毕竟是一个“脏乱的角落”，到这种地方去谈恋爱，有时简直就像到“禁果的果园”中去摘果子，不能说没有危险性。不过从她的一番话中，我们也能体会到，狭邪小说也是现代言情小说的先声。端倪也好，先声也好，总之，晚清狭邪小说的价值也不能低估。鸳鸯蝴蝶派的言情小说就是继承了《红楼梦》和晚清《海上花列传》的衣钵。

有一个文学现象很值得注意，那就是在1903年，鲁迅在《中国小说史略》中所提到的四大谴责小说在同一年开始在报刊上连载，它们真好像是事先约定好了似的。这个偶然的巧合说明了什么？

答案是中国通俗社会小说已经启动了它们的马达，以它们的隆隆声宣告，在转型期社会中，社会小说将成为最受关注的通俗小说四大门类之首。鲁迅因它们与《儒林外史》的艺术性有高下而命名为“谴责小说”，但实际上，它们是中国现代通俗社会小说之萌发。即使像《官场现形记》和《二十年目睹之怪现状》，在艺术上是较为粗糙，可是鲁迅提到它们能“特缘时势要求”，“以合时人嗜好”，[17]其实这两点是很高的评价，所谓“特缘时势要求”，就是当“细民”都喜听平叛武功时，李伯元和吴趼人扭转了他们的习惯性思路，使老百姓知道“政府不足与图治”，一同起来对腐朽的清政府进行“掊击”、“揭发”与“纠弹”。就在《官场现形记》发表之后，受其影响，小说用“官场”字样为题者，至少有十六部；而袭用“现形记”命名者，也至少有十六部，可见此书影响之巨。因此，鲁迅说：“《官场现形记》乃骤享大名。”吴趼人的《二十年目睹之怪现状》等作品“名于是日盛……为世间所称。”所谓“以合时人嗜好”，就是当时有的民众很想看、很想听痛诋腐败清政府的小说或言论，以宣泄胸中之愤懑；李、吴诸人利用上海租界的“缝隙效应”，敢于痛斥而“显其弊恶”。于是想看、想听的“需方”和敢说、敢骂、敢写的“供方”，这“供”、“需”两个方面凑到了一起，形成了一股浪潮，对这股浪潮清廷却又是“管不着”、“没奈何”。也许这种“笔无藏锋”更能为“细民”所理解，以致成了一种“嗜好”。所谓“嗜好”，犹如嗜烟嗜酒，是有瘾的。我们不能完全以“迎合”论处，只是说明吸引力是强劲的。因此，我们首先应该看到“李伯元、吴趼人的小说出现于这个时候，恰好顺乎民心，就连他们那‘夸张过甚’也正是民心之所需，不如此，不足以泄民愤，不如此，读者读了便感觉不痛快。尽管后人批评他们‘夸张过甚，但在他们那时却是恰得其当，这就是他们得享盛名的根本原因”。[18]对这些小说有了“瘾”，再加上李、吴等人所办的多种小报，这些小报既“为俳谐和嘲骂之文”，又“记注倡优起居”，还“载诗词小说”，因此，“殊盛行”。这些小说与小报虽有局限性，但在实际上却为大都市建构现代机制的文化市场，贡献了自己的一份力量。至于对《老残游记》与《孽海花》，鲁迅的评价是尚可的；而胡适对前者，蔡元培对后者均有比鲁迅更高的评价。胡适认为“《老残游记》最擅长的是描写技术；无论写人写景，作者都不肯用套语滥调，总想熔铸新词，作实地的描画。在这一点上，这部书可算是前无古人了。”[19]蔡元培说：“《孽海花》出版后，觉得最配合我的胃口了，他不但影射的人物轶事的多，为从前小说所没有，就是可疑的故事，可笑的迷信，也都根据当时的一种传说，并非作者捏造的。”[20]鲁迅与胡适、蔡元培都是超一流的学者，他们对这两部小说的评价是有高下的。鲁迅取名为谴责小说是含有贬义的，意即写讽刺小说而技巧上又不合格者，就别谓之“谴责小说”。如果这样来理解，那么《老残游记》和《孽海花》是不应列入谴责小说范围的。而对《官场现形记》和《二十年目睹之怪现状》“则其度量技术之相去亦远矣”[21]，说明技巧上有缺点，但在评价时也应将此类作品在“细民”中形成“嗜好”而掀起热潮的作用估计进去，这对打造现代文化市场机制也是一个重要的方面军。鸳鸯蝴蝶派的社会通俗小说，就是接过谴责小说的接力棒而受到市民的宠爱。包天笑，就曾明确地说过，他能写出《留芳记》和《上海春秋》这样的作品，前者是受了曾朴、后者是受了吴趼人的影响。

在侠义公案小说方面，鸳鸯蝴蝶派对晚清的侠义公案小说既有继承，更有远大的发展。“侠义小说之在清，正接宋人话本正脉，固平民文学之历七百余年而再兴者也。惟后来仅有拟作及续书，且多滥恶，而此道又衰落。……《三侠五义》为市井细民写心，乃似较有《水浒》余韵，然亦仅其外貌，而非精神。……故凡侠义小说中之英雄，在民间每极粗豪，大有绿林结习，而终必为一大僚隶卒，供使令奔走以为宠荣，此盖非心悦诚服，乐为臣仆之时不办也。”[22]历来的统治者都认为《水浒》是反政府的，但老百姓却喜见乐闻，因此统治者指责它是“诲盗”，必欲设法取而代之。于是出现一种外貌似“水浒”式的英豪，而内里却叫“名臣大官，总领一切”，反叫“水浒”式的英雄去帮助政府“除盗平叛”。这种作品就丧失了“水浒”精神。于是在民初就有叶小凤等革命派人物，在写作武侠或武侠型小说时，在作品中烙下资产阶级民族、民主革命思想的印记，以表示对“名臣大官，总领一切”的侠义公案小说之反动。而到了平江不肖生笔下，他一方面通过《江湖奇侠传》一洗晚清“隶卒风尚”，将武侠小说定位于娱乐型，发挥“悦目娱心”功能；另一方面又通过《近代侠义英雄传》用武林异人的传奇故事，使民族革命、爱国思想与武侠情节融会在一起，达到了水乳交融的程度。平江不肖生掌握了反帝而又不“排外”的分寸，把捉住既吸纳“西学”而又不“媚外”的尺度；辩证地看待武艺中的“道”、“艺”与“德”三者之关系，把武艺提升到“文化”层次并在中西文化冲突中加以表现与阐释。平江不肖生不愧为民国武侠小说的开山祖。至于公案小说则与引进的外国侦探小说合流，出现了包公与福尔摩斯交接班，而由程小青、孙了红等人又将其中国化。

至此，我们已论述了鸳鸯蝴蝶派与晚清狭邪、侠义公案和谴责小说的直接承传关系。但作为“继承改良派”，他们也不仅仅只依样画葫芦，他们生在现代大都市兴建和中西交流的时代里，他们还将视野扩展到国外去。鸳鸯蝴蝶派作家不是“三家村”的学究和私塾里的“冬烘先生”。据不完全的统计，他们这个作家群体，在辛亥革命之前，就有三十四人从事各类文艺作品的译述工作。而从1901年起到1919年“五四”时为止，他们翻译的单行本小说就有一百二十一部，发表的单篇翻译小说有三百六十九篇，这三百六十九篇中有七十七篇是用连载的形式，可见篇幅也是相当长的。其中的一个有代表性的翻译家就是周瘦鹃。他在当时翻译界的地位仅次于林纾，但林纾是不懂外语的早期翻译家，而周瘦鹃则是独立译作的。他在1917年3月结集出版《欧美名家短篇小说丛刊》，分上、中、下三卷，内收四十六家的四十九篇小说，其中包括十四个国家的作品，而意、西、瑞典、荷兰、塞尔维亚五国的作品是首次介绍到中国来的，也有人说周是中国最早翻译高尔基作品的译者。鲁迅当时正在教育部工作，他就与周作人共拟了一个嘉奖的评语，并由教育部颁发奖状："用心颇为恳挚，不仅志在娱悦俗人之耳目，是为近来译事之光。"认为这是"昏夜之微光，鸡群之鸣鹤"。[23]而在刊物方面，包天笑曾与陈冷血（景韩）联合主编《小说时报》，这本1909年创办的刊物，简直就像一个以翻译为主的期刊。在三十三期+－（临时增刊第1期）中，翻译的量约占五分之四强，即翻译作品共计四千五百一十页，而创作仅占一千零四页。包天笑1915年主编的中国第一本大型季刊《小说大观》，共出版十五期。共发表短篇创作一百篇，短篇翻译五十篇，长篇创作十八部，长篇翻译二十六部。包天笑个人的译述工作始于1900年，他与杨紫麟合译的《迦因小传》于1901年4月开始连载。而陈冷血则于1903年在留日学生所办的《江苏》上连载他的译作《明天的战争》。同年同月，鲁迅在留日学生刊物《浙江潮》上译述《斯巴达之魂》。周作人则于1904年，在《女子世界》上翻译《侠女奴》（即《天方夜谭》中的《阿里巴巴和四十大盗》）。胡适于1906年12月在《竞业旬刊》上翻译《暴堪海舰之沉没》。周氏兄弟与胡适是起步很早的知识精英作家，但相对而言，继承改良派的作家的平均年岁要比知识精英作家大十至二十岁，他们略早登上文坛。他们在继承的前提下，通过翻译也学习外国的小说技巧，如包天笑较早尝试写系列小说、书信体小说，周瘦鹃则较早地创作独白小说、心理小说、日记体小说等等。可以说，有些后来成为知识精英作家的人最早还是从他们的译作中知道国门之外，有着那么大一个广阔的世界。

鸳鸯蝴蝶派的作家既在1917年就出版白话刊物（当时《新青年》还不是一个纯白话的杂志）；他们又较早地进行译介工作，它们在1917年的这场文学革命中到底是不是一定要划到对立面中去呢？难道就因为他们继承民族传统并接受文学的娱乐功能观，就成了“扫”、“批”、“堵”、“斗”的对象？我们认为他们是一批摸索着前进的先行者，他们发挥了文学步入“现代文学新纪元”的桥梁的作用。

鸳鸯蝴蝶派作家在中国新闻出版事业刚起步不久就涌进大都市做“文字劳工”，办报办刊，特别是创办文艺刊物，当主笔，写小说，他们培育了广大市民所欢迎的都市社会通俗小说新类型，又鉴于广大青年男女婚姻的不自由，他们开始反映这种心灵的痛苦而试图在作品中触及这个问题，虽然他们的反抗是软弱的，但也在当时掀起了使青年为之共鸣、为之震憾的“哀情小说”的新热潮。在他们的小说中还折射出“乡民涌入大都市后处处应更新自己的观念才能改造成为现代都市市民”的大量新信息。可见他们面对经济转型，大都市兴建的全新形势，正在努力寻求传统小说的更新的对策。他们经过摸索所得的答案是：继承中国民族形式的小说今后应以现代市民为主要读者对象，应走都市通俗小说的道路。作为第一代职业作家，这一新定位，使他们既找到了维持自己生计的出路，也找到了自己的主要服务对象。这些“文字劳工”又将报刊的稿费制度引进中国。在这方面，他们也作了多方的尝试。例如《海上花列传》的韩邦庆，他在作品写作过程中，就在 1892 年自办《海上奇书》这个文学刊物，连载自己的这部长篇，每期刊登两回，再配以自撰的短篇小说，由《申报》馆代印代售，刊物一共出版了十五期。鲁迅在《中国小说史略》中说他：“遍鬻于市，颇风行。”[24]看来韩邦庆是有“收获”的。而到 20 世纪初，则又引进了“某一等稿件千字×元”的分等计量稿费制，这是一种符合现代化文化市场运行规律的制度。

以上的这些办报办刊，以孵化乡民在新环境中顺利地蜕变，使市民意识从胚胎中得以破壳出土；大量译介外国文艺作品以拓展读者视野，从封闭内向到具有世界性的广角全景；引进稿费制度，从此，他们不再是庙堂的御用文人，而是民间社会的自由职业者，使言论不再受统治阶层的支配……凡此种种皆是中国文学现代化必经的驿站。因此,中国现代文学史的研究者应该确立一个新观念:中国文学的现代化是一个系统工程,为构筑这个浩大的工程,我们的前辈曾作过全方位的努力,是多方面军所作的各尽所能的贡献;奔赴这个工程的前路是一条宽阔的大道,不是只有几个先进分子才能跨越的"独木小桥",也并非是革新借鉴派"承包"的专利;"继承改良派"在这个工程中也有他们的份额。我们应该改变过去对"继承改良派"侧目而视的老观念,应该以平等、公允的态度审视革新借鉴派和继承改良派各自的成就。

五

"继承改良派"的特色产品是长篇章回体小说,如果一定要将这一特色体现出来,就很难编选他们的代表作品选,那只能开一张书单,告诉读者某些作品可以到图书馆去借阅或到书店去购买。另一个办法是尽量选他们的中、短篇代表作以展现这个继承中国古典小说传统的都市通俗小说流派的风采。我们想通过后一种办法去显示这个通俗流派所作的多方面的贡献。这些贡献有文学方面的,有社会学方面的、有民俗学方面的、有地域史和租界史方面的、有中外商战和经济学方面的,有民族文化心理素质的流程动向方面的,应该说是丰富多彩的。

首先,他们以题材的广阔性,对现代社会、特别是大都市生活作了细致而有趣的临摹,为后代提供了不可或缺的多侧面的社会画卷。与知识精英文学相比,市民通俗文学所映象的社会可谓"五光十色"、"三教九流"。但如果我们真正要具体的而不是概括抽象的,细致的而不是轮廓勾勒的,过程的而不是先验结论的去了解现代社会的复杂而微妙的多轨迹的演进流向,这种渗透在社会的各个领域、且和半封建半殖民地中的革命与反革命势力有着千丝万缕联系的“三教九流”，是需要有文学家去关注与涉笔的。过去，知识精英文学的主流作家除了反映革命与反革命的白刃相搏之外，对旧社会的许多角落并无相应的关照；而一些知识精英作家虽写乡土文学，可是他们所写的仅是自己家乡的民俗民风，他们无法写出侨寓地——大都市的生活风尚，鲁迅为此还对他们提出过委婉的批评。知识精英作家的强项可能是市民通俗作家的弱势，而知识精英作家的弱势倒可能是市民通俗作家的强项。许多通俗小说作家是老报人。记者和主笔的生涯使他们掌握形形色色的社会原始资料和生动画面。他们把这些形象而生动的画面连缀起来，就成了文学连环“画”。孙玉声、李涵秋、包天笑、毕倚虹、张恨水……都是报人出身。张恨水做了五年新闻记者，才开始写《春明外史》，以百万言再现故都北京在新旧流变中的社会众生相。包天笑在上海从事新闻工作十多年，他的《上海春秋》近似一部“十里洋场目睹之怪现状”。李涵秋的《广陵潮》以鸦片战争至五四运动的许多大事件为背景，展现七十年间的稗官野史，使当时中下层社会的民风民情、闾巷习俗，跃然纸上。张恨水在 1946 年谈及《广陵潮》时说：“我们若肯研究三十年前的社会，在这里一定可以获得许多材料。”[25]而比《广陵潮》更早的孙玉声的《海上繁华梦》在 1903 年印成单行本后，据作者自述，几乎每年必再版一次，其中有关上海的民俗民风，开卷时就会向你扑面而来；而孙玉声就是当时上海《新闻报》的本埠版编辑主任。我们总觉得历史教材和主流作家笔下所反映的东西，仅是人体的几根主动脉，但支血管和微血管或神经末梢往往顾及不到了，现在我们用市民通俗作家与描画主动脉的作家的作品相叠相加，就能看到一幅完整的人体血脉贯通图，这就是知识精英作家与市民通俗作家相互补的必要性。我们过去对市民通俗文学是否在文学的大家庭中有生存权的问题，实在是觉醒得太迟了一点；这也从另一个侧面看到我国的某些知识精英文学作家自视也实在太高了。特别是对历史性的误导负有历史责任的作家,直到“文革”以后,甚至还丝毫没有一种觉悟的意识。“唯我独革,唯我独左”的情绪,早在新文学起步时就种下根苗。其实这也并不奇怪,对通俗文学的轻视或蔑视曾经是一个全球性的普遍现象,不过各个民族各个国家的觉醒的时间表先后不同而已。而在中国却整体觉醒太迟。在美国,过去许多学者对通俗文化也持否定态度,认为它们仅是庸俗文学与文化垃圾而已。但在“二战”之后,“美国学”兴起。世界想研究美国,美国也想进一步认识自己,而通俗文化正是清晰度很高、逼真度很强的映照美国形象的镜子之一。于是美国学者对通俗文化的态度也有所转变。他们认识到,通俗文化能历史地反映某一时间长链中读者心态和价值观念的变化:“这些畅销书是一种有用的工具,我们能够透过它们,看到任何特定时间人们普遍关心的事情和某段时间内人们的思想变化。”[26]而中国的觉醒期的触机倒是“文革”,它首先将文化作为革命的对象进行一次大扫荡,当中国大地上的文学被革得“白茫茫一片大地真干净”时,趁“改革开放”之东风,“引进热”与“重印热”才轮番提醒我们,对通俗文学应有正确的认识与估价。

当然,我们也应看到通俗文学的弱点:继承改良派缺乏先锋性,基本上不存在超前意识,他具有的倒是与“俗众”的“同步性”。在通俗文学中,“生活是这样的”是很清晰的;而“生活应该是怎样的”就模糊不清了。但是这种曾被视为爬行的忠实记录也是必要的。记得鲁迅在《朝花夕拾》中提到,族人每年祭祖时皆要“请”出祖宗的画像,可是这些画像都是经过画师们的“浪漫主义”的处理:想像加上美化,祖宗们个个都是非常年轻而美丽。假如那时有人向鲁迅展示一帧发黄的照相,说这是你的某一位祖宗留下的“低层次的、没有经过浪漫主义处理的照片”。鲁迅对画像感兴趣呢,还是珍爱这帧泛黄的照片?我想一定是后者。通俗文学中的纪实性很强的照相式的作品,它们作为昨天的社会背景资料,传真清晰度还是较高的,值得珍爱。它的价值在于使我们看到民族昨天的脚印，为我们提供了社会某一侧面的剖面图。

其次，通俗小说善于反映社会的世相人情，特别是中下层民众的心路历程。相对而言，这种传统文化心理积淀在知识精英笔下较少受到关注。当新文学的乡土小说涉及这种传统心态时，往往只对乡民的愚昧与闭塞作些同情与悲悯的描写，其视角是高屋建瓴的，批判多而细致描绘少。而对若干都市中他们所看不惯的言行，他们往往一言蔽之曰“封建小市民”。其实“封建小市民”这个概念并不属于马克思主义阶级分析的范畴。这些所谓“封建小市民”言行的“主人”可能是某工厂的女工，或底子是乡间雇农出身的人力车夫，用“阶级出身学”去衡量，他最终还是革命的动力。或许是源于高尔基所写的剧本《小市民》，剧中主人公别斯谢苗诺夫是个很庸俗而空虚的人物。而我们在“小市民”头上再加上“封建”两字，作为狭隘、保守、自私、无聊、迷信之辈的代名词，动辄嗤之以鼻。而在通俗文学中对中国市民阶层是采取了“平视”的心态，只是淋漓尽致地反映他们的价值取向，是站在市民的立场上去摹写他们的“社会流行价值观”。例如本书中所写的传统侠义精神，真可谓“恩怨分明，侠肠古道”。“侠”原是公理与正气的结晶，是“伟大的同情”的象征。侠士精神就是义重如山，一诺千金，浮云生死，睥睨权贵，表现了一种反抗豪门的精神。而在现代革命斗争中，我们却批判民族的侠士精神是一种“个人的反抗”，侠客形象是表现了“集体心理上‘逃避现实’的趋向”等等，拒侠义精神于文学大门之外，其结果是在半个世纪之后的今天，在千百双睽睽众目之下，可以注视着一位妇女或儿童在水中缓缓下沉，而无人伸出救援之手。从崇尚集体的反抗到呈现集体的旁观和冷漠，这是对传统的侠义精神否定之后，对我们民族的一种“报复”。在古代从来没有什么“见义勇为奖”，却义士辈出。民族文化传统心理的继承与发展是一个重要的课题，它的流失与变质，也会产生某种社会危机。正如我们曾一再强调“阶级亲”，多年不提正常人的亲子之爱，社会上就产生了老一辈无人供养,甚至被多个子女当作“皮球”踢来踢去的现象。于是我们才想起了“孝文化”的重要性。现代通俗文学虽有其局限性,但它对民族美德的操守是十分注重的。

在心路历程中,中国民众在摆脱旧观念时往往有一个过程:在接受新潮时有一个“悬在半空的失重的时间差”。作为继承改良派的通俗作家正好经历和感受了这个全过程;他们没有像知识精英作家那种接受新潮时的义无反顾的勇气,但是他们却细致地“慢镜头”式地描绘了同辈人在当时的心路历程。例如,在辛亥革命前后,中国传统的婚姻模式开始受到人们的质疑,知识精英作家步上文坛后,“三下五除二”地解决了这个问题;可是继承改良派的作家笔下的人物,也包括他们自己却有着举步维艰的迟疑,但他们却写出了当时大多数青年既感到自由婚姻的“诱惑”,又因无法挣脱封建礼教的“投影”而出现的心灵的颤栗。这一心路历程的波动与潮汐,有时简直使我们后辈难于理解,如果不看他们的作品,简直只觉得我们前辈是自暴自弃的窝囊废。《玉梨魂》就是这样的作品。而吴双热的《孽冤镜》中的人物,既痛斥父母的专制,却又乞求父母恩赐。一种乍新还旧的心态真使我们摇头叹气干着急,可也了解了当时某种青年肩上的历史因袭的重负。至于李定夷的小说,他一再对纯洁专一的爱情予以肯定与推崇,他笔下的男女主人公敢于互相爱恋,但在受到家庭的阻碍时,却不敢毅然出走或决裂;他们觉得婚姻自由无疑是美好的制度,可是他们又将“父母之命”误读为超乎制度之上的“法律”,于是男的就成了焦仲卿,女的就成了刘兰芝。读了他们的小说,我们才会懂得为什么在鸳鸯蝴蝶派中会出现一股“哀情小说”的浪潮,看来这股潮流在中国小说史上是必然会出现的,这是一个不少青年都经历过的“背人饮泣,仰问苍天”的阶段,但也注定它只会是短短的几年的气候,这个青年的切身问题的一旦洪水般地决堤,就会全线崩溃。我们在编选作品时将《爱河障石》和《恋爱之镜》纳入我们的选集,就是说明当时“哀情潮”虽已过去，但他们还是强调了：恋爱是应该自由的，但最后还得到父母处去领一张结婚“通行证”。这种局限性也是当时的不少青年的思想滞后的心路历程的一种实录式的反映。这个文学流派在我们今天看来，其作用之一是扮演了社会“活化石”的角色。

如果我们对这块“活化石”作科学分析，那么它的价值是多方面的。从社会学的视角去阅读这派小说，我们能看到一幅清末民初社会机体急遽变革的画像；旧的机体正在衰朽，新的路线正在作探索性的改道与敷设。我们若要研究清末民初的社会，在他们的作品中一定可以获得许多有用而形象的资料。如果我们从民俗学的角度去窥探，我们可以得到许多民俗沿革的瑰宝，特别是欧风美雨东袭登陆与中国固有的传统习俗相对抗相杂交时，民俗的细致变异的过程。凡是从研究文化学的视角透视通俗文学，就会发现它是一座蕴藏量极为丰富的高品位的富矿。我们还可以列举通俗文学的其他价值，如从经济学视角去衡定，它提供了若干中外“商战”的交锋和中国近现代经济关系、结构的变性图像；从地域史的视角去追踪，我们会感到，要写上海、北京、天津等大都市的历史，要写苏州、杭州、扬州等文化名城的地方史，编撰中国的租界史，不去阅读鸳鸯蝴蝶派的小说，就会缺乏起码的感受性知识。

在内容上作了价值鉴定之后，还得作艺术价值的评估，那就是通俗文学作品的艺术含金量问题。在有些评论家的眼中，总觉得市民通俗文学的艺术性粗糙而拙劣。这须要作细致的分析。市民通俗文学作家既是职业作家，他们的生活贫富就取决于自己发表作品的多寡及其受读者欢迎程度的高下。因此，就有一个“多产”与“迎适”的问题；也有一个“质量自觉把关”的宽严尺度。另外，他们受谴责小说的影响是较大的，再加上他们的长篇小说极大多数受报刊连载的制约，李伯元、吴趼人式的结构松散的毛病也容易在他们的笔下暴露出来。但无论是知识精英文学或是市民通俗文学，它们的作品都是无例外地分成若干档次的。市民通俗文学中有些作品是堪称经典的,例如《海上花列传》、《孽海花》、《老残游记》……就《海上花列传》而言,它是《红楼梦》发表百年之后的一个新的高峰。至少有四位文学大师级的人物对它予以高度的评赞,那就是鲁迅、胡适、刘半农和张爱玲。鲁迅对它的高度评价并不在于"平淡而近自然",鲁迅是引用韩邦庆的自评,说它是"则固能自践其'写照传神,属辞比事,点缀渲染,跃跃如生'(第一回)之约者矣。"[27]韩邦庆其人口气极大,自视甚高,但鲁迅还是承认他是"自践其……之约者矣",也即是韩邦庆"说到做到"了,韩是"眼高手高"的人。胡适认真考证了韩邦庆的生平,而且称它为"吴语文学的第一部杰作"。[28]胡适在《与高阳书》中还说:"我常说,《红楼梦》在思想见地上比不上《儒林外史》,在文学技巧上,比不上《海上花》(韩子云),也比不上《儒林外史》,——也可以说,还比不上《老残游记》。"[29]这是胡适对若干小说的比较评价的一己之见,人们同意与否可以展开讨论,但至少说明《海上花列传》的文学技巧也是不低的,且不说别的,就以"穿插藏闪"之法来说,就是韩邦庆在结构艺术上的一种独创。刘半农则说有些小说的人物是扁平的,而《海上花列传》中的人物是"立体"的,可以一个个活生生地站在读者面前;作为一位语言学大师,他认为"在语学方面,也可算得很好的本文。"[30]张爱玲在晚年用了十年时间,先将《海上花列传》译成英文,然后又将这部吴语小说译成"国语"——普通话,说它是自《红楼梦》后,"填写百年人生的一个重要空白"。[31]韩邦庆无论在作品内容的开拓性方面,在艺术性的高超技巧方面,在语学的成就方面,都称得上是一部传世之作。还值得提出的是不少通俗作家的文字功力,也决不比知识精英作家差。

在艺术性上,有一点是值得特别一提:知识精英文学中的现实主义作家最看重的是典型形象的塑造,以自己笔下的人物形象能进入文学史的画廊而感到无比自豪。市民通俗文学作家笔下当然也有典型人物,韩邦庆笔下就有若干"跃跃如生"的典型人物,但我们也不得不指出，塑造典型人物，不是他们的最高追求，以"传奇"为目的的通俗小说是以他们的作品是否使"看官们"手不释卷，而对作品达到了"迷恋"的程度，这才是最高的褒赞。读者中能产生"《啼笑因缘》迷"、"《金粉世家》迷"，这是对作家的最高的奖赏，读者们就得天天买报纸读你的小说；一度读者对程小青的《霍桑探案》系列产生了兴趣，于是就有一批"霍迷"，你出版一本，就有一批人非买不可。天津作家刘云若的《春风回梦记》在《天风报》上连载时，曾因故中断，"要求赓续之函，在数千封以上"。[32]知识精英文学重"永恒"，人物能进文学史的殿堂，这了不起；可是市民通俗文学作家从来没有敢想作品进文学史的"殿堂"，他们只重"流通"，写出来能畅销就好，因为这是一种"商品"，商品畅销，就意味着自己的生活质量有了提高的条件。当然他们在温饱之后，也会从事其他事业，如张恨水之开办美术学校，办《南京人报》；陈蝶仙（天虚我生）之创制"无敌牌牙粉"，在当时是一种国货事业。在艺术性方面，知识精英作家还怪责市民通俗作家在写作时老是采取一种"报账式"的噜苏。作品的是否"噜苏"是可以具体分析的，但也应该看到，有许多小说也亏得用这种"报账式"的写法，才为后辈读者留下了当年的"传真"图像。这种在今天看来是"旧闻性"的内容，显示了市民通俗小说的"文化性"与"娱乐型"的特色，同时增强了作品的知识性与可读性。我们不能去阉割它的特色。

读这本选集，虽然还只能看到他的中、短篇小说的某些代表作，但是读者对这一流派的内容与形式也可有一个大致的了解，相信读者自会有客观的评价。至于在读了这本选集之后，再去读他们的长篇章回小说，如平江不肖生的《近代侠义英雄传》、还珠楼主和王度庐等人的武侠小说，程小青与孙了红的侦探小说，毕倚虹的《人间地狱》、张恨水的《金粉世家》、刘云若的《旧巷斜阳》，将更能深刻体认这一流派的特色与真价。

六

本书的编选原则首先是着眼于鸳鸯蝴蝶派这一流派的整体性的介绍，而不是向读者推荐某一具体的个别的作家。只要随手举一个例子，读者就会知道这个原则的用意。陈蝶仙在该派中也算是一位大家了，他在 1900 年还不到二十岁时就开始发表长篇章回小说《泪珠缘》，也算是货真价实的老前辈。可是我们无法选他的长篇，而只选了他的仅仅三十八个字的“一行书”，因为他曾著过一本《栩园游戏文集》，而我们正需要介绍游戏文的若干样式，就选了他的“一行书”，只好请他“屈就”了。这并不是说他是游戏文的“专家”，但从流派的整体性来看，这种样式的介绍是不可或缺的。我们的编选原则是：一是要从全局观点出发，尽量体现该派的整体风貌；二是较为普遍地照顾该派中有一定知名度的作家，至于所选的作品是否是某一位作家的代表作则要经过通盘考虑了；三是语体方面，尽量选择白话作品，而对文言作品则压缩到最低限度。该派的长篇章回体小说的若干代表作在“重印热”中有不少已重见天日，但短篇小说的来源主要是该派的期刊杂志。那就只有到故纸堆中去发掘了，限于编者的见闻，可能就挂一漏万。另外还有一个地区不平衡的问题。如以上海为中心的南派，期刊杂志出版很兴旺，选择余地较大；而以天津为中心的北派，期刊杂志就出版得很少，作品皆连载于日报上，且中、短篇实在不多，加上此类报纸在收藏中缺损严重，于是就简直无从下手了，像刘云若、戴庵愚等北派作家只好向读者交“白卷”了。

根据上述的编选原则，就会化出若干必须作说明的措施。我们过去将所选的作品分成 12 个类别，既然分了这么些门类，总不能说作者分在那一类，就在某方面是“专门人才”，如果是这样类推，那么分在“黑幕”类和分在“倡门”类的作家或许要“抗议”了，因为他们就成了“黑幕作家”和“倡门作家”了。不过在这里，我要介绍一位自称为“倡门小说家”的人——何海鸣(求幸福斋主，1891—1945)。向读者介绍一个复杂经历而短篇小说写如此好的作家还是很有意义的。他原籍湖南衡阳，出生地在九龙。平时“辄嘘唏向人，谓不知今生尚能重见其复为中国疆土否?”清末投湖北混成协当兵，受革命思想影响，又为报社记者，曾发文《亡中国者即和平也》，黄侃与其呼应，写《大乱者救中国之妙药也》。报社为清廷所封，何被判刑一年半。辛亥革命成功即出狱。“革命同志派他陪伴黎元洪，费了一天一夜口舌，黎才说：‘只好跟你们小孩子拼上一拼。’”[33]何海鸣也任汉口军政分府少将参谋。1913 年 7 月 15 日黄兴在南京宣布独立，组织讨袁军。“29 日南京革命军总司令援绝遁走”。其时何寄寓上海《民权报》馆，撰文骂袁反黎，得悉南京空虚，即向孙中山请命，8 月 8 日抵南京，自任讨袁军司令，与张勋率领之北军鏖战二十四天，浴血苦战至 9 月 1 日，南京才完全陷落，他只好东渡日本为亡命客。可是这位做过大将军的人却自称“工于倡门小说”。大概他觉得政坛太黑了，“予流落江湖二十年，惟妓中尚遇有好人。”他是这个擅长写章回长篇的流派中，有意识地想写好短篇的人(他的长篇也写得不错)，他在 1922 年 1 月出版的《半月》上发表《求幸福斋主人卖小说的说话》：

> 我很想与小说界几位卖文的同志先将短篇小说认真地作几篇，成一种现代中国短篇小说的完成作品……慢慢地由于抬高现代中国短篇小说的价值，紧挨上世界文坛上去……我们做小说出卖的人倘若肯大大地努力，将小说的价值抬高，国人知道这是一种重要的文学，人生都应该有这种东西来安慰……我既然想做小说界努力的一份子，我此后的出品，第一、每篇有每篇的用意，不肯毫无所为而做；第二、不肯敷衍多凑字数。[34]

此前，他还写信给《半月》编辑周瘦鹃说："我有一肚子的小说，想要做，叫世人知道我不是没心胸的。"同时也提及，他的《老琴师》刊出后"颇得阅者赞许，即新文学家亦有赞可者。我遂决心为小说家矣！"[35]我们在这本选集中选了他的《老琴师》、《先烈祠前》和《一个枪毙的人》三篇。他的小说的确写得不错。

在武侠小说作家中，我们重点介绍向恺然（平江不肖生），一是因为他是民国武侠小说开山祖；二是因为他的长篇结构往往不太严谨，好像是若干短篇的相加相联而成，而他的短篇武侠正好将长篇的缺陷化解为优势，篇篇皆紧凑而可读性极强；三是其他的武侠小说作家的短篇极少，更成为多选他的作品的理由了。姚民哀是擅写"七红八黑九江湖"的会党小说专门家，而这又是知识精英文学的一个缺门。姚是说书名艺人，艺名朱兰庵，他曾走遍二十个行省，悉心研究中国会党，有着丰富的社会阅历："小子走了二十年江湖，耳闻目击的事情，尽多小说材料，譬如关东的马贼、山东的响马、陕西的捻子、晋豫的麻子以及哥老会、大刀会、小刀会、三点会、兴中会、青红公口三界共进会等等的遗闻轶事，颇多可歌可泣之情事，大有尽情详纪的价值。"[36]他以说书的"舌耕"中的视听性支持了他"笔耕"小说的可读性。

侦探小说是从异域移植到我国生长的乔木。程小青和孙了红是中国早期侦探小说的双璧。程小青受柯南道尔的《福尔摩斯探案》的影响很深，他的《霍桑探案》在中国很有名望，但以长篇更佳。我们在这里选了一个"超短"的《别墅之怪》；《龙虎斗》不属霍桑系列，也是很精彩的中篇。孙了红则是受勒白朗的《亚森·罗苹奇案》的影响，写侠盗鲁平系列小说的。他的作品以机智潇洒著称，《航空邮件》是他 20 世纪 40 年代的作品，堪与《紫色游泳衣》和《蓝色响尾蛇》等名篇媲美。

市民通俗文学作家的倡导"问题小说"，是早于知识精英文学的。倡导者恽铁樵与张舍我发动于 1916 年 7 月号的《小说月报》

上。张舍我说:“问题小说创自美国之小说家施笃唐氏(现通译斯托克顿,1834—1902),其小说名《女欤虎欤》(曾译为《妒》、现译为《女士与老虎》)……问题小说之作,原由于哲学上或社会上之一种重大问题,著者以为非一二人所能武断解决,亦非一二人之思想识力所可解决,故演之于小说,以求社会上之共同研究与解决,意至善也。”[37]知识精英文学的问题小说导源于易卜生的问题剧的启示,它是不一定马上有答案的,因为一种新道德与新观念的确立并非一朝一夕就可得出结论的;但市民通俗文学的问题小说却是希望立即有答案出现,而且这些答案往往是两可的,于是就组织征文开展辩论,会搞得非常热闹,也颇合他们所需要的趣味性。想来读者对知识精英文学中的问题小说比较熟悉,现在也可以藉此了解一下市民通俗文学所倡导的问题小说的轮廓。

该派笑匠徐卓呆是早期日本留学生,在留学生刊物上就开始从事译作。他在日本专攻体育。归国时,中国学校尚无体操一科,只是拿些外国的兵操搬来作学生操典。他创办中国体操学校及体操游戏传习所,可谓是体育界的老前辈了。清末,他又认为能开通民智者莫若新剧,就从事文明戏之倡导。刘半侬(即后来之刘半农)就是他当年所培养的一位后学。他创作剧本多种,后又改写小说。赵苕狂介绍说:他的作品“以滑稽一类为多,而隽永有味,弥含哲理,实能脱尽寻常滑稽小说科臼,而自成家数者。”人称“小说界之卓别麟”。[38]读他的作品在忍俊不禁之余,还是能引起思考余地的。

胡寄尘与范烟桥恐怕能算是该派的理论家和文学史家了。胡寄尘在1925年曾写过一篇《我之短篇小说经验谈》,文中说自己已写过五百三十篇短篇小说了。编者见闻有限,以读过的作品来看,觉得高明者比例并不大,虽然以理论家的身份所谈的经验还是“有板有眼”的。现在选了他的《上海人的人生问题》。范烟桥在1927年就撰写《中国小说史》,其中有一章是《最近十五年之小说》,实际上是民国初年至 1927 年间的鸳鸯蝴蝶派小说史略，颇有参考价值。他主编的《珊瑚》也对抗日的国难小说予以格外的关注，其中他以“说话人”为笔名所写的《说话》共十八则，分期连载，与知识精英文学进行了说理性的辩论。本选集中选了他的《小说家之烦恼》和《疲于奔命》。

为了多选白话文体，少选文言作品，编者也作过斟酌。民初，以写骈俪小说著称的有徐枕亚、吴双热、李定夷是“鼎足三立”的哀情巨擘，其中徐枕亚还被视为鸳鸯蝴蝶派的“祖师”，风行一时的《玉梨魂》是应该选入的，但因篇幅太长，终于舍割了。徐枕亚选了《自由鉴》，李定夷选了《狎邪鉴》，从这二“鉴”中，既可领略民初的鸳鸯骈俪风光，也可洞察他们当时的思想格调。在编选时，凡有局限性者也不妨保留其间，以示存真。提起恽铁樵，研究鲁迅的人就会知道，鲁迅于 1913 年发表的文言小说《怀旧》就是经过恽铁樵之手从来稿中选出，并加了许多褒赞性的评点而发表出来的。张恨水青年时的习作也得到过他的鼓励，对后来张的从事写作生涯也很有关系。恽是一位编辑、作家与名中医，是一位能奖掖青年的前辈长者。他以焦木为笔名在《小说月报》第 4 卷第 7 号上发表的文言小说《工人小史》，即使是某些文学史编撰者在狠批鸳蝴派时，也对这篇作品还有表示肯定的意思。

在说明编选体例时，我们随手介绍了几位作家，不过是想说明这些作者来自四面八方，他们汇集到市民通俗文学的广场上各显神通，我们不可能对选入的几十位作家作一一的介绍，但有一点是可以期待的，这些作家中的佼佼者，经文学史工作者的学术研究与鉴定后，是会跨进文学史的门槛的。

关于本书的书名，仍用初版式时的《鸳鸯蝴蝶—〈礼拜六〉派作品选》。过去有一种意见认为“鸳鸯蝴蝶”，顾名思义就是现代才子佳人小说，而铁马金戈的武侠小说、扑朔迷离的侦探小说、揭秘猎奇的社会小说似乎不宜放在“鸳鸯蝴蝶”的名下，这是有道理的。

因此有人用该派的最有代表性的刊物《礼拜六》为其派名，取其休娱、消闲功能而统一在它的名下。可是约定俗成的习惯势力太强了，鸳鸯蝴蝶派的名字经历年的批判而“深入人心”。而另一方面，这个派名的罪状严重到几乎属于政治帽子的程度，有的作家也不愿承认自己是隶属于这个流派，包天笑就撰文说：“近今有许多评论中国文学史实的书上，都目我为鸳鸯蝴蝶派……我所不了解者，不知哪几部我所写的小说是属鸳鸯蝴蝶派。”[39]该派有的作者则只承认自己是《礼拜六》派，而否认自己是鸳鸯蝴蝶派。他们所持的理由是鸳鸯蝴蝶派仅限于民初的写四六骈俪体言情小说的徐枕亚等人（这是他们派内人过去的一种界定），周瘦鹃说：“我是编辑过《礼拜六》的……所以我年青时和《礼拜六》有血肉不可分开的关系，是个十十足足、不折不扣的礼拜六派。”[40]在解放之后，该派有的作者又称自己是“民国旧派文学”，而将新文学界称为新派。名称太多容易造成混乱。硬要将鸳鸯蝴蝶派与礼拜六派分开，俨然是两个流派，这是不可能的，也是不现实的，因为这一派作者“一专多能”的太多，既写言情，又写社会，或写武侠、侦探者大有人在，分是分不开的。但要用《礼拜六》派替代鸳鸯蝴蝶派，也因约定俗成而难于普及，思考的结果，觉得不如为这个流派取一个学名：鸳鸯蝴蝶—《礼拜六》派。第一是说明，该流派在清末民初先以言情小说起家，逐渐去广泛继承中国传统小说中众多题材，同时也借鉴外国的新样式（例如侦探小说），形成了新的分支；第二在科学性的前提下，参照约定俗成的历史因素，又注意其涵盖面；第三是可以解决该流派的“一专多能”的客观存在，不去将有大致相同的文学观念的人硬性“一分为二”。也许这几点理由尚能成立，这个学名或者可为大家所接受。

2002年6月28日于广东韶关

注　释

① 胡风《鲁迅先生》,载《死人复活的时候》,第 323 页,中国青年出版社 1999 年版。

② 周作人《日本近三十年小说之发达》,载《中国新文学大系·建设理论集》第 243 页,良友图书公司 1935 年版。

③ 钱玄同《"黑幕"书》,载《新青年》第 6 卷第 1 号。

④ 周作人《中国小说中的男女问题》,载《每周评论》1919 年 2 月 2 日。

⑤ 见魏绍昌编《鸳鸯蝴蝶派研究资料》,第 127—128 页,上海文艺出版社 1962 年版。

⑥ 《文学旬刊》创刊于 1921 年 5 月,1923 年 7 月 30 日第 81 期起更名为《文学》,发表《本刊改革宣言》。

⑦ 包天笑《钏影楼回忆录》,第 391 页,大华出版社 1971 年版。

⑧ 以上关于《小说画报》的引文均出于 1917 年 1 月创刊号。

⑨ 《文学研究会宣言》,载《小说月报》第 12 卷第 1 号。

⑩⑬ 朱自清《论严肃》,《朱自清全集》第 3 卷第 141 页,江苏教育出版社 1996 年版。

⑪ 鲁迅《集外集·〈奔流〉编校后记(1—12)》,《鲁迅全集》第 7 卷第 187 页,人民文学出版社 1963 年版。

⑫ 鲁迅《花边文学·过年》,《鲁迅全集》第 5 卷第 358 页,人民文学出版社 1963 年版。

⑭ 听潮生《精神……原质》,载《最小》报第 23 期,此报均无注明出版年月日。

⑮ 鲁迅《且介亭杂文末编·答徐懋庸并关于抗日统一战线问题》,《鲁迅全集》第 6 卷第 433 页,人民文学出版社 1963 年版。

⑯㉛ 张爱玲《国语本〈海上花〉译后记》,分别见第 343—344 页和 345 页,《张爱玲文集》第 4 卷,安徽文艺出版社 1992 年版。

⑰ 鲁迅《中国小说史略·清末之谴责小说》,《鲁迅全集》第 8 卷第 239—241 页,人民文学出版社 1963 年版。

⑱ 张赣生《民国通俗小说论稿》,第 94 页,重庆出版社 1991 年版。

⑲ 胡适《老残游记·序》,《胡适文存》第 3 集第 407 页,亚东图书馆 1930

年版。

⑳ 蔡元培《追悼曾孟朴先生》,转引自《〈孽海花〉资料》第198页,魏绍昌编,上海古籍出版社1982年版。

㉑ 以上所引鲁迅对《官场现形记》和《二十年目睹之怪现状》之评论均见《中国小说史略·第28篇·清末之谴责小说》,《鲁迅全集》第8卷第239—250页,人民文学出版社1963年版。

㉒㉔㉗ 鲁迅《中国小说史略·第26篇·清之狭邪小说》,《鲁迅全集》第8卷第215—226页,人民文学出版社1963年版。

㉓ 载1917年11月30日《教育公报》第4年第15期,此系鲁迅在"通俗教育研究会"任小说股主任时,决定为该书授奖而写的评语,由周作人起草。

㉕ 张恨水《广陵潮·序》第1页,百新书局1946年版。

㉖ 苏珊·埃勒里·格林《畅销书》,载《美国通俗文化简史》第10页,漓江出版社1988年版。

㉘ 胡适《海上花列传·序》,《胡适文存》第3集第363页,黄山书社1996年版。

㉙ 胡适《胡适〈红楼梦〉研究论述全编》,第290页,上海古籍出版社1988年版。

㉚ 刘半农《读〈海上花列传〉》,《半农杂文》第1册第247页。星云堂书店1934年版。

㉜ 见《大公报》1931年元旦《出版广告》。

㉝ 贺觉非《辛亥革命首义人物传(下)》第403页,中华书局1982年版。

㉞ 载《半月》第1卷第10号,1922年1月出版。

㉟ 《何海鸣致周瘦鹃信》,载《半月》第1卷第7号,1921年12月出版。

㊱ 引自姚民哀小说《血誓》,《鸳鸯蝴蝶—〈礼拜六〉派作品选》第101页,人民文学出版社1991年版。

㊲ 引自张舍我《博爱与利己·附识》,《鸳鸯蝴蝶—〈礼拜六〉派作品选》第773页,人民文学出版社1991年版。

㊳ 赵苕狂《本集著者徐卓呆君传》,见《卓呆小说集》第1页世界书局1924年版。

㊴ 包天笑《我与鸳鸯蝴蝶派》,载香港《文汇报》1960 年 7 月 27 日。

㊵ 周瘦鹃《闲话〈礼拜六〉》,载《拈花集》第 94 页,上海文艺出版社 1983 年版。

[附　　记]

2002年，人民文学出版社有再版《鸳鸯蝴蝶—〈礼拜六〉派作品选》的计划，嘱我撰写“再版序言”，我写成《论中国现代文学中的“继承改良派”——〈鸳鸯蝴蝶—礼拜六〉派作品选·再版序》寄奉出版社，后该计划因故搁置。直到今年人民文学出版社又重提再版事宜，并要求将该书1991年版的上、下两册六十多万字的篇幅压缩成一册约四十多万字。我遵嘱作了篇目删节，仍用2002年所写成的再版序言。特此说明。

编选者

2008年12月10日

武 侠 会 党

无名之英雄

向恺然（平江不肖生）

在前清光绪二十五六年之间，湖南因有谭嗣同唐才常等一班豪杰之士讲求新学，设立时务学堂，湖南的风气为之一变。就是乡村里的蒙馆先生教学生，也不似从前专教《四书》、《味根录》，做破承题、起讲了，也和学校里一般的有地理，有历史，有算学，有国文，分科教授。不过蒙馆先生的知识有限，外国语言文字以及几何、化学等专门学问固然是没有，便是算学、地理，也只能拿着《数理精蕴》和《方舆纪要》等书，拣自己看得懂的说给学生听罢了。虽说是一种徒具形式的教授，然使一般青年学生的脑筋中都知道有科学，知道八股文章无用，这效力就算很大了。

接着又有黄克强、刘揆一等一班豪杰之士出来，提倡革满清之命，创设黄汉会，罗致三湘七泽血性男子密谋起义。湖南的风气又为之一变。那时黄克强不名黄兴，也不字克强，原名黄轸，字瑾武。论到黄克强三个字，在民国元、二年的时候，自然是驰名中外，只是在长沙一部分地方，还不及黄瑾武三个字的妇孺皆知。因黄瑾武从小喜练拳脚，体格更生得强壮，两膀很有些气力，性情又异常勇猛，最欢喜寻着有名的拳教师比赛。他比赢了，固是兴高采烈，就是打输了，他不但不觉得羞愧没有面子，反很诚挚恳切的与那比赢了的教师结交。有和他亲交的朋友，见他好勇斗狠，替他担心，怕他被武艺好的教师打伤，劝他不可再寻那些有名的教师比赛。他便笑道："我也曾略事诗书，稍知养气之道，岂是好勇斗狠的人？只为要多物色真有能耐的人，为我将来的臂助。拳教师有大声名的不见得真有大本领，一般有纯盗虚声的，我既要为将来物色帮手，此时便不能不亲自试验试验。所以遇着武艺比我高的，我无不竭诚交欢他；就是武艺不及我的，也只要这人天性笃厚，胆大心雄，我也一般的做好朋友交结。"黄瑾武因从来抱着这种物色人才的心愿，日积月累，由比赛而结识的拳教师已不在少数了。

黄汉会一成立，所有曾经结识的拳教师都成了黄汉会的会员。每一个拳教师至少也有四五十个徒弟，如最著名的王福全、梁鉴铨、彭少和、林齐青等几个大教师，每人有几百个徒弟。这许多练武的壮年徒弟，由各人的师傅召集拢来，加入黄汉会，齐听黄瑾武一个人的指挥号令。这种潜势力也就不可轻侮了。从来湖南的拳教师都是各分各的地段，各收各的徒弟，彼此不相侵犯，也不相联络。拳教师中虽也有往来交结的，然大抵因私人的关系，或亲或邻，或是同门师兄弟，并不是为切磋技艺而相结合。自黄瑾武提倡革命，创设黄汉会，罗致无数拳教师当会员，不但革满情的命，也可算是拳术界的大革命。因黄瑾武存心借黄汉会这种结合，革除拳术家历来的门户积习，每开会一次，平江、浏阳、长沙、湘阴数县的拳术家都得共聚一堂。集合的目的，是要一般拳术家各自回家乡扩充会务，招纳会员。然扩充会务招纳会员等事，是须待各自归家乡后实行的，在集会的时候，只不过三言两语便已了事，余下的时间就大家研究拳脚，各人显出各人的看家本领给黄瑾武评判。黄瑾武生性阔达，没一点儿偏私之见，凡是入了黄汉会的人，无一个不是心悦诚服的推崇黄瑾武。

有许多世家子弟，因心中钦慕黄瑾武的原故，本来无心练武的，也要延聘一个拳教师来家，借练拳为名，谋与黄汉会中人接近联络。黄汉会才成立了几个月，文人学士素不齿数的拳术，陡然变成极热烈的流行品了。乡宦人家想结识黄瑾武的,办上等酒席,敦请黄瑾武吃饭,必请几个拳教师作陪。酒至半酣,豪兴顿发,谈拳论掌,色舞眉飞。谈论到兴会淋漓的时候,便撤去杯盘,搬开桌椅,腾出一块地方来,各教师扎衣的扎衣,捋袖的捋袖,或走一趟拳,或使一路棒。有时黄瑾武自己高兴起来,也解衣袒出两条粗壮无伦的胳膊,和这些教师较量几手,输赢都不当作一回事。

湘阴的世家子彭某,与黄瑾武家有些世谊。只因两家相隔有五六十里,过从甚稀,不曾和黄瑾武见过面。闻黄瑾武的名,也办了酒席,特地请黄瑾武赴宴。黄瑾武既蓄志要革满清政府的命,不仅极力去罗致会武艺的人,对于世家巨族的子弟,也无不尽力交欢。彭黄两家又有世谊,自然一请便去。彭某知道瑾武的性格,也照例请了几个拳教师作陪。不过所请的几个教师都没有惊人的本领,也没有赫赫的声名,瑾武一个也不曾会过。彭某是个很文弱的读书人,对于武艺全不懂得。就是请来作陪的几个教师,和彭某平日并无来往,不过因居处相近,彼此认识而已。在酒席上面,瑾武略与几个教师谈论了些练武工的话,即觉话不投机,懒得往下再谈拳脚了。

那时正是七月间天气,异常炎热。彭家的房屋宽大,七开间五进。酒席设在第五进的厅堂上,推瑾武巍然上坐。乡下的房屋,照例在白天都是将门敞开的,瑾武坐在首席,可一眼望到第一进的大门外面。彭家的厨房设在第二进的偏屋,上菜的须用木盘托着,从第三进中间直送上来。瑾武因懒得和那几个拳教师谈话,两眼不期然而然的向大门口望着,也并没注意看甚么东西。忽见上菜的人双手托着木盘,从第二进的左边转出来。那人的身体很瘦小,年龄约有四十多岁,托着菜在前面走,后面跟着三四个七八岁、十来岁的小孩,一个个笑嘻嘻的争着跳起来抢夺那人头上的包巾。那人并不回头反顾,只将头或偏左些儿或偏右些儿的躲闪。小孩直跟到过了第三进的中门,恐怕被厅堂上的宾客看见,才停步不追了。然不肯退出去，闪开中门，两边躲着，好像等候上菜人出来的一般。上菜的人将盘中菜在席上安放好了，即撤下半碗残菜，仍放在木盘里托将出去。瑾武这时便很注意看那几个小孩的举动了。上菜人走到第三进门外，几个小孩子果然又笑嘻嘻的一拥出来，左一把右一把，各举双手向那人头上乱抓。只见那人仿佛后脑上长着眼睛的样子，必待小孩的手将要沾着头巾了，才微微的避开一两分远近。左边有手来，便向右边闪，右边有手来，便向前面闪，七八只手围住左右后三方乱抓，一次也不曾与头巾相碰，并且很安闲自在的走着。再看安放在席上的这碗菜，是一碗很满的汤，一点儿不曾泼出来。

瑾武看在眼里，不由得暗自吃惊道：这东西倒像是个好手。若没有一点儿真实本领，决不能这们从容自在。只是这们大热的天气，我们科着头还嫌热，他为甚么把头包着？这几个小孩去抢夺他的头巾，大约也是看了觉得奇怪。瑾武这般想着，即向彭某问道："刚才上菜来的这个人姓甚么，是在府上当差的吗？"彭某笑道："这个人姓马，据他说没有名字，排行第二，我们因他是个癞头，随口叫他马二癞子。去年腊月才由舍亲荐他到舍间听差。有些呆头呆脑的样子，不大会伺候人。我因舍亲的情面却不过，只得留在舍间。小儿小侄在学堂里读书，早晚就差他接送。"瑾武摇头笑道："据我看这人并不呆头呆脑，武艺倒像是个很高明的，不可轻视了他。"彭某哈哈笑道："瑾武先生的眼力虽高，这回看马二癞子只怕看走了眼色。"

几个教师听瑾武说马二癞子的武艺高明，也都忍不住好笑。其中有一个素喜说刻薄话的教师笑道："瑾武先生既看出马二的武艺高明，何不就请他到长沙去教武艺呢？"那时拳教师教拳的界限分得极严，越界传徒弟，非有过人的武艺不敢。而一般拳教师的习惯，对于外府外县的武艺，不问高低强弱，只有轻侮的，没有推崇的。人人有这种十分顽固的成见。曾入黄汉会的，经瑾武再四晓譬开导，才渐渐的将这种成见化除了些，然也不过在瑾武面前不露出此界彼疆的恶习罢了。这几个同席的教师都不曾和瑾武会过面，而所以敢对瑾武这们说。瑾武听了，绝不踌躇的答道："但怕他不肯到长沙去，若真肯去，是再好没有的了。"彭某道："马二癞子如果会武艺，怎的不起厂子收徒弟，却求舍亲荐到我这里来当底下人呢？"

刚说到这里，马二癞子又托了一碗菜走上来。瑾武看他背后，已不见那几个小孩跟着了。彭某等马二上好了菜，即叫住问道："黄大老爷的眼力素好，他说已看出你有很好的武艺，究竟怎样，你实在会武艺吗？不要隐瞒，黄大老爷是最喜提拔会武艺的。"马二现出不好意思的神气，嗫嚅了半晌才答道："不敢。马二实在不会武艺。"彭某望着瑾武笑道："是不是呆头呆脑呢？这也有甚么不敢的？只看他这痨病鬼的模样，就可以知道决不是会武艺的人。"瑾武也不回答，伸手向马二招着说道："请过这边来，我有话问你。"马二很瑟缩的一步一步挨到瑾武跟前。几个教师见了马二这种瑟缩不堪的神情，都掉过脸去匿笑。瑾武也不作理会，和颜悦色的对马二说道："你不用在我跟前隐瞒，再说不会武艺的话。我虽没有力量能提拔人，然望人家提拔的断不是人物，我便有提拔他的力量，也决不提拔。男子汉应该自已立志做一番事业，不过事业越大，越不是一二人的力量所能做到，因此想做大事业，便不能不随地物色人才。人才的种类很多，就得看这人想做哪一类的事业，便着手物色哪一类的人才。我于今所欲物色的，就是会武艺有气魄的男子。你的武艺我已看出来了，很想带你出门做我的帮手。无缘无故的何必是这们隐瞒呢？"马二听瑾武说得这般恳切，精神似乎振作了一点儿，带着笑容说道："久闻黄大老爷的名，都说武艺了得。马二在少年的时候，虽曾瞎练了一会儿，只是近年来早已荒废得连模样都忘记了，如何敢在黄大老爷跟前说会武艺的话。"瑾武笑道："这些客气话都用不着说。你我都不靠武艺卖钱餬口，高兴练多练，不高兴练少练,好坏都不关事。你也不容易遇着我,我在旁处也遇不着你,走一趟拳给我瞧瞧罢。”说着立起身来。马二连连说道:“不敢,不敢。”瑾武哪里肯依,定要马二走一趟。

彭某和几个教师见马二已承认少年时候练过拳,便也跟着瑾武催促。马二被众人逼迫得没奈何,只得对瑾武道:“马二的拳脚确已多年不曾用功,荒疏得不成话了,随便做点儿小玩意,求黄大老爷指教罢。”彭某不待瑾武开口,即向马二问道:“你有甚么小玩意,且先做出来再说。若黄大老爷看了不称意,还是要你打拳的。”马二应了一声“是”,回头对几个教师拱手笑道:“诸位都是成名的好手,既是诸位要我献丑,我的丑献过之后,就得请诸位也脱衣玩玩。”几个教师因想看马二究竟有甚么武艺,各人都是自负不凡的,欣然同声答应马二道:“你玩过了,我们自然都陪你玩几下给黄大老爷看。”马二望着桌上的酒菜踌躇道:“菜还没有上完,请黄大老爷用过了饭再玩好么?”瑾武连忙摇手道:“我已吃饱了,最好玩一会再吃。天气太热,饭菜都是冷了的好吃。你只说你的小玩意要怎生玩法,就在这地方能玩么?”马二点头道:“随便甚么地方都使得。”说着解开了上身的衣纽道:“恕马二放肆。”一面说,一面脱去了衣,露出枯瘦如柴的身体。瑾武的眼睛快,刚脱下衣服,已看出他身上及两膀的皮肤不住的上下颤动,和牛马被蚊虻咬着的时候一样,不由得逞口而出的叫了一声好道:“内家功夫做到这一步,我平生才第一次见着。”

几个教师听得瑾武这般称赞,都莫名其妙,呆呆的望着马二。见马二弹着两条枯枝也似的胳膊,不言不动,就和没事人一样。那个喜说刻薄话的教师忍不住问道:“甚么内家功夫?在哪里,怎不玩出来给大家看看呢?”马二笑嘻嘻的说道:“内家功夫就是皮肉以内的功夫,在外面看不见的。你们要看,须用手来摸才得明白。”那教师真个伸手来摸,手掌一着皮肤,好像摸着了甚么毒蛇恶物似的,吓得连忙退缩,两眼只管望着摸的所在发怔。旁边的教师觉得奇怪,忙问甚么缘故。那教师道:“不知是甚么缘故,仿佛有一只老鼠躲在皮肤里面向我掌心里跳起来,你们大家摸摸看。”这几个教师将信将疑的,都伸手来摸马二,不约而同的说道:“好硬的皮肉。”马二笑道:“硬有甚么用处?我正愁不得软呢。”那个教师问道:“这就是你的小玩意吗?”马二道:“不错,就是这点儿玩意。”教师望着他同伙,做出轻视的样子说道:“这不过玩给小孩子看的把戏,用处果是没有甚么用处。”马二笑道:“没用的话却有几等说法。是做内家功夫的人可以说我越硬越没用,像你们做外家功夫的,只怕求我这样硬还不可得呢。我这种把戏,连小孩子都不愿意看,只可以欺骗外行。因为你们几位是当外行教师的,才不妨拿出来卖弄卖弄,对黄大老爷我就不敢了。”几个教师登时气变了颜色问道:“你何以见得我们是外行?不要太欺人过甚了。我们倒不相信你这个内行,你敢和我们动手么?”说时盘辮尾的盘辮尾,捋衣袖的捋衣袖,一个个气得面红耳赤,简直要和马二拼个你死我活的样子。

彭某是个文弱书生,全不懂武艺,并不知道马二如何开罪了教师,不好怎生劝解。瑾武有心想看马二的手段,故意张开两条胳膀,用身体挡住几个教师道:“天气太热,不可动手动脚。并且内外家不同道,真个动起手来,我说句你们不要多心的话,做外家功夫的十九吃亏。你们都在此地当教师,好不容易收一厂徒弟,跌倒一跤在他手里,面子上太过不去,不如忍气装做没听得,免得吃他的眼前亏。”教师听了瑾武这类劝架的话,虽明知是有意挑怒,然毕竟没有这大的容量,一个个气得摩拳擦掌,咬牙切齿的说道:“我们本来都是外行,他既自称内行,我们应该向他请教。”马二初时神气很安静,一听瑾武劝架的话,忽然现出惧怯的样子来,连忙穿好了衣服向教师辩白道:“练武艺原有内家外家的分别,几千年来如此,并不是我分别出来的。你们是练外家的,不能由我说成内家,我是练内家的,也不能由你们说成外家。我的功夫只可欺骗外行的这句话,是实在话,并非欺人之谈。你们何必生气呢?做内家功夫的人，照例称做外家功夫的为外行。”教师见马二说话的态度变软了，益发忿怒不堪，定要和马二见个高下。彭某恐怕打出乱子来，一面斥责马二，一面向教师劝慰。教师摇手说道：“这不干你彭府的事，我们不管甚么内家外家，他既夸口可以欺骗我们外行教师，我们不能不向他领教，看他如何欺骗。”教师的气焰越说越高，马二便越说越软弱。说来说去，教师定要马二叩头认罪才肯罢休。马二说话虽显得软弱，然休说教他叩头办不到，就是教他说一句认罪的话也不肯说，弄得酒席都没有人上座吃喝了。

两方相持了大半日，瑾武也气忿起来了，正色向马二说道：“你既始终不肯和人交手，便不应出语伤人。你瞧不起外家的话已经说出了口，哪怕就死在外家手里，也得坚持到底，为甚么顷刻之间前后俨然两人呢？可是作怪！”马二被瑾武这几句话激得陡然奋兴起来，挺身走到几个教师中间立着说道：“你们以为我不肯动手是怕了你们么？我尽管立着不动、不回手，听凭你们怎生打法，打痛了我，打伤了我，就算是你们的本领。到那时不要说教我叩头，就要砍下我这颗头来，也算不了一回事，我决没有半点儿含糊。”马二这们一来，倒把几个教师惊得怔住了。瑾武便在旁催促道：“要打就动手呢。”教师握着铁锤也似的拳头问道：“他这样瘦弱的身体，不动、不回手，让我们打，拳脚无情，若是三拳两脚将他打死，这账将怎生算法？”瑾武不由得冷笑了一声道：“你们真在这里做梦啊！你们果能伤损他一根汗毛，不要他向你们认罪，我就愿意向你们认罪。”几个教师面面相觑了一会，忽问马二道：“你说听凭我们怎生打法，能让我们拿东西打么？”马二笑道：“刀枪棍棒，听你们的便。被你们杀死了，算是我的命短。”

有两个教师的腿上带了小插（六七寸长的小尖刀，刀把上有铁环，用时将大指套在环里握着，湖南人称这种刀为小插），一弯腰就拔了出来，顺手对准马二的腰胁刺去，马二只当没有看见。刀尖刺在肋条骨上，这种硬地方，应该一戳一个窟窿，谁知刺上去就和刺在棉花包上一样，软不胜力。提起刀来看时，不但没戳成窟窿，连一点痕迹也没有。这教师同时举刀戳在马二大腿上，也一般的如戳在极柔软的东西上面。没有带刀的就是拳脚交下，并不见马二闪躲，不知怎的，一下一下都仿佛打在空处。直打得几个教师都惊疑得自愿停手，拳也打不下了，刀也戳不下了，马二才笑嘻嘻的问道："你们打够了么？我说你们是外行不冤枉么？"问得几个教师满面羞惭，不好怎生回答，只得都吐舌摇头说道："真是好硬功夫，教我们不能不佩服。"马二道："你们到这时候说出来的还是外行话。你们要知道，内家功夫是越软越好，若是硬功夫，早已被你们戳死了。"几个教师惭愧得不待终席就走了。

瑾武问马二道："你有这种武艺，为甚么自甘屈伏，在这里当下人呢？"马二道："除了当底下人，没有旁的生路。"瑾武道："像你这种武艺，就去考武，也不愁落人之后。"马二摇头道："考武要重仪表，要练弓马，我都不行。学他们这些教师的样收徒弟教拳罢，一则有干例禁，二则我不耐烦教人，因此只有到有钱的人家当差，倒有闲时给我做做功夫。"瑾武问道："你愿意跟随我出门么？"马二点头道："黄大老爷是我的知己，我愿意伺候大老爷。"瑾武异常高兴，当下向彭某说明。彭某并不知道重视马二，从此马二就日夕跟随黄瑾武左右。

不到半年，就因黄汉会的关系，黄瑾武单身逃往日本。会中拳术家王福全和马二都被拿，下在长沙狱里。不久就服毒死在狱中，始终不曾供出同会一个人的名字。同会中人知道马二的，没人不叹息下泪。民国元年湖南建烈士祠，供奉各烈士的神主，惟马二无人知道他的名字，因此都称他为无名之英雄。

（原载《红玫瑰》第一卷第三十五期，一九二五年三月五日出版）

神　针

向恺然(平江不肖生)

凡是能造成一门绝艺的人,必有一种与寻常人不同的特性;或是性情极恬静,或是志意极坚强,都是造成绝艺的原素。这篇所纪述的是一个最近的人物,上海人知道的最多。其人其事,实在有可纪述的价值。这人姓黄名石屏,原籍江西人,就是十年前在上海很享盛名的针科医生。这黄石屏的针科手段,直可以说得是超神入化,一时无两。他一生使人惊诧叹服的事迹,很多很多。在下于今要纪述那些事迹,就不能不从他学得这针科绝艺的来由着手。

却说黄石屏的父亲,在山东做了好几任的府县官,为人甚是清廉正直,很能得地方百姓的爱戴。做清官的当然不要非分的钱,因此做到五十多岁,家中仍没有多少积蓄,不能在家安享。晚年才得了宜昌的一个厘金局差事,然得了这差事不久,跟着就得了个风瘫半身不遂的病,终日躺着不能动弹。延尽了名医,服尽了汤药,只是没有效验。黄家的亲朋戚友,都以为这是年老送终的症候,没有诊治希望的了;就是黄石屏兄弟,以及他父亲本人,也都是这们一种心理。所应办的一切后事,多已办妥了,只等这口气咽下去就完事。

这日忽然门房进来报道,外面来了一个游方的和尚,年纪约有七八十岁了,口称要见黄局长,特来给黄局长治病的。黄局长心想,我这病原是不治之症,这和尚既说特来给我治病,或者有特别的能耐,能将我的病治好也不可知;便是治不好,也没有妨碍。遂教门房将和尚引进来。不一会，门房引进一个老和尚来。黄局长看那和尚，虽是须眉如雪，可以看得出是年事很老的人；然精神充满，绝无一点儿龙钟老态，身体魁梧，步履矫健，远看决看不出是有了年纪的。那和尚进房，即合掌当胸，向黄局长笑道："老施主还认识老僧么？"黄局长听他说话是山东口音，只是脑筋中记忆不出曾在甚么地方见过。只得答道："惭愧惭愧，别后的日子太久，竟记忆不起来了。"和尚笑道："无怪老施主记忆不起。俗语说得好，百个和尚认得一个施主，一个施主认不得一百个和尚。老僧便是蓬莱县千佛寺的住持圆觉。当日因寺产的纠葛，曾受过老施主的大恩，时时想报答老施主，无如老施主荣升去后，一路平安，没有用得着老僧的时候。十多年来，老僧逢人便打听老施主的兴居状况，近日才听说老施主在宜昌得了半身不遂的病症，多方诊治不好。老僧略知医术，因此特地从蓬莱县动身前来，尽老僧一番心力。"

黄局长听了，才回想起做蓬莱县知县的时候，有几个痞绅，想谋夺千佛寺的寺产。双方告到县里，经几任县官不能判决，都因受了痞绅的贿。直至本人到任，才秉公判决了，并替寺里刊碑勒石，永断纠葛的事来。不觉欣然点头说道："老和尚提起那事我也想起来了。那是我应该做的事，算不了甚么。老和尚快不要再提甚么受恩报答的话。"当即请圆觉和尚就床缘坐下。圆觉问了问病情，复诊察了好一会，说道："老施主这病非用针不能好，便是用针，也非一二日所能见效，大约多则半月，少则十日，才能恢复原来的康健。"黄局长喜道："休说十天半月，就是一年半载，只要能治好，即十分感激老和尚了。"

圆觉从腰间掏出一个布包来，里面全是金针，粗细长短不一。一点药石不曾用，就只用金针在病人周身打了若干下。打过不到一刻，病人就觉得比未打针的时候舒畅多了。次日又打了若干针，又更比昨日舒畅些。于是每日二三次不等，到第五日已能起床行动了。黄局长感激圆觉和尚，自不待说。终日陪着谈论，才知道圆觉不但能医，文学、武事都高到绝顶。彼此谈得投契，竟成了知己的朋友。

有一日，圆觉慨然说道："我生平学问，只有针科为独得异人传授。当今之世，没有能仿佛我万一的。我多年想传授一个徒弟，免得我死后此道失传；但是多年物色，不曾遇着一个可传的人。这种学术若传之不得其人，则为害之烈，不堪设想；因此宁肯失传，不敢滥传。"黄局长问道："要怎么样的人，方能传得呢？"圆觉道："这颇难说，能传我此道的人，使见我的面，我即能一目瞭然。"黄局长有四个儿子，三个极精明干练，只有第四个黄石屏，身体既瘦弱，性情复孤僻。从三四岁的时候，就不大欢喜说笑；后来越长越像个蠢人。同玩耍的伙伴，欺侮他，捉弄他，他不但不抵抗，竟像是不觉得的一般；因此左右邻居以及亲戚故旧，都认定黄石屏是个呆子。黄局长也没有希望他成材的念头。只对于那三个精明干练的，认真培植。这时听了圆觉的话，便说道："不知我三个小儿当中，有能传得的没有。"圆觉诧异道："多久就听说有四位公子，怎说只有三位呢？"黄局长面子上难为情似的说道："说起来惭愧，寒门无德，第四个直是豚犬不如，极不堪造就。这三个虽也不成材，然学习甚么，尚肯用心，所以我只能就这三个看是如何？若这三个不行，便无望了。"圆觉点头道："三位公子我都见过，只四公子不曾见过，大约是不在此地。"黄局长叹道："我就为四小儿是个白痴，绝不许他出来见客，并非不在此地。"圆觉笑道："这有何妨，可否请出来见见。世间多有痴于人事，而不痴于学术的。"黄局长听了，甚是不安，只管闭目摇头道："这是没有的事。"圆觉不依，连催促了几遍。黄局长无奈，只得叫当差的将黄石屏请出来。

这时黄石屏才得十四岁，本来相貌极不堂皇，来到圆觉跟前，当差的从背后推着他上前请安。圆觉连忙拉起，就黄石屏浑身上下打量了几眼。满脸堆笑的向黄局长说道："我说世间多有痴于人事，而不痴于学术的。这句话果然验了。我要传的徒弟，正是四公子这种人。"黄局长见圆觉不是开玩笑的话，才很惊讶的问道："这话怎说，难道这蠢材真能传得吗?"圆觉拉着黄石屏的手很高兴的说道："我万不料在此地，于无意中得了这个可以传我学术的人。这也是此道合该不至失传，才有这们巧合的事。正所谓踏破铁鞋无觅处，得来全不费工夫。"说罢，仰天大笑不止。那种得意的神情，完全表现于外，倒把个黄局长弄得莫名其妙，不知圆觉如何看上了这个比豚犬不如的蠢孩。只是见圆觉这们得意，自己也不由得跟着得意。当日就要黄石屏拜圆觉为师。圆觉从此就住在黄家，但是并不见教黄石屏打针，连关于医学上的话，都没听得教黄石屏一句。只早晚教黄石屏练拳习武，日中读书写字。黄家人至此才知道黄石屏不痴。

黄局长任满交卸了归家乡，圆觉也跟着到江西。黄石屏从圆觉读书习武三年之后，圆觉才用银硃在白粉壁上画了无数的红圈，教黄石屏拿一根竹签，对面向红圈中间戳去，每日戳若干。戳到每戳必中之后，便将红圈渐渐缩小，又如前一般的戳去。戳到后来，将红圈改为芝麻小点，竹签改为钢针，仍能每戳必中。最后才拿出一张铜人图来，每一个穴道上，有一点绣花针鼻孔大小的红点，黄石屏也能用钢针随手戳去，想戳甚么穴便中甚么穴。极软的金针，能刺入粉墙寸多深，金针不曲不断。圆觉始欣然说道："你的功夫已到九成了。"自此才将人身穴道以及种种病症，种种用针方法传授，黄石屏很容易的就能领悟了。黄石屏学成之后，圆觉方告辞回山东去，又过了十多年，才坐化蓬莱寺中。

黄石屏的父亲从宜昌回原籍后，也很活了好几年才死。黄石屏生性异常冷静，不仅不愿意到官场中营谋钻刺，并不愿经意家人生产。兄弟分家，分到他名下，原没有甚么产业。他又欢喜吃鸦片烟，除一灯独对，一榻横陈之外，甚么事也不在他意下。没有多大家产的人，如何能像这们过日子呢？不待说一日亏累似一日，看看支持不住了，饥寒逼迫他没有法子对付，只得到上海来挂牌替人治病，得些诊金度日。

那时南通州的张啬翁，还没有生现在当智利公使的张孝若公子，就得了个阳痿的症候。虽讨了个姨太太，只因不能行人道，姨太太子宫中的卵泡无法射破，就有一肚皮的儿子，也不得出来。黄石屏因世谊的关系，和张啬翁很相得，彼此来往得甚是亲密。见张啬翁日夕愁烦没有儿子，便问张啬翁有甚么暗病没有？张啬翁将阳痿不能人道的话告知了他。黄石屏道："这病容易，我包管你一索得男。"张啬翁听了，知道他医道极高明，连忙问如何治法。黄石屏道："如何治法，暂可不说。等嫂夫人的月事来了的时候，你再来向我说，我自有方法。"张啬翁果然到了那时候来找黄石屏，黄石屏在张啬翁下身打了一针。作怪得很，这针一打，多久不能奋兴的东西，这夜居然能奋兴了。于是每月打一次，三五个月之后，智利公使便投了胎了。张啬翁喜极之余，又感激黄石屏，又钦佩黄石屏，不知要如何酬谢黄石屏才好。黄石屏却毫不在意，一点儿没有借此依赖张啬翁的心，仍是在上海行医，门诊收诊金二元二角，每日至少有病人二三十号。

有一个德国妇人，腰上生了一个碗口大的赘疣，到德国医院里去求治，医生说非开刀不可。那妇人怕痛，不敢开刀。就有人绍介黄石屏。那妇人邀绍介的同到黄石屏家，只打了三次针，共花六元六角钱，赘疣即已完全消灭了。德妇感激到了极处，凡遇同国人病了，就替黄石屏宣传，引自己做证据。只是德国人是世界上第一等迷信科学的人，听了绝不相信。就是疑信交半的，也不肯拿身体去尝试。

这日那妇人有个女朋友，也是在腰间生了一个赘疣，大小位置都差不多。那妇人便竭尽唇舌之力，劝那女友到黄石屏那里去。女友已经相信了，答应愿去，女友的丈夫却抵死不依，定要送到本国人办的医院里去。那妇人不能勉强，然仍不肯决然舍去，跟着女友夫妇同到医院里。经医生看了，也说非用刀割开不能好。那女友听得要动刀，登时吓得面色改变。那妇人乘机说道："是吗，我那次到这里求治，不也是说非开刀不能好的吗？我于今不开刀，毕竟也完全好了呢。"医生听了那妇人的话，觉得诧异，忙问她那赘疣怎么好的。她即将黄石屏如何打针的情形，详述了一遍。医生摇了摇头问道："那打进肉里去的针，是空心的呢，还是实心的呢？"妇人道："三次我都要针看了，都是实心的，比头发粗壮不了许多，连柄有六寸多长；打进肉里去的，足有二三寸。"医生又摇摇头问道："抽出针来之后，出了多少血呢？"妇人道："一滴儿血也没出，也不觉得很痛。等我知道痛时，针已抽出来一会了。"医生道："这腰间的动脉管，刺破了极危险。那中国人用的既是实心针，可知不能注射药水，怎么刺两三下，居然能将这般大的赘疣消灭呢？这是没有根据的事。"妇人气忿起来争辩道："怎么是没有根据的事，我这腰间的赘疣，就是因给那中国人刺三针消灭了，不就是根据吗？"医生见妇人生气，便陪笑道："我说没有根据，并不是说你的话没有根据，是说这种治法，于学理没有根据。你不要误会了生气。"

那女友既不敢教医生开刀，只得劝丈夫牺牲成见，同去黄石屏家试试。她丈夫遂和医生商量道："不问那中国人的治法，于学理有不有根据，我们不妨以研究的意味同去瞧瞧。果能治好，固是我等所希望的；便是治不好，有先生同去了，也还可以有方法应急挽救。"

这医生是德国的医学博士，就是这医院的院长，在上海所有的外国医生当中，算是数一数二的人。当下也就发动了好奇念头答应同去。于是四人一同乘了汽车，由那妇人向导，到了黄石屏家。

这时正是黄石屏门诊的时候，一个两上两下的客堂房做诊室，十多个病人，坐的坐，卧的卧，都挤在这一间房里。黄石屏手执金针，在这人身上戳一下或两三下，这人即时立起来，说已好了。在那人身上戳一下或两三下，那人也即时立起来，高高兴兴的向黄石屏作揖道谢。好像和施用催眠术一般。那医生眼睁睁在旁看了，简直莫名其妙。有些地方那医生认为万不能用针戳下去的,而黄石屏行若无事的只管往下戳,并似乎绝不经意。戳过了的针,也不消毒,随手用一块绢帕略揩一揩。那医生用科学的眼光看了,直是危险万分。然眼见诊室中十多个病人,只一会儿工夫,都被戳得欢天喜地的去了,却又不能不相信有点儿道理。

那妇人等治病的都走了,才上前给黄石屏绍介。那医生说得来中国话,寒暄了几句之后,即和病人的丈夫商量了一会,向黄石屏道:“我这个女友,腰间生了一个这们大的赘疣,听说先生能用针射得消灭,不知是不是确实。”黄石屏教这女子将赘疣露出来看了看,点头说道:“这很容易治好。”随用手指着那妇人说,“这位夫人也是生了这们一个赘疣,也是经我三针打消灭了。”医生道:“这是我知道的。不过我这女友的胆力很小,她愿多出些钱,想请先生包她治好,无论先生要多少钱都使得。只是得写一个字据,担保没有危险,不知先生可不可照办。”黄石屏听了不高兴道:“我这里门诊的章程,每人一次只取二元二角,多一文也不要。先生贵友便有千万的钱,在我这里也没用处。我在这里应诊了二十年,治不好的病,我决不担任诊治,连二元二角钱也不要。治得好的病,就是我的良心担保。二十年来经我手治的,还不曾发生过危险。贵友相信我,就在这里治,不相信我,请另找高明。上海做医生的很多,不是我一个。”这段话说得那医生甚是惭愧。病人因亲眼看见黄石屏治好了十多个人,更相信不疑了,定要在这里治。黄石屏照例绝不经意的样子,拿针在赘疣旁边戳了一下,只戳得这女子哎呀了一声。随即站起来,向前后左右拗动了几下,笑道:“已好了十分之四了。”那医生惊奇的了不得。黄石屏约了这女子明日再来。

第二日原可以不须医生同来的,但那医生因觉得这种治法太希奇了,要求同来观诊。也只三次,就将赘疣射得完全消灭了。医生每次同来,已和黄石屏混熟了。自后每日必到黄家观诊,渐渐谈到要跟着黄石屏学。黄石屏道:“这不是你们外国人能学的东西。”

医生道:“中国人既能学,哪有外国人不能学的道理呢?”黄石屏道:“从表面上看了,不过用针向肉里戳一下,实在戳这一下不打紧,其中却有无穷学问在内。外国人不认识中国字,不精通中国的文学,无论如何也学不会。”医生问道:“应读些甚么中国书呢? 其中最难学的是甚么呢?”黄石屏道:“最难读的是《黄帝内经》,最难学的是人身周身穴道部位。”医生问道:“我听说中国有一种拳术,是专点人身穴道的,甚么穴道点一下便得死,甚么穴道点一下便得病,究竟有没有这们一回事呢?”黄石屏笑道:“岂但确有这们一回事,想学我这种医术,就非先练好这点穴的本领不可。”医生做出不大相信的样子说道:“然则先生此刻已有这点穴的本领么?”黄石屏道:“没有这本领,如何敢拿针在人身上乱戳呢?”医生问道:“好好一个人,果能点一下就教他死,点一下就教他病么?”黄石屏道:“这当然是办得到的事。”医生道:“可以试验给我看么?”黄石屏道:“可是没有不可以的。不过这东西不是好随意试验的,因为关系着人命,谁敢拿人命为儿戏呢?”医生道:“只要先生肯试验,我这身体就可以给先生做试验品。为研究学问,便牺牲我这生命,也是心甘情愿的。”黄石屏摇头笑道:“那如何使得,并且先生不是真要研究学术,不过不相信真有这们一回事罢了。若是真要研究学术,拿自己的身体做试验品,先生可知道人生只能死一次的么? 死了就不得复活,却怎么研究呢?”医生道:“不是也有点过之后,只病不死的吗? 就请把我点病何如咧? 我实是不相信有这们一回事,所以要亲身试验。”黄石屏笑道:“你我好好的朋友,你不相信,我不妨缓缓解释给你听,到使你相信为止,用不着拿自己的贵重身体做试验品。”

黄石屏越是这们说,那医生越不相信,定要黄石屏试验。黄石屏被逼得没有法子推托,只得说道:“先生若定要亲自试验,就得依遵我的条件。”医生问道:“甚么条件? 可依的我无不依遵。”黄石屏道:“先生得找一个律师来做证人,写个字给我。先生的目的,是希望我点病,真个病了不能怪我。”医生大笑道:“这何待说。但是手续上是应该如此。”那医生即日找了个律师,写好一张字,交给黄石屏。黄石屏就在接那字的时候,不知在医生甚么穴上点了一下。医生当时一些儿不觉着,坐了一会,见黄石屏只管闲谈,绝不提到点穴的事上面去,忍耐不住了催道:“就请当着律师试验罢。”黄石屏笑道:“早已试验过了,特地留着你回医院的时间,请即回去静养罢,用不着服药的。”医生半信半疑的回医院。才回到自己房中,就觉得身体上不舒适,初起像受了寒的一般,浑身胀痛,寒热大作;坐也不安,卧也不稳,行走更是吃力,然还以为是偶然的事。弄了些药服了,服下去毫无效力,如热锅上蚂蚁一般的,连闹了两昼夜。实在忍苦不下了,只得打发汽车将黄石屏接来。黄石屏见面问道:“先生已相信有这们一回事了么?”医生勉强挣扎起来说道:“已相信确有其事了,这两日实已苦不堪言,所以特请先生来,看有方法治么?”黄石屏道:“这很容易,立刻便可使先生恢复未病以前的原状。”说时,伸手在医生身上抚摸了几下。医生只觉手到处,如触了电机,连打了几个寒噤,周身立时痛快了。医生从此佩服黄石屏的心思达于极点,一再要求传授。黄石屏道:“我不是秘不肯传,只因这种学术,上了三十岁的人,要学就不容易了。中国人尚不容易,何况外国人呢?”医生说:“我可拍电到德国去,要医科大学选派二十个年龄最轻的学生来学何如?”黄石屏仍是摇头不肯。医生只索罢了,馈送黄石屏种种贵重物品,黄石屏概不收受。那医生和黄石屏来往了七八年,始终没得着一点儿窍妙。

到民国三年,袁世凯正在日夜想登大宝的时候,和曹孟德一般的得了个头风病,一发就痛苦万状。那时没有陈琳愈头风的檄,就只得遍觅名医诊治。不过那时候所有的名医,多是有名无实的名医,谁也不能把那头风治好。“嵩山四友”之一的张啬翁,因感念黄石屏的好处,就将黄石屏保荐给袁世凯治头风。袁世凯以为黄石屏也不过是一个普通懂得些儿医道的人,知道黄石屏在上海,就下令给江苏督军,要江苏督军转饬黄石屏进京。黄石屏冷冷的笑道:

“我做医生,吃我自己的,穿我自己的,听凭你们叫来叫去吗?你们的清秋梦还没醒啊!”睬也不睬,只当没有这回事。袁世凯见黄石屏叫不来,若是不相干的保荐的,叫不来就拉倒,谁再过问呢?只为是“嵩山四友”保荐的,不能马虎,亲笔写信告知张啬翁。张啬翁叹道:“进贤不以其道,是欲其入而闭之门也。”遂也亲笔写了封信,派遣一个和黄石屏也有些儿交情的人,送给黄石屏,要黄石屏瞧着张啬翁的情面,无论如何,须进京去一趟。黄石屏却不过张啬翁与来人的情面,便说道:“要我进京使得,不过得依我的条件:第一,我见了袁世凯,不能称他大总统,只能称慰庭先生;第二,我原是靠行医吃饭的,此去以三天为限,每天诊金一万元,共三万元,先交付,后动身;第三,我此次进京,是专为治袁世凯的头风,袁世凯以外,无论甚么人有病,我都不诊。依得我这三件,就照办,依不得时,谁的情面我也顾不了。”来人往返磋商了几次,毕竟都依了。三万元的汇票,已到了黄石屏姨太太的手中。黄石屏才青衣小帽,轻装就道。到京只两针,便将头风治好了。袁家眷属,见来了这们一个神医,争着赠送黄石屏银钱礼物,要求黄石屏诊病,黄石屏一概谢绝。第二次来要求时,黄石屏已上火车走了。黄石屏也是晚年才传了两个徒弟:一个姓魏名亭南,一个姓胡名敬之。胡敬之现在也在上海悬壶应诊,手术之神,也不减于黄石屏。

(原载《红玫瑰》第一卷第十一期,一九二四年十月十一日出版)

孽子奇婚记

张冥飞

上

绍兴蕺山山下,有一座兴福庙。那庙是一个姓陈的乡绅盖造的,请了个老和尚名叫石顽的在那里住持。石顽戒行清苦,起先还有几个和尚和他同住,后来都熬不得冷淡,受不得拘束,陆续都走了,石顽便独住了四十多年。每日里扫地烧香,种园煮饭挑水打柴,没一件不是亲自动手。陈乡绅早要替他找一个香火道人伺候他,石顽笑道:"我又不瘸脚折手,为甚么白坐着叫别人伺候。"陈乡绅又要他收徒弟,石顽又笑道:"我没衣钵可传,别人贪图我甚么,要来拜我做师父?若说是学我的戒行罢,这是全在自己刻刻留心管束自己,不是师父管束得来的,又何必要师父呢?况且师弟是有缘法的,缘法未到,我决不肯胡乱就收徒弟,施主不必代我着急。"陈乡绅只得罢了。

陈乡绅的夫人,是一个有名的雌老虎,悍泼绝伦,妒又妒到极处。大凡妒妇十九是没有生育的,因为她做的全是寡欲多男的反面文章,这陈夫人就是一个证据。陈乡绅二十多岁点了翰林,在北京花天酒地的乱搅,竟买了一个窑姐儿做姨太太。却被他夫人知道了,独自带了一群丫头老婆子,连夜赶到北京,找着那姨太太一顿打。那姨太太正怀有四五个月身孕,活活的被她揉踏下来,一阵血崩,姨太太呜呼死了。那姨太太的亲生爹娘便告了一状,幸喜陈乡绅有许多老师和同年帮忙，出钱买的和了这场人命。可是在北京站不住了，只得丢官不做，回到家来。想起姨太太死得惨苦，便长斋奉佛，又盖造这座庙。一来是替姨太太求些冥福，二来也是替他夫人解这冤孽。不知不觉过了三十多年，陈乡绅六十岁了，他夫人管的少许松些，这才在外面弄了一个女人，居然得了一个儿子，取名耆生。抚养到十二三岁，陈乡绅得病垂危，这才对他夫人说明。谁知这一来，竟碰翻了他夫人几十年前的陈醋瓶，也不顾陈乡绅的死活，立刻暴跳如雷，点着一班丫头老婆子，便去查抄外宅。先把耆生母子打个头破血流，赶了出去。那屋里所有的东西，都检点了拿回去，拿不去的，都打个稀烂。掌起得胜鼓回得家来，看陈乡绅时，已经直挺挺的死在床上，气绝多时。免不得干号两声，办理丧事。

耆生母子二人被赶打出来，不多时又听得陈乡绅已死，便去找陈家许多本家，哭诉情形。便有人主张告状打官司，耆生的母亲家里，也有人出来要打官司，便去县里告上一状。过了几天，那知县坐堂审问，姓陈的本家都翻了腔了，说不曾听说陈乡绅有这么一个儿子。那知县便断说耆生母子是有意讹诈，念她是女人小孩子，免打逐出。耆生的母亲痛哭一夜，便去陈乡绅门口，自缢死了。耆生母亲家里的人，得了这个题目，便又告起状来。到后来敲到手一笔钱，又领了烧埋银子，也就完了事了。只丢下耆生流落下来，变成了一个小叫化子。石顽知道了，自去城里，领了耆生到庙里来。将息了几天，被陈乡绅的夫人知道了，怒气冲天的走来，立逼着石顽撵耆生出去。石顽便道："这个无父无母的孤儿，老僧不忍见他冻死饿死，所以特地收留的，正是出家人的本等，你太太管老僧不着。若说这庙是府上盖造的，可是你家老爷在世的时候，凡是庙里头的事，全交给老僧经管，无论是谁，不许干预，这是你家老爷亲笔写过字据的。而今你家老爷过了不久，扶起来还可以说得话，你太太似乎也该看重他生前所说的话，所做的事，才是道理，不必来干预老僧的事。况且老僧在这庙里,除了住的几间屋子以外,吃饭穿衣,全是老僧自己的气力挣来。你太太而今要收回这庙去,也很容易,你只消到你家老爷灵床面前禀告一番,老僧立刻带了这小孩子就走。你太太若是想在这佛堂里撒野,老僧可不能答应。"陈乡绅的夫人碰了石顽这般一个大钉子,犹如火上浇油,便叫同去的丫头老婆子,捉那耆生,乱打一顿出气。石顽大喝道:"谁敢动手?"一伸手就在地上撮起一口砖来,三只指头在砖上戳成寸来深的圆洞,便道:"你们这班奴才,谁敢再欺你们小主人,老僧便立刻追了他的性命!"那班丫头老婆子都吓得缩在一旁,陈乡绅的夫人也吓倒了威风。悄悄的回家,正和几个本家内侄之类商量办法,石顽却同耆生来了,径到陈乡绅灵床面前合掌作辞,叫耆生叩了几个头,便带领到姚江边一个小地方,名叫半浦的一座仙潭寺里,将耆生交给他师弟铁顽和尚学习武艺,石顽便自云游去了。

仙潭寺离江不远,寺门外有十几亩大的一个池塘。池塘的中央是个深潭,水深得很。据说往前有一条孽龙在那里修行,后来是佛祖打发降龙尊者来点化了成了正果。那池塘和江是相联通的,每逢江潮大涨,池塘的水都浑了,只有中央三丈围圆的水总是清的。原来是那潭底下涌出一股清泉来,潮涨的多高,泉水也涌起多高,外来的潮水,搀杂不到那中央去。耆生在寺里三年,每天只是做些零碎事,却是潮涨的时候,便要到池塘中央去挑水。从浅水一直到中央,隔一尺五寸远,都钉有木桩,潮涨了,桩尖出水才半寸来高。耆生起初是用很小的水桶,每次要挑满一只三石水的大缸。满了三年,早换了大水桶,每次挑满三大缸水,却是越挑越快,不到半炷香时就完了事,每日总有大半天闲着。寺里除师父外,又没第三个人,那寺又很偏僻,五七里外才有人家。静到极处,只思量要替母亲报那大娘的仇,却是师父总不传他的武艺,心里十分着急。

一日正在挑水,忽然来了一个精壮后生,站在一边,看了些时,耆生也没理会。一时水挑过了,师父叫他去见师兄,就是那精壮后生。问起，才知道师兄名叫李子元。子元同师父讲了一会，出来，便仔细问耆生的来历。耆生听了，又说起要报仇没本领的话，子元大笑道："你做的这门功夫，报仇不是有多了吗？"耆生不懂。子元道："你挑着百十斤重的水，在那桩上走过，水纹都不动，你身子的轻快，也就了不得了。你要纵跳起来，二三丈高的墙，哪里搅得你住。你若不信，何妨试试。"耆生便到殿外，试一纵身，就上了屋檐，自己倒吓了一跳。子元招手道："你只管大胆跳下来，你还有一种自己不知道的能耐呢！"耆生轻轻向下一跳，子元道："你同我来。"便出寺门到池塘边，子元道："由这边到那边岸上，约莫有三十多丈远，你的力量或者不够，在水面上飞不过去。但是有个办法，那边墙角上堆着有瓦，你去搬一叠来。"耆生依言搬一叠瓦，约有二十来片。子元道："少了，你得将它敲碎了用。你只照平日挑水走桩子的一样，在水面上放一块碎瓦，跟着就踏上去，连连的放，连连的踏。仗你又轻又快的身子，包你上了对岸，脚上不会沾水。"耆生有些胆怯，子元再三催促，耆生只得照他所说的试演。那碎瓦到水面上沉得很快，可是耆生摆放得快，踏也踏得快，一会儿果然上了对岸。子元拍手大笑道："何如？你应该知道你的功夫很不丑罢。"耆生便又踏水回来，子元便道："你有了这种功夫，难道还怕报仇不成吗？我看你要报仇，简直就要去了。不然，时候等长了，你大娘死了，你还报甚么仇？"耆生一想，此话不错，便道："我便去辞别师父去。"子元摇手道："不行，你若是辞别师父，师父一定不许你走的。"耆生踌躇道："那我怎么办呢？"子元笑道："脚生在你腿上，你不会偷着跑么？"耆生道："恐怕使不得罢，将来我怎样见师父的面呢？"子元道："那有甚么要紧？将来见面，只消磕几个头，赔一个礼罢了。"耆生想想，这办法很通，便道："师兄肯陪我同走吗？"子元道："我不必陪你走，你是甚么时候去报仇，我一定来帮你一个忙。不过你还缺少一点本领，我今天传授你，你学会了，谁也莫想伤害你了。这功夫也是你做过多时的。这殿上佛龛的帘子不是铁的吗？

你每天早上去揩抹佛像，两手不空，不是用牙齿咬住那扯帘子的铁链子吗？我而今传你个咬牙避金刀法，遇着有人用刀枪或是别的军器要来伤你时，你只将牙关紧咬，运动气功，你全身的筋骨皮肉，就硬的和铁一样了。”耆生大喜，子元便传他运用气功的诀。子元道：“你练习一百天就可以偷跑了，可是万万在师父面前露不得风声的，他老人家要是知道了，一定怕你到外边去打不过别人，灭了仙潭寺的名头，非得先把你治死了不可呢。”耆生悚然应诺。子元大笑，作别自去。耆生照他所传的口诀，练习三个月之后，牙关一咬，浑身竟如铁石一般。

这一夜便悄悄的离了仙潭寺，沿着江岸，竟奔绍兴府城而来。走了半夜，只听得他师父铁顽和尚在后边叫道：“你这小子，功夫没有学全，怎敢私自逃走？”耆生一想，不好，便在地上拾了许多的砖瓦和螺蛤的空壳，趁着月光在江面上踏水过去。刚上得右岸，铁顽已在左岸高声说道：“也罢，我赏你两钹罢。”猛见两道金光，如飞的一扑咽喉，一扑前胸而来。耆生咬定牙关，只听得铛银银几声，一副碗口大的钹，正掉在地上。连忙拾起，又听得铁顽嚷道：“你好好的去罢，我只一句话吩咐你，不许杀人。”耆生看对岸时，师父已不见了，便跪下遥拜了四拜。当夜赶过曹娥江，顺着纤路，一直走来。正走的得劲，只见李子元从对面走来道：“老弟，你如何今日才来？你那大娘前一个月就死掉了，你的家产，被你几个本家分了，而今看你怎么办？”耆生听了，茫然没有了主意，只得向子元求救。子元道：“据我所闻，你那大娘也未必恶到尽情，无非是你的几个本家，想得你家这一份绝产，所以勾串你大娘娘家的几个侄儿，专一的去挑唆你大娘，所以你大娘才一切不顾的瞎闹。你要报仇，总得从这班东西身上报起才对。谁知你只认定大娘是仇人，我所以不便说甚么。而今你大娘死了，人死不记仇，你正好报这班挑唆的人，出一口怨气。”耆生道：“很多的人，我怎么个报法呢？”子元道：“我已经替你查了，你大娘两个侄儿，你家一个族长，一个户首，三个远房叔叔，报起来很容易的。”耆生迟疑道：“我去杀他许多人么？师父不许我杀人呢。”子元笑道：“报仇一定要杀人吗？他们所以要害你母子，无非是眼热你家几文钱。而今钱到了他们手里，他们很是得意的，你何不去把他们的钱尽数拿回来，使他们心里难过，也就算报了他们了。”耆生道：“怎么去拿他们的钱呢？”子元道：“你才真笨。半夜三更，跑到他们屋里去，找着他们放钱的地方，拿了就走，不就结了吗？”耆生道：“这简直是做贼去偷人家了。”子元笑道：“也差不多。”耆生又迟疑起来道：“偷人家的事，似乎做不得罢。”子元正色道：“你知道甚么！现在的世界，只有做贼最好，既不坏心术，又可以行侠仗义。”耆生道：“这话我不懂。”子元道：“你真不懂吗？我来告诉你。钱这样东西，本来是应该流通，大家用用的。他们有钱的人，偏偏的把钱揹在腰里，不许别人用倒也罢了，他自己又不肯用，把许多钱都揹死了，所以穷人永远弄不着钱用。他横竖把钱搁在那里不用的，你去拿了来，代他用了，有甚么心里下不去呢？而且你若是能够拿他们搁下不用的钱，分给穷人去用，又怎么不是侠义的勾当呢？”耆生道：“这话也有道理。不过一个清清白白的人，去做了贼，总觉得不好。”子元道：“你这话又错了，勿论他们的钱，决不是清清白白来的，随便是谁，拿来就用，不算玷污了清白。就依你说，做贼不是清清白白的事，可是你并不拿来自己乱用，专拿去让许多穷人分着用，你一个人尽管得了一个不清白的贼名，可是救济了不少的好人，你也没有甚么不值得。”耆生道：“话虽如此，只是哪里去找许多人去救济他？”子元道：“只要是穷人，就都是好人，因为他做人好，所以才穷。他若是个坏人，现在的时候，他一定早发了财了，如何会穷？即如你的本家和你大娘的侄儿，不都是很有钱的么？他们弄钱的本领多么大，他们有那种本领如何会穷？又如你，贼都不肯做，自然是个好人了，可是应该得的家产，都被他们设法子夺了去，以后看你怎么能够不穷！”耆生想一想道：“我就做一回贼试试罢。”子元道：“你试出味来了，将来叫你不要做贼，只怕你还不肯呢。”

下

李子元劝得陈耆生肯做贼了，当夜便领了耆生，先去偷占住他家房屋的堂叔。跳墙进去，撬门拱锁，把那堂叔所有的金银细软，全都搜得干干净净，拿了出来交给耆生道：“你去用了它。”耆生道：“怎么用得完呢？”子元笑道：“你真太懒了，你将它施舍穷人，怕它不完吗？”便又带了耆生，白天里只去小街曲巷里，留心那些穷人的住处，到了晚上，便去那族长人等家里去偷，偷来了，便去散给那些穷人家里。是这般做了十来日，耆生老练许多了，子元便和他离开绍兴，经杭州、苏州，沿路偷将过去，做下百多桩案子。所偷的全是贪官污吏土豪恶霸，却是各地方的穷家小户，挨家都拾着五七两银子。许多捕快，捕不着影儿，因此哄传起来，说是出了一个侠贼。子元便怂恿耆生到北京去玩玩，耆生一晌偷的高兴，便随着子元去北京偷将起来。子元专管打听，打听得某家该偷，便着耆生前去。几个月下来，又做了四五十件案子，侠贼的名头，又闹动了，可是官府搜捕得很严紧。子元便对耆生说道：“我们在北京也玩得够了，可以换个地方去玩玩。只是他们官府要捉我们，我们不能不给点手段他们看看再去。今夜正好去顺天府尹衙门里辞行，如此如此。”

耆生独自扎缚停当，起更时分，飞身到了府尹上房，朝下看时，只见那府尹的夫人正坐在窗前叫一个小丫头装水烟抽着。耆生跳将下去，揭起门帘，叫声太太。那府尹夫人一瞧，却是不认识的一个小后生，便喝问是谁。耆生微微笑道：“我就是你家老爷天天派人捉拿的侠贼，而今要动身出京了，求太太赏几文盘缠。”那府尹夫人大吃一惊，刚要声喊，耆生早抽出刀来，映着灯光，明晃晃的射人眼睛，便道：“太太不必惊慌，我也用不着多少钱，太太只消在手上取一个金钏赏我就够了。”那府尹夫人吓的无可如何，只得勒下一只金钏来丢给耆生。耆生在地上拾了，叫声多谢，便纵身出来。又去府尹的签押房里留下一封信。这才去正阳门城楼屋脊上，将金钏搁在鸱吻上边，便同子元连夜到保定去了。府尹被他吓的不敢再追究了，许多案子，只赔了些赃完事。

耆生到了保定，子元便不叫他再偷了，每日在外边游玩。住了些时，子元对耆生说道：“这里有一家为富不仁的人家，我早想去偷他的。只因他家里的人，全都有很好的武艺，我因为没有帮手，恐怕弄他们不过，所以不曾动手。而今有了你做同伴，我又去探看明白了道路，便不能轻易放过他。”便领了耆生出了西关，约莫走了二十多里路，在一处饭店里吃了晚饭，二人收拾好了，扑奔一处庄院而来。耆生看时，只见一带树林，密密层层的，足有三五里路大小。穿过一层树林，便是一条护庄河。那河面有十丈来阔，河那面便是那庄院的围墙。子元指着对耆生道：“由这里翻墙进去，恰是第四进房子，东边的套间，正是他家藏放银钱的地方。那屋子里有四口大橱，靠窗第一口橱里，有一只小小的皮箱，你只去取了来就行了。如果惊动了人，你千万不可以和人家动手，你只望墙上有白旗的所在跳出来，踏水过河，我自然来接应你。”耆生留心记了，踏过河去，越过墙头仔细看时，果然是第四进房子。爬在东套房檐上，垂头看那屋里，窗前桌上点着一枝大蜡烛，照的一屋通明透亮，烛下有一个十六七岁的小姑娘，在那里看书。墙边果然摆有四张雕花大橱，耆生等了许久，听得敲打三更了，那小姑娘还是一心一意的看书，动也不动。又等了些时，听得有一个中年妇人的声音，叫英儿英儿，那小姑娘答应了，起身到外房去了。耆生趁这机会翻身下来，拨开窗门，纵身进去，便去开那靠窗第一口橱。橱门却并不曾上锁，一拉便开，一口红漆描金花的香牛皮小箱子，正搁在上格。随手取了，掩上橱门，便听得弓鞋声音响到外房来了，忙蹿出窗门，便听得有人叫一声有贼，说时迟，那时快，耆生刚出了房檐，要越过屋脊，早追上来一个人。此时云开月出，见那人向自己伸手，一点寒星扑面而来，知道是暗器，伏身躲过，趁势蹿过屋脊，回头看时，却是那小姑娘，手执双刀赶过来了。耆生一手挟住小箱子，一手抡刀，遮拦架格了几手。偷眼看那墙上，果然有一枝小小白旗迎风飘飐，便卖个破绽，抽身跳出圈子，一连几跳，从白旗处跳下墙，乘势蹿过了河。那小姑娘赶到河边，见耆生走过河那面树林里去了，哏了一声，自回庄去。这里耆生肩了箱子在树林里寻子元时，哪里有人影子。一会儿听得庄院里一片梆子响，心想此地耽搁不得了，便放开脚步回饭店里去。

正走的得劲，却见对面走来一人，喝声站住。耆生听得声音很熟，立定趁月光看时，谁知是石顽和尚。想起自己在这里做贼，不由得耳红面赤起来。石顽问道："你不在仙潭寺学艺，跑到这里来干甚么？"耆生支支吾吾的说了几句，石顽尽管追问，远远的已是灯笼火把成片的追来。耆生实在不想说，又不能不说，却又不敢直说，半吞半吐的约略说了。石顽大怒道："你竟做了贼了，我救你一场，只想你轰轰烈烈做一个人物，谁知你望下流走去，竟走的这般快。你这肩上扛的，一定是贼赃了，这分明是女人装首饰的箱子，怪不得他们许多人来追你。好好，也不用他们来拿你，我便拿你去，交给他，听他们办你一个什么罪。"耆生忙跪下道："师父不必生气，是弟子该死，弟子情愿去领罪。"石顽和尚道："你这两句话，还像话。起来，跟我走。"便向那追的人迎将过去，走不多远，便遇着了。耆生看时，只见追的人都拿着挠钩套索，只有一个五十来岁的瘦长胡子，像是庄主模样的，手里拿了一把单刀，见石顽带着耆生回头来了，便嚷道："石顽老师父，如何认识这个小贼的？"石顽道："赵庄主，这是我的一个不争气的徒弟。"那赵庄主道："老师父如何会收着这个贼徒弟呢？我倒要替你惩治惩治他，免得他下次再做贼。"石顽道："老僧也是这个意思，所以叫他同到你庄上来的。"赵庄主一面叫那班庄客回头，一面打量耆生，向石顽说道："看他相貌倒很清秀，为甚么竟做了贼？真正可惜。"石顽道："我也正自不懂，我想我那铁顽师弟，也决不会教他做贼的，不知他如何要做贼？"耆生此时真如乱箭穿心，只得低头闷走。

无移时，到了赵家庄上，石顽便叫耆生纳还了小皮箱，那赵庄主着人拿进去了。石顽便道："而今听凭你责罚于他，可是有一件事，我要先说明。他的尊翁，和我相交四十年，只有他这一条根苗，你要打就打，要骂就骂，可不能损伤他的筋骨。"赵庄主笑道："何至如此，我看在老师父的面上，打也不打他，骂也不骂他。可是也有一件事，他这回偷的东西，是在小女房里偷去的，只要小女说不追究，我绝没有成见。"石顽便对耆生说道："想是你冲撞了他们的大小姐了。"耆生不敢言语。赵庄主笑道："他是来做贼的，有什么冲撞不冲撞，不过小女曾经夸过口，说是无论何等有本领的人，休想在她屋子里拿去一点东西，所以她这回很是怄气。"话犹未了，只见李子元从里面走出来，叫石顽一声师伯，便对赵庄主说道："姑父，表妹要和师弟比试武艺呢。"赵庄主便问耆生道："你的意下何如？"耆生不知就里，不敢答应。石顽便道："这是什么意思？"子元便道："这本是我师父和姑父的计议，怪不得师伯不知道。我这表妹，也是我师父的徒弟，五年前，我表妹学成武艺之后，才十二岁。有几个姑表姊妹和表妹开玩笑，问表妹要嫁个怎样的丈夫，种种的人，都说出来，问表妹愿意不愿意，表妹老不开口。便有人说，这也不要，那也不要，将来只有嫁一个贼。表妹生起气来道，不错，我还非贼不嫁呢！你们连贼都够不上嫁。这话被姑母听见了，便责备表妹不该乱说话。表妹就闹起强脾气来，偏要嫁一个贼，可是那贼非得在她房里偷了东西去就不成。当时都把她做笑话讲过去了，谁知表妹至今咬定这句话，不肯改口。姑父没法，便和我师父商量，恰好陈家师弟的家世人品都好，所以我竟引诱他做贼，特地叫他来偷东西。又特地请了师伯来，替陈家师弟做主。而今表妹要和陈家师弟比试，想是不很信服陈家师弟的本领。陈家师弟尽管放胆比试便了,近来这几个月,我所传的几种功夫,很够比试的了。”石顽听了,不免大笑起来。赵庄主道:“实在是小女有些牛心古怪,我也是无可如何,老师父不要见笑。”石顽忙道:“我并不是笑你家大小姐,我是笑做贼也有姻缘在里面呢!”耆生涨红了脸,对子元说道:“师兄不要胡说,哪有这种道理?”子元道:“老弟你今日乖觉也迟了,谁叫你做贼偷东西来,而今不由你不比试。”石顽道:“你就比试比试何妨?”耆生没奈何,只得不言语,当夜无话。

次日赵庄主夫妻二人,领了女儿英云出来拜见石顽师伯,和耆生比试了一番。英云的功夫沉着,耆生的功夫矫捷,英云几次用少林杀手,都被耆生躲去,英云便放出联珠袖箭来。耆生一连接过五支,以为放完了,谁知英云右手联珠般放出五支来,耆生闪过四支,被一支射中前胸,只听得铛的一声,赵庄主便喝叫住手。叫耆生解开衣看时,原来是铁顽和尚赐给他的一副小小金钹,赵庄主认得是英云小时候玩耍之物,以为姻缘前定。又见他两人心中都愿意,便替他二人结了亲,留在家里住下。后来耆生又跟他丈人练了几年功夫,便在北五省保镖,很有声名。他丈人赵六奇,本是走镖出身的,在北五省提起赵大虎的绰号,没有人不知道他。

(原载《红玫瑰》第一卷第十期,一九二四年十月三日出版)

无情弹

姚民哀

一千九百二十年十一月初六日早上,奉天一个邮差,赶早在铁岭动身,越过隆业山,将到懿路驿。踏着冰车,在靠山的那条运粮河里溜冰向前。两面岸上的积雪,有六七寸深,七八丈宽阔的河面,结了两三尺厚的冰。那时惨淡无光的朝日,才从隆业山东山角嘴透起来,格外映得连天雪白。满地梨云,大好河山都被森寒所罩。

邮差腹内寻思道:古人说,"青山原不老,为何雪白头"这句话,描摹得淋漓尽致。照眼前的光景,莫说山头变白,连青天也成了白色。古人又说"天若有情天亦老",因为天的颜色老是青翠蔚蓝,不会像人一般满头霜雪,不能明骂他是无情无义东西,所以在反面衬上这一句。表面上很轻描淡写,替天申说出一个不老的理由来,因为不像人类时时刻刻动情,故此天会不老。若是天也和人一般有情有义,那天也容易老了。试问把这句话反过来看,谁说不是骂天是无情无义的东西呢?明明把"若"字、"亦"字两个虚字来宣布那老天的罪状,除去了这层道理,还有别的用意不成?不过照今天的那种情形观察,老天也仿佛和白发盈颠的人一般衰迈龙钟,时候虽是清晨,已满罩着一团暮气。如此看来,天到底也是有情之物。石曼卿这句"天若有情",就不如那"青山不老"切实。不过天老的时候,平常人非但不大注意,并且不轻易瞧见。就像今天那副天色,能有几个人看见。一般自命多情人物,大抵睡在床上做梦哩!因此上世人大多数赞成石曼卿那句话，竟当天是不会老的了。其实天真的不老，人间恐怕也不会常常发生缺陷事情，还分出什么兜率天、离恨天那些名目来啊。唉！我是很希望天不会老的一个人，偏偏瞧见天衰老情状，打动我心头无限悲伤，恨不能立刻把两眼瞎去，瞧不出这一种悲惨世界。或者立刻跳出这一张情网，不知要省多少烦恼哩。

那邮差正在胡思乱想、出神的时候，忽听得一阵辚辚之声，跟着朔风劈面过来，在耳边吹送过去。东三省的邮局规矩，凡是踏冰车的邮差，那个信袋里头全是重要文件。当这一份职司的人，不是平常人当的。你们道这邮差是何等样人，他也是东省有名人物，连俄罗斯、日本两国都晓得这人的本领。当时听得车声，停睛望前一瞧，只见离开自己二三十丈光景的右面岸上，一辆驼车正望南来。车沿上坐着一个彪形大汉，戴着一顶海龙帽，穿了一件犽绒大褂，笼着双手，在车上趁着势前仰后合的打瞌睡。邮差见了，不觉笑了一笑，腹内暗想，今天遇到了话儿哩，笨贼这般打扮，还像赶脚的么？想来昨晚一晚没睡，所以这样的大风里头打得成瞌睡。可是照这种神气，还有谁上你的钓钩？既然他双手笼着，总算有规矩，我先去招呼他吧。主意打定，嘴里打了一个呼哨，那车上的人也不理会，仍旧合着眼，由着那骆驼一脚高一脚低走路，顺着吹得人翻倒的西北风过来，和邮差交肩而过。虽然隔着水陆各道，那邮差着实担上一份心事。直待回过头去，望不见那车的后影，邮差还是不放心，把冰车踏近右岸，跳上去把留在雪地上的驼蹄、车辙端详了一回，再下冰车。自己埋怨自己道：驼是圆蹄六指，车是空的，这是正当的经纪人赶集。自己也太小心，活见鬼，以后恐怕连树影儿都要打招呼了。赶紧催着冰车，向开原进发罢。

著书的抽空，把这邮差的历史约略报告明白。他出身是北京，妈是镶蓝旗人，生了下来尚没有见过生身父亲之面。他妈当初把他带到奉省，寄居铁岭乡下。他还没弥月，他妈亲手编竹为户，堆石成屋,母子两人住下了。因为他命里五行俱全,小名叫做五全,天生神力。七岁那年,有个游方僧人路经门口,恰巧五全在门外搬石头玩。那僧人没口称赞好一个孩子,亲自跑进屋里向他妈抄化,钱米不要,单要这孩子,说跟他有三年师徒缘分。他妈居然一口应承,吩咐五全随了大师父做徒弟去吧。五全也一些不难过,跟着和尚就走。临出门时节,五全听妈高声说道:“可怜这是没爸的孩子,千万要大师父慈悲。”

五全出去了三年,仍由那僧人送回来,和他母亲说:“孩子已经没有敌手的了,千万不要再住在此地。”说完之后,和尚就走了。他妈贪爱此地清静,仍未搬家。五全有了一身兼人武技,又打得好枪法,不论步枪、马枪,百发百中。所以一到十三岁,就溜到三岔路口,做独脚买卖。人家叫他留名,五全说:“难道少大爷你们都不认识?”年纪虽轻,一百二三十个大汉,简直不放在他心上,不用家伙,趁手撩撩,人家已足够受用。

一到十五岁,声名更大。奉天的老疙瘩、高粮子太岁、锦州的王亚银、吉林的高三秀、宽城子的混世魔王、挥春的陈大个子、齐齐哈尔的武衙门姚九、台门的赵铁灯都来拉拢他,和他拜把子。他不敢说自己的真名,恐怕母亲知道,信口说姓邓,名叫海兰。从此名声一天大似一天,做的案子一天大似一天。官厅方面知道了,不敢下手,因为他和那一般著名人物都有交情。只怕抓了他闹出大事,故而瞒上不瞒下,延搁过去。五全益发胆大,步哨线越放越远,竟然做起火车买卖来。头一回出手,是一个从关外奉调到口北,驻守库伦滂江边防军里头一个军官。五全还算有良心,只拿了他一只小官箱。他妈哪有不知儿子在外干的什么事,平日假作痴呆。那回带了官箱回去,官箱里面除了金银珠钻之外,底下有半张照片,是一个年轻的人穿着前清七品的冠带,部位和五全差不多。他妈见了几乎掉泪,就大大的把儿子申斥,指穿他在外头所作所为。并且说懊悔不听你家师父说话,弄出事来,立刻就逼着五全一同离开此地。

五全没奈何，跟妈迁居到安东，住在日本租界，被妈又硬逼着到学堂里读书。五全天性纯孝，遵从母命，进了一个学堂，一读三年。他的天资可称聪明绝顶，这三年里头竟成了个文武全材的中国好男儿。将近毕业时候，有一个同学介绍他入了三不会。这会的外表是不挟妓、不赌钱、不饮酒，每逢星期日，也和天主、耶稣两教的做礼拜相仿，举行一种宗教规模。其实内里的宗旨，那是不做官、不出代议士、不放社会上有件不平事情发生，专门除暴安良，扶危济困。东三省和口北一带都有了分会，慢慢的想把势力扩充到黄河和长江流域。这宗旨深合着五全心思，立刻加入。会里边分A、B两种会员资格，表面上不过每年缴会费多少的区别，其实A部是实行部，B部是鼓吹部。五全是个血性男儿，自然加入A部。

此番入会，却不比以前做买卖，先在母亲面前禀明过的。他妈很赞成，不过叫儿子入B部，每年可以省出些钱。五全口里虽然答应，实在还是加入A部。等待毕业之后，恰巧抵制风潮发生，他妈又带了他回到铁岭。不过不住在乡下，是住在闹市，而且叫儿子改名去充当重要邮差。五全始而不明白妈的用意，及至进了邮局，才知道此地三不会员不知有多少。他虽然做个邮差，会中的消息，全在他手里传递。并且晓得A部实行部的部长就在此地寄居，脸面却没有见过，所以他也甘心做这种职业。邮局长也很赏识五全，因为他做了这重要邮差以来，无论若何要件，没出过一回岔子。明知他是那道儿上人，但是利用着他，公事安稳，也何乐不为呢！

五全今年已经二十二岁，亲虽没对，但是新近有了个情人。这情人是谁呢？就是现在和他同居的王荫堂的女儿王文英。荫堂是当军官的，只有这个女儿。五全和妈从安东搬回来，去租荫堂的余屋。五全的脸子生得一表非俗，文英的相貌，在北地胭脂里头也算上一份。荫堂名为军官，实在是陆军第十六师第三十二旅中第二连第三排的一个排长。名字很好听，论他价值和所入，没有什么大不了，所以家里官派未曾十足，尚有平民色彩。驻扎在铁岭已经十余年了，因为奉部令调到喜峰口，他自己湖南人，他妻子是铁岭人，一来不便带了家眷动身，二来他妻子不肯离开家乡，所以招一家人家同居着，彼此照顾照顾，恰巧五全母子搬了来。荫堂出门之后，没有钱寄回来安家，五全的母亲时时去接济。好在五全前几年做的没本生意，积蓄着实不少，一时用不了许多，因此文英母女俩非常的感激五全母子，交情一天深一天。文英又认了五全妈做干娘，和五全兄妹相称，格外觉得亲热。他们虽没有说到婚姻问题，心里可是一个非他不嫁，一个非伊不娶的了。五全到邮局里去服务，文英老大不赞成，但是知道干娘主见，一时也未便昌言反对。那荫堂开调到了喜峰口，不久又调到库伦，改编为筹边使的卫队，一路去宣抚外蒙部落，开了几回火。荫堂是排长，每遇开火，总在第一道火线，屡立战功，有保升连长希望。曾经写过一封信回来，并且信内道及卫队长邓振邦待他很好，又过了几时，荫堂已有升了连长的信回来，不过对于长官邓振邦，为了冒着他好几回大功，所以有了怨愤之言，预备要在筹边使面前控诉。从此以后，再也没有信息回来。那一天邮局内接到北京来的多少要件，有一包寄到开原的包裹，误递到铁岭局里。铁岭局长就劳五全辛苦一趟，上开原送包裹。五全路上的情形，著书的已经在第一段铺叙过了，不必重言申明。这是五全的历史，所以他虽做邮差，会把前人的诗句联语解剖解剖，伴他旅行的沉寂，谁想得到他还是个多情侠士啊。

当时五全送了包裹到开原交割，自然再循原路回到铁岭。先到局中销差，局长特别给他休息两天，五全很高兴的回到家中。一到门口，不觉诧异起来，心中暗想：怎么那圆蹄六指的骆驼足迹，在我家门口发见了？心中好不纳闷。赶紧跨进大门，恰巧文英走出来，一见五全，笑道："五哥，你回来了。干娘遇着么？"五全忙道："你的话我不懂，难道我妈也出门去了么？"文英道："不错。五哥是早上动身，午牌时候，有一辆驼车，一个很体面的赶脚到来，面见干娘。不知道有件什么东西授给干娘,干娘望怀内一揣,匆匆的到房里收拾了一个小包,就上车走了。临走和我说,若得你家哥哥回来,叫他千万不要出门。就是有人送什么东西来,也推说没人在家,不要受领。我是回开原娘家去的,至多三四天就回来。”五全听了皱眉道:“我今年二十二岁,从没听得我妈说开原有娘家人在,这是怪事。一定歹人奸谋,在太岁头上来动土哩。”文英道:“干妈何等老成,外间谁不知五哥的名誉。我想不会闹出什么乱子的吧。”五全一听这话很有道理。我妈前几年住在四面荒野的独家村,也没半点风吹草动,何况现在呢?照这情形,妈是自愿上车。歹人请财神,想来虽然不会,但一时又想不出这缘故来。

正在狐疑不决时,忽然闯进一个娘们,向着文英道:“你们这里有位周子全大爷么?”五全接口道:“你问他有什么事?”伊道:“我们方才有个开盘子的客人,叫我送一封信给这位大爷。”五全道:“信呢?”伊从袖子内拿出来。文英知道周子全,是五全在邮局内当差的假名姓,所以坦然伸手上去接那封信。五全说了一声“有劳”,赶紧在文英手内把信拿过去,拆开观看。来人一瞧不会有赏钱,闲闲的退出去了。文英道:“五哥现在真阔,连窑子里的娘们都知道大名了。但瞧伊神气,要几文酒力,五哥睬都不睬,看伊出去的几步路很不自然。”五全一面拆信,一面勉强笑道:“你又要多心挑眼。不要说我自己不进窑子门口,我敢说一句,凡是我的真同志,没有一个进窑子的。至于要酒力,我自己送惯信,从没拿人家一个小钱。自己不拿人钱,你想人家想拿我钱,成功不成功?”文英笑道:“五哥真是三句不离本行。”五全暂不接嘴,把信笺展开来一看,上写着:

佳要至漏紧速泄开员防号部密一行秘十实守四字须塔 A 议角是会八凡

这一下可把五全愣住,看不出什么道理,顿足道:“奇怪事情并在一起来的。”文英道：“信封背后不是有个‘三’字么？”五全把信封翻过来一看，乃是“三元倒头”四个字，口里咕哝道：“什么三元四喜、倒头顺头呢？”文英道：“前天我听干妈讲《荡寇志》陈希真三打兖州，有张瓦床哄扑天雕李应上当，也有一封信有‘三元’两个字，是隔开三个字读去，才联贯得成信句子。这信也有‘三元’二字，不知道这‘三元’和那‘三元’是不是一样两个字？”五全被文英一提醒，果真隔了三个字一读。“佳”字下面接“漏泄”二字，有些意思。但是下面却是“防密秘守”，又不成话说。忽然想着‘三元倒头’，莫非颠倒读过来么？暗暗再从底下倒读起来，却是：

凡是A字实行部员，速至佳八角塔四十一号开紧要会议。须守秘密，防泄漏。

五全不觉高声自责道：“不如伊，幸亏伊。”文英笑道：“五哥发呆了，口中不晓得咕哝什么。”五全道：“头字一定除头，装在脚上对了。”一面把信向衣袋一摁，一面向着文英深深一揖，不住的道谢。文英弄得莫名其妙，笑着拉住五哥问道：“你为什么谢我？”五全一时又未便说出来。可巧文英的母亲从里面走来，一瞧情形，正色道：“开了大门，做这些小孩子玩意，不怕乡邻人家笑话么？”文英讨了没趣，低着头望内一走。五全一声不响，望外便跑。好在明后二天是例外休息，身子可以自由，所以出去上饭馆吃了些东西，也不回家，又动身上开原八角塔找寻四十一号去了。

八角塔是开原一处名胜，在开原城外的西南角上，一座八角形的古塔。那八只角上都有泥塑的佛像供着，高十五丈，一共七级，据说还是唐朝时候建筑。四面都是堆栈，居民绝少，只有多家一所祠堂，房子很大。门牌是有一块的，可是风霜剥蚀，看不清号数的了。那天晚上，忽然里头有许多人影熙往攘来。那祠堂最后的一座厅上，点着绿色的蜡烛。那些人谁不能认谁，因为头上都套着一个黑布袋，只留两个眼睛洞，一个鼻头洞，格外觉得阴风凄惨，令人可怕。那一天西北风刮得呼呼作响，彤云密布，黑暗之中，约略有一线光明。只听得祠面前两三棵寒柳衰榆，被风吹得摇摆不定，时时和那祠堂屋檐相碰着，好似有人叩门的剥啄声。那两个管门的黑衣人低低道："一共来了六十六个人了，单少一个从未赴过大会的，恐怕不会来了。"那一个道："你怎么知道不会来？"先前开口的道："这所多隆阿祠不轻易找到，况且门牌又模糊难辨的了。"

正说着，只听门外有脚步声响。那先开口的管门人就轻轻的拍了三掌，外边那人也照样拍了三下，门里边便问道："什么倒报？"外间的人愣了一愣，才接口道："三元倒报。"门内又问道："除尾吧？"门外道："除头更佳。"那一个管门人一听口号相符，自然动手开门，先前那个管门人叹了一口气。那一个人进来之后，管门的把门儿下锁，一同走到里头。只见东面人丛里一个身子稍长的人，在胸前摸出一个哨子，用力一吹，和鬼叫一样，那班人便挨着次序，席地坐了下来。主席倒是那个先开口的管门人，在居中地上坐定，然后开口道："外蒙分部在总部里告发一桩事情，已由总部调查明白批准下来，叫本部执行。故此召集大会，抽签抽定实行员。是什么一件事呢？那是一个上级军官，冒了一个下级军官的功劳，下级军官知道了，要在最高长官面前申诉。不料被那上级军官知道风声，就用阴谋手段，把那下级军官害死了。害死了此人之后，在死者箱笼里头搜着了一张合家欢照片。那上级军官，又瞧对了照上一个女孩儿脸子，一打听和死者有交情的友人，才知是死者女儿。这贼又起了邪念，预备派人到死者家眷所在，只说死者已经荣任何职，接眷上任。一到这贼势力范围地内，就不怕孤儿寡妇，打量势迫利诱，满了他的欲念。此等人尚能容留在世么？诸同志试想，该杀不该杀？"

主席话未说完，只听得一片喊杀之声。那最后进门的人也开口说道："请部长快快抽签。此等人如再容留在世，平民社会还有希望安享幸福的一日么？"

那部长没有接口，方才吹哨子的那个身长会员，就打从袖内拿出一个签筒。那是木头的，外面用漆漆着红、黄、蓝、白、黑五项颜色，分明是按着中华民国国徽，送到部长面前。部长把两手伸缩了一会，心中好像感触着什么事，十个指头有些颤动。经不起多数会员催促快抽，部长定了一定神，伸手抽出一根签来。先瞧了一瞧，很不愿意报告，向坐在左首的副部长手内一摁。副部长也就是方才那一个管门人，把签一看，高声道："六十一号。"部长又抽一根签出来，颤声道："预备者，第一号。"身长的人赶紧把这个签筒拿开，又换上一个纯红色签筒。部长再抽出一根签报告道："期限五个月。五个月以后未能达到目的，实行者宣告死刑。"读完之后，把签向筒内一丢，勉力再道："法无贷，毋徇情，实行者其各凛遵勿忘。"说到那忘字，那喉音骤然低了许多，好像要哭出声来。身长的又把红签筒收拾开。副部长把那二根签向上一举，大家齐声道："中华民国万岁！三不会万岁！六十一号、一号同志万岁！"

一号是部长自己，责任乃是监督第一次被抽者的进行勤惰，和第一次被抽者失败后的继续进行人。六十一号就是最后到会，铁岭邮差五全。当下副部长站起来，走到五全坐的地方，交给他一张照片、一根十三门跳壳勃郎林手枪。五全站起身躯，把这两件东西接过来，口里宣誓道："苟不与此贼同尽，为吾会前途增荣光，为平民伸冤屈，愿受诸同志最后的裁判。"部长也站起来接口道："倘放弃天职，罪有应得，天厌之，天厌之。"五全始而距离部长地位远，况且在绿烛光中，黑布套内，分不出部长五官部位，辨不出切实声音。现在只有三个人站着，比较方才清楚。五全一肚皮疑团愈深一层，腹中寻思道："部长决不是同性的人，很像是……"那时部长已经高声道："散会。"大家都站起来忙着与他们二人拉手道贺，然后纷纷星散。有的从供木主的那个神龛里头，本来装有一部扶梯，可下隧道而去；有的走墙上出去；有的走后门或走边门出去。五全路径不熟，还是跟着那副部长出的前门分手。

连夜熬着严寒，动身回铁岭。虽然天黑，幸而可以借雪光赶路。约摸走了一个更次，忽然前面有几条黑影，内中有一条黑影好似部长模样。五全要解释胸中疑团，想追上去看个明白。无奈前面的人夜行术比他高得多，总离开一丈或是七八尺地步光景，不能追着。五全脚里放松，前面也慢些；五全脚步加紧，前面格外轻快。而且路径比五全熟悉，好像特地来做向导。走到东方有些发白，前面人影愈觉快了。等待看得清五指，前面人影不见了。五全自言自语道："又是活见鬼！想破疑团，反而筑上一座疑城了。"

第二天巳牌时候，五全回到家中，见门虚掩着，他便忙着推门进来喊："文英，文英。"却不见出来。走到自己房内，见他妈已回来睡在炕上。五全不敢惊动，轻轻的退出去，把大门关好。然后坐在客堂内把那张照片拿出来一看，见是一个旅长服制的中年军官，嘴上撇着燕尾须，一望而知是个大奸巨猾。后面写着"耳登手辰，拆字邦甯"八个字，想不出什么意思。又反过来把脸子细细端详，好像在何处见过，面善得很，一时也想不起来。再把手枪掏出来，摩挲了一回，暗暗道："你我从今后相依为命了。不过要是动身干事，母亲面前怎样启齿，倒是难事。至于以后养生送死的责任，只好烦劳意中人王文英的了。但目前却不知道这目的物在哪里呢。昨晚我也粗忽，没问部长，会中人也没告诉我。一回又想到部长报告中有外蒙分部报告一句话，大约在恰克图乌梁海那种地方。"想了一回，倒觉得倦了，于是把照片手枪藏好，重复蹑手蹑脚到房里。一瞧妈朝里翻过身了，但仍没有醒。

五全正想钻到自己炕上睡，忽然见娘的炕面前地上，有一件东西掉在那里。过去拾来一看，那是半张小照。五全想，这是十五岁那年，在火车上带回来的，久已不在心上，妈把他搜出来何用呢？但是妈什么时候回来的？这张照又在什么时候拿出来呢？瞧妈熟睡的样子，也好似昨晚没有睡觉的一般，搜这张照出来做什么？正胡思着，手指上觉得有些潮湿，仔细一看，原来这半张小照斑斑泪点，像才加染上去。望地上四面一瞧，多没有潮气影射到湿片上痕迹，炕上地上多干燥得很，那么这潮湿一定是眼泪迹。眼泪迹除掉了母亲没有第二人，母亲又为甚要掉泪呢？越想越疑惑，再定睛把那照片一看，这照上的脸子，分明就是与实行部给我那个民贼小照一般无二。一面是清朝七品服制，无须面白，清瘦些；一面是国民军服，有须面苍，肥胖些，五官地位没有改动分毫。难道两张照是一个人么？然而妈是嫉恶如仇的天性，伊泪点洒在这张照上，不问可知和照上人有关系。怪不得七年以前，我做了这注买卖归家，被妈大大的申斥，这一层难题解决了一半。从妈好善嫉恶上推想，决不会和恶人生关系，那么这半张小照，和会中给我小照是两个人，不过脸子部位相似罢了。好在昨夜所得照片还在身边，拿出来比比何妨。这张照上的人，左眼眶上有一颗黑痣，面架子即使相同，这黑痣总不见得也会相同的。故而再掏出那张照来一比，左眼眶上墨黑的一点，不是痣是什么？这一下把五全的一股勇壮之气、填胸义愤，都化了惊疑骇异，呆看着那两张照片出神。又想着也曾见过一个左眼眶有痣的人。猛一抬头，在炕面前台上摆的那面镜子里，照着自己脸子，眼花缭乱，腾出一条手来，不住的在自己左眼眶上抹着，抹了半天，再看了看炕上的亲妈，不住道："阿呀！妈的名字不是上佳下德两个字么？"又把两张照和自己脸子仔细的比上一比，腹中连珠般叫苦，不住的顿足道："糟了！糟了！再不料这样难问题轮到我自己身上，如何办法啊！"

不料顿足顿得太重，把他妈惊觉了，骨碌又是一个翻身向外，好像说梦话似的，在那里说两难的了。五全赶紧把全张小照藏过，半张小照依旧摆在地上。听妈还没醒，看看妈脸上颜色，本来是一脸慈祥恺悌，如今变成眉锁深愁，焦黄不堪，两个眼泡都肿着。五全也止不住扑簌扑簌的掉下泪来，轻轻的钻到自己炕上，呜咽了好久。要想在意中人身上划策补救方法，仔细一想，伊也是局中人，一丝牵全局，如何好在文英身上想方法！从那天起，五全母子二人都生起病来了,病中伺候汤水自然是文英一人承当。可怜佳德和五全病得面黄肌瘦,文英也非常憔悴,而且这种心病,虽有卢扁华陀也难以救治,总之不是草根石屑的药味儿力量,能够起他们的母子沉疴咧。

光阴似箭,不知不觉又是一个月过去。那一天傍晚时,文英为着五全病有转机,可以扶杖离床,因此在屋后摆了一只藤椅,请五全坐着,曝着衔山的斜日,看看野景散散心。自己坐在旁边陪伴寂寞。五全始而一味的叹气,文英再三劝解说:"干娘病也不妨的了,区区一个特别邮差,本来有什么希罕,开除不开除更不足挂念。我特地为了受恩报恩缘故,硬要候你们痊愈了,方才放心动身。不然爸的信来了三天,还派着人守候在此,我怎么不提一字?唉!五哥,你知道我心上除了你还有谁?你知道我愿意离开你到别地方去么?你知道我此去能够生还么?你果然是我心上一个人,但是爸爸是生我的人,岂非比你更重要。我不能不走这条路了。"文英一面说着,一面已哭出来了。拿了一块手帕,自己不揩,反狠命的授给五全揩泪。

五全目前的机警大非昔比,病虽不多时,鲁钝了不知多少,一毫不去辨别文英的话里因由,反在那里满肚皮找安慰话儿。向天上望了望,忍住了悲苦,用手指着天上道:"你看那一片一片的云,今天被西北风吹送到了东南方去,明日也许吹了东南风,把那云片仍旧会吹回西北方来的。"文英也含泪接口道:"可惜中间有了罡风,把云吹得四散,即使吹回来,也不见得是完璧归赵。何况这云还有与风抵抗的思想,万万不会瓦全。今天一天西北风何等厉害,那云早已四分五裂,粉骨碎身,等不及明天东南好风相送的了。"五全道:"水往东流,尚且有西还之日,何况人生离合!"文英道:"水若往西流,必然下雨,所谓天变预兆。我很不愿意天变,还是逝水东流是顺的,反可以两全其美。我劝五哥还是息了这种希望吧!你想水回头倒流,难免天变,流回来了也无趣的。你从前不是讲《左传》给我听，一段石蜡的大义灭亲，一段'人尽夫也，父一而已。'如果照《左传》上事情，反过来做着儿子杀了父亲，还能说大义灭亲么？女子家为了夫，忘了父，还成话说么？就把这两层来譬开你的望水西流的心念，五哥是聪明人，也应该觉悟了。至于离合这一层，果然人生常事，但是里头含了种种复杂原因，就格外觉到可惨了。"说到这里，文英又哭得说不成话……到了明天，文英父亲方面的人等不及了，硬逼着文英动身。文英的母亲照例应该一同前去，但是来信没有提及，文英也极力阻住母亲，说待女孩儿上那边试验试验，住得惯就差人再来迎接；住不惯，女儿也就要回来的。好在文英的妈向来听女儿作主的，竟然不去。

文英一走，五全母子的病都霍然痊愈。五全忽然提出一个难题，动问母亲道："譬如我们三不会里，举行一桩除暴安良的事情，宣布一个恶人死刑，派一个执行员去执行。却巧这执行员和恶人很有密切关系的，受命的时候没有明白，及至明白，已经来不及了。并且执行员有个对等关系的人，就是恶人罪状里面的人证。执行员为着密切关系，踌躇未决之际，那对等关系人又被恶人诱占或强夺去了，这执行员应该如何呢？要是下手，仍旧受着一个良心裁判，总免不了人家唾骂；若是不下手，占据执行员对等关系人事小，遗害社会事大。而且执行员再事迁延，本人要受会里边公平裁判，先替恶人受刑，岂非一样留着污名于后世！请问母亲如何解决？"他妈点头叹息道："空费心思，假途灭虢，终不免演出莫大惨剧。儿既欲解决此项难题，娘有锦匣一具，儿携带至滦州北门外，招寻一僻静客寓住着。到明年正月十五，你有机会和义妹相见。你将锦匣打开，自能解决儿所问的问题。但是不遇义妹，千万弗开此匣，至要！至要！至于会中给你的十三门手枪，毋须再带，况且妈已为你转给一人宝藏，不必悬念。"五全唯唯受训，隔了一天，就动身上滦州。

一千九百二十一年一月十五傍晚时候，滦州北关市上，忽然发现一只疯骆驼,圆蹄骈指,与寻常不同。幸亏从关外调回来的一大队军士,正驻扎在北门外面一个前清的游击衙门里,得着信,排队出去把那疯驼轰毙。可是疯驼是死了,这个时候,那领队的长官邓振邦也被人暗杀了。

邓振邦这时候正在审讯一个刺客,刺客不是别人,即是他用尽心机骗来做义女的王文英。一向是把文英当女儿看待,文英跟他入关为是不信干娘佳德说话,信着狼心狗肺的义父,要入关和生父王荫堂见面。谁知道这一天邓振邦赴滦州士绅的元宵春宴归来,酒已半醉,竟想和义女干非礼勾当。文英假说你若告诉我生父的真实下落,方肯顺从。邓振邦喝醉了酒,一时不顾前后,将自己所为阴谋和盘托出。文英方信干娘之言,放声大哭。邓振邦尚不醒悟,依然嬉皮涎脸凑近。文英袖中早已藏有利刃,抽出便刺,邓振邦虽是一个中国式的军官,没有什么大能耐,文英终究女子,不是振邦敌手。况且振邦高喊刺客,手下闻信赶入,文英自然被擒。振邦立刻升座,追问口供。文英瞑目受死,一言不发。振邦立即吩咐枪毙。

哪里知道文英房里新用的一个老妈子,忽然上前阻挡。振邦仔细一瞧,这老妈子不是别人,那是自己二十年前在京里边勾诱成婚的一个贵胄女子佳德。当初不但始乱终弃,且还骗取了佳德私蓄捐官到差,巴结上司,一共用去七八万块钱,好容易弄到民政部当差。为了极力钻一个亲王的门路,又偷了佳德四五万块钱,总算巴结上了亲王一个红当差。那红当差有个十不全的女儿,听见振邦自己说没有妻小,就挽人露了句口风,想招他为婿。振邦为着要做官,不顾门阀品貌,一口应允,一面和佳德办离婚。佳德自然要交涉,但是于婚姻上有关系的东西,振邦早存心偷去已久,连一张结婚照片都撕去了半张,所有用去和偷去的钱更无凭据。

可怜佳德恰在这时候临盆,经得起这种伤心么?故而孩子未曾满月,就带着出京,此后毫无消息。振邦自然胆大,和那十不全结婚，认二太爷做岳父。不久光复了，满人失势，振邦哪里还要这十不全的妻子啊。又是老手段，离开了这个，娶了一个皖系要人的侄女儿。在行政、立法两种机关中混了几年，眼光上觉得不如军界弄钱便当，所以运动入了边防军里头当差使。先是军佐，被他那种吮痈舐痔的手段一阵子施展，居然转了军官，带着家眷赴任。在火车上碰见胡子，把他一只重要官箱带走了。不要说历年宦囊皆在其内，连和佳德结婚的半张照片也连带抢去。振邦未尝不有风闻，佳德隐居关外，这桩事疑是佳德买人出来做的。料到居然被他料到，其实并非佳德买人出来，还是令公郎亲自动手。从这一回受了打击，刮地皮刮得更厉害，想恢复原状，对于半张照片却也很担心事。万一佳德拿着这东西出面办交涉。与自己大有妨害。今晚佳德果然出现在肘腋之下，振邦这一惊非同小可，一叠连声喊“拿刺客同党！”佳德高擎着十三门勃郎林手枪，喝止两边，然后和振邦谈判，要求将文英释放，将半张照片还你，算交换条件。依着振邦要先拿照片，佳德自然不依，必定要先释放文英，后还照片。争执了好一回，振邦恨恨道：“没耻妇的一张嘴，比刀还锋锐。”没奈何吩咐将文英释放，一面亲自下案取照片。佳德见文英已放，即将手枪授给文英，令其防身，先行一步。自己方将半张小照取出，交还振邦。

振邦暗想照片到手，吩咐手下朝外一排乱枪，这二人尸首总在二门之外、头门之内倒着。不料将接照片时，外边忽然人声鼎沸，说是疯驼闯入衙门来了。振邦急令所有站堂军士，一律上前开枪止住，自己仍伸手来取照片。不料军士放枪，文英就乘着乱枪声音，知道仇人不防，猛向振邦要害连开两枪。振邦还有命么！倒在地上滚了两滚，就直挺挺躺着不动。佳德尚有香火之情，看了一看，长叹一声道：“始终为你所累的了。”文英赶快跪在佳德面前，泣诉道：“请干娘将干女儿枪毙，以泄此愤。”佳德伸手向文英拿枪的那条手搀上来，文英当是佳德拿枪打自己，慷慨得很，把枪向上一献。然而文英还是外行，枪柄朝自己，枪口对着佳德，佳德身子伛偻一些，枪口正对腹部，伸手上去，借在文英手中把机一扳，砰的一声，文英阿呀一声，赶快缩手，那颗枪子，已经在佳德的肚皮内假道而过，自然立时倒毙。文英失声痛哭，膝行上前，伏在佳德身上号啕大哭。

那时却惊动衙门后邻一家小栈房里的旅客，赶紧上屋，打从二堂天井下来，暖阁后面绕出。那旅客是个少年，手中还捧着一只锦匣，匣里边装着一颗大号炸弹。不是别人，那是五全。一瞧两个尸首，厉声问道："我妈是怎样死的？"文英回头瞧见五全，又怨又痛，又惭又恨，正色答道："枪是在我手中，机是妈自己扳的。"五全又道："我爸是怎样死的？"文英道："被我开枪打死的。"五全掉泪道："你为甚要开枪打死我爸？"文英道："替我的爸报仇。"五全把锦匣轻轻底向地上一摆，脸上现出一种极悲苦的颜色，喉间发出一种极凄惨的声音道："既如此说，难道不准我替爸报仇么？"文英道："不共戴天，理当如此。"一面说，一面把枪送上来。这回可内家了，枪口对自己，枪柄对五全。五全把枪接过来，哭道："你……你……你，我报仇不能，徇情不能，何必呢？何必呢？爸是军阀，杀惯人的；妈是三不会实行部长，杀惯人的，今日都不免为人所杀。我但愿世界上人以后自己不杀人，人也不杀他。我替爸爸妈妈总忏悔吧！"说完这几句，把枪倒过来，砰砰一连十响，可怜五全身上开了十个窟窿。文英赶紧站起来想抢住，哪里来得及！那时一班军士都回过来捉文英，文英一时没有主见，忽然瞧见地上锦匣内那颗炸弹，凄然一笑，急忙取在手中，那班兵士吓得往外便逃。文英把弹向地上一掷，如同天崩地裂，一霎时火光熊熊，尘飞瓦走。一对怨偶，一对嘉偶，都化作飞灰，干干净净的同到天国去了。

（原载《半月》第二卷第十二—十三期，一九二三年三月出版）

言情姻缘

恋爱之镜

严独鹤

王子群是一个很著名的医生，他年纪很轻。从德国留学回来，便在普惠医院里面当主任医士。他学识又高，心思又细，治起病来真是手到回春。所以不到一年，声誉鹊起，他便于医院而外，又自己在普爱路十二号，另设了一个医室。他这个医室，是一所一楼一底的小洋房，他还没有家室，只一个人住着，也就够了。至于应用的电灯电话，都是由以前房客装置齐备的，他便出了些顶费，顶了下来，再将门面略略修葺，就焕然一新。

他悬牌的最初几天，真是门庭如市。在规定的诊病时刻以内，简直应接不暇，非但人忙，便是那电话匣也很忙，一天到晚，滴铃铃的响个不住。在他进新屋的次日下午，将近五点钟光景，他正疲乏极了，想休息一会，那电话匣中的铃声却又响起来了。他赶忙走过去一接，只听得有一种很尖脆的声调问道："你是谁？"子群答道："我姓王。"那边便问张先生在此没有？子群答道："没有。"那电话滴铃一声又摇断了。子群以为是人家打错了电话，并不在意。谁知自从这天起，接连两天，都是如此。而且电话打来，总在这一定的时候，说话的又总是这一种声音，子群觉得很有些奇怪。到了第三天下午五点钟，那电话又打来了，子群听她问了一句："你是谁？"便忍不住说道："你天天打电话到此地来问张先生，到底你查清了电话号数没有?”那边答道:“电话号头是烂熟的,一千三百九十二,哪里会有错呢?”子群一听电话号头果然不错,便道:“此地没有姓张的呀。”那边好像很惊慌似的说道:“怎么说没有姓张的,也许他是出去了,或是出门还没有回来,却断乎不能说是没有。”子群听着这话,猛然想起,忙道:“此地现在是姓王的住着,的确没有姓张的。你问的张先生,恐怕是以前的房客,早已搬去了。”那边忙问道:“是真的么?你就是新房客么?你搬进来多少时候了?”子群道:“我进屋还不过第四天。但是以前的房客,却搬去了差不多有一个多礼拜了。这是我听那经租账房说的。我租进来的时候,这房子已空了好几天了。”那边道:“那张先生可曾留下什么通信处没有?”子群道:“也许他曾留下通讯处交给账房,但是我却不知道,门上也没贴出什么字条。”那边道:“那么谢谢你,请你代问一声账房,如果张先生有通讯处留下,请打电话告诉我。”这时候听那边的声音,虽然还强持着在那里和子群问答,但是那声调已带着十分悲哽,好像要哭出来的光景。子群着实不忍,忙道:“你放心,我总代你去问。但你是什么人?你的电话是什么号头?也请告诉我,不然教我如何来通知你呢?”那边又道:“我这里是成德女学,我姓殷,是这里的学生。电话是三千二百二十四号,你只要问姓殷的就是了。”子群道:“单问姓殷的也不行,或者你们学堂里人多,姓殷的不止一个,最好请你将名字告诉我。”那边略停了一停,又接着说道:“名字不必说,你只要问三年级的学生里面有个姓殷的,便没有第二个人,不会缠错的。但是我的事情很要紧,务必请你立刻替我一问,越快越好,费心费心。”子群又答应了一声晓得了,那电话匣中一阵铃响,便又摇断了。

子群放下了电话,便特地去找那个经租账房来,问道:“你这里以前的房客,是否姓张?”账房道:“是的。”子群道:“他叫什么名字?是做什么事情的?”账房道:“他在上海商界里面,也颇有些小名气,说起来或者你先生也会知道,他就是张静荪呀。”子群道:“我倒不大晓得这个人。你且告诉我，他走了之后，有什么通信处交给你没有？”账房道：“没有。并且他到什么地方去，也没有告诉我。”子群沉吟道：“这倒难了。”账房道：“你先生何以要打听他的通信处？”子群道：“不是我要打听，实在是另外有人托我代问，而且这托我的人也来得很是蹊跷。”说着便将连日电话中的情形告诉了那账房。账房想了一想道：“是了是了，这里面一定大有曲折。这张静荪虽然平日也有些小手面，但是年纪很轻，总不免带些滑头性质。至于他租这房子的情形，尤其觉得古怪。这房子虽说是他出面租的，其实他自己并不住在这里，住在这里的，只有一个女子。他将楼上作为那女子的住房，下面便略略布置作为一间办事室，还挂了一块群业公司筹备处的牌子。他和那女子的关系，真有些莫名其妙。说他是正式的夫妻罢，实在不像。照他们的形迹看起来，倒像是临时结合的姘头。但是他们在这里住了一年多，张静荪只有日间常在楼上和女子谈天，不避形迹，晚上却没有在这里歇宿过一夜。若是姘头，又断不如此。这是因为他用的那个娘姨，和我家里的用人很相熟，没事的时候，常到我家里来，我听他们这样讲，所以知道。那娘姨还说连她也猜不透这一男一女，究竟是怎样一种关系。不过起初两人的感情似乎很好，后来却越弄越坏了。那女子性情很温和，很庄重。张先生却是个飞扬浮躁的人物，近来对待这女子，时常声色俱厉，那女子总是逆来顺受，只有哭泣的份儿，并不和他十分争论。一礼拜以前，那女子忽然说是进女学堂读书去了，将那娘姨也辞歇了。那女子去了不到两天，张先生便对我说要出门去一趟，这房子想退租。至于房子里面的电灯装修之类，情愿廉价顶给我，将来再由我顶给别的房客。老实说，自然可以赚几个钱，我见他房租丝毫不欠，自然乐得答应。他便将群业公司的牌子除去，匆匆的搬走了。现在那学堂里面打电话给他的女学生，或者就是从前住在此地的那个女子。照这种情景，莫非张先生有意弃她而走？但是张先生的去路，简直无从打听。你便打个电话给她，说通讯处没有留下就是了，其余的话，也不必罗罗唆唆去对她说。我们自己的事情都忙不了，哪有工夫再去管别人家的闲事呢？”说罢便自去了。

子群听了他这番话，却也无可奈何，便打了一个电话到成德女学去问那姓殷的学生。果然隔了一会，就有人来接。子群便告诉她说，已问过经租账房，知道那姓张的自从你进学堂以后，不多几日，早已搬去了，也没留下通讯处。究竟到什么地方去了，也没对人讲明，无从知道。说完了那边也不答言，停了一歇才道：“多谢费心。万一那姓张的再来，请你再打个电话通知我，拜托拜托。”说这几句话的时候，竟带着些哭声，子群倒真有些不忍听了，拿着听筒，只管呆呆的立着。好半歇才退转身来，坐到那只摇椅上，默默的揣测，觉得这里面总有一段秘史，那女子一定是遇人不淑，上了大当了。想到此就平添了许多感慨。

子群虽然另外设了一个医室，却每天下午，仍到普惠医院里面去诊治病人。一天他到了医院，便有人对他说道：“今天我们医院里面，有人送来一个女子，说是急痧。几个助手医生都诊断过了，却说不是急痧，像是中了毒，但一时还决不定。”子群道：“既然决不定，如何施治？这事岂可迟延？为何不早来通知我？”医院中人道：“才送来没有多久，知道王先生天天是准时而来，马上就快到了，所以也不再打电话来了。”子群听说，便问道：“是哪里送来的？”答道：“是一个女学校里送来的。”子群也不暇再问，忙赶向病室中去，只见那几个医生正在那里七张八嘴的讨论。子群急忙向前将那病人细细的诊察了一回，忙道：“这分明是服毒，并且服的是磷毒，须要赶快施救。”当下便忙着用药水灌救了一会，那病人便大吐起来，吐了一会，渐渐的苏醒转来。子群便道：“这磷质毒最为猛烈，况且服的时候久了，脏腑已经受伤，便是一时略略清醒，也还没有把握，须再用心调治。”当下便又开了一张方子，吩咐助手配药给她吃，又叮嘱看护妇小心服侍。

刚调度完毕，外边有个仆役送进一张名片来道：“有个女客来访王先生,说是有要事面谈,请立刻出去一见。"子群接着名片一看,只见上面印着余芷嫣三个字,忙道:"这是我的表姊呀,多时不见了,却赶到医院里来看我做什么?"说着忙走到会客室里去,他那表姊芷嫣已在那里等着,一见了子群,忙道:"好久不会了,你可知道我如今老远的赶来,有什么事?"子群道:"这哪里猜得到呢?莫非是有人生病,要找我医治?"芷嫣笑道:"你怎么一开口就咒人生病?但是我到此地来,又确是为病人的事,便是要请问你方才送来的那个女学生,到底怎样了?可有危险?请你告诉我。"子群道:"你要问我,我倒先要问你,这女学生究竟是哪一个学校里的,和你又有什么关系?"芷嫣道:"我新近担任了成德学校里的教务,她却是成德女校的学生。"子群听得成德学校四字,顿时心中一动,忙道:"她是成德学校的学生么?那么她莫非姓殷?"芷嫣讶然道:"你怎会知道她的姓?"子群道:"这个你且莫管,到底她是怎样起病的,请你先告诉我。"芷嫣道:"她叫殷丽瑛,是个新近来的插班生,资质很聪明,性情也很沉默,只上了一个多礼拜课,全校的教师已没有一个不称赞她。只是据那舍监的报告,说她下了课之后,时常愁眉深锁,像有什么心事一般。最近这两天,格外神气萧索。舍监问她,她便说有些儿小病,要请假出去医治。舍监答应了,她便接连出去了几次,但是晚上依旧回校的。看她身体上似乎没甚大病,但是神态之间,竟有些失魂落魄的光景。舍监很疑心,便去问她,她也含含糊糊的没甚话说。今天她却又不出去了,只在养病室里躺着。先还好好的,到了下午,养病室里的女役忽来报告,说她骤然之间神色大变。校长舍监都很惊慌,跑去一看,已经不成模样。我们校里又没有校医,大家纷纷猜测,便认定她是病势转变。论理就该报告家属,但是她家属又不在上海,她入校的时候,是她一个哥哥送得来的。据她哥哥说,自己便是保护人,学费也是他付的,只是问他住址,他却说眼前正要迁移,等搬定了再讲。所以这回她病了,仓卒之间,竟没有办法,只好赶紧送到医院里来。送院之后,我恰巧到学校里去，校长便和我谈起此事。又道接着送来的人从此间打去的电话，说医生认为服毒。校长格外惊慌，就想自己前来探视，又适值学校里面今晚有个讲演会，不能不在那里招呼，苦于分身不开。我一听他们送的是普惠医院，便和校长说，这个医院里由我表弟主任，彼此至亲，有什么事都可细谈，不如我来走一趟罢。这算是我自己讨的差使，如今我来是来了，究竟这殷生是急病还是服毒，请你快说。"子群道："的确是服毒，不过还可以救，你来最好了，我还有一件事可以说与你知道。"说着四面一看，并没有别人在面前，便把前两天通电话的情形告诉了芷嫣。芷嫣听了不禁大骇，忙道："怪不得你一提起成德女学的学生，就猜中她是姓殷。如此说来，这里面大有缘故，可以断定她是因怨愤自戕，只还不知道其中的详细情形就是了。"子群道："为今之计，这救治殷女士之责，自然由我担负。不过你回去的时候，在学校里面，除了报告校长舍监而外，在别人面前，大可说经我断定，到底是急病不是服毒，适才的电话，是缠错的。至于你们那里送病人来的仆役，你也须暗中嘱咐他们，休得声张。医院中自有我会关照，可以教他们守秘密。这样一来，不但保全了殷女士的名誉，也保全了贵校的声望。不然一经传布，就不免要引起外间的疑谤。据我看这殷女士的身世，一定十分可怜。我们以后一方面须要调查此事的真相，一方面对于这样一个无告的弱女子，还当加以爱护才是。"芷嫣道："你这样设策，我要代表敝校道谢了，如今准是这样办。殷女士目前既还在危险期内，我也不去看她了，免得再引起她别的刺激，我们有什么事随后再商量罢。"说完便匆匆别去。

子群这夜，因为料量医药，须要随时留心，竟没有回他自己的医室。直到夜深十二时以后，又诊了诊病人的脉息，验了她的呼吸和热度，知道是可以脱险了，才吩咐看护妇好生服伺，自己就在医院内下榻。明天早晨，成德学校就有电话来问王医生在院中没有，子群亲自去接听，却是芷嫣打给他的，问病人可好些了。子群答说大致已经无碍，芷嫣便说即刻就来，还有事相商。一会儿芷嫣果然来了，问起子群，知道他昨夜住在院中，便道："你真热心，我总以为你住在家中，时候太早，还没有来，所以先打个电话来问你，谁知你竟累了一夜。像你这样的医生，真是不可多得的了，将来殷生如果大好了，一定很感谢你哩。"子群道："这是我做医生的应尽之责，本不足言谢，况且我平时对于别的病人，也丝毫不肯疏忽的。这回既受了姊姊的嘱托，又看着这殷女士实在可怜，我们为扶护女界起见，自然格外要尽心了。我且问姊姊，今天一早就来，是否要想去看看那殷女士？其实她还神气未复，最好让她再休息一两天，不必见客。"芷嫣道："我原不要去看她，我此来是因为她所以求死的真相，已经可以完全明白了，因此特来告诉你一声。我昨天回去，便照你的话报告校长，当下便在养病室中细细一查，果然发见一匣火柴，一根根都已没有头了。这是昨天一时匆促，并且想不到她好端端的一个人会觅死，所以没有检点。后来又在她睡的枕头底下，找到一封信，拆开来一看，才知道她以前种种事迹。这原信我带在这里，请你一看，就可以彻底明晓了。"说着便从怀中取出一封信来递给子群。子群先瞧那字迹倒也十分秀媚，再从头往下看时，只见上面写道：

丽瑛死矣。丽瑛曷为而死？质言之，则以遇人不淑，悲愤自戕。此一死至无价值，更何必有言！然不必有言而仍不得不言者，则以丽瑛之死不足道，而其所以致死之原，则大可供社会之研究，资女界之借鉴。因复为此书，上诸校长，愿以个中真相，付当世公论，不必为瑛讳。则瑛死而有知，纵蒙恶名，受唾骂，亦殊无憾矣。瑛浙人也，父某以商业致富，有声于乡里。瑛曾卒业于高等小学，嗣又入中学肄业。平时颇以成绩优美，见称于师友，瑛亦窃自负，谓异日必当有所树立，为女界增光。又孰意以阅历过浅，未能识别善恶，遂为荒伧所惑，致铸成大错，莫由自拔耶。伧为英国留学生，负才名。归国后，即从事商业。其人与吾家夙有世谊,因时相过从。吾父素轻其为人,斥为浮薄。而瑛则甚慕其才,谓新人物自当发扬踔厉,安得遽目为浮躁,老父所见迂也。久之瑛乃为情网所罩,不能摆脱,竟允彼所求,与订婚约。事定,始白父母,母故仁慈,无所可否;父性至褊急,以瑛拂其意,怒甚,谓婚姻自由,在所弗禁,特今兹所托非人,必贻后悔,执不可。瑛虽未敢显与父抗,然溺于情爱,方自谓矢志靡它。父益恚,即语瑛曰:"汝苟必欲逆父命而从某者,是心目中已不复有父,宜速远我,生死勿相问也。吾意已决,去留迅自择。"瑛闻言,惟饮泣而已,亦终不言愿承父意也。父至此,乃太息痛恨,但促速行。嗣以母氏缓颊,畀瑛千金,为生活资。瑛尚犹豫,伧复怂恿再四,谓此特暂别耳,后此时过境迁,老人意转,当又复相聚,骨肉之情未绝也。瑛为所动,遂惘惘出门,从伧来沪。先是伧曾语我,谓抵沪后即当行婚礼。顾既来沪,但赁屋居我,而不言结婚,且求同室,瑛力拒之。谓若是则苟合耳,在婚礼未行以前,可共言笑而不能同居,否则我岂淫奔者流?非鸦非凤,人其谓我何?伧闻言,亦不复敢以非礼相迫,但察其意殊怏怏。居久之,瑛复以结婚事相询,彼辄支吾其词以对,屡问皆然。瑛始稍稍疑之,然尚不虞其有他也。

来沪后数月,彼忽云有事需款,向瑛假八百金,瑛慨然予之,顾阿父所畀千金,至此已垂罄矣。彼得金以后,遇我转冷酷,不恒以好颜色相向。瑛至此,乃渐悟彼之薄情,然已无及,此中日月,已常以眼泪洗面矣。最近彼忽告我,谓瑛学识未充,宜再求学,俟学业有成,再结婚未晚也。瑛韪其言,彼乃为我报名入本校,诡言兄妹,亦不以居址相告,虑此中内幕,为人窥破也。彼密与瑛约,云将有秣陵之行,一星期必返,返则即来视我,瑛信以为真。顾入校已久,杳无消息,而校规綦严,寄宿生除疾病求医外,非有家属证明,例不得给假外出。瑛不获已，姑以电话探询，始知屋已转租，人亦不知何往，瑛乃大惊异。盖当瑛入校时，彼尚谓此屋既久定为勤业公司事务所，必不迁，瑛向所居室，今既空无人，彼将自处之，取其便也。今乃舍此他适，事必有变。瑛遂托病出校，就彼平日所稔诸友人处，展转探询，卒无确耗。旋于途次偶遇彼旧日所雇车夫，微泄其事，始知彼已别有所眷，殆弃我而去矣。瑛至此，已山穷水尽，呼吁无门，计惟一死，藉了此孽。然深愿历述所遭，告吾女界，俾引为前车之鉴。瑛虽死，仍不反对自由恋爱。第自由二字，至不易言，必具善知识，有真眼力者，乃可以言自由，否则举世滔滔，无非诱人之魔鬼。为女子者，偶一不慎，即为所噬，侈谈自由，实等自杀。至于剽窃新词，附会学说，放言高论，似是而非，尤若辈诱人之工具也。和泪上书，语无虚饰，鸟死鸣哀，伏希垂察。

殷丽瑛绝笔

子群看完了这封信，便长叹道："这殷女士的所遭，处处觉其可怜，却又处处觉其可敬。她的错误，全在阅历未深，目光太浅，所以容易上当。但是她虽为狂且所误，依然守身如玉，没有堕却贞操，这就是她的不可及处。至于她这封信，固然满纸幽怨，但是某伧的姓字，到底不肯宣布，自己既然牺牲一身，却还要保全别人的名誉，这种用心，真是难得。"芷嫣道："你的话很不错，便是她信上要求校长将事实宣布，也只是要劝告女界的意思，并非为自身辨冤泄愤，足见她思想很是高尚。不过她目前既然有救，可以不死，这书信却就不必宣布了。"子群道："那个自然。但是一层，殷女士的生命，固然是决无妨碍的了，我倒很代她虑到以后的结局，又怎么样措置?"芷嫣道："照眼前的办法，最好待她身体复元以后，便去询问她的家乡住址，依旧报告家属，将她送回。料想她父亲将她迫逐，也不过是一时气愤，未必真个恩断义绝，再经旁人劝解，一定可以挽回。舍此而外，似乎没有较妥的办法。"子群道："你这又是呆话了，她既为了婚姻问题,家庭间起了冲突,当然有不能回去的苦衷。在平常的女子,或者还肯去哀求她的父亲,重行收留她转去。但像殷女士这种人,志气一定是很高傲的,她既已绝裾远出,如今不幸又为人所弃,教她有何面目归见江东!所以决计一死。你只要看她那封绝命书上,连她父亲的名号,始终没有说出,这固然是要顾全她父亲的面子,免得到处宣传,供人议论。但也足见她的意思,是身死之后,不愿再给家人知道了。死且如此,何况于生?你要教她再说出家乡住址来,预备送她回去,我预料她是万万不肯的。”芷嫣道:“那么她既不回去,又没人照顾,飘泊一身,到底作何结束呢?”子群沉吟了半晌道:“我的意思,为今之计,只要先维持她的学业,等到她卒业以后,就可徐图良策了。”芷嫣道:“据校长说,她进来的时候,只付了学费,其余膳宿费一钱未付。这个本校还可吃亏,但是她离开毕业还有一年半,成德是个私立学校,经费很是支绌,要教她在本学期终了以后,再维持一个学年,任其完全免费,恐怕又是万做不到的事。”子群道:“你又误会了。我的意思,是想将殷女士以后的学膳费,一律由我担任,免得她学业中辍。”芷嫣道:“你和她毫无关系,忽然为她担任费用,在你固然是一片热心,在她又岂肯无故受人之惠呢?”子群道:“惟其如此,所以还要求教于你。我出了钱,却由你出名,你和她是师生,做先生的,特别培植一个学生,也是常有之事。我料殷女士在这进退维谷的时候,一定可以欣然从命。至于这种变通的办法,殷女士面前,可以不必说明。要知我所以如此,不过为护助女界起见,并非要市惠于殷女士一人。若教她晓得了,反为不美。”芷嫣笑道:“你才说殷女士可敬,我听了你这番话,却觉得你也是男子中极可敬的一个人物了,你既立意如此,就照这样办罢。不过我对于自己的学生,没有这力量去帮助她,却还要慷他人之慨,顶着这个空名儿,自问倒很有些惭愧哩。”

隔了一年多,成德女学里,开了一个毕业生游艺会,表演的成绩,十分优美。这毕业生的第一名是谁?便是那殷丽瑛女士。丽瑛此番毕业,论她心中第一个感激的,便是本校教师余芷嫣。她这一年以来,每逢假期,因校中没处住,便住在芷嫣家里。芷嫣对她,真是提携教诲,无所不至,分属师生,却情同姊妹。丽瑛毕业而后,和芷嫣依旧是朝夕相亲,不离左右。一天两人在闲谈中间,又提起丽瑛求学的事情,丽瑛道:“我蒙先生逾格栽培,得能勉强卒业,不致半途而废,实在万分感激,但教我如何图报呢?”芷嫣听说,沉吟了一会,便道:“我有一句话,久已要想对你说。因为我受人嘱咐,教我暂守秘密,所以向没提起。如今你已毕业,实际上已是达到目的,再无问题了,我若永远秘而不宣,简直是掠人之美,如何使得?老实告诉你,这补助你学费,维持你学业的,确是别有人在,我不过居一个名罢了。你时常口口声声说感谢我,我听着只觉得惭愧,论理你不应谢我,还该谢他。”丽瑛听了此话,十分惊异,忙道:“先生这话突如其来,实在令人不解,到底这暗中扶助我的又是谁呢?”芷嫣道:“这人是谁,你知道了谅也十分纳罕,便是那年你九死一生,被他救活的王子群医生呀!”当下便将以前事迹,从头至尾的向丽瑛说了一遍,说完又道:“论他助你的学费,为数也并非甚巨,原算不得十分希罕。倒是他这番用心,很足令人敬佩哩。”丽瑛到此,真是如梦初觉,忙道:“照先生这样说,此人与我非亲非故,却救了我的生命,保全了我的名誉,又助成我的学业,还要守着秘密,不求人知,这真是圣贤豪杰的胸襟了。但是我这个人,却未免太可笑,从前明上人家的当,不能识别;如今却又暗受人的恩惠,毫无觉察,真算得懵懂一世。”说着那眼圈儿便红起来了。略停了一歇,又道:“我从前不知道,倒也罢了,如今既晓得了,当然对于这位王先生,不能不表示一种谢意。我很想请先生介绍,几时亲自到他那里去道谢一番,但不知他如今住在哪里?离此有多少远?”芷嫣道:“他的医室,还在普爱路十二号。”丽瑛呆了一呆道:“依旧在普爱路十二号么?”说着那眼泪便忍不住落下来了。芷嫣知道这地方原是她的旧居,未免触起旧恨,也着实有些代她伤感,忙道:“据我说,你也不必一定登门言谢了，还是缓一天待我去约他到此地来，大家谈谈倒好。”丽瑛不语，只点点头。

隔了几天，芷嫣果然将子群约来和丽瑛相见，彼此觌面之下，在丽瑛无非表示感谢，在子群无非竭力谦逊，此外也无多话。只是丽瑛见了子群以后，倒又另起了一种感想，便先和芷嫣商量，想从子群学医。她说：“我如今虽然有了中学毕业的资格，但自问所得的不过是些普通知识，并无专长足以应世。女子性质最宜习医，倘然学医有成，将来便作为一种职业，岂不是好？不过那王先生和我，并无丝毫关系，他不过仗着一片热心，肯这样的扶助我。如今我既平白无故的受了他经济上的厚惠，已经问心难安，若再要去请他教授医学，岂不是无厌之求？自觉难于启齿。”芷嫣听了她这番议论，便道：“你既有志医学，这是再好不过的事情了。子群那里，待我去说，包你一定赞成。”当下也不耽搁，竟特地去找子群，和他说了。子群一口答应，道是普惠医院中，本来是有女看护妇和练习生的，目前就教丽瑛到医院里去充当学生，一面由子群每日教授她些医学知识，一面又可以实地练习，当然易于进步。芷嫣就去答复丽瑛，丽瑛自然欣欣求教，从此这丽瑛和子群便成了师弟。

隔了几个月，芷嫣偶然到医院里去探望丽瑛，只见丽瑛在那里看医书，弄药瓶，十分高兴。两人略谈了几句，子群也来了，芷嫣便笑问道：“你这个学生收得怎样？不致于累先生呕气么？”子群也笑了笑道：“殷女士肯来求学，我们医院中，是十分欢迎的。她天资很高，又肯勤学，不多几时，已高出侪辈了。”芷嫣道：“如此我这个介绍人，也很有面子了。”说到介绍两字，忽然心里一动，只对丽瑛看了一眼，也没说甚么话。又过了几天，芷嫣特地亲自到子群医室中来，适值子群这天稍觉清闲，没有什么人在那里候诊。芷嫣便笑嘻嘻地对子群说道：“我今天到此，实在有一件正经事要和你谈。”子群道：“什么事？”芷嫣道：“我素来性急，不喜欢绕圈儿说话。老实说，我想以蹇修自任，教你和丽瑛两人结一个美满姻缘。我想你们两人,虽然彼此光明正大,并无些子儿女私情,但是就事实上讲起来,你对于她既然是异常怜惜;她对于你又是十分感激,至于双方的年貌知识,也很相当。我这个撮合山,自信很做得不错呀。"子群听罢,笑了一笑道:"我真想不到你今天忽来提议到这桩事情,但是你既提议到此,是否已经取得殷女士的同意?"芷嫣道:"还没有。我想先问了你,再去和她说。不然万一她赞成了,你倒反对,岂不教她面子上下不来?这些地方,似乎比较的对于女子,应该格外尊重些才是。"子群道:"你的用心很是周到,不过恐怕要辜负你一番盛意了。"芷嫣愕然道:"难道你当真反对么?"子群道:"我以前和殷女士毫无瓜葛,所以竭力的扶植她,自然是激于一时热忱,并非有所私爱。倘若今日之下,居然结为夫妇,人家必定要疑我当初就有此心,纯乎是为自己设想。但我也并非是个沽名钓誉的人物,并不怕人家这些空议论。况且像殷女士这样的人才,得为配偶,也算是终身之幸,我也决不肯学那些假道学的人,故意说出许多矫情话来。不过据我的猜测,可以断定你这种提议,倒不是我要反对,殷女士一定不能赞成,因此说要辜负你的盛意了。"芷嫣摇摇头道:"这大约是你设辞推托罢了,丽瑛那里,我看决计不会拒绝。"子群道:"你说这话,足见你料事的见识,还算不是十分高。"芷嫣被他这一激,转有些薄怒道:"你何以能知道她一定反对?请将这个理由,说给我听听看。如说得不错,我也佩服你。"子群道:"这个理由,姑且不必说,总之你不信且去一试,就知道我所见不差了。"芷嫣道:"你这样说,我倒偏有些不信,我们改天再谈罢。"说着就赌气走了。

到了明天,芷嫣又来访子群,一进门就笑道:"你的见识,果然胜我十倍。我这个人,总还有些一相情愿的孩子气。昨天从你此地出去,就急急地到医院里去看丽瑛,很宛转的将这番意思说了。谁知她听了我的话,没有开言,倒先流下泪来。我大为诧异,忙说这是我个人的意见,也并非受我表弟的嘱托,说得不对,不过算是一句闲谈罢了。尔我原是知己,平日无话不讲,你无论愿意不愿意，尽管说给我听，何必哭呢？她这才揩干眼泪，对我说出一番大道理来。她道她对于你自然十分感激，并且也十分仰慕。但是论她自己，从前既有了这一点痕迹，虽说依旧能保持清白，问心无愧，却对于婚姻问题，已经觉得灰心短气，万万不愿再有人提起此事。她如今的希望，只求将医学研究好了，将来能藉此自立，不致于飘零无所，于愿已足。讲到你待她的恩惠，她受而未报，自然万分抱歉。但报德是一事，婚姻又是一事，断不能并为一谈。况且你所以培植她的缘故，当然是抱着一片扶助女界的热忱，也未必一定施恩望报，那么她只努力求学，能够成一人才，似乎也就不负你的期望了。她这样辞严义正的说了一大篇，我倒觉得又是怜她，又是敬她，再也不能说什么别的话，转自安慰了她几句走了。你想我这不是多事么，我原是一番热心，却碰了你们双方的钉子，岂非大大冤枉！"子群拍手笑道："这冤枉是你自己找的，又向哪里去申诉呢？从今以后，你可要佩服我料事如神了。"

子群的医道既好，名誉渐广，不但上海方面，求诊的人非常之多，便是外埠远道来请的，也着实不少。有一天，他接着一个朋友从金华来电，说他有个亲戚病重，诸医束手，须请他前往诊治，不吝重酬。他一看这个朋友，是平日最知己的，虽然事忙路远，也不能不去走一趟。忙将医院里的事，托人代理，自己便动身到金华去了。因为临行匆促，芷嫣那里，也没有通知，直到后来听丽瑛说起，才自晓得，却也不以为意。隔了差不多有半个月工夫，忽然接着子群寄来快信，拆开一看，内中却有两封信，一封是给自己的，一封是教他转交丽瑛的。芷嫣便将自己那封信，细细瞧了一遍，不禁喜得直跳起来。忙拿了这两封信，到医院里去看丽瑛。一见了丽瑛，便说道："恭喜恭喜！"丽瑛惊道："喜从何来？"芷嫣道："你看了信，就知道了。"说着将两封信一齐递与丽瑛。丽瑛一眼瞧见自己那封信的信面，先忍不住叫了一声"啊呀"，连忙拆开从头细看，看完又索性将子群写给芷嫣的信也看了。看完之后，也不知是喜是悲，是甜是苦，是高兴是含羞，只觉得那颗心在腔子里突突地跳个不住，一时倒呆怔怔地说不出什么话来。到底这信上讲些什么事情，具着怎样的魔力，将芷嫣和丽瑛两人，弄得成了疯魔一般呢？

原来子群给芷嫣的信上说，此番请子群到金华去看病的不是别人，正是丽瑛的父亲。他的病起先也并非重症，却给本地许多医生杂药乱投，把来弄坏了。等得子群赶到金华，差不多已是死生呼吸，万分危险了。却经子群用尽方法，对症施治，居然转危为安，保全了一条性命，如今正在调养。子群起先只知道他姓殷，并不注意。后来那朋友偶然谈起，道这病人有个女儿，因为婚姻问题，父女之间起了冲突，至于脱离家庭，如今杳无音讯。究竟这女儿平日是很孝顺的，只不过一时为情爱所冲动，演成了这幕恶剧。如今过后思量，倒不怪女儿，颇懊悔自己过于性急，由此时常郁郁不乐，也未尝不是致病之原。子群听他这样说，知道这殷老先生的女儿，决定是丽瑛无疑了。当下就将丽瑛在沪的情形，告诉了他朋友，他朋友又去告诉了那殷老先生，殷老先生和丽瑛的母亲，自然喜出望外，便预备赶紧派人来沪，接丽瑛回去。后来转念一想，忽又提出一个先决问题来，就托子群的朋友，向子群示意，说他父女二人，差不多都是遇着子群，才得以复活的，生死肉骨，受惠非浅。况照丽瑛在沪的情形看起来，彼此的情感也很为深挚，所以想征求子群的同意，结为姻娅，料无勉强。子群听他朋友这样说，便明白答复他们，说照自己的意思，当然可以表示赞成，不过丽瑛方面，恐怕不能表示同意。当下就将芷嫣曾经提议的情形，一一讲给他们听。丽瑛的父亲便说他女儿这番拒绝，无非为着从前的事情，有些拘泥。此中转关，还在于我，倘然我再写封信去，切实劝导，丽瑛或者可以不再固执。于是自己扶病写了一封信给丽瑛，另外又教子群再写一封信给芷嫣，将这封信附寄在内，就托芷嫣转交。所以芷嫣一见了那封信，就刻不容缓的来寻丽瑛。至于丽瑛父亲的信，无非说了些安慰丽瑛的话，又叙述自己如何懊悔，从前如何盼望女儿，说得十分恳切，真是一字一泪。末后又提到婚姻问题，说丽瑛如今依旧是白圭无玷，从前种种，譬诸昨日，何必介意？讲到子群相待的情况，虽然语不及私，亦已自然而然的有一种真爱情，以真爱情相结合，当然十分美满，岂可与前事相提并论？若再固执，真是因噎废食，无谓之至了。……

丽瑛见了她父亲这封信，自然有一种说不出来的感想，转弄得无话可说。还是芷嫣先笑道："你的意思到底怎样？快说呀！我前回来对你说，只不过是媒妁之言，现在却又有了父母之命了，便算你矫枉过正，要偏重旧思想，可也没有什么推托了。"丽瑛道："我从前虽然不自慎择，铸成大错，但说婚姻问题，一定要全凭父母之命，媒妁之言，却依然非我所乐闻。不过就目前而论，和先生向我提议的时节虽然相隔未久，却已是彼一时此一时，情事不同了。因为我那时节还只算得一个为父母所弃的女子，当然茹痛在心；如今却是一家骨肉，已由分离而重复团聚，以前种种失误，便恍如隔世，可以不必再谈。如果再胶执己见，转是不达人情，近于乖谬了。只是父母爱子，始终无微不至，我今日之下，回忆前尘，痛定思痛，更觉得这不孝之罪，无可宽恕哩。"说着便忍不住落下泪来。芷嫣忙道："这又何必伤感呢？听你的口气，大约对于你父亲的意思，是很乐从的了。这是大喜的事，用不着哭呀。倒是你既有今日，当初何必给我碰那么一个大钉子？我细想起来，真有些不服。"丽瑛给她这样一说，转破涕为笑道："你也休得着恼，我父亲信上，还说我对于这亲事，如果赞成，暂时也不必回去，就教我写封回信给他。他的病再调养几时，就可复元，等他大好了，想同母亲一齐到上海来游玩一次，将来婚礼，也就在上海举行。因为先生对于此事，自始至终真是最有关系的人物，想请你做个证婚人哩。"芷嫣笑道："照这样说，却还去得过，但是女证婚人，却是创例，我倒老实不客气，就做上一回，也算得婚姻史中一段佳话。只是一样，我们从前虽是师生，如今久已情同姊妹，你以后须得叫我姊姊，这先生两字，就此取消，再叫就显着不亲热了。”丽瑛道：“那么我恭敬不如从命，从今以后就改称姊姊罢。”芷嫣又拍手笑道：“着呀，你将来应该改口的地方多着哩。我这个教书的先生，固然应该改口，那位习医的先生，却越发应该改口了，但不知你想叫什么？何不先和我商量商量。”一句话倒说得丽瑛红晕双颊，只管低头不语。

子群和丽瑛结婚以后，依旧同住在普爱路十二号。在丽瑛抚今思昔，真觉造化弄人，十分奇幻。至于他们夫妇间的爱情，自然是十分浓厚，可是子群的事务很忙，也就不能镇日价享受那闺房乐趣。这时丽瑛的医学，着实进步，也很可以做得一个助手了。子群便将医室中的事，教丽瑛帮同料理，普惠医院里面，依旧由自己在那里调度。

又隔了有半年光景，医院里面忽然来了一个就医的男子。他在挂号簿上自己填着姓张，号悔初，浙江人，染的却是梅毒。而且受毒已深，遍体溃烂，无可救治，凭你子群医道高明，也是没法挽回。进院之后，简直日重一日，迁延了一个多月，竟是危在旦夕，毫无指望了。他自己也知道断不能活，一天夜间，命人去将子群请了来，对他说道：“我这个病，原是自作孽，如今已是死在临头，却并没有别的挂念，只有一桩事，无人可托，想托诸先生。我看先生这一月以来，替我治病十分尽力，是个很热心的人。无奈我病根太深，又误于市上这般花柳医家，弄的不可救药，自然怨不得先生。先生须知我出身也是个留学生，在社会上面，也薄有声誉。叵耐我自己太不知道尊重人格，一味滥淫渔色，并且借此骗财。起初还剽窃些自由恋爱等新名词，装装假面具，后来索性愈趋愈下，简直彰明较著，成了拆白党了。以致今日之下，如此下场，真是自种恶因，自收恶果。等我知道忏悔，已经是来不及了。我最近忍着痛苦，已在带来的日记簿上，将自己的罪状，详详细细一字不讳，写了出来。我死之后，务望先生破费几个钱，将我所写的东西刷印出来，教社会上一般青年子弟，大家看看，知道警戒，也未尝不是消极的一种教训。”说着便在他枕头底下，摸了半天，摸出一本日记簿来，递给子群。子群不肯用手去接，忙道：“你暂且搁着罢，我知道了。”那病人又道：“我这拆白生涯，做了两年多，其中自然作孽不少。但是负疚最深的，就是最初有位大家闺秀，为了我硬生生地脱离了家庭关系，跟我到上海来，纯以一片高尚的爱情待我。不料我却骗了她八百块钱，就弃她而去。以后我便离了上海，这女子的下落如何，也就置诸不问了。万一这女子一身飘泊，援助无人，就此死了，或是堕落了，我这个罪孽，真是万劫不复。”说着竟哭起来了。

子群听了他这番话，忙惊问道：“如此说来，你莫非就是当年的张静荪么？”那病人也惊道：“我原号静荪，这悔初两字，是新改的，请问先生怎能知道？”子群到此，倒忍不住长叹了一声，才把以前的事迹，很概括的和他讲了一遍。那时静荪便道：“谢天谢地，殷女士能够得所，我虽死也无怨了。只是我还有一个极荒谬的要求，务请先生看我可怜，答应了我。”子群道：“你又有什么要求呢？”静荪道：“可否有亵尊夫人的玉趾，来此一转，等我对于她略略表示一番忏悔的意思，然后再瞑目待死，也教我灵魂安乐，得个超度。这可比牧师的诵经，和尚的念佛，功德更大了。”说到此又流下泪来。子群看他时，已是颜色大变，似乎不能支持了。当下便也为他所感动，觉得十分凄楚，忙道：“这事不难，今天夜色已深，明日一早，我再偕同贱内来瞧你一回罢。”

到了明天，子群真个挈了丽瑛，走到那间病室中来看那张静荪。可是静荪已经不能说话，也不能动弹了，见了丽瑛，只将那颗头略略举起，在枕上点了两点，像是叩首悔罪的模样。一会儿那眼睛就渐渐的闭了，丽瑛忙将手帕掩着面，不忍见他这种惨象。但是那块手帕上面，也不由的有些湿了。

（原载《红》杂志第一卷第十六—十七期）

爱河障石

张枕绿

诸位别以我为有了佳偶，惯说矫情的话，那是真理，不是个人一时的观念么。人生本有什么意味呢？富贵、贫贱、悲欢、哀乐，都是极暂的，况且未来的不可确知，过去的已成陈迹，人生一世究竟忙些什么？不过我们既然无因而生，爱情却有因——就为维持生命和一切世事，伏在我们的心坎里，不一定是心坎，总是我们看不见的，却能随时发生作用的所在。不然即使我们偶然有生，做父母的没得我们的孝敬，怎肯慨然分出他们所享的一部分来供给我们，并且牺牲光阴心力抚养我们，使我们得长大成人呢？这不是一个很普通的例据么？你们还试考查历古到今爱情的痕迹，当信发生作用时，竟不分亲疏，不别友敌，男女之间，更易剧烈，到那完全不可遏止之际，势当有一种互慰的表示，否则就有意外的危险立刻遭逢。所谓互慰的表示，结婚不是最适当的么？我们既为人类的嗣续者，因此续延后来人类的一脉，世事终于无极。我们涉足入世，就在爱河里度生活，却有很多人，即至老死，还不曾觉得。但教他们试一寻思，有不悟到爱情之为物至强有力，互生不息，凡所作用，都是奇妙不可思议的么？不过也有一班人，偏要遏止男女间的爱情，至少使不至于剧烈，就视结婚为不必要，抱着所谓独身主义，我终不承认那是思想高超的表示，只以为是怪癖罢了，怪癖么也未必全是。

记得那一年冬里，我为着一件不可免的事，只身到吴淞乡间去。事情办完了上镇,已在晚上七八点钟光景。那时候淞沪铁路尚未举办,赶不及回上海了。幸亏我曾预为地步,就按觅我那一个朋友的介绍信上的地址。那个所在是三间平屋,靠近市梢,却不和市屋毗连。我谅知无误,举起微僵的手指来碰门。只听得里面脚步移动的声音徐近门来,小门闩一拨,单门随启,一道很明的灯光冲出门来。一个老年人立在光中,似乎很用目力的向门外暗处望道:"是谁?"他一时没有瞧见我,我疾忙跨进门去,使他可见,同时问道:"老伯,你就是季老伯么?"那老人点了点头,却直注视我的脸子,似乎感得面不相识,兼蓄着探问来意的样子。我就掏出介绍信来授给他,告诉他我是某某,在我的好朋友某某处曾见过他的妙画,这次我因有事到吴淞来,喜是一个谒见高贤的机会,所以请那朋友写这介绍信。他的脸上,顿现真诚欢迎之容,说他也曾听得我的名字,教我里面去坐。随手关门,拨上闩儿,移灯同我到隔室里去,放灯在一只靠壁长桌的原处。将那乱摊在桌上的纸张,堆聚在一起,塞向床底下去,较慎的卷起那张未完的大幅画纸,搁在一旁,推开笔砚,顺手倒茶给我,更为我取一把椅儿放在桌旁,形状十分忙碌。随后他自己也靠桌坐了,展信略看。我在旁见他戴着皮帽,穿着布面羔皮袍子,举手时袖底微有些墨渍。他的面部很是清白,目光看小字,也有一尺多远,只在那一部半尺长纯白的胡须上,可见得他定有七十多岁了。在他染着杂色的小指长甲上,显出他是一个画家。看他端严的坐态,清净的指头皮,猜测他是没有恶嗜好的。他将信塞入衣袋,问我吃过了晚饭没有。我实说没有。他说他刚才吃过,饭当尚热,恐怕残肴已冷了。就另点了一段洋烛,同我越过正中一间,到那右边灶屋里去,胡乱搬陈在破桌上吃了一顿,重复同回左室。卧室也是画室,烛恰燃尽,他把余蜡丢在痰盂里,又炖了一满锅水在着地的洋炉上,滚了续续冲茶。我们两人高谈文学和画学起来,话机百转,层出无穷。但我很疑他如此年高,怎么一个后嗣都不在近身,就乘势问他家中有多少人。他说他是一个独养子,他父亲又早死了,他自在二十八岁上死了母亲,直到如今,是一个单独的身子。只也算不得完全单独,他常有僮儿作伴的,现在那个僮儿因事暂回家去,他才单独了。我疑问道:“你是守独身主义的么?”他很尴尬的回道:“是的,不过那实非我所愿。”我不禁直问道:“或者少年时为了经济关系么?”他微笑道:“不,我少年时正有钱呢。我承有很足够的遗产,过了三十岁后,结交在朋友面上不少;被人拖欠不还的也不少;自己生性豪爽,不屑计较铢两,被人暗中吞没的也不少,多年只化不赚,境况才逐渐低窘了。幸亏现在还可仗着卖画度日,也是少年时储蓄着些随身本领的好处。”他察看我的神色,知我尚有问句在后,接着预解我的疑惑。

“像我这么大的年纪,应该绝口不谈爱情的故事了。可是我在少年时,感受多少艰难,即便死了,那种种影事,当也像照相般的长印在我的灵魂上咧。我每一涉思,懊恨几至于流泪,但也不曾把心头事,讲给不论谁何听。今天遇见了你,有分教我这个强守独身主义的理由,近年来没人知道的却重将宣布了。

“我要讲我的情史,许多失败的情史,不单是一段,那或不免于过滥之讥。但倘其中有一段是成功的,就也省了继续发生的事件了。处境如此,我又或能邀人原谅罢。

“那年上我才十六岁,在一个中学堂里走读。有一个和我同班的学生,他家和我家,相离不过五六个门面。那时我家的住宅也在这镇上,却大得许多咧。我和那同学早出暮归,顺路同行,既多接近的机会,自然友谊加增。逢着星期日,不是他到我家来闲谈,就是我到他家去闲逛。他很会说话,又很文雅,容貌也长得很清秀,所以我的母亲也很喜欢他,常对我说:‘你交这样的朋友才不错咧。’我到他家去惯了,他家中人也不避嫌了。他有一个寡嫂,年才二十左右,品貌果然不错,学问更是精博。伊有时旁听我们研究学问的话,也发挥些议论,或是指正我们,一句话,一个字,都足使我佩服。我在伊叔叔处,知道伊在十七岁上嫁过来,过了一年多就死丈夫，守寡至今，也已一年多了。后来越是惯了，伊当着我面，也说那些只有家庭中可谈的话，伊当我是自家人了。不过我只敢敬伊，除了敬伊还有什么念头可想呢？有一天，我告诉我母亲，说我同学的嫂子做得好诗，近来有几首做得更好了。我母亲教我背讲一二首出来。我就将一首咏卓文君的诗讲述给伊听，诗意是说卓文君虽是多情，也幸相如的环境，足以成就那段风流佳话。这首是那同学的嫂子独写给我看的，我认为是一种意思的表示，所以积了几天，有意要使我母亲知道。或者运气好，凑上一阵坚决的话，可以打动老人家爱子之心，免除了千载遗传下来的旧观念，挨受人家讥骂，却成就了一件人家不敢干的合理事情。我母亲懂得那段故事的，知我是有为而发，盘问了我一番，说我痴了，不然定是戏言。可是伊不敢视为戏言，从此禁止我，不许和那个同学来往了。

“过了三年多，我忽然害了一场大病。我记得是喉症，是的，正是喉症，那位林小姐还每天替我漱三次喉咙呢。我病在家中，遍请名医，都不过吃些喉药，开一张药方，吃了下肚毫不见效，反而寒热加重，喉中白点化大了。一连过了半个月光景，我想长此因循，凶多吉少了，不如用西法医治或还有望。我把意见告诉母亲，母亲虽然平常十分反对西医，那时眼看中医是靠不住了，只得存了一试之心，顺从了我。不过吴淞是没有专门的西医，倘到上海去请来，费用既大，还须耽搁时刻，我就打定主意，到淞滨医院去求治。我知道那边是有西人诊病的，即刻坐轿前往，包了一间头等病房。起初一个英国妇人时常来看察我的病情，到后来常是林小姐来施行医务，那英国妇人难得来了。我的病势果然日见减轻，我也安心静养，不像病在家中时那么样，不是纳闷便是烦躁了。林小姐来察问病情，动手治疗，详细而又谨慎，使我格外信托。伊虽年纪在三十以外，面容又长得丑些，讲起话来却温柔和蔼，一个一个字音清晰非凡。不像那班年轻浮躁的女子们，连好好讲话的工夫都没有，既没次序，又零断急促。在伊的谈吐上，可见伊是学问很有根底的。

我有时感得寂寞了，就想起怎么林小姐还不来呢？有时想，昨天伊为何只来两次呢？有时往后再一索想，记得伊每天来察问的次数，只多不少的，自信当是病中记忆力弱了。

“在那互相习惯的适当时间，伊察问病状之余，连带着察问我的家世和自身的历史了。我很喜欢伊和我谈话，自然礼无不答，也细细还问伊。知伊是苏州人，少时节毕业于高等小学后，废学了好久。直到二十三四岁，才重进中学，更习医科，到这医院里来服务已有三年了。伊在那两三年中，作了两部医学研究的书籍，伊拿来给我看。我虽有许多地方不能明了，对于浅近的中西医理，却能知伊很多悟会发明。伊也会作很有意味的小说，具有悲天悯人之概，登载在杂志报纸中还多，只恐怕你们不知道从前小说界中，有这一位女客串了。那时伊知道我会绘画，也常和我谈论中西画法的异同点和优劣点，对于画学，又似很有些研究的。我进院不满三个星期，喉中白点已全化去，不过尚余一些红势，寒热也淡得几乎没有了。林小姐和我也谈得入港，感情融洽了，只我很是疑惑，为何伊年纪这样大了，却还是一个小姐呢？我乘便问伊废学复学的缘故，想仗这条话路上探听得知。果然伊告诉我，伊的父亲的顽固头脑，不脱老年人的常例。当伊十四五岁时，小学毕业之后，原曾苦苦的求伊父亲，让伊升学。只伊父亲说，女孩子家年纪逐渐长大，不便天天到外边去，居家帮助母亲料理家务，正大有用处呢。后来伊就只顾在家做粗生活，余时又忙着做些自身的针线生活，连得温书的工夫都没得了。伊父亲还自认是个明白人，想将伊的婚事及早定当了，安慰自己，并安慰伊。所以有人来提说亲事，请出小八字，他总肯的。不过四五年中，连有几十头的小八字请出，却都陆续退了回来。据有几个至亲想做媒的说，伊的八字太劣了，既克丈夫和公婆，还要大败夫家咧。异口同声如此说法，别几起的人家，当也是因此原故打消婚意了。伊父亲没怨处，只有时常没来由的怨伊母亲，老夫妻俩往往为着小事情绊口舌。伊知道父亲为了伊才不快意，所以也常是忧闷，几番曾起短见，想出于自杀一途，以解除双亲的恶感。到了二十岁上父亲死去，二十三岁母亲又死了。伊很不愿靠伊的伯父过活，立定主意，重复求学，求得自立的本领。就任凭伊伯父将父亲的遗产管领了去，自己带了足够的钱财就学，直到现在的地位，才达到自立的目的了。

“我听了伊这番诉述的话，不禁起了代伊怜惜之心。只伊话中虽有许多愤懑待慰之意，我怎样安慰伊才适当呢？我知道伊很属意于我，我也真心愿得这样的一个做我的长伴，没有丝些嫌恶的意思。这事可由我独断独行么？我有母亲在，我何能不通过伊，征求伊的同意。媳妇的美丑还在其次，年龄的差远还在其次，那第一种取决的手续，就是合算八字，我母亲倘听得林小姐八字怎样凶恶不祥的话，肯让媳妇克儿子和自身么？这事可以免谈，那就免了念头罢。所以我不能安慰她，但作困难的表示了。又过了一星期，我病好出院后，在谈话之间，编造一段新闻，讲给我母亲听。说我有一个朋友，和一个年纪较大的女子结婚，他家是不合八字不选婚日的。我母亲果然大示反对，说现在的新法愈出愈奇，竟连婚姻大事都含糊办理了，万一将来有甚冲克，他们当才后悔莫及咧。

“我年有二十一岁了，我的母亲对于我的婚事也着急起来了。亲朋纷纷请八字来的，我母亲总不惜费了许多送给算命人的钱，预备得到一个称心适意的媳妇。老人家谋得贤媳的热心，正不比少年人谋得良妻的弱呢。可是有几头亲事，我母亲认为合格了，来征求我的同意时，我总表示反对。就是伊有时想强迫，我也用激烈的言行对付伊：那和我毫无关系的人，怎可蓦然间扯在一起，同度一生呢？幸亏我年龄大了些，我母亲还不能十分专制，不然，我可要被伊断送幸福了。现在我虽也没有匹偶，但那清静的福气，我已享得够了。不过我想起了那时，实在偏激得过分了，任性说着暴烈的话，不免伤伊的心。现在我虽要向那本心爱我的母亲赔罪，也来不及了。

“我的外家是在松江的，我母亲嫁后难得回母家去。自我父亲死后，家中大小事件，都由母亲主理，所以益发没闲去走动了。那年上我表兄的独养女叫做翠琴的，年才十六岁，从松江转到上海的一个中学里去读书，在暑假期中到吴淞来休玩，并叙久阔的亲情。我母亲自然格外热诚招待伊，替伊收拾出一间光线充足的房间来，预备伊高兴时可以温书。又教我陪伊各处去走走，一地有一地的情形，别方人来游察，自有一种新趣。我那表侄女游察得够了，每在晚凉时候，洗澡已毕，总要我陪到海边去赏看远景，呼吸清气。我母亲以为我俩有长幼之分，所以也不必避嫌了。避嫌本是怎么一回事呢？男女之间所避的嫌疑，无非是爱情，不道伊偏爱上我了。伊完全抱着天真过日子，要说就说，要行就行，没有丝些扭捏的。像伊这样年纪的女子，大概都把孩子所有的爽直脾气变化去了，独伊仍还保存着。我怎不也爱伊，我情愿保护伊，使伊的天真长在。我又愿和伊同化，渐揭去我面具式的习惯。

“有一天伊同我在堤上立着，竟把愿意嫁我的意见直诉出来了。我怎样答伊？说‘可’，果是心愿，只其间有长幼之分，我岂不知那不又是一个障碍么？说‘不可’，却又万万不愿，万万不愿，我只得把旁的话插入，预备混过去。那时伊的脸上现着懊丧之色，分明是责我的狡诈。咳！我真是狡诈，即使我不承认，又怎样自解呢？当翠琴临去的隔夜，我用了全身气力，凑当儿却又不顺的私对母亲说道：‘翠琴倒不错呢。’我母亲掉头不顾说道：‘你又来了，伊是你的谁，是你的侄女呀！’咳，我难道没有弄明白我和伊的称呼么？不过那个称呼，从此永无改变之期了。后来翠琴在校中还常写信给我，我素性不一置答，免伊念念不忘咧。

“当我母亲死的前一年，我已多年不和女子们有亲密的交接了。那时我由父执的引荐，在北京当一个小小差使也已三年光景了。忽有一个北京女子宣讲团中的中坚分子，叫做季秀明的，和我因友谊的关系，进而发生爱情作用了。伊是本地人，曾受高等教育,那个宣讲团也是伊所发起的,在京很有作为。不过伊偏也姓季,当时我曾有自主和伊结婚之念,但终以瞒我母亲行事为不当,所以写信告诉我母亲,作一慎重的请求,附着多方解释。过了十多天,母亲的回信来了,我还记得信中有一段说道:‘不孝有三,无后为大。同姓不偶,古圣所训。汝母方切念抱孙,曷容联同姓之姻,而坐视其无后,还望吾儿三思。听我作主,为汝择偶。’我怎敢决裂母子间的和爱,怎当得起社会的指摘,我惟有服从。但我终不让我母亲专揽我的婚姻大事,尚还算不得孝子咧。虽然,我母亲也只是一个旧习惯的代表者罢了。

“明年我母亲病重,我得信赶归,送伊的终,就辗转至于今日,两鬓添霜,依旧一身无伴。唉!我的独身主义,不过发于偏激的观念罢了,那算得什么?”

他说到这里才完,茶已干了三壶了。他的精神很兴奋,连连叹气,旁若无人,显见得他感慨深长了。当时我也似受了催眠术一般,兀自沉思。忽听得钟鸣二下,才知入夜已深。觉得我俩相对发呆的情状,煞是可笑,就请主人赐我卧处,预备明天赶早动身。

(原载《快活》第八期)

落　叶

秦瘦鸥

这一年的天气，从黄霉起就有些反常，霉季里统共只下了三天雨；后来在阴历六七月里，却天天下雨，气温低得像初秋一样，从此寒暑表上的温度便一天一天的低下去。重阳仅仅过了两天，猛可刮起一阵西风，把街道两旁那些法国梧桐树上的叶子全吹了下来。衡初在下半天一点多钟，走过哈同花园外面那一段又宽又阔的人行道时，鞋底便不断的在落叶上践踏着，只是并不像平常那样的发出沙沙瑟瑟的声音来，因为往常只有枯黄的叶子才会落下来，而今天地上所躺着的，却全是富于水分的绿叶，人的脚在上面践过，便立刻变成一堆水和泥的混合物，声音却一些也听不见。

"想不到这样充满着生意的嫩叶子，竟会突然给风刮下来，做了行人脚下的牺牲品。这是多么可怜啊！"衡初看了地上那些已经践踏得稀烂的落叶，暗暗这样感慨着。

每天下午，本来他总是一直安步当车的走到宏远公司去的，但今天为了不忍再践踏地上这些嫩绿色的落叶，便破例的在小沙渡路口跨上了街车。

他是一个二十六岁的青年，穷苦而高傲，走出学堂，就考进宏远工程公司当一名助理员。虽然每个月的收入还比不上有钱人家的车夫，但他并没有意思想活动，他觉得世界和中国都跟他一样的苦闷，在这种时期里，但能维持生活，便不必再存什么奢望了。

然而要说他完全没有奢望，那也未必尽然。因为至少，他心里始终在想得到琳做他终身的伴侣。这就是一个极大的奢望了!

琳跟他是同年的,因为琳的表兄的介绍,衡初在三年前认识了她。

美丽,活泼,聪明,仁爱……在他的心底里,时常觉得即使把这些字眼一起用完,也不足以形容他所爱的琳。而在琳的心坎里,对于这一个青年工程师的坚毅沉着,不多说话,每说必能教人发笑的种种优点,也非常的惬意。说得最简单一些,他们是早已深深地被卷进爱的漩涡去了!只是,不幸得很,琳的家里太有钱了;父亲是很早就死的,遗下一批可惊的庞大的遗产,归他老妻和爱女享受。

洋房,汽车,电气冰箱,留声机器连无线电,一切物质的享受,可说是毫无缺陷了;但生长在这个环境里,琳却一些不感到愉快,要是她在三年前不碰见衡初,也许她这一生便不会知道除掉衣食住行之外,人生还有什么乐趣了。

她母亲是一个确信"金钱万能"的唯物主义者,而且性格非常固执,天气的寒暖,时间的早晚,差不多完全要让她一个人去断定。琳是她的独生女儿,当然非常钟爱,但因为这样,琳的自由便一些没有了。应该穿什么衣服,吃什么东西,读什么书,看什么报,甚至应该怎样打一个喷嚏,也都得让她母亲去决定;这在余太太的自白里,一直总说:"琳是我的宝贝,我怎么能不替她处处操心呢?"

这在十六岁以前,琳倒还并不感觉到十分难受,及至她读完了初中,看到的和知道的渐渐多了,对于她母亲的完全采取"统制"手段,心里不觉便起了反应。

她们母女间的精神上的不调协,后来更一年一年的显著了;当衡初第一次走进余公馆去的时候,便很清楚地看见有一块极大的暗礁,矗立在他和琳所必须经过的大道上。

"噢,张先生是做工程师的?"余老太太第一次见衡初,便显得无所不知地说,"工程师就是打样,吃打样饭却不能没有本钱,要有本钱自己给人家包造屋子,那才是发财的事呢!"

衡初看着自己身上所穿的一身旧西装,委实不像是一个有本钱的人,便老老实实的说自己是在一家英国人开的公司里做助手。

“很好,一个人总可以过去了!”余老太太很轻蔑地说,从此她差不多就不曾再和衡初交谈过。

衡初也很明白双方贫富悬殊,要让余老太太看中他是绝对不可能的。可是他想:

“我爱的是你的女儿,并不是你啊!”

因此,他就不顾一切的和琳热恋起来。琳也是一心一意的爱他,无论天晴或天雨,一到五点钟,宏远公司的大门口,总有一个衣服穿得很整洁,态度怪活泼的少女在等候着;有时候她爽快先把车夫打发走,让衡初出来替她开车子。

事实上,琳在高中毕业以后,就为她母亲的反对,并没有再进大学,所以衡初在空闲的时候,往往还替她补一些功课。

“这样年轻的男先生是不行的,我们还是另外好好地找一个吧!”对于这一点,琳的母亲也还不能同意。

所以,最后的一年里,琳和衡初的爱是完全在暗地里发展的。琳造出了许多的谎话,从家里逃出来,和衡初玩上一两个钟头。大家同心一志的祈祷着,但愿琳的母亲能够改变她的主张,使他们可以获得一个愉快的归宿。

然而世界上是没有奇迹的!衡初受了战事和财力的影响,几年来始终还在宏远公司里当一名副工程师,汽车也买不起,洋房也造不起,凡能博得余老太太欢心的,他简直一样也没有。这如何能使余老太太改变她的意志呢?正相反地,她把琳的行动管得更严厉了,几乎隔三四天,衡初才能见到琳一次。

“衡,我觉得我们应该勇敢一些!”一星期以前,琳在临别的时候,很坚决地说,“后天就是我的生日了,我决定凑这一个机会,坦坦白白的和母亲谈判一次。我愿意牺牲那个家以及一切的物质,来换取我的自由。你等着我的消息吧!”

“不过，你跟母亲说的时候，语气一定要温和一些，别闹到决裂才好！”衡初心里虽然很赞同，却也不忍怂恿琳跟她的孀母分离，便特地这样叮咛着。

衡初坐在公共汽车上，默默地计算，似乎在他们分别以后，五天已经过去了，为什么琳还没有电话来啊？

“总得想法子跟她通通消息才好。”他一路跨进公事房去，一路这样想。

但在他还没有想出什么方法来以前，公司里的茶房刘二已给他送来一个怪奇特的消息了。“张先生，方才有一位新闸路的余太太打电话来，请你赶快去一次。话说得怪急的，好像有什么要紧的事呢！”

这倒真不是衡初所预料到的，他简直想不出余太太为什么急着要找他，如果她答应了琳的要求，琳就可以自己来看他，如果不答应的话，为什么又要打电话来叫他去呢？

就在极度的困惑中，他雇了一辆人力车，匆匆赶到新闸路。

在门外的时候，他还是糊涂的，到了门内，他便完全清楚了；但清楚的时间也不过五分钟，后来他自己也晕了过去。

因为余老太太的固执己见，以及琳的年轻无知，双方在一次挺剧烈的争执之后，琳便喝下大半瓶来沙而送了性命。

衡初像做梦一样的被那车夫送回了自己的家里，直到第二天清早，才给一个在街上工作的清道夫所惊醒。

竹枝扫帚一下一下的在地上扫着，打窗子里望出去，衡初的疲惫的眸子里，可以看见许多已给车马和行人所踏烂了的落叶，像尘沙似的被扫进一只竹制的大畚箕去，里面至少有一半还显着怪可爱的新绿色咧！

一九四一年十一月

（选自《二舅——秦瘦鸥短篇创作选》）

自 由 鉴

徐 枕 亚

京师为首善之区，亦为首恶之区。云锁金台，尘封潞水。金城玉阙，遍留露宿鸳踪。野草闲花，久占上林春色。庄严璀灿之邦，早为藏垢纳污之所。庚子以还，上恬下嬉，较前尤甚。濮上桑间，所在多有。光复后市巷萧条，生计艰促。人民习于游惰，不治生产，往往迫于饥寒，有寡廉鲜耻之行。豪门大族，防闲不密，待月迎风，逾墙钻穴，已属司空见惯。中篝之丑，不可语人。一顶绿帽子，竟如衣钵相传，世世弗替。噫，吾不图郑卫之行，乃重见之于今日之春风燕市也。其有稍具知识，号称文明者，又或假自由二字之好名词，不惜牺牲肉体，以与社会相周旋。间有一二爱惜名誉，不肯为苟且之举，而豆蔻年华，情丝易绾，遇人不淑，青眼枉抛，失足一朝，遗恨千古，遂因以惹起家庭间种种恶感，卒至受辱含垢，饮恨以终。如吾所闻于京中友人述方慧兰近事，乃与《今古奇观》中所载《王娇鸾百年长恨》一则，先后如出一辙。温柔乡里，有此忍人。吾记方慧兰，吾恨不能借黄衫之剑，断尽薄幸男儿头，而为离恨天中相思地下，无数飘零女子之鬼魂，稍泄其冤愤也。

方慧兰，燕产也。世居南城某胡同，父业贾，早卒，遗产颇富。母固大家女，少通经史，近复研究新学，卓然旧女界中翘楚也。慧兰未生时，母梦缟袂人赠以慧兰一枝。既生，因以为名。兰性聪颖，五六岁时，母教之章句，朗朗上口，即能了解大义。盖前生慧业，固自不浅也。及长，秀曼绝伦，濯濯如春日柳，脂粉不污，自饶妩媚，见之者几疑为神仙中人，曰谁家有福儿，始得消受此一枝解语花也。戚鄙中有善相人术者，兰母尝令视兰，曰："是儿清贵，惜福薄耳，不读书而后可。"母固自号开通者，闻其言，首颔之而腹非之。

兰无兄弟，有妹一，名慧琼，少于兰三岁，聪慧一如其姊。兰母之视兰姊妹，直不啻双明珠之在掌中也。壬子三月，民国肇定，有某女士倡设正谊女校一所。闻兰母名，聘之为校长，兰与琼俱入校受课。一堂坐对，双凤和鸣，母女之爱，姊妹之乐，师生之情，融化而为一炉，联合而为一气。以学校而兼家庭之乐，人生美满之幸福，殆无有逾于此者。

兰性固绝慧，得其母之教育，学识因以大进。每试辄冠其曹，雏凤清于老凤，小乔不逮大乔。托质青莲，出污不染，化身白璧，高洁无瑕。年华正好，同桂魄之盈盈，情思初胎，学柳丝之袅袅。京师繁盛，岂少裘马少年。而兰自恃清才秀质，视彼龌龊儿，殆无一当意者。顾影自怜，居恒郁郁，乃不三月而蓦地逢五百年前之冤孽。

保阳有章雨倩者，前充某省陆营管带。武汉起义后，请假回籍，适丧偶。来京师，以游历为名，意在物色佳丽，为续胶之计也。去岁十月间，于共和纪念会场中，见一女郎，作学生装束。眉目娟好，丰韵欲绝，涎之，后知为兰，欲通款曲，苦无人为之先容。适有与章同学之何某，固与方氏有葭末之谊，而时往来于其门者也。章知之，喜甚。浼何求代执柯，且许以事成后重酬。何固好事者，遂力以撮合山自任，往就商于兰母，盛述章之才貌及家世，且谓其终必大用。母意似动，继询及年齿，乃知长于兰近十岁。意不可，商之兰，兰似首肯，但欲一见其人以决之。母徇兰意，嘱何某日于某摄影馆中，偕章往。章固轻薄少年，雅善修饰，虽较兰差长，而英姿飒爽，神采丽都，诚不减潘郎风貌，兰一见大悦。

兰有慧心而无慧眼，方见章时，目灼灼似贼，轻躁之态，形诸词色，是岂可与终始者？而兰阅人未多，不能鉴别真才，徒赏识章之外表，而不知其金玉其外、败絮其中也。既见之后，心切爱慕。章之风貌，章之态度，时留其影像于嫩弱之脑蒂。兰母固女丈夫，又沾染新文明，固以婚姻自由四字为女子第二生命，不肯加以限制者。第老眼无花，伪形莫遁，见章便知乃华而不实者流，乌鸦非彩凤侣也。继窥兰似颇属意，爱女心切，煞费踌躇，终以章年少气骄，性情靡定，恐为身世累。且章虽系陆军中人，现无正当职业，一朵自由花，终不忍令其随萍踪絮影而逝也。

兰有舅某氏者，阴险小人也。前为其子求婚于兰，兰绝之，憾焉。至是侦知兰与章将有婚约，见兰母，痛诋章之为人放荡无纪，反复难恃，力破坏之。母信舅言，拒婚之意益决，何来屡商皆不就。而阴慰兰曰："是儿不可信也，以儿之年貌，何患不得如意郎君？但望儿学业有成，年华未老，当为儿物色一佳婿，以娱晚景，享家庭间完全幸福。不然者，误适匪人，终贻后悔。非儿之福，亦岂足以慰母之心耶？"兰闻母言，俯首无语，意其念已绝矣。而何以兰母意决绝，无以报章命而得其丰厚之酬金。与章谋，瞯兰母不在，往见兰，以章意达兰。谓章自睹仙姿，爱慕綦切，并以金约指相赠为证。兰受而藏之，知母意难回，抑郁万状，而感章益甚，寝寐靡忘。床榻几席间，几无不有章之踪影追随其左右者。因思成疾，镇日恹恹。妹邀赴校，辄以疾辞，学业为之锐减。母初痛之，多方调治，既而察知病由，大加呵斥，督责益严。

阳乌没影，宿鸟投林。街头巷尾，车马渐稀，电灯骤明，照耀通衢如白昼。斯时某旅馆之第三号房中，有一少年方据案坐。鼻架金丝镜，身服西式衣，手报纸，口雪茄，且吸且阅，状甚整暇。无何夜渐深，街上人声已寂，馆中寓客多就枕作还乡之梦矣。少年遽掷报起，目注壁上时针，环行室中数周，复就坐。取案头新购之小说翻阅之，微露倦容。忽门帘启，一少女瞥然入，颜色惨淡，若重有忧思，而又若窃物被逐，惊皇失措者。少年见女，亦甚骇愕，既而挽臂让坐，互相问答，时壁上钟已铮铮鸣十一下矣。少年非他，即章雨倩，而来者即方慧兰也。章见兰，始而惊，继而喜，踢蹐仓皇，其为状至可笑。时兰惊魂甫定，悄坐无言，残泪一丝，犹界娇颊，如带雨梨花，不胜其可怜之态。章乃行近其身，怡声问曰："夜深矣，卿何以到此？车来乎？抑步行乎？如以车来，宜嘱暂候，勿令归时畏行多露也。"兰愀然泣曰："侬历尽千辛万苦，乃得到此。而君言若是，不令人心灰意冷耶？"章曰："然则卿意云何？"兰曰："侬徒步来，与君作长夜谈耳。"章紧握兰臂，佯慰之曰："我累卿矣，我累卿矣。中夜奔波，弱女子宁解此苦。若使前言克践，后会正长，何必今日处嫌疑地位。况旅馆人杂，倘为黠者侦破，扬言于外，我之名誉不足惜，其如卿何？为今计，惟有雇车送卿归去耳。"语时，注视兰面，目光闪烁，流荡生情。一点眼波，又似不欲为临去人作送别用者。

兰闻章言，俯首无语。羞媚之态，倾绝人寰。既而忸怩曰："夜将及半，欲侬何往？君以良好姻缘，事已大定乎？实告君，一池春水，已被他人吹绉矣。侬之来，正欲与君商挽救术耳。"章惊闻故，兰具述舅言，并道母意。章嗒然若丧，叠口唤奈何。兰曰："君勿忧，侬心如铁石，誓不他适。今冒羞来此，请先以此身为君实验地，庶令阿母知身已属君，必不反汗也。"章大喜过望，是夜冰清玉洁之方慧兰，遂失身于轻薄儿章雨倩矣。天甫明，兰起辞，郑重叮咛，誓彼此俱以全力求达目的，果失败者，则以死继之。临行时把章臂曰："事可一不可再，此举乃日暮途穷，倒行逆施，幸君勿以侬为路柳墙花，任人攀折。若得意问津，传言折简，则事败矣。"章颔之，携手送诸门外，视兰已粉颈低垂，黛眉蹙损，泪簌簌下矣。

冲烟犯月，破晓而归。母怒诘昨夜何往，兰绐曰："昨晚母未归时，有同校友二人来视儿，嬲往梨园观剧，以破病闷。儿不忍拂人意，从之往。比剧终人散，更漏已深，遂留宿其家。盖彼家距剧场，仅数十步也。"母闻言虽未深信，然终不虞其有他。既而赴校，则诸生方窃窃私语，有谓兰昨晚被奸人拐去者。盖兰谒章时，适有某生之兄自外归，见兰在闾巷间踽踽独行。某固素念兰者，异而尾之，后见其入某旅馆，归而述其事于家人。某生至校，见同学，遍告之。兰平日在校，成绩独优，试辄前列，同学多忌之者。兰又自恃才高，轻视侪辈，以是恶感甚深。今闻其有暧昧事，思借以中伤之，于是市虎蚊雷，交口相毁，竟无一人为之辩护者。母微闻诸生语，似为兰。详询之，备悉颠末。大痛忿，急归觅兰，指其面而詈之曰："贱婢子，昨夜所为何事？不自羞而以诳语欺阿母！汝祖若父，俱名门裔，而汝今作此污贱事，一门清白，为汝轻薄尽矣！"且詈且哭，旋操杖挟兰。琼在旁，急夺其杖。母哭琼亦哭，兰更大哭，一室之中，哭声震耳。适舅至，乃各收泪，兰与琼均起去。舅问何事痛哭，母切齿告之。舅故蹙其额，良久强笑以慰之曰："吾意明敏如甥女，决不至堕奸人之骗局，姊勿苦。事之虚实，未可测也。安知莫须有三字不可以虚构风流罪案耶？"母意稍解。然卒以其事甚丑，辞校长，携兰姊妹归。家居大好，白日可怜。嗣后防兰益严，不许越雷池一步。同学有来视兰者，概屏绝之不令见。兰从此日处荆天棘地中，家庭无异于狴犴矣。

铁锁无情，关住满园春色。才为出谷之莺，便作入帘之燕。春风别院，秋雨长门，李后主所谓"此中日夕，以泪眼洗面"者也。一日琼得邮函一，瞷母不在，密授之兰。视其封面，则章笔也。喜极，急开缄，窥其内容，意此中必有好消息。一封书，不啻薄命人之续命汤也。乃阅未数行，遽尔色变。薄幸章郎，竟割情背誓，送将催命符至矣。盖章前之于兰，仅存渔色之心，并无一毫真情之贯注。夜奔邸舍，始愿已偿，继闻事已决裂，即招媒他议。今议有成，故以书报兰，谓若可挽回，则当仍续旧好。如不能，请从此绝，留些余缘，期诸来世。并索约指，以示决绝之意。兰阅竟，不能哭亦不能言，惟脑筋中骤受一种猛烈之激刺，几疑留此躯壳于天地间为多事者。

负心有据，长叹无言。一寸芳心，低回欲绝，意兰此时恨章刺骨矣。孰知怨毒虽深,情丝未杀。一转念间,微特不以始乱终弃为章咎,且谓未谋章面,讵识章心。前言在耳,彼岂忘之。不过惕于事之万难,激而为此,侬惟自怨家庭不谅,萋斐伤谗,使大好良缘,终成画饼。然而一息尚存,此志不容少懈。脱事而果无成者,惟有一死。脱章而果无情者,亦惟有一死。于是作书复章,并无一言责其薄幸,惟希坚持到底,以求美满结果。如才竭力尽,则请以约指相殉,以证终始,欲珠还不能也。书毕,郑重授琼,投之邮柜,并嘱其毋与母言。而一缕芳魂,早逐飞鸿以俱杳矣。

书去后,盼断天涯,回云绝影。兰从此却除膏沐,瘦减容光,憔悴日益不堪,眠食因之俱废。终日惟向无人处,偷揾其伤心之泪而已。母虽知之痛之,然已如收笼之鸟,庸能再任其高飞。况与章并无成说,既却之于前,反求之于后,即郎心未改,覆水可收,不亦太自贬抑耶?后月余,舅来言,章已他聘,迎娶有日矣。并详述为某氏女,貌美且贤。兰此时已困顿无人状,闻信之后,万泪攒胸,一恸几绝。黄昏人定后,遂携约指同游于天罗天上矣。母既恨其不贞,复痛其惨死。心灰意冷,觉大好京华无容足地,葬兰后遂挈琼徙居于乡。姊妹花一枝已折,再不堪任此枝之随风飘泊矣。而章则于今春三月,已乐关雎而咏好逑,不复知白杨衰草间,一声声骂薄幸郎者之尚有人也。爰缀其颠末,以为我崇拜自由,不恤后患之同胞姊妹,作一警钟焉。

枕亚曰:一失足成千古恨,再回头是百年身。人情险诈,触处皆机械,愚夫陷之,黠者避之,而惟于情爱关头,则愈聪明而愈懵懂。怜才二字,误却多少闺人,遗恨千秋,都为聪明绝世。春婆梦醒,秋冢草生,自由安在,结果如斯,吁可痛已。王君宪民以此稿见贶,嘱载报尾。作者著书之期,距死者埋玉之期,尚未逾一月。王君盖世之有心人,余以其事之足以箴不良之社会,而醒无数醉心自由之女界同胞也。爰不揣谫陋,略加润色,表而出之,以为世戒。嗟嗟!母也不谅,人之无良。生为情虫，死为怨鬼。自作之孽，休言薄命红颜，之死靡他，终愧含瑕白璧。如方慧兰者，律以正义，君子应讥，谅其痴情，才人或悯。若彼章郎，性等浮云，心如毒螯，一封书愤死佳人，七尺锋幸逃法网。然一纸名宣扬，难免万人吐骂。若地狱之说而非诬也，正为此辈设矣。吾愿吾无数之女界同胞，远鉴王娇鸾之前车，近以方慧兰为借镜，莫徒崇文明自由之虚名，而受身死名隳之实祸。姻缘大好，回头须念身家，欢爱无多，失足难偿名誉。风花队里，乃早抽身，科学丛中，亟宜埋首，此则记者草此篇之微意也。

（选自《枕亚浪墨初集》卷一，
大众书局一九一五年三月十日出版）

社会讽喻

典　当

赵苕狂

益大当中那位马朝奉马老先生，从当小学生起，循资累进，一直做到了头柜的朝奉，足足有十多年。如今在这头柜上做生意，又已十多年了。精神很为矍铄，办事十分认真。对于职务，还抱下一种乐观，每天坐在那张高凳上瞧那出出进进的人，觉得非常有趣。并且这许多出出进进的人中，各人有各人的神气，并不一例。他每从这种地方推测各个人生活的状况，以及目下的穷通。虽不欲求信于人，但知道自己所推测的虽不中，也不远，私下颇自鸣得意咧。

一天，马朝奉又坐在那张高凳上做生意。这天生意很为清淡，并不忙碌。他偶向外面一瞧，只见一个老妈子模样的人立在当门之外，把头向里面探了几探，然后赶忙的走了进来。他暗想这个老妈子大概没有进过典当门的，今天还是第一次，所以露出这种怯态呢。正在想着，那老妈子已走到他的柜前，又迟疑了一阵，方从怀中取出了一双镶嵌钻石的手镯，放在柜上道："先生，这里是当东西的么？我要当这件东西呢。"马朝奉笑了一笑，便取那双手镯估看着。见这双镯子也值四五百块钱，当起来，不过对折多点罢了。便问道："这双镯子，你要当多少钱啊？"那老妈子道："主人对我说最好当四百块钱，但是少一点也不要紧的。"马朝奉道："四百块钱？那是做不到的。当了三百块钱罢。"老妈子点点头，不说什么。这件生意也就成交了。等那老妈子走后，马朝奉把这双镯子问问他的几个同事，知道他们手中都没有来过，就决定这双镯子还是初次上这里的门，大概这家人家还是初次当当头罢。不觉私自叹道：随便什么人家，来得这里做交易，总不是一件好事情。包他以后愈走愈勤，永逃不出这个势力范围呢。不过话又说回来了，这样一来，我们当中从此又多下一个户头，又添下一大注交易了。想着，脸上不觉微微的露出笑容。

自从这天以后，那个老妈子果然来得很勤了。每月差不多竟有这么五六次，有时拿了一双镯子来，有时拿了好几件金器来，大约每次总要当这么几十块钱去。也有几次，是备了款来赎取东西的，不过当的次数，总多过赎的次数就是了。马朝奉常常和一班同事谈起这件事情，决定这个当当头的人家从前光景是很好的，如今正在那里逐渐的衰败下来，大概出了什么败子咧。可是有桩奇怪的事情，每当那老妈子来当的日子，马朝奉总会预先猜得着。每每听他对同事说道："今天那个老妈子大概又要来了。"不到一刻，果然不出所料，那个老妈子真的来了。如此者也不止一次。许多同事见了倒有点诧异起来，想此老莫非能未卜先知么？为何这样的言出必中呢？所以有一天晚上，刚遇大家无事，便围了拢来赶着他问故。马朝奉把胡须摸了一摸，笑道："这个很容易猜得的，不过你们不留心就是了。我现在先问你们，那个老妈子来这里当当都是些什么日子？"大家听了面面相觑了一阵，竟回答不出来。马朝奉又笑了一笑，接着说道："这可见你们的粗心了。我对你们说罢，伊来这里当当的日子，不是上海江湾跑马的日子，就是初一十五，所以我猜得着呢。"一班同事道："这样说来，这家的主人一定是喜欢买跑马票的了。不过初一十五，为什么又要当当？不见得跑马都逢着这种日子呢？"马朝奉笑道："这种日子来当当，倒不是为的买跑马票，又是另外一种开销了。上海堂子中的规矩，每逢初一十五，凡与妓女有交情的客人，须得前往做花头，你们不是都知道的么？这笔钱大概就用在这个上头了。”一个同事道：“但是每逢月底、小月底，他家中总也有种种开销的，既然缺钱用，就该应这种日子来，何必迟至初一十五要吃花酒了，才来想法咧？”马朝奉道：“这个就可见那人一种糊涂的特性了。大概他对别种开销都不放在心上，以为不妨暂时欠人一下子的，独遇着看跑马咧，吃花酒咧，当是一种不能免去的事情，才巴巴的去想法子。别的开销，或者才在这个上头连带的沾光一下咧。并且他的马虎，也可算马虎到了极顶了。你瞧，他每一次遇着跑马，遇着吃花酒，要起钱来总是临时抱佛脚的，从不曾见他早一日先预备呢！”另一同事笑道：“照你的口气讲来，差不多和认识他一般，决得定他真是去看跑马的，真是去吃花酒的——难道不许你是猜错的么？也未免太武断了。如今姑退一步说，假定你这话是不错的，我可又有一个疑问来了。难道他去买跑马票，不会有赢的日子么？为何次次都要来这里设法呢？”马朝奉笑道：“这话问得很是。一个人去赌钱，虽有输的日子，总也有赢的日子，决不致次次皆输的。但是你不知道，这种人输了还可，赢了钱可更不得了。他赢了一块钱，要看作十块钱，赢了十块钱，要看作一百块钱，于是花酒也得多吃一台了，相好处的东西也得多送一件了，细君处还得好好儿献些殷勤，替伊做些衣裳，赎些当头，因为如此做去，将来才可有商量之余地咧。这样一来，你想，他的钱不是一霎时间就要用得精光？怎么还能够留待下次跑马作为资本呢？如果再用得厉害一些，怕除赢来之钱用去，还要贴出本钱来咧。”这一席话，说得一班人个个点头。可是先前那个同事，仍旧有些不服道：“你这一席话推测得固然十分透澈，把那一般浪子的心肠完全说出来了。但是只可算作一种推测罢了，在未真知真见以前，总不能据为事实呢。”马朝奉笑道：“你还不相信我的话？要知道他的确实情形么，这倒是很容易的。待那老妈子来的时候，问问伊就是了。”大家都点头道好，亦就散开了。

过了几天，那老妈子又来了。这一次来当的不是金器了，乃是一件皮大衣，几件狐皮的衣服。马朝奉和伊搭讪的时候，顺便问道："你们的少爷不是喜欢看跑马的么？今天拿了这笔钱，大概又要到江湾去了。他不是还喜欢吃花酒的么？"那老妈子听了向他看了一眼，才说道："你怎么会知道的啊？"马朝奉哈哈大笑道："我自然会知道的。"说着，又在那件大衣插袋中摸了一摸，竟摸出一卷跑马票来，顺手心一扬道："并且今天凑巧得很，还有证据在这里呢！这不是跑马票么？不过吃花酒的证据还没有得到就是了。"随又俯下首去，把那卷跑马票理了一理，理到末后，竟捡到一张堂子中的请客票，不觉大喜，又把来一扬道："吃花酒的证据也在这里了。这是金湘玉那里的一张请客票，背后周吴陈王的，横列着许多姓，有四个成一组的，有七个成一组的，大概预先替他们配成叉麻雀打扑克的搭子罢。照这张单子算起来，足足有二三十人，起码总要摆三台酒，你们少爷的场面倒真真阔绰啊！"那老妈子听了这一大篇子话，倒有些不耐烦起来，向他狠狠的瞅了一眼，说道："先生！你在这柜台上只管当当的事情就是了，何必管人闲事呢！"马朝奉笑道："当当也要管，闲事也要管，我这老头子的日子才可快快活活的过得完，否则要愁闷死了。老妈妈，你说对么？"这几句话倒说得那老妈子亦笑了起来，也就成交走了。那时有几个同事也在马朝奉的旁边，这一席话都听得的。一霎时间，便传了开去，于是阖当的人，都称这位马老朝奉料事神呢。

自此之后，那老妈子也常来当中，但所当的都是些衣服了。有时尴尬时候，连棉夹衣服并不十分值钱的也都拿了来。那从前所当的金珠首饰，有几件差不多要满期了，便来加利展期。有几件倒赎了出去，但是一赎之后，永不见面，不像从前那样几次三番的当而赎、赎而当的了。照马朝奉想来，大概已变卖去了咧。

又过了一阵，那老妈子忽然不见面了。马朝奉正在想着，这老妈子这几天为何不来啊。忽见一个二十多岁的少妇，穿了一身旧衣服，挟了一个包袱从当门外走了进来。伊那种欲进又却、趑趄不前的样子,比那老妈子初次来当的时候还要加上几倍。马朝奉呢,见了不觉私自想道,又是一个新主顾来了。此时那少妇也已走到他的柜前,很迟疑的把那包袱递了上来,面庞涨得红红的,一句话也不说。马朝奉把那包袱打开,只见内中有几件衣服,记得是那老妈子曾来当过的,不觉恍然大悟。大概那家人家更不如从前了,所以已把那老妈子辞去不再用人。今天来的这位,定就是他们的少奶奶呢。想到这里,倒呆住了好一会。谁知那少妇见了竟把意思误会,以为大概这几件衣服嫌太旧了,他不愿收咧。红着脸急问道:“这几件衣服……你们不要么?”马朝奉才知自己出了神,忙笑着答道:“不是——要的。”跟着写票付钱,把那少妇打发走了。

此后,那少妇竟和当中的石板结成了莫逆交。每隔几天,必来走动一次,来的时候,必挟些东西来。从前当的那种东西,除了几件必不可少的衣服外,其余都眼睁睁的瞧他没去,不再加利,赎的一字,更不必说起了。弄到后来,竟把些破旧不堪的东西也都寻了出来,拿来当了。马朝奉瞧伊可怜,倒从不留难,总给伊当钱而去。但是伊的面庞竟一天天的见其消瘦下来,憔悴下来,差不多每来一次总难看过上一次。入后,竟瘦得失形了。马朝奉瞧在眼中,也一变其乐观的常态,私下叹道:“唉!这个少妇真真可怜,看来不久于人世了。不是伊丈夫害伊的么!”

有一天,马朝奉正在柜上忙得不可开交的时候,忽有人递了个包袱上来。马朝奉随手打开一看,不觉心中扑扑的跳了几跳。原来内中有几件衣服,马朝奉如睹故人一般,一见立即认识,那个老妈子、那个少妇都拿来当过的。不过最初的时候还是簇簇新的,后来一天天的见他旧下来,如今是敝旧得不成样子了。马朝奉忙把心神定了一定,举眼朝递上包袱来的那人一瞧,只见是个二十多岁的少年,一张瘦瘦的脸儿,上面布满了愁容,敝衣敝冠十分潦倒,更显得难看了。不过细把他五官一相,也还生得不俗。如果好好儿装饰起来,面庞再能饱满一点儿,倒还是个美少年咧。马朝奉心想:这定是那少妇的丈夫了。我几年来对于他的行事,背地里常作种种之推测,如今才见了面,真是幸会啊!幸会啊!一壁便问道:“这些东西,你要当多少钱啊?”少年道:“我要当十块钱。”马朝奉道:“这些东西都破烂不堪了,怎么当得起这许多钱?”少年泫然道:“请你通融点罢!我的妻子死在家中没有殓,还少这点数目呢!”马朝奉听了心中不觉扑的一跳,想这个少妇真的就死了么!随木木的说道:“你的妻子死了么?”少年含泪点点头。马朝奉又想了一想,那少妇一张憔悴可怜的面庞仿佛如在目前,顿时动了恻隐之心,就依了那少年的请求了。

打这天起,那个少年循了那老妈子和那少妇的旧轨道,也常来这家当中了。但是所当的都是些不值钱的东西,或者就把几件衣服掉出掉进一下,并且来当的日子,也不定是什么江湾上海跑马的日子和初一十五了。原来这个定例,在那少妇来当当的时候早已打破,如今更是根本推翻的了。照状瞧来,花酒固然是不吃的了,跑马票亦无余钱去买的了。如今所当去的钱,倒是一个个的都去供给生活所需呢。如是的过了好一阵,不觉又是冬天了。一天早上,雪下得很大,忽听得人说,当门前有一个人冻毙在那里了。马朝奉忙同一班同事走出一看,哎哟,直挺挺的僵卧在雪中的不是别人,就是那少年咧!马朝奉看了不觉一阵心酸,忙掩面走了进来,在那高凳上呆呆的坐着。心想,这个少年我虽不知他的姓名,但他逐渐的堕落下来,我眼中都瞧见的。如今又是这样的收场,十分凄惨,怎不教人伤感啊!一会儿,又被他乐观的心理战胜了,私自笑道:“咳,我也大痴了。凡是来这里走走的人,哪一个不是在悲痛中度生活的?如果细细留心起来,恐比这无名少年的事情再悲痛一些的还不少,我要替他伤心,也伤心不得这许多呢!”

(原载《小说世界》第二卷第一期,一九二三年四月六日出版)

小 姊 妹

赵苕狂

钟又敲起来了。李秀英提了饭篮子,同着一般同伴们,鱼贯地从铁门中走了出来,觉得做牛做马一天,总算又到了休息的时候。阿黑托隔壁好婆代管着,今天不知哭过没有。润生——伊的丈夫要比伊早放工半小时,想又依着日常的老例,在那里烧夜饭了。随又想到,照他们现在这种样子,夫妇二人每天都要到外面去工作,似乎太苦一些,但是进款多,出款少,每月已有余钱可以储蓄下来。等得储蓄到有一个成数,就可依照着他们预定的计划,开张一间小烟纸店。这种店,俗称为夫妻店,只由夫妻二人管理着,不必再用别的伙计,是最易赚钱的。从此就可终日相守在一起,不必再到外面来工作了。至于阿黑,等到他大起来,就送他到学堂中去读书,量着家中的力量,竭力的培植他,总希望他成为社会上极需要的一个人才。那他们靠着这个儿子,或者还可享上几年的后福呢!伊一想到这里,对于伊自己生活上的环境,不论现在和将来,都觉得十分满意的了。

谁知正在伊满足伊自己生活的现状的时候,耳边忽闻得波波的几声响而且急的汽车喇叭声,似乎正向伊下着紧急的警告。同时在伊四周的人们,也高声哗叫起来,显见得有什么乱子闹出来了。这可把伊骇上一大跳,忙突然停止了足步,回身瞧时,一辆庞然的绿色大汽车,刚刚在伊的面前煞住了机关,中间距离得三寸还不到。随即见那满脸横肉的汽车夫,伸出头来,向伊发话道:"死胚！你莫非要寻死么？为什么走在马路中，连眼睛也不带？尽自靠向外边来，不是我把车煞得快，早已出了乱子，你的狗命固不足惜，却还要害我去吃官司咧！”秀英听他这般的斥骂，也没有好气，颇思回报上几句。可是坐在这辆汽车中的那个时髦女子，向伊看上几眼之后，早已认识出伊是谁来，这时便也把头伸出车外，说道：“阿炳，你不要乱骂人！”一壁又向伊招呼道：“秀英，你可还认识我？请坐到车中来谈谈，我就住在这条街的角子上呢。”

这辆汽车中的这位时髦女郎，就是从前和伊同厂工作的周明珠，这是伊做梦也没有想到的。当时伊因急于要回到家中去，颇不愿接受这种邀请，经不住明珠再三向伊相邀，并含笑对伊说道：“现在时候尚早，你就在我那里坐谈片刻再回家去，也还不迟。再不然，我还可打发汽车送你回去呢。”伊没有法子可想，只得走上车去。这一来，害得那汽车夫阿炳倒有些局促不安。而一般在旁瞧看热闹者，以及瞧见这件事情的几个同伴，在他们或伊们的归途中，也平空的多添了一件谈话的资料了。

伊们在车中谈不到几句，这辆汽车早已在街角的一所屋子前停了下来，却是一座小洋房，地方虽不见得怎样大，望过去却一尘不染，而且带上一种华贵之气，显见得不是有钱的人，万万不能住到这种屋子中来的。当明珠挽了伊下车时，又只觉有一种光芒，从明珠的衣饰间射出，直扑到伊的眼帘中来，方使伊细细地把明珠瞧上一瞧。只见明珠在一件蜜色的短袄之外，还加上了一袭浅绿色的旗马甲，颜色十分鲜艳。至于是什么绸，什么缎制成的，惭愧自己不是绸缎铺中的老主顾，一时竟叫不出它的名目。而项圈、纽扣、约指、耳环，不是金刚钻，便是老大的精圆珠子，更是亮晶晶地耀得人眼花撩乱。一想到伊自己头发蓬蓬的，一点也不曾修饰，身上只穿上一套爱国布的衣裤，实在不能并立在一处。无论伊是怎样的旷达，这时也觉得有些羞惭了。而最最难堪的，当伊走进屋子中去的时候，明珠所雇用的两个娘姨，都目灼灼的向伊浑身上下打量着，似乎暗中在说：这个人究是什么路数？瞧伊身上的衣装，比我们还要不如，为什么女主人倒挽着伊的手，好像和伊十分的亲热呢？更害得伊坐立不安，手中那只饭篮子，竟好似怕人瞧见的贼赃一般，不知究竟放在什么地方才好。

明珠请伊在一间陈设得很精美的起坐室中坐下后，又叫娘姨送了一杯香茶来给伊，便嫣然的对伊说："你且在这里宽坐一会，让我去换一件衣服再来和你细谈。"说着，翩然走了出去。这时娘姨也已退出，只剩伊一个人在这精室中了。

在沉寂之中，倒又使伊想起明珠在厂时，和伊交往的一番事情来了。

为了工作时坐位邻近的关系，时常谈谈说说，居然使两个性情不甚相同的人，也渐渐的莫逆起来了。有一天晚餐之后，明珠忽走来访伊，并约伊到大世界去。伊秉性恬淡，本来不高兴到这种热闹场中去的，无奈却不过明珠的情面，只好跟了同去。刚刚跨进大世界，还没有走到共和厅，已有一个修饰得十分漂亮的青年迎了过来，笑嘻嘻的向明珠说道："明珠姐，你原说六句半钟就到这里来，如今已是七句半钟了，累我等得好苦啊！"说着，举起手腕来，在明珠眼前一扬，分明卖弄他戴有一只金手表。而细听他的这番说话，又分明他们二人是早有期约的。只见明珠微微一笑，向他回答道："我原想早些来的，只因去约了这位小姊妹一同来，所以来迟一步了。"随又替伊向那青年介绍。青年虽也向伊鞠了一个躬，执礼似乎甚恭，然而两只色眼，不住地向伊浑身上下打量，轻浮到极点了。

在共和厅吃了一会茶，明珠又替伊介绍了一个姓陆的男朋友，也是和那青年一类的人物。说得好听一些，可以冠上漂亮二字；如果说得不好听，只是一个浮薄的恶少罢了。当明珠和那青年谈得十分起劲时，姓陆的也不住的向伊献殷勤，似乎已熟得非凡，伊却只是淡淡的对付他。又一会儿，四个人又一同去看影戏，在这灯光半明半暗之中，明珠和那青年更是忘其所以了，两个头并得紧紧的，只是唧唧哝哝的谈着，有时或者还要接上一个吻，四手交纠在一处，尤其瞧不清究是怎么一回事。伊在旁见了这种情形，着实有些瞧不入眼，不料坐在伊身旁的那个姓陆的，见了也要效法，竟渐渐的对于伊有些不规则的举动起来。这一来，伊可有些着急了，暗想这种浮薄青年是不论什么事都做得出的，万一他竟是更进一步，在自己身上摸索起来，那时叫喊又不便叫喊，抵拒也是十分为难，不是白受了他的糟蹋么？不如趁着现在这个时候，赶快一走了事罢。

于是，伊突然的立了起来，在明珠的肩上轻轻一拍，说道："我觉得有些头痛，要先走一步了，你不妨还在这里玩一会子罢！"明珠起初被伊在肩上一拍，倒吓了一大跳，后来见是伊，方始心神略定，便假意的说道："你觉着头痛要回去么？好！那我也不在这里玩了，就陪你回去罢。"口中尽是这们说着，却不见立起身来。伊忙道："不必，不必，我自管回去，你自管在这里玩，还是两得其便的好。否则我不但扫你的兴，也太觉对你不住了。"这时那个姓陆的以为有机可乘，倒自告奋勇道："我看你们二位也不必客气，还是我送李女士回去罢，横竖我本来也想走了。"伊听了姓陆的要送伊回去，倒又暗暗叫起苦来道：我的要急急离去此间，原是为避免他的纠缠起见，如今他倒又要送我回去，不是更糟了么？一壁忙辞谢道："这是不敢当的，而且我的爸爸和妈妈都是十分古板的，如果瞧见有男子送我回去，一定要起疑心呢。"这时明珠也道："这话倒是不错，陆先生，你们今天既然已由我介绍而认识了，以后见面的日子正长，正不必急急于现在送不送这个问题上呢。"这一说，倒说得那姓陆的把伴送之意打消。伊忙向他们点了点头，飞也似的走出这个恶浊的场所。

第二天明珠并没有到厂中来，到了第三天方始遇见，伊便问明珠那天到底玩到什么时候方回家去的。明珠脸上顿时晕起了一道红霞，只向伊微微一笑，并不回答伊这句话，反向伊问："那天我介绍给你的那个姓陆的，你看好不看？你也愿和他做个朋友么？他对于你倒是十分倾心的呢。”这时伊正色说道：“明珠姐，不是我说句不中听的话，这些浮薄的恶少，我们还是少亲近为妙。我们虽是做工的，一般也是好人家的女儿，犯不着去受这班人轻薄，一个不小心，还要被他们玷污了清白咧。”明珠听了，只是格格的笑道：“喔哟哟，看你不出，倒是一位圣人，说什么犯着犯不着，清白不清白，这都是不值一笑的。我只问你一句话，你难道甘心做一辈子的工，不想有一个出头的日子么？”伊依旧正色说道：“凡是人，谁不想出头，决计不愿做一辈子的苦工的。不过想要出头，也有正当的途径，如今却去走这们一条路，我是始终不敢赞成的。”

自从这番谈话之后，伊二人间便有了一重隔阂，只是表面上，还依旧像从前这们的亲密罢了。不久，明珠便辍了工，而且是不知所往。不料这个性喜虚荣的周明珠，如今居然安富尊荣，成了一个贵妇人，也可说是达了伊的目的了。这教李秀英瞧了，在忆起旧事之后，又安得不起一层很深的感想呢？

正在这个当儿，明珠又换了一件玫瑰红的短袄，翩然走进室中来了，向秀英脸上瞧了一眼，问道：“秀英姐，你呆呆地在这里想些什么呀？”秀英老老实实地说道：“我不想别的，只想到我们一别已有五年之久，光阴过得何等的迅速啊！而在这五年之中，你已成了一个贵妇人，我却还是一个女工，我见了你，很觉得有些惭愧呢。”明珠听了这话，心中得意的了不得，倒又想起了当年那番说话。暗想这都是你自己不图上进。老实说，你的相貌也不见输于我，如能照我这个样子干去，今日之下，怕不也是坐着汽车，住着洋房，成了一个贵妇人？何致还会提了一只小竹篮，依旧做个栉风沐雨，朝出暮归的女工呢？一壁却假意的说道：“做人也不过这们一回事，贵妇人是个人，女工也是个人，何尝有什么分别呢？”秀英道：“话不是这般说，从前我们虽是小姊妹，现在来和你比起来，真有云泥之隔，万万不能相提并论了。”明珠表面上还在谦逊，暗地里却早已承认了这句话，自以为伊的身份和地位，确比秀英高出了许多了。跟着又谈了许多别后的事情，方知明珠嫁的丈夫，是个银行行长，秀英当然也很老实的告诉了伊，自己的丈夫只是一个劳工。

从此之后，伊们又来往起来，明珠倒一点架子也不拿，依旧当伊是个小姊妹。有一天，秀英做完了工。正回得家来要吃晚饭，明珠那里忽然打发了一个娘姨来，匆匆忙忙的对伊说道："金奶奶，我们奶奶请你马上就去，说有要紧话和你说呢。"秀英不知明珠那里究竟出了什么事，这样巴巴的来唤伊，只得跟了那娘姨就走。到得那边，只见明珠独个儿在卧室中啜泣着，倒把伊吓了一跳，忙问道："明珠姐，你这里究竟出了什么事情？你为什么又哭泣起来了？"明珠哭泣略止，突然说道："我的丈夫死了。"这话一说，倒又把秀英惊得什么似的，举着疑诧的眼光，问道："死了么？但是……"意思是问，"那么死尸在哪里呢？"明珠倒也懂得伊的意思，忙问答道："他是死在大公馆中的，横竖我们是要好的小姊妹，不妨实对你说了罢。这里只是他的一个小公馆，每月一切开销，素来是由他完全担任了去。如今他一死，他们大公馆中当然不承认有我这个人，还有什么人能担任这笔开销？我的这个场面，不是就要支撑不下么？所以我急急的把你请来，要和你商量一下呢。"秀英这才恍然大悟，忙道："这个哪里支撑得下，当然须要缩小范围了。不过我要问你，你这几年来，也曾积储下几个钱么？"明珠道："你瞧我的场面撑得这们大，哪里能积储得钱来，每月拿来的钱，能够恰敷开销，已是很好的了。只有历年来置备下的一些首饰，总算还值上万把块钱，其余都是不能算数的，就是那辆汽车，也已不在我这里了。"秀英道："如此还好，仗着我和你是很要好的小姊妹，如今我倒要切切实实的替你打算一筹了。你在这些饰物中，最好只留下几件应用的，其余都把它变卖去，就是这屋中的许多木器家伙，依我说，也嫌太多一些，不如也变卖去一部分。然后把这笔变卖下来的款子，统统放在一个稳妥的地方去生息。于是再把这洋房退了租，男女仆人统统辞了去,另迁移到房租比较便宜一些的屋子中住下,最好能自己操作,否则就雇上一个娘姨。如此,或者也能开销得过,不致闹什么饥荒了。此外我还有一句话要对你说,只不知你愿听不愿听?”明珠道:“你我是很要好的小姊妹,你的话当然很关切我的,我哪有不愿听之理?你尽说不妨。”秀英道:“不是别的事情,就是关于你的婚姻问题,不是我说句放肆的话,像你从前和死者这样的关系,实在不是长久的局面。如今他死了也好,倒可把这种关系早早告一结束,另开一个新局面,这是于你很有利益的。此后望你放开眼光,选择一个诚实可靠的人,嫁了他,过那一夫一妻的生活,一定要比现在好得多呢!不过上海这个地方,浮薄少年最多,他们见了妇女,最会花言巧语的,你总要十分留意,千万不可上了他们的当。”明珠听完了这番说话,显着十分感激的样子,紧紧的握着伊的手道:“秀英姐,你所说的,句句都是金玉良言,我自当铭之心版,并且一定一件件都依照着你的说话去做。唉!好姊姊,请你可怜我,我现在孑然只剩一身,没有什么亲人了,真把你当亲姊姊一样的看待,以后总得时时这般的教诲我,照顾我才好呢。”

不久明珠果然把洋房退租,男女仆人辞去,另搬到一所较小的屋子中住下,只用上一个很老实的粗做娘姨,果然一件件照着秀英的说话,实行过起这节俭的生活来了。秀英也时时走去探望伊,彼此谈谈说说,倒也很能解得寂寞。

一天晚餐后,秀英又走到明珠那里去。只有那个粗做娘姨在楼下,伊是来得熟了的,便径自向楼上走去。谁知刚刚走到房门口,忽闻有一种轻倩的笑语声从房内传出,并杂着有男子的声音在内。不觉使伊停住了脚步,忙就着门帘的隙缝,向房内一张时,只见一张沙发之上,坐着一个二十多岁的西装少年。明珠扭股糖似的,坐在他的怀中,正在密密切切地谈话呢。暗想这或者就是明珠凭着慧眼,所选择得的未来丈夫罢。正要退下楼时,却已被明珠瞧见,忙从那个少年怀中走了起来,红着一张脸向秀英招呼道:“秀英姊，你进来谈谈。”秀英只得走进房去，便又见明珠替那少年向伊介绍道：“这是徐先生，在某某洋行中供职的，我们还是新结成朋友的呢。”这一来，更把秀英的理想证实了，暗念独身生活，本不是明珠所能过得来的，这个婚姻问题，的确也应该上紧的了。现在倘真能寻得一个如意郎君，组织成一个美满的小家庭，倒也是件很好的事情呢。只希望这个构成婚姻的对手方，确是诚实可靠就好了。当下伊倒替明珠抱着满怀的希望，谈了一阵，也就自回家去。而为了明珠已有了爱人，生怕再撞见这一晚的那种事情，觉得常去走动很是不便，踪迹倒又疏下来了。

一个星期日的晚上，秀英的丈夫金润生，同了一个朋友在游戏场中玩了一阵，回得家来。忽然笑嘻嘻的对秀英说道：“你的那个要好朋友，恐怕有些靠不住呢！”秀英瞪着两个眼睛，问道：“哪个要好朋友？”润生笑道：“还有哪个要好朋友？我所说的，就是你那要好的小姊妹周明珠。”秀英听说是明珠，忙又问道：“怎样的靠不住？”润生道：“伊今天也在那边玩，还同着一个少年男子在一起。”秀英听他这么一说，倒又夷然不以为意了，也笑起来道：“这有什么靠不住？这个少年男子，不是穿西装的么？他们不久就要结婚了，他是在某某洋行中供职的。”润生把嘴一撇道：“恐怕是在九马路未开洋行供职的罢！实对你说了罢，我所说的靠不住，就指这少年而言。刚才明珠在那边遇见了我，总算承伊的情，还向我招呼了一下。不料我那朋友，却是认识这个少年的，便引起了他的话匣，向我滔滔汩汩的讲述这个少年的历史，方知这个少年，是上海一个最著名的拆白党。历年以来，也不知有多少无知的青年妇女上了他的钩。而且他的心思和手段最是狠毒不过的。每每把伊们手中所有的东西骗完以后，一个不小心，还要把伊们的身体送进娼门中去呢！我看，明珠又是新上钩的一个。你既和伊是要好的小姊妹，得便还当暗地关切伊一句，免得伊也着了道儿呢！”秀英点头称是。第二天，便到明珠那里去，适值明珠出去了，竟没有遇见。接着又病了下来，也就没有再去。等到病好以后想起此事，再到那边去时，不料门上已贴了召租的招贴，明珠竟一声不响的，不知迁居到什么地方去了。

二年之后，秀英夫妇俩，竟照着预定的计划，开了一间小烟纸店。夫妇二人，终日相守在一处，不再到外边工作去了。有一天，恰值亲戚人家有喜事，伊便把新做的一身时式衣服穿了起来，新置的几件首饰戴了起来，同了润生去吃喜酒，居然也像一位体面的奶奶了。伊这一天心中很是得意，觉得这一点点的衣饰，虽然算不得什么，不足值一般贵妇人的一顾，然而都是伊自己吃辛吃苦，积蓄了钱置备下来的。这或者比之出自他人代置的，要体面得多了么。

这家亲戚，是在某项生意上新近发了财的，所以喜气充满一庭，事事都是铺张扬厉。到得晚上坐席的时候，还叫了十多个出堂唱的妓女，到里边来替一般女太太们侑酒。秀英身边，恰恰也坐了一个。秀英不比上海那班阔太太，素来是没有经过这种事情的，觉得其窘无比。可是窘虽窘，依旧要回过头去瞧瞧，一瞧之下，却更使伊窘得万分了。原来这个妓女不是别人，就是伊那不别而行的，很要好的小姊妹周明珠呢！一时四目相望，彼此都呆了起来。半晌半晌，明珠方低低的呼了一声金奶奶，以下便哽咽着，再也说不下去了。可是在这三个字之中，就隐隐包含了无限的意思，似乎在说："我从今再也不能和你姊妹相称了，因为你是好人家的一位奶奶，后福正自无量。我只是堕溷飘茵一个下贱的妓女，将来正不知如何结局！我们二人在如今说起来，真有云泥之隔啊！"

（原载《紫罗兰》第四卷第一期，一九二九年七月一日出版）

可怜一个小学教师

李涵秋

危景祥是城里一个小学教师，他的品行学问，谁也无不钦佩的。他服务小学许多年，只赚得十来块钱一月。什么穿衣呀、吃饭呀、交际酬酢呀，都在这笔款子里出项。代他细算起来，进项如何得够呢？然而他家里人口既不多，平时又省吃俭用，也还可以敷衍过去。那生活程度，一天高似一天，他的家计，也就一日重似一日，所以渐渐觉得支持不住了。幸亏小学所有的薪金，公家尚能按月发给。就是没钱时候，同人挪借，到了那日，依旧如数奉还。人家都说他诚实可靠，只要开了口，没有不肯帮他忙的。但是拉东补西，终非长久之计，因此心里很有些烦闷。他妻子林氏常问他说道："你与其做这小学教师，只拿十来块钱，何不谋一谋校长做，到底每月可多得几文进项哩！"景祥叹道："我何尝不晓得做校长好，不过校长这个缺，实在不容易到手。无论我不愿钻头觅缝去运动，就愿钻头觅缝去运动，恐怕空口说白话是不行的嘘。至少先要花上几十块钱，请他们吃台酒。陪他们打场牌，他们才肯替你出点力。运动成功呢，还算不折本，假如用了这几十块钱运动费，依然还是无效，倒把我两个月的薪水白白的花掉。我们一家子，难道这两个月，都扎起嘴来不吃吗？世上人总要退一步想，像我这寒士，能永远当一个小学教师，粗布衣裳菜饭饱，就是天大的幸福。倘若不知足，得了陇，又望蜀，怕的要生出别的岔枝儿来。"林氏本来是个极明白的人，听见丈夫说的话很透切，便不再望下絮聒了。

偏生这一年地方上又发生了水灾,教育经费无形中遂受了莫大的影响。先前按月发款的,以后竟常常不能如约,甚至拖欠到两三个月始发一次。在公家确系实情,在各校不无失望。别人呢,或叨父母余荫,或是另有进款,发不发倒也不成问题。惟景祥忽然遭此恐慌,好比向他宣告死刑一样。这又是甚么缘故呢?他本家无恒产,仅靠着月薪度日,一旦该款不能抵用,信用上固然全失,就是生活上亦复格外维艰。可怜他终日苦脸愁眉,茶饭一些儿也不想吃。虽身在校中上课,心里还记挂着柴米油盐,竟活鲜鲜的把个有名望的小学教师,弄得这步田地,不是老天居心和他作对吗?起先还有东西可以典质,日子长了,家中的什物一古拢儿好像约齐似的都同他告别,只剩手指上一只钻石戒指儿。还光灼灼的在那里得意。其实这只戒指,估估价,倒也值得若干。把它变卖出来,不愁不够几年用度。然而他宁可忍饥受饿,对于这戒指绝不肯一刻分离。虽林氏有时劝他把这戒指儿转售于人,或者暂行质押,他反毅然拒却,说是无论如何,我这戒指儿万不能割爱。代他设想,其中必有一段隐情,不但在下无由而知,就连他妻子林氏也恐莫明其妙。

古语说得好,忧能伤人,景祥就因此得了个肺病。从前还勉强到校上课,后来连课都不能去上,只得央了一位朋友权且庖代。景祥病由贫起,哪里还有钱去请先生医治。天天也服些兜安氏治肺病的药水,并学那因是子静坐的法儿。无如这颗心不能打开,安望有丝毫功效?幸而他妻子贤慧,每遇着少柴少米,从未在他跟前告诉一声,都是自己回娘家去设法。这一天柴米又刚刚告罄,林氏不得已走到间壁王老爹家,和王老爹借贷。王老爹道:“你家先生,我尝劝他这小学教师做不得,做了这小学教师,非特养人养不活,恐怕把老鼠还要养得跑掉了哇。他总以为我的话是瞎说,如今句句都应了。”当下在柜里取出一串钱,给林氏暂且回家应用。

看看残冬已尽,景祥的病势日渐加增,他也自知万无生理。有天晚上，景祥对他妻子说道：“我的病已不得好了，我这灵魂儿，怕的马上就要脱离躯壳。不过累你受了多少苦，一天福也没曾享着，我如何对得起你。我还有一句话儿要问你，你当日为何不嫁给个有钱的商贾，偏偏要嫁给我这薄命书生？我固误了你，说到归根，究竟还是你自误。”说时上气已不接下气。歇了半会，又接着说道：“我死之后，你可托人到省里去领这小学教师的恤金。照年分计算，约莫有一百五六十块钱可得，你和儿女们可以好好过活。儿子长成呢，宜在商界中代他觅一相当的职业，千万不可把他再做小学教师。要晓得这小学教师四个字，是个最不祥的名词，我分明就是个榜样。”言还未了，又将手指上所戴的钻石戒指除下来，递在林氏手内说：“这只戒指是个赝物，如果真的，我穷到这样，还把他当做宝贝，不肯变卖来度日，我岂不有些痰火吗？须知我的这戒指虽然是赝物，却也有一个来历。因为小时候母亲非常钟爱我，就把它给我戴在手指上，作为一种装饰品。后来我母亲去世，依然舍不得除去它。一来为的是见了这戒指，如同见了母亲一样；二来为的是，有了这东西，同人家接洽各事，人家皆瞧得起我，以为我的家道不坏，不然如何戴这钻石戒指呢？其实说破了一钱不值。然而人既信以为真，我又何必承认是假。抚心自问，倒觉得有点惭愧。曾记上次你为这戒指儿，还与我着了一场呕气，意思间，都责我不该把这不能充饥当饱的戒指儿留在手指上，看着家里妻子儿女没得吃。我当时见你气得很厉害，又可怜，又可笑，即欲将原委说明，平一平你的气，惟恐他人知道，我就无以为人，因是复行隐忍下去。如今万事皆休，好在母亲又可以顷刻相会，特向你表白一番，足见你丈夫没有丝毫欺你的去处。”说着说着，他的气就咽了。咳，可怜一个小学教师！咳，可怜一个小学教师！

（原载《小说世界》第一卷第八期，一九二三年二月二十三日出版）

小说家之烦恼

范烟桥

小说家东方莎,在这十年来的声誉,真是如日之升。那些只有听觉,没有视觉,只有金钱,没有感情的杂志社长、日报馆主,一个个忍痛把雪白的银元,来换他七歪八敧的作品。那些排字先生,把东方莎三个铅字并在一起,横竖不时用着,犯不着时分时合,煞费手脚了。他家里用了两位书记,替他誊写和答信的起草。一位账席,大月底小月底替他计算字数、填发单向各家收账。每天晚上,他老人家便要向大街小巷去采集小说材料,有时节还有几个跑街,特地来把材料兜售给他,趁些酒钱。就是没有成交,那一杯茶总可以享受的。但是他以为听来的材料不及眼见的亲切有味,所以他还是不时的自己去采集。只是采集的时候,很费手续。一来材料有好坏,先要选择抉别,越是很不耐听的话,很不雅观的事,越是刺激最深,不容易忘记。那些曲折接笋,就难记忆了。二来材料有长短,短的没有什么丘壑,不免要加添补充上去。长的不是片刻可以观察得完,往往缺了头段,少了尾段,并且呆呆的守候他们的结尾,也有些不好意思呢。他曾经受过两次烦恼,便使他再也不敢堂皇的采集,只索靠着眼快耳敏,在走过的时候截取片段罢了。

哪两回事呢?

第一回,他为着做一部长篇章回体的小说,中间少不得要描写一段娼妓的生活。虽是那些关于娼妓的作品也很多,却只是具体的,不是抽象的,所以他老人家打定主意,规定预算,检定时间,想定地点,坐着小车直向娼妓区域去直观。到了那里,却巧已是万家灯火齐明,他便在一家花烟间的对面,小茶馆里泡茶喝着,慢慢把环象和真况细看。那家花烟门里坐了三个粉头,年纪的次序,可以勉强说是三代。但是伊们所用的胭脂花粉,却很能打破这老少的阶级,不使十分悬殊。街上走过了许多人,挺胸凸肚的少年,伊们自知配不上他们的一睬,虽是循例招呼了一声,却完全是敷衍门面。一壁蹒跚的走着,一壁咕哝的话着,都是经纪人,很可以招揽。三个粉头便竭力的做出媚态来,却仍旧拉不到一个主顾,反给几个流氓取笑了一阵。正在羞恼,却六眼齐见了茶馆里的怪客,一双馋眼,不歪不斜的看着伊们,估量是块好肉,便扑扑的走过来,各自坐在相距不到五尺的板凳上,你一句,我一句,说了许多风情话。那大小说家因着要注意个伊们的谈吐,心里还在那里解释和测验伊们的心理,却没有顾到自己给伊们做了试验品了。那三个粉头见他有十二分呆气,便行总攻击,把他拉起来,请他一入地狱,做一回佛。小说家知道身受重围,难以脱身,后来他把藏有七个小银元,十三个小钱,两张旧名片的破皮箧牺牲了。背上受了十多记拳头,耳边充满了骂声,逃出是非门,还他自由。这一回足足使他紊乱了二十四小时的文思呢。

第二回,他到小菜场上去参观早市纷乱的情形。心想描写出这许多奇形怪状的面目语言来,不怕不成了社会小说的杰作。因此那天清早起来,赶忙出门,走向小菜场去。原来这小菜场并不是特建了场屋,不过浮摊肩担,排列在各店的门前,若断若续,足足有五六十家门面。他不便立定呆看,只好慢慢的在中间巡视过去。四下里大师父和娘姨阿妈老板娘娘络续的走来,各捏了一株一尺多长的短秤,和两边卖菜蔬的掂斤估两起来。他刚走到一面乌术鱼桶、一面虾篮的地方,却巧来了一部人力车。那车夫不住的手振铜铃,嘴喊让开。无奈这里街道素狭,本来没有一丈阔,两家店铺的柜台至少要占出四尺,加上一桶一篮和三四个人,中间只剩三尺光景隙地。大小说家知道非让开不可，便急急向左面退下，不想却踏了一个雪白麻纱袜的时髦娘姨，很大的留着一堆朝露和泥的污点。急急的缩退，不想又把一篮水晶虾践烂如浆。卖虾的把娘姨拉住，要赔偿损失。娘姨只得也把小说家拖住说："这全是他的不是，我一双刚才穿上的新袜，也给他踏坏，说不出的晦气，哪里还肯赔你的钱。"小说家说："这是那人力车的害人，如今他扬长而去了，只索大家罢休。"卖虾的哪里肯依，后来还是大家劝解，由小说家出一半的钱，五十个铜元，挨了无数的冷嘲热骂，总算化为无事。这一回格外懊恼，从此再也不敢出门采集了。

他做的小说完全是写实主义，无论家庭、社会、言情、滑稽，二十年来差不多把他亲戚、朋友、乡邻间事实都给他采取去了。虽是遮头盖脚，移名改姓，却总有些儿痕迹可寻，因此又来了许多烦恼。

有一天接到一封信，下面写是：

> 无赖之小说家东方莎君惠鉴：大著描写社会情形可谓傅神禹鼎。第以里巷琐碎，伊君浇裹之资，在君固信笔写来，毫无隐晦，在个中人顿受相知者之讥评吐骂，直不能见齿于朋交戚党之间。笔墨之过，不当入阿鼻地狱耶？以余所知，如大著《望远镜》中述一不修边幅之少年，以女学校为猎艳之薮，此中事实固未尝传流于外。今以大著之流行，为好事者所解释诠注，竟成不可置辩之事实，而某少年遂见摈于教育界矣。某少年愤怒之余，欲饱君以老拳，虽余以好言解慰，息其报复之念，然余不得不忠告君前。已往可鉴，来者可追，幸勿更为饭碗故开罪于人，以遭责让也。恐君不悟，故以无赖谥君，欲君警觉耳。冷眼热心人白。

陆续又接到三十多封信，一部分请他把小说中姓名更正，一部分请他把小说中所影射的事实明白宣布出来，一部分骂他笔墨太刻毒，一部分指出他的毛病来。有几封信很工整客气，有几封信简直看了打寒噤,因着上面有卫生丸奉酬字样,那可不成了文字之狱么。他一方面检着有通信地点,敬谨小心写了谢罪抱歉的答信寄去。对于那些匿名信,只得笼统在几张日报上、几种杂志上登了负荆请罪的广告。过了一两个月,没有声息,才敢放心。

不想接着又来了一个很漂亮的泼辣女子,手里拿了一本黑杂志,翻开了东方莎的大作《浪漫吻》,说是篇中女子的性情举止都和伊一样,并且所恋爱的一打情人,姓氏职业都不差,只是错综互易罢了。中间最足认为破坏名誉的,便是衣服装饰,竟是实有所指,须得诉之法律。东方莎吓得满头大汗,有口难辩。后来磋商了几个钟头,罚做一篇《贞操吻》,把那篇《浪漫吻》推翻过来。说是伊先前的浪漫,是一种牺牲的试验,以后的贞操,是结果的觉悟。又送上一罗花露水,方才和平了结。

有一天,一个包探走来,要把一篇侦探小说中间形容包探敲诈的话完全删去,否则提起诉讼,认为妨害营业。幸亏这本杂志没有完全发行出去,小说家赶急走到发行所,叮嘱暂缓发行。一面另外补成一段赞扬的话,印了单张,盖贴在上面。这一番手脚,那印刷所和发行所都要酬偿,少不得又解悭囊了。

后来索性给人家控告在地方审判庭,要求赔偿名誉损失。那天司法警察把传票送来,十分诧异。到了开庭的时候,才知道一个姓吴名联的原告,因着东方莎做了一篇《家庭罪恶史》,中间有个姓吴名联的,宠妾弃妻,虐待子女。甚至有一首诗,的确是原告当纳宠时做的定情诗,这便显见被告有意毁坏名誉,无可逃遁了。小说家想,有了法律,倒还可以解说,最怕的是蛮野的直接交涉。他说:“做小说的大都向壁虚造,岂能牵强附会呢?姓名不同,虽是事实有些相像,怎么可以认实呢?”原告说:“诗句一字不易,那便难以辩赖了。”小说家说:“这件事若是子虚乌有的,那么也不成问题。要是实有其事,原告自认的,那么这宠妾弃妻,虐待子女,有没有犯法?”那时原告听了倒有些愕然,便说这是另一问题,请调取证据,提起诉讼便了。法官不便多问,恐生争执,因此面谕说:“小说为寓言之作,自难据为物证。原告所控,认为无理由,撤销原案。”

小说家的姑母,很严厉的责备他说:“你做了一篇《嘉耦欤怨耦欤》的小说,给你家表妹妹看见了,便老着面皮向我要求给伊自由的选择。天天装得像蝴蝶一般,向游戏场乱逛。米行里钱家、律师王家、贡生顾家、洋行买办费家、警察所长毛家,一起起央媒作伐。那小丫头为了爱上了一个穷画师,便是好得什么似的,都不愿意,不管将来有靠没靠了。你想你家姑父又是去世的早,你家表弟狂嫖烂赌,分给他五十万的产业,恐怕不久要完了。我老来的晚福,不靠女儿女婿,却靠谁呢?那岂不是你弄笔头害了我们一辈子么?”说着抽抽咽咽的哭起来了。小说家碍于长辈的情分,不便申说,只是没口子的安慰赔罪。担任趁机会劝化表妹,收心归正,送他姑母悻悻的出门。

不多几时,他又受了他的族叔训诫一番说:“我们族里从来规矩严重的,不想这几年来无奇不有,连再醮的事情也发生了。那不是剥尽了祖宗的颜面么?听说全是受了你一篇小说的影响。”东方莎顿时呆住,想不起哪里的一篇。族叔说:“可是有一篇小说唤做《未亡人作新嫁娘》么?”东方莎恍然大悟说:“是有的,只是怎么有了影响呢?”族叔说:“那再醮的也识得字,看得书,伊见了这一种邪说,自然打动了心,竟撇下了十六岁一个儿子,七十九岁一位婆婆,却嫁了一个医生去了。”东方莎冷笑说:“这种新思潮,也不是我元始天尊。先我而说的,不知道几千万人,怎的却全得力在我的一篇小说上呢?”族叔火冒了,恨恨的说:“总而言之,统而言之,做小说已不是文章正宗。做那些荒谬的小说,更是离经叛道,罪过不小!”说完,悻悻的去了。

他虽是经受了许多烦恼,却一些没有灰心,仍是认真的做。只是关门做小说,毕竟有穷尽的时候,后来没法想,把他的妻子的举动,也充了小说的材料。有一篇《眼波》,说一个悍妇,把懦夫压服得好像上司统御下属一般，中间形容很是尽致。有几种事实，就是东方莎夫妇间弹力的故事。给他的舅子瞧见了，说给姊姊听，咆跳如雷，不问情由，便和小说家办交涉，闹着要离婚。小说家吓得赔罪不迭，足足叩了五七十个响头，仍仗着舅子系铃解铃，便算化为无事。从此订了特约，要是做成了一篇小说，须得先经内务部审查，倘然有些关碍，便不许投寄。若是私行付刊，查出以后，那么一定要离婚了。

还有许多人，见了他的言情小说，便来请求他把个中人的姓名住址告知，以便直接寄情书。有的直捷痛快，索性把情书写得工工整整，拜托东方莎做个传书青鸟。有几个多思处虑、少决断的青年男女，为了婚姻问题、生育问题、恋爱问题有了怀疑，也来请他老人家解决。他虽是付之一笑，但是笑也很费精神和时间的，并且接二连三的光临，就是过目一回，已经大受其累了。最卑下的，因着要报复他的怨恨，从邮局里寄信给他，一分邮票也不贴，使他受罚，拆开来又是受骂。后来连门都不能出一步，要是给人看见了，指桑骂槐的嘲弄他。他文名果然受够了，但是他烦恼也受够了。到底焚纸断颖，毁墨碎砚，顿觉得清净寂灭，方知道聪明误我呢。

（原载《小说世界》第一卷第五期，一九二三年二月二日出版）

飘　泊

王西神

孙北辰原是一个世家子弟，到北辰时代，只留得一庭明月，两袖清风。在童年时节，托着父母的荫庇，竹马青梅，弦歌私塾，倒也不觉得什么；等到一有家室之累，接着椿庭弃养，萱草辞荣，这一副重担，搁在自己肩上，便有些感着压迫的困苦了。可是孙北辰那时年少气盛，觉着这重困难，却是人生一世避不了的事实；既然身入重围，只可提起精神奋力和环境去激战便了。北辰既抱定这个宗旨，便觉着入手的方法必须择定一种职业。职业是安慰人生命的要素，也是给人谋衣食住的来源。要是没有职业，不要说孙北辰这种家徒四壁的人，便是袭着极丰厚的遗产，有了极美满的家庭，究竟金钱这件东西，天上不会自然落下，地上不会自然产生，用去一个就少一个，若是尽着浪用，只有支出没有收入，便是出入不能相济，哪消十年八载，包管将一份花团锦簇的人家，立刻冰消雪解，这原是财政学上一种天然的公例。

孙北辰早已虑到这层，常常和他夫人朱浣尘说道："穷字不足以难倒我们，只要我择定了一种职业，继续不懈的奋斗下去，便可做起一个很有名誉的模范家庭了。不过照我们的遗传性质，世家习惯，究竟谋什么职业好呢？士、农、工、商同是四民，我家世代书香，还是从士字做起罢。因此孙北辰便在学堂中谋着一个教习位置，从小学而中学而大学，一级一级的递升上去，居然都给他试验过了。柔史刚经，质疑问难，原是一件很有趣味的事情，无奈孙北辰一肚皮不合时宜。他的学问偏重于旧的方面，一般新出茅庐的时髦少年，挂着一扇新学的招牌，都说孙北辰是新文学时代的落伍者，在十九世纪或者可算是出色人材，现在却有些格格不相入了。

其实孙北辰循循善诱，不愧一个良教师。就是对于新旧问题，他也并没有一毫成见，常常对学生说道："文学上面只有好与不好的界说，没有新与不新的限制。有时从片面看来，果然新旧二字划若鸿沟；然而无论新咧旧咧，只要切合实用，合于实用的便是好，不合实用的便是不好。新学固然是切合实用了，然而旧学之中也尽有许多颠扑不破的学说。天不变，道亦不变。或者单单变换一个面目，它的精神仍是丝毫没有变动。再进一步说，新的固然好了，难道新的便一好百好，没有一样不适用么？恐怕也未必如此罢！"因此孙北辰抱定两个宗旨：其一，是认定一个好字，不问他新与不新，旧与不旧；其二，是新旧二字，既没有显著的分别，为顺应世界潮流的缘故，应当从旧的中间，研究最好的结果；同时更从新的中间，也研究最好的结果。这样调和新旧，融冶一炉，方有真理发现。不过他这种主张，是缓进派，遂带着些怀疑派的色彩。现在一般时髦新文学家，都是急进派。他们以为文学上绝对没有兼收并蓄的道理，不新则旧，不旧则新，万万不容你徘徊瞻顾。而且新文化这般的风起云涌，旧文学实在再没有存立的余地了。

孙北辰不先不后，生在这个时代，他所坚持的宗旨，哪得不受人家的攻击。孙北辰常常以"多读书，少骂人"六个字教诲他的门墙桃李。可是社会上最流行的时髦新人物，却正和他相反，是"多骂人，少读书"。偶然得了些浮光掠影的新学说，便上天下地，惟我独尊。一拳打碎黄鹤楼，一脚踢翻鹦鹉洲，恨不得一口气把上下五千年，纵横数万里中的豪杰英雄，一齐推倒。这种气概，何等阔大。循规蹈矩，按部就班的孙北辰，哪里是他们的对手！

当他在大学校做教授的时候，有一个职员起初借重孙北辰的提携之力，愿效犬马之劳。后来飞上高枝，乌鸦变了凤凰，便拟好了许多章程，背地里在校长面前，把孙北辰骂得个半文不值。那位校长原也是旧学没有一些根底的，然而好名之心非常热烈，又常常以思想家自诩，受了这个职员的浸润之谮，肤受之愬，便轻轻把孙北辰辞退。这个职员便把北辰的地位取而代之。旁人都有些代北辰不平，说学问两字姑且除外，单讲这个职员的心术，翻覆无常，见利忘义，也就可称得一声学界蟊贼咧。你如果要声罪致讨，我们情愿一致相助，扶持正义，把他的秘密和盘托出，公道自在人心，难道就让这种势利小人横行无忌么？北辰反从容不迫的笑着说道："在教育界做事，本来是一种文字劳工，我也不至便和鸡鹜争食，让他去试试便了。若是和他交涉，反见得我们器量不广。况且他正得着校长的宠爱，得君之专，甚么事都不妨舞文弄墨，指鹿为马，还有甚么是非公论呢？就是那位校长，从前原是自附于桐城派的云仍后裔，跟着一位古文家，著籍门生；现在迷信新文学，便把从前做古文家门生的一回事都不肯承认。和人说起来，总说我和那位古文家不过是朋友罢了。好像说是师生，便受了莫大的耻辱一般。校长的人格，即此一端，便可想而知。有了这种校长，才有了这种职员，会貪缘结合，做成现在清一色的特别现状哩。"大家听了，便也长叹一声，不再多事了。

孙北辰谢去了校务以后，一想总得找件事情做做。他的祖父原是政界中人，便赶到北京访问几位故交世谊。不多几时，便在交通部中找着一个秘书之职，从此孙北辰便弃儒而宦了。旁人都替他暗暗欢喜，哪知孙北辰却浮湛郎署，饱阅沧桑，忧患余生平添了牢愁十斛。

原来民国的官场，更比逊清末造来得不堪。从前拜爵公朝，谢恩私室，究竟还当是一件秘密事情，不过彼此心心相印罢了。现在贿赂公行，运动公开，载宝而朝，什么事都可以明目张胆地做去。会做的便说他是漂亮，不会做的还要说他是个废物，一辈子应该堕落在十八层地狱中呢。孙北辰不幸识得几个字，读得几句书，有了几分清净的脑筋，软红十丈，尘起污人，哪里干得惯这种营生。并且党派纷歧，荣衰俄顷，怨李恩牛，炎凉立判。

自从北辰到部以来，不到半年，部中长官已换过好几回，每换一个人来，所有前任的椽属，一齐云散风流。也有和前任长官并没有甚么关系的，不过新任为着位置私人起见，不得不请他动身。有如传舍，人人都存着五日京兆之心。最好今天到衙门，明天便得着一个机会，大大的捞他一笔，那就做不到长久，也不妨了。所以凡是在政界中厮混的人，没有一个不抱着徼幸之心，有隙便钻，逢食便抢，没事便做日和尚撞日钟，糊里糊涂的得过且过。有事便大家张牙舞爪，恨不得把块肥肉，一个人独吞下去。官肥民瘦，粥少僧多，种种机械变诈，嚣薄浮偷的事情，真是层出不穷。孙北辰虱居人海之中，天宝末年时世妆，哪里赶得上春山眉样，剑气珠光。勉强挨过了一个夏季，西风初起，便学着张翰，浩然作鲈鱼莼菜之思，挂冠神武门前，悄悄的骑着一匹款段马，溜出风城。等到相知的几个好友，想赶上前去和他祖饯，他已是一鞭残照，驮梦雕鞍，茅店鸡声，在芦沟桥畔领略一声晓风残月了。原来北辰的夫人住在天津，所以他和七十二沽丁字水，别有因缘，特地迂道一行，并不是放着轮船火车不坐，还干那几十年前的旧生活咧。

在天津住了几天，再同着他的夫人一同回南。那时正值交易所全盛的时代，这种冒险的投机事业，孙北辰岂有连这些些常识都没有知道之理。不过闲着没事，借此可有所挹注，一面也可研社会上，商业上，种种诡谲行为，当作我佛如来，亲自到地狱中究去游历一番呢。所以北辰的足迹便也常常出入于交易所之门。

有一个廿四号经纪人姓洪的，本来和北辰有些相识。姓洪的父亲也是一个读书人，欠了人家几千块钱无法偿还，债主又逼得厉害，无可如何，便解下了一个束腰的带子悬梁自尽。那时这位经纪先生才止得四五岁，幸亏他的母亲节懔冰霜，境安风雪，茹苦含辛，吞声泣血，天天替人家做些针黹。落日寒冰，朔风如虎，豪家金谷，方围炉煮酒，低唱浅斟。可怜这位洪太夫人，却已一针一血痕，一线一泪珠的独坐纸窗竹屋之下，冻手缝衣，天寒呵指，拼命的和睡魔鏖战呢！忽忽十余年，好容易把儿子送到学校中读书。现在的读书不比从前，是要有资本的，程度越高学费越多，书籍杂费，项项都贵。一本外国书，卖十几块钱，简直不当他是甚么一回事。没有钱的只好望洋兴叹，说一声夫子之墙，高不可攀咧。照着旧例，弓冶箕裘，各安家业。士之子恒为士，商之子恒为商。现在却又不然了，四民之中，只有第一项的士最不中用。便是从第一降到第四，还是年丰而儿啼饥，岁暖而儿号寒。讲到整整的拿出几千几百块钱，培植子弟读书，那更是只可付之梦想。那些驵僧杂流，不问他的钱怎样得来，只要沾了一身铜臭，便不惜把巨额的金钱，送他儿子出洋咧、游学咧，也不问学业如何，只消熬上几年工夫，文凭一纸，衣锦荣归。任是李四、张三、小猫、大狗，个个都是洋翰林、洋举人，博士头衔，招摇过市。所以有人说，现在的读书，只好造就贵族子弟咧。

洪太夫人虽是抱着绝大的希望，想打破贵族阶级，希望她的儿子从平民而一跃为贵族，无奈孔方兄不听她的命令，读了三四年书，再也不能继续下去了。只得借着太史公说那位重瞳愤王的故事，读书不成去而学贾，送他到一爿小钱店中去当艺徒。虽然得有枝栖，心上总是不大高兴，便患了一种神经衰弱的病症，不到两年便尔谢世。

这位洪先生却也器宇不凡，耐劳习苦，一旦碰到了千载难逢的机会，居然给他做了交易所经纪人。时来运来，从前银子请它上门，躲得影踪全无；现在却麾之不去，像水一般的滚滚不休，尽着向他家内流进来。洪先生有了这种际遇，偶然想到了自己的父母，一个是穷死的，一个是劳碌死的，然而寻根究底，也可说他母亲一般是受着金钱影响死的。现在我有钱了，应当替父母阐扬潜德。可是褒扬条例只有节妇烈妇，没有义夫烈夫。伊的父亲任是死得可怜，师出无名，没法可以请旌请表，因此只得替他母亲铺张扬厉。大总统颁赐了“节励松筠”四个字的匾额，内务部准她建坊；另外做了一篇征诗文启，遍征题咏，择日举行盛典。地方长官，商界巨子，跻跻一堂，真是热闹非常。他的母亲地下有知，或者也要欣然一笑咧。这篇征文，便是孙北辰的手笔，做得感慨淋漓。写社会的不平，金钱的造孽以及洪太夫人的守节抚孤，真是一篇有功世道人心的文字。

那位洪先生为着这重因缘，便劝北辰做做投机事业。他说北翁的事情，我还不竭力相助么？佣金不消说，自然不敢计较，只要请北翁多介绍几家户头就是了。北辰听了，便放心托他经理。第一次果然获些小利，第二次却不及第一次了，第三次市面大起变动。论理北辰可赚到好几千块钱，然而可以赚钱的时节，竟没有替他交划。等到下半天价钱大跌，要损失咧，北辰忙打电话给他，叫他暂时看看风色，横竖上半天的机会错过了，不妨到明天再说。哪知他的电话回来说已经交划舒齐了。到了晚上，一张账单开来，损失多少，佣金多少。虽然北辰未必为着这点数目便和他龈龈计较；不过心上总有些不大自在。问问他呢，他说上半天市价虽好，或者下半天再要好些，所以没有交划；下半天再不交划，又恐怕越等越不对了，所以才替你脱手咧。这正是我替你关切的办法。再说下去，似乎这种小生意，也不放在他心上。他和别人往来，动是几万几十万呢。

孙北辰经此一番交涉，方才知道商业中人，多脱不了一种习气，什么要好都是口头禅，随意应酬便了。本想从此洗手不做了，无奈那位经纪人过了几时，又复殷殷相劝。并且告诉北辰，现在是腊尾年底，明年市价一定看涨。我已吸收了不少的股票，可惜我的力量只有如此，要是不然，最好把市面上所有股票一股脑儿都吸收下来，那末方才可以一举成名，成功一桩大事业，今生再也不要做别的事情了。北辰听了，又不免死灰复燃，重新凑了一笔银子交给与他。转瞬腊尽春回，新年市价开盘，竟和洪先生的理想大大相反。北辰是预备把这笔银子付诸流水，倒也不甚着急。有一天正在亲戚家宴会，忽然一个朋友来说道："洪先生自尽了，非但洪先生，他的夫人也跟着他一同到西方极乐世界去了。"说罢，大家追问情由，方才知道洪先生太性急了些，亏空了一千万左右，除将从前的盈余和一切不动产相抵外，尚短少六百多万。还有别人托他做股票的本钱，也一齐被他挪移用去，估量也不在少数咧，所以只有一死以谢天下。哪知他虽自尽，大家都向他夫人索债，夫人没法应付，便嫩生生的做了同命鸳鸯。回想去年替他母亲请旌受贺的时节何等阔绰，一霎时便如此结果，真是祸福无常，风云不测哩。这一席话不打紧，却只有孙北辰最感切肤之痛。从此便把做生意的一条念头也打断了。

停了几时，闲住在上海总不是个道理，加以生活程度尽着天天升高，他本来没有产业的，支持到现在，连他夫人的奁具都变卖净尽。良夜客来，只可薪添落叶，却难酒沽金钗。这样环境如何可以过得下去。后来有一位亲戚，住在乡间，说乡村生活怎样俭朴，养养鱼咧，种种竹咧，都是利市十倍。孙北辰本是飘泊无依的，听着又不免跃跃欲试，把全家细软送至乡间，租了几亩水田，盖上几间茅屋，便实行养起鱼来，也算是一种雏形的实业咧。

起初数年，倒也没有什么；后来有些成效了，便有一种从江北来的流氓游民，专门在深夜之中到人家鱼池中去偷鱼。他们自己会制造一种毒药，趁着没有人的时节把药投在鱼池之中，池面上便满布着一种油污，池中的鱼到水面呼吸空气时，吸了这种油质，便和人吃了蒙汗药一般，直僵僵的浮在水面动弹不得，也没有一毫知觉，尽人摆布。三更半夜，偷鱼人携了一口大网，只消一个人跳下鱼池，单单露出一个头颅，把鱼赶入网中，毫不费力。岸上另有几个人，负之而趋，实做那竭泽而渔。孙北辰忙了多时，依旧是为人作嫁。明天发觉了，虽也曾想了许多方法，想严办这些偷鱼的无赖，无奈他们愍不畏死，而且成群结党，除了这队，还有别队接踵而至。考究主因，也无非是受了生计的影响铤而走险，才想出这种以邻为壑的法子来。所以社会上只有一个穷字，能实行众生平等，把穷招牌放在面上的人不消说，便是那些气宇轩昂的人，驷马高车锦衣玉食，看来好不风光，细细去调查他的内容，也如纸糊老虎戳穿勿得咧。凡是想改良社会，先要从这件事入手才行咧。

闲话少说，孙北辰飘泊半生，由儒而宦，由宦而商，由商而农，什么事都经过了；天涯海角，到过的地方也着实不少。十年湖海，意气全除。偶然照着镜子一看，星星白发已经点上华颠。然而回溯生平，没有一件事可以得着精神上的安慰。论他的文字呢，虽然不能说藏之名山，传诸其人，也还可在近时文学家中分得片席。无奈年年作客，昔昔依人，托钵嗟来，只苦了两只脚跟，做了无线之篷，哪里还有余闲读书再求深造。论他的经济呢，用非所学，学非所用。乞食叩门，书成换米，也只有"穷愁潦倒"四字可以做他的考证。这究是孙北辰负社会呢，还是社会负孙北辰呢？一天，残春将去，绿叶成荫，孙北辰闲步竹篱茅舍之旁，听着一带绿杨中不断的子规声，声声送入耳鼓。北辰不免叹口气道："等是有家归未得，杜鹃休向耳边啼，一个人生在世上，总有一个归宿点。我呢，归宿到何处去呢？"再一看一座雁齿小红桥之下，一弯流水，吹绉春痕，几点飞红，飘浮水面。北辰临水一照，觉着自己面上的皱纹，一条一条的比着从前更多了，便不禁喃喃自语道："我的飘泊，正和这水中落红相似。咳，飘泊！飘泊！"

（原载《红玫瑰》第一卷第四期，一九二四年八月二十三日出版）

上海人的人生问题

胡寄尘(胡怀琛)

一

姜达道将从内地到上海来的前一天,自己一面检点着行李,一面想道:我是从来没到过上海的,这回第一次往上海去,一方面觉得很欢喜,一方面却又觉得很困难。欢喜为什么呢?就是可以增广我的见闻。我想上海一定有许多的事,是我们乡下人做梦也做不到的。困难是什么呢?就是我这第一天跑到上海,人生路不熟,一定要遇着许多困难的事情。

姜达道正想到这些事,就忘记了他手里所检点的行李,不知不觉的把手里拿的一个磁茶钟落在地上,丁冬一声,打得粉碎。他的妻子陈女士,听见敲碎茶钟的声音,就从厨房里走出来问道:"达道,什么事?达道,什么事?"达道只是呆呆的不答应。陈女士一面说话,一面手里还提了半只腌鸡,是预备给达道带往上海慢慢的吃的。这时陈女士看见打碎了的茶钟在地上,知道是达道失手打碎的,便说道:"你打碎了茶钟么?你另外拿一只放在网篮里去就是的。卧房里木橱里的茶钟,你自己去拿,我没有工夫替你拿。我要把这半只腌鸡和火腿等东西切好了,放在洋铁罐子里,给你带往上海去慢慢的吃。因为你初到上海,人地生疏,买起这些东西来,很不方便。"

这时候,姜达道才说道:"不错,你的话很对。我正在想着往上海去，人地生疏，诸事困难，非先找一个熟人不可。”达道说到这里，又沉吟着不语。陈女士道：“熟人是有的，不过多年和你不通信罢了。当年和你同学的柏自诚，不是在上海么？”

姜达道正在想不出一个熟人，所以想得像发痴一般，连手里的茶钟也落在地上打碎了。这时候听见他妻子陈女士的话，就把这个问题解决了，心里很快活，立刻答道：“不错，我到上海，便先去找他。”

这时候，陈女士管自往厨房里去料理腌鸡火腿等食物去了。达道照陈女士的话，复往木橱里去拿了一只茶钟，放在网篮里。又检点东、检点西，忙了一个晚上。一到明天，他就和陈女士分别，离了家乡，往上海去。

二

过了几天，姜达道已到上海，找到了柏自诚家里。两人久别重逢，自然是很欢喜的。第一天谈了一个晚上，姜达道觉得长途奔波辛苦了，今晚又睡得太迟，恐怕明天早晨不能早起，所以在睡觉的时候格外的留了心，明天不要起身太迟了，惹得人家不喜欢。但是越留心，今夜越睡不着。

柏自诚安置姜达道一人住在亭子间里。亭子间内除了一榻、一桌、一椅之外，没有旁的器具，也没有回旋的余地。姜达道记得在家时，夜里睡不着，便爬起来在房里散散步。可怜这纵横不及一丈的亭子间，它的面积已被一榻、一桌、一椅占去四分之三了，哪里再有他散步的余地。他又抬头看见光芒逼人的电灯，直照在他的面部，越是叫他睡不着。他想道：我在家中从来不曾点着火睡着的，这个电灯照着我，所以叫我睡不着，非得把它弄熄了不可。想着，就爬起身来，把电灯看了又看，要想把它弄熄了，但是不知如何下手，结果是完全失败了。

不得已仍旧卧在榻上去睡觉，心里愈是烦闷，愈是睡不着。却隐隐听见隔邻人家的麻雀声、巷子里卖馄饨者敲的竹筒声，一声声送入他耳里，越发使得他的烦闷程度增加起来。身体实在是疲倦极了，却还是睡不着，这一夜的苦况，真够得他消受了。

好容易等到天将亮的时候，他忽然间看见电灯自己熄了。他起初还很奇怪，后来看见天已大明了，才知道电灯是应时而熄的。电灯一熄，他的心就清凉了一些，立刻就睡着了。这一觉可睡得很舒畅，等到一觉醒来，不知时候多早晚了。忙拿出时表来一看，大惊道："不好了，九点钟了。"达道一面发急，一面穿衣起身。穿着舒齐了，开了亭子间的门，立在楼梯上向下一望，只见冷清清的一点声音也没有，只有一个女仆坐在楼梯脚下的马桶上吸纸烟。一眼看见姜达道，忙立起来说道："客人何不多睡一回再起来，我家少爷还没起身呢。"达道问道："你家少爷几点钟起来？"女仆道："还早哩！他不到十二点半不起身，说不定还要睡到一点两点。这时候大家都不曾起来，你何不再睡一回。"

达道闻言，知道晏起是上海人的习惯。今天自己早起，反被人家笑话了。便不做声，放心放意的关起门来再睡，直充分睡了一大觉，才起来，已是正午一点钟了。但是还不算迟，这时候柏自诚还刚从床上坐起来，衣服还不曾穿着舒齐。女仆伺候姜达道洗过了面，喝过了茶。面巾茶钟等物，柏自诚家里都有预备好了待客用的，达道自己带的东西全用不着。而且他的东西都是很精致很华丽的，姜达道再也不好意思把自己粗笨的东西拿出来用，只算是辛辛苦苦白带出来罢了。

三

又过了一点钟，女仆才请姜达道往楼下客堂里去吃饭。但是一点多钟，达道被关在鸽子笼式的亭子间里，已关够了。走到楼下客堂里，才觉得心里的烦闷略舒了一些。这时候柏自诚已坐在楼下等了。

客堂中间一张圆桌，桌子上放满了一桌的菜。柏自诚和他的妻子儿子，都坐在桌前，等姜达道下来一同吃饭。柏自诚一面吸着纸烟，一面翻着一大叠的日报。柏夫人是讲男女社交公开的，所以见了姜达道毫不回避。姜达道是初到上海的乡下人，见了女人家，反觉得局促不安。柏自诚见了姜达道，说道："达道兄，吃饭，我们不必客气。"说完，便管他拿起筷子来先吃，却是一面吃，一面还在那里看报。达道见他如此，也只好不客气，老老实实坐下来吃饭。柏夫人一面招呼达道吃菜，一面招呼他的儿子吃菜。桌子上菜是多极了。姜达道在这时候，记起家里带出来的腌鸡和火腿，不觉自己暗暗的好笑，自己想道："那些东西再也没有机会拿出来吃了。"

这时候柏夫人停着筷子，问柏自诚道："今天哪一家戏好？"柏自诚道："正是。今天请客人，还是看大戏还是看影戏？大舞台，是梅兰芳的《黛玉葬花》；共舞台，是吕美玉的《失足恨》；笑舞台，是新编的上海一滑头。"柏夫人道："都不差，可惜分身不开。"柏自诚道："正是。不但是分身不开，简直今天我一处也不能去。中华大银行今天开幕，请我去参观。"柏夫人道："这不消去的。"柏自诚道："还有柳太太的寿要去拜。"柏夫人指着他儿子道："叫阿春去一去就是了。"柏自诚道："这也可以。"柏夫人又道："今天的影戏呢？"柏自诚又翻开报纸，检出影戏表来，读给柏夫人听道："新爱伦，是《滑稽大会》；卡德，是《家庭福》；夏令配克，是《花好月圆》；卡尔登，是《情丝自缚》……"柏夫人道："《家庭福》顶好。"柏自诚道："就是《花好月圆》也不坏。"柏夫人道："我喜欢看《家庭福》……吃晚饭呢……"他们这样的一问一答，夫妇的爱情，不知不觉的流露于语言之间。姜达道只好默默的坐在一边旁听，不知不觉的也就引起自己的离愁，想起自己的家庭之乐来。这时柏自诚忽然回头向达道问道："达道兄，还是看戏，还是看影戏。"

一句话没说完，外面有人送上一个条子来，问道："柏老爷在家么？"柏自诚抬头一看，认识是王易夫家的车夫，忙道："阿二，有什么事？"阿二笑着答道："柏老爷"一面送上条子，给柏自诚看。自诚看了，微笑着向柏夫人道："易夫约我去吃饭，吃了饭同往中华社去。"柏夫人道："什么中华社？"柏自诚道："不就是他们所组织的诗谜社么。"柏夫人摇头道："麻雀扑克，都有我们女子的份。独有诗谜，是你们男子独享的权利，挨不着我们女子，所以我也不知道中华社是什么。"柏夫人这样的说着，就露出很不满意的神气来。

柏自诚乃就乘机向姜达道说道："我们不要只管自己谈话，竟忘记了客人。达道兄，我们今天还是白天看了影戏，晚上在太平洋西餐馆里吃晚饭，夜里往大世界去玩玩罢。"姜达道答道："我随便，嫂夫人以为怎样？"

柏夫人道："这样很好。白天的影戏，就是在卡德看《家庭福》了。"柏自诚道："好。从卡德出来到太平洋也不算远。"自诚这时五官并用，一方面和柏夫人及姜达道问答，一方面从衣袋里摸出一个名片来，就用铅笔即席写了一个回信给王易夫。写罢，递给车夫阿二，又说道："向你家少爷说，我今天家里有客，不能往你们那边去，隔天再去看你家少爷。"阿二答应着去了。这里看戏和吃晚饭的问题，也已解决。

片刻，午饭也已吃完了，大家喝了一回茶，吸了一回纸烟。仆人已替他们叫了一付摩托车在门外，候他们一同出去游玩。

四

不多一刻，柏自诚夫妇和姜达道，已在卡德影戏院里了。这时候还早，影戏虽已刚刚开演，看客还没有到齐，满院里疏疏落落的，不多几十个人。

柏自诚向柏夫人说道："我知道《家庭福》不好看，不愿来，是你要来的。你看,看的人这样少……”柏夫人道:“时候还早哩,停一停就有人来了。”姜达道私自拿出时表来一看,却是表已停了,也不知时候多早晚,这时又不好意思向他们问,只是凝神静坐,将两目注视在银幕上。姜达道初次看这个片子,没有头脑,只见一幕一幕演过去,也看不出滋味来。片刻演了数幕,稍停一下,姜达道于此空闲的时候,看看场中的人,已比以前增加了十几倍。柏自诚夫妇另遇见旁的人,也是一男一女,在那里很亲密的谈话,所谈的无非是行乐的事。姜达道有时候懂,有时候不懂,也不留心去听。忽然间只见银幕上又在那里演一新幕了。

如此看了一回,一本戏演完了,三人才同出影戏院。仍坐摩托车,绕跑马厅兜了一个大圈子,才转到太平洋西餐馆里吃晚饭。

倚着阳台上的栏杆小立一回,满耳是管弦潮涌,满眼是灯火星辉。路上的行人,如蚂蚁一般,往来不绝。上海的夜景,大约这数语可以包括完了。达道在这时候,发生出无限的感想来。立了片刻,才回到房里去晚餐。餐罢,饮过咖啡,吃过水果,看看壁上的钟,已是九点半了。

达道将自己的表开了,对准了钟点。自己暗想道:九点半,已是我们睡觉的时候了。但不知回到家里要多少时候,恐怕总要十点钟才得到家罢。正在这样的想着,自诚也抬头看看壁上的钟,说道:“时候还早得很,刚才九点半。”柏夫人道:“往新世界去正好。这里不能多坐,我们就往那边去,先喝了一杯茶,四周走一走,再听大鼓书,岂不是刚刚好么?”

柏自诚就向达道说道:“我们往新世界去罢。”达道答道:“不嫌太晚了么?”自诚笑道:“在上海,这时候哪里算晚,还有许多人家,刚在吃晚饭哩。实在因为住在上海的人,交际多,应酬忙,白天的工夫不够分配,不得不夜以继日。”达道听他如此说着,也就没有多说,因为除了跟着他们往新世界去以外,没有旁的话可说。

从太平洋餐馆到新世界是很近的,用不着坐车,三人就步行而往。进了门,各处走了一回,达道本已疲倦极了,几乎不能支持。一到了新世界里面,就如做梦一般,糊糊涂涂自己也不知到了什么地方。一切的热闹都怕看,只巴不得拣一个清净的地方去睡觉。偏偏是自诚夫妇要拉着他去听大鼓书,他不得不去听。只觉得那强烈的大鼓书声,比什么还要难听,一声声的送入耳朵里,由耳朵里钻入脑子里,几乎把脑子要震坏了。听到后来,几乎不能支持,要打瞌睡。自诚见了这个情形,知他疲倦了,便催柏夫人早些回去。柏夫人不肯,催了两次,才答应了,乃出了新世界一同坐车回家。

五

到了家中,已是十二点钟了。自诚又拉了达道往自己卧室里去坐,这时候女仆已替他在炕榻上开了鸦片烟灯,方在替他烧烟。自诚向达道说道:"达道,你今天起来得太早,这时有些疲倦了么?你且吸一口烟,包管你就有精神了。"达道答道:"谢了你,我不会吸烟。我虽然疲倦了,只要睡觉就会好,吸烟是无用的。况且吸鸦片是犯禁的事,你也何必要吸呢?"

自诚叹了一口气道:"我实在是没有法子啊。实在是精神不够,不得不吸。你想住在上海的人,事情这样多,交际这样繁,一个人的精神怎能对付?公事办完了以后散散心,行行乐,也是应该的。倘不如此,那就要闷死了。但是散心行乐,也是消耗精神。迫于不得已而吸鸦片,这事谁也应该原谅我们的。"

达道问道:"不怕犯禁么?"自诚答道:"犯什么禁,他禁他的,我吸我的,各不相干……"自诚这样的说着,女仆已装好了一筒烟,递给自诚。自诚接了说道:"达道,你不吸么?"达道含笑摇摇头。自诚不管三七二十一,接过来就对准了烟灯狂吸。一筒烟吸完了,他的精神好像格外的旺了。

这时候烟气满室，达道虽然不肯吸烟，却是禁不住烟气冲入他鼻观里去。这种烟气，在他虽觉得难闻极了，却好像有醒睡的能力一般，把达道的睡魔已驱散了，也觉得精神已恢复了原状，也毫不疲倦了，于是便同自诚对面躺在烟榻上谈天。

六

达道说："自诚兄，你吸烟固然不怕犯禁，但是现在的烟价贵极了，你天天吸，不知要吸多少钱？"自诚道："每天非三元不可……现在的上海，非但是烟价贵极了，随便什么都贵。房子也贵，米粮也贵，穿的、吃的、用的，无一不贵。我住在上海，实在是入不敷出。"达道说："你每月有多少收入呢？"

自诚这时候又吸了一口烟，才慢慢的答道："不问收入，先问支出，至少也要五百才够开消。我虽然兼任了两个事情，规定的收入不到四百，还要亏一百多。"达道说："未必如是罢，这亏空的一百多，哪里来呢？"自诚道："当然是东扯西拉的借款了……每月一百多，一年一千多，但是我担负得起。因为我每月有二万元的希望，只要望到一次就行了……你道是什么事呢？就是买彩票啊。"达道闻言，还没答应，忽见女仆走过来，向自诚说道："老爷，太太在隔壁房间里，请你过去说话。"自诚答应道："晓得了。"

达道连忙立起来说道："时候真不早了，我要睡觉去了，明天再谈罢。"自诚也立起来道："明天再谈罢。"一面说，一面送达道往亭子间里去睡觉。达道这回真疲倦了，也不怕光芒逼人的电灯照在他面上，只将头一放在枕上，就睡着了。

七

自此以后，达道在自诚家住了好几天，白天和他们夫妇出去玩玩,夜里和他们谈谈。上海人的生活滋味,已尝着了;上海人的人生问题,已明白了。把他到上海来应办的事办完了,才别了自诚回去不提。

回到家中,陈女士问他上海的情形是怎样。他说道:“一言难尽。只不过你给我带去的半只腌鸡和一些火腿,我还是原物带了回来。”

陈女士闻言,莫名其妙。

达道想了一想,才道:“上海人的人生问题,我可以简单的说给你听:

“上海人顶要紧的事,就是及时行乐。行乐的方法也很多,使人目不暇给。于是就想出方法来,补救光阴的不足……这就是夜以继日;

“夜以继日,精神就不够了。于是又想出方法来,补救精神的不足……这就是吸鸦片;

“鸦片是很贵的,吸了鸦片,就觉得经济问题发生困难。于是又想出方法来,补救经济的不足……这就是借债;

“借了债终是还的,不但是要还本,且要上利。于是又想出方法来,解决这个困难问题……这就是买彩票,希望得头彩。

“有了这种种的方法,一切的困难问题都解决了。”

(原载《小说世界》第十二卷第八期,一九二五年十一月二十日出版)

金钱就是职业吗？

张 毅 汉

世界上不论是哪一个人，至少也有一天是他毕生不能忘记的纪念日。汪介峰也是世界上的一个人，所以也就逃不了世界上这个公理。

那天是六月初六日，明天初七，这两天就是汪介峰毕生忘记不掉的纪念日了。这天晚上他睡在床上，翻来覆去，左打算右思量，忽而一阵子耳热心跳；忽而一阵毛管眼个个张开，再也睡不着，闭起眼儿，想把种种思想屏掉。只听见帐子外面的蚊虫奏着妙乐庆祝他，像要到帐子里面来给他道喜。这时他心中第一个念头是，我从今以后可以不必受家里的供给用家里的钱了；第二个念头是她与我约了，待我有了实在的职业，自己能够储蓄到若干之后，她就能与我成婚礼。如今这个希望已由萌芽而开了花，既开了花，结子的时期就不远了。心中主要的思想虽然只有这两个念头，可是这两个念头由化合的作用变化出无数的副思想出来。

他想道：我父亲死了七八年了，遗下来的产业又不多，亏了母亲靠着她的衣饰，左右张罗，供给了我这几年的衣食学费。我如今有了职业，第一层可以释了她的担负，我便将这副担子担在我自己肩头。她老人家知道了，不知要欢喜到怎样。语芳妹她再也不料我这几时就能谋得了职业的，她以为我总要待一年后毕业才出来谋事，但是我若不是因为了她，实在是要毕业了才愿出来。但是再等一年才能毕业，毕业了出来再要等几时才谋得到事情，谋到了事情还要费多少时候才能储蓄到那个数目,这些年月岂不教我头发也白了。如今有这现成的机会,我不去就它,还待怎的。虽然与我所学的差得远,但是六十块钱一月也不为少。吴朴真说的不错,如今在社会上谋生是很艰难的一桩事。多少大学专科毕业出来,东西洋留学毕业回来了闲坐着的也不少。只要有钱的便是职业了,一定要拣择自己所学的才肯去做,恐怕社会上的待用人员和那些待补的缺额也没有这么凑巧。譬如人人都爱学工科,人人都要拣工科的事情才肯去做,那么农业、商业却又叫谁做去呢?哈哈,吴朴真这几句话很有至理,只要有钱便是职业了。但就社会上一般普通人的心理而论,他们都是为了要钱所以求学业的,为了学业而拿钱的就很不多见了。我如今虽业非所学,可是同这些社会的人相形之下,也不见得惭愧。

汪介峰躺在床上胡思乱想,想到这里便觉得心安理得,精神焕发起来,再也不想睡着。便一骨碌起来了,把床头桌子上的洋灯旋一旋亮,趿着鞋子下了床。从书桌上取了一枝纸烟,点着了呼呼的狠命抽了一会,又坐下来对住书桌上放的一个六寸高低的象牙小照框子,框子里头的小照就是他的意中人邵语芳,照的是一幅半侧面拈花凝睇。这一幅照像,在旁人看起来也不过说是一个美女子,但是在介峰的眼光看上去,简直是个人世绝无、无上少见的绝色。又因见着她的容貌,便连带想起她的语言态度,件件都深印在介峰的心坎里;所以这幅照像的美好,也只有介峰能领会,别人再也领会不到的。介峰看了一会,思量了一会,又起来徘徊了一会,正在想得出神,忽然听见隔壁的时钟镗镗的响起来。介峰往枕边取出时表一看,啊呀,原来已经过了半夜两点钟了。明天七点半就要起来,九点钟就要到公司办事的。便忙又爬上床去,将洋灯旋一旋暗,闭着眼儿要他睡着。叵耐脑子里几千百万个细胞,正在活动得兴高采烈,再也不肯罢休,又辗转反侧了一个钟头光景,才觉得迷迷糊糊似睡非睡的过去了。

不多一会，阳光耀眼，忙跳了起来，把眼睛揉了揉，将时计拿起来一看，已经八点钟了。洗过了脸，吃些早点，只为晚上失眠，口里枯涩，东西也不甚吃得下。把衣冠端正了，锁上房门便走。乘了电车直到公司门口，看看时针恰巧八点四十五分，只见看门的还朦胧着睡眼站在门口。到得里面时，一个人都未到，只见这办公室中，纵横安着六张书桌，有几张有盖的都盖着；架上重重叠叠叠了好些大簿记，都是硬皮烫金字的，看上去每本至少也有十二三磅轻重。介峰便随意坐在一把椅子上，张开眼看壁上挂的时钟一分一分的走。走了有七八分时，只见室门悄悄的开了，走进来一个穿洋服的，脱了帽子往衣架上一挂，外面衣服也脱了，走过来轻轻对介峰说道："你来得好早。"这时介峰早已站了起来，便陪笑低声答道："狄先生，你早！"狄先生道："他们都未来咧，我因为你今日是新来，所以特地赶早一点。"介峰道："真对不起得很。"狄先生道："这是什么话，如今大家都是同事，不消客套。"说着从裤袋里掏出一方丝帕，弯下身举起他足上的白帆布洋鞋，拂扑灰尘。其实狄先生是坐了人力车来的，鞋子上也没有什么灰尘，不过他天天如此，已经成了个习惯了。拂扑了，便站起来，指着一张书桌对介峰道："这就是你的位子，你且坐着，停会儿我来告诉你罢。"介峰答应着，便坐在那桌子前。原来一室之中，这张桌子的地位最吃亏，正对着南面的窗子，耀着阳光，又与风扇的地位隔离最远。介峰便心中暗想道：原来这洋行里的毛病倒和学校里差不多，学校课堂的位子，每逢一个学期开学时，好的位子都给老学生抢占住了，剩下那些黑板耀光、写字见手影的位子让给新生，不道这里也同是一个通病。又见一个个同事都到了，狄先生逐个给介峰绍介过。各人略为酬应过三两句，便各归各位办事了。狄先生拿了几张纸儿过来给介峰，教他如何填写。介峰便照他说话，拿起纸笔写起来，心中好笑道：这是我出来治生的第一次动笔了。好一会听见皮鞋砉砉的响着，门开了，走进一个西洋人，就是昨天狄先生带他来面见的那个密司忒冷肥尔。介峰偷眼瞧他时，只见他斜斜的向自己横了一眼，径自往他自己的办事室去了。介峰见了他那种神情，觉得比什么还要难受，却又倒抽了一口气，心中念着金钱就是职业，只索由他去罢。

到了下半日，走进一个西洋人来问道："哪个是新来的 K.F.WUNG?"介峰站起来答道："我就是。"那人便叫他随着出去，到他的事务室。问了姓名、年岁、履历、家况，一一填写一张纸儿上，叫介峰在下面具了名；又拿出一个照相的快镜给介峰拍了一个照，才叫他回去。介峰暗想这个岂不同处置罪犯差不多么？咳，金钱就是职业。我为的是语芳妹，管他怎样处置。这天公毕回来，便详详细细写了两封信，一封是给他母亲，一封是给语芳的。给语芳的那封格外长了两张多的信笺，字儿又加倍的细密。

自此以后，介峰天天照规定的时间上工，照规定的时间放工。起先一两个礼拜，觉得十分不自在，见了公司里的外国人便发恨道："为什么我们要压在他们下头呢，为什么我们中国人不也开一万几千个大公司，将商业推广到外国，也照样将他们外国人做我们的下属呢？"

有一天放工时，介峰与狄先生同行，途中谈到这一层。狄先生笑道："中国人要将外国人压在下头，除非等到二十三世纪才有这么一日。现在外国强，中国弱，也是天意如此。从前几千百年中国强的也够了，如今该是外国人变着运了。（毅汉曰：现在一般社会的心理的确如此，可为一哭。）我们生的不凑巧，恰好生在这个中国交着衰运的当儿，只好埋怨自己投胎不带眼。如今既已从娘肚里钻了出来，只好安安分分的做下去，还有什么话好说呢？现在的外国人，本来生就的比中国人厉害。一个外国人的聪明本事，至少也抵得起一百个中国人。你看无论在外国在中国，从不听见过外国人在中国人手下做事的；只有中国人在外国人的手下，这一层就可见了。"介峰听了不便和他争论，只有摇头叹气，暗地里自己思量道：这位狄先生真算得是个洋行写字的模范，他的心理竟可以代表一切在洋行做事的中国人了。却又谁料我竟与他这一流人同事，又竟在他的手下呢。于是益发觉得索然无味。但是介峰的这种感想，不过在起初的几天发生出来，究竟洋行里的同化力很强，洋行的气味很浓厚，而且介峰又不时念念那句金钱就是职业的格言慰解自己，所以过了一两星期，这种愤懑不平之气，羞耻疾恶之心，渐渐给那洋行的同化力销磨了许多；一面又受着那洋行的气味熏陶，便渐渐觉得安之若素了。好容易过了二十三日，那日是月底，洋行里散发薪金。介峰拿了四十八块钱，兀自觉得心中突突价跳，全身的肌革都紧张起来。对着同事们，不敢开一句口，怕一说话就要显明出自己神情失常的态度来，脑子里头却不住的左右盘算了半日。

直到放工，叫了一乘人力车到惠林登手表公司，花了二十五块钱买一只最时式的腕表。这只腕表，介峰已放在眼里十几天了。便匆匆回到下处，自己想道：这是我第一次拿的薪金买来送给她的，不但给她做个纪念，给我也好做个纪念咧。她粉条般的玉手戴上这只腕表，可不是很相衬的吗？正自坐在房里对住那只腕表想，忽见房门开了，同居的那个四嫂的小儿子手里拿着一封信进来。介峰忙接过了，从衣袋里摸出一个小银元给那小子买东西吃。看那信封的字迹时，却原来正是他的意中人寄来的。这一乐，乐的如同有人将他一手一提，提上了天堂一般。自从那天第一次去信告诉语芳入洋行就职后，又接二连三去了好几封，直至此时才得这复信，忙拆开看时，上面写的寥寥没有几句话。写的是：

介峰先生：你来的信都收到了。我不料你几年所学，是预备给外国人利用的。金钱就是职业，你的志气可想而知。我如今要同我的同学姊吴守朴君，往纽约去经营一个华人女子商业公司。后会有期。再见罢！

芳语

（原载《星期》一九二三年第二期，同年三月二十一日出版）

救 火 钟

顾明道

苏州城里北局,前年新造一座很高的钟楼,上悬着救火钟。常有人在上面瞭望,一遇火起,便趟趟趟的敲动火钟。钟鸣一下,是报告东路有火灾,二下是南路,三下西路,四下北路,五下是城外。因为苏城警区本是这样分的。人民听得钟声,便知哪一方有火了。不论昼夜,各区水龙社一听那钟声敲动,便赶忙聚集救火人员,拖着救火机去扑灭,很告奋勇。这也是火政进步的一种好现象。其中人员,大概是商店中人。

黄一鸣是某富商的独生子。他正在少年时代,对于社会的公益事业很是热心,尤勇于救火。不论什么远近地方,遇着祝融氏光降,他听了救火钟声,立刻骑着他家养着的马,飞也似般去搭救。本处的救火机头,是他掌管的。往往火势厉害的时候,他不顾什么生命的危险,挽着皮带爬到很高的屋上去注射。他尤善纵跳,常在火中救人出来。人家没有一个不称赞他是个少年勇士,因此救火会便请他做了副会长。他父亲很不赞成,常对他说道:"千金之子,坐不垂堂!你有了这样巨大的家财,又是独生子,何苦去冒这种危险呢?"但是一鸣性子刚强,他以为见义勇为是人们应尽的义务,哪里肯听他父亲的话呢。

他有一个情人,是住在本城南区地方,名叫钱珠英女士,是某女校的学生。前在亲戚家相识,一鸣一见倾心,十分爱慕,便和珠英做了朋友。经过若干恋爱的过程,两人已像胶漆相合,彼此默许了。一鸣遂告诉他父母,要娶珠英为妻。他父母深爱他的,哪有不听之理?便央媒去到钱家说亲。钱家父母也有些明白他们女儿的意思,又见黄家很有财势,一鸣也人品很好,自然一口答应。两家遂订了婚约,送过盘,预备明年春间行结婚礼。一鸣和珠英在情海中一帆风顺,稳稳的如了各人心头之愿,也自不胜快活,预想来春结婚后怎样度他们的蜜月光阴了。

这年冬里,天好久没下雨,土干木燥,时常有火灾发生。那救火钟敲得很忙,好像在那里报告谁一家又要烧成白地了。一夜,天气很冷,寒暑表下降到二十七度。虎吼般的西北风,吹得人们冷气直透到皮肤里,不敢出头。黄昏时,微微降下鹅毛雪花来,家家人民都钻到被窝里取暖去了。正在半夜三点钟光景人家睡熟的时候,凑巧那救火钟忽又峃峃峃的响起来了。一鸣在睡梦中惊醒,定神一听,钟声正打两下,知是南路火警。平常日子,他早已一骨碌跳了起来,实在这夜天气冷得很。他夜来又喝了些酒,到此有些酒寒,身体觉得疲惫。把头伸出被来,觉着两颊冷气直逼,有些畏缩起来。心里暗想,南路离此很远,今夜大冷,我就不去一趟罢,省得受了寒生起病来。忽听马夫开门进来问道:“少爷,今夜要出去么?”早有他母亲在隔房答道:“什么事大惊小怪!少爷不出去了。你不晓得今夜这样冷么?”马夫便抖着应声是,退出去了。一鸣借此便不起身。只是在床上休想睡得着,听那救火钟还是敲个不停。外面街上仍旧静悄悄地没个人声,想是那些救火人员,都怕冷不出去了。然而火烧是不等人的,假如我一出去,必要把这些人强喊起来,赶快的出发了。今夜为什么我倒退缩了呢?唉,实在因为天气冷的关系,把我的勇气也缩去了啊。一会儿,又想起那火烧的人家,此时大哭小喊,搬什物,逃性命,不知惊慌得怎样。最好水龙立刻去灌救。我是救火会的副会长,反睡在床上装聋子么?我自问这颗良心一些无愧么?想到这里,心中十分不安,要想再起身罢,适才已经回头不去了,只好对不住那家人家咧。

那时听见警笛高鸣，锣声大作，各处水龙已渐出来，那救火钟的钟声，还是一记一记的敲着。这一场火烧得好不厉害，足有一点多钟了。他胡思乱想，翻来覆去一直不曾合眼，有时良心上很重的自责，有时自己也曲为宽恕。后来救火钟声停了，听得街上太平锣(凡救火队回转时，常敲小锣三下，名太平锣。)声音镗镗镗的一断一续，夹着些狗叫声音，知道火已熄了，暗叫一声惭愧，一颗心方才稍觉平安些，渐渐朦胧睡去。忽听大门上擂鼓也似的响起来，接着门公开门声音。他想："什么事呀?"早有他们公司中的救火员王老四跑进来，大声喊道："不好了！少爷在哪里?"一鸣听见"不好了"三字，心中陡的一跳，不觉坐起身来，推开棉被忽的下床，来不及细穿衣服，披了一件大衣，开窗问道："老四，什么事？我在这里。"老四又道："不好了！钱家失火，许配给少爷的珠英小姐，竟烧死了……"一鸣听见这句话时，好像一桶冷水从他顶上直浇下去。心里麻木，又像触电，迸出一句话道："真的么?"已如飞的开了房门，奔下楼来了。其时家人都闻声而起，一鸣不顾什么，只说："唉，南路！南路！是的，是的，我忘记乌鹊桥也是南路了。该死！该死！"忙奔到马棚里牵出那匹马来。马夫闻信，要想拦阻，被他兜头一鞭子，打得不敢上前，看他跨上马飞奔去了。吓得他的父母和家人们生恐一鸣有什么三长两短，便喊许多人也追去照顾。

却说一鸣一路冲到钱家，跳下马来，早已天明。见好好一座华美的房屋，已烧得烟气四冒，墙倾壁倒，只剩一片瓦砾地了。瞥见钱家的下人在那里扒取物件，便将他一把扯住，问道："你家小姐在哪里?"下人答道："可怜……已烧死了。"一鸣颤声问道："怎、怎、怎样会烧烧死的?"下人对他细瞧，认得是黄家的少爷，便说道："唉，黄少爷为什么你不早来些？此次我们火起，先把扶梯烧断，别人都逃出危险，偏偏我家小姐惊醒得慢，逃不出来了。水龙又来得不早，假使你能早来，或能把我家小姐救出的。现在……"一鸣听他的话，好像一万把刀刺向胸怀，忙摇手道："不要说了，快领我到小姐那边去。"下人便领一鸣走向东边，见一堆人正在那里哭哭啼啼。一鸣不管什么，分开众人走近一看，见地下横着一个女尸，烧得焦头烂额，一只手臂好像一段枯炭。细瞧面貌，还依稀认得是他未婚妻钱珠英。好好一个千娇百媚的女郎，却烧成这个模样，好不凄惨！此时一鸣双脚乱跳，放声大哭道："我亲爱的妹妹啊！你死得这样可怜么！我不曾一听钟声先来救你，你死在地下，阴魂有知，岂不要怨我么！"踊身扑将上去，悲伤过度，早已晕倒地上了。钱家的父母起初被他一吓，到此才知道是他女儿的未婚夫，更是伤心，一齐过去把他扶起。背后黄家追的人也赶到，七手八脚的要想将他救醒。哪知道凭你千呼万唤，一鸣终闭着双目不醒转来。众人一齐发急，又把他抬到医院里去。这一场哀剧，看的人个个堕泪。

隔了一个月，一鸣病已痊愈，从医院中出来，回到家里。只是他每日里长吁短叹，口中常说："南路南路"、"火啊火啊"、"我的珠英烧死了么"这几句话。有时听那救火钟响，他总闹着喊南路失火，要骑马去救。但是人家总是拦住他，不要他出去，因为他有了神经病了。

一天，某处大火，救火钟敲得格外响亮。家人们一个不留心，早被一鸣溜了出去。那火烧地方拥挤得不堪，许多救火人员正在忙着救火。火光中见一座楼房里有一个十七八岁的女郎不能逃下来，急得梨涡泛白，珠汗直流，拍着手娇声喊救。那些救火人员见火势厉害，不敢冒险上去，只把警笛拚命的吹。忽然人堆里有一个少年奋勇上前，连纵带跳的扒到楼窗上，竟把少女抱着冒烟突火的逃将出来。众人一齐拍手，大喊勇士勇士。但又见那个少年放下女郎，重又回身奔向火里。这一去，却不见他出来了。等到火势熄后，经众人查察，才知道那少年便是黄一鸣。现在他也葬身火窟，可算跟他未婚妻钱珠英一起去了。

自此救火钟敲动时，使人常要想起黄一鸣来。但是许多救火人员因此更加鼓励精神，一刻不懈了。我想黄一鸣死而有知，良心上必定安适多咧！

（原载《小说世界》第三卷第五期，一九二三年八月三日出版）

道德工厂

沈禹钟

“道德工厂”是一个矞皇壮丽的工厂。起初经厂里的办事人费了无数的苦心经营起来，后来奋斗成功，立定了根基，渐渐引起社会上的信仰，营业便一天好上一天。而且这个道德工厂，论起现在各国公司条例的性质来，倒是“脱拉司”呢。因为全中国里只有他们一家做这种特种工业，其余的工厂都不能与他抗衡。因此，营业便渐渐扩大了，久而久之，全国的人们不论贫富贵贱，个个都用得着他们厂里的出品。要有一个缺乏了那种出品，便要被人家轻视，比身上没衣穿还要来得羞辱。可见他们厂里的出品，谁也不能避免他，谁也不能不承认是人生不可缺的要素。

起始创办这厂的人，一个是姓周的，一个是姓孔的。那周孔两位，却并不是大资本家。他们全凭着一生的精神毅力，不辞劳瘁，尽量的创造起来，真所谓有志竟成，居然被他们做到了成功的地步。那位周老先生在世的年代，在孔老先生之前。他死了以后，孔老先生赞成这种事业，抱着十二分的同情心，便尽力继续周老先生未竟之志，主持厂务，把已成之局再设法恢宏光大起来。讲到孔老先生的能力，比周老先生还要伟大。他老人家的经济学问，当时崇拜他的，很是不少。并且，他又是一个能言善辩的演说家。每到一处便把自己的工厂办得如何好，出品如何精？极口宣扬，使大家都注意着。一面对于厂里的出品，专选上好的原料，亲自监制，不许有丝毫偷弊，因此出品便一天进步一天，营业也一日发达一日。所以，追溯到这个道德工厂的历史，开始创办的虽然是全仗周老先生，其实比起劳绩来，孔老先生应该在周老先生之上。孔老先生的一生心力，简直完全灌注在工厂里。到了孔老先生死后，又有一位姓孟的，也在厂里牺牲了不少精神。后来帮助掌管厂务的人，相递接续，也不乏才能杰出的人才。他们的姓名，一时指不胜屈，我们只消知道最初的三代便了。

道德工厂成立以后，人们对于他们的出品，欢迎的固然不少，可是其中也有少数的人主张反对的。但也不过暗中向人煽惑，并不敢明目张胆表示何种力量出来。因为人们心理中，都很深刻的信仰这个工厂，无形中自然成为颠扑不破的势力了。反对的人总敌不过多数人的拥护着，所以反对的尽管反对，而于工厂方面，丝毫也受不到什么影响。

事业是正同树木一样，根本一坚固，自然会滋长畅茂起来。我们到森林中去看，那些参天合抱的大树，狂风纵然怎样去摧撼它，它只是安然无恙很稳固的矗立着，毫末没有损伤。其实它起始生出来的时候，混在小草里面，茎叶荏弱，几乎和小草同一的状态，哪里知道它将来成林以后的伟大呢？道德工厂也是像树木一般，因为它的根本坚固了，所以后来的成绩，竟是发达到出人意料之外，领袖了全国的工业界，社会上都十二分的崇拜它。厂里的出品一输到外面来，在人类生活上占了最重要的位置，比衣食住还要使人重视。一个小小的工厂，造成了这样的势力，总算不枉几位创造者的一番心血了。

因为时代的关系而分出了新旧的界划来。世间的事情，不论哪一件，都逃不出这个公例的。道德工厂成立在社会上，营业之盛，固然是无与伦比，而它的历史，又是最久最古的，似乎是永远可以不败的了。可是人类的心理大都总是厌故喜新，见了新的，便要把常见的东西厌弃了，这是人人如此的。道德工厂的出品虽然制造得十分耐用，但是一切都是墨守成法，形式上一向不去加以改变。时代的潮流不住的进行着，而厂中的办事人却全不注意。所以各种出品，到了后来渐渐有人批评他不适用，有的竟极端反对，看作无关紧要。虽然也有许多老成持重的人，知道厂中的出品形式虽旧，实在比那些新奇眩目的东西耐用得多，依旧十分爱用。可是没经验的人，只知道注重表面，哪里顾到耐不耐用。对于道德工厂里的出品，全不入眼，几乎送给他们，也要掉首不顾咧。因此道德工厂的营业逐渐受着损失，远不如从前那样的利市三倍了。唉，天下事盛极难继，往往如是。道德工厂发达了许多时候，也不免要露出衰兆来了。

那时节，道德工厂营业上虽然受了损失，到底是根深蒂固，一时不会动摇。并且各处都设着分厂，营业的范围多么广阔。要是照这样的尽力维持下去，无论如何，一定还可以保全现状，不会发生出什么危险来。说来也是运气已衰，偏偏又受了意外之变，因此局面愈弄愈险恶起来了。原来到了最后的一位厂长，目击现代的社会形势，断不可长此守旧下去，希望把厂务重加改革，力谋维新，以图恢复全盛时代的状态。照他老人家的主张，兴利除弊，原是十分积极的。哪知时运已非，凭你怎样去设法，结果反而弄巧成拙，事与愿违，愈加增进了失败的步骤，真所谓人不可与天争咧。这位厂长先生整顿厂务第一步的办法，便是人才问题。以为培植适用人才，是做事的第一要着。历来厂中的一切事务，沉滞不进，都是因为没有革新的人才所致，所以现在若不从人才一层上着想，即使日夜说改革，寝馈筹整顿，也只是徒托空言，于事实上毫无补益的。这位厂长先生想得千真万确，便毅然决然着手计划整顿厂务起来。立刻在职员中挑选出许多优秀的分子来，又拨了一笔巨款，派他们到外国去留学，预备他们学成归来，大家替厂中效力，共谋发展之道。这位厂长先生自问将来厂里有了这么许多的人才，可以有恃无恐了。他老人家哪里会料得到这样的一番苦心孤诣，便是自杀政策的种因啊。

留学的职员在外国学了三年，一朝回到厂中，厂长先生自然异常欢喜,对于他们优礼有加,如遇大宾。当下随意委任两人在总厂里帮同自己办事,其余的一律派到各处分厂里去充当厂长。所有原有的分厂长,调回的调回,辞退的辞退,容容易易的摆播完毕了。这当儿,这位厂长先生一肚子充满着无穷的新希望,对于那几个留学回来的新人物,言听计从,万分信任。可怜他老人家生性忠厚,毫没一些识力,一味去随任他们,终于把个好好的工厂和沾了危险的传染病一般,一天弄糟一天了。那些留学的职员,在理耗费了厂里许多金钱,应该怎样感恩知己,忠心赤胆替厂中做事。可是人心叵测,世上正不乏忘恩负义的人。那些留学的职员在外国的时候,对于正当的学业上,绝对不去用功,所以名虽留学,其实三年之久全没一些长进。而他们所注意的,无非是征逐酬应,尤其是爱慕外国人的奢侈之风。说他们到外国去一些没有学会,究竟是一句过甚的话,不过他们所学会的,并不在学业方面罢了。等到他们回到厂中,大家掌到了事权,便一味的摹仿外国人的习气。看到厂里的种种事物,都鄙弃不屑,视为野蛮人种的生活状态,竭力想出改革的方法来,不问对不对,一概随心所欲,胡乱地做去。好在那位厂长先生没有到过外国去,对于外国的情形完全没有见过。就是有些事情厂长不甚同意的,只消推托外国的方法,便很容易的通过了。

古人说得好,木蛀而虫生。那位厂长先生,因为对于留学的几位新人物信任太过,他们见他老人家可以欺矇,便逐渐肆无忌惮起来。起初还使些小手段来尝试,后来大家连通一气,专权跋扈,把厂中的资本侵蚀到私囊里去,简直像蛀虫一般,便把厂里的根本蛀空了。末后厂长渐渐窥破他们作事的不正当,自然气恼得非同小可。当时以为他们从外国回到厂里来,一定可以戮力同心将厂务好好的振兴起来,万不料现在弄得不成事体,只有怪着自己不生眼睛,不该将他们看作有用之才,枉费了一片苦心,把工厂陷于不可挽救的地位。到了这个时候,少不得要将他们责备着,可是他们自命是神圣不可侵犯的新人物,哪里肯受厂长的呕气,大家索性想出一个狠毒的计划，硬逼厂长自行辞职。厂长孤立无援，势力薄弱，抵抗他们不过，并且眼看厂中的情形，办下去也难有什么希望，便心灰意冷，忍气吞声，把一切经手的职务尽行交卸给他们，他这才知道新人物的所以为新人物了。

自从那几位新人物接任厂务以后，如果能够加以整顿，也未始不可谋营业上的发展。只可惜他们依旧和醉人一般，全不把大局安危放在心上，糊里糊涂鬼混着。幸而厂中的根基雄厚，外面一时还看不出内容怎样。其实在最近几年中，早已弄得岌岌可危，不过外界不知底细罢了。这样的又过了几时，厂里所出的各种出品，完全是敷衍了事，和以前的大不相同。社会上的信仰心已经丧失净尽，营业便一落千丈。像这样的大工厂，平日开支多么浩繁，营业一衰，专靠血本来维持局面，终于是不可能的事，因此便到了宣告破产的结果。股东们事前都不觉察，到了这个时候，想待设法挽救，也来不及了。社会上传出了这个消息，人人都叹息道："好好的一个工厂，弄得这步田地，推原祸始，都是因为前厂长误信时新，引用那些妄人，差不多自己把自己的咽喉扼住，致于死地。否则，无论怎样，也决不会失败到如此迅速啊！"

道德工厂往日轰轰烈烈那种气势，被几位后起的新人物摧残得不留余地，谁不痛惜？可是那几位新人物视若没事，反说厂里的积习太旧，一些也不能迎合潮流，论理早已没有存在的可能。所以我们竭力革新，究竟时机太晚，英雄无用武之地，也是没法之事。不过天下事业，不破坏不能建设，不推翻陈腐的根本，不能彻底改革。现在旧厂虽然失败，新生机却已酝酿在里面了，看来倒是一件可喜的事。

后来道德工厂宣告破产之后，另外有人将它旧基址重行集资开办起来，把牌号改为"解放工厂"，营业倒也能够盛极一时啊。

（原载《红玫瑰》第一卷第四十一期，一九二五年四月十七日出版）

一个枪毙的人

何海鸣(求幸福斋主)

一条宽广的马路被红日闪耀着,谁说不是一条光明大道?

远远地一队人马逼近着走来,起初望着似一队蚂蚁,蠕蠕的向前展动。愈来愈近,过路的人全都可以看明白了。

“枪毙人! 枪毙人!”被两个粗心大胆的少年发见了,嚷着跑去告诉人。又有几个好事的人,证实了这个消息,也附和着嚷:“枪毙人! 枪毙人! 快来看呀!”

这个奇异的声浪传开去,登时哄动了马路两旁的店户人家,全抢着出来看热闹,连巷子里面的人,也都挤到马路上来看。老年的伯伯、叔叔发动了一种世道人心的感慨,摇摇头说:“少管闲事罢,枪毙人有什么好看? 况且不过是道经此地,不见得就在这里枪毙,合着古来‘杀人于市’的老话。”然而他尽管说没甚希奇,并不曾禁遏住许多人好奇的观念,而且自己也还逗留在屋檐底下,仍是想看个明白。

慈祥的妇女们,口口声声念着阿弥陀佛,被那很小的胆拘束着,却真的不敢出来,只躲在屋子里向窗缝中偷觑。

小小的孩童深藏在娘怀里,听见一片喧嚷,吓得哭了。大一点顽皮的小倌,却又和成年的人一样,要端一个凳子立上去高高的看。心里虽有些害怕,也顾不得许多了。

不一会,那队人马慢慢的走过来,于是大家很肃静的看。

只见有八个骑马的兵在前开道,接连又有一小排步兵夹在中间，步法很整齐的在那里走步兵操典上的慢步。骑兵的短枪套在背上，步兵的步枪托在肩上，枪口上的刺刀映着日光，一闪一闪的又红又亮，耀人眼目。这才又有八个拿手枪的弁目，簇拥着一辆板车，车轮子缓缓展动向前行来。看热闹的不约而同，都十分注意看那板车上的汉子。

那汉子用五花大绑绑着，端坐在板车之上。颤巍巍如一尊神像一般。两只有神威的眼光，时时往左右两旁射来。凡是被他眼光射着的人，都觉得有很不安宁的震恐，再也不敢多望他一眼。那立在人丛后面，没挤上前看不清楚的人，不知道那汉子眼神的厉害，只顾一味瞎嚷："这就是枪毙的人。"

板车轮子展动着过去了，车轮多转一遭，那汉子的生命便渐渐短促下去，一直任这转轮将那汉子转到死乡里去。好比白日下的地球，慢慢转到黑暗寂灭的睡乡中去一般。

板车以后又有四匹马，全坐着骑兵，还有一位军官，也骑着马夹在骑兵当中，戎装佩剑，好不威武。这一行人，除了那应该枪毙的汉子以外，这军官也算是主要人物中的第二位了。然而看热闹的人，并不觉得他有什么好看。这一行人刚刚走过，旁观者的讨论开始了。

一个很像新闻记者的人向身旁一个人问道："朋友，这汉子犯了什么罪，要绑去枪毙？可惜法标上写的一行罪状，我未曾看清楚。"

那一个人答非所问，随口应道："怎么如今的刑法，把杀头改成枪毙了？"

又有一个哲学家似的，忽地插上来讲话："管他什么罪状咧，依我看来，肯去死的人，都是好人。人死了就没有罪了。"

旁边有个法律家不服，吆喝着道："他明明是犯了法，才按着法律条文将他枪毙的。这犯法的人，哪里会是好人！"

哲学家又辩论道："就算他犯了法，也多亏他肯去犯。若是没有他去犯法,法律就显不出威权和能力来。他殉法律而死,法律因他而存,他岂不是法律的功臣吗?”

又有一个很激烈的社会学者,听明这篇哲理,又引申着道:“天地间功罪是很难分的,有罪即功,无功即罪。同是一样糊涂的人,谁能十二分正确的辨识谁或功或罪出来?为什么就胡乱牵附着法律,以人杀人呢?……残忍!罪恶!”一边说,一边顿足。

忽然前面发动一阵剧大的喧哗,大概又出了什么奇异的事了。马路两旁的人,登时如狂蜂一般,又飞也去看热闹。于是这场哲学和法理的辩论宣告终结。

原来如此,这不是十字路口吗?枪毙人是不拣选什么黄道吉日的,偏偏今天的黄道吉日,要迎合前来。十字路口左翼方面,来了一起大出丧。

社会上有钱有势的人,避免不了一个死字。等着死神到来,只好伏伏贴贴安眠在一具棺材里,由那些孝子贤孙办一套很丰盛的出丧仪仗,送他到山上去。那仪仗队的前锋,刚从十字路口的左翼转到大道上去。几支白幡被风吹得招展飞舞,更也有一队步兵骑兵,受了金钱的支配,各人手臂上挽着黑纱,夹在仪仗队里送死。

这一来,大出丧送死的军队,和押解犯人绑赴刑场枪毙的军队,凑合在一处了。囚车还没抢上前去,阔人的棺材却已抬到路口。押犯人的兵吆喝着道:“等一等,让我们先过去!”那大出丧的兵却笑嘻嘻地回答道:“我们干的也是公事咧。”

在这个让谁先走的问题未曾解决以前,两边的仪仗,全夹杂在一处了。

军人一个个在那里发喊,军马一匹匹在那里狂嘶。伴灵的和尚们、道士们笙箫鼓乐,一迭迭照旧吹打。看热闹的人也越发高兴了。

那绑在囚车上快要枪毙的人,此时趁着这个机会,忽然拉拉杂杂的演说起来:

“朋友们呀！那一边是一个已死的人，睡在棺材里；这一边是一个将死的人，坐在囚车上。我们所同的，是一个很平等的死。

“那已死的朋友，有这许多仪仗队送他的死，可惜他藏在棺材深处，看不见他死后的光荣了。我这将死而未死的人，也有这一群人来送我去死，这可算得是我的大出丧。然而我却能亲眼看见这场热闹，我比他还满足呢。

“况且我这场光荣，这场热闹，这场大出丧，自有这许多不相识的孝子贤孙来办差，破费不了我亲生骨肉半文钱。我比较着他还得着大大便宜咧！

“诸君睁开眼来瞧，那厢许多挽联奠幛，写的是死者虚伪的形状；在下不才，却有一张真实的罪状在此，这价值还比他重大咧。

“那棺材后面，假装着啼哭的，不是他的孝子吗？那个缩头缩脑的样儿，太寒酸了。你们看我囚车后面骑着马的监刑官，何等气概，那才是我的好孝子咧。

“咳！他们的仪仗没有半点郑重的样子，真太像儿戏了；送我的出丧大队，却森严得很咧！”

那汉子一面说，听的人围着水泄不通。拍掌的拍掌，喝采的喝采。

老年的人说：“这个事稀奇得紧。我活了这么多年，只看见过醉醺醺的杀头犯人，在囚车上唱《斩单雄信》，却没有听见犯人在露天下公开演讲。”

哲学家点头赞叹。社会学家帮助发喊。新闻记者用速记法把演讲词抄在日记本上。并同声的推许道：“至理名言！”

法律家叹口气道：“法律到此快不成问题了。”

小孩子不懂事，抢到监刑官马前，呼他做孝子。监刑官恼了，恶狠狠看了犯人一眼。然而人死以外无大罪，一时竟奈何他不得。只好挥起马鞭子来驱逐闲人，因为他们不肯死，就应该受欺负。

忽然又发一阵喊，十字路口右翼地方，又来到了一群人，却是旧式婚礼上送亲的。前头有两柄红伞,中间几个奏乐的人穿着红衣,后面一乘红花轿,把一个新嫁娘紧紧锁在里面。一时也夹在十字大道路中,通不过这条路,于是马路上的热闹又加上了一倍。

那快要枪毙的汉子左顾右盼,又有得说的了,于是那场露天公共讲演,又继续起来。

"噢!那厢不是新嫁娘出阁吗?她不是快要枪毙的死囚,为何把她深锁在不通空气的花轿内,难道怕她脱逃了么?

"她被父母之命,媒妁之言,送给一个陌生不相识的人,供人家的蹂躏。她的自由何在?不自由,毋宁死!这不是明明送她去死吗?他们这伙军人送我去死,却还容我在青天白日之下,有言论的自由;可怜她是一个弱女子,只知道躲在花轿里嘤嘤啜泣,静候着往死路上去,不敢发出半点人类求救的呼声。她所受的残忍和损害,岂不比我还较为严酷吗?

"可怜的女子,我是视死如归,你还求生不得咧!

"红——红——红,那花轿上红的色采,不就是人类中女子们,被旧式专制婚姻制度所斩割出来的鲜血吗?"

完了,这第二次的演讲,又终结了。新闻记者日记本上,又添了不少的材料;哲学家和社会学家,越发动了感叹的同情心,躲在一旁叹气;只有老年人不赞成,说这杀头的胚太胡说了;法律家也在一旁恨秩序太乱。远远地立着两个女子,听清了一句半句,似乎有些明白,却不敢当众讨论。小孩子不喜欢听这个,仍旧去调侃那做孝子的监刑官。

监刑官看闹得太不成样子了,吩咐八个马弁好好看守着犯人。自己一马上前,禁止住左翼送殡,右翼送嫁的两群人,都不许走动,让他们枪毙犯人的囚车先上前去。好容易布置舒齐,早已忙得浑身是汗。

于是人马渐渐的又移动了,枪毙犯人的囚车,在前面走;送殡出丧的,降作了第二队;送亲出嫁,委屈着殿了后了。于是一个将死的人，一个已死的人，一个半死半活的人，都被各人的孝子贤孙、亲族朋友、仪仗队伍强行簇拥了去，谁也没有抗拒的法子。

白茫茫的大道，黑漆漆的前途，这几群人走得慢慢地连影踪都不见了。世间很平等的事，依然还是寂灭。人心中的笑绪悲端，原也糅杂在一起。什么叫做热闹？左不过大家胡乱摆布罢了。热闹过去，剩下许多新闻记者、社会学家、哲学家、法律家、老年人、小孩子、妇女们、好事的人种种色色，一窝蜂似的纷纷散了开去。各忙各的名利功罪，又何尝有什么了不得的生气咧！

（原载《红》杂志第一卷第五期）

侦探推理

龙虎斗

福尔摩斯与亚森罗苹的搏斗

程小青

引言

在早期侦探小说的园地里，有两个杰出的主角：一个是集大成的侦探小说权威作者英国奥塞·柯南道尔笔下的歇洛克·福尔摩斯；另一个是法国小说界前辈毛列司·勒勃朗所创造的亚森罗苹。前者是伦敦一个智能理解超轶寻常的私家侦探，后者是一个所谓反派角色——横行巴黎的神出鬼没的巨盗。这两种作品是相当多产的。《福尔摩斯探案》一共有长短五十六种，民国初年中华书局曾译过大部分——是文言的。后来在民国八九年间，我又给世界书局搜罗了全部作品，跟好几位文友，用语体译成了一部全集。《亚森罗苹全集》，也经周瘦鹃兄主编而由大东书局出版过，数量上更超过了前者。在若干年前，这两种小说都曾风行一时——还有不少冒名的赝品——福尔摩斯的名字，尤其普遍，几乎成为我国译名中最是熟悉和最是妇孺皆知的姓名。其实因着翻译方言的众多，全世界有出版物流行的领域中，这专名姓的“福尔摩斯”，早已成为“侦探”或“睿智人物”的普通名词。这是小说界的异数，也可说是佳话。

柯南道尔的笔调是非常缜密而优美的——那原文已有不少被采做大中学的读本。他写那福尔摩斯的爱科学，重理智，具毅力，富想象和精于心理分析的机敏活跃的天才，和那位忠厚诚笃而带些书呆性的约翰·华生，的确可说得上“前无古人”。至于它的意识的纯正，结构的紧密，布局的谨严，对白的句句着力，人物个性的渗透和前后脉络的贯串，我不敢有什么批评，只有“私心向往”！

亚森罗苹案的长处，在有着“开门见山”“迅雷破空”式的开端，接连的是步步紧凑的开展。它是以动作见胜的，有使人“呼吸不透”的妙处。不过它的结局常不免松懈，而缺乏推理的分析。它的开头“奇突”，到结末往往任其自然，都没有合理的解释——甚至完全没有解释。结果奇突终于奇突，不免陷进了带着科学面具的神怪圈子。所以就意识结构方面讲，似乎是比较前者差一些。因为道尔氏笔底的福尔摩斯无论怎样智能超群，究竟还是一个“人”，但勒勃朗氏所写的亚森罗苹却像是个“超人”了。

在亚森罗苹的全集中有两篇——《福尔摩斯别传》，《犹太灯》——是调侃福尔摩斯的。文人笔尖上的游戏，原也无伤大雅，不过罗苹如果自认是一条生龙，福尔摩斯至少也是一头活虎。可是他一到了勒勃朗的笔下，这虎便变成了一头“死”虎。我虽不知道勒勃朗是不是故意如此的，但总是他的失着。因为他蔑视了福尔摩斯的历史和身份，把他写得不但不像一头虎，简直是“笨如蠢豕”！道尔氏当时虽大度宽容地绝不介意，不曾有过“恶声至必反之”的“累司培克”，但就读者的立场说，我就是很替福尔摩斯忿忿不平中的一个。

那也许已是二十年以上的事了吧。我就凭着这一点“忿忿之心”，不自量力地借用了华生的立场，写过两篇给福尔摩斯反案的东西，在民初的《小说大观》上发表过。我的动机是想给道尔氏代些儿劳，又想给福尔摩斯吐一口气，同时给像我一般有崇拜福尔摩斯癖的读者们平一平这莫名其妙的忿忿。但是因了笔力的脆弱，结果自然是狗尾续貂，不能实现我这个愿望。不过“敝帚自珍”这句话，我相信的确是有心理根据的。我对于那两篇东西常念念不忘地系恋着，很想如果可能，把它印行单本。但是二十多年来，原本已经散失，访求不得，这私愿终于落了空。

去年在学校里偶然谈起，同学尤敦毅君家里恰巧藏着这两篇东西。我自然很高兴，就向他借了回来，叫我的女儿——育真——边抄边译地把它写下来，因为那是用文言文写的。现在我重新把它删削添补，彻头彻尾地重写了一下；好比一座屋子，间架是原有的，但门窗壁板，甚至粉垩油漆都完全改换了。我的原来的结构和最近的增益，都不曾忘掉亚森罗苹的身份。如果福尔摩斯是一条“非池中物”的蛟龙，罗苹也仍不失为“吼啸生风”的猛虎。这是我本来的微意，不过能不能做到，我自己不敢自信，只能希望读过《福尔摩斯探案》和《亚森罗苹奇案》的读者们予以指示和教正了。

钻石项圈

一　一种挑衅

我和我的老友歇洛克·福尔摩斯从事侦探工作以来，已经有相当长久的时间了。他所破获的奇案很多很多，如果连未发表的包括在内，也许要用四个单位数字来计算。因此我友的声誉大噪，不仅遍布在欧美大陆，而且不翼而飞，渡过了大洋，直达亚洲。就是中国和日本人士对于我友的名字，也都耳熟能详。这不是偶然的，完全因为他的优越的机智，敏捷的头脑超过了一般人。每次遇到了疑案，无论怎样离奇难测，或是隐秘纠结不能解决的，一经他的细密的推解和分析，没有不洞幽烛微地大放光明。所以外界的舆论，对于福尔摩斯竟一致地有一种类乎超人的崇仰。不料在数年以前，在法国巴黎忽然出现一个剧盗——亚森罗苹。这人的机警狡狯,委实是我友的唯一的劲敌。罗苹这家伙可算是智勇双绝,他所干的许多盗案,因了他的兔起鹘落的身手和防御的严密,从来没有被破获过。大陆上的侦探们一听见罗苹两个字,往往会相顾咋舌,像见到了魔鬼一样地害怕。我友曾与他交手过两次,但也不能取得胜利。自然,这一来对于我友的声誉方面不无影响,所以他一提到罗苹,常会把他的眉毛缩紧拢来。就是我也忿忿不平,总想把这个人捉住了,吐一口气。罗苹的不法行动虽依旧是一天猖獗一天,但因着他的狡猾和神出鬼没的手段,竟使我们无从着手。我友常一半自慰,一半慰我地说:"华生,别躁急。我相信总有机会,我们可以和罗苹较量一下的!"

机会终于来了。有一天在伦敦裴朗特公爵的爵邸中,忽然发生一件惊人的盗窃案,给报纸上造成许多资料。被偷去的东西是一条钻石项圈,价值足值五万镑以上。苏格兰场的侦探们自然要忙起来了;但尽力侦查的结果,连那强盗的姓名都不知道。在出事的两天后,苏格兰场警署接到了一封信。这信来自法国巴黎,署名是"亚森罗苹";信中公然承认那钻石项圈是他拿的。如果要索还原物,只能请福尔摩斯亲自去领取,其他的人,不必白白地劳神。

这简直是挑衅——一种指名寻仇的挑衅!我们还没去找他,他倒来找我们了!我友听到这消息以后,皱眉闭嘴地非常生气。他如果不加理会,任罗苹这样嚣张下去,那末,他的半生的光荣,势将一败堕地。裴朗特公爵知道了那封挑战的信,就亲自到培克街来拜访。他带了一颗焦急的心,说了不少恳求的话,请我友为他侦查。

他懊恼地说:"这条钻石项圈很名贵,是我的女儿爱俪的所有物。下星期——九月九日——是爱俪二十岁的生日,不能没有这条项圈。今天是九月二日,相差只有一个星期了。密司脱福尔摩斯,你总得给我把它拿回来,你是唯一能够帮助我的人啊!"

我友踌躇了一下,便毅然答应了公爵的请求。答应是不足为奇的,就是公爵不来委托,福尔摩斯也不会置之不理。我给他担忧的,只怕日期太局促,也许不能见功。

我们经过了一度商议,便决意一同出发,当日就在凉风瑟瑟中渡过了海峡到巴黎去。我们动身时只拿了一只黑纹皮的大皮箧,其他行装都不曾携带。在这皮箧中除了日常的应用品以外,还放着化装的衣服和侦探们所必需的东西——如放大镜,显形粉,颜料,照相机,手枪等类。每逢作比较远地的旅行时,他总要叫我带着这一只比较累赘的皮箧,好比医士们出诊时,总不会忘记带一只药箱。

抵达巴黎以后,为便利暗中侦查计,我们就暂住在一条极简陋的白屯街上一宅两层楼的小屋中。我们所住的一室,只有一丈四五尺见方,却包罗万象地做了书室,卧房和憩坐室之用。室中的陈设也简单得无可再简,两张小榻,一只橡木的书桌以外,只有两只沙发和一把长背有靠手的椅子,不过电话倒是有的。我们的踪迹是严格秘密的,姓名的变换,自然更无庸多提了。

我友每天出外,或早或夜,没有规定的时间,而且衣饰也是不时变换的。我却闷守在寓所中,不免感到怏怏无聊。英法两国的报纸都登载着这项圈和挑战的消息,情势一天天严重,目光都集中在福尔摩斯身上。但我每次见他回来,常问他可有什么线索?他总是隐约其词地略谈几句,从不肯把实际的经历告诉我。直到九月八日的晚上,仍旧没有得到钻石项圈的消息。我实在再不能忍耐下去,才大胆地向他诘问。

我说:"歇洛克,限期近在眼前了!只有这最后的一天了啊——不,只有最后的几小时哩。如果你不能取得项圈,明天你怎样去回复他们?"

我友正衔着那只够得上古董资格的烟斗,靠在沙发上徐徐地吐吸着。暗淡的灯光,照见他的高额角和下颏尖削的脸上有一种端庄严肃的神气。他的眼睛却半开半闭,显然是在深思。他听见了我的质问,慢吞吞抬起头来。

他道:“华生,你不用躁急。你应该知道这件事的成败,有关我一生的名誉。老实说我的心比你还着急呢。不过无论什么事,必须静候机会,机会一到,就不难立刻成功。白白地躁急可有什么用啊?”

我说道:“不错,什么事都要等待机会;可是‘机会’究竟不是个确定的名词啊。你的话不是太空泛吗?现在事情很急迫,只有几小时的限期,你怎么可以再静待下去?”

他笑着说:“华生,是的,现在只有几小时的限期,不过你不能轻视这几小时。你得知道,世界上的事,在这几小时中,尽有千变万化的可能。”

“唔,难道你说的‘机会’,就在这眼前的几小时中?”我自觉我的疑问中,已有些兴奋。

“华生,你老是这样率直。你不能说得更婉转些吗?”

我看见烟雾迷漫中,我友的神色依旧严肃,并不像是笑话。

我道:“歇洛克,你何必还打谜语?”

他回头向门边望了一眼,再凑过来附着我的耳朵说:“真的。在未来的几小时中,事情就有分晓。我告诉你,我已得到一个消息。”

“喔,什么消息?”

“今天晚上十二点钟,罗苹将要跟他的同党举行会议。我等时间一到,便不难把他们一网打尽。你想罗苹如果落网,那项圈还成什么问题?”

我惊喜地低声说道:“那末你前天告诉我,你已得到一张他们的巢窟的图。这图究竟可靠吗?”

福尔摩斯只顾昂着头吸烟,并不马上回答,我只是暗暗诧异,也不知道是什么缘故。不一会,他忽然站起来,摸出一枚小钥匙,开了书桌的抽屉,从里面拿出一张折好的白纸。他小心地把纸展开来，是一张铅笔画的草图，就是亚森罗苹的秘密地窟。

我作惊奇声道："这图既然很重要，你怎么随便放在抽屉中？而且也不告诉我一声？万一有什么疏忽，岂不是前功尽弃？"

福尔摩斯很快地放下了烟斗，微笑道："你也过分忧虑了。这屋子既妥当又秘密。除了屋主人葛里登太太以外，只有你和我。何必如此恐怖？来，你看这张图很详细。……这是前门，这是后门。从后门进去，经过了两层梯级，一个拐弯，可以通到一条秘密的甬道。这个十字符号，就是他们议事的地方。"

他说到这里，忽而敛神倾听。我也微微听得门上有剥啄的声音。福尔摩斯立刻停顿了，匆匆折好了图，顺手放入抽屉中，又把抽屉锁好，钥匙仍放在他的袋中。

他慢慢地应道："进来。"

房间的门渐渐儿开了，葛里登太太矗立在门限边，目光灼灼地注视着我们两人的面，似乎露着些惊惶的神气。这妇人年纪虽在六十上下，但身材很高，肩部也像男子那么的宽大。她的脸色是红紫，额角上皱纹不少，两只大眼黑而呆滞，头发也散乱不梳，蓬松地紧压在额前。她的上身穿一件蓝白条纹的长袄，下面系一条黑花裙。总之，她的形状给予人一种不大可亲的印象。

我问道："太太，什么事？"

老妇凝视着福尔摩斯，操着法语答道："先生，有客人要见你。"

福尔摩斯掀掀眉毛，答道："奇怪，在巴黎，我们没有熟悉的人，怎么会有客人？"

老妇顺着口气应道："我也在疑惑。先生们在这里只住了六天，从没有人来看过你。不料今夜里会有客人来见你，而且这个人是个警士——"

福尔摩斯惊奇道："一个警士？"

"对，至少他是穿着警官的服装。"

"唔，太太，你可曾问过他的姓名？"

“问过的，他说他叫甘——甘尼——”

福尔摩斯插口道：“是不是叫甘尼麦？”

老妇忙点头应道：“对对，他的确自称甘尼麦。”

福尔摩斯沉吟了一下。“他会到这里来？”他又挥挥手说道，“好，太太，你去请客人上来。”

老妇点点头，眼睛向这小室的四周溜了一圈，才回身下去。我听了她的报告，不禁默默地回想着。甘尼麦是巴黎警署的侦探部长，从前我也曾和他见过一面。我们此番到巴黎来，我不知道福尔摩斯曾否和他有过接洽，现在他来见我们，难道就为着项圈的事？不一会，甘尼麦果然上了楼梯，踱进小室里来。他身上穿了深青色侦探长的制服，领口上还镶着金边。他体格的魁梧和精神的饱满，还像从前一样。他踏进了房间顺手关了门，便含笑除去了他的有金线的帽子。他先用英语招呼：

“密司脱福尔摩斯，一向好吧？”

我友一听得这声音，突然挺直了身子，从灯光下向来客凝视了一下。接着，他点点头，微微地笑了一笑。

他冷冷地说：“罗苹先生，是的，我们分别好久哩。”

这来客并非侦探长甘尼麦，就是那个震惊全欧的大盗亚森罗苹！那怎么不叫人惊骇？罗苹竟敢亲自上门来吗？

我立刻站定了一个预备攻击的姿势，本能地把右手伸入衣袋中，握住了手枪的柄，以备不测。谁知我这举动已经给罗苹发觉。他也笑着说：“达克透华生，我今天是来做客人的，你们应该尽些主人的礼貌才是啊。你怎么想恶作剧呢？”

他的嘴唇上仍带着笑容，顺手拉过一只椅子坐下来，一只手还在捻他嘴唇上的须角，态度十分镇定。我看了他这一种样子，反而有些羞怯，不能不放下了手枪，从衣袋中伸出手来。福尔摩斯也已坐了下来，拿着烟斗吹烟，连眼角也不瞧瞧客人，他的神气好像没有什么事。我觉得很不安，在努力遏制下，勉强也移过一把椅子坐下来,又寻出了一句敷衍的话。

我说:"罗苹先生,你的化装术的确高明!"

二 面对面

罗苹回头来瞧着我答道:"达克透华生,太夸奖哩。这实在是一种小技术。"他用手指指着福尔摩斯,含笑说,"其实你的老朋友也是化装术的专家。他总也知道要化装一个人,非但外表面要注意,就是姿态和声音,也都不能不摹仿得完全相像。密司脱福尔摩斯,你说是不是?"

福尔摩斯淡淡地点点头:"你装扮甘尼麦的经验太丰富了,自然更逼真。"

罗苹笑着说:"是啊。今天我要是不装扮甘尼麦,怎么跑得进这屋子?密司脱福尔摩斯,你是个大侦探,现在为什么防卫得如此严密?屋子外面有不少便衣警士埋伏着。你怕有人来劫夺你吗?"他格格地笑着,一只手又捻搓他那黄色上翘的须角——那当然是假须。

福尔摩斯缓缓地吐着烟,又耸了一耸肩,答道:"这是承蒙贵国警务当局好意,并不是我的意思。你知道我虽没有什么技能,当心我自己总还可以,也不至于求别人来保护;你用不着讥笑。"他吸了一口烟,"我的屋子既然有人守备着,你敢一个人闯进来,这倒是你自己在表演你的胆量哩。"

罗苹并不马上回答,慢慢地从制服的胸口袋里拿出纸烟盒来,又用火柴燃着了一支。他微笑地说道:"密司脱福尔摩斯,我听你的口气,好像想乘机抓住我,报复你的前怨。是不是?"

福尔摩斯吐了一口烟,眼光看着书桌,摇头道:"不,不是的。我不大会怀念旧怨。过去的事早已过去了,我又何必介意?不过你近来的行动实在太使人难堪了。"

罗苹突然接口道:"你不是指裴朗特的项圈说的吗?唔,对不起,我来解释一下。我拿这项圈的动机,原只是一时游戏,没有什么恶意。我因着你的声名太大了,一般舆论对于你又恭维得太过,所以我特地跟你玩一玩。”他又格格的笑着。

福尔摩斯迅速地问道:“你指出我姓名,要我来拿回这条项圈。这是什么意思?不是故意侮辱我吗?”

罗苹抗辩道:“你别误会。我所以指定你的名字,实在是因为别的方法邀你不到,借此想请你到巴黎来玩玩,我们可以乘机会会面。我完全没有侮辱你的意思。你得知道,我与你分手以后,很是挂念你的啊。”他弹去了些纸烟头上的灰,又接续说,“不料你一到巴黎,行踪很秘密,使我们不能够早日见面。现在我既然到了这里,已满足了我的愿望。我怎敢不把原物奉还你?”

这句话不能不算出于我的意外。他的话可靠吗?他肯白白地将项圈交还吗?

福尔摩斯略抬起了头问道:“你打算用和平方式把项圈交还我吗?”

罗苹注视着我的朋友:“是啊,这是我原来的意思。你有什么打算?”

福尔摩斯的目光又沉下了。他只摇了摇头。

罗苹说:“我倒要问一声。你究竟是要拿回项圈?还是还有什么非和平的计划——要捉住我?”

我的朋友缓缓地说:“项圈已经足够了。”

罗苹点点头,说道:“我已说过了,项圈我一定送回你。你既然不打算捉我,那再好没有。要不然,这举动徒然留下些恶感,实际上也没有什么意思。是不是?”

“我一向不喜欢做不劳而获的现成事。”

“我,我现在是自己投进来的,你如果捉住了我,也不足以显示你的才能,而且也许反而是你的盛名之累。是不是?”罗苹说着,又用手指捻捻须。他向我的朋友偷窥了一眼,“就算你捉住了我,那末，项圈反而不能收还，明天你势不能实践你的诺言。这里面的利和害，我想你一定明白，用不到我多说。”

福尔摩斯从口中取下了烟斗，在椅柄上叩去了残灰。他答道：“你的话说得对。现在我决不难为你。你尽可放心。”

罗苹点头道：“我们用智力相斗，决不诳诈。我既然答应了把项圈还你，你也不必忧虑我的食言。”他顿了一顿，把眼光跟着福尔摩斯的视线，向书桌方面瞧了一瞧。他忽变了语调，婉声问道，“密司脱福尔摩斯，我有一件事要请问你。”

我的朋友侧过了脸问：“什么事？”他的眼光中略略有些注意，但并不显露。

“我听说我的伙伴中间有一个人出卖我，偷偷地把一张屋图卖给你。有这件事吗？”

福尔摩斯并不回答，但慢慢儿从他的那件藏青哔叽的衣袋中取出一只放烟草的皮袋，低着头自顾自重新装满他的烟斗。

罗苹又说道：“密司脱福尔摩斯，为什么不开口？可的确有这一回事？”

他用眼角向我的朋友注视着，等候他回答。接着他又向屋子的四周扫射了一下，好像怕室中有人埋伏着。其实我已经记述过，我们所住的只是这末狭窄的一小间，斗室中除了两只小榻，一只书桌以外，只有坐椅数只。地位既窄，一瞥间就知道再没有藏匿的余地。

一会，福尔摩斯说道：“罗苹，我想你用不着这样焦急。”

罗苹冷冷地笑了一笑：“焦急？这似乎还谈不到。不过我要知道这是不是事实？”

“我劝你不要抱过奢的希望。”

“什么意思？你不肯答复我？”

“我答复了，你也不一定就会相信。”

“那末，这真是事实？”

"是不是事实,我不想说,你也不必根究。只要你能遵守你所说的话,还我项圈,我也就马上回伦敦去,不跟你为难。"

罗苹向福尔摩斯注视了一下,又移下目光瞧着地面。他深思了一会。答道:"也好,不过我得忠告你一声,巴黎人比伦敦人忠厚不了多少。你小心些,别受人家欺骗。你化几个钱买一张闹玩意儿的图,那还算不得什么,可是如果在报上发表出来,那倒不免有累你的大名哩。"

福尔摩斯略略仰起些身子,弯了弯腰:"谢谢你的忠告——你的好意。"

罗苹撑住了椅圈要站起来的样子:"好,我一定依照我的诺言。我们大家握一握手,表示我们的信约。"他说完,立起来丢了烟尾,伸出了手。我的朋友果然也站起来和他相握。

福尔摩斯说:"项圈不在你的身上吗?"

罗苹摇摇头:"没有。"

福尔摩斯道:"那末,这里有电话,你要不要传个话叫你的伙伴将项圈拿来?现在时间很局促,不能再耽搁了。"

罗苹又摇摇头:"不,这项圈的储藏地点,别的人都不知道,必须我自己去拿。"他掏出表来瞧瞧,"若说时间,现在还只九点一刻。你尽可以从容些,用不着躁急。"

福尔摩斯一壁把烟斗用手指搓弄着,一壁答道:"我知道,今天晚上还有两班渡海峡的轮船——一班是十一点钟,最末一次是在午夜后两点钟。如果赶不上,我还可以乘飞机回去。不过我们的和约既然已经订定,多耽搁也没有意思。对吗?"

罗苹忽然抬起目光,答道:"你的意思不是要我在十一点以前归还项圈,以便你可以趁早一班船回英国去吗?行,我准在半小时内把项圈退还给你。"

福尔摩斯不答,仍玩弄着他的烟斗,既不表示同意,也不反对。

罗苹说:"那末,我们就分手吧。达克透华生,再见。祝你们旅途平安。”他取了帽子预备走了，同时伸着手等我的朋友与他握别。

这情形很使我惊奇。我早也站了起来，不知道怎样应付，我们能放他走吗？如果他悔约不将项圈送来，岂不是白白地失掉一个机会？他是素来狡诈的，单靠他的一句话，不太危险吗？他的信用担保，我是绝对不信任的。可是我瞧瞧我的朋友，神情上又是那末泰然。他竟毫不留难地让他走了。这真是出于我的意料的。这时他们俩交握着手，融洽得像个多年的老友。他们好像忘掉了彼此是势不两立的仇人！

一会，罗苹跑出了小室的门外，福尔摩斯尾随着送他。

罗苹忽然回头道：“密司脱福尔摩斯，让我一个人走好了。你不必劳神远送。”他笑了一笑。“我想我不疑心你，你也总信得过我？”

福尔摩斯立定了，说道：“很好，你如果不嫌简慢，我当然听你的话。我希望我们能够再见。”他说完，便把室门关上，在椅子上坐下来。

我听得皮鞋声橐橐地沿着楼梯走下去，似乎走得很慢。不一会，那声音渐渐儿远了；又一会隐约还听见开门与关门的声音。我知道罗苹已经走了。

我很不高兴，不能不怪我朋友的失计。一只入笼的鸟，竟轻轻地放掉它；等它飞去以后，如果再想去捕捉，那岂是容易的事？

我刚正默想，福尔摩斯猝然立起来，走近沿街的一扇窗前，轻轻地揭开了棕色的窗帘，用他的中指和食指拼合着在玻璃上叩了两下。这是给外面看守人的暗号。我方才明白他所以如此，原是有别的用意的。接着，他回过来去开那皮箧。我看见他拿出一支他常用的手枪。我正要问话，又听得楼梯上慢吞吞的脚步声音，不一会有人又在叩门了。我应了一声“进来”，就把门开了。在门口出现的是葛里登太太。那妇人的手中拿着一张名片，马上交给我。

她低声说道：“先生，这是客人留下的。”

我接过了名片，瞧了一瞧，不由不惊呼一声。那老妇自顾自返身下去，头也不回。福尔摩斯走过来接那片子。那是亚森罗苹的名片，纸是完全白色的，一面印有亚森罗苹的姓名，另一面用铅笔写了几个法文字，字迹非常潦草。

名片上写着：

“我并不是毁约。但我若把项圈自动送还，未免太辱没你。这是你的一个机会。你显一显身手也不妨啊。”

唉！上当了！亚森罗苹果真是诡计百出的。我的朋友将名片丢在书桌面上，凝滞了眼光，在低头沉思。

我抱怨地说：“你中了他的计哩！刚才你为什么让他跑掉？你以为他的话是可以相信的吗？”

福尔摩斯受了我的申诉，向我瞟了一眼。他立在书桌面前，两手握了拳头，皱紧了双眉。他好久没有说话。我也呆立着，不知道怎样应付这个局势。

隔了一会，他才说：“华生，你别多说。刚才他是自己来的，我如果乘机捉住他，不劳而获，也没有什么光荣。我想不到他会这样没有信用，我真会中他的狡计！”

电话的铃声突然震动了。福尔摩斯赶紧奔过去握住了听筒。

他问道：“谁？……毛列瑟？……唔，那家伙现在怎么样？……很好，你得守住门，别让他跑掉。我马上就来。”

他把听筒放下了，回头对我说：“华生，你袋中有手枪吗？罗苹在沃桑尼路二十号，有人监守着。快走！”他不等我的回答，拉了我一直冲下楼梯。

将近前门时，灯光仍是那么不明不灭。寓主人葛里登太太从她的室中走出来，替我们开门。我一见这有些可憎的老妇，忽然想起我们房中书桌抽屉里的那张秘图。现在我们俩一起走开了，室中没有人，这张图岂不危险？抽屉虽锁着，但也不一定可靠。因为在最近的两天，我觉得这妇人的神色行动都有些儿异样，使我不能不起疑惑。这老妇人虽未必本来是罗苹的同党,然而罗苹是狡猾的鬼精灵,也许知道了我们的寓所,会用金钱贿赂她,或是威吓她,强迫她听他的指挥。如果这料想不虚,我们一出外,自然会给她一个机会。她尽可以乘间偷了图逃走,或是用火烧掉。那末,我的朋友五六天的辛苦,岂不是白费了吗?

这个意念产生了一种后果,使我在门口立定了。我向我的朋友推说有事,不愿意同去。福尔摩斯显然还不明白我的心事,他摇摇头,仍旧强迫我去。我暗忖他怎么会如此昏迷,忘掉这一张重要的图?莫非他的神经因着过度的刺激,一时恍惚,失去了他平日的镇定?可是这老妇在我们的面前,我又不能明白地直说。时间又是这样的紧迫,要叫他一起上楼去拿了图再走,又不免贻误事机。在这一刹那间,我认为让地图留在寓里,一定会毁坏我们的计划。我便决意地说:"歇洛克,我一定不去!"福尔摩斯没法,便叹口气放了我,独个儿奔出去。

我的留在寓里,事实上是不是聪明或有利,我也不能自己解释,只能让读者们替我来判断了。不过我的朋友追出去的行动,实在比我看守在寓里的更重要,我应得先将他所经过的事写下来。当然,这回事我不曾亲身经历,那是福尔摩斯在事后告诉我的。

三　难堪的局势

福尔摩斯奔到巷口,打了一个口哨,有两个人马上从黑暗中悄悄地闪出来。他和他们附耳说了几句,其中一个人马上就反身飞奔出去。半分钟后,有一辆汽车飞也似地开到福尔摩斯的面前。他跳上了车,叫汽车夫开到沃桑尼路去。这条路与白屯街相距不远,不到几分钟便已到达。福尔摩斯下车来时,有一道电筒的光直射到车边。毛列瑟便走近来低声招呼。

福尔摩斯急迫地问道:"他在什么地方?"

毛列瑟指着黑暗中一宅屋子:"在这座矮房子里!"

"你没有弄错?"

"一些也不错。他从你的寓所出来以后,我便尾随着他,一直到这里。"毛列瑟说完,又用手指了一指,就回身引导。

福尔摩斯又问道:"你看见他进去的吗?"

毛列瑟答道:"看见的。我等他一走进屋子,便叫那边的一个岗警看守好后门,我自己在街角打了一个电话给你,就在前门看守。直到现在,还不曾见什么人走出来。"

福尔摩斯说:"话虽如此,但是这屋子里说不定有地道,难保他没有别的方法逃掉。现在姑且进去瞧瞧,如果抓不到人,总可以找得些其他的线索。"

他们俩已走近那二十号矮屋的门前。毛列瑟又说:"据我推测,他未必能逃走。他穿得很累赘,身上系了一条宽长的裙子——"

福尔摩斯惊慌地问:"什么?宽长的裙子?你指谁?你看见的不是那个假装你们探长甘尼麦的人吗?"

毛列瑟也张大了眼睛,低声说:"不是。他装着一个年老的妇人,系着一条很长的黑裙,面上还蒙着一条黑巾。这当然是——"

福尔摩斯不等他说完,便首先冲到矮屋的门口。门没有锁,一推就推开。毛列瑟拿着手枪跟随着,先后奔进了房间。房间中灯光很暗淡,家具也很破旧。房间的一边有一团黑物,是两个年老的妇人攒坐在一起,都是浑身黑色。福尔摩斯走近去一看,其中一个白发满头,背部高高地隆起,有眼而没有眼珠,不但驼背,还是个盲子。另一人就是那个高大个子而乱发覆额的我们的居停主人葛里登太太,不过已换了一身黑衣黑裙。福尔摩斯怔了一怔,才明白已中了罗苹的蝉蜕妙计!

他瞧着毛列瑟,向葛里登指了一指,说道:"捉住这个妇人!她是罗苹的同党。"

葛里登太太僵住在椅子上,身子有些发抖,张大了两眼,摇手说道:“先生,不是,不是——我并不是罗苹的同党。……先生,这是冤枉的!”她的语声有些呜咽。

福尔摩斯问:“那末,你此刻为什么换了衣裳代替他出来?”

老妇答道:“先生,我告诉你。三天以前,我在路上遇到他。他已经知道先生们住在我的家里。他说你先生是个侦探,要跟他为难。强迫我告诉他关于你的消息,还要给他偷一张——一张地图。——唉,先生,他说要是我不依,他会立刻杀死我!今天早晨又在街上等候我,给我五法郎叫我今夜里在他进门以后把身上衣服卸下来,等他下楼时让他假装成我的样子,留在我的家里。他又叫我自己换好了衣服走出来……”

福尔摩斯不耐再听下去,急忙问道:“毛列瑟,电话在哪里?”

毛列瑟道:“在屋子面前的转角上,有个公用电话。”

福尔摩斯一壁返身退出,一壁说道:“好,你去通知岗警,把这葛里登妇人带到警署里去问问。我们应该立刻回去。”

他跨出了矮屋,一直走近沃桑尼路转角的电话箱前。毛列瑟奔到矮屋后面去。

福尔摩斯接通了电话,急促地问道:“谁?”

“我是华生,你是歇洛克?”

“是。葛里登太太在家吗?”

“她在楼下。”

“你赶快把她的门锁起来,不要让她逃走!”

“好,我一定照办。但是为什么?”

“她是亚森罗苹假装的!”

“真的?”

“自然。如果他用武力,你可以叫屋子外面的人帮助你。我立刻就回来。”

福尔摩斯打完电话,毛列瑟已回过来。他们俩一同跳进车子,飞快地开回白屯街来。可是车子开到麦格路的转弯角上时,偏偏不巧，忽然给一辆倒翻的货车阻住了，不能前进。等到那笨重的货车让开，已经延迟了六七分钟。一会，车子到达寓所，福尔摩斯首先下车，合着嘴唇呼啸了一下。屋子外面竟寂静地没有人。他立即推进门来，让毛列瑟守在屋外。门里面有两个人等候着，内中一个就恭敬地向福尔摩斯报告：

“先生，罗苹已经给捉住了，在楼上。”

福尔摩斯并不说话，一直沿着楼梯奔上来。将到楼梯顶时，看见房门前面又有两个人把头攒聚在一起，正在互相低语。这几个人本来是派在屋子外面看守的，现在却都在屋子里面。福尔摩斯一言不发，匆忙地走进房间。小室中央有一个老妇人被缚在长背圈手椅上，不动也不说话，低着头，闭着眼睛。

他向四周一望，失声叫道：“华生！华生！”

一个人走进房来，答道：“先生，华生医士说去找你的。你没有看见吗？”

“倒霉！怎么一回事呀？”

“先生，在六七分钟光景以前，我们听见这里楼窗上的呼啸声音——那是华生医士。我们便奔上楼来，看见这老婆子已昏迷地给缚住了。据华生医士说，你先生曾打过电话，告诉他这老婆子就是亚森罗苹所假装，所以他用迷药蒙住了他，使他不能抵抗。华生医士命令我们守住这房门口和楼下的门，不许离开一步。他说完话便出去看你，到现在还不到三分钟呢。”

福尔摩斯只叹了一口气，就走近那坐着的老妇身边。他从胸口袋中拿出一个小瓶来。

他叹息道：“罗苹真是太狡猾！倒让华生吃苦哩！”

读者们，我说也惭愧，那时我觉得鼻官中有一股辛辣的臭味，直透到我的脑顶。我张眼一看，我的老朋友直立在我的面前。他正在解开我手腕上扎缚的绳子。他叫唤我的声音，仿佛还隐约留在我的耳膜上。

我诧异地问道："歇洛克，我们是不是在梦中？"

我的朋友苦笑道："不是！这是实实在在的现实世界！……华生，你给罗苹用克罗仿谟蒙醉了，现在我是用阿莫尼亚把你苏醒过来的。"

这真是现实世界吗？我还觉得像在幻梦的境界。我向着他呆瞧。他拍拍我肩膀，又告诉我刚才他所经过的一切。我才从幻梦中醒过来。我觉得头脑有些刺痛，抬头看看房门口的两个看守人，都在注视着我，好像在惊讶，又像暗笑。我用手揉揉眼睛，自己低下头一看，真是哭笑不得。我身上穿的是件蓝白条纹的宽袖长袄，下身还系着一条黑花裙。我又用手摸摸头，头上假发鬅鬙，完全是老妇葛里登的装饰。福尔摩斯向门口的人挥挥手，叫他们下去。他又回过头来对我说话。

他说："华生，你怎样会这个样子？"

我吞吐地说道："我跟你分手以后，便赶到楼上来。我只记得在这只长背椅子上坐下来，以后的事什么都不觉得了。……唉！我真恨极了！我不曾跟你一起去……"我说到这里，突然想起了那张秘密草图，立刻站起来跑近书桌面前，"唉，抽屉上的锁坏掉了！"我一壁骇呼，一壁急急开了抽屉翻寻。那张图果真已经不翼而飞。

我失声呼道："歇洛克，图不见了！我所以要留在这里，就为了这一张图，现在没有了！"

福尔摩斯凑过来瞧那损裂的抽屉锁，也惊讶地说："真的？我记得这图是放在书本中间的，一时也许不容易找到，你再仔细检视一下。"

我把几本书一张张都翻开来，找寻了好一会，终于不见那张图，只在抽屉底上发现了一张名片，上面有铅笔字。那又是亚森罗苹的笔迹：

> 我们的和约既然成立了，我当然不会违背的。刚才我在名片上写的，只跟你开开玩笑罢了。现在请你在船埠上等候，

我把项圈送来奉还。也许你们还赶得上十一点钟的渡轮。屋图暂时借一借，我想你不会见怪吧。

福尔摩斯看了名片，脸上的肌肉一条条都紧张了。他把目光沉下去，注视在地板上，好久保持着静默。我也找不出一句恰当的话。一会他的锐利的双目转了一转，忽然握着拳头在书桌边上重重地击了一下。他的嘴唇上露出一丝微笑。我猜不出他这变态后面有什么意思，不过他这笑容大概是从"哭"字上蜕化出来的吧。

我说道："歇洛克，我们给他侮辱得够了。你有意思报复他吗？"

"是。"

"你打算怎么办？"

"怎么办？……唔，走！"

"走？到哪里去？"

福尔摩斯抬起头来，似笑非笑地答道："自然是回英国去啊！"

我惊奇道："什么？现在就回去？"

他点点头，开始整理他的皮箧。

我问道："那末项圈怎么样呢？"

"名片上不是说他将在船埠上送还给我们吗？"

"你还相信他的话？"

"自然，我们已经握过手，我相信他不会毁约。就是我自己，也不能不遵守诺言。我不再想破坏他的秘窟。现在我只能履行我和他的协定。"

他的声调严冷而坚定。他的瘦损的面颊也冷冰冰地没有一丝牵动。我也默默地不再回答。完了，一切都完了！因为那张秘密屋图既然已经不见，我们预定的计划显然也已成了泡影。我的朋友说的遵守诺言的话，无非是遮蔽他自己的羞耻罢了！那末，这一次我们到法国来，福尔摩斯的计划可说已完全失败了。即使罗苹真能守约，真能把钻石圈归还，但照经过的情形看，也不能算是我的朋友的功劳。这回事如果原原本本地在报上宣布出来，我的朋友二十多年的盛誉，不是将一败涂地了吗？就是我本人，不也是受了一次难洗的耻辱吗？唉，罗苹的机智确超过了我的朋友哩！

福尔摩斯瞧瞧他的手表，说道："华生，你在想什么？时间不早哩，你该赶紧改装。皮箧中有一套牧师衣服，你姑且借来穿一穿。你常说这皮箧太累赘，提携时很费力。现在你不是用得着它了吗？我想这套牧师服装虽说不上漂亮，但不是比你身上所穿的好一些吗？你该谢谢这皮箧哩。"

我再度向自己身上瞧瞧，我的面部有些灼热。原来我的那套灰色薄花呢的衣服已经给罗苹穿了去，我身上还穿着葛里登太太的衣裙。我一壁叹气，一壁除下了头上的假发，又卸去了长袄长裙。我从皮箧中拿出了那套折叠匀整的纯黑的牧师衣服，穿在身上，尺寸倒相差不远。一张榻上还有许多零星物件：如金表，银币，钥匙串，墨水笔，日记册等等，都是我衣袋中的东西。罗苹能如此从容，"斫轮老手"的考语，尽可当之无愧了。

我用镜子照了一照，完全是一副教士模样，可是这时候我的内心中所含蓄的，跟教士差得太远了。社会上有许多所谓绅士，外表上谁也是衣冠端正的，不过这只是外表罢了；他们的内心怎样，我们也是没法知道的。

在我改装的时候，我的朋友拿出了纸笔，伏在书桌上写信。等我装饰完毕，他也已写好，把信笺折叠了放入信封中去；信封上写着甘尼麦侦探长的名字。我知道这定是一封不便面别的留别信。

他对我望了一望，说道："像极。手里只缺少一本《圣经》！"

我正是十二分懊丧，他倒还有开玩笑的兴趣。

"我确佩服你的神经！"

"唔？你说我此刻该哭，不该笑，是不是？"

"走吧！"我心中委实充满了忿恨。

他又向我瞧瞧，又点点头："那末，对不起，这皮箧还得烦劳你。”

我不再开口，提了皮箧和他一起动身。走到门外，那些探伙还在等候命令。福尔摩斯把写好的信交给毛列瑟。

他说道：“你把这封信马上交给麦歇甘尼麦，不要延搁。”他向其余的人挥挥手，“现在你们都回去吧。这屋子里还有一套制服应得拿回去，别的已没有关系。你们不用再看守了。”

我们走到巷口，叫了一辆汽车，直达圣利柴船埠。路上大家都有心事，默默地相对。风从车窗吹进来，已有些寒意，但我仍感到异常闷热。一会，车子快近船埠，人声渐渐儿喧闹起来，夹杂着吁吁的汽笛声音，都随着风力吹送进我的耳朵。

车子将要停顿时，忽然有一个纸包从车窗外面投进来。是项圈吗？我的心怦怦地跳着。我急急探头出去一看，埠头上人头挤挤，不知道是谁所投。福尔摩斯早将纸包拾起来。唔，太小了！纸包里是一张十九号头等舱的船票。

福尔摩斯笑道：“罗苹很知趣，省得我破钞；他倒懂得尽地主之谊呢。”

我们付了车资，跨下车子，张目四望，不见有罗苹的影子。没有办法，我们就直接上船，按照船票的号数，找到了十九号舱房。

一个船上的职员走过来招呼我们。他是个短小的中年人，头顶已秃，一双黑眼睛倒晶莹有光。

他向我们端相了一下，用法语说道：“先生，十分钟前，有一个人定下这一个舱，说是代替他的朋友预定的。”

福尔摩斯略略向这招待人望了一望，点点头，并不回话，就踱进舱里去。舱里是完全空的，并没有什么包裹或其他异状。

我依旧抱着不安。罗苹是素来狡猾的。他会将项圈送回来实践他的诺言吗？我的朋友虽偏面地遵守信约，但实际上不是又显然受了他的诈欺吗？这时已是十点四十五分，离开船时间只有十五分钟了。这一刻钟里罗苹果真会将项圈归还吗？要是不送来，我们空手回到英国去，怎样回复裴朗特公爵？我们再能在伦敦生活下去吗？

我越是躁急，越忍耐不住。可是有什么办法呢？福尔摩斯也不时看他的手表。他的眼睛又时时注视着舱外，好像还在等待还项圈的人。舱外的过客虽是杂乱地跑来跑去，偏偏不见罗苹的影踪。

十点五十分钟了。我的朋友也渐露出忐忑不安的模样，一会儿站起来，一会儿又坐下来。他看手表的次数也在加勤了。我进忠告的机会大概快成熟了吧？

我打算我们该重新登岸，不应急急回英国去。我们留在巴黎也许还有什么机会，可以洗雪这一次的大辱；就算不能取胜，也应该销声匿迹地到别国去，总比回去受仇人们的嘲笑讥讽强些。读者们总也知道，我的朋友在英伦干了二十多年侦探工作，感恩的人固然不少，但同时也有着许多仇敌。那些匪党恶徒们不算，就是同业的妒忌也非常可怕。他们常常存心作弄，就像苏格兰场的雷斯忒拉，就是其中的一个。他老是妒忌我的朋友，平日常寻垢索瘢地批评和讪笑。现在他真是失意了，他们会不乘机落井下石吗？

我想到这里，还是隐忍着不做声。我也知道再有十分钟，船便要开动，但这十分钟中，我的朋友说不定还抱着罗苹能依约交还项圈的希望。希望未绝，我虽劝他，他也一定不会答应。我不如再忍耐一下子，等到那最后的一刹那再定进止。

声音更嘈杂了。朋友的送别，情侣们的互道珍重，加上汽笛呜呜地吼叫，闹成一片。我的沉重的心，几乎给这阵喧闹声刺破哩！

正当这时，福尔摩斯又举起手来看看。十一点只少五分钟了。

我实在再不能忍耐下去，马上立起身来。

我说道："歇洛克，就要开船了，他显然又骗人。我们与其空手回去受国人们的讪笑，还不如仍留在巴黎跟他拼一下。你的意思怎么样？"

福尔摩斯瞧瞧我,又瞧瞧舱外,迟疑着不答。但他平日的钢铁般的意志显然已在动摇了。

十一点五十八分,只剩两分钟了!

我又说:“时间到了,渡桥板快要撤掉。还迟疑什么?走吧!”

我回身去拿皮箧,一手拉住了福尔摩斯的手,勉强他同行。他倒并不抗拒。他的眼光一闪,点点头,立起身来跟着我就走。

四　再不忍想象下去!

我们刚走出舱门,忽见刚才招待我们的那个职员,手中提着一个大包裹,很快地走过来。

他阻止道:“先生,到什么地方去?渡桥已经撤掉了,机轮已经动哩!”

这时汽笛大鸣,他的语声给掩住了。轮船果真已徐徐地动起来。

我含怒地推开那职员,大声说:“歇洛克,走!轮船刚才动,还可以用渡船登岸。”

那职员仍旧不退,张开了手臂阻止我们:“喂!等一等。这个包裹是那个定房舱的人叫我转交给你们的。如果先生们一定要登岸,请把这包一起带去。”他说着,便将手中的包裹交给我。

我惊异地呆住了。这包裹是棕色帆布做的,相当彭亨,用皮条环绕着,裹缚得很严密。福尔摩斯立刻从我的手中夺了过去。

他说道:“很好,我们不必再登岸了。”他向轮船职员点点头,叫他一同走入房舱。

我呆木木地立着,真有些一惊一喜。经过这样一个顿挫,船已经渐渐地加速了。我的登岸的计划已完全落空。这包裹是什么?真有钻石项圈在里面吗?如果如此,我们当然无须再登岸了。

我跟进了房舱,福尔摩斯随手把舱门关上,将包裹放在一张小圆桌上。我也放下了皮箧,呆立着看我的朋友有什么举动。

他问那职员道："你叫什么名字？怎么会得到这一包东西？你得详细告诉我。"

职员听了福尔摩斯严重的语气，现出畏惧的神色。他吞吐地答道："我——我叫霍那尼，在这船上已经服务了十一年。这——这个包裹是那位定这房舱的先生交给我的。他叫我把这个交给先生们，此外我什么都不知道。"

"那个把包裹给你的人是谁？"

"他说他叫哈葛赉。"

"你一向认识他的吗？"

"不，我们先前不曾见过面；这回才是第一遭。"

福尔摩斯把敏锐的目光谛视着对方，又冷冷地问道："那末，这个人此刻可在船上？"

那秃发的人摇摇头："不，他早已上岸去了。"

"唔，你怎么知道的？"

"他定了舱把包裹交给我以后，我亲眼看见他离开这船的。"

"喔，这包裹是在定舱位时就交给你的？"

"是的。"

"那末，你在我们上船时为什么不把这东西就拿来，直延搁到将开船时才给我们？"

霍那尼又期期艾艾地说："这——这是那位哈葛赉先生吩咐的。他叫我一定要等到船将开行的三分钟前才能交给你们。"

福尔摩斯张大的眼睛里射出两道怒光。他说道："奇怪，你既然说跟他一向不熟悉，为什么又这样忠顺地遵守他的话？"

秃顶的霍那尼窘极了，用舌子舐舐他的嘴唇，要想答辩，却开不出口。

福尔摩斯又厉声说："说啊！你有什么事说不出？"

霍那尼的脸色灰白了，两只手握紧着，现出瑟缩的样子。他几次想张口讲话，终于讲不出来。

我从旁提示他说:“你拿了他的钱吗?”

霍那尼颤着声音答道:“先生,没有,我不曾拿他一个钱。”

福尔摩斯道:“那末,你为了什么?”

霍那尼顿了一顿,才答道:“先生,请你原谅。我起初本来不愿接受,但是那个人——自称是——是——”他忽然又住口,似乎有所顾忌。

福尔摩斯缓和了些语气:“你尽管说出来,用不到害怕。他用什么方法压迫你?”

霍那尼伸头瞧瞧舱窗外面,才低声说道:“那人就是——就是亚森罗苹的同党……我一听见这个名字,怎么敢不答应?他又对我说,包裹中的东西不许动,也不能交给别的人手中。如果不听他,小心我的性命!”浑身都在发抖了。

我的朋友微微叹着。他又问道:“那末,这包裹中究竟是什么东西,你可曾偷看过?”

霍那尼摇摇头瞠目答道:“没有——没有看过。我怎么敢违背他?先生,你知道吗?巴黎有一句俗语,‘宁可犯法不可触怒罗苹’。这就是说犯了法还有一定的刑期,跟罗苹结了怨,那就一辈子没有平安的日子了!”

那秃发的职员说话时脸色全白了。眼睛仍注视那小小的圆窗,怕有什么人听见。他的模样儿不像是假装的。这可以反证罗苹的猖獗,什么人都在栗栗危惧。

我的朋友沉思了一下,柔声向霍那尼说道:“好,你暂时出去,如果有别的话,我再叫你。”他开门送职员出去,随手把门再关上。他对我说道,“华生,你打开这包裹来看看,到底藏着些什么东西?”

我走近圆桌,小心地解开包裹,我觉得我的心跳跃得很厉害。我的手抚摸着包裹,又不敢急急拆开来;好像一个赌徒空着袋作最后的孤注,手中握住骰子犹豫不决,不知道一掷下去,究竟是胜是负?我们现在的处境也是这样,纸包一解开,便可知道有没有钻石项圈。这有无的关键,也就可决定我们俩的最后的命运。

一会,纸包外面的皮条都已给我解掉了。我着手再解开那帆布。我的颤动的手指终于完成了使命。可是包内只有我的一套灰色薄花呢的衣服。我拿出了衣服四处搜寻,落下了一封密封的信,其他什么也没有。

没有钻石项圈!

我们又受了罗苹的骗!我们已全部失败了!我直立着像一株毫无生机的枯木。我的朋友忽然跳过去,拾起了地上的信,急急剖开来看。他一声不响,只是抓住了信纸,定睛凝视,不过并不露出颓丧的神情。我看见他这样,暗暗觉得奇怪。他也许还不致于绝望罢?我定定神,向他要信看。他给我一张纸,还有一张纸仍握在他自己的手中。我望过去一看,他手里的一张就是那张秘窟图。他折好了顺手塞在袋中。

那信纸上写着:

福尔摩斯我友:

我很抱歉,不能亲自来送你们。钻石项圈本预备当面奉还,不料有事阻碍,不能如愿。劳你久等,请原谅。现在我已派人携带项圈与你同船返英,明天准可以送到尊府,决不致延误你的限期。这一来可以更安全些,以免你途中再有遗失的危险。送图的人虽跟你在同一条船上,你也不必搜查;不然,也许反而会另生枝节。你是聪明人,当然能明白我的意思。华生博士的衣服冒昧地借用了一次,请你代为道谢。屋图奉还,请你珍藏着,也可以留一个纪念。赠你们的一张船票,不足以尽地主之谊,只想省些你们的麻烦罢了。相见有期,前途珍重。

亚森罗苹　九月八日灯下

我读完了这封句句有刺的信,不觉怒火上升,再也遏制不住。

我诅咒道："可恶的罗苹！他竟敢这样子玩弄我们！"

福尔摩斯却不曾失掉他的安闲的常度。他收回了那张信纸，折好了放在他的日记册里，坐下来，徐徐说道："华生，你何必如此？无论什么事，你该利用你的冷静的脑子。暴躁是没有用的。"

我向我的朋友瞅了一眼。看他神气悠闲，一些也不慌张。我咀嚼他的语味，好像他已经胸有成竹，暗示着他已预备了某种复仇的计划。

我也坐定了说道："你现在总该明白了。我们被这个强盗一再地欺骗，显然他已没有守约的诚意。现在你打算怎样复仇呀？"

他一壁摸出他的烟斗来，一壁答道："复仇？是的，那自然是应该的。我们不但要复私人的仇，要想个法子洗雪这一次被欺悔的耻辱；同时我们为一般社会着想，也应给大众们尽些儿力，除掉一种恐怖，一个害物。不过你说他一定背约，我还不敢表示赞同。你想……"

我抢着问道："什么？你至今还相信他吗？"

他点点头道："是的，你得知道，罗苹虽然狡猾，但是我相信他既已跟我握过手，决不肯在我面前失信。他也说过，我们用智能相斗。如果诈欺，不是要丧失他的人格吗？你知道罗苹也有他的人格的。"

我只有苦笑。虽说盗亦有道，但我对于罗苹的信用，实不敢轻易相信。

福尔摩斯吐出了一口长烟，向我瞧瞧："华生，你总想得到，他把项圈还我，也不是完全出于他的慷慨。"

我有些诧异："什么？他也有酬报？——你付过他什么代价？"

福尔摩斯仍衔着烟斗，嘴角边似乎牵了一牵，那烟斗也上下地略略动一动，像是点头，又点得不彻底。

我又催逼着问道："那末，你给他什么代价？"

他的眉毛蹙紧了："你老是不肯用你的脑子！唉！好了，你别再多说。总而言之，我相信项圈明天准会送来。他一定不会失信。”

我又问道：“要是他到底失信呢？”

福尔摩斯瞧着舱壁沉吟了一下：“如果如此，我想我还有别的办法。”

我还是半信半疑。我的朋友说的又这样闪闪烁烁，我简直捉摸不着。我正想再问，忽见他站起来去开舱门。

我阻止他，问道：“你到什么地方去？是不是要搜查这个带着项圈的同党？”

福尔摩斯摇头道：“不是。这种举动太愚蠢了。搜船的事是不可能的；就算可能，也不一定搜得到。再退一步，就是能够搜出来了，那同党也许闻风畏罪，把项圈投进大海中去，这不是反而要坏我的大事了吗？”他略略停了一停，又说，“何况项圈是不是在这船上，我也不知道啊。”

我惊惧地说：“奇怪！如果这样，我们不是又受了他的骗吗？同时你又相信他必能守约。你不是自相矛盾吗？”

他在舱门口站住，并不立即开门：“华生，你误解了。我只是说他必能守约，并不曾说项圈一定在船上。反过来说，项圈不在船上，也不足为罗苹不还项圈的反证。”

我真是糊涂了：“那末，你想项圈此刻还留在巴黎吗？明天怎么来得及送还？难道他会用飞机送回来吗？”

福尔摩斯答道：“我想他从裴朗特公爵那里弄得了项圈，也许仍把它留在伦敦。这一次我和他的相见，他自然不能当场还给我。但是他为信约的关系，也不难电告在伦敦的他的同党，把项圈送到我的寓所里去。你以为这也有可能性吗？”

我默默地考虑了一下，觉得这假定依旧太空洞，不一定不可能，但也找不出反证。

我又问道：“那末，你现在走出去做什么？你不见船身颠簸得很厉害吗?”

他低声说:“我要发一个无线电报。”他就开了舱门走出去,只让我一人留在舱内。

我心中十分苦闷。思潮的汹涌,正像舱外的怒涛一般。明天我们回到了英伦,到底能不能像我的朋友所料想的那末如愿以偿?如果不成功,我们俩的身败名裂又怎么能够避免?他刚才虽也说过要报仇的话,但是计划怎么样?要向罗苹报仇,不是容易的事,他会不会用空话搪塞我?

一会,舱门又开了,福尔摩斯踉跄地走进来。

我问道:“你的电报打到什么地方去?可是报告裴朗特公爵?”

福尔摩斯皱着眉峰摇头说:“不。我打电报到苏格兰场去。”他欠了一欠身,“华生,时候不早了。你不要再浪费你的脑细胞,安心些睡吧。”

他把舱门锁上了,开始卸衣,预备上床去睡觉。我不便再说什么,也怏怏地卸下那套牧师装,勉强睡下来。一会,他在衣袋中拿出一张纸——就是那张罗苹的秘窟图。他把图展开来看了一下,点点头微微一笑,随手擦一支火柴烧了。一缕烟火,这张图便成了纸灰。接着他马上蒙头睡下,好像怕我再要诘问的样子。我不能不暗暗地叹气。这张图他费了好几天的辛苦才得到手。我也曾为了它付过相当的代价——给蒙药蒙倒,又给改了装。现在它竟在一缕火焰中烧去了!我也知道这图既然落进过罗苹的手中,现在虽已送还了,当然已经失去了它的价值。然而追想到失图的原因,不能不怪我的朋友太疏忽。平时他是个思想精密的人,随便什么行动,总得有一番郑重的考虑。这一次他怎么如此轻率,单依赖那一把寻常的抽屉锁?他可是还有别的意思吗?还是真的是一时疏忽呢?

下一天是九月九日。轮船到达杜佛港时,时间还早。我们略略吃了一些早餐,乘火车直往伦敦。车声辘辘中,我的朋友只顾吸着板烟，并不开口。他的神气很宁静，深陷的眼睛向下垂落，脸部的肌肉松弛着，高凸的额角上也像有光彩流露。我恰正和他相反，心中的思潮起落不定，万不能仿摹他的神态。

这一天是什么日子？是裴朗特郡主的二十诞辰，这一天辟凯第街爵邸中一定是大张盛筵，嘉宾满座——是伦敦市上少有的盛举。公爵惦念着他女儿的钻石项圈，一定在等待我的朋友，希望他能够奏凯而归。如果项圈能完璧归赵，那自然是天大的幸事，我们当然也是盛筵上的贵客，会受大众的称赞。可是万一不幸而终于受了罗苹的欺侮，那时我们将怎么样呢？唉！我再不忍——不能想象下去！

不多一会，车子抵达却灵克洛司车站，我们一同下车，再雇了一辆马车往培克街寓所，马车驶行得很快。我真是惴惴不安，不愿意马上就到。可是马蹄得得地腾踔着，完全像故意和我为难。

车子终于到达了寓所。我们走下车来。我张目四望，希望发见一个送项圈的人也许会尾随着我们，结果还是失望，没有什么人跟我们同来，福尔摩斯首先叩门，侍者汤姆应声跑出来。

我的朋友问道："有人来过吗？"

汤姆答道："有，有位客人半夜里就到这里来的。"

"现在还在吗？"

"是，在楼上等。"

"他是谁？"

"是苏格兰场警长密司脱麦葛杜纳尔。"

我的朋友耸一耸肩，又问道："此外没有什么人了吗？"

汤姆摇摇头："没有。不过有一个电报从巴黎发来的，比警长先到。"

福尔摩斯的眼光一闪，忙道："电报在哪里？拿来给我看。"

汤姆应了一声，回身到里面去。我们俩也就跟着进屋。杜纳尔也跑下楼来，在办公室中和我们相见。

杜纳尔说:"密司脱福尔摩斯,我得到了你的电报就赶到这里来守候。可是到现在还不见有什么人送东西来——连电话也没有一个。现在事情怎样了?"

我的朋友摇摇头,并不答话。汤姆已拿了电报纸走进来。

福尔摩斯接了电报,对杜纳尔说:"密司脱杜纳尔,现在你的职务已经完毕。谢谢你。你如果不太忙,不妨坐下来谈谈。"

杜纳尔答道:"不,今天早上我还有些事。要是你没有别的需要,我要暂时告别,等一会再来领教。"

我的朋友点点头道:"好,承蒙你帮助我,我很感激。回头你来了,我可以告诉你这回事的经过。再会!"

杜纳尔与我的朋友握手分别出去,我的朋友拿了电报匆匆登楼,我也提了皮箧跟着上楼。这时候我的情绪可以用"心灰意懒"四个字来包括一切。到了楼上,大家坐定下来,默默地不谈一句话。室中的窗开着,秋初的晓风吹进来,但没有声音,内外都很静,只听见壁炉檐上的钟摆声音滴答滴答地走动,稍稍打破了室中的静默,好像命运之神已飞进了这屋子中来,我们两人的命运将给宣判了。我们将陷入万劫不复的衰运!

一种惊呼声,突然粉碎了难堪的静寂。我马上立起来,看见我的朋友手中拿着电报,眼睛里灼灼地有火,像一头野兽准备要吃人的一样。

他怒呼道:"罗苹,我真佩服你的聪明!"

我惊愕地问:"你说什么?罗苹怎么样?"

"我说罗苹真聪明。——真狡猾!"他随手将电报纸捏紧在手掌中,因着他手指的扭搓,那纸在一瞬间便变成一粒小丸。

五　打破了闷葫芦

"唔!你还要我猜谜?我还是摸不着头绪。"

他的答语的声调有一星子颤味:"我是指钻石项圈说的!"

我惊讶道:“钻石项圈? 怎么样? 在哪里?”

“在这里!”

我向四周瞧瞧,又瞧瞧他:“怎么? 他又用别的话骗你吗?”

我的朋友摇摇头:“不,钻石项圈已在我们这里。”

“在这里? ——这屋子里?”

“自然。”

“哪里?”

“就在眼前。”

我糊涂了。我又瞧瞧我的朋友。他张大了眼睛,非常兴奋。他不会发疯吧?

“华生,你为什么发呆?”

“项圈到底在什么地方? 什么人送来的?”

“什么人? 你! 你就是送项圈来的人啊!”

我细细瞧他的神情。他的眼睛里有火;他的没有秃尽的几茎鬈发像在跳动;他的声浪已掩饰不住;他的呼吸也加速了。他在说笑话? 还是真疯了? 还是我自己在梦中? 我想张口说话,又说不出来。我应得说些什么呀?

他又大声说道:“华生,为什么呆成这个样子? 你打开皮箧来看看。这皮箧不是你从巴黎带回来的吗?”

我直跳起来:“那末,项圈在我的皮箧里吗?”

我的朋友点点头:“对啊! 你的话不错。快把皮箧打开来。”

我立刻回身取过皮箧,一壁开锁,一壁诧异地说:“奇怪! 会闹这样的把戏! 他在什么时候把项圈放进皮箧里去的呢?”

福尔摩斯的声调比较镇静了些:“就是在你受蒙药的一刹那间。”

我方才明白。我立刻打开了皮箧,一件件检查。手枪哩,照相机哩,假发哩,牧师衣哩,放大镜哩,绳索哩,手电筒哩,还有其他化装等物。我把许多东西一件件都拿出来,但是仍旧不见钻石项圈。

我说道："歇洛克，我们又受骗哩。我记得昨夜我换衣时，我从皮箧里拿出这一套牧师衣，我并不曾看见钻圈啊。现在怎么会有呢？他不是又在说谎吗？"

我的朋友张大了眼睛，说道："我受他的骗，就在这一点。因为你既然开过皮箧，一些也不觉得它有给人翻动过的迹象，当然，我也不会疑心到他会把项圈藏进这皮箧里去。不过你知道这皮箧是有夹层底的啊！"

我像从迷梦中醒来。我急急将夹底揭开来，果真在夹层中找出一只平扁形的蓝丝绒的盒子。盒子开了，我的眼前一亮，裴朗特郡主的那条粒粒晶莹的钻石项圈果然出现了！

大概是惊喜过度吧，我的手拿着项圈，两条腿却颤个不停。我把身子靠着壁炉，定一定神，调整一下呼吸。我又开始回想：今天我的朋友是可将项圈送还给公爵了。原物奉还，又不曾错还限期，他的任务总算已圆满告成。然而仔细一想，这回事可能算是我的朋友的功劳吗？何况这一次智的搏斗，在事实上，罗苹不是处处占着优势吗？我们俩不是被他玩弄得够了吗？我想到这里，又气忿得不能忍耐。

我把项圈放在桌上，低声说道："歇洛克——项圈果然拿到了，幸而不曾完全失败。但是就大体说，我们受他的一骗再骗，这搏斗的胜利，怎能不算是属于罗苹呀？"

我的朋友已在用火柴烧他的烟斗，缓缓答道："华生，照你说起来，我们是失败的，是不是？但据我的意思说失败的是罗苹。我们是占优胜的。"

我奇怪道："你这话怎样讲？我们胜利？还是你自己安慰自己？还是你——"

福尔摩斯忽举起手来摇摇，似乎叫我不要开口。他耸着身子，侧着头，像在倾听什么。

他对我说："华生，你下去看看，什么人在跟汤姆谈话？"

我走下楼梯，看见汤姆手里拿着封电报。我接过一看，电报是从巴黎发出的。我就拿着电报上楼，授给福尔摩斯。

他接过了，目光炯炯地叫道："华生，你给我剖开来；罗苹大概已经被捉住了吧！"

我骇异极了，好像堕入了迷雾。我马上拆开了电报，手指像树梢上秋风中的枯叶，电纸也簌簌不定。我一面颤着，一面读这电报：

福尔摩斯先生：昨天晚上，我从毛列瑟手中接到你的信和党徒们的秘窟图；当时我就遵命派遣大队警士往指定的地点去侦捕。警士一共一百二十名，全是精壮健捷的家伙，就是你那天所选定的。我们抵达秘窟时已是十二点一刻。我们按着图形分散开来，秘密地守住各处要口。这秘窟是圣海仑古寺的旧址，危立在西茵河边上，寺屋幽深，有秘道通河，设备真十二分周到。我率领警士们从秘密入口里扑进去。在最深入的一间地室中，发见党徒们——一共三十余人，都是魁梧的家伙——正在举行会议，罗苹坐着首位。他们一听见声音，立刻准备抵抗。警士们奋勇进扑，肉搏半小时，党徒死三人，伤七人，一共二十一人被捕，罗苹也在其内，他的手臂也已受了伤。其余的少数漏网逃去，不过已没有多大关系。警士们也有九个人受伤，幸而都没有危险。这一次元凶就缚，巴黎市民从此可以平安无事，完全是出于你的指示。现在党徒们已分别拘禁，不久就要举行特别审判。等有了一定的时间，当然要请你来观审。马丹葛里登确是临时受胁，并无同党关系，我已遵命释放。种种劳神，请接受我的诚挚的谢忱。

甘尼麦谨启　九月九日晨五时

我读完了电报，快乐极了，仿佛心头上一块沉重的大石霎时间给推落了。我把电报掷还给他。

我大声叫道:“天啊!罗苹也有这么一天——他虽如此狡猾,却终于逃不出你的手掌!老友,你真是了不得!”

我的朋友看着电报,脸上现着微笑,神气上又是那么安谧。他慢慢地吐着烟雾,形成一个个圆圈,渐渐地上升。

他对我说:“华生,你也恭维太过哩。我知道你昨夜里到今天,没有一刻不在忧虑我的失败。这固然是你的友谊的真挚,可是你也不免太粗莽了些。你怎么不曾看出我的用意?你跟我相处了好多年,还是像从前一样地偏于直觉。你那智慧的门,要到哪一天才能开通呀?”

我觉得有些面红耳热,十分惭愧,又十分兴奋,一时不知道该怎么样答复。

一会,我才问道:“这样看起来,甘尼麦一定得到了你的秘窟图,才能奏功。那末,你那张被罗苹偷走了后来给你烧掉的图,一定不是那一张原图吧?”

他笑着说道:“华生,你这话才算得聪明。你想这一张图何等重要,我会如此粗心地放在一只只有一把廉价锁的抽屉里的吗?就从这一点说,你早应知道我是另有用意的啊。”

“唔,我真是太懵懂!”

“你不但懵懂,还几乎坏了我的事!”

我忸怩地说:“喔,我糊涂到这样?现在你能不能把全部的情形说给我听听?”

他又笑了一笑,吐了一口烟:“好!我在近来的几天中,觉得我们的居停葛里登太太模样儿有些可疑;猜度起来,我们的行踪一定已经被罗苹知道,这老妇人也许已经被罗苹贿赂勾通。因此,我也时时防备着。后来我知道我得到秘窟图的事,罗苹也已有所风闻。我就将计就计,假造一张图,藏入抽屉内,故意让那妇人把这图偷给罗苹。我想罗苹拿到了图,一定会笑我受骗,因为这图上的地点和秘密通道完全是不对的。如果如此,他当然会松懈些,不至于特别戒备,我们便容易乘虚而入。不想你终日一步不离地看守在屋内,使那老妇没有偷取的机会。我又不便向你说明白,因为一说明白,你的言语行动,说不定会露出破绽。后来罗苹等得心焦,自然要着急起来,时间太迫促了,他便冒险亲自到我们的寓所里来。”

福尔摩斯顿了一顿,又连连吸了几口烟。

他继续说:“当那老妇刚要走进来时,我早已觉得,便特地把图放入抽屉里,让她听见我说话的声音。你想我干这探案工作已有好多年,难道连这样一种秘密都不能保持吗?”

我沉吟了一下,又问:“那么,他冒充甘尼麦进来,你也早就知道的吗?”

他答道:“是的。甘尼麦早和我接洽过,有事会用电话,决不会亲自来见我。不过我想不到来的是罗苹本人;我料想也许是他的一个同党。”

我又问:“那么,罗苹临走时又假装葛里登太太,你可曾发觉?”

我的朋友皱眉道:“不,这倒没有。楼下的灯光太暗了……其实罗苹的化装术实在是太高明哩。你知道他化装的甘尼麦是多么逼真;不然,他怎么能逃过看守人的眼睛,进入我们的寓所?等我接到了他的名片知道他悔约以后,我料想他实在要我离开寓所去追捕他,这样,可以让老妇乘虚进来偷图。这一点你可惜又不领会。我所以叫你一块儿出去,无非故意给她一个机会。不料你偏偏不了解,坚持着不肯走;我又不便给你说破。结果,你不幸尝了些克罗仿的滋味,又化了一次装!”

我也说不出是抱疚,是懊恼,只呆呆地静默了一下。接着我又讷讷地说道:“有一点我还不大明白。他既然偷得了项圈,怎么肯白白地归还你?只凭他一句话,你又怎么会如此深信他?”

我的朋友深思地说:“这也不是没有理由的。这一次罗苹的唯一目的,完全想毁我的名誉,区区一条项圈,他不会怎样重视——你总知道,十万百万的案子,他干得不少哩。后来他听见我有了打破他巢穴的计划,他便担心起来,才收了篷跟我订立和约。约订好了以后,各有各的尊严,彼此当然要遵守。我所以坦然地相信他,就在这一点。”

我道:“可是现在你把他捉住了,不是你倒违反了你的信约了吗?”

福尔摩斯摇摇头:“我不是亲自去捕捉的,我不负责任,他当然不能怪我背约;而且昨天我立约时的措词,也只是指‘我’一个人而说;可惜他没有辨出来。”

我笑着说:“据我看,要说你失信背约,也未始不能成立。”

福尔摩斯的眉毛掀起了些,放下了烟斗,诧异地问我:“喔!你指什么说的?”

我道:“你从寓所里追出来时,实际上虽是扑了个空,在那盲妇人的矮屋中只发见了马丹葛里登。要是真的找着了罗苹,你也不打算捉住他吗?”

他迟疑了一下,答道:“那时我自然要捉住他的。可是我仍旧不负毁约的责任;因为毁约的是他,不是我。”

“唔?”

“那张他临走时留给我的名片,不能算做他首先毁约的证据吗?”

我又微微一笑:“他第一次名片上的话,明明已经毁约,以后你怎么又相信他呢?”

他静静地吐吸一回烟,才答道:“我相信他会把项圈还我的理由,刚才我已经说过。后来他在抽屉里留下的那张名片,明明是急于要我离开巴黎。我知道他有些着急了。那足以反证我的五六天的奔波,口舌,和化了不少钱,的确都没有落空;同时又使我确信他重视他自己和党徒们的安全,一定更甚于这条项圈。我在船上所说的他还项圈不全是出于他的慷慨,就是指这一点。”

我想起了当时我也有过付代价的疑问,可惜一时猜想不出。

福尔摩斯又瞧着我说："现在你总已明白，当时我把握着罗苹的心理，才决定项圈的归还，实际上已不成问题。现在我这决定不是已实现了吗？"

我沉默了一下，又道："可是他后来一再地戏弄我们，那也是不可宽恕的。"

他合拢了眼睛向我眯笑着："华生，你是个忠厚人，这句话未免太不忠厚。你责备得太苛——你冤枉了罗苹。"

"什么？我冤枉他？"我自然不服气。

"你误解了他的动机——他要挽救他自己，不是戏弄我们。不！"

"喔！他的动机怎么样？"

"他所以一步一步地把项圈作香饵，真正的目的，无非要我们确切地离开巴黎，而且要我们在十一点钟以前离开，以便他们的会议不致遭受阻碍。要是他早就把项圈还了我，我们却仍留在巴黎，无论他怎样信任我的信约，你想他怎能不有些儿惴惴不安？我看透了他这一点心理现象，就索性承受他的另有用意的播弄。当时若是我有什么犹豫或反抗的举动，那是我自己在破坏自己了。"

"喔！你所以毫不疑迟地动身回伦敦来，就在减除他的疑忌心？"

"是啊，我一离巴黎，他的戒备自然可以松懈了。而且他拿得了抽屉中的那张图——那也许是他一时匆促，当时来不及细看；或是他真相信我受了人家的骗，化巨价买了一张假图，他故意拿去，以便断绝我的野心——更会暗暗地在笑，觉得他们的会议已完全没有更改的必要。这样，我叫甘尼麦执行的任务，不是更容易圆满完成了吗？"

我想了一想，又问道："那末，那张真图，你是在临走时封在信里的吗？"

我的朋友拍去了些烟斗里的灰，又站直了身子，伸了一伸腰：

“是的，那是我交给毛列瑟，叫他送给甘尼麦的。”

这一个坚实紧密的疑团这时已给全部打破了，我又发出一句近乎玩笑的问句：“歇洛克，你抓住了罗苹的心理，构成了坚强的信心，但在开船时的一刹那，你这信心不是也摇动过一次吗？”

他突然放下了烟斗：“华生，你把我当什么看待？我也是一个‘人’啊！”

这天晚上我们俩都做了裴朗特公爵的上宾，那位娇媚的爱俪郡主，戴上了那条价值巨万的钻石项圈，越发显得“千娇百媚”。她再向福尔摩斯致谢。裴朗特公爵表示，这一次福尔摩斯为民众除去了一个害物，所有一切的费用应得由公众负担。福尔摩斯却笑嘻嘻地说：“我给大众尽些义务也是应该的啊。”最后公爵送给他一根镶金的黑漆的中国藤手杖留个纪念。那些宾客们对于我的朋友的称颂，和当天各种晚报上的满幅的夸张和赞美，似乎都近乎锦上添花，我也懒得一一地叙述了。不过还有一件事，我不能不记：在那天散席后的深晚，我们回到培克街二十二号寓所里时，有一封巴黎来的电报，汤姆接收了，留在福尔摩斯的书桌上。

那电报只有寥寥两句：

今夜十二时罗苹忽越狱逃走。现在正加紧侦缉中。

甘尼麦　九月十日上午一时半

（原载《紫罗兰》一九四三年一至五期）

别墅之怪

程小青

一 鬼故事

一个春初的下午,我们的旧仆施桂引进一个客人来。那人的年龄已在五十左右,有个西字形的脸。扁鼻大眼,身上穿一件淡灰色细回文的华丝罗夹袍,左手无名指上有一只钻戒,装束十二分阔绰,走路时也大模大样,很像商界中的所谓体面人物。经过了例有的通名寒暄以后,我才知道那人姓华名伯苏,是上海采纶丝厂的经理。随后他就自陈来意。

他说:"霍先生,兄弟久仰大名,知道你先生是一位多才多能的大侦探。我又读过这位包先生所记录的案件——"

霍桑现出不耐烦的样子,举起了右手:"华先生,不用客套。你有什么事,请爽爽快快地说出来。"

一个软钉子使华伯苏红了一阵脸。他在沙发上牵一牵身子,才吞吞吐吐地表示。

他说:"兄弟——兄弟求教的意思,就是要借重先生的大才,替我解决一件疑难事情。"

话还是空洞的。霍桑叫他爽快些,他却偏不爽快。他说完了,目光钉在霍桑的脸上,似乎要等他答复。霍桑闭着眼睛,慢慢地吸着纸烟,绝对不理会他。

霍桑有一种脾气,一听到人家的缺乏诚意的应酬套语,就会感到不耐烦，何况这个人进来时还有一些“架子”，这也是霍桑的不耐烦的一个因子。不过我看这人脸上的忧容倒不像是虚伪的。霍桑把这种冷漠的态度对付来客，使对方下不了台，我倒觉得有些过意不去。

我插口道：“华先生，请问怎么样的疑难事情？可是被盗？还是走失了什么人——”

华伯荪回脸来瞧我，摇摇手：“不是，不是。若使是偷盗或走失，上海的包探们都可以担任侦查，我断不敢来烦劳二位。现在我为着——为着——”

话又吞吐地停顿了。霍桑仍闭目不理。“急惊风碰到慢郎中”，这个人也有些不大识趣！

我又催促道：“究竟什么事？请你别绕圈子。”

来客又红一红脸，才说：“好。我为着我的新造的别墅里面出现了一个鬼，所以特地来请教——”

霍桑突地张开眼睛来，向我问道：“包朗，我几时挂过捉鬼的牌子？是不是你替我登了什么巫术大家的广告？”

又是一个钉子！华伯荪的面颊上的红色扩展了地盘，蔓延到耳朵上去。

他期期地说：“霍先生，请不要见笑。我原是没法可想，才冒昧来请教。我常常听得人家说，你不但是一个侦探家，也是一个一切疑难的解决者。这一件事实在离奇已极。除了你老人家，再没有人可以求教。所以我盼望你能够成全我！”

语声相当恳切。他的大眼也睁大了。霍桑还没有理睬的表示。他将吸残的烟尾丢掉了，另取一支，重新引火吸着。

我又代替他答道：“既然如此，请你把离奇的情形说个明白，敝友也许可以效劳。”

霍桑忽然笑道：“嘿嘿！包朗，你的算计真好！你倒想听听不破钞的聊斋鬼话哩！”

华伯荪举起一只手,正色道:“霍先生,这委实是一件奇怪的事实,并非虚伪的鬼话。请你别误会。”

霍桑开始把目光正视来客,点点头:“那末,你姑且说说看,到底奇怪得怎么样?”

华伯荪的眼珠转一转,仿佛得到了某种安慰,便提起精神地说:“我这所别墅造在真茹的乡间,去年九月里动工,足足费了六个月的工夫,到上月月底才落成。我造这所别墅的本意,预备在夏天或别的休息的时候,到那里去静养静养,享几天清福,所以特地选择了一块离村很远的幽僻所在,以便避去烦嚣。不料自从别墅落成之后,不到两个星期,别墅里便发生鬼怪的谣传。”他又顿一顿,瞧着霍桑,脸上满现着惊骇的神色。

霍桑仍轻描淡写地问道:“那谣传是怎样的?”

华伯荪道:“第一次,据那里的乡下人传说,每天黄昏或晚上,常常听得有幽咽的箫声从别墅中透出来。这别墅造好以后,本是关锁着没有人住的,忽然发生箫声,人家自然要诧怪起来。因此有人疑信,也许有什么妖精鬼怪在里面作怪。”

霍桑的嘴牵了一牵:“你听了这话可就相信?”

“不,我当初绝对不相信。因为在这个时代,鬼怪的迷信早已给打破。我以为那箫声并非出于别墅中,或是从别的地方随风吹来的,以讹传讹,乡下人就有这种谣言。”

“不错,这见解才合理。以后怎么样呢?”

“谣言不止一次。起先不过乡下人们传说,后来舍弟也特地从乡间到上海来,把消息告诉我——”

霍桑插口道:“还有令弟在乡间?”

华伯荪应道:“是。他叫伯阳,住在真茹镇上。”

“镇离你的别墅多少远?”

“约有三里光景。”

霍桑点点头:“你说下去。”

华伯苏继续道:“伯阳来的时候,非常郑重其事。他起初也只听得人家传说,不相信。后来他特地到别墅里去察看一次,看见那前后门依旧锁着,一点没有异迹。但是他在临走的时候,那一种悲惨幽怨的箫声果然突地刺激他的耳鼓。他觉得这声音确是从别墅里面送出来的。因此他觉得奇怪,不敢怠慢,特地到上海来报告我。我虽是将信将疑,但仍抱着见怪不怪的态度,并不在意。可是过了几时,事情越发奇怪起来。”他的脸色也泛白了。

“怎么样?”霍桑似乎引起了些兴味。

“墅屋的楼上时时有火光闪烁。有一天傍晚,有一个邮差从别墅门前走过,忽然看见窗口中火焰直冒,仿佛火烧。那邮差狂奔呼救,便惊动了镇上的人,拖着水龙往别墅中去救火。可是别墅的门窗依旧紧闭,静悄悄地一无异象。这一来,怪别墅的名声便越发闹开来了。”

来客调整一下呼吸,停一停。霍桑不加批评,仍默默地吸烟。我听到这里,不禁有些诧异。

我又插口道:“这真奇怪了。究竟是怎么一回事?”

华伯苏道:“包先生,这还不算得奇怪,奇怪的还在后面。原来因着这样的风潮一再发生,我心中不免有些畏惧,深恐这样子下去,我如果完全不闻不问,万一当真失火起来,那就不是玩的。因此我特地雇了一个叫林尚忠的山东大汉去看守墅屋,一则消灭怪别墅的谣言,二则也可以防免意外。不料那山东人看守了三夜,便逃走出来,再也不敢进去。我问他什么缘故,他也一样说有鬼!”

霍桑拿下了烟,问道:“喔,果真有鬼?他怎样说?”

华伯苏道:“他说他第一天进去,一夜都平安无事。到第二天晚上,他忽然看见光亮的火球从楼窗上落下来。他吓得狂叫,等到仔细一看,火光已完全熄灭。他又上楼去瞧,窗户都紧闭,丝毫不见踪影。他虽然吃了一次虚惊,还没有怕惧的心。直到第三天晚上,他明明白白睡在床上,可是等到早晨醒来,他已经睡到床底下去了！”

二　召鬼符

客人的声调有些颤动。我也惊异出神。霍桑张着两眼，眼珠旋了几旋，似乎他的好奇心也给激动了。

他问道：“你想那看守人的报告可实在？”

华伯苏道：“怎么会不实在？我叫他去看守，是给他薪金的，而且相当厚。他现在自愿辞职，可知决不会无故说谎。”

霍桑吐吸着纸烟，思索了一下，又问来客：“那个山东人，你是在真茹镇上雇得的，还是从别处雇来的？”

“我从上海雇下去的。”

“当他被雇之前，可曾听得过怪别墅的谣言？”

“他本来没有知道，但我想他到得那里，早晚终不免会知道，倒不如预先向他说明白，问问他愿意不愿意去。他竟一口应承，还说他生平绝对不相信鬼，更不怕鬼。哪知他到了别墅，四天工夫便逃回来了。”

“他回来之后，你可曾到别墅中去看过？”

“我昨天去的。据一个乡下人告诉我，他前天经过那里，也曾看见一个火球在空中飞。霍先生，你想奇怪不奇怪？”

“唔，果真很奇怪。昨天你可曾上楼去瞧过？”

“我同舍弟一同上楼去察看过，虽然有什么火球不火球的话，可是屋中的一切器具一点没有损伤的迹象。”

“也没有遗失？”

“我也仔细查过，完全没有遗失。”

霍桑点了点头，向我笑一笑：“包朗，这回事比《聊斋》上的还有趣几倍呢。”

霍桑的语气还是很轻淡，显见来客的惶惑的声音和郑重的神气,还不足使霍桑认真重视。在这科学思想日渐拓展的时代,鬼怪的故事本已不易使知识分子轻信。不过这回事本身的确太神秘,确有值得研究的价值。霍桑这样子"等闲视之",态度也未必得当。

霍桑提出另一个话题:"华先生,你把建造别墅的前后情形说一说。"

华伯荪道:"我已经说过,自从去年九月里开工,直到——"

霍桑止住他道:"我不问你这一层。我要问这别墅的基地是谁卖给你的,并且这基地是不是空地,或是本来有什么旧屋子的。"

"这本是一个古墓的废基,是真茹镇上一个姓崔的卖给我的。据说这姓崔的祖先曾做过明朝的将军,因此当谣传发生的时候,大家就以为崔将军在那里作怪。"

"别墅造成之后,你可曾在那里住过?"

"没有。只在落成的一天,我同舍弟和敝厂的东翁胡均卿一同去玩过一次。"

霍桑低了一低头,又丢了烟蒂,伸一伸腰。

他问道:"那末你现在打算怎么办?"

华伯荪道:"我想这样子下去,决没有好结果,所以今天专程来恳求你,请你想一个方法,解决这个难题。"

霍桑慢吞吞地答道:"你要方法,有一个在这里,不知道你愿意不愿意听。"

华伯荪忙道:"请教,请教。如果可行,哪有不愿听的道理?"

"我的意思,这别墅既然有了鬼怪的恶名,不如将它卖掉了,落一个干干净净。"

华伯荪忽现出迟疑的颜色。他的嘴张一张,又闭拢了,一时并不回答。

霍桑问道:"怎么?你不赞成?"

华伯荪道:"霍先生,请原谅。因为这别墅的地位一方面幽静,没有邻近的喧扰,一方面交通又便利。火车不必说,而且后面有河道，汽船可以直达。等到汽车路筑成之后，往来自然更加便利。所以这个地点，我实在非常心爱，不愿意让给人家。”

霍桑点头道：“唔，我明白了。这也不能怪你。那末你不妨先把它出租几时，利用那承租的人来替你赶鬼，也未为不可。”

华伯荪仍皱眉道：“这一层我也不愿意。因为我费心费力才得把一切家具书画布置好，假使租给人家，未必肯替我爱惜，所以最妥善的法子，还是费心你去看一看，想一个积极的方法，保住我这所别墅。我决不吝惜报酬。”

霍桑立起身来，又向我笑一笑。

“包朗，你是爱听鬼话的。这件事既然还缺少一个结束，我少不得要权且做一回张天师哩。”

第二天三月二十六日早晨，霍桑散步回来，吃过了粥，便改换服装，提了行箧，一个人往真茹去。我本想一同去，但霍桑以为这是一件小事，只须他走一遭就行，值不得两个人同去。

他说：“你休息一下吧。傍晚时我准回来，就可以把真相告诉你。”

这诺言没有履行。到了晚上七点钟后，霍桑还不回来。我想他既然失了约，谅必这一件鬼怪案有些棘手。也许他当初看得太容易，然而事实上恰巧相反，他才失算了。人们做事，一存了轻心，往往会给怠忽的惰性所支配，后果自然不免失败。

经过了两天工夫，到了二十七日晚上，霍桑还不回来，我不禁从盼望变成忧虑。他去了两天，怎么一些没有信息？不是非但失败，也许他还遭逢了什么意外吧？我本想赶到真茹去，又恐他随时会回来，徒劳往返。这计划也没有实行。

直等到二十八日的近午，我才见霍桑踉踉跄跄地提着皮箧回来。他的面色焦黄，眼眶有些黑，状貌非常疲乏。我不由不暗暗吃惊。这一次他果真是失败回来吧？霍桑先洗了一个澡，精神好像恢复些。他开始向我解释。

他说:“包朗,这一件事真是出乎意料之外的。以后我再不敢这样子轻忽了。”

我惊问道:“你白走一遭,没有得到什么结果?”

霍桑不答,忽从衣袋中摸出一张红纸来授给我:“你姑且瞧瞧。”

我接过了展开来一看,是一张广告式的东西,上面写着:

> 本屋共有西式住房十六间,家具陈设全备,四周有花木环绕,景致幽雅,作为居家或别墅之用,非常相宜。本屋主人现愿将全屋出租或出卖,凡有意购置的人,请到本镇华伯阳君处接洽。
>
> 本屋主白

我诧异道:“什么意思?难道那位老弟竟然要想盗卖?”

霍桑道:“不。这是我的召鬼符。”

“召鬼符?鬼可曾被你召到?”

“不但召到,并且我已把他发放了。”

我大喜道:“喔,这样说,你已经成功了。但这鬼究竟是个怎么样的鬼?你为什么耽搁了两天?”

霍桑沉下了脸,说:“是个魔鬼,说出来也会教你一吓!”

三　小头目

开玩笑?不是。他的容色很庄重,声音也并不轻浮。

我说:“究竟是什么一回事?你快些说明了吧。”

霍桑点头道:“是,我知道你急于要听这鬼故事的结果。好,现在你且耐一下子,让我从头上说起。这案子开始的时候,虽然有几个疑点,一时不能够解释,但我相信宇宙间的一切现象,都跳不出自然的因果律。无论如何,真正的‘鬼怪’始终没有进我的脑海。

据情势推测,我假定有什么人要想得到那所别墅,或是对于那别墅的基地有某种希求。但是若要出价购买,明知华伯荪断断不肯,故而在幕背后作怪,企图用间接的方法,成遂他们的计划。”

我连连点头道:“不错,你的假定很合理。我当初也这样推想。但那幕后作怪的人是哪一个?”

霍桑道:“我最初怀疑的,就是那采纶丝厂的主人胡均卿。因为他曾到过一次,也许为着喜欢那屋子的缘故,出此计策。但我在二十六日早上散步的时候,已经去会过胡均卿,才知我所料的不中。他是没有关系的。第二个人,我就推想到华伯荪的弟弟伯阳。不料我到了乡间,一看见他的面,又觉得自己神经过敏。他是一个很拘谨安分的乡下人,在镇上一爿南货店里做经理。他一听得那别墅,便现出害怕的神色,绝对没有想占夺的意思。这两次失败,才使我觉得我自己看这件案子太轻易了,不得不另寻出路。我向伯阳显示了我的真相,和他商定了一个计策,就将这一张召鬼符在墅门前挂起来,等待那恶鬼自己来投网。一面我又悄悄地往别墅中去察看了一回。到了晚上又到那边去伏着守候。”

“你可曾瞧见什么?”

“我先听见吁吁的箫声。”

“喔,真有箫声?”

“是。后来我又瞧见一个火球从楼上直坠下来。”

“奇怪! 当真?”

“怎么不真? 是我亲耳听见和亲眼瞧见的。”

“喔,你可曾查明它们的来由?”

“当然。但当时我并没有什么举动。直到第二天二十七日午后,果然有一个鬼代表出现了。”

我忙问道:“他是个怎么样人?”

霍桑定了目光,答道:“那代表的衣饰非常阔绰,但我预先安排妥当,只教华伯阳和来人接洽,我自己伏在幕后观察。那人说愿意租赁,不要购买。伯阳向他议价的时候,他一口应承,担保人一项,他说没有,情愿当场缴给押租若干,作为保证。我一时猜度不到他租别墅的宗旨,先想或者有人以为这是古墓的废基地,抱着什么掘藏的愿望。但掘藏是不能够预先确定的,那人怎么肯先花许多钱,情节似乎不合。所以当他议定出去的时候,我便悄悄地跟在后面,以便查究他的真相。包朗,你想那人是个什么样人,租别墅有什么作用?"

"可是什么私贩,想贩卖黑货白粉一类的勾当?"

"不是。"

"想利用它做私运和私造军火的机关?"

"也不是。"

我摇头道:"我猜不出了。"

霍桑道:"你不记得近来报上好几次记载过,在东北一带有一个五福党出现吗?租别墅的人就是这个匪党。他们看中了这所地位幽密交通便利的别墅,就施行鬼计,要想利用它做他们的大本营,以便大伙儿到上海来活动!"

这不是儿戏的消息。我果然很惊奇。

"就是那绑架勒索的五福党吗?"

"是。"

"你可曾探得他们真相?"

"他们现在的临时机关,就在离真茹镇不远的一只渔船上。我曾到他们的船上去过,并且见过他们的一个小头目。我知道他们有五个首领,大头领叫毛狮子,眼前都还没有到上海。"

"你可曾把这小头目捕住?"

"捕住了有什么用?他们的秘密是我窃听而得的,眼前还没有什么行动。这一回别墅的事虽由他们作弄,但也没有证据,我不能随便拘捕他。我只能用隐约的话,先礼后兵地警告他们,使他们知难而退,至少不敢到上海来活动。"

“有效果没有?”

霍桑迟疑地答道:“我不知道。那家伙一听得我的姓名,似乎略略愣了一愣,后来又觉得我的来意是干涉别墅的事,那人便也隐约地担保不再去惊扰作弄。至于他们能不能因着我的警告便解散组织,或打消到上海来活动的计划,我不能说。”

他抽出一支白金龙纸烟,烧着了走到窗口去,似在吸受那醉人的暖风。他站立了一下,叹一口气。我也静默无语。

霍桑又庄容说:“包朗,你总知道大众的生计既然这样一天困难一天,未来的社会正不知会混乱到怎样地步。在内忧外患夹攻之下,我们不能不努力挣扎呢!”

经过了一度沉默,我提出一个问题:

“霍桑,那别墅中的吹箫抛火球的疑点,你还没有解释明白哩。”

“这是很容易明白的。他们利用乡下人们的迷信鬼怪的弱点,每当傍晚的时候,就伏在墅屋的后面吹箫;又爬到屋顶上去,把松香末烧着了抛下来,远望就像火球。因为我到别墅里去察验的时候,地面石板上还留着许多燃料的余末。”

“还有一点,那看守的山东人睡到床底下去的事,究竟是不是事实?”

“确是事实,我察验过他的卧室的窗,显见有人把玻璃移动过,因此可知当他熟睡时,一定有党徒挖窗进去,也许烧了什么蒙药,使他失去知觉,然后再将他移到床底下去。”

“唔,说破了当真简单得很。可是在真相没有披露以前,真教人疑神疑鬼。”

他从窗口旋转头来:“是啊。世间的事大半是这样的。现在你既已得到了鬼话的结果,也得打一个电话给华伯荪,不要教他望穿了眼哩。”

(选自《霍桑探案》,世界书局一九四七年二月出版)

航 空 邮 件

——献给:《大侦探》读者们的短篇作之一

孙 了 红

走下了若干级宽阔的石梯,迎面,有两带矾石面的柜台,四周环绕过来,围成两个小小的长方形的部分。这是大新公司地室中的饮食部。

在柜台里面,备有一些简单的茶点与几种冷热的饮料,供给顾客们的需求。这里的侍应者,都是年轻的女性,她们有着鲜红刺眼的樱唇,有着人工改造的秀发,也有着纤细的腰肢与纤细的眉毛。她们的每一支线条,都充分显示都市女性的特有情调。

由于某种条件的限制,她们的年龄,都在十七八岁之间。内中有几个,似乎还没有到达成熟的年岁;而她们却借着人工的辅助,努力装点出了成熟的姿态——这像树头的鲜果,原还没有透露天然的红艳,而它们已亟亟于使用一种人造的颜料,涂抹上了鲜明可採的色彩。

在柜子外边,四周安放着若干独自的圆凳,这是供给顾客们的座位。在这里,你可以随意饱餐美点;并随意饱餐"秀色"。——这是一个中等阶级的小小享受的所在。

这时候,大约还没有到上市的时候。右首的柜台前,只有寥寥三五个顾客点缀着"市面",而左侧的一排圆凳,却还空虚虚地,并没有一个人。

生意既很寥落,那些姑娘们,不免感到无聊。她们原是很活跃的一群，于是在无事之中，不免找些事来做做；无话之中，不免寻些话来说说；甚至，在无风无浪的平静的海面，她们会搧动出些意外的风波来，努力骚扰一下。

"喂！你看，那个人的面庞熟得很。"一个穿淡红绒线背心的姑娘，操着广东式的国语这样说。她把她的热情的眼色，从自己这边的柜台里穿过去，投到了对方的柜台边。

"哪一个？"问话的姑娘，穿着一袭裁剪得很配身的水绿色的旗袍。她伸起涂着指甲油的纤指，撩了撩她的新做过的鬈发。

"左边第四个。——穿西装的一个。"第一个姑娘轻声地回答。

"你认识他吗？"第二个姑娘闪动着她的长睫毛。

"不是认识，我说他的面貌，很像一个外国明星。"

"他的侧坐着的姿势——一手插在裤袋里——有点像劳勃脱杨，是不是？"

"不，我是说他的面貌。"第一个姑娘立刻加以纠正。她把一个食指，搔搔她的太阳，思索地说："嗳！这人像谁呀？哦，想到了。他像乔治赖甫德，嗳，不对，我说错了，他像贝锡赖斯朋。"

这一位穿淡红背心的姑娘，似乎天生成一枚百灵鸟那样的舌子。她不等那个穿水绿旗袍的同伴开口，立刻，她又自动地附加着说："《金殿喋血记》，你看过没有？赖斯朋主演的一张历史片，丽都戏院新映过，我和小顾一同去看的，我们看的是楼厅。"

"哦，不错，说穿了真有点像贝锡赖斯朋；尤其是他侧面的面影。"水绿旗袍的姑娘，轻轻拍着手，她把谈话拉回到正题。再向对方斜睨了一下，她又着意地反问："你猜，这人的年龄，有几岁了？"

"至多二十八岁，依我猜。"穿红马甲的姑娘，把视线从对方的"侧影"上收回，很有把握似的这么说。

"呸！让我向西药部小张，替你赊一瓶'沃古林'好不好？"

"嘘？你说我眼睛不准吗？——那末你说吧，这人有几岁呢？"

"至少四十六岁。你再仔细点看，他的额上的电车路，已经有那么的深，差不多是 old Man 了！还只二十八岁吗？”水绿旗袍的姑娘，立刻提出了抗议。她又补充她的意见：“无论如何，抽壮丁一定不会轮到他了。”

这位姑娘说到抽壮丁，她觉得她自己的话，说得相当风趣。于是她颤动着她的肩膀，格格地笑起来；笑得非常妩媚。

“沃古林眼药水，让你自己去买吧！这人会有四十六岁吗？你在发痴了！我说顶多再加二岁——三十岁。”红马甲姑娘不甘示弱。

“就算再减二岁吧，至少他有四十四岁了！”绿衣姑娘也不甘退让。

“最最多，三十二岁！”

“最最少，四十二岁！”

为了这样一件绝不相干的小事，累了两位天真的姑娘展开了微妙的争执；她们争得非常热烈，看样子，简直和英国战时内阁中的辩论，具有同等的严重性。——虽然她们的语声，都是那样低低的。

“依我看，沃古林药水要买两瓶才好。一个人的年岁，会有十多岁上下参差吗？”在这小组会议的议席上，这时忽有增添了后来的一席。只见第三位姑娘参加进来说：“你们这两个傻子，一个猜得那么多，一个又辩得那么少，让我来裁判吧，规规矩矩说，这一个人，大约是三十五六岁。”

这第三位姑娘正从计算机边缓缓走过来，提出了上面那样的折中的议价，——她是一个身材苗条的姑娘，衣饰较为朴素，穿着一件蓝士林布的旗袍，有一支短铅笔，夹在她的白嫩的耳朵上。原来，她对对方“赖斯朋”的幻影，也已有了两分钟的注意，因之，这时她以外交家的圆活的姿态，出现于她的同伴之前，自任为一个仲裁者。

那个穿淡红马甲姑娘，似乎具有一种执拗的性情。她旋转头来向这突然插口的第三者轻轻掠了一眼。立刻，她把头颈一扭，坚持地说："我一定说这人最多只有三十岁。要不要打一下赌？"

"打赌？嘘！你不会赢！"第三个姑娘披披嘴。

"要你这样帮他，硬要替他隐瞒年岁，是不是你已看中了他？"绿衣姑娘一面说，一面看到数码之外，有一个挂徽章的"监督"者正把视线投进她们的一角。于是她轻轻地，含笑向她的同伴投掷一个手榴弹，却旋转头去，准备结束她的战争。

"就是我看中了这一个人，你预备怎么样？"第一位姑娘，勇敢而老辣地抵抗着。

"牙牙，旡怕丑！"（注：意谓小孩不怕羞也。）绿衣姑娘伸出一枚食指，回过头来羞羞自己的粉脸，说了一句似是而非的生涩的广东话。

那个穿蓝衣服的第三者，听到了第一位姑娘的勇敢自承，她把她的嫣红如玫瑰的颚，鼓成了一个圆圆的鱼泡的样子；她又取下她耳朵上的铅笔，在这"鱼泡"上面刺了一下，"噗嗤"一声，鱼泡泄掉了气，接着，她把樱唇凑近第一位姑娘的面庞，悄悄然说道：

"邓禄普！"

说完，她和那个绿衣姑娘，大家一阵倩笑，慌忙扭转身子，躲到了别处去。

这一小队袖珍型的战士，把她们的粉红机关枪，放射得这样热烈。可是，侧坐在对方柜台边的那个贝锡赖斯朋的幻影，他的脑后，却并没有添装一副视的器管；因之，他竟全不知道，他已遭遇到了一种意外的幸运：竟被那些热情的姑娘们，把他当作了谈话的对象。——这是很可惜的！假使他能听到她们那番滑腻腻的谈话，也许，以后他在夜深人静的寂寞的环境中，将会使他获得一种留兰香味的回忆。

的确的，对方这一个被谈论的人，令人一望之间，会留下一种特异的印象。大体说来，他是一个爱好修饰的人。一头波浪式的头发，似乎曾破费了不少的司丹康，遗憾的是，他这漂亮的头发，已并不是纯粹的乌黑。——那个绿衣姑娘的观察，确乎具有相当的准确性——脚上那双黄色纹皮鞋，好像也曾牺牲过一些小小的时间，否则，决不会擦得那样的亮。他身上穿的，是一套米色而有红色细方格的西装，质料相当高贵。里面一件乳白色的笔挺的绸衬衫，配上 Hickok 的刻花玻璃背带。胸前，飘拂一支深红色的领带，这和那些姑娘们的嘴唇，一样的鲜明而耀眼。此外，在他襟边的小袋里，钻出了花花绿绿的小绸帕的一角，还附加着一支蓝宝石的 Paker 墨水笔。由此种种，却使这人身上，处处在播散着一种很浓厚的“上海浪子”的气息。——总之，很显然的，他是一个热诚而优秀的“洋货推销员”！

这位洋货推销专家的身前，放着一瓶绿宝橘汁。一枚细长的蜡纸管，插在瓶口的纸片中。此人侧着身子，坐在这矾石面柜台之前，费掉了二十分钟以上的时间，好像并不曾把瓶子里的黄色液体，吸去十个“西西”以上。常言说：“醉翁之意不在酒”，此君之意，似乎也不在橘汁。他屡屡抬起他的冷静而锐利的视线，在流盼着迎面石梯上的熙攘的群众，似乎有所期待。

石梯上的来宾，愈弄愈多了。去了一群，又来了一群。肩膀与肩膀，足趾与足跟，不时发生不可免的摩擦，在这熙往攘来的群众中，如果你能细细观察，无疑地，你会看到一件很显著的事：那些大伙儿的来宾，几乎有百分之八十以上，他们都是空手而来，又都是空手而去。——虽然这地里，标明“廉价商场”的字样，可是，那些不知足的家伙，还在声声太息，嫌着货价的骇人！

这是一种严重的伏流，早已深深潜入了这麻木不仁的大都市；这分明是说，那大伙儿一群久惯享受的骄子，至此，也已渐渐踏进了无法享受的阶段。

这一个红领带的家伙，似乎具有一种很冷静的观察力。这时候，他冷眼观察着当前那些扰攘的群众，正自发为一种无声的感喟。一会儿，迎面的梯子上，似乎有些东西已吸住了他的视线。

在石梯上，有一个人，正用着一种鸭子式的步伐，在蹒跚地走上来。这人具有一个矮而结实的躯，一张橘皮式的紫脸，两颊每一个毛孔，都有大号针孔那么大。唇间留着一撮滑稽的短髭。远看，在圆而扁的鼻子下，好像涂着一朵墨。此人穿着一套灰色的西装，品质相当高贵；可是，附属在他肥矮的身体上，却有一种臃肿难看的姿态。

跨下石梯，最先和眼脸接触的，便是那个饮食部。因之，他并不需要精细的寻觅，他正发见了他所要找的目标。

当在一眼看到那个红领带的家伙时，他立刻拉直了他的“麒派”的嗓子，欢然地喊：

“哈啰！首——”

在已喊出的“首”字之下，当然另外还有一个什么字。可是，他只喊出了一半，他望望四周的群众，省悟似地缩住了。

红领带的家伙等这矮子走近，举起一种含有幽默性的眼光，谴责似的向他说：“请注意，今天我姓石，单名一个冰字。”

他的语声很冷峭，说时伸指弹着那只盛橘汁的瓶子。他补充道：“就是冰结濂的冰。”

矮子暂不发声，他在想：“这算是第几号的姓名呢？好！随便你吧！”

矮子想时，拉拉他的紧绷在腿上的裤管，他在这位“今天姓石”的家伙的身边坐下来，他说：

“啊！——首”他立刻改口：“啊密斯——”

“——石！”红领带的家伙接口。他向这个矮子打趣似的说：“孟兴，你的记性很好！我姓石，你可以姓木！”

矮子忸怩的笑笑，他问：“密斯脱石，我没有到得太迟吗？”

“我等了半点钟，”石伸手看看他的脉窠里的浪琴手表说，“你的事情，打听出来没有？”

这时,柜内有一个身材纤小的圆脸的姑娘,走近这矮子的面前,她把手里的铅笔尖,在石柜面上轻敲了几下,代表了“你要什么?”的问句。

“嗳!我还没有吃过午饭,真的,肚子有些饿了。有什么可吃的东西呢?”这名唤孟兴的矮子,撳撳他的高挺起的肚子。他抬眼看到柜角上的一口玻璃小橱,橱里陈列着些点心的样品。他说:“好!就是三明治——红肠三明治。先来细(四)客。——我的话,你识得呒识得?”

他似乎知道对面的这个圆脸姑娘,是一个“南国佳人”,因此,特地卖弄着他的南国乡谈,生硬地,附加了后面不必要的两句。一面,他又回头向石冰说:“你问姚朴庭的事吗?”

“那个淡蓝色的信封里,装着何种性质的秘密文件呢?”红领带的石冰,取出烟盒,把一支土耳其纸烟在柜子上舂了几下。

“完全打听出来了!”矮子骄傲似地说。

(广东人做事,非常守规则。)这时,有四个小碟子,累坠地被推到了这矮子的身前,矮子的饿眼,射到那些薄薄的面包片上。他改用了一种鸟鸣似的福建乡谈说:“那个蓝信封里,有三封很长的情书,一张赡养据;这是一位在野而有势力的大政客,写给一个舞女的。”

“政客?谁?”石冰握着他的精美的 Rousou 打火机暂时停止了他的打火的动作。他也改用鸟语似的声音。一面,他把那个纸管,醮着瓶里的橘汁,在柜面上写了一个字问道:“是他吗?”

“正是咧,你真是聪明!”孟兴正把面包整块地送进嘴里,含糊地回答。

“如果这些情书与凭据披露出来,会有什么影响呢?”

“影响很大吧?你知道的:我们这位大政客,他在表面上,出名是个生活严肃的人,他怕他的面具会被这件事情所扯碎,这是一种顾忌。再则,近来他的政敌,对他攻击得相当厉害,那些情书一旦披露，很有影响他以后政治生命的可能，所以很着急咧。”

“这位政客先生，知道不知道他的那些精彩作品，是在那个姚朴庭的手里呢？”石冰把土耳其的纸烟燃上火。

“知道的。他曾遣人示意姚朴庭，愿意出一注重价，收回那个淡蓝信封中的全部文件。”矮子嘴里大嚼，他的滑稽的短髭，起落得很忙。

“那末，姚朴庭有什么表示呢？”

“他把那些名贵的信件，当作奇货那样囤积了起来，他正预备大大‘看涨’一下，照目前的市价，还不肯脱手哩。”

红领带的石冰，把身前那瓶未喝完的橘汁推得远一些。他喷掉一口烟，又问：

“那位姚朴庭先生，又是一位何等样的人物呢？”

矮子孟兴，正把满嘴的东西吞咽了下去。很奇怪地看了石冰一眼道：“咦！这样大名鼎鼎的人物，‘首领’你会不知道吗？”

石冰闪着他的敏锐的眼光，看看周遭那些嘈杂的人们，他向他这“好记忆”的同伴，眨了一个恬静的白眼。矮子微微一红脸，急忙抑低着他的沙哑的声气说：

“那位姚朴庭先生，人家顺着他的字音，称他为‘摇不停’；从摇不停三个字上，引伸起来，替他取了一个新奇的绰号，叫作‘摆不平’。摆不平三字的意义，就是说：必须要用整叠的钞票，把他填塞起来，方始能够填平，——据他自己告诉人家：他的职业是律师；其实，他的不固定的收入，大半是从‘填平’方面得来的。”

“不平，平，这很有趣！”石冰喷着烟，喃喃这样说。

“啊！不平遇到平，这该大大倒运了！”矮子这样暗想。

石冰又说：“我明白了，他是一个业余的敲诈家，是不是？”

“对！”矮子点点头。

这时，这位沙喉咙的先生，像老虎吃蝴蝶似的，早已吞啖完了他的四客三明治。他想继续再要一点，但他偷眼望望当前那些腰肢纤细的姑娘,他感到有些不好意思。于是,捺了一下肚子,忍住了。

左右两边,圆凳上的人们渐渐加多。柜台里的那些姑娘,不时把俏眼射着这红领带的家伙,似乎在说:怎么还不走?石冰站起来,把两张纸币抛在柜面上,付掉了账。他抽身离开了这柜台。矮子看看那瓶未喝完的橘汁,摸摸短髭随在他的身后。

他们在这地下层的廉价商场里,挤在那些缺少购买力的顾客之中,兜着无目的的圈子。石冰一边走一边向这矮子问:

"那位姚老夫子,他把这些信件抓在手里,预备怎么样呢?"

"他曾向那个政客讨过价钱——那简直是一个无法负担的吓人的高价!一面,他又扬言,如果在最短时期,再不取赎,他准备把那几封信,送进字篓,不再换一个钱——你看,他是多么好说话啊!"

石冰冷然接口道:"这就是说,再不赎取,他就要把这些信件披露了,是不是?"

矮子点点头说:"正是。在过去,他也曾把这种立可兑现的支票,在他主顾面前,轻轻扯碎过的——这是他的一贯政策咧。"

他们缓缓走着,一个小小的圈子兜过来了。走到原来的地方——石梯之下——石冰发见左方的柜台里有几位姑娘,正把一种很难描摹的眼色,向他身上投掷过来,一面,还在窃窃私语。

石冰忽然站住步子,故意流露一种垂涎似的眼色,高声地说:

"喂!孟兴,我的心里热得慌,我要喝点冷饮,凉凉我的脏腑。"一边说,一边又在这左边的柜台前,径自坐了下来。

孟兴觉得有点讶异,但他也感到很高兴,当他把他的肥矮的身躯,再度放上圆凳时,他立刻喊着:

"细客三明治,细客!"

"绿宝橘汁。"石冰应声而说。他的眼光,恰巧射在一件淡而红绒线的马甲上。

有三张粉脸，迅即抹上了惊奇的倩笑，——因为她们明明看见，这红领带的家伙，即刻在对面，曾把大半瓶的绿宝，留着不曾喝完。

那个淡红马甲的姑娘，回身取着橘汁时，那个身材苗条的姑娘，把铅笔尖在她腰里轻轻点了一下，轻轻地说："喂！阿珍！你的贝锡赖斯朋走过来了。真的！他对于你很有意思咧！"

"啐！"一个纤小的身子，娇柔地一扭。

四客三明治，凑近了那撮短髭。

一瓶绿宝，又放到了那条红领带之前。

三个姑娘，闪向柜内的另一隅，在嘁嘁喳喳大谈；三双俏眼，雨点似的轮流向柜外飘送过来。

石冰不时把一种热情的视线，答谢着那些姑娘的"盛意"；一壁，自管自向孟兴发问：

"那位大政治家有什么对策，应付那个姚朴庭呢？"

"那预备向姚朴庭酌量加些价，再不肯，那只有出于劫夺的一法了。——当然，他是决不肯让这些信件轻易披露的。"矮子努力进行第二度的"工作"，一壁仍用福建口音沙哑地说。

他又继续说道："眼前，姚朴庭把那个蓝信封，藏放在一座法国货的新式保险箱里，他以为这是万无一失了。"

"以上许多情形，你是从哪里探听来的？可靠不可靠？"

"可靠之至！"矮子拈着半条红肠，傲岸地说："新近，我和姚朴庭的一个心腹男仆认了乡亲。我借给了他二百块钱。此外，我又和对方那位政客的车夫新订了一个家谱——他是一个酒鬼；我送了他四瓶汾酒，加上几听罐头牛肉。——他的女人称我为矮伯伯；还说我是天下第一个好人！因之……"

石冰笑笑，接口说："这是罐头牛肉的特别功效，你倒很化一些本钱咧。"

"化掉一些小本钱，换到那么多的情报，那也不坏了。"

石冰猛吸了一口土耳其烟,赞美道:"不坏不坏!"

矮子以惊人的速率,吞完了第八客的三明治,他一眼望到石冰身前的橘汁,还是原封未动,于是他把那只玻璃瓶,很斯文地移到了他自己的身前。

柜以内,播送出一阵混合的轻倩的笑声。

石冰眼看这矮子,以一种龙取水的姿态,猛吸着那瓶里的黄色的流液。他又问:

"没有别的消息了吗?"

"还有还有!多着咧!"矮子暂时吐出了他的纸管。他说:

"前天呢,不知道还是更前天?姚朴庭突然接到了一封信,于是他又骚扰了起来。"

"一封信?谁寄的?"

"你!"矮子暗想:"请你不要假痴假呆吧!"

"他知道那封信,是我寄给他的吗?"

"为什么不知道?他的眼光精细得很咧。"

"他接到我的信,有什么表示?"

"他恐慌得了不得!——"矮子轩轩眉,轻鄙似的说:"真的!法国货的保险箱有什么用,哪怕德国货咧!"

"你不要把事体看得太轻易!"

"必要的话,我们只要玩玩那些'二炭氧'或是'硝酸甘油'的老把戏,那也很够了,你说是不是?"矮子挤挤眼扮了一个鬼脸:"所以,他自己也知道,那口法国保险箱,在你的眼光里,是决不会有马其诺防线那样可怜的价值的!因此,他不得不重新动动他的脑筋了。"

"如果他真这样想,那太重视我了。"石冰笑笑说。

矮子又把那支细管,送进他的阔嘴;在一种壳壳声中,吸尽了瓶内最后一滴液体。石冰向他看看,立刻伸起一只食指,屈作了一个钩形,向柜内的姑娘们弯了几弯,做成一种召唤的姿势。

那个站在最远的红马甲的姑娘,抢先走了过来。石冰伸直他的食指说:

“再来一瓶。”

一瓶冷而黄的流液,随着一张热而红的面孔,一同送到这位“赖斯朋”的幻影之前。石冰把这橘汁,轻轻推到了矮子的短髭之下。

矮子望望他这同伴,他把空瓶推开些。他第二度又斯文地,抓着了这满的一瓶。

他缓缓地说:“昨天,我遇到一个奇怪的经历。”

“说下去。”

“就在昨天傍晚,我的那位新认的乡亲——姚朴庭的贴身男仆——他偷偷给了我一个电话,他主人已把那只淡蓝色的大信封,从保险箱里拿出来藏在身畔。看样子,好像预备要出去了。”

“哦!”石冰现出了很注意的样子。

“我的那位乡亲,曾经告诉我:姚朴庭在中国银行静安寺路的分行里,租有一口保管箱,因此我想:那家伙一定是要把这信封,送进保管库中去了。——果真如此,这使我们的下文,比较又要麻烦一点了。你说是不是?”

石冰弹掉一点纸烟灰,点点头。

“所以我一得这个消息,立刻赶到三杏别墅去。”矮子吮咂了一下那支细管,然后这样说。

“三杏别墅?”

“这是姚朴庭最近居住的所在。他为养病,新买了这所屋子;地点是在地丰路的尽头。——至于你的信,却是从旧宅里面转去的。”

“哦!——说下去吧。”

“我只费掉了不到十分钟的时间,已赶到了三杏别墅的门口。那里有一带高高的围墙,马路对面,一座新添的自警亭,斜对着这围墙的铁门。借着这小小的木亭,正好暂时做了我的掩蔽物。”

“哦!”石冰弄熄了他的烟蒂,很着意的倾听。

“不多一会,果然,我从自警亭的直角形的玻璃里,望见这家伙从铁门里面走了出来。他的态度非常悠闲,装得像无事一样。在门外,他忽皱皱眉站定了步子。他像不甚放心似的,按了按他的西装大衣的衣袋。连着,他从大衣袋里摸出那个蓝色的大信封,看了一看,再把它塞向大衣袋里。然后他缓缓举步,向大西路那边走去。这情形,我在玻璃里看得很清楚,但那个家伙却是一无所觉。——”

“他向着大西路那边走去吗?”石冰的眼珠闪着光华。他问:“那你怎么样呢?”

矮子抹抹他的滑稽的短髭,他举着他的滞钝的眼球,在来往的人群之中捺了一下,他眼望着柜内那些漂亮的姑娘:

“当然!我在十码路以外,立刻偷偷尾随在他身后。——走了约有二十家门面,巧得很!我碰到了龚毛毛——那个铁膀子的小抖乱——我向他‘拍了一个电报’:告诉他有‘公事’,于是那小子摸摸他的‘粉臂’立刻老远跟在他的身后。——”

第二只瓶又见了瓶底。矮子咂咂嘴,把那只被肃清的瓶子推开些。他继续说下去:

“奇怪!那家伙沿着那条大西路,像练习台步那样,一直大摇大摆走了下去。——你知道的,那地方是越弄越冷静了。那时候天色已将近断黑,路上简直不见什么行人。我当然不肯放松这个机会。于是,我招呼了毛毛,我们像一阵风那样抢到他的身前,拦住了他的去路。——”

“好一个戈林式的姿势!”石冰讥讽似的插口。他又问:“结果怎么样?”

“那位‘摆不平’先生,很容易被我们‘摆平’。他真识相:他向毛毛的臂膊看了看,立刻,他无抵抗,无条件而又无奈何地,把他大衣袋内的宝物——那个蓝信封——双手奉送了我们。”

“这可以称为三无主义！”石冰又冷峭地说了一句。他问：“你曾把这蓝信封拆开看看吗？”

矮子掀掀他的扁圆的鼻子，做出了一个很奇怪的表情，忸怩地说：“拆开看过了。你——你猜猜——”

石冰忽然伸起右手，把四个指头在口角边上一遮，立刻又向外一送——这是一种银幕上面习见姿态，你能看见那些漂亮的“小生”，常常向他们的女主角，表演这种有趣的小动作，——他急急拦住了矮子的话道：“好了！请你不必再往下说吧！”

当石冰伸出四指，做着这种挥送的姿势，他的眼梢，恰巧在那个红马甲的姑娘的脸上轻轻掠过。于是他无心的动作，立刻使这位姑娘的两靥，被抹上了一朵误会的红霞。

“喂！一个飞吻！”一个姑娘在轻轻地这样说。

“电报收到了！要不要我代你签一个字？”另外一个娇脆的声音，附加了一句。

“告诉小张，撕碎你的嘴！”这是那个被调侃的姑娘的反抗。

石冰对这柜子里的轻松活泼的短镜头，完全看得很清楚。他一面暗笑，一面只管向矮子说：“喂！孟兴，那个信封里，是几页无字天书呢？还是几张香肥皂的广告呢？”

“可恶之至！”矮子拍了一下肥腿，怒喊起来道，“那家伙竟敢把大半张旧《申报》，折叠起来撑满了一信封！”

石冰大笑起来，幽默地说：“那张同治年间的报纸上，有些什么新闻呢？”

矮子感到自己努力所制造的成绩，由“不坏”而变成那样的“坏”！他自觉有些难堪；他的橘皮式的脸涨得很红。一面，他又非常惊奇地说：

“啊！首领！（他又忘却了顾忌）你真是仙人！那信封里不是真货，你怎么会知道的呢？”

“还要问吗？这是显而易见的——”石冰笑笑，恬静地说：“你想吧！那个摆不平的家伙，他明知有人要劫夺他这信封，他为什么要把这种重要东西，随便带在身上呢？既已带在身上为什么不藏在贴肉，而要放在最外层的大衣袋里呢？他为什么要站在门口，把这信封取出来看呢？他出外为什么不坐车子呢？而要步行呢？——像他这样的排场，当然不会没有自备的车子的，是不是？——最后，我要问：他为什么要走那条冷僻的路？——况且，你曾推测他，预备把这信封送进保管库去；但是那家中国银行的分行，并不是在那条冷静的大西路上呀！是不是？”

石冰轻轻举出了这一大串的理由，矮子不禁恍然大悟！他又拍了一下腿，连声赞服地说：“啊！密斯脱——石，你真聪明！聪明极了——但是，眼前我们应该怎样应付呢？”

矮子这样问时，石冰——暂时不答。这时，他见自己身旁一长排圆凳已经坐满，而有几个顾客，却在找寻他们的座位。于是他顺口回答他这同伴道：

“眼前，我们第一件要做的事，就是付掉我们的账款，让别人吃一点，坐一会。”

说时，他第二度又付出了橘汁与三明治的代价。

他从半臂的浅袋里，掏出了他的打火机燃起了新的一支烟；一小串匀密的圈圈，在他口角悠闲地漏出来。——当他抽身从那圆凳上站起时，他瞥见那个身材苗条的蓝旗袍的姑娘，仰着脸洋洋地在说：

“二十八岁的贝锡赖斯朋要走了！唱一支《何日君再来》送送他吧。”

“今宵离别后，何日君再来……”一种抑制着的轻倩的歌声随之而起；这是那位绿衣姑娘的伴奏。

一阵混合的欢笑声，轻轻从柜内播散出来，引起了圆凳上的几个顾客的注意。

石冰向柜内那些热情的姑娘们，投送了最后的留恋一眼，他偕着他这肥矮的同伴离开了这好像很可留恋的地方。他在跨上第一层的石级时，还听得一个薄怒的声气，尖锐地从嘈杂的声浪中穿出来：

“嘘！你们这些臭嘴的乌鸦！哇哇哇！讨厌！”

矮子孟兴，仍以鸭子式的步法，蹒跚地跟着石冰跨上石级。他的头颅将近钻出地下层时，他像想到了一件事情，略略顿住了脚步说：

“啊！首领，还有两件事情，我还没有报告。”

“两件事吗？我能代你说出一件来。”石冰且走且说：“那个姚朴庭，在假信件被劫之后，他已立刻报告了杭房，而且，他是指明被‘我’抢劫的，是不是？”

“啊！首领，你真有些仙气了！”孟兴侧转脸来，较前格外惊异地说，“你怎么会知道这件事？你已亲自出马打听过了吗？”

“何必打听！这是不难猜想而知的。”石冰耸耸肩膀说，“总之，你须知道，这是一个巧妙的计策：他既接到了我的恐吓信，他预料着我也许会派人守候在他的门外。因此，他特地把一个假的信封，有意亮着我们的眼，准备我们劫夺——他很希望我们这样做。”

“但是，他的用意何在呢？”

“他单等假信被劫之后，立刻报告捕房。一面，他要使那些警探们麻烦着我，而分散我的力；一面，他又要使这信件的原主——那位政治家——把眼光移到我的身上，做成一种‘移祸江东’之计。然后，他好找出适当的对策，应付我们两方面。”

他顿了顿，又道：“他把一片小石投在水里，准备激起几方面的水花来。好！这计策很不错！”

孟兴伸伸他的结实而多肉的臂膀，握着一个拳头表示他的愤慨。

石冰悠闲地问：“你说，还有第二件事？”

“即刻我们那位乡亲又告诉我，今天早晨又有第二个信封出现了。”矮子皱皱眉，发出了一种困惑的音说，“他在窗外偷看到他主人，不知从什么地方，又拿出了一个完全同式的淡蓝色的大号信封来。他还看见他把一张整张的油纸，厚厚叠作四层，包在那个信封之外，另用一根麻线，十字式的扎在包外。”

“啊！那个洋装的信封，披上了一件中国式的油衣，也许这是真货吧？”石冰扬着手里的纸烟，自语似的这样说。他又着意地问：“你的那位乡亲，不曾见他主人把这东西装进衣袋吗？”

“以后的情形，他不曾看见。因为一刻钟后，他被他的主人，差他到永安公司去买沙町鱼和青苹果，因此他没有看到这信封的下落。”矮子又皱皱眉说，“据他料想，他主人一定是有意借端把他差遣出去的。——因为，在这三杏别墅里面，除了一名车夫之外，只有他这一个贴身的男仆——那个车夫在前几分钟，预先已经被差了出去。如此，别墅里只剩下了姚朴庭独自一个。并且，依素常的习惯，要买公司里的东西，总是用电话通知送货，而这一次却破了例。可知他主人，必是有意遣开了他们，好把这要件藏进什么秘密的所在去。”

石冰冷笑着说：“我们这位姚老先生，他真太细心啦！”

矮子又紧握了一下拳头。

石冰耸耸肩说：“你的那位乡亲，他倒很聪明；他的料想也许是对的。”他沉吟了一下又道：“依你这样说，那些真的信件，眼前还在三杏别墅里？”

“我以为如此！”矮子坚决地说，“我知道这老家伙虽然相当狡猾，但是胆子却很小。昨天，他已尝到我的滋味，料想暂时，他一定不敢再把他的东西公然运输出来吧？”

石冰沉思似的点点头。

二人一面说，一面走。他们在这许多辉煌而富有吸引力之玻璃橱柜之间，以一种有闲阶级者的姿态缓缓地兜了几个圈子。当他们将要踏出这个百货公司的门口时，石冰忽然旋转头问：

“喂！老孟，你的那个失败的战利品没有抛吗？”

“那个信封吗？带着咧。”孟兴像想起了似的那样说，“我忘却给你看了。”

一个淡蓝色的厚厚的大信封，送进了石冰的手中。——这信封里裹着大半张化费了相当大的气力而换来的旧《申报》。

石冰看了看这封口上被剥碎的火漆印，默然把它按进了自己的衣袋。

他又不经意地向这矮子问：“我们这位姚老夫子的家庭里，还有些什么人？”

“一位夫人，一个姨太太，都是住在高宅里；大儿子已娶了亲分居在两起；还有一个小儿子，在民立中学读书。”矮子像背书那样稔熟地回答。他又附加道，“听说他这小儿子，却是他的半条命。”

说话之际，他们举步跨出了这贵族化的大商场的门口。踏到南京路与西藏路的交叉口，二人倚着路口的铁栏，又匆匆密谈了几句。最后石冰向这矮子说：

“老孟，这几天你很辛苦了，今天晚上好好休息一下吧。有一家袖珍舞厅，今晚举行通宵；还有一个黑灯舞的节目，你要不要到黑暗里去找些刺激？”

“黑灯舞，我最欢迎，可惜——”矮子抹抹他的短髭，他像忸怩似的并没有说完。

“可惜你的夫人，严格管理着红灯！是不是？”石冰笑笑。

“非常时期，交通困难。”矮子耸耸他的阔肩解嘲地说。

同日的两小时后，太阳在东半球的办公时间将毕。慈悲的夜之神，不忍见这大都市中的种种罪恶，她在整理广大的暗幕，准备把一切丑态完全遮掩起来。

斜阳影里，有一辆流线型的兰令跑车，在幽悄的地丰路上，悠悠然地驶过来。

哇！哇！哇！哇！哇！哇！阵阵的归鸦，结队在天空聒噪；它们像在讥笑着人间的扰乱，而在歌颂着它们自己的安适。——不错！这是值得向都市中的一般人们骄傲一下；你看，它们各各有着它们自营的安适的屋宇，至少它们绝不需要瞻仰所谓二房东的和蔼可亲的面目！

因这鸦噪，引起了这乘车者的仰视，联带地使他望见前面五十码外，有三株大树，巍巍然矗起在路隅一带高高的围墙以内——这是三杏别墅屋前隙地上的三株大银杏。“三杏别墅”这一个风雅的名称，正是由此而取的。

五十码路一瞥而过，越过了一座新点缀的漂亮的自警亭，这跑车上的人一跃而下，他把他的车子，推上这自警亭斜对面的边道，倚在那带高高的围墙之下。——这样，他可以获得对方一个三小时的义务守望员，而不愁有人会偷走他的车子。

围墙斜对面的那个安闲的自警员，眼看这胸垂红领带的家伙，把双手插在裤袋里，仰着头向围墙内的那些树枝看了一下。在向晚的凉风里，不时有些枯黄的树叶，从这高高的落叶乔木上面飞舞而下；有一片，拂过了这人身上的一件米色上装的肩部。

连着，这人便举起轻捷的步子，走向那两扇铁门之前，伸手按着铁门边的电铃。片晌，铁门上的一扇狭小的套门轻轻开放，有一个满面机警的年轻的仆役，在这狭门里面露出半个脸，带着询问的神气。

一张名片从这西装家伙手内递进了年轻仆役的手，这名片上，很简单地印着两个仿宋字：

——霍桑——

似乎因为纸价飞涨的关系，这纸片被切得那样的渺小；可是上面这两个字，却给人们以一种非常伟大的印象——这比较这位来宾身上的华贵的服饰,具有更大的魔力。

那个年轻的仆役,过去他似乎曾经听到过一些这位大侦探的神奇事迹的,立刻他的眼角闪着光华而在“有什么事?”的问句之下,非常恭敬地加上了“先生”二字的专称。

“我要拜会姚朴庭先生。”来宾以一种上海绅士式的调子傲岸地说。

“请进来。”这年轻的仆人垂手让出路来。

对面的自警团员,眼看这位上海式的绅士,被招待进了铁门,那扇小门又轻轻关闭。

踏进铁门,靠近左侧的墙垣,是一条约有十五码长的煤屑走道;两旁砌着矮而参差的假山石。这煤屑走道,似乎筑成了还不很久。墙下的一带狭狭的隙地间,植有一些新植的小冬青树,和几簇草花。墙下另一隅,置有泥铲竹枝扫帚,修树枝的巨剪和一架横倒着的大竹梯。这种种,都表示这所别墅中的新主人,正忙着在修葺他的小小的乐园。

在煤屑走道的右方,那是一片空旷的场地,地面上显示着一种新被铲掘过的样子。一小部分乱草堆积在那里,不曾完全清扫,前几天下过大雨,被铲过的低洼部分留有许多水渍。在这空地的一角,堆置着几叠整方的薄泥片——这是一种植有细草的泥片——准备在这不平整的空地上,铺上一层软绿的地衣。

这里最触目的,却是空地中间的三株大银杏,列成一个鼎字形。它们的年龄还不算怎样老大,可是也都有了合抱以外的粗,正中的一株,大概已超过四丈高。

这是人类添衣的季节,而在植物,却是一个卸装的时期。绿森森的广大树荫,已脱落了好些树叶,在树底潮湿的地面上,四处铺下了薄薄的一层。

哇!哇!哇!空际的聒噪声,引得煤屑走道上的来宾,仰射起了视线。这使他想起即刻在路上所见的一阵归鸦,也许内中有几头，小家庭就建筑在这里的树头上。在这傍晚时节，一种归家时的欢笑声，不时划破了四下静寂的空气。

这里有一种都市中间少见的幽悄的景象。

走完了这曲尺形的煤屑走道，迎面一带屋子遮住了眼帘——这是以前一座弄堂拆改成的屋子经过了第三度的化装，才改成眼前这种摩登的式样——虽仅三间半西式的小平屋，却收拾得非常清洁而耀眼。

屋子之前，筑成一带走廊，廊下有四根髹漆的方柱。这里陈列着几只鼓形的磁凳和几盆花，令人想见夏夜坐在这里纳凉，必有一种意外的舒适；尤其是养病，更是一个难得的好地方。

大侦探在这走廊之下略等，他的渺小的名片上的伟大的名字，由这年轻仆人先送进屋子。

一会这位名闻全国的贵宾，郑重地被招待进了中间的一室。

当那主人带着一脸笑容，从一只大旋椅内站起身来迎接时，在他的和蔼可亲的笑容之后，分明藏有一种非常的狐疑。一面在想：

"唷！这位大名鼎鼎的私家大侦探，打扮得这样漂亮！他的生意很不错吧？——可是他突然光降，有什么事呢？"

主人已有五十以上的年岁，一张脂肪充盈的红脸，表示在这大动乱的时期，并不曾尝到缺米或缺油的苦痛。他的两眼充满着慈祥之色，只是顾盼之间，带着一些斜视。在某几点上，给人一种聪明多智的印象。他的身材不很高大，却有一种精悍的样子，显见他在盛年时，也是式式来得的人物。

红领带的大侦探，又在口头自我介绍了一下。他接受了主人姚朴庭的客气的招呼，坐进了一只靠壁的软椅里。

仆役敬过烟茶，主人开始必要而不必要的客套。他说：

"一向久慕盛名，可惜没有瞻仰的机会。今天难——"

大侦探似乎久已养成了一种节省时间的习惯，他不让主人客套下去，立刻接口：

“兄弟受到一个人的委托，有一件事想和先生接洽。”

“有一件事要和我接洽？”主人把慈祥的眼色，斜射在这大侦探的脸上。

“我的委托人，有几件文件，留存在姚先生处。现在他委托我和先生开谈判，准备把这些文件收回去。”红领带的霍桑，爽脆地说明了来意。

“哦！霍先生所说的，就是，臧国华——臧先生的事？”主人圆圆的脸上迅速地添了一层笑意，他高兴地想：

“呵！来了！毕竟耐不住了！”想时，他说：

“听说臧先生快要登台了。他很得意吧？——那很好！我准备把这些信件还给他，当作他登台的花篮。”

这一头慈祥的老狐狸，分明想借这种圆滑有刺的俏皮话，腾挪出一些时间来，好准备他的适当的应付语句。

霍桑严肃地说：“必要的话，他可以绝对依从姚先生的条件。”

这话一出口，却使这老家伙，马上感到一种困难。他吞吐地说：

“那——那再好没有。但是很抱歉——”他又改变口吻，“但是很不幸！”

“我知道！”霍桑立刻以一种大侦探的应有机伶的姿态，截住他的吞吐的语句而凝冷地说：“我知道这东西已遭了劫夺！”

老家伙转着眼珠，露出了不胜惊佩的样子。他慌忙问：“那末霍先生可知道，劫夺这件的人是谁？”

“我知道！”大侦探仍以一贯的语调回答：

“又是那个讨厌的浑蛋！——”说时，他指指他自己的耳朵嫌憎地说：“那个耳朵上面挂招牌的浑蛋！是不是？”

这老狐狸听说，脸上格外装出了惊奇不胜的神态。其实他在暗自欣喜：他的妙计，消息居然会广播得那么快！他又暗暗筹度：眼前，囤货脱手的机会已到，要不要就把实话向这大侦探说明呢？

沉思之顷，他举目望望这大侦探伸手自指着的耳朵，只见他的耳轮又大又厚，其白如玉。他想：记得中国的相书上，好像有过这样的两句，“耳白于面，名闻朝野”，看样子，当前这个机警的人物，和相书上所说的话倒有些相符的。就在这略一沉吟的瞬间，他已找到了一句腾挪的话。他把拇指一翘，恭维地说：

“霍先生名不虚传，料事如见，佩服！佩服！所以，我一遭到这事，就想来找先生商量。”

霍桑向他笑笑，似乎说：“帽子很高！但是，你为什么不在五分钟前说出这句话呢？”想念之间，他把一种严冷视线紧射在这老狐狸的圆滑的脸上说：

“有一件事很奇怪！——”他停顿一下，突然厉声说道：“那被劫的信件并不是真的！”

“什么？”老家伙的脸色一变，几乎从大旋椅内跳起来！他感到自己的把戏，已被这机智的侦探一语道破，未免恼羞成怒。要不是还想顾全脸上慈祥商标；他几乎就要大声咆哮。

但是，他听这位大侦探，又用较缓和的语气说道：“我的意思是说，也许，那些真的信件，是被这里屋子里的什么人——譬如说，佣人之类——预先掉换了去。”

这缓冲的语气，使这老家伙透出了一口气。立刻，他恢复了他的镇静，笑着摇头：

“没有那回事！决没有那回事！”

“然而这是事实！——并且，我根据某种线索，知道那一个深灰色的大信封，还没有走出这里的门槛。——我可以和你打赌！”霍桑以大侦探的习惯的口吻，坚持他的意见。

“深灰色的大信封？你去弄弄清楚再说吧！我的大侦探！”老家伙在那旋椅里面旋了一下，这样轻鄙地暗想。他又讥刺似的说：

“霍桑先生的意见，自然总是准确的！那末，要不要把我的下人喊进来，切实追究一下？——我这里，只有一个当差的和一个包车夫。”

他伸手作势准备按那桌子上的唤人铃，但霍桑却阻止他说：“暂时可以弗必。”

老家伙感到这事情的局势暂时已经弄僵，“脱货求现”的交涉当然已无法进行，于是，他索性尽力揶揄着说：“那末，霍先生，你要不要查查我这三间破屋子？”

他又含笑说：“如果霍先生真能在这螺蛳壳里，找到那个深灰色的大信封，那我真像小孩看到魔术一样惊奇了！”

“只要姚先生，能宽假我一小时的时间！”大侦探挺挺腰肢，发出极有把握的语声。

“哼！一小时？我可以允许你一百年！”老家伙心里暗想。一面他从旋椅内站了起来说：“不胜欢迎之至！霍先生请便。”

红领带的霍桑，也随之而抽身立起，从容燃上了一支自备的纸烟。

这时候薄薄的暮色，已像纱幕那样挂了起来。这小小的屋子，被笼罩于迎面广大的树荫之下，光线显得格外晦黯。屋外，一二声的鸦鸣，依然不时划破了幽悄的空气。

姚朴庭顺手扭亮了电灯，霍桑乘机以利锐的眼光，先向眼前的屋子里游目四瞩。

先前说过，二人谈话的所在，是在三间屋子中的正中一间，这一间屋子，似乎兼带着憩坐，会客与办公的各种职务。这里给人一种简洁净明的印象：一切大小陈设，绝无一件多余的东西。左右两壁安置着四只软椅与两只矮凳。壁上，两面各挂着一座阔边镜框，配着两张西式风景画。——这是一种印刷的画，抑是手绘品，大侦探一时却不暇加以细察——后方窗下，陈设一张双人大沙发。在劈对空地的前面，有六扇玻璃窗，靠窗放着一张大号的钢质写字台；写字台的东西也是那样单调，笔架，墨水，壶之外，一只唤人铃，一架电话台机与一个烟灰盘，如是而已。

总之,在这一览无余的屋子中,除了那张写字台的几个抽屉之外,简直没有一个可供隐藏那枚信封的地方,——然而这一头狡猾而胆小的狐狸,他会把这重要东西随便藏在这种明显的所在吗?

粗粗一望之后,这位大侦探感到,在这正中的屋子里,已经无一点搜寻的价值。于是,他不禁举眼,流盼到左侧的一扇门上。那扇门正开着一半,并不曾关闭。霍桑探头进去张望了一下,他很有礼貌地回头看着主人;似乎要取得了许可,而后再进去。

老家伙非常"识相",抢先推开了这扇门,顺手就在门边拨开了灯钮。他回眼向这大侦探说:

"那个灰色大信封,在未遭劫夺之前,就藏放在这间屋子里。这里有一座保险箱,霍先生可要进来看看吓?"

"很好!"大侦探悄然跟随主人,走进这左侧的一室。

这里的布置,和中间一室,有着相同的简洁单调的情形;左方靠壁,列有四口红木镶玻璃的什景小橱,橱内杂列着磁、铜、木、石的小件古玩。对方有两座书架,稀疏地放着寥寥几册书。前面窗下,设有一只紫檀小琴桌,一小方昆石和一只小铜鼎,是这小琴桌上的点缀品。

大侦探的锐利目光,在接触到室中每一件东西时,他先很乖觉地偷眼察看主人脸上的反应;然后,他再决定要不要对这件东西,加以密切的注意?

可是,他这斯文而乖觉的眼光的搜索结果,似乎依旧并无所获。

最后,大侦探的视线,凝冷地移射到了室隅一座并不十分高大的保险箱上——这箱子约有三十五英寸高。当然,大侦探对于新旧各式的保险箱库,有着相当丰富的智识。他在一望之间,不须细看这箱上的牌子,就知道这是一种法国 Hulequerue 大钢厂的出品。箱门上装有一个刻着字母的转锁盘,一种使 Combnation Leck 的独幅厚钢板的箱子。在一般十九世纪半的窃盗的眼光中,正是一种看着头痛的东西！

当霍桑的眼光，有意无意地射上这箱门时，那头狡猾的老狐狸居然抢先开口，他说：

"以前，我把那些信，藏放在这口保险箱里。这箱子装有密码暗锁，钥匙永远放在我的脑壳里。霍先生你看，谁能从里面变那掉包的戏法呢？"

说时，他竟不等霍桑开口，立刻俯身旋着转锁，自动开了这箱门。一面，他把以前藏信的所在，讥刺似的指给霍桑看。

其实大侦探是何等机警人物？他偷眼一看这老家伙的神态，就知道那个信封决不会用"押老宝"的方式，留存在这座保险箱里。

这第二室经过大侦探眼光的一番斯文的搜索，过去的经验告诉他，这里似乎也并没有可供密切注意的地方。

最后，他们踏进了第三室。——这是主人的卧室——率直些说吧，这里的简单的情形与前二室相同，而侦察的结果，也与前二室完全相同——那就是说，我们这位夸大口的魔术家，并不曾实践他的诺言，而把他的白鸽和兔子从帽子里面突然变出来！

大侦探挟着满脸的沮丧，回进正中一室，颓然地倒进先前所坐的椅子里。他似乎想把他的气愤，尽量在纸烟上面发泄，只见皱紧了双眉，尽力把他的脸面，埋进了浓浓的烟雾中。老家伙坐在一旁，悄然凝视着他，慈祥的眼角里，露着一点怜悯的意味。

二人暂时无语。窗外，仍有一种"哇哇"的声音，代替了主客间的应对。

一会儿主人看看手表，忽然自语似的说："哦！七点十五分了。我的表也许太快了吧？"他这语气既像是揶揄，又像是逐客，实际分明是说："一小时的时间，差不多啰！要变戏法，快些变呀！"

大侦探的颜面神经纤维的组织，似乎具有相当的密度；他听了主人这种冷酷的讽刺，并不稍动一点声色。忽然，他从椅内抽身站起，要求主人让他借打一个电话。

他在那架台机上拨了一个号码，高声向话筒中说："啊！包朗吗？我是霍桑。我的工作没有完毕，晚饭不必等我。"

主人在一旁喃喃接口：

"霍先生不嫌简慢，就在这里便饭。"

电话的对方，简单地回答："OK"。这所谓包朗，具有一个十足"麒派"的嗓子。打罢电话，大侦探退归原座，仍旧把他的脸面埋进了纸烟的浓雾中——看他的样子，并无就走的意思，也许他是因为感到轧米的不易，真的想在这里叨扰一餐免费的晚餐。

主人以一种讶异的目光流盼着他。慈祥的脸上，渐渐堆起了一种不耐的神情。

霍桑的电话打出未久。那架台机上的铃声忽然大振，有一个电话从外面打了进来。主人顺手拿起听筒凑上了耳朵。

本年度的"麒派"嗓子，似乎适逢旺产的时期，电话中的对方，也是一个沙哑的声音，他自称是民主中学的舍监。姚朴庭在话筒里面问答了几句，他的圆圆的脸上，立刻露出了非常惶急的样子，只听他慌乱地说道："我——我就来，我立刻就来！立刻——"

匆匆放下听筒，他以一种很不自然的眼光，看着这位大侦探说：

"抱歉之至！我有一桩要紧的事情，立刻就要出去。请霍先生在这里宽坐一会，好不好？"

他的语句的表面是留客；而他的语句的夹层是在逐客。——很微妙的！这是我们中国绅士们的传统的谈话艺术。

当时，我们这位大魔术家，正因一时变不出戏法而感到一种无法下场的尴尬，一得这个机会，马上他用收篷的调子，解嘲似的说："好好！明天我再来。明天——我一定可以把信件找出来。然后，我再代表我的委托者，和姚先生开谈判。"

"好得很。"老家伙心不在焉地应对了一句，他匆匆拿起了他的帽子。

二人并肩走出这幽悄的三杏别墅。在“再见”声中，一个匆匆跳上包车；一个悠然跨上自由车。这里，剩下了那个青年的仆人和树顶上几头乌鸦，负起了守护屋子的全责。

两种车辆一前一后，沿着同一的路线进行。

包车夫的腿，似乎比较自由车的轮子活跃得多，眨眨眼，二者之间已脱空了一个相当长的距离。这辆兰令的跑车，驶到一条岔路口上却转了弯；但不到两分钟的时间，这跑车又在路口出现而飞速地驶回了原来的地点。当时，前面那辆包车的影子，早已消失在苍茫一片的暮色之中。

这辆轻捷的跑车，以飞一般的姿态，重新驶回三杏别墅的铁门口。红领带的大侦探，轻捷地跳下车子，他第二度又去按那铁门边的电铃。当那个年轻仆人把一种讶异的目光，投上这位来宾的身上时，大侦探把车子推进门口，他和这机警的仆役立着密谈了片晌。结果，他把一小卷“不值钱”的纸片，塞进了这年轻人的手内，于是，我们这位侦探家，立刻取获了暂时在这三间屋子里面自由行动的特权。

大侦探以闪电式的行动，二度在这小小三间屋中，进行了一个较自由的搜索，有几个地方，他竟很不客气地，自由使用着他的百合匙；甚至，他连主人卧室中的被褥与枕套，也都翻检了一遍。他的手法，和外科医师施行剖解时的手法，一般的敏捷而熟练，前后只费了几分钟的时间，他已完成了他的应做的手续。奇怪！当时他的行动，不像是一位大侦探，而很像是一名具有十年以上经验的积贼。于此，我们很可以获得一种宝贵的教训，那就是说：在我们眼前这个太微妙的社会上，往往有许多站于绝对对立地位的人物，例如侦探之与贼，强盗之与名人，绅士之与流氓等等，他们的身份固然是对立的，而在某种地方，他们间的技巧与手段，却往往是相类甚至相同的！

这贼一般的大侦探，在这三间屋子里的再度搜寻，结果照前一样,并不曾获得什么;而他也预计不会获得什么。他知道眼前所需要的,却只是思想,而并不是动作。他想:除非那些信件,真的已不在这所别墅。

于是他退归那间正中的屋子,他以主人的姿态,坐进主人方才坐的那只大旋椅。他努力燃烧他的土耳其纸烟,以鼓动他的脑壳中的机器。

这天他的机器似乎很不济咧!他思索的结果,也像他的动作一样,并不曾获得什么。脑细胞在浓烈的烟雾之中消耗得太多,渐渐地他已感到有点脑胀。

"哇!"一声鸦鸣打扰了他的迷离的思绪。

迎面玻璃窗外,夜已完全笼罩住了那片场地——这是一个澄明的深秋的黄昏——一个八分圆的月子,刚自偷偷爬上了围墙;月光从树叶空隙中钻进来,把那三株银杏,钩成一片混合巨大的阴影。

大侦探的凝滞的目光,被这鸦鸣所唤起。他从玻璃窗中仰射起他的视线,在那沉浸在银色月光下的树顶上,他看到了一个有趣的情形:一头孤独的乌鸦,撑着它的疲倦的翅膀,正在低低地盘旋。咦!这小生物并不曾遭逢到人间的乱杂,为什么它也表演出这种"绕树三匝,无枝可依"的姿态呢?

"嘘!你们这些臭嘴的乌鸦!哇哇哇!讨厌!"

一种挟有南国口音的清脆的娇叱,蓦地浮漾于这红领带的大侦探的耳边;同时,白昼地下室中的几个活跃的钟头,又在他的眼底闪动。

因这不相干的回忆,却使他的紧张的脑筋,暂时获得了一种轻松的苏散。于是,他把他的身子从旋椅里面轻轻旋转过来,他重复地无目的地游目四瞩着这室内的简单的一切。

当他的视线,接触到壁间的一座镜架上时,他忽想起在一些外国的影片中,常见一种小型的秘密银箱,被镶嵌在墙壁之中,而用一种画片挂在外面作为掩蔽物。

“会不会在这座镜架之后,也有这种秘密的设备呢?”他有意无意,好玩似的这样想。

“哼!好一个幼稚的想念!哪里会有这种事?”他立刻自己驳斥,一面自觉有些好笑起来。

可是,他虽想着不会有这种事,而他的身子却已从旋椅里面站起,一脚踏上了靠壁的一张软椅之上。他居然开始动手,搜索着这镜框后面的墙壁。当他把这悬挂在壁间的镜框双手轻轻揭起时,立刻,他已感到一种失望——一种意料的轻微的失望——他发见这洁白的墙壁上,并无半点“异状”。

他虽有觉他这举动的可笑;可是他还放不过对方壁上那个镜框。他又轻捷地跳跃上了对方的软椅,在第二个镜框之后,施行无聊的检查。结果,当然,他看到那墙壁上是“天衣无缝”;即使要隐藏一枚针,那也是不可能的事。但是,至少,他在这第二个镜框的本身上,已找到了一种可注意的东西!一种意外欣悦的情绪,迅速地控制了他。他的一颗心,立刻感到有点怦怦然!——原来,这镜框背后的木板上,附属着一方三寸宽尺许长的厚纸片,用一些细小的铁钉,钉住在那里——看样子,分明这是一种出于匆忙中的设计,做成了一个简陋的信插的样子。而这信插的长度与阔度,恰好可以藏进一枚大号的信封。

啊!这是一个相当巧妙有趣的秘密设计呀!如果,你把什么重要文件隐藏在这里,即使有人移动这镜框,只要那人忽视这镜框的后部,那末,那人一时仍然不会发见这秘密。

“呵!毕竟找到了!”大侦探站在那软椅上,几乎要高声欢呼起来!可是,且慢高兴呀!他把他的手指挤进这秘密的信插时,一秒钟内立即使他感觉到一种严重的失望!原来,很不幸的!里面竟是空无所有!

大侦探站在高处,呆怔住了。

可是他想:无论如何,那个可恶的老家伙,曾经把这些信件,在这镜框之后隐藏过,那是无疑的事!

现在,他又把这东西搬到哪里去了呢?

他从软椅之上颓然跃下,举起一种沮丧的视线,怅惘地看着这壁上的镜框只管出神——这镜框配置的两张西洋的风景画。左方一张,画着一片旷野,远处,有一带秃枝的树株,被笼罩在一抹绯红的霞影里。紫色的天空间,涂着两行黑点,那是一群薄暮的归鸦。

右方的一张,画的是几株巨树,当前最大的一枝,一枝粗而横斜的枝干上,缀有一个鸦巢。两只轮廓清楚的栖鸦,被安插在这危巢的一隅。树后嫣红的夕阳,抹上了辽远的天际。

总之,这两壁间的两幅画,却是取材于同一景色,而用远近两种镜头所绘成的两个不同的画面。

由于这时较精审的注视,他方始觉察这镜框中的两幅画,并不是印刷品,而是一种笔致极细的油画。想到“油画”,有一种字面相近的东西,立刻闻上了他的脑膜。他的眼珠一阵溜转,突然想到两三小时前,那个矮子曾向他这样说:

——他看见他把一张整张的“油纸”,叠作四层,包在那个信封之外。另用根麻线,十字式的扎在包外——

(至此,读者们当然早已明白:这一个红领带的漂亮的大侦探,他的真面目是谁?)

蓦地,这大侦探像在大海之中抓到了一块木片,又像在万黑中发见了一道微光。他想:那个狡猾的老家伙,倘不是怕那信封受到潮湿,为什么要用一张油纸包在外面呢?

他不等想完,立刻匆忙地奔出室外。他把双手插进裤袋,站在屋前的走廊之下,举起他的锐利的搜寻的视线,四向搜寻着他所要搜寻的地点。

咦!一只飞鸣的乌鸦,背负着月光,还在树顶上面盘旋。

水一般的光华下,看到一种情形很有些可异!只见一只孤独的乌鸦，飞鸣盘旋了一会，疲乏似的落到一个高高的桠枝上；另一只乌鸦，却继之而起；第二只乌鸦在树头盘旋了一会，刚自停落下来，而第一只乌鸦却又张翅起飞，它们轮流地像在举行什么“换班守值”的工作。

咦！很可怪哪！这个时候，别的乌鸦都已归了巢，而这两个小东西，为什么会例外的放弃着它们应有的休息，而流浪在外面？难道说，它们也在它们的亭子楼头，受到了二房东的气了吗？

——嘘！你们这些臭嘴的乌鸦！哇哇哇！讨厌！——一种清脆的娇嗔，再度浮上了这大侦探的耳边。可是随着这幻觉而来的，并不是先前那种轻松的回忆，而却是一种很奇诡的意念——月光之下，他急忙举起他的视线，飞掠到那条煤屑走道左侧的墙垣之下——前面说过的：那里的一隅，堆着竹帚与泥铲，还有一些别的东西。

他的锐利的目光在那堆杂物上面掠了一下。立刻，他又很匆骤地奔向居中那株较高的银杏树下，俯身察看树下的泥土。这时候，当空虽有澄明的月色，可是被当头披离的枝叶所掩蔽，地下铺满了一大片漆黑的剪影，再也看不到什么东西。于是，他再奔向他的那辆停放着的自由车边，取下了那盏干电灯，重复回身走到树下，借着这强烈的干电灯光，低头细细察视。果然，这里至少已有些可注意的东西，被他轻轻发现了！

在那湿软的泥地上，他找到两个比粗支纸烟听子略大的圆印，这两个圆印成一平行线，其间的距离约有一尺多阔。而这圆印和居中那株银杏树的相距，却有近三尺的地位。

（这里，请读者们试猜一下，这两个圆印，却是什么东西所留下的印迹呢？）

当这大侦探进行他这神奇的侦察时，哇哇！当头又是二声飞叫。

大侦探高兴地抬起头来，向这飞鸣于月光下的乌鸦招呼着说：

“啊！多谢你的报告，现在，我完全明白了！”

一面他又喃喃自语似的说：“可怜的小东西，耐心些，让我来解放你们！”

喂！他明白了什么事呢？还有这树头的乌鸦，它们遭遇到了何种的不幸，而需要他的解放呢？不错，以上的问题的确是需要加以说明的。

原来，因这神秘的鸦鸣，却使他迅速地记起了以前所听到的关于乌鸦的一些故事。这小小的生物，有几种习性，确乎是相当有趣的——

其一，记得有人说起：这种“外貌不扬”的小动物，它们具有一种聪明而机警的习惯，当大队的鸦群，飞向郊野中去觅食时，内中必有一只乌鸦，单独栖止在前方，充当巡察的前哨。逢到有什么敌人，要向它们发放什么“恐怖”的动作时，这一只机警的前哨，便会“哇！”的一声吹起它的天然的警笛，而使它的大伙的同伴，预先获得防备——即逃遁——的机会。

呵！这是一种非常聪明的方法哪！想不到远在人类发明自警团的聪明方法之前，这些小小的生物们，居然早已实施了这种伟大可爱的制度！那真足以使自命为万物之灵的人类，想了有些自觉惭愧的！

此外，还有咧！

其二，乌鸦除了上述的机警习性之外，很不幸的，它们还有一种胆小的脾气。就是每逢它们归巢之际，它们一看到家内有了不论什么大小的东西，它们便会吓得不敢归家，而只在树头飞鸣盘旋。——据说：住在乡下的那些顽劣的孩子们，他们常常爬上树头，实施这种残酷的试验，他们只要把一些砖块或者蛋壳之类，放进了乌鸦的公馆，于是，那些可怜的小生物，便会受到严重的麻烦。

这些小生物，为什么会养成这种胆怯的习性呢？依据笔者的推想：也许，它们的巢穴里，曾经发见过“定时炸弹”之类的东西吧？

以上这种聪明的推想，读者们也许是同想的？

当时，大侦探所想到的，便是这些乌鸦们的第二种习性。

而眼前，这树头上的两只可怜的小生物，不是正有着这种不敢归家的可异状态吗？那末，它们的巢内，不是已被人家借作囤积私货的栈房吗？这样一想，这事情是完全明白了。

而最显著的证据，在这巨树之下，不是清清楚楚，还留着两个竹梯所留的圆印吗？

大侦探又很聪明地想：还有一件事情非常显明，那个狡猾的老狐狸，最初，他一定曾把那个信封，在那画架背后隐藏过。后来因为感到不安，所以才想“迁地为良”，而在当时，他又一定因为看到那幅图画中的乌鸦，方始触动了他的藏进鸦巢中的意念。关于这一种推测，那也似乎很合乎逻辑咧。

在以后的几分钟内，这聪明而神秘的大侦探，他已很容易的进行了他所必须进行的事；并且，他也很容易的取获了他所必须取的东西。——读者们是很细心的，你们当然记得，在那围墙的一隅间，堆置着些泥铲，竹帚与巨剪哩！那里不是还有一架高高的竹梯，现成横在墙垣之下吗？

似乎由于宿命的注定，那宾主二人，不会再有二度握手的机会。当那红领带的大侦探，吹着口哨跳上车子还不满五分钟，那头老狐狸却带着满腹的困扰回来了。他这一次出外在一去一来的遥远的路途——自地丰路的三杏别墅赶到威海卫路民立中学，复自民立中学赶回三杏别墅——中，却已费去了他九十分钟以上的时间。在回家的路上，他的心头忐忑不宁。他觉得这里面，必已出了一些什么新鲜的岔子。至此，他对于那个自称为大侦探的霍桑的家伙，越想越觉可疑！原来，即刻那个沙哑的声气，自称为民立中学的舍监，在电话里向他说：他的儿子姚小雄，突然患了急症，情势相当严重，要他即刻到学校里去看看。不料，他急匆匆地赶到民立中学，方知完全没有那么一回事。其时他的十四岁的顽健的儿子，正在自修课上和一个同学打架。那小英雄伸出了他小小的一拳，却把一个年龄较长的同学打得满脸青肿。这勇敢的孩子，正自噘起小嘴，准备接受教师们请"吃大菜"的光荣的请柬。

老家伙问明情由，就觉事体不妙！他不及多说话，急急跳上车子，吩咐车夫飞速赶回。路上，他已想到那个可疑的侦探，就是那个"耳上挂商标的家伙"。他想：如果所疑不错，那末自己分明已中了人家调虎离山的妙计。

他越想越感觉恐慌！可是，他还自己安慰自己：那个淡蓝的信封，收藏相当严密，不会出什么乱子。况且他又想起：他曾注意那人的耳朵，并没有什么可疑的记识，也许是自己有些神经过敏那也说不定。

但虽如此，他一想到了电话中的恶作剧的玩笑，他的一颗心，却按捺不住的非常的慌张。

回到三杏别墅，一足刚跨进门，他带着喘息向那青年的男仆发问：

"喂！宝生，有什么人来过吗？"

"有的。就是那位霍桑先生。"仆人以最恭敬的声调，报出了那位大侦探的名字。

"他——他重新又来过吗？你——你让他进来吗？"

"他说是你叫他来的。"仆人惊视着他主人的患着急症似的面色，嗫嚅地回言。

"他——曾取去什么东西吗？"他的虚怯而着忙的语声。

"没有。"仆人说，"他有一件东西，留在这里。"

"有一件东西，留在这里？"他又困惑了。

"是一个狭长的油纸包，放在写字桌上。"

"油纸包？"他说了三个字，一手推开了仆役。他以一种消防队员出发救火时的姿势，抢进那间屋子。在那钢质的写字台上，有一个狭长扁形的纸裹，赫然映上了他的眼膜——这正是今天早上差遣开了仆役，偷偷爬上银杏树顶，而亲自把它寄在鸦巢内的东西。

纸裹的式样，似乎原封未动。只是在扎成十字形的麻线下，嵌着一张洁白的卡片，上面用钢笔潦草写着三个字：——

——霍桑留——

（原载《大侦探》一九四七年十六、十七期，
同年十二月二十日及下年二月一日出版）

倡门狭邪

老　琴　师

何海鸣(求幸福斋主)

一个老头儿拉得一手好胡琴,就在八大胡同各家清吟小班里当下一名琴师,收了许多风尘中的女弟子,每日挨门挨户老态龙钟的去教授戏曲。什么西皮二簧、青衣老生,他都会教上几段,就中尤以青衣曲子教得最好。因为他少年的时候在戏班子里唱过青衣,有许多精妙独到的腔调为他人所无,所以他在胡同中教曲子很有些老名气。大凡在北京开窑子和逛窑子的人,没一个不知道他的。

在三年以前,这位老琴师在一家南边班子里,收下一个女徒弟,只有十二三岁。她的名字倒有些写实派的风味,就叫做阿媛。她起初学曲子的时候,还是个天真烂漫的女孩子。虽说流落在这万恶的风流薮泽之内,她并不知道这里面悲惨和黑暗的真相,也不觉得有什么痛苦和抑郁。一位老领家买了她来,辟头第一件大事就是叫她学曲子。她对于音乐,自小就在自然的性灵上发生美感。况且她平日在乡下田庄子里最好唱山歌。如今遇着这位和蔼可亲的老琴师,拉出悠扬动听的琴音,教她些二簧剧中的曲子,她觉得与她的性灵并不抵触,很肯尽心尽意的学。因为她的歌喉清脆,老琴师就教她唱青衣小嗓,唱起戏来用不着张口大嚷,越发显出她的文静和真挚。有时因一两句或一两个字不合调,她紧靠着老琴师的膝下，好比小鸟依人的一样，静待老琴师的教正。她那种天然的美和人生的真，直打入老琴师心坎以内，感动得要掉下泪来。所以这老琴师格外欢喜这个女弟子，将毕生的歌剧艺术，都十分诚恳的一样样传授了她。

她这样的学了一年，唱工是天天的进步，老琴师欢喜得了不得。她也觉着唱曲子唱得好，是人生最愉快的事。但是她曲子唱好了，人也长大了，那位老领家妈妈，难道买了她来关在家里唱曲子自己消遣的么？对不起，登时替她上了一笔花捐，她就成了个法律上认可的娼妓，对于我们的国家，尽了她个人纳税的义务，换些个千金卖笑的权利来供老领家妈妈一人受用。她的营业和她的人生责任，头一步就是出堂差条子，老琴师紧紧跟着，在他人酒席筵前唱曲子给人家听。她起初不愿意，以为我唱得好我自己听，我师傅听，我妈妈听，我的姊妹听也就够了。为什么要亲自送上门去唱给陌生的人听？但是她哪里有这股勇气，足以抵抗老领家妈妈的权威，也就只好任他们掇弄。将她打扮成花姑娘一样，每天每晚由一般伙计们娘姨们拥护着，带着个老琴师，不论暑天炎日，三更半夜，下雪刮风，总是颤巍巍地轮流不息出堂差。

这样糊里糊涂莫名其妙的堂差，出了足够一年多。到一处唱一处，唱得越好，叫条子的越多，出堂差的人越忙。她忙极了的时候，忽然大悟，觉得她的人生问题中不可思议的谜，居然有了答案。原来这位老领家妈妈买了她来，是专门唱曲子给人家听的。她在酒席筵前常常受客人的侮辱和玩弄，也觉得她的生活是无意识，而且她的人生观念也非常烦闷；但是音乐和歌唱，究竟算一件优美高尚的艺术。一部分虽说不愿意唱给人家听，一部分却在那高唱入云的时候，自己对自己得着一个很大的安慰。她唱得高兴，自然就会自己安慰自己，说这是唱给我自己听的，或者是师傅听的，再或者是邻座姊妹们听的，他们都道好，她自己也觉得真不错。老琴师镇日价跟随着，每拉一次胡琴，听他唯一的心爱的徒弟唱一折青衣,便可同时得着客人一元大洋的赏赐,也觉高兴异常,承认这种生活合于人生正义。倘使这种生活能够多延长几时,这位阿媛和这位老琴师,对于他们的人生问题上,总算没有多大的缺憾。但是宇宙间的谜是猜不透的,未来的人生是越发不可思议的。世界上社会上人的生活,是一天不如一天的。

果然,这阿媛的歌剧艺术完成了,她的身体更出脱得美丽了。天下决没有那样的瘟生嫖客,肯跑到堂子里诚心诚意去崇拜一个娼妓式的女子艺术。自然就有那些脑满肠肥饱暖不过的大少爷,要在这盛名之下艺科名妓的洁净肉体上,费一番钻营的工夫。那位老领家妈妈不懂得什么叫做女子的贞操,更不懂得什么叫做艺术家的人格。她只知道娼妓卖身是法律上许可的商业买卖行为。这第一次原封未动的肉体买卖,仿佛像市面上流行的交易所头批股票,有些奇货可居的性质。站在交易所拍卖的场中,谁出得价钱高便卖给谁。自然也就有那般性欲上的奴隶,被性欲驱遣着,拿出他先人或自己造孽上积来的钱,纷纷向这位老领家妈妈的地方,踊跃争先的来投标竞买。结果有一位军官大爷,在那国库支出的兵饷内克扣了一笔,约末有五千多银子,悉数拿出来孝敬这位老领家妈妈,便如冲锋陷阵慷慨赴义的一般,得了这注头标,足够北京全城政学军商各界的冶游家,不约而同的发生一种羡慕和妒忌。

不好了,天也黑了,这位军官大爷喜气重重的来到阿媛的房中。在这惨淡无光的电灯底下,摆着一台盛筵,邻近的梳妆台上点着一对大号龙凤喜烛,照得人脑子痛。许多帮闲凑热闹的朋友,挤满了一屋子。明明当天晚上要出一件很重大的事情,老领家妈妈满面春风的在那里忙着招呼客人;伙计娘姨们知道有笔赏号的财喜,也在里里外外跑得格外起劲;同院姊妹们听着风声,看见阿媛房外的红色彩绸,也在那里纷纷议论,说短道长。就中只苦了阿媛一人,知道有些不妙,却又说不出个所以然来。有许多的客人和姊妹们向她恭喜,又拿种种不入耳的话来取笑她,只急得她又羞又怕。明知道门外的天老爷是不管这闲事的，只好闷坐在桌子边，低着头将一双眼钉牢在地板上，希望地底下显出个地狱门来，让她钻了进去。但是地底下是不会有门的，只索忍耐着性子，坐在人间地狱中，任凭这一般狗男女的戏弄。她虽然也曾唱过一支曲子，她也不清楚她唱的是什么，大概是哭不是唱也未可知。她唱完了的时候，那老琴师得着一个很沉重的红封包，道了一道谢，便提着胡琴出去。她恨不得一把将他拉住，叫他救护着她一块儿走。他头也不回就走了，他也没有法子可想。后来接二连三的人都走了，她对于不拘何人的走，都想拉住。到了最后她却未曾拉住一个人，而且她也没这勇气敢去拉。等到人都走尽了，单单剩下阿媛同那军官大爷。想他不走的人都走了，想他走的人他偏偏不走。事已至此，还有什么话说，只好听天由命，任凭那军官大爷摆布，仿佛是他的俘虏一般。究竟这天晚上阿媛受了些什么痛苦，得了些什么教训，动了些什么感触，连做小说的人都不知道。因为做小说的人是个男性，更不曾做过娼妓，哪里知道这里面的事，只好淡淡写上一笔“一宵无话”。

等到第二天，阿媛的房中还在那里摆酒庆贺。可怜那阿媛自从经过这宵的痛苦、教训和感触，越发怕得吃紧，羞得厉害，连房门也不敢出一步。见着人总是低了头，就是她的老琴师来了，她也不敢望他一眼。老琴师拉着琴，轻轻的问她唱什么，她也轻轻的说了一句，就此唱起曲子来。刚刚唱了两句，这老琴师点了点头。我们做小说的人不知道的事情，他从声音上听出来了。他一边拉着琴，一边想起昨宵的事，怎么只隔了一夜的工夫，她的嗓音就变了。女孩子家成了人，却与声音发生变动的关系。这种变动，简直把一个女艺术家的天赋歌喉，由清脆变成了粗浊。咳！这个天生的女艺术家，给昨晚一宵轻轻的毁了。可怜她人生问题中两个重大部分，贞操和艺术，都被万恶的金钱断送给那军官大爷了。老琴师在窑子里跑得勤，对于贞操问题，或者没有精密的研究；但对于艺术观念，非常清晰。这样呕尽心血辛辛苦苦教成的女弟子，便断送在昨晚一宵，也不觉暗地里叹息几声。

自从这老琴师，对于他的女弟子发见了歌喉上疵点以后，从这第一次不满意偶叹其气的底下，阿媛的卖唱生活，一变而为卖皮卖肉的生活。那位老领家妈妈自小没做过艺术家，不懂得艺术的真价值，不知道艺术家歌喉比皮肉值钱，硬逼着那位女艺术家牺牲她的艺术和歌喉，专门去干那赤裸裸的直截了当的肉体营业。今天生张，明天熟魏，只要卖得钱出，多换几个生客人，进账反格外的加多。于是阿媛的干净身子，被他们活生生地糟蹋得不成人样；那嗓音不消说得，自然也是一天坏似一天了。虽说阿媛肉体上受的痛苦只有她自己知道，然而她艺术上受的挫折那老琴师却十分了解。这样闹了半年，每逢阿媛嗓音败坏，从胡琴上的高调门跌下低的调门一字或半字的时候，老琴师总加倍的叹息。在这叹息声中，看了看阿媛憔悴的面容，回想起从前，天真烂漫紧偎着膝前张着脸问词的情形，曾几何时，便到了这般田地，不由老琴师一阵阵地心痛。天可怜见，老琴师辛苦一生，只欢喜这个女弟子，也就只教成这个女弟子，眼睁睁看她毁了，他的希望也就完全断绝了。阿媛一天一天病着往死路上走，老琴师也就伤心着老得不成样子。他如今才知道娼妓这个玩艺，不是人干的。可惜他没有权力能阻挡这件事。

有一天晚上，阿媛房中又轮着这位军官大爷请客吃酒。他老先生毕竟是个军人，十分勇敢的在阿媛身上抢了个先鞭，开了个先例，领着头让许多人来蹂躏阿媛。他还自鸣得意，以第一开山祖师自夸，算得是阿媛处所的老前辈，足以表率一世，耀祖扬宗。所以他不断的还来重温旧梦，多所报效。恰巧这一天阿媛病得十分沉重，她常常的痛定思痛，觉得她一生的厄运，都打从这位军官大爷而起。平素对着他又怕又恨，从不正眼看他一下，当自己是个行尸走肉，任他播弄。这晚坐在筵前，老琴师拉开胡琴，她就随便唱了一折，声音唱得很低。军官大爷大不满意，说她从前唱得是何种好法，今日为何如此偷懒。却不知道她的唱工败坏，都是他自己的罪恶，他反吆喝着再唱一折。于是阿媛出于万不得已，又力竭声嘶的勉强唱了一折。他听了更不痛快，以为这个姑娘人人知道是他的相好，他出过五千元肉体的代价，就为她的唱工好名气大。如今当着许多朋友面前，唱得这样坏，岂不坍了他的台，被人笑他当初花了冤钱。于是暴跳如雷，还要阿媛好好的再唱一折。阿媛这时已经万分支持不住了，心里一阵难过，便大大的发一个狠，向老琴师道："拉反二簧，唱《六月雪》"，预备唱死他。老琴师垂头不语，也就一丝没气的慢慢拉起反二簧的调子来。阿媛刚刚唱了一句，在那尾音上一口气接不上来，心里一急，哇的一声吐出一口鲜血来。恐怕被人看见，一只手用手巾遮住嘴，一只脚便在地毯上乱擦，想擦碎那块鲜血。老琴师一清二楚的看在眼中，心里如刀割的一般。磞的一声，——上帝呀，他看在上帝的面上，拿出一百二十倍的勇气，做出一种有重大价值的破坏——是世界上公理、正义、人道所许可的——哎呀，这老头儿老泪交流，下了一个决心，把他恃为生活的一根琴弦，竟故意儿弄断了。

一时万籁无声，老琴师抱着他那把断弦的胡琴，颤巍巍地坐着。阿媛不知就里，躲在一旁咳嗽。军官大爷说："怎么呀，弦断了，接了弦再唱。"老领家妈妈急忙跑过来，叫了声师傅，快点儿接了弦再拉。老琴师发出一种极悲惨的冷笑，轻轻说道："这是要人性命的勾当，我老头子不干了。"把胡琴往地上一扔，立起来就走。

阿媛看见老琴师走了，她明白老琴师扭断琴弦的意义和这破坏的价值。想了一想，她也不要活了，哭嚷着把头往桌子角上碰，登时倒在地下，口里只吐鲜血。那把断了弦的胡琴，恰巧也卧在她的身旁，依然陪伴着她。老领家妈妈又气又吓，浑身发战，将阿媛抱起来放在床上，如死尸一般。这是老领家妈妈她四百块钱买来的奴隶和货物，也是那军官大爷五千元交易得来的战利品，如今成了这个样子。她那吹弹得破千娇百媚的容颜，到哪里去了？她的霓裳羽衣妙舞清歌的艺术,也完全丧失得无影无踪了。老领家妈妈是一个窑子里面的资本家,军官大爷是一个经济作战的战胜者,如今奴隶和俘虏都被老琴师那根断弦轻轻的将她解放了。他们坐在房子里,一对狗男女总算是都失败了。那个拚命的可怜虫,眼见得要博个死亡的最后之胜利。这位老领家妈妈,还得假意殷勤安慰这位有经济权威的军官大爷,说这孩子大约是喝酒喝得太多,有些儿醉了,得罪了你大爷,千万别要动气,明日就会好的。军官大爷一口闷气没得出路,只好拿那老琴师来臭骂,说这老该杀的疯了,叫伙计们撵他出去。随后伙计们进来,检拾起那把断了弦的胡琴,出去往垃圾桶一丢,恶狠狠望着老琴师,说结了罢,你还配拿这个玩艺吗?

老琴师跑出院中,还在那里痛苦流涕的直嚷,说他们在那里杀一个无罪的人,我救不了她,我也不能眼睁睁的看她死。完了,完了!我不干这个造孽的事,不吃这门害人的饭了。说完就此出去,便没人知道他的下落。至今伙计们还在闲谈,说他这个人一块钱一曲的胡琴不要赚,敢莫是真疯了……上帝呀,这样的人算是疯人吗?至于那位喝醉了酒的阿嫒,究竟她后来醒了没有,大概只有那位死神爷爷知道,在下做小说的也打不出个交代来。横竖造物不仁,以万物为刍狗,她这样醉死了的人,窑子里多得紧。我懒得伤心,便再也不写下去也。

(选自《倡门小说集》,大东书局一九二六年十一月出版)

烟　篷

包天笑

年已六十余岁的左先生,两鬓如雪,据他说有二十年不入花丛了。听说上海北里中的情景,时时在变迁。当然,社会在变迁,所有一切的行业也都在变迁。上海的妓院也是各种营业之一,自然也跟着时代转移。左先生很想去看看现在上海堂子中的情形,变迁得怎么样了。

恰巧有几位年纪轻的朋友,正要吃花酒请客。便邀他道:

"左老伯!我们明天要请一个客人,在堂子里吃花酒,您高兴来吧?您不是说要看看堂子里的变迁情形吗?"

"一个落伍者,你们不讨厌吗?"左先生说。

"左老伯说哪里话来?因为您虽老而兴趣不衰,我们当唤您为'老少年'。明天晚上在湘娥那里,请七点钟来吃夜饭。他们打牌的另外一班人,我们不打牌,谈谈说说好了。"

左先生听得"湘娥"两字,似乎很熟。然而上海堂子里的名字,总是陈陈相因,了不足怪。有的是世袭的,譬如一个叫湘娥的嫁人了,第二个接上去,也叫湘娥。有的是分支的,譬如两个做手,合包一个倌人叫湘娥的,湘娥的名字红了,于是她们拆伙以后另行组织,也都取名湘娥了。

"好!"左先生说,"我明天准来。"

到了明天晚上,左先生到湘娥家来了。但看看并没有什么变迁,衣饰当然是变迁了,但妓院中人与非妓院中人,初无二致。房屋是因为湘娥乃是一家高等妓院，与从前妓院房屋有些不同了，但这种也是普通小洋房，在上海已是数见不鲜的了。此外一切堂子中规矩还是如此。就是一切费用继长增高，有点可骇，这就算变迁了吗？即以左先生二十年前停止入花丛的时候比较起来，那时吃一次花酒，所费不过百圆。此刻倘然吃一次花酒，而主人犒赏五百圆者，妓家要呼亏本。稍有手面的，吃一次酒总在千圆以外了。

湘娥家自己备菜，肴馔颇佳。餐毕，打牌者重复入局，主人家则引左先生至亭子间，中有一烟榻。复引一粲者至，说道：

"左老伯！请靠靠！高兴可以香一口。阿金！你陪着左老太爷谈谈讲讲。左老伯！这位阿金姐，应酬功夫是很好的呀。"

左先生虽没有烟瘾，却喜欢在烟榻上横横。但今日主人家请客的是湘娥家，而又引了一位名唤阿金的进来陪伴左先生，使左先生枨触了四十年前的一件事。左先生道：

"我吸一口烟，我来讲一节故事给你们听。"

于是湘娥家的小阿媛，以及房间里的老四，老五，都来听左先生讲故事，挤满了一房间人。

以下便是左先生讲的故事。

当四十年以前，我住在上海宝善街一家中等旅馆里，那时上海的旅馆尚用钱码，二百八十文一天，占一榻。但有两榻或三榻者，谓之拼房间。我爱清静，独包一间两榻者，即以一人而出两榻之价，每日五百六十文。因为我那时，在一家报馆办点笔墨上事，那家报馆不能住宿，只好住旅馆了。

我住的楼下，就是一条堂子弄堂。我楼窗的对面，正是一家堂子。这堂子里有多少人？我不大明白。堂子里先生叫什么名字？我也不知道。但是两面的窗子都开了，我可以直看到对面她们的红木床上。有时那房间里热闹得挤了不少人，吃酒碰和，喧哗不已。有时却冷静得房间里一个人也没有，寂洞洞连电灯也不开。

这是一座三楼三底的房子,门前挂了四块牌子,我对面的那个厢房楼上,那家书寓却叫做湘娥,便是四块牌子中的一块。我怎么知道的呢?便是常常听得他们楼下喊道:"湘娥!堂唱!"

我那时年纪不过二十左右,从未踏进堂子过。恨她们的喧杂,常常把窗关得紧紧的。可是那一条弄堂很狭,她们的厢房外面,还搭出一个月台,她们站在月台上,几乎伸长了手撩得到我的窗口。有时几个年轻的女人站在月台上,对了我的房间里嘻嘻哈哈的笑。我更恨她们了,连忙把窗子关上,只听得她们又啾啾唧唧的说道:"书蹧头!""真是一个书蹧头!"

有一天,我有一位朋友姓陈的来看我了,见我对面的是一家书寓,便说道:"好极了!你这个房间!真是所谓'流莺比邻',再好也没有。"

"一天到晚,吵也被她们吵死了。"我说。

"咦!这是湘娥家呀!"我那朋友走近窗前,而恰巧对面月台上,有一个大姐站在那里。

"呀!陈大少爷!你怎么在这里呀?"月台上那个大姐也开口了。她一面说,一面望着我房间里,搜寻有什么别的她所认识的客人。

"不!我是来看我的朋友的。"我的朋友说着,又拉着我的手臂到窗口来。说道:"我来介绍介绍,这一位是姓左的左二少,这一位是湘娥家跟堂唱的阿姐,名字叫阿金姐。"

"嗄!左二少!"阿金似笑非笑的叫了一声。

但我心中想:前几天骂我书蹧头的,恐怕就是她吧?不过从此以后,阿金无事时,在月台上闲眺,而我恰巧开窗的时候,见了我总是启齿一笑。

"这两天见到陈大少吗?"她这样问一句,也没有别的话。

我呢,摇摇头,又或点点头,也不和她多兜搭。

隔不到两月,上海忽然起了一种谣言,说上海有不稳之势。那个时候，正在甲午中日打仗以后，庚子联军进京之前。于是住在上海的人，都奔回内地去。我知道那是一种谣言，没有什么关系，但是我的祖老太太，在内地听得了这个消息，十分挂念。又因为我在报馆里做文章，发点什么空议论等，在老太太看来，也总是危险的。所以接连两个电报，叫我回去。

但是那时候，为了这个谣言而纷纷离开上海的人，是争先恐后。这时上海还没有铁路可达内地，只有小火轮。于是群聚于北苏州路的几家小轮船码头。小轮公司的拖船上，挤得再无可以容膝之地。而且水脚涨价至几倍以上，更不许多带行李。所有小轮船上称为大餐间，官舱之类，几天之前就被人定去。

我得了家里的电报，知道不回去，无以慰祖老太太倚闾之情，望孙之切。当天就到小轮公司去买票，他们说：

"票子早已卖完，不但今天没有，连明后天都没有了。"

"阿呀！我急欲回去，可不可以想想法子？"我恳求他们。

"没有法子可想，除非是趁烟篷，但你先生只怕趁不来。"

"没有法子，只得烟篷了。"我说。

"那末明天吧！今天已塞得实实窒窒，再多了也危险。票价每客两元四角，你要先买好了票吗？"

"呀！怎么涨价到十倍呀？寻常不过卖两三角钱一客呀！"

"就是这个价钱，人家还买不到咧。"他说。

所谓烟篷者，小轮公司拖船顶上的一层。上面装了一个篷，以免小轮船上灰烟煤屑吹到这里来。四边遮着些帆布，以御夜间的寒风冷雨。而且烟篷上是身体站不直的，只可蛇行而入，倘然是个高个子，坐在上面，头便要碰着顶篷了。古人诗句所说的："跪着衣裳卧读书"便是这种情景。里面没有铺位，长枕大被，骈列而眠，睡相不好的人，臭脚板会伸到你被窝里来。那些都是下等社会的人，贪它价钱便宜才趁烟篷，稍为上等的人，决不趁的。

明日下午，我就带了铺盖衣箱，来到小轮公司码头。我以为来得很早，可是烟篷上挤满了人了，老头子，小伙子，老婆子，小孩子，只看见黑压压一堆人。可怜我是个文弱之辈，第一个难关，便是爬上这烟篷，而又没有梯子接脚。好容易船上一个茶房，把我送上去了。到了烟篷里，我瞧见人家都把铺盖摊开来了，我也便摊开来，可以坐在上面。这样的一动作，已是满头大汗。

“喂！你是左二少呀！”忽听得一个娇俏之声，在我旁边。

我已是有些头昏目暗，而且本是近视眼，回过头去，几乎不认得她是谁。

“你不认得吗？我是湘娥家的阿金呀！”说着，格格地笑。

我方始猛忆起来，这时阿金脂粉不施，只穿了一件澹青竹布的罩衫，下面是黑裤子。大概她回到乡下去，应该如此的装束。

“左二少！你怎么也趁到烟篷上来呢？大少爷也趁烟篷，真是希奇古怪的事。”又是一阵格格的笑。

那时她虽然对我嘲笑，我倒并不讨厌她。为的那种烟篷，我出世并没有趁过。听说铳手很多，有了两人，也方便得多。而且有了她，也可以减少寂寞。阿金这时也把铺盖摊了，与我的相联接，不过我的铺位靠船边，而她的靠里。我便告诉她不能不回去的理由，而又买不到船票，只得趁烟篷了。

“是的呀！”她说，“我也是为了阿哥做亲，吾妈寄信来，一定要我回到乡下去，明天就是正日呀。”

“你怎么知道我姓左呢？”我问。

“怎么不知道呢，那天陈大少不是介绍过的吗？我们跟堂唱，全靠这点记性。一个姓张的，初一叫了一个堂唱，到月半再来叫，我们就要叫得出他张大少。你想我们湘娥，有一百几十个客人户头，堂唱每天要出三四十，她自己完全不记得，都要我给她记出来提醒她的。你左二少就在我们房间对面，怎么不认得？”

停一会儿，解缆开船了，一个烟篷里，好像刚开厅的沙丁鱼，排得密密的。走了十里路光景，船上开夜饭了，那时夕阳渐已衔山。

一声开夜饭，沙丁鱼都已竖起来，几桶白饭，六个人合吃一碗青菜，一碗咸菜豆腐汤。我那时一呆，因想匆促之间，没有带一点路菜，连茶食糕饼之类可以充饥的，也没带得一点。不吃这夜饭吧，到半夜里要肚子饿。吃这夜饭吧，这菜蔬如何下咽？而且就是那两样菜，也是一抢而光。

却见阿金不慌不忙，从她的小网篮里取出两个小黄篮来，一是酱鸭，一是酱肉，还有一个纸包是熏鱼。她罗列在我们两个铺位交界之间。

“左二少！吃嘘！出门出路，弗要客气。”

但我觉得吃她的东西，有点儿难为情。她就不问情由，把两块酱肉焐在我饭碗里，又把酱鸭熏鱼等等，装在我饭碗上。

“吃嘘！吃嘘！可惜没有汤，只好马马虎虎了。”说时，低鬟一笑。

幸亏我们抢得快，一碗之外，还各人添得半碗。她怕我不饱，这半碗要省给我吃，我如何肯要？我说：

“我向来只吃一碗半，尽足够了。”

“也好！”她转了一转念头，说道，“倘然夜里肚子饿，我还有东西吃。”我们狼吞虎咽，把她带来的菜都吃完了。

吃完饭，天已黑了。时已初冬，虽然日间和暖如小春，到了夜里，却是峭风砭骨。因为我的铺位，却在外挡，我叫茶房，把沿边的帆布遮下来，以御寒风。但是虽然遮了下来，在缝中仍有似剪刀一般的风乘隙而进。我想把衣服去遮，也遮不住。

“二少！我与你掉一个位置，好吧？”阿金忽然向我说。

“为什么呢？”我睁大了眼睛望着她。

“不是哪？外面有风，你是读书官人，吹不起。我们不要紧，而且我们是搭惯烟篷的，从前上上下下，总是搭的烟篷。”

我想：她此刻称我读书官人，从前骂我书踱头，大有玩弄我之意。而且年纪也不比我大，倒是老气横秋，自诩是老出门的样子。

并且我怕冷，她也怕冷，利己损人的事我是不做的。

“不要紧，我不怕风。”我就这样的拒绝了她。

但停了一刻儿，她附着我的耳朵道：

“二少！我们快掉一个位置好吧？因为睡在我贴近的格挡码子，有点弗规矩。我想请你掉一掉。”

我横眼过去看一看，的确那个人不大顺眼，好像是上海的马夫一流人物，口中还在“嗳哟”“嗳哟”的唱一种小调。那末掉一个位置，阿金要我在中间挡一挡，做她一道防线，那是可以的。于是我就答应她掉了一个位置。帆布缝里的风，依然吹进来，她却很敏捷寻出两只别针来，把帆布缝别住了。我又怕她冷，因为她仅带有一条薄被，而我却有一被一毯。我要分她一条毯子，她坚持不要，而两人合盖一条毯子又不雅观。她本和衣而卧，我却脱下长袍，于是我把长袍给她盖了，她也无语。

睡下来时，她又低声说道：

“二少！你身边有什么东西吗？烟篷里三只手很多，你要当心呀！睡得醒一点最好。那船因为载重，拖船又多，不晓得明天八点钟可以到吗？我还要赶到乡下咧。”

我点点头，表示领受她的关切。这时烟篷里只点着一盏煤油灯，挂在中间，昏昏沉沉的。客人中渐有睡着的，鼾已四起了。不到十分钟，阿金也睡着了，因为我是和她并头而睡的，但见她微息嘘嘘，娇喘细细，北方人所谓“睡得很香”。然而我却睡不着，我因为睡不着，便细细端相阿金的睡容，觉得有点可爱起来。我觉得奇怪起来，我住在她们对面楼上，阿金时常到月台上来，并不觉得什么可爱。而且当她骂我书踱头的时候，我觉得她有些可憎。难道爱憎的心理，也跟随了境地而变易吗？

然而我终睡不着，更有一件为难的事来了。原来我自从爬上烟篷以后，不曾解过小解，到如今已有七八个钟头了。加以吃夜饭时没有汤，过后又灌了不少的茶，此刻急于要排泄了。既已睡不着，而又急欲小解，不免在被中刺触不宁，可是几次的伸缩，却把阿金惊醒了。

“二少！做什么？”阿金睁开眼睛来对我望着，面孔睡得红红的，便道，“你还没有睡着吗？”

“睡不着。”我好像愤愤地说着，“而且我还要想小解咧，急得很！急得很！”

“阿呀！烟篷上没有夜壶呢。”她说着又笑道，“熬得住吗？”

“熬不住！”我说，“绝对熬不住！”

“那末你爬到我被头面上来，跪在铜栏干前，揭起帆布遮篷，也就可以小解了。”难为她给我想出这个法子来。

但是我试了几次，却解不出。那时船正驶行在一个大湖中，浪高风急，若在沿栏干边解手，回风过处，飞沫将尽吹入烟篷中。而且在一个少女身边脱裤小解，虽然身体背着她，然而觉得好像由她监视着一般，终究解不出。

那末只得到下面船边上去解了。但是那一条拖船，又是船边极狭，而且没有遮拦的。在这大湖之中，船又颠簸不已，以我胆小身弱，而又不惯趁烟篷的，又觉有些危险。后来又由阿金想出主意来了，用汗巾拦腰在我身上一缚，然后到船边上去小解，上面由她紧紧拉住，下面也可以胆大些了。如法炮制以后，居然解了一个小溲，到我仍旧爬到烟篷里时，已经冷得瑟瑟抖了。

“作孽！作孽！”阿金看见我如此冷，便给我盖被头，盖毯子，盖衣服。这种情景，只有慈母爱护其娇儿，有此亲切的状况。因为我那时还没有讨亲，我已感受到除了我母亲之外，没有人这样爱过我。

我自从冷了一冷，钻到被窝里反觉舒适，而排泄已过，腹中也再不饱涨了。阿金从小网篮里摸索半晌，抓了一把大蜜枣出来，塞进我的被窝里。说道：

“肚里饿吗？请点一点饥吧！”

我戴着一只表，一看是一点多钟了，吃了两三个蜜枣，渐渐的睡着了。及至一觉醒来，红日已照得烟篷里，人声嘈杂，客人都起身了。再看阿金，正坐在我的身边，架着一面镜子，在那里自己梳头。而且已经洗过脸，脸上施以脂粉了。见我欠伸醒来，便说：

“二少！起来吧！快到了。”又笑着道，“我今天还要回到乡下吃喜酒咧，所以梳好了一个头。像蓬头鬼那样回去，也不好的呀。”说着，拿着一面手镜，横一照，竖一照。

到了码头上，大家起岸了，为了这一夜温馨，两人不免有依依惜别之态。我便问道：

“阿金姐！你吃了喜酒，几天回到上海去呀？”

“就要去的，至多一礼拜。二少呢？你几时到上海呀？”

“我现在说不定，大约也不过半个月，等上海势头定定。”

“二少到上海，仍旧住在那家旅馆里吗？顶好仍旧住在那间房间，我们可以看得见。你倘有应酬，到我们来叫堂唱嘘！你叫湘娥，终归是我跟的。不然，你局票上写出阿金好了。”

我回到家里以后，祖老太太一时不许我到上海去。直到半年以后，方始重到上海。果然仍住到那家旅馆去，幸喜我从前所住的那一间刚刚空着。我急急开窗，对面还是一家堂子，里面的人却都是陌生的。等了许久，有一个像小大姐似的站在月台上。

“你们是湘娥家吗？”我这样问她。

“不！我们是本节掉进来的，湘娥上节掉出去了。”

正说时，有一个年纪比较大一点的加进话来了。

“湘娥嫁了人咧，本节她们不做了。”

我听了，爽然如有所失。俯首下去，看看她们门前四块牌子，却并无湘娥其人。想既无湘娥，更从何处寻阿金呢？我想：堂子里也是同行相嫉，或者湘娥掉头，她们不肯告诉你地址，只说已经嫁人了。到晚上，我独自一人去吃大菜，问西崽：“有没有叫湘娥其人的？掉头在那里了？”西崽说：“去查叫差簿子。”一查查出来了，说是掉在某某里。一张局票,连忙去叫了她来。

来的是一位小先生,倒也很玲珑,但跟堂唱的不是阿金,却是一个老太婆。我便问道:

“你们有一个跟堂唱的阿姐叫阿金吗?”

“大少!我们房间里并没有叫阿金的人。”小先生说。

“你们不是某某里掉过去的吗?”我又问。

“不是!不是!要末迎春坊还有一家,也叫湘娥的,大少怕是要叫迎春坊的湘娥吧?”这话,老太婆就嫌这位小先生是多说的,打样堂唱,坐一坐也就去了。

迎春坊的湘娥来了,容貌更不漂亮。因为我急于知道她们是否有阿金,局票上遵着阿金临别赠言,写着“阿金跟”三字。可是迎春坊湘娥,却是一个人来,并无跟堂唱的,她说道:

“大少!对不起!阿金有点不舒服,所以没有来。请大少吃了夜饭,到我们生意浪坐坐呀。此地很近,一转弯就是。”

我想:阿金到底被我寻着了。吃完了饭,便到迎春坊去,却见那个阿金是三十几岁,面黄肌瘦的一个痨病鬼。

我从此东也寻阿金,西也寻阿金,为了她,多吃了不少花酒,多叫了不少堂唱,直到如今,从未见过这个烟篷里的阿金。有时叫了堂唱,便问你们房间里有阿金吗?有阿金,便问问:是怎么样子的?倘有相像,便去访问。有个朋友笑着:“你真是沙里淘金。”有个朋友说:“上海堂子里叫阿金的总有一百多,难道你没有一个赏识的?”

今天主人家请客的书寓也叫湘娥,而还你这样一位阿金,使我不禁想起四十年前的事了。

左先生讲完这一节故事,似乎极平澹无奇的,然而这一房间听讲故事的人,总觉得左老太爷没有再见到湘娥家的阿金,是一种遗憾。而这个阿金,是合该与左老太爷有点较深的因缘的。但岂知人生也似断梗飘蓬，离合无常的呢？

“左老太爷！”小阿媛叫道：“你不是要寻湘娥家的阿金吗？那末现在给你装烟的阿金阿姨，不就是湘娥家的阿金吗？你不是今天已经寻访到了吗？”

“那个阿金，和我差不多年纪。”左先生说：“我已两鬓如雪，她也应该白发婆娑。到如今，她倘然还存在，现在就是你们阿金阿姨，只怕也要叫她好婆了吧？”

“真的！”阿金道，“此地湘娥这块牌子倒是世袭的，不过其间中断了不少时光。我记得我的外婆，年纪轻的时候，也叫阿金，她是跟过这里最初的一位老湘娥的。后来老湘娥嫁了人，她也就回到乡下来，嫁了我们那位外公了。从此生了吾妈，吾娘舅，她就一直没有到上海来，也不再吃堂子饭。可惜她去年过世了，不然，领她到上海来，给左老太爷认认，是不是这个阿金。”

“真的吗？真的吗？”左老先生说，“你不要哄我老头子了，哪里是真话呢？”

“不管真的假的，就是她没有故世，领给你左老太爷看，大家也不会认得了。”

阿金正装好一筒烟，便道：

“老太爷！故事讲得辛苦了，再吸一口烟吧。”

（原载《小说月报》第七期，一九四一年四月一日出版）

北里婴儿

毕倚虹

我读了何一雁先生的《倡门之子》,他对于那负义的嫖客,痛下了一个大打击。那事实也算得是残酷极点,经一雁先生犀利的笔锋力透纸背的一描写,格外使人见了悲悯。我因此想起我的胸中,也贮藏几件类于《倡门之子》的事实,如今慢慢的追记起来,写出几篇,也不敢说什么创作,不过作为我看花载酒的一种纪念品。唉!浪荡平康,十年一梦。消耗了许多经济精神,招惹了许多荒唐名气,仔细思量,哪里买着什么笑?不过换得几篇烦恼和忏悔的文字而已!何一雁先生见了,想必与我也有份同情的感想呢!

我如今单提一个妓女,名叫蕙娟,十二岁的时候就被她的父母卖给娼家。那出钱买她的人是一个老妓,名叫蕙娥,手里买进卖出的妓女,也不下六七个人,全是五十六十块钱买进,放在她自立的妓女养成所里做练习生。一年两年,粗有人样;三年四年,风头渐足;不上五年,一定打扮得花枝花朵,管教来的嫖客,见了她止不住的性欲膨涨。蕙娥便利用这机会,大大的敲一竹杠。前后的结果,嫖客牺牲了金钱,妓女牺牲了身体,只便宜了所有权的鸨母。蕙娟初买进来的时候,蕙娥当然也是这样办法。学唱,学酒,学装饰,学媚人种种的妓女科学。蕙娟到了十六岁的时候,总算熬出头,得了蕙娥的毕业证书了。那练习时代的零碎苦恼,也不去说它。

这时候蕙娥对于蕙娟,命令她出局侑酒,做一种经常的收入,但是全靠这一注局钱,那很有限的。蕙娥的心里早打定了两种计划：一种放纵她与嫖客发生恋爱，诱惑客人替她梳栊[①]，可以赚一宗巨款。并且梳栊这件事也有救济的方法，可以梳栊名义，一次、二次、乃至三四次，向几方面的嫖客骗钱。另外一种计划是等待有客人恋爱关系浓郁，要娶蕙娟回去的时候，她便提出一个条件，要索整万的银子，方才解放她的自由。这种计划呢，要不是蕙娟生得美丽，有惑人的资格，蕙娥也不存这奢望。所以做娼妓的女子面貌丑了，到处惹人厌恶，固然是可怜的境界；可是面貌好了，鸨母的欲望也因此加高，妓女的苦痛也便更深了。蕙娟不幸竟是吃这美貌的亏。可怜蕙娟的同院姊妹，不知道老鸨的心肠，还常常对蕙娟道："老四呀，你真是福气，面孔好，生意好，客人多，娘欢喜你。"

蕙娟的门下嫖客如鲫，蕙娟啼笑因人，也不挂在心上。内中有一位费旡义，是一个倜傥少年。他的家世是由商而宦，在上海社会里，也算得是有数人家。费旡义仗着他父亲有钱，略为读了几年书，提起笔来可以写几句信，翻开报来可以解识大意。在他父亲，以为我们这种人家，有了这种儿子，也算有学问的了。在费旡义自家，也觉得可以应对世故，何必读书。所以得着空子，总在青楼中走动。他父亲也承认子弟嫖堂子，是我们高等人家应有的事实，不必禁止，并且不能禁止。因为一禁止了，当时虽怵于家庭的权威不去嫖，可是将来反动力更大，必有一放而不可收拾的一天。到那时候子弟毫无嫖的经验，耗费的嫖资更大了，所以他抱定开放主义，不禁旡义的嫖。然而也附带声明，不供给旡义的嫖费。在旡义父亲的意思，也是存一个用经济限制他儿子嫖的活动力，真所谓用心亦良苦矣。

合该有事，费旡义不知怎样会结识了蕙娟。蕙娟一打听旡义是一个豪门公子，又生得玉树临风，所与游者又都是场面上的阔客，就是这几样，已经可以考在嫖客当中的最优等了。再加费旡义

---

① 梳栊，即买得初夜权。

性格温存,和蕙娟卿卿我我,从不发一次脾气,慰藉熨贴,真是深入人心。人非木石,谁能无情?蕙娟便把无义当作一个极知心体己的客人了。可是嫖客与妓女到了这步田地,当然要发生到肉体亲爱问题了。妓女是卖笑的,按着道理说,妓女的贞操是不成问题的,似乎费无义和蕙娟的肉体亲爱问题,不难解决了。唉!这正是妓女的鸨母,笑逐颜开侃侃而谈,主张权利的机会来了。换一句话说,贞操这两个字不能算妓女本身的道德,简直是鸨母换金钱的品物而已。

蕙娥是何等样利害的人,瞧着费无义和蕙娟的情形,晓得是一发千钧的时候到了,便实行戒严起来。无论什么时候,不许无义和蕙娟两个人对话,旁边总有一个娘姨或者是小大姐夹在里边。名是在旁边伺候着,实地上就是监视行动罢了。在普通的客人或是妓女,原可以下命令不许第三者在旁边搅扰;可是负贞操责任的清倌人[①],就不能下这驱逐闲人的命令。便是发下,那些监视行动的娘姨大姐也不奉诏。在嫖客一方面,遇着这种地位,生怕担负破坏妓女贞操的责任,没人在旁还要拉一个闲人坐着,做个见证,表示清白,更不能拒绝监视人。所以蕙娥派的娘姨大姐,在费无义和蕙娟早已视同眼中钉;然而根据妓院中神圣的习惯,和鸨母的权利关系,竟奈何她不得。

男女两性的恋爱,越是遇着障碍,那膨涨力越大,黏固性越坚。这其中有说不出的玄妙,凡是经过恋爱困难阶段的人,都能承认我这句话。蕙娟和费无义这时候因鸨母作梗,分外亲密,能够在屏角帘前偷空说一两句话,总是觉得异常美满,喜极而涕。有一天蕙娥病了,那些娘姨大姐七手八脚,正忙着伏侍老鸨的病,疏于防范。费无义便又和蕙娟想出胸中蕴蓄的问题来了。蕙娟凄然道:“我这身体是不值钱的,谁来也不敢拒绝,何况是你。你,我还有一丝一

---

① 清倌人,指还是处女的雏妓。

毫不满意吗？不过假母那里不通过，我们草草的办了，我呢，不过受些打骂凌逼，那是惯常的，不算稀奇，不足为辱；你呢，有这把柄给她捏着了，后日的轇轕固多，并且名誉上还要受损失。还是忍耐些，从正式谈判的好。你也不是没身家的人，银子还是拿不出来吗？"

费旡义听了她这一番话，半晌不响。停了一刻道："你的话也不错，我怎好勉强你？不过你未免替万恶的鸨母计划太周到了，为什么不替我想想？难道我这一片爱你的心，不敌老鸨花钱买你做娼妓的恩吗？"说着，言语中夹着几分愤怒的气息。蕙娟叹口气道："你误会了我的计划，并非替鸨母主张权利，也不是怕自己挨打挨骂，实在还是为你打算。我思前虑后，倘然我们竟自由的行动，一旦偿满了这几年的缺憾，未尝不是一件愉快的事。可是天下事终瞒不了人，万一被他们发觉了，你在堂子里的顽笑名誉原不足惜；可是你和我的结合，恐怕反要因此破裂，你和我前途的希望更黑暗了。"说到这里便眼圈一红，纳头在费旡义的怀里呜呜咽咽的哭了。费旡义见她哭了，也觉得刚才是误会了她的意思，转过来很慰藉蕙娟一番。第二天蕙娟见了费旡义，瞧着没人的时候，低低的向他道："昨天的事体你虽原谅我，不怪我，但是过后我仔细想想，我这拒绝你，究竟有些对你抱歉。你赶紧的提出正式谈判来罢。"说着脸也红了。

费旡义托人和鸨母蕙娥一交涉，蕙娥心想，果然鱼上钩了。老实不客气两句话："费少爷要娶蕙娟，身价一万元；要梳栊，喜钱三千元。划一不二，不折不扣。"那朋友遂转复了费旡义。漫说旡义在亲权支配之下，拿不出这许多的钱；就是有这许多的钱，被老鸨要索，类乎强迫的租税，也不愿意拿出来。可怜他与蕙娟的恋爱，竟因经济的束缚受一大打击，只好不想起了。蕙娟知道了，除了没人的时候偷弹几点眼泪，也没有第二种方法。可是因此一来，见了费旡义分外的抱歉，爱恋的思想愈加浓郁。

这时候费旡义有几个同嫖的朋友，晓得费旡义和蕙娟的这段交涉，很替旡义抱不平，要想一个法子惩创蕙娟的鸨母。商量了多次，总没有结果。后来有一个朋友传授了旡义一个方法，旡义虽晓得这个法子不甚妥善，但是当时含着一种愤怒，也顾不了许多。不动声色的向蕙娟院中，照常呼灯载酒，但不提从前那件事罢了。

过了些时候，旡义又得着一个机会和蕙娟密谈。他道："我有个姑母新近死了，姑母很有遗产，没有儿子。姑母最喜欢我，遗命叫我承继她，她那财产全传给我了。你不瞧我臂上系一条黑纱吗？正是为我姑母穿孝。"说到这里，笑了一笑道，"这块黑纱的代价不小呢，姑母财产共有十万左右，不动产不必说，单是现钞票有两万呢！这笔钱我父亲也不能过问，可以尽我自由的享用了。我和你的身体，也可以在这一块黑纱上完全解决呢。"蕙娟道："得着意外的财，固然是高兴的事。但是你姑母既疼你，将财产给你，你也该念着姑母一生积蓄起来很不容易，不可以趁她一死，来不及的挥霍。旁人议论不雅，你问心也交代不过呀！"费旡义笑道："想不到你竟会有这样的正经话来教训我。"可是蕙娟得了这个消息，信之不疑，心中也有说不出的愉快。心想费旡义总算是个有情义的人，他自家手头有了活动的钱还不忘却我，第一先办我的事，待我可谓仁至义尽，倾向旡义的心因此格外诚恳了。

从此以后，旡义见着蕙娟，总磋商迎娶的方法。旡义并且和蕙娟说："我是听你的话，恐怕外边物议沸腾，所以须待两三个月后再办。否则依我和你的爱情热度，恨不得立刻一双两好，早成眷属呢。"蕙娟道："迟早倒没关系，只要我们两人能够有这美满的一天就罢了。如今你既有了体己的钱，我还不是你的囊中物吗？我的心绪近来因此镇定得多了。"旡义见蕙娟深信他，心中不觉大喜。心想我那朋友到底有见识呢！于是趁势对蕙娟道："不瞒你说，从前我和你在一块，你是一个清倌人，我怕老鸨起疑心，将来敲我的竹杠，往往要避点嫌疑。如今我准备好了钱讨你，大不了多出几千块钱,什么天大的事,没有什么不了。我觉得嫖客避嫌疑,正是嫖客伤心的境界。我现在对于这嫌疑两个字,认为不成问题了。”蕙娟听了也笑道:“有了钱,方可以说这大话。我如今既知道身体已经有了着落,对于鸨母也不似从前那样怕她了。唉!世界上什么喜怒哀乐,全是金钱在那里操纵罢了。”费无义道:“可不是呢!”

费无义利用蕙娟信任他有娶她能力的机会,他便甜言蜜语,用诈欺手段,秘密的先解决了娶她问题。当中的一部分,满足了几年渴望的性欲,总算是费无义无代价的损害了鸨母的权利,报复她前次敲竹杠的愤恨。在蕙娟的痴想,以为无义一定要娶我的,这秘密无发现之一日,委曲求全,也不过要固结无义的欢心,谁知正中了无义的诡计。春风一度,费无义便永远的不与蕙娟见面了。普通的说法是嫖客上妓女的圈套,这件事是妓女上嫖客的圈套。费无义这种办法,他志在报复老鸨,取快一时,谁知直接的却负了蕙娟,然而费无义既决心做这负人的事,良心早已丢在一边。他的朋友劝他道:“骗骗妓女,有什么伤天害理?”无义深信了,所以有此举动。唉!单纯的嫖客心目中,简直不把妓女当一个人类看待呀!

老鸨蕙娥见费无义绝迹不来,她心中明白,一定是上次拒绝了他的请求,吃不落我这个竹杠,给我打跑了。虽然失一户客人,不免少一宗收入;但是排斥了蕙娟一个恩客,妓女心中是件恨事,老鸨心中却是一件喜事,也不在话下。独有蕙娟见无义忽然不来,还以为是病了,十分担心。几次三番向他的朋友打听,朋友说病是没有,人到外路去了。再问哪里去,有的说汉口,有的说南京,有的说广东,真是越说越远了。暗地下派妥当的大姐娘姨到费家去问,也是侯门似海,不得其门而入;只能和门翁问点消息,也是惝恍迷离,电话更是打不通了。可是探出一点确实消息,费无义也没死什么姑母,更没有什么财产传给他。并且费无义只有一个小姑母,只有八九岁,每天无义的父亲给她三角小洋买点心吃,哪里有十万财产?这些话娘姨打听来告诉了蕙娟,蕙娟起先还不相信。后来四方八面印证起来，晓得费无义有意造下一大篇鬼话骗她入彀，这时候悔恨无及，也不能和一个人说。她的愤闷可想而知，幸喜那个秘密无人发觉。

恋爱浓郁的性交，结果最容易有孕。一月两月，蕙娟还不觉得；三月四月，腹部渐渐凸起。鸨母深知蕙娟除了费无义外，没有第二个要好的人。这腹中一块肉，一定是费无义的遗孽。再一看费无义绝迹不来，更足以证明他是情虚畏罪而逃。鸨母是晓得费家的家世的，闭目想了一回，计上心来。也不发作，当时但盘诘了蕙娟一回。蕙娟这时候又羞又愤，除掉伏地哀鸣，尚有何说。蕙娟的心里恨不得立刻死了干净，免了人间世的羞辱；做了鬼，再去寻负心人算帐。几次三番要偷那供客的鸦片烟膏自尽，转念一想，费无义不致负义到如此，他暂时不能来，或有必不得已的原因。我腹中既是他的骨血，等待生出来，他知道了，就是不瞧我妓女的面上，也应瞧自家骨血面上，来了结这重公案。我这一死，连带的将他骨血毁了，未免是我负他。主意既定，便咬定牙关，忍痛受各方面的磨折诽笑。可怜她腹中有七八个月胎儿的时候，还勉强挺着大肚皮，在樽边酒畔，拉长了嗓子唱曲子给嫖客娱乐。客人见了蕙娟，总笑嘻嘻的问她几时送红蛋来吃。有几位年高德劭的客人，见了不忍，抽空便对他鸨母蕙娥道："这样大肚皮，你还不让她休息休息，还要逼着她唱，逼着她笑，逼着她四面八方的上楼下楼出局，未免太无人道主义了。"鸨母冷笑一声道："谁叫她自已寻开心，也叫她尝尝开心的滋味呢。"

到了快临盆前两星期，鸨母才替蕙娟租了一间楼面，简单的摆了一张床，几张桌椅。蕙娟到了那里，不多时便产了一个男儿。蕙娟于痛晕过来的时候，听稳婆说是个男儿，心中也觉一喜。稳婆将小孩子洗涤包扎好了，放在蕙娟的枕畔睡着，算是沾着亲生娘的暖气。蕙娟痛定思痛，一睁眼见一个肥胖的小孩子睡在枕边，恨不得抱起来向他粉红的小颊上使劲嗅一嗅，怎奈生产以后，四肢一毫气力没有，动弹不得。只好瞧了几眼，心想这个孩子的高鼻子，约略有点像他那负义的父亲呢。

到了第二日，蕙娟鼾睡酣了，精神也略充足些，忙睁眼向枕边一瞧，却不见小孩子睡在那里。心想一定是雇了乳母来，抱去吃乳了。凝神一听，房间内静悄悄的没一些声息。蕙娟挣扎着用手拉开帐子一瞧，只有一个老娘姨坐在椅子上打盹。蕙娟忙叫了一声，那老娘姨揉了一揉眼睛，对她道："可是要呷点粥么?"蕙娟点点头。老娘姨忙将粥盛了一碗，捧与她吃。蕙娟趁老娘姨走进床边的时候，低低的问她道："小孩子呢?"老娘姨道："你妈早半天来瞧你一转，你睡着，没惊醒你，临走的时候将小孩子带了去了，也没交代什么。"蕙娟听了这话，手里的一碗粥颤的全要泼出来。老娘姨双手忙去接了那碗粥道："哎呀，你的身体怎么这样虚弱，连一碗粥全捧不住。我来喂给你吃罢。"蕙娟哽咽着道："谢谢你，我此时吃不下，停一会再吃罢。"说罢，眼睛圈里一酸，再瞧一瞧枕头边昨夜小孩子睡的地方，止不住流下泪来。老娘姨道："你莫哭，产妇哭了，要带下迎风流涕的毛病，便成终身之患了。"

到了黄昏时分，鸨母蕙娥来了。掀开帐子，淡淡的问了一声蕙娟道："你身子觉着怎样?"蕙娟道："还好。"鸨母道："做产妇的要安心，不要烦恼，顶要紧。你那个害人精，我已经替你送掉了。留着他，我晓得你瞧着一定气恼，还是送掉的干净。况且这样没老子的私货，将来谁管帐。恭喜你出空了肚皮，轻松得多了。好好的养养，半个月就好到生意上去了。耐心点，我没功夫常来瞧你。你要什么，呼唤老娘姨便了。"说罢，望了蕙娟一眼，见她一张惨白的面，没精神的眼睛挂着两行珠泪，一声不响。鸨母也不忍瞧了，放下帐子，叽咕叽咕吩咐了老娘姨几句话，匆匆的下楼，到她灯红酒绿的妓院里去了。

隔了三个星期，鸨母推定蕙娟身体是健全了，便辞退了这所临时楼面，将蕙娟接到妓院去。总算在妓院里后面亭子间，又让她休息了一星期，没叫她出来应客。四星期以后，玉柱金樽，歌衫舞扇，又做她的妓女生活，与四星期前一样。不过蕙娟脑中却深深印下了一个高鼻子，粉红脸，肥胖的小孩子影像。然而也不敢质问鸨母，将这小儿究竟送到哪里去，因为一问，恐怕引出鸨母许多的问罪之师。

鸨母除了妓院是她的营业出张所以外，还有一个住所，妓院里如果没什么事，鸨母总在这住所里安坐着享她的清福。这一天距离着蕙娟产儿的日子已有四个多月了，蕙娟到鸨母的住所里来，鸨母见了笑嘻嘻道："你来得正好，我要抱一个新鲜人给你瞧瞧。"说着便一叠连声叫乳母，抱出这一个又白又胖的小孩子来。鸨母从乳母手中接过来抱着，对蕙娟道："你看这孩子可胖？"蕙娟见了摸不着头脑，只有点点头。鸨母一面逗着那小孩子顽笑，一面对小孩子道："今天你的大姊姊来了，为什么不叫一声？"蕙娟听了这句话，不觉怔了一怔。鸨母也有些觉悟，便对蕙娟道："我因为一人在家闷气不过，现在烟又少吃了，格外无趣。恰巧离此地不远有一户穷人家，儿女生得太多，又生了这个男孩子，实在养不起，怨天怨地。我瞧着这孩子品貌还好，笑起来还不讨厌，我便收养了，做个儿子。他不是应该叫你大姊姊么？"蕙娟听了这话，又瞧了那小孩子一眼，只见那高鼻子很与自己的那个孩子一般，心中明白了一半，晓得眼前的假弟，正是自己的亲儿。鸨母设此圈套，讳莫如深，不知是何诡计。可是她既然如此说，我也只好认我儿子作我的弟弟了。当时便也咬着牙齿勉强的干笑着，叫了那小孩子一声"阿弟"。

从前蕙娟不常到鸨母的住所里去，自从发现了这名义上的弟弟以后，一月半月总去瞧他一次。蕙娟心里暗想，我有真儿子可看，比较不知下落，瞧他不见总要好些。就是罚我做他的姊姊，我也甘心。因此实际上，蕙娟倒得着母子团圆之乐。

有一天傍晚，约摸有五六点钟的时候，蕙娟正在对镜理装，预备去上酒阵歌筵。忽然鸨母差了一个小丫头匆匆的跑来，喊蕙娟回去。蕙娟道:“有什么紧急的事,值得大惊小怪,等我出了几处局再回来罢。”那小丫头急道:“姆妈吩咐的,叫你就去……小弟弟不好。”蕙娟听了这话,宛如打了一个焦雷,急得气也透不出,便同小丫头赶了回去。到了鸨母的住所,只见鸨母躺在烟榻上抽烟,脸上也有几分惨沮。鸨母见蕙娟来了,带着悲声对蕙娟道:“……他死了,特为喊你回来,去瞧他一眼罢,就要送他出去了……”说着用手向里房一指。蕙娟这时候也昏了,赶忙走过进去,只见她那亲生儿子,假称弟弟,已是直挺挺的睡在地板上。身上还穿着蕙娟前天替他做的一套红点子盛泽纺的小衣裤,可是小眼睛已紧紧闭着,小嘴微微的开着。一个乳母坐在一张小板凳上对着小尸垂泪,抬头见蕙娟走进来,那乳母擦擦眼泪道:“四小姐,小弟弟真正可怜!昨天晚上还能跳,今天早上还能笑,下半天忽然变卦了。断命的天花怎样这般的厉害啊……”蕙娟见了也止不住的大哭,她这一哭,要研究它的性质,也不知道她是哭无父的孤儿子呢,还是恨万恶的鸨母呢,还是怨负义的费无义呢,还是自嗟身世呢?大概她一颗眼泪里,仔细分析起来,这几种分子全有呢。

蕙娟正在哭个不住的时候,忽然有人将她拉了一把,蕙娟抬头一看,见是小丫头。小丫头道:“姆妈叫你不要哭了,院里有人来催你赶紧去,说有十几张局票到了,等着你去侑酒呢。快去罢,琵琶已经替你携来了。”

(原载《半月》第一卷第十八期,一九二二年五月二十七日出版)

萧郎画樱记

江红蕉

江湾跑马的那天，沪宁车站停满了汽车。那些汽车夫都站在电车停处，向电车上下来的客人争兜生意。那七路电车才停，头等车里走下两个女郎。一个穿着一件条子塔夫绸骆驼绒的袄子，裙子也是一色的，黑丝袜，着一双高跟玄色缎鞋子。另一个穿一身淡灰色哔叽的袄子，也穿一双高跟皮鞋，不过，身上还罩一件玄色毛线呢的外国斗篷。两人都是一式欧西高髻，雪肤花貌，临风娉婷。她们走下来的时候，便有一个汽车夫上前兜揽生意，招呼她们到一乘轿车里去。才坐定，又走进一个少年，那少年出落得风神潇洒，隽逸无比。汽车夫看他坐定，又去招呼别的客人。照这乘轿车的坐位，一共可以坐七个人，送到江湾每人车资一元，所以总要拉满七个人才肯开车。可是，那三人坐在车中好久，还没开车，也没别客来搭车，等候的很不耐烦。两个女郎瞧瞧手表已指二点三刻，躁心尤急，连说道："还不开车，真使人怪闷！现在已跑过三次了。"少年很想与她们搭话，却很赧于启口。那女郎倒很坦率道："先生，我们三人就出他七块洋钱，叫他就开罢。你赞成么？"少年听了倒涨红了脸，答道："遵命便了。"说罢，便下车去唤了汽车夫来与他说知。汽车夫自然应允。那穿斗篷的女郎，就在皮夹里掏出七块钱给了车夫。少年与车夫便登车，就此开行。风驰电掣，走宝山路直向江湾而去。

少年也摸出三块洋钱还给女郎，女郎不肯受。少年道："我们素昧平生,怎好讨扰车资?”女郎道:“这些小费何足挂齿!我们虽然并不相识,但是就此认识,将来何妨订为朋友。”少年暗暗惊骇,想现在的女郎真是厉害,比男人还要出蹚了。少年终觉冒昧,又把车资推了好久,女郎也始终不受。后来,女郎才说道:“先生既然客气,到了跑马场就请你做个东,大菜间里请我们吃顿点心罢。”少年无法再推,才一笑而罢。大家又通了姓名,少年连忙摸出两张名片递与女郎,女郎瞧了惊道:“原来就是小说大家李芳尘先生!久仰!久仰!我们真是有眼不识泰山了。”芳尘又转询女郎,穿斗篷的说道:“我是徐婉如,她是我的表妹殷明霞。我们最欢喜瞧跑马,每次总是结伴而来。今天很巧,倒遇见了你。我很喜欢读你的小说,你小说大都是言情之作,措词很温婉,为女郎设想的很周到,有许多细微处亏你想得到呢!我常给明霞谈起,猜你一定是个翩翩少年。今日相逢,真不出我料,也是一桩奇缘。”明霞也道:“李先生的一篇《画樱记》真是百读不厌,我读了想起书中人物,好似真有其人。那篇绮腻熨贴,情细如发,花下读之,教人悠然神往。我以为先生的著作,要推此篇为生平得意之作了。”芳尘听了她们言语,非常惊奇,半晌说不出话来。暗想:她们都是女郎,与一个陌生的男子高谈阔论,毫无顾忌,实在不成体统。况且,同车并不许搀杂他客,尤属嫌疑,被老辈中人听得,岂不笑话!但是,他们评论我的文字之处却有眼光,又不像是普通粗识之无的女子。加以两人的风韵美丽入画,使人心醉神驰,芳尘便不知不觉的牵惹了无谓的情丝。好像蜘蛛结网放出第一根长丝,荡漾在空际,被风一吹黏在檐角,就在这一根丝上结成万端千绪的网子,再也不能摆脱。

一会儿,汽车已到跑马场。三人下车进去,已是第五次跑马了。他们合伙买了十张大香宾,又买了六张独赢票,揭晓出来却丝毫未着。下次又买了几张,依旧未着,兴致很阑珊。明霞道:“我们还是去吃点心罢。”芳尘不很赞成,明霞只得作罢。芳尘又去独买了十张马位票,又未得着分文。婉如劝他:“看看风头,不必瞎买。

昨天下了雨，今天地上未干，又都是新马，不很熟悉，还是等会儿有熟马出来再买罢。”芳尘不听，但是身上带来的钱都已输完，很觉懊丧。明霞见他如此，就在皮夹里掏出四张十元钞票借给他。芳尘起初不大好意思拿，婉如道：“你只要仔细些去买，赢了再还我们便了。”芳尘才收受，而去买了十张。待到揭晓，又是名落孙山。垂头丧气，悔不听她们之言，竟把雪白的洋钱好似丢入大海。第一次见面的人，借了钱无以为偿，也太难以为情。但是想起了明霞与婉如都很阔绰，似乎都是富家娇娃垂青于我，并且是文字因缘，艳福尤为不浅，也是小说中的艳话。说给人听一定不信，以为是齐东野语，又谁知天地间真有此等奇人、此等奇事呢！想到这里，呆了半天。婉如与明霞又嬲他去用点心，芳尘无奈，只得同去，心里却很羞惭。想起身上已无做东道的资格，实在局促不安。婉如也很聪慧，知他心病，又借给他五十块钱。芳尘不肯要，婉如再三推给他道：“到了上海你再还我们便了，谁没不凑手的时候，这是算不得一回事，你快收了罢！被旁人瞧见了，倒很不雅观呢。”芳尘拗她不过只得收下。又问婉如明霞的住址，婉如道：“你要是瞧我们，倒很难找得到。要是送钱来呢，你可送到中旺弄积福里，门上有块铜块，刻着一个殷字的便了。要是我们来找你不知道使得么？”芳尘道：“有什么使不得？二位能光降，真是蓬荜生辉了。我住在梅白格路三德里，到那面只要问一声姓李的，谁都能指应你的。没事请到寒舍谈谈。”婉如道：“你晚上常有应酬么？”芳尘道：“有虽有些，却不甚多。”明霞见芳尘一面答话，一面似乎很诧疑婉如的问话，就插上去道：“我们以为小说家朋友酬酢一定很忙，谁知我们却猜错了。”婉如很恳切的向芳尘道：“李先生啊，我们虽是初次相见，却一见如故，好似多年老友，说也好笑咧！”芳尘道：“你说初见，但是我脑筋里记得似乎与你们曾经见过的了。可是想不出在哪一处、哪一天，你们可有同感么？”明霞道：“我也如此咧。”婉如道：“我又何尝不如此呢？既然如此，我们算是老友罢。可是，我有句话奉劝，说了不知你可要生气?”芳尘道:“两位有什么话只管实说,我很欢迎,怎敢生气。”明霞娇嗔道:“我们好好与你说话,谈不到敢不敢,敢了便怎样呢?”芳尘连忙赔罪道:“这是我不善语言之故,开罪之处,务请两位原谅则个,我下次再不敢无礼了。”说得婉如与明霞都笑道:“不许你说不敢,你偏要说不敢,真好笑呢。”芳尘见她们笑时脸如朝霞,酒涡圆晕生春,加了一口编贝白玉的细齿樱红的嘴唇,真似天仙化人。猛想起此情此境,又好似在哪里见过的。凝神想了一会,却仍想不起来。婉如道:“你又呆了,我有句话还没说咧。”芳尘道:“快说罢。”婉如道:“你做的小说卖给书局里,大约有多少钱一篇?”芳尘道:“小说算字数的,上海做小说的,最贵也不过四五块洋钱一千字。”婉如道:“像你的东西卖几块钱一千呢?”芳尘道:“我的东西虽然不见得好,却也不算坏。但是卖小说稿,一半果然是瞧好歹,一半却也论资格。资格老的做出牌子,非多少钱不卖,书局里要他的东西做幌子,只得受他。但是对于普通的作家就很挑剔了。我的东西,顶贵的也卖过四块洋钱,但是两元三元的居多,有时一元也卖,没有一定。”婉如道:“卖文生涯真正清苦。那么一千字要写多少时候呢?”芳尘道:“做小说先要造意,造好了意,方始可以写出来。造意是不能规定时刻的。写呢,每千字要三刻钟,最快也要三十几分钟咧。”明霞道:“照此而论,每天所成小说也很有限。一天的进款,真是辛苦的脑筋换来的呢。”婉如道:“先生可是单靠做小说过活么?每月统扯有多少稿费可收?”说到这里,顿了一顿,又说道,“先生听我如此多问,不厌唐突么?”芳尘道:“无妨,无妨,我也最喜谈话呢。我近来很喜欢游耍,并且常有头痛之症,不能多做,所以每月收入统扯不过百元左右罢了。不瞒两位女士说,我家庭虽然很简单,可是上海开支很大,每月开销倒也不小。我又不很能节俭,稿费到手顷刻便完,所以常在拮据之中。”婉如道:“是呵,所以我有话奉劝,请你节省为要。我虽不曾做过小说,可是理想之中似乎做小说的人执了一枝笔,袅袅搦搦写成一篇东西真不容易,好似缝衣裳一般。有句老话叫‘慈母手中线,游子身上衣’,那游子穿衣裳,怎想到慈母一针一针缝缀的辛苦。买小说看小说的人,也怎知小说家落笔时灌注一滴一滴的心血!我的谬见,瞧你用钱似乎不肯顾惜,丝毫没有小说家吝啬的态度。我倒很替你担心,所以劝你以后用钱,总要想到落笔时的辛苦。像你今天所输的,计算起来已够你一个月的手不停挥了。你难道不关痛么?”芳尘听了,惭颜万分,却又很敬畏。再想婉如与明霞又像女学生,又像纨绔小姐。瞧她的举止,似乎是一个放浪的女郎;听她的言论,却又是个女博士。并且一见如故,真识不透她们是何等人物。不过被婉如几句说话,好似服了一盏清凉剂,很自悔生平用钱的浪费,愈加感激婉如与明霞。又想起从前为了倾倒一个妓女,着实用了些钱,可是结果很坏,至今凄惋不堪。现在无意中遇见了她们,真是红尘知己。感激之余,就不知不觉垂了两点眼泪。婉如与明霞见他如此,也凄然泪下,深深的叹了口气。旁桌上的人见她们如此,都很奇怪,交头接耳的谈论。明霞道:“我们走罢。”

这时已跑第八次马了。三人走到挂牌面前一瞧,见大家嚷着买十七号的马。婉如顺次瞧着牌子,一直瞧到第十九号,马名Everytlme,骑的却是一个中国人,姓李,名大星。婉如暗暗拉了明霞与芳尘,走到十九号柜上,合买了五张独赢票。并不到看台上去看跑,却立在揭晓台前恭候揭晓。待了大约有二十分钟光景,那独赢架上插上一块号牌却是十九。跑至领款处去,柜台里的人收了票,就付与他们五千五百十五元的钞票。三人包在手巾中,欢喜而出。明霞道:“我们还是回上海罢。这钱三人均摊,芳尘先生应摊着一千八百三十八元咧。如今好了,翻本出赢钱了。”芳尘道:“我此次并没下注,你们受得了大赢。可见起初买不着,都为我晦气星所累。这次我不能分红的,两位均分罢。”婉如道:“你说哪里话,我们三人起初是合注的,此次自然也是公账。况且你起初已输的,怎能任你向隅呢?我的意思不怕你见怪,你的境地很窘,还是你一个人得了三千，余下的我们照分罢。明霞，你以为如何？”明霞道：“我很赞成。铜钱银子在有的时候很不足奇，没有了就见得珍贵了。像你靠着一枝笔过活，要写出三千元，何等困苦。我们呢，老实告诉你，照现在的境地弄钱是很容易的事。就是把这笔赢款全数支配给你，也可使得，不过你也未便赞成。就照婉如的办法，倒很妥善咧。”芳尘再三不肯应允，后因实在拗不过她们，便在汽车中瓜分。芳尘又数出一笔钱，还清了起初所负她们的债务，雀跃而归。

芳尘回到家里，才记起未曾和她们约定后会的日期，很自抱怨。但是脑筋里却已留着两个很深的印象，兀自磨灭不去。无论什么时候，总想起她们，不能去怀。一天画师张剑雄请他吃饭，在桌子上一本画稿中翻到两张照片，大喜欲狂，原来就是平日朝思梦想的婉如与明霞。才记得当时剑雄临这照片，画成两帧放大的影像，临了樱唇上的颜色还没着好，芳尘就闹玩意，代剑雄调丹涂脂着上了，红如嫩樱，愈显得娇艳欲滴。谁知画中美人，邂逅了又交臂失之，很怪造化弄人往往颠倒如此。芳尘见了这两张照片，心中顿如小鹿乱撞一般，惊问剑雄这两个女士姓甚名谁。剑雄道：“这两个你不认识么？就是花界大名鼎鼎的婉如与明霞，你怎不知道？”芳尘道：“你休得胡说，我信她们决非青楼中人。”剑雄道：“如若不信，晚上到馆子里去吃夜饭，叫她们的局来给你瞧如何？她们从前原是好人家出身，也读过八九年书，程度也很好，不幸堕落平康。堕落的原因很悲惨，改日再告诉你罢。上次所画的照，我已告诉她们樱唇是你所画，她们都很喜欢。今天何妨叫她们来谈谈。”芳尘道：“我总不敢以青楼中人待她们。咳，好好一对天仙，不幸堕落在这里，真令人感慨系之！”

剑雄怂恿了好几次，芳尘始终不忍叫她们的局。可是相思咫尺，积忧成痗，便把看跑马的一段故事告诉了剑雄。剑雄便私去写了局票，不到一刻，姊妹二人果然姗姗的来了。大家相视了好久，又执了一回手，却又始终没开口。但是三人的心中息息相印，好似打了一个秘密长电，与说过话的一般。明天婉如们差人打听得芳尘地址，自己跑去呆了半晌。婉如才说道："明天我们要嫁了。"芳尘惊道："可是真的么？"婉如叹道："我们现在已成骑虎之势，不能不嫁了。所嫁的却也是弟兄两个，表面上似乎很圆满，骨子里我们想起了你，实在悲伤。我们与你其实只见过一回，似乎谈不到爱情，我们自己也不信天地间竟有此事。今晚没事，我们尽此良夜谈谈罢，以后你就变是萧郎了！"

婉如在袋里摸出一方胭脂，递给芳尘道："请你也照画片着一着色罢！"芳尘便立起来替她们斟酌匀淡，画了一回樱唇。凄然泪下道："这是一个故意做出的纪念罢了。以后的光阴，想起今天，怎样可以忘情呢！"明霞道："将来或者有再见的日子也论不定的。可是你千万不要忘了我们从前劝你的说话。"春宵苦短，别话凄凉断肠。他们三人哭一回，讲一回，曙色报晓了，他们就草草的分别了。

红蕉道："至情的人，至情的事，说不定天地间竟有此人，竟有此事。不能说这篇完全是虚诞的盲词。"

（选自《红蕉小说集》，世界书局一九二四年六月初版）

醋　意

骆无涯

在白相场中，最容易销磨光阴。平常往往嫌光阴过得慢，尤其是上写字间办公，两只眼睛骨碌骨碌的对着自鸣钟呆望，叵耐钟上的长针短针偏不由你主意，兀的呆着不移动，不由得心中烦闷得什么似的，暗暗叫苦。等到这短针好容易指到五点，下写字间来，上金迷纸醉玉笑珠香的场化去了，偏这长针短针却又好似和你作对，六时、七时、八时、九时，眼睛一霎，这短针不觉得又指在一时、二时了。在这兴高采烈的当口，却偏逢着这煞风景的短针，兀不叫人可恨！然而任凭你心里怎么的不情愿，到了这时候也不得不两脚打了倒车回转府门，准备从黑甜乡中去领略温柔好梦，别的一切是只索抛却了。所以在白相场中走走的人，对于这一个时间问题没一个不咬牙痛恨，却又没有办法可以使快慢随心所欲，只隐忍着认他为一桩天大地大的憾事。可是话虽如此，白相场中的光阴却也并非没有慢的时候。我要举出一个例来，那就不能不请出这篇《醋意》中主人翁糊涂生，来傀儡登场了。

糊涂生完毕了酬应的工作，慢慢地踱进了群玉坊。铃声的令令的一阵响，他的爱人花如玉早已张着双臂迎了出来，直像捧宝贝也似的捧到了房中。他们分明是在小花园才见过的，然而这时候却又不知从哪里来了许多话，唧唧哝哝的讲个不了，好比是多年不见，蓦地重逢，诉不尽离情，说不完别话。直待老娘姨进来，才打断了他们的话头。这时糊涂生就凑空瞧了瞧手表，一见表上的长短针已指着十一点十五分，便又和花如玉说道："你瞧，一霎眼又是半夜了！这一种糊里糊涂的光阴，过得多么快啊。从公司中出来不过是打了一场牌，坐了一坐台面，马上赶到此地却已经这般时候。在公司中做事，可横也望不到五点钟，直也望不到五点钟，直要望得头颅痛咧！咳，分明是同一的光阴，却分作两般的见解，这也是人生上一种难猜之谜啊。"那花如玉听了他的话，似解未解，就搭讪着接下去道："过日脚本来是很快很快的，像我们起得身来梳过了头，揩好了面，四处堂差一转，不知不觉这一天就过去了。就是进得场来[①]，仿佛也不过眼前的事，然而扳着指头算却又已两月多咧，少年子弟江湖老，红粉佳人白了头，做人一生一世，也何尝不是这么的一霎眼就完……"两人正在把这一个光阴问题感慨得起劲，忽然又是一阵铃响，扶梯边登登的跑上了几个人来。只听见房间中人招呼道："柳爷，今天从什么地方来的？请到那边坐罢。"糊涂生一听说是柳爷，便笑着向花如玉道："你去敷衍柳爷罢。我和你是自家人，决不致见外的。"花如玉眯着眼向糊涂生一笑道："那末你不要心焦，我去一会就来。"

花如玉一出去，就踅进一个老娘姨来，似乎是来陪伴糊涂生的。可是伊哪里引得起糊涂生的精神？五短的身材，枯皱的面皮，分外的使糊涂生见了不快，便理也不去理伊，一个人管自靠着烟铺上烧烟解闷。这一个老娘姨，伊也晓得自己是过去时代的人物，不足以当大少爷的一盼了。不过为着职务的关系，不能不在此作一个讨厌人，也只索无精打采的在一旁望着打盹，销磨伊这无聊的光阴。那糊涂生见伊这般模样，心里暗暗想道：年纪大的人在这里做，真是受罪。晚上不知要什么时候才能够安睡，而且睡也没有一定的去处，一到天亮可又要起来做事情了，怪不得伊一静就要打瞌睡咧！正在想时，忽听见外房吱吱格格的一阵笑声，心里不禁一

---

① 堂子中逢节调动，初开业的时候就叫作进场。

动，忙侧耳听时却又嘁嘁喳喳的听不出什么来，便摇头叹了一口气，倚在枕上一个人管自静悄悄的发呆。

他自从认识花如玉以来，差不多已经有一个年头了。他自己也不晓得，为什么迷恋得伊要如此的深而且切，心坎中常常有伊的一个倩影在着，百般的打发不开。一天不上群玉坊去，就似乎有一件事不曾做过，提不起他的精神。他也分明晓得堂子中的妓女，是只可以看在眼里，不可以放在心里的。然而他虽然这般想，有时候而且立下决心不去了，他那两只脚却似乎不肯听他的命令，眼睛一霎，分明又走到群玉坊去咧。其实呢，花如玉的待他可也不错。一天不见，第二天到了公事房中，这一个德律风是听定的了。而且一到伊那里去，总当他是自己人看待，什么话都和他说。在这种情形之下，哪里能够使他不死心塌地的想着伊啊！

他这时一壁瞪着眼睛出神，一壁却想起在他和伊同那柳爷三角恋爱中间，伊和他说的话来了。伊说："在生意浪[1] 也叫作没法，为着花头[2] 面上，不能够不和柳爷敷衍。你想我肩了这一个责任，如果专靠了你，那末把你拖了个半死半活，我怎么过意得去？如今有了柳爷，把大部分的责任分给了他，你既然省了多少麻烦，我也可以安心了。至于柳爷这个人，老实说，我决计不会和他好的。肮肮脏脏不修边幅的衣服，先就使我看了不快咧！我晓得你是明白人，知道堂子中的苦衷，所以把这种话告诉你。天可怜见，有朝一日能够脱离了这一个地狱，那就不但整个心儿属你，整个身儿也属你了。"这一番旧话，糊涂生慢慢地在心里回味着，便想："我这个人还真是明白呢，还是一半明白一半不明白呢？如果真是明白，我这个身儿为何还在此间？如果是一半明白一半不明白，那末

---

① 堂子中人，称营业的所在为生意浪。

② 碰和吃酒，统叫作花头。碰和以抽十二块钱为一个花头，吃酒以一台为一个花头。

也不该在此地独个儿酸溜溜的转念头了。怕的是还是整个儿不明白罢!”

想到此地,便觉得有点不耐烦起来。一瞧手表,还只十一点有半。心想,怎么过了这许多时候还只有一刻钟?柳爷平常是到了十二点钟一定要走的,在他未走之前,依着向来的习惯,这半个钟头是要我一个人冷清清的度过去了。悔不在小花园多玩半个钟头才来,那边和他人谈谈讲讲就不致有这样的寂寞了。一壁怪自己不好,一壁却越发心焦。两只眼睛注视着一盏垂垂欲绝的烟灯,仿佛这一星之火中有柳爷的一个可憎面庞在着,恨不得一拳打了过去,把柳爷打下楼,这才称他的心。忽然一个眼花,这烟灯中柳爷的幻象又隐去了,却换了一番景象。只见好像是一角卧室,灯光黯绿之下有一个女子在那里倚着沙发看书,面孔被书遮没着。可是瞧伊的身段姿势,不是他人,却就是他结发之妻。一个转念,不由翻了一个转身,把眼睛紧紧闭着,不愿意再瞧着了。然而眼里越不愿意瞧,心里却越是放不开,暗想:这是怎么的一个因果?伊在家里冷清清的等候我,我却在这里冷清清的等候别人。我为什么要抛弃了家庭的甜蜜生活却来尝这种凄凉况味,兀的不是太没有意思了么?一壁想着,一壁他的心不由的坚决了起来,扑的立了起身,预备悄悄的走了,免得淘这般鸟气。叵耐这老娘姨眼睛虽阖着,精神却贯注在他身上。听衣裳窸窣一响就张开眼来,一见糊涂生似乎要走,慌忙喊道:“大少,你待什么?可是一个人有点心焦么?吃筒烟解解闷罢。”糊涂生一想老娘姨一醒,这走又走不了咧。罢,罢,算是在这里坐软监牢,再等伊一会儿罢。便对老娘姨道:“不,不,你睡你的觉,我自己会消磨着。”便又睡了下来。看老娘姨时,却眼睛骨碌碌地监视着他,好像是怕他溜走。

走既走不了,只索再拿着钢针烧那鸦片玩着。好容易打成了一个泡,他自以为是过了好久时候了,然而瞧那手表却还只十一点五十分。心里便暗暗好笑道:“平常时候嫌着写字间中的时钟慢,不想在这时候也嫌着这手表慢了。本来我也在伊身上化过了不少的钱,论理碰着这种白板对煞[①]的事,伊竟丢却了我一丝儿不来敷衍,我也大可以发发标劲[②],或者简直竟可以跳槽[③]给伊看。然而伊曾经和我说过,这实是无可奈何之事,我应该要原谅伊。而且他们客帮中人有一个脾气,来的时候不许姑娘再去敷衍别个客人。好在他们来的时候少,总是陪伴我的时候多,我如果给伊不好看的面孔看,这不是太不原谅了伊们么?咳,嫖客真不是人做的!又要顾全自己,又要顾全伊们姑娘,这岂不是很使我两难么!"糊涂生这么想着,想到了可恨的时候,便浑身血脉紧张,恨不得把床上的烟盘拿了起来一齐掷下地去。好使那外面的柳爷觉着他们那里乐,里面却有一个落伍者在那里恨;又使得那花如玉觉着不应该把他一个人丢在里间,而管自敷衍别人。然而一想到花如玉对他那种宛转可怜求他原谅的神情,可又不忍下这一个辣手了。实在这尴尬的时候他已经不是第一次遇着。每逢到这种时候,等到柳爷去了,花如玉回进房来,对他那种似嘲似讽的话,总低首下心的忍受着,而且百般的譬解他听,求他不要误会。他起初总是恨恨不已,然而到了后来,可就又百炼钢化为绕指柔,不把这一件事放在心上了。这是往昔的旧例,他不过是重行练习一回。

好容易看手表的长短针一齐指着十二点了,果不其然,外房间一阵脚步声响,接着"走好"、"明天来"的花如玉口音也透进他的耳朵中来,这才深深的吐了一口气,知道柳爷走了。他这一个软监牢,也可以宣告释放了。便慢慢的转了一个身,两只眼睛朝着门外望着。瑟的门帘一动,花如玉像飞也似的跑了进来,还未开口说话,整个身儿伏在他的身上,轻轻的道:"今天又累你受罪了!"糊涂

---

① 白板对煞,喻有两个要好客人同时而集也。

② 标劲,在堂子中动怒也。

③ 跳槽,由这一家堂子,跳到那一家堂子中去。

生看了伊一眼，冷笑了一声，并不答话。这是他的老脾气，花如玉早料到有这一着，就又搭讪着道："好人，你别难过。我早和你说完了，你怎么还是这样的想不穿？"糊涂生摇摇头答道："我如果想得穿，也不跑上这儿来了。"花如玉把眼一横道："你怎么尽是这般的小孩子见识！"说时也不知伊哪里来的一副急泪，霎时眼睛里就水汪汪起来，一个头伏在他的身上不肯抬起。这一来，糊涂生的心便软了一半，叹口气道："咳，想不到这种快乐而容易过的光阴中，却还有这般烦恼而不容易过的光阴混合着。你虽然横也叫我别动气，竖也叫我想穿点，然而你可晓得这半个多钟头的苦光阴，我真比度一天写字间的生活还难受呢！"

这时老娘姨早识相跑往外面去了，房间里只剩着他们俩纠缠着讲个不休。总算花如玉这一副眼泪很有效力，把糊涂生怨愤的心思打了下去，快乐的心思又勾了上来咧。但是这快乐的境界实在很容易过去，糊涂生还不曾讲完他想说的话，那手表上却已过了他预定一点钟回去的时候了。一壁想走，一壁却又不忍走，实在这长短针太无情了！快活的时候，不让它慢一点儿；不快活的时候，不让它快一点儿。糊涂生无论怎样的想勾留一会，可是终于拗不过这长短针的行动，而给它送回家，寻和柳爷决斗的恶梦去了。

（原载《紫罗兰》第二卷第十三期，一九二七年七月十三日出版）

恋爱的破产

平襟亚(网蛛生)

席上李大块头写一张局票,偏偏要在票角上加上几个小字,什么“小老三跟”。众人看见嚷了起来说:“你一向说没有相知的,不想今天自露马脚了。那位小老三一定是和你有关系的了。”李大块头笑着说道:“我和她不过在友人席上见过一面,看她的态度倒十分的天真烂漫,面庞也还生得不俗,所以今天一时的兴到,再去叫她的倌人,恐怕她不跟来,特地注一笔。什么关系,简实没有的咧。好在她不久便来,有没有关系是一见便知的。”众人听他这样一说,大家没有话调侃他。独有头排局来的雁红,笑向李大块头道:“你们俩有没有什么关系,谁验得出来呢?你李大少也好弗必撇清哉,黄熟梅子卖什么青呢。”说得众人拍手大笑,说:“妙啊,李大块头还是招供了罢。”李大块头通红了脸,只不做声。

停了一刻多钟,小老三跟翠芳来了。席上的人个个对准小老三打量一回,好像眼睛里放出火来似的。小老三并不害羞,坐在李大块头的背后,只是嘻皮笑靥的搭讪着。席上有人称赞她说:“小老三果然不差,妙在天真烂漫,绝无堂子习气。看她年虽大一些,恐怕倒还是混沌未开的咧。”

小老三虽是一个跟局的阿姐,她的应酬功夫倒要比她的倌人翠芳高强得多,真是面面周到。足足坐了有三十分钟,才始站起身子,对李大块头说道:“李大少,我们要转局去了,晏歇请你到我们房间里来坐坐。”李大块头笑着说道:“我们一点钟以后来,你在房间里吗?”小老三说:“好极,我们总在房间里待你。我是住在生意上的,随你几时来便了。”说着秋波微微的一转,拉着翠芳盈盈的去了。

从此以后,李大块头常在小老三那边走动,亲热得形影不离。一天李大块头对小老三说:“我们要好不是寻常的。第一要讲情爱,第二要图久常。我爱着你的是天真烂漫,不知你爱着我的是甚么呢?”小老三低着头,含娇带笑的说道:“我爱你的同你爱我的一样。”说得李大块头笑了起来,说:“你的话未免太混通罢,难道我也同你一样的天真烂漫吗?”小老三撒娇似的说:“我劝你不要多说了,要好在心里,摆在嘴上成什么事情呢!”李大块头因此只得不问了。

一天小老三感冒了风寒,生起病来了,住在翠芳的房间里。被李大块头见了,格外的疼惜。他真是亲事汤药,衣不解带的镇日镇夜厮守着。要是人家孝子事亲,也没有这样的郑重。他心里兀是想着,小老三的病,真是自己用情的好机会。他好把小老三当做用情的试验表了。

小老三的病很沉重,医生一次连一次的诊治。李大块头替她担忧万分,急得眼泪都流了下来。直到半个月以后,病魔渐渐的退避,李大块头才始把心里的一块石放下。小老三对李大块头说:“承你这样的看待我,我不知拿什么来报你。你自从认识了我,足有三个月了,我也从没同你开过一次东亚旅馆……”李大块头接着道:“你哪里话来,我早说的,我们重的是一个情字,不是一个欲字。并且我们是图长久的,不是苟且的,你难道忘了我的宗旨吗?”小老三听得,低着头羞人答答的不语。

李大块头足有十天不到小老三那边去。第十一天的晚上,他心里觉得热辣辣的,两只脚再也熬不过去了。他手里捏着一根黑漆的司的克,走到小老三那边去。谁知走进房间,偏偏独不见她一个人影儿。问问娘姨们,一个也回答不来。有的说看她母亲去了,有的说昼锦里买花线去了，有的说阿哥同她到大世界去了，人言人殊。独有一个小大姐，年纪不过十一二岁，她倒很老实的，说此刻晨光也不早了，小老三她自然到小房子里去了，你有话还是明天同她讲罢……李大块头听得“小房子”三个字，心里好像浇了一杓冷水似的，脑筋里才始一阵明白起来。把手中的司的克在空里不住的画着圈子，可是他嘴里再也没有别的话说了，只有连连的应着“嗄！嗄！”

著者曰：上回的事很寻常的而且很多见的，这便算向青楼妓女用情的破产。著者更见一般自命谓老嫖客的，每喜称赞妓女，说她“天真烂漫”，这便差了。有天真的女子，哪会踏进青楼，做她的卖笑生涯？做妓女的，哪一个有天真？便是有天真的女孩子，一进青楼，也多半要消磨在老鸨的教训中了。便如俗语说的，染缸里面哪有白布呢？这位李大块头惹得妓女也称他天真烂漫来，这天真烂漫四个字，简实是双料瘟生的代名词。他怎不想想，如此一位很出风头的漂亮阿姐，哪会没有同人家租小房子在外面呢。向她身上去用情爱，那么真算得天真烂漫到极点了。

（原载《快活》第二十二号）

狎 邪 鉴

李 定 夷

桃华纷飞，乱如红雨，几番风信，报道余春。鹃声天末，招来野祭之魂，絮影陌头，枨触闺寒之恨，正是萦愁绪兮回肠，对东皇而饮泣。尔时许，不知几多空闺少妇，漆室孤孀，悲生离，泣死别，问天无语，辄唤奈何，而暗揾伤心泪也，盖值寒食时节矣。

苏之洞庭，太湖属也。其民依山而居，有东西洞庭之称。东山之西，西山之东，荒墟古窀间，一青塚坌然存焉。松柏森森，墓门高耸，四周草篱，或断或续，似闻家兆穴，而已就衰者。青苔断碣上，仿佛有伍生墓三字。闻诸彼都人士，每当寒食东风之候，恒有一妇人携麦饭香醪，就墓泣祭。声之凄楚，虽巫猿啼月，塞马吟风，不足方也。或有识之者，谓即生之室人。歌成黄鹄，难招夫婿之魂，镜掩青鸾，莫回嫠妇之恨，宜哭之恸也。

生字涵爽，洞庭人也。神采飞扬，仪表都雅，濯濯如春月柳，固不让当年张绪；性尤潇洒，不顾细谨，常以谢东山自期。柳巷之游，桃源之渡，自有不能免者。生平爱读《花月痕》一书，尝谓观梦仙之柔嫚多情，梧姬之生死缠绵，知曲院中非无真性情者，要在明眼人能物色之。尚书知盼盼，蕲王识梁姬，古人岂相远哉。游泮后，凡三上秋闱，迄以文章憎命，不得志于有司。由是益放情于名花时鸟，以抒胸中块垒，因号媚花癫郎。

某年，侨寓临安。临安为古帝王居，名胜冠宇内，陟梅屿，谒鄂墓，访幽于林逋宅边，吊古于苏小塚侧，韵事胜迹，弥足供王孙之盘桓也。而生于饱览湖光山色之余，尤恒作渔郎之问津，日征逐于花城香国中，意至适也。嗣识周生宗姬，周亦纨绔子，为人慷爽不吝，尤喜交游，一时有小平原之目。与生深相得，晨夕过从，时或沽饮东篱，时或猎艳北里，异乡旅居之客，借以破除岑寂，气求声应，至足乐也。

校书迷楼者，色艺双绝，名重一时；而尤巧笑工媚，精于酬应。客之溺其色者，每多乐不思蜀。虽锦奚囊广贮千百金，亦必尽销于此窟中而后已。宗姬本与有素，旋以他故，遂吐弃之。一日，生过宗姬寓，见迷楼小影，把而玩之，亭亭倩影，秀曼罕俦，果名不虚传，为之神往者久之。因请宗姬，愿为绍介于迷楼，一睹芳姿，以偿夙愿。宗姬有难色，语生曰："是儿绝无真性情，惟利是图，余知之深矣。天下多美妇人，何必是？"生不谓然，固恳之。宗姬不忍重拂其意，乃许之，期以明日落照衔山时偕往。

枇杷门巷，花香袭人，生以陌路萧郎，作探花使者矣。既过迷楼居，迷楼款步出迎。生目逆之，圆姿替月，晕脸飞霞，居然殊色也。迷楼先询宗姬安，嗣叩生姓氏，宗姬俱代生以告。迷楼笑语曰："高轩枉顾，芜馆生光。"生斯时目眩神迷，致不能发语。久之始答曰："久闻艳名，钦仰靡既，今睹芳容，尤慰平生。"迷楼逊谢不遑。生因请作东道主，招二三辈小饮。宗姬赞同之，折简邀宾，已而群贤毕至，相率入座。迷楼歌以侑觞，朗朗如出金石，直可上击重霄，而起云霞之色。一座粲然，而生尤为倾倒。凝注迷楼，目不旁瞬。迷楼亦托微波以通于生，盈盈秋水，脉脉含情。生几不自持，渐而酒情中酣，众悉有酩酊意。迷楼亦宝靥生春，如朝日芙蓉，益增娇艳。众乃散座，迷楼又为众焚香煮茗，以佐清兴，逾时始散。

是晚，生辗转枕席间，忆日间所遭，益不能忘情于迷楼。思此后当如何博其青睐，如何贮以金屋，而梦寐之中，又时作诸多之非非想。呜呼，色不迷人人自迷。孰意昨日一席间，即为生毕生冤孽之始基耶。逾日，生独过迷楼，迷楼方对镜晨妆，脂粉未傅，睡眼初惺，益觉妩媚动人。生至，笑语起迎。呖呖莺声，刺入耳鼓。若曰："公子来何早，恐踏断鼠子尾矣。"生亦笑曰："知卿晓妆，将来作画眉京兆耳。"于是依妆台侧而就坐，观迷楼挽髻理鬓，春入眉梢，低下水晶帘，相对益忘形。迷楼曰："公子朝食未耶，得勿饥乎？"生唏而言曰："旅馆凄凉，不惯独食，故乐与卿同餐耳。"已而妆罢，迷楼款生朝餐。生贪近芳姿，惟恐食之速意，时逗迷楼笑语以稽之，渐及身世。迷楼唏嘘而言曰："妾苏产，幼本良家子。母早世，父以微秩官鄂中，坐盗案籍没，卒于任所。妾误适匪人，乃致堕溷，作此花底生涯。公子有心人，若能推恩援手，恩同再造矣。"生闻言，为之恻然，所以慰藉之者良厚。昔仅渔其色，今益怜其遇，此一缕情丝，遂如春蚕之自缚，固结不解矣。

女色祸人，甚于蛇蝎。生从此，日消耗其精神财力于金迷纸醉中，几除却温柔不是乡矣。呜呼！溺情床第，后尘独步信陵，迷路花丛，好梦不让杜牧。此不可训，亦非能常，而生不顾也。纵有朋辈文规言箴，亦徒如东风之过马耳。花花叶叶，朝朝暮暮，不觉渡去韶光两月，而耗入此消金窟者，已有千金，客囊荡然矣。乃以典质服物，博意中人之消耗。旋为迷楼侦知，私语生曰："蒲柳贱质，过蒙缱绻，恩莫大矣。乃日来侦知公子有床头金尽之叹，赖典质以为资。而阿母索取，依然无餍。适复告罄，又将奈何？愿公子熟图之。"生喟然曰："诚如卿言，余岂不知！然宁守卿而贫死，不愿一朝辍卿而归。"迷楼笑曰："公子之计左矣，吴越咫尺地，宁不能复来耶？"生以缓图却之。会家报至，谓家中田租与人有纠葛，因之起衅涉讼，促生束装返里，以理其事。归意始决，往辞迷楼。迷楼曰："愿公子事竣后，复来此间聚首。妾当屏铅华，谢尘客，以待足音。幸君毋作秋扇之捐。"生首肯之，明日遂行。迷楼含泪送之，相对黯然，生忍泪而别。

既抵家，夙夜奔走，讼事方休。因乘间语夫人以杭事，夫人素旷达，绝无不悦意。惟规之曰："青楼之约，乌可遽恃。若辈以郎为鱼,而投其饵也,容有真情好乎?幸郎毋受其愚。”生不谓然,力辩迷楼之色艺德性,俱属曲院中不可多得者。并谓将为脱籍,学陶朱公故事,载得西子归来。夫人无奈,听之而已。生嗣以弥补前负及筹措款项两事,又耗费良辰旬余。方欲束装,而伯母忽焉溘逝,殡殓一切,义不容不过问。逾数日,又外舅诞辰,不得不为留数晨夕,以尽半子之职,而中心寸断矣。诸事既竣,始获就道。临行,夫人送之门,又规之曰:“绮罗丛里,歌舞筵前,过眼风花,直幻影耳。愿郎此去,及早回头,毋使黑貂裘敝,黄金再尽。郎其念之,此汗血之家资,祖宗创之百年而不足,子孙勿败之一旦而有余。且尤当念此身为父母遗体,父母抚我、育我、长我、教我,此恩此德,百身莫赎,奈何渔色猎艳,以伤厥身。郎纵不念妾,独不念泉下人乎?妾非妒妇,郎自能知。然大义所在,谊不应不以言进,愿郎一纳予言。”生心虽不谓然,然以其辞旨恳切,不忍过拂,唯唯而已。

前度刘郎,重来问津,生又到西湖葛岭间矣。卸装甫竟,即往访迷楼,则桃花人面,空帐春风,徒令崔郎之呼负负耳。询诸近邻,佥云不知,生乃踉跄而归。客窗风凄,孤灯焰冷,益增人之无聊。回忆灯前咏絮,月下抚琴,一片柔情,恍如昨日。而今者人间玉容,杳如黄鹤,望断天涯,不见只影。然生誓必觅此故剑,纵走遍青山,亦所乐耳。倘或珠沉玉陨,华鬘已归忉利之天者,则惟有千金市骨,了此夙因而已。

一夜,生与客荡舟湖上,放棹中流。平湖月明,水波不兴,意至适也。客扣弦而歌,生倚栏凝眺,从而和之。正歌间,忽闻画桨咿哑之声迎面而来。生目逆之,见中载一美少年,华服锦衣,拥一丽人坐怀中,为状至亵。生不觉失声曰:“伊何人,伊何人,伪耶,真耶?何相似若是耶?”客闻声,亦探首窗外问故,生急指示之。则来船距离渐远,已不及见。生急令舟子尾之,前舟行甚速,旋失所在,惆怅江天,大为惘然。客从而慰之,色始輾然。

又一日,生赴友人宴,座有陶然公子者,谈及湖上风月事。生因询之曰："绿珠姿首，神女生涯，本地有迷楼主人者，君识之乎？"公子笑曰："是殆贵相知欤？尝耳食芳名。今得大雅赏鉴之，一登龙门，声价十倍矣。近闻已与渠姨妹丽华阁同居拱辰桥畔，确乎？"生支吾应之，由是知迷楼之踪迹。明日，生遂如丽华阁，访迷楼，始知迷楼已更名聊寄馆主。其母见生至，含笑相迎曰："昨夜灯花结许大，正疑何喜，乃应公子之降临耶！"生因责以乔迁不告之咎。其母曰："未审公子里第，末由上闻。"生怫然曰："吾尝语若曹矣，汝纵老昧，岂迷楼亦健忘耶？"迷楼闻生声，款步出迎，啭其莺声曰："公子何久不至，令人望眼欲穿矣。"生一见迷楼，满腔忿怒，顿归无何有之乡，即上前携其手曰："余何处不寻到，卿乃在是耶。"因骈肩入房，询以迁居易名之由。迷楼以假母之强迫为辞，然多支吾语，生稍稍疑之。特妖狐工媚，稍施软玉温乡之蛊惑术，生即神魂颠倒矣。

一夕生过迷楼居，其母出迎，谓往天竺进香未旋。生欲入卧内少待，母有难色。生讶之，固欲入，其母无如何，让之行。甫经廊下，即闻迷楼笑语声。至室外，从窗隙窥之，见迷楼方与一美少搂而亲吻，怜我怜卿，正在佳境。生忿火中炽，厉声责其母曰："室中为谁？"曰："张公子。"生不语，直闯入室。张与迷楼方柔情缱绻之际，乍见生入，怒詈曰："何处狂奴，扰人佳兴！"生闻言益怒，趋而前，奋拳相挥，张亦报之。迷楼不能周旋于两情人之间，作壁上观而已。既而张北，生愤稍解，乃释之。其家人旋来，舁之归。

吾今当告诸君，迷楼曷由识张者。先是迷楼以伍生嬖幸，故凡客之造访者，悉淡遇之，以博生欢。及生旋里，空庭冷落，阶草丛长，迷楼不甘岑寂，因徙其居，浼人声扬于诸旧欢，旧欢复渐至。张适来东瓯作汗漫游，于歌筵舞席间，一遇迷楼，大为倾心，解以玉佩，贻以明珠，缠头一掷，千金勿吝。迷楼啖其豪富，复以前之饵生者饵之。当生荡舟湖上之夜，适张与迷楼亦作鼓棹游。生所见之舟中美少，盖即张也。是时张既舁归，迷楼趋往慰生，生盛气不应。

迷楼泣而诉曰："妾自恨堕入风尘，致失天赋自由，使公子受累至此。彼张氏者，乃阿母啖其多金，强妾应之。妾岂食前言，幸公子稍念当年香火情，毋决绝乃尔。"言次伏生臂而泣。生此时又不禁将怜香爱玉之心，动荡于方寸间。遂輾笑颜，交好如初。从此仍朝对名花，夜拥丽姬，仙仙乎殆不知浩劫之将至。

一日，生方在寓修家书。忽数衙役叩关入，声称奉札捕党人，汹汹系生去，至仁和邑署，令指为湘乱余党，强之招认。盖时适唐烈士在常在湘起义之后。生闻言，讶甚，力辩其诬，侃侃而谈，令为动容，乃以待质系之入狱。

生几经风潮，又失调养，遂病于狱。幸友人于各处为之斡旋，始得延医进，然病入膏肓，已不及救。大渐之日，夫人自苏至，生执其腕而泣曰："自与卿结缡以来，琴瑟静好，唱随弥笃。今不幸蓬宫赴召，同命之鸟，人天永隔，惨莫甚矣。惟是寸心耿耿，不能无所留赠后人。卿倘念人之将死，其言也善，可将吾与迷楼交好乃受诬始末，普告世之与我同病者，俾悬为殷鉴。屠刀遽投，立登佛地，是则吾一死而足棒喝恒河沙数之青年好色者。夜台朽骨，亦瞑目矣。若夫贤卿盛德，惟有效犬马于来生耳。"夫人闻言，亦和之泣。柏舟之痛，其何如耶？生既丧，事遂寝。殡后，夫人挈棺归里。开我东阁门，坐我西阁床，遂作姮娥之终寡，不复问繁华事矣。

其后张之家人，渐泄其事于人。盖张翁督学粤岭时，仁和令出其门下。张因暮夜谒令，而以生名进，令信之焉。事闻于乡人，思有以反坐之，以无确据而寝。迷楼嗣后遂去越之鄂，理旧业于汉皋。饵术虽工，丰韵顿衰，生涯寂寞矣。吴下某君，尝赋诗以悼生，有"巫峰云雨三更梦，江上琶琵一晚风"之句，皆实录也。

定夷曰：世之亡身者，莫易于狭邪游；世之倾家者，亦莫易于狭邪游。入其中者，如沉孽海，如堕迷津，将不知所底矣。夫燕语莺啼，本勾栏之长技；攀花折柳，岂儒生之所宜。乃多士不察，甘投陷阱，倚红偎翠，挥霍曲院之金，暮雨朝云，征逐笙歌之队，甚矣其惑也。纵尔深情款款，奈彼所绸缪者，徒仗金钱何。若伍生者，甚至情场起衅，遽尔力争，仇家挟嫌，含冤没世，其得祸尤烈。予闻之，悚然惧焉。书之以当狎邪者之暮鼓晨钟，是亦区区之微意云尔。

定夷又曰：有清晚年，党狱大兴，位高者妄罗无辜以快心；位卑者希冀上意以干禄，杀戮之惨，驾汉唐宋明诸党祸而上之。国祚之不永，革命之速成，殆亦激之使然欤！

（选自《定夷丛刊初集》，国华书局一九一四年出版）

黑幕揭秘

此中秘密

朱瘦菊(海上说梦人)

钻戒套在手指上,本是件极微细的东西。然而他的魔力,却伟大不可思议。任你有潘安般容貌,子建般才华,在昔日便博得掷果盈车,鸡林望重,但目下你要是无名指上,没一只钻戒套套,就使衣服华丽入时,也不过博一个滑头少年的美名。如其衣装朴实些,更免不了穷小子的雅号。翻转只消有四五个克拉重的一颗钻石指环戴上了手,滑头的马上就变作贵家公子,穷小子也可以充作富室儿郎。但讲到那四五克拉的钻石,在我们眼光中看来,也不过比梧桐子略大些须,还敌不上桂圆核的一半,居然有左右人身价的势力。男的还在其次,女人们更与这钻石有最密切的关系。无论麻面缺齿,平时令人一见作三日恶的,一旦佩戴了火油光亮溶溶的钻饰,顷刻可令目光四集。看的人非但毫不作恶,而且涎流三尺。但解剖这班人的心理,倒也并不是个个想转别人钻饰的念头。不过一见此物,心思就倾向着他,仿佛葵花对于日光,铁屑遇着磁石一般作用,其中原理,还得请物理学家研究研究。

为何我不作小说,先讲这一篇浮话呢?内中却有一个原故。皆因上海地方,最注重的就是空场面。往往有班人,家无隔宿之粮,身上偏喜欢打扮得齐齐整整,遍体绫罗。宁可冬裘夏葛,都在长生库中更换,他们还说免得自已收藏烦心呢。此辈外号绣花枕头,又有一个最盛行的名义,叫做拆白党。王三新便是个中的一分子。他这枕头,倒还不是全稻草的。因他家中虽没什么大产业,然而一日三餐,却还混得过去。不过若同他身上一比,可就大不相称了。他头戴一顶银枪貂皮暖帽,身穿深蓝色铁机缎大团花的狐嵌袍子,玄色铁机缎青种羊出锋马褂,墨绿色细呢缎带口薄底卫生鞋,加上一张常涂雪花膏小白脸,两道浓眉,一头漆发。最令人注目的,便是他左手无名指上一只四克拉左右的钻戒,见的人谁不估量他是个四五十万家资富翁的儿子呢。但三新手上这一只钻戒的来历,据说全世界没第三人知道。那知道的二人,一个便是三新,还有一个却在三新肚内。他不对人说,人也无从得知,所以这件事便称为只三新一人知道的,却也并无不可。三新仗着它,很做出几分市面。有人说他头上的皮帽,身上的袍褂,也是这钻戒换来的。但钻戒并没离他的手,怎生可以换得衣帽回来,这又是一桩疑案,令人难猜难详了。

三新既有这一副行头,又有这动人心目的钻戒,新年头上免不得要破费三块钱一点钟,雇乘汽车出出风头。那天仿佛是今年的正月初五,家家都吃财神酒。马路上行人也大都脸上红微微的,似乎要同黑脸的财神比赛。但三新这张脸,仍白得似雪花膏一般,皆因他所接的财神与众不同。别人接的是黑脸财神,他接的却是白脸财神呢。那天他不知在哪里吃晚饭出来,坐上汽车,在大马路四马路兜了两个圈子。自想这几天汽车钱倒花了不少,利市还没发着一点。听说蹋鼻子茂林和茶叶小陆,在西欧旅馆合开一个房间,招着许多人在彼推牌九,自己身边还有二十几块大洋,不如上那里去押他一两下。赢了出产汽车东道,输了只算漂却一桩买卖,也未为不可。

念头转定,他便关照那开汽车的阿六,命他放到大马路西欧旅馆停下。自己原是走惯的熟路,上电梯直到六层楼,在九十九号房间门上轻轻叩了三下,里面问是哪个,三新通了名姓。开门进去,见房间内人已挤满，其中一小半是和自己熟识的，也是白相朋友，见了都同他打招呼。还有一大半，虽不招呼，三新却认得他们都是现在极时髦的人物，交易所所员和经纪人代理人之类。他们自众人头上刮下钱来，到此也散给众人，真不愧经纪代理的美号。

又见场主人小陆管着筹码铁箱，茂林却坐在庄家旁边出角。庄家是一个麻脸大块头，面上红得似猪肺一般，因他庄风很旺，回回吃重配轻，故此也格外起劲。额角上汗流了下来，也没工夫抹它，粒粒珍珠，恰巧填平他的天然缺陷。惜乎房间内热度太高，流质不能凝为定质，不然倒是绝妙一剂补麻秘方呢。

三新拿二十块钱钞票，向小陆兑了筹码，站在赌台旁边，也不下注，等候他的眼子。可巧那大块头赢了一阵，庄风渐转，接连几条统配。三新想押他的瘟庄，便拿五块钱注，押上角。不意开出来却是统吃，众人都骂他下冷注，害别人赔钱。三新晓得赌场上习气最重，输了钱就不免怨张怪李。遇着这等事，只有给他一个不睬的最妙。倘若两个都是盛气的，可就常要打起来了。因此别人说他，却只含笑不言。接上去又押十块，却是配的。这一记上了手，在那大块头庄上，共赢了五十块钱。接上一个庄风大盛，反送了二十块钱给他。三新一想，剩这三十块钱，乃是用了不少心机，挨了许多人的骂换来的，不情愿再还给他们了。于是赶早脚底下明白，向小陆兑了现，离开赌场。走到电梯旁边，见铁压板垂在下面，电梯还在他头顶上第七层楼上载客。三新将电扭按了一按，见电梯徐徐降下，到他面前停住。司机开了门，三新一脚踏进去，顿觉眼前一亮。原来里面并没装什么特别电光灯，只有一个二十上下年纪的女郎。穿一件淡湖织绵缎皮袄，滚着八分阔黑地银花边。下系玄色闪光绸文明裙，高跟漆皮鞋。头上挽一个爱司髻，短发鬈鬈并不用刨花水茄露油刷光它。鬓边钗一支镶金刚钻押发叉，耳上也是副小金刚钻镶的环子。一只手臂上扣着金手表，另一臂上套一只青色的外国金精镯头。这种镯头，名为金精，其实却是烧料，价值也不过数角小洋。然而近来一班时髦人物,都喜欢戴它,皆因这种东西惠而不费,光彩极佳,手臂白些的人戴了着实好看。那女郎的手臂,固然也似一湾嫩藕仿佛,惜乎手上套着副青灰色丝手套,掩没她十指尖尖的本色。然而看她脸上,也和粉堆玉琢的一般,明眸皓齿,琼瑶鼻,樱桃口,处处合着美人谱上的身份。三新这里饱看女郎,那女郎也不住偷眼看他,皆因三新的年纪和行头,正同这女郎铢两相称,两无批评,无怪同气相投,易于吸引了。

他二人四目相视,电流暗通。幸亏电梯中还有个木然无知的司机人梗阻其间,譬如一块隔电的磁板,不致阴极阳极接触着了发生电火。一会儿到了下面,三新让那女的先走,自己跟在她背后。暗忖此人的面貌颇生,游玩之处难得看见,不知是不是本地人。若是本地人,从这旅馆内出来,路道就未免靠不住了。又一想不差,七层楼乃是大菜间,也许有人请她吃了大菜出来,可不能冤枉好人。看她举止,宛然一个大家闺秀,倒不能冒失从事,且待到门口看她坐什么车辆再定方针。若唤黄包车,便可请她同坐汽车,倒是绝妙的一个讲话机会呢。

西欧旅馆旁边,有一条专停车辆的便道,汽车、马车、包车,成天成夜有许多停着。三新坐来的汽车也停在里面。另有一部红色轿车,也是汽车行出差车辆。汽车夫正跷着腿,头枕车沿在里面打盹。这也难怪他,皆因昨儿出了一天差,赚得五块大洋。晚间偶然手痒,同伙伴们推了一场牌九,和盘输光,还少别人六块钱的债,连累一夜没睡。今天轮着班头,又不能不开车出来。幸得坐车的进去吃大菜了,自己也落得睡他一会,横竖睡一个钟头,公司内有三块大洋进款,不比得自己昨儿一夜不眠,还送掉十一块钱,这上头就大为合算了。不意他一场好梦还没做到半场,就被一个人唤醒。他睁开眼见正是坐他车的那个女人,慌忙揩一揩眼睛,反手过去开了车厢的门,让她进去坐了,自己也扳机开车出来。

三新见那女子上了汽车,不由暗喝一声彩,自赞今儿这一阔阔着了。不然自己坐了黄包车,她坐的汽车,非但跟她不上,而且被她头一回瞧不起,第二回就难下手。今儿趁这一部汽车的风头,不可错过了机会。于是慌忙自己也跳上汽车,命阿六快开,跟着那红色汽车进发。

其时才只十点钟敲过,三新想时候甚早,若往哪里看戏,不愁没机会可以讲话。最好到虹口去看影戏,黑暗之中大可摸索。而且自己略识几个洋文,若能将影戏情节讲给她听,她一定欢迎,于是更容易同她接近了。不意他腹中如意算盘虽然打得很好,那女郎却偏同他作对,竟连圈子也不兜一个,上汽车一脚向西,到新世界旁边转弯,沿跑马厅一直朝南,开到华界西门外林荫路上,一家三上三下的石库门口停下。那女的下来叩门,汽车夫掉转车头,呜、呜、呜几声喇叭,开回去重寻他的伙伴,推牌九翻本去了。

三新见前面停车,自己也命汽车夫杀住机关,约摸离她有两间半门面的地方停下。看那女子叩了半晌门,里面开了,那女的也昂头入内。接着砰的一声关了门。三新见她始终没回过一回头,仿佛不知道背后有人跟着她的一般,心中不胜纳闷。下车借路灯光看这家门上,有一块小铜牌,刻着“宣城周公馆”五个黑字。果然大家气概,暗赞自己的眼力不差。虽然那女子对于自己还没表示什么意见,但古人有句话,“贞节妇只怕浪荡子”。何况她眉头眼角久露风情,只消自己略用工夫,不愁没最后的希望。此时她既已进内,我也不必做那守株待兔的呆人,且待明儿傍晚时候,再到这里来守她便了。

念头打定,他也驱车回家。次日黄昏时候,三新果然到那周公馆门首,守了两点余钟。不但没见那女的踪迹,而且连大门也没开过一开。若教别人站了这许多时候,早已等不耐烦,溜之大吉了。但三新多年经练,久已养成一种不可思议的涵养功夫,虽然站立多时,他还不觉其久。不过邻近住的几家,见他衣冠整整,立在人家檐下不走,未免觉得奇怪。有些人都出来看他,这一来三新倒有点儿难为情起来。暗想这一所宅子，一定有个后门，也许她出来走的后门，自己守在这里岂不太呆。于是便抄旁边的一条小弄进内，果见第一家后门上，贴有“周公馆后门”一张红纸条儿。门也是半开半掩着，里面灯光明亮，还有些油锅的声音，肉香四布，此中必是他家的厨房无疑。三新站得一站，腹中顿时咕咕作响。原来他枵腹而来，还没用过晚膳。自己虽然转念头转昏了，不觉饥饿，但他肚中许多蛔虫，闻着饭香，免不得要作不平之鸣，真的是一鸣惊人。三新也觉得肚中饥饿，暗想，惜乎自己还没同周家的女子熟识，不然做一个不速之客，倒很可饱饫珍羞呢。

这一条弄还是个别字先生，不通，三新兜了一转，暗想此路不通，若要出来，定必经过弄口。弄口便在大门旁边，自己站在对面，岂有瞧不见她出来之理？也许她早出来了，不然就是今儿不出去游玩亦未可知。自己空着肚子，犯不着站在这里挨饿，还不如趁早回去吃饭，明儿早些前来。“若要功夫深，铁杖磨成针”，不愁没有达到目的的日子。

自此三新连守四天，一天天放早。最后一天吃过中膳就来，直等到夜间九点半钟，还是个人面不知何处去。三新腹中转念头，这一根针可要磨不成了。明儿早上就来，带几块鸡蛋糕干点心，便在此间果腹，不必回家吃饭。倘若仍无结果，一定自己眼上失风。这里也许是她亲戚，住过一宵早已回家。我还在这里做呆子等她，那也是我吊膀史上一场大笑话了。好一个能说能行的王三新，第二天早起，他果依法行事。在永安公司花三角钱买了一匣茶点，到周公馆门首对面，有家京货带卖烟纸的店铺，店主人在外另有贸易，由他女的掌柜。这几天三新在这里尽义务站岗，有时候到她店中买纸烟闲谈，彼此倒成了一个相识。此刻三新前去，店主妇见这不穿号衣的巡捕又来了，不由笑靥相迎，说：“你今儿更早了。”三新带笑点点头，说：“我有点东西寄在你这里。”便把那匣点心，交给她藏好，自己仍不离周公馆左右的兜转。这回可真应了古人“有志者事竟成"这句话了。他自早上等起,到傍晚五点钟时分,先见周公馆内有个当差模样的人,出来唤黄包车,一共唤了五部,停在他家门首。三新心中一动,假作不关心的模样,问那京货店主妇,对门是什么人家,叫这许多黄包车?岂知店主妇倒还不笨,早已看出三新的行径,所以听他这般相问,爽兴给他一个极满意的回答,说:"这周公馆还是去年搬来的,我们不知道他底细。听说主人在北京做官,里面还有好几位小姐和姨太太,都生得十分齐整,时常出去看戏游玩,这几天不知为何没有出来。现在叫黄包车,大约又是她们要出去了。"

话犹未毕,早见周公馆内,花团锦簇似的,出来了七八个秾妆艳抹的妇女。不消说得,自然有他用了一礼拜心思的这个人在内。三新一见,岂肯怠慢,也顾不得再打听店主妇的闲话,慌忙跨出京货店,看她们身子肥胖的一人独坐,身子瘦小的便两人合坐一部黄包车,那女的也和一个十四五岁的姑娘同坐。她上车时候,偶然眼光飘到这边,看见三新,面上顿现一种诧异的神色,就此连对他看了两眼。三新可没工夫回答她的眼风,急于自己也唤一部黄包车坐了,跟她们拼命奔跑,连店主妇招呼他把剩下的点心带去,他也不曾听得。

一路走着,那女的又连回头对三新看了几眼,这分明是心中有意的明证,三新顿时乐不可支。那拖他的车夫跑得很快,他也仿佛腾云驾雾,追着队仙女似的,浑忘自己还坐在黄包车上。及至到一品香门口停下车,他方才明白。见那女的大队人马都进去了,他即忙开发了车钱,跟到楼上。原来她们早定着房间,门上吊有周公馆牌子。邻近几个房间,都已被人定了去。幸亏其时尚早,没到上市钟点,大菜间内又有三新熟识的西崽,因得在他们隔壁,设法出一个房间让他进内。三新点了菜,侧耳听隔壁笑语杂作,莺声燕语,也不知哪一条是他意中人的喉音。只可带吃带候的等她们吃完大菜出来,自己仍紧跟不舍。然而可惹那女的同来的一班朋友起了疑，在黄包车上彼此都回头望他，尤以和那女子合坐一部车的姑娘为甚。皆因那女子不时回头，更惹她生疑。此时不知对那女子说了句什么，那女子摇摇头。三新看得明白，心中估量那姑娘一定问他意中人，后面跟的人你可认识，一面回她不认识之意。暗笑现在一班姑娘，专爱管别人闲事，自己的事却生怕人管，岂不可笑？不多时，黄包车拖到亦舞台戏馆门首停了，三新不由暗暗叫苦。心想，这几天亦舞台生意很好，她们必已定着座位。我不曾预定，就使排着一张凳，也在高处，瞧她们不着，如何是好？不过既然来了，好歹终得挨此一宵。这里也有他熟识的案目，一问果然已没座位。上楼兜了一转，见那女的一行人，却已在第一排包厢中挨次入座。三新好不情急，教那案目设法。可怪这班案目，平时没生意，迁就客人无微不至。此刻生意好了，他的模样儿也大将起来，不住摇头说没法可想，只好明日请早罢。三新没奈何，说："座位不要了，你撕一张票子给我就是。"案目依言。三新自己在仆座中觅得一方尺的地位，远虽远，然而由他这边到那女的包厢中间的视线，却并没被什么东西隔断。不过那女的并没晓得三新坐得这般高，时常回头张望，眼光老送不到三新这边来。三新没法唤她，急得叫苦不出。

这样的熬了一点余钟，方得一个小小机会。因那女的多喝了茶，想是要小遗之故，一个人离开座位。三新暗喜机会来了，打算候在女厕所旁边，等她进去时，放句话约她明儿一个人前来看戏。不意那女的走不到三五步路，适间和她同车的姑娘忽然招呼她且慢，自己跑了出来，和她一同上女厕所去。三新见了，又叫苦不逮。

然而这一来于三新未尝无益，因他虽然坐在高处，却是由那女子包厢所在上女厕所的必经之路。她二人一路走来，本低头讲着话，但经过三新旁边，他岂肯失之交臂，自然重重的咳了一声嗽。那女子吃了一惊，别转头看见是他，不由瓠犀微露，对着他盈盈一笑，笑里头仿佛还带着原来你在这里一句话。三新对此，也满意非常。尤喜与她同行的姑娘走得很快,落了前,没瞧见他两人的举动,所以并无第三人注意。及至她们解罢溲出来,那姑娘方看见他夹在两个又老又丑又肮脏的佣妇中间,不由噗哧一笑,对那女子不知说了句什么。那女子也回头望了三新一眼,接着便是一笑,带来半个眼风。三新乐意无比,把适间呆坐了一点余钟的许多怨恨,都抛在九霄云外去了。

自此那女子知道了三新的所在,不时流波送睐,脉脉含情。三新晓得她还是个嫩角,这一条路并不难走。只是今儿和她作伴的人太多了,冒冒失失,恐有未便。现在只有散戏馆时候一个机会,倘若连这机会也失却了,明儿只可再做站岗巡捕,又不知要隔多少天再得见她之面。不过散戏馆也只一擦肩的工夫,眼目众多,也不能公然讲话。舍此惟有写一张字条给她,却要瞧我的运气。不知她识字不识,看她这副行径,不像是没字之碑,姑且试试再说。于是三新便把包香烟的纸头,用铅笔写上,"明天请一人来此看日戏,无意者不必来,有意者万万不可失约"二十五个大字,捻做一团,藏在手内。等到散戏馆时,先守在扶梯头上,那女的也遥遥看见了他,有意让她一众朋友先行,自己略略落后。三新喜不自胜,又见她手中还拿着个狐狸皮袖筒,不由心生一计。待她走近,自己便和她并行下梯,暗将那纸团塞在她袖筒里面。手指触着女子的玉腕,那女子也不做声。三新还打算叮嘱她一句说话,不意前行的那个姑娘,又回头唤她姊姊走快些。三新吓得不敢开口,只可一气奔到大门口,假充等车的模样。两眼却暗地窃看那女子作何举动。见那女子下扶梯,在电灯光下摸出袖筒中那个纸团,展开看了一看。不慌不忙仍塞了进去。同行许多人没一个觉得的。三新看了她这一副从容不迫的神态,不由暗暗喝彩。自忖她既不将字条抛弃,料不致拒绝于我,一切进行,且待明日。又见那女的上了车,还给他一个临去秋波。三新这一喜,可是做书的没经历过,却也描摹不出。

次日三新赶早往亦舞台定了两个座位，自己吃过中饭就去。还买了许多瓜子点心水果，预备那女的来了，两下吃吃谈谈岂不有趣。哪知他一团高兴等那女的，左不来，右不来，从十二点半到四点钟，只等得三新一佛出世，二佛升天，心中估量那女子一定不来了。不来事小，但昨儿字条上明明写着无意者不必来，莫非她无意于我么？这几天心思，未免丢得太冤枉了。一念及此，不胜懊恼。忽然背后吹来一阵香风，三新回头见正是那女子，含笑盈盈，立在他包厢后面。三新此时如获异宝，慌忙起身，让她入座。问她如何来迟，那女子笑而不答。然而香气阵阵，直向三新鼻孔中钻将进去，仿佛是一剂蒙汗药。他在先预备下许多质问的言语，此时竟无从开口。老实说，三新现在真应了上海一句俗语，叫做烂泥菩萨落在汤罐里，早已酥脱的了。

他两个从四点钟起到散戏馆，本没坐多少时候，然而说话却讲了不少。三新探知那女子果是周公馆的大小姐，昨儿那个姑娘是她最小的妹妹。中间还有一个，现在北京，其余几人都是她老子的姨太太们。怪不得都油头粉面，很风骚的。三新听她口气颇阔，心里想今儿她到此甚不容易，现在松手不得，松了手惟恐脱钩。自己也不必再装那假老实的面孔，爽兴约她看罢戏出去，到西欧开房间。周小姐回言西欧不去，那边常有熟人，看见了告诉她老子，只恐惹出大祸来。三新又换说几家，她都摇头不愿，不是嫌地方太坏，便恐有熟人碰见。三新暗想这几家都是上海最大的旅馆了，她还嫌好道歹，舍此只有静安寺路的瀛州别墅，不知她可愿去。因对周小姐说知，问她愿去不愿。周小姐听了，略转一个念头，对三新一笑说："就这样罢。"

那瀛州别墅是一班伟人阔老的行台，所以价值也异常昂贵。一日夜膳宿之费，至少也得花二十元以外。三新未尝不知，不过说的时候，只图周小姐答应，忘却了价钱。现在听她答应了，不由想到开销。但说话业已脱口，就贵也只可挨一下子，正所谓金钩吊玉蟹,不能不预备资本。想瀛州别墅离这里很远,若坐黄包车去未免太不像样,这三块头的汽车钱省俭不得,阔也只可阔到底了。因命茶房到隔壁汽车行中雇一乘汽车,到戏馆门首停着。散场出来,两人同坐汽车,开向瀛州别墅而去。

旅馆内开房间有什么正经,这种事看书的明白也罢,不明白也罢,作者却没工夫替他描写。不过他们两个还吃了大菜,方叙这旬日来相忆之苦。周小姐倚着枕,对三新说:"你手指上的钻戒泛头真是不劣,可以除下来给我看看吗?"三新正在乐意头上,哪有不没口答应之理。慌忙褪下钻戒,周小姐接上手,看了又看,问三新有几个克拉。三新连自己也不知道这钻石有多少重,听她相问,胡乱回答她四克拉半。周小姐说:"大约值到一千多块钱罢?"三新道:"不错,就四百元一克拉,也值到一千八百块钱呢。"周小姐点点头,随把钻戒套在自己手指上,笑着问三新好不好。这一问可把三新吓了一跳,心想回道她好的,只愁她趁势说好的给了我罢,那岂不是一个大大损失?如其回道她不好,不但自己说不出,而且普天之下,没戴了金刚钻戒指反嫌不好的情理。此时只可硬一硬头皮,回言好的。幸亏周小姐听了并不回言,只把自己粉脸偎着三新的面庞,说:"你身上冷不冷?"三新摇摇头。这本是绝旖旎的风光,最销魂的景象,可怜三新满肚子快活,早随着那四克拉半的钻戒,脱离他自己范围,到了周小姐身上。他胸中只剩下虎邱山十五个吊桶,七个上八个下,在那里跳一个不住。

周小姐精神百倍,不住同三新说长道短,也不知她哪里来的这许多话头。然而却并没半句谈到这钻戒上面。三新心内虽然着急,口中却不能不和她的调儿,眼看钻戒套在她手指上,又不敢教她捋下来。他呆守着她自己归赵,两下都不肯走,挨到了后半夜两点多钟,周小姐一看手表说:"哎呀,时候晚了,我回去他们要寻的。我还有许多话同你讲,你明儿仍把这房留着,夜间我还要来同你相会。今儿你须得送我回家,我家住的太远,时候又夜深了,路上害怕得很。”三新听周小姐还要他留一天房间，心想二十块钱又出门了。但钻戒在她手上，也许明日还我，这个钞可不能不破。又听周小姐要他相送，只可再叫汽车，命西崽打电话去唤。不多时汽车来了，三新陪周小姐出来，登上汽车，送她到西门外周公馆门首。一路开着，三新口内不言，心中暗想，倘她下车时把钻戒还了我，真乃是天大的幸事了。不意周小姐下车，并没想到他的心事，只嘱咐他明日不可忘记。一面敲开了门，对三新一笑入内。三新眼睁睁看着她戴了这四个半克拉的钻戒进去，门也顿时紧闭，剩他一个人和部汽车在马路上，又同一礼拜前头，从西欧旅馆追随她到此一般光景。

三新没精打采回转家中。他一只左手，宛如犯了什么法似的藏在袖内，不敢露给他老婆看见。幸亏他老婆也没防到他百战老将，今番阵上失风，故而未曾留意。一宵易过，次日三新不敢不往瀛州别墅等候周小姐，他深怕周小姐拿了他的金刚钻戒指，就此放生不来，那可没法摆布。幸得周小姐倒是一诺千金的信人，天没黑就来，还扰了三新的大菜，对待他非常恩爱。那钻戒虽然还在她手指上，她浑如忘了这件事似的，并没一言半语提起这个。三新心中虽然着急，面子上却不能不敷衍她。这天又和昨夜一般，窝到一点半钟，仍要求三新送她回去，还教他留着房间明日再见。

这老文章差不多抄了一个礼拜，三新钻戒以外，还用了一百多块大洋。可怜他第一天用的还是赢钱，第二天却已花到肉里钱了。以后数天没钱花费，只可把青宗羊马褂和貂皮帽子送进长生库中换钱花用。幸得天时争气，正月里十分暖和，所以他光穿一件袍子，戴着外国小帽，还不致惹人生疑。他这桩买卖，真是有生以来没做过的吃亏交易。心中虽已怨极恨极，无奈钻戒落在别人之手，不得不赔本钱伺应着她。但周小姐哪知他的苦处，还天天约他相叙，钻戒老不还他。三新无法可施，只得向他一个朋友智多先生问计。

智多先生听他讲罢缘由,不觉哈哈大笑说:“你三十年老娘,居然也有倒绷婴儿之日。这女的着实老口,她得了你的钻戒,见你第一次出手颇爽,心中还想得你别的好处。因此不惜工夫,天天陪你。她还当你是个好户头,谁知你却是一个空心老官呢。现在别无他法,惟有将计就机,面子上决不可被她看破痕迹。我城内有一个做珠宝掮客的朋友,那天告诉我,现在新出一种假金刚钻,用药水炼成。新时候与真的一般无二,不过用久了就要退色,价钱也并不便宜,要卖十块钱一个克拉。你自己那只,不是说有四个半克拉重吗,现在不妨拣一粒六克拉多些的药水钻,镶好戒指,如此如此,这般这般,你自己还得预备七百元钞票临时应用。你若没有,我倒可以借给你的,横竖是一过手的事。这样办法,料她女人们贪心最重,决无不上钩之理。事成之后,你还得好好儿请我吃几餐大菜呢。”

三新听了,拍手称妙。当下便央那智多先生,陪他往城内找这朋友,依法行事,按下慢表。再说三天以后,三新正同周小姐在瀛州别墅吃罢大菜,进房闲话的时候,忽然西崽送进一张卡片,说有人要见三少爷。三新看了卡片,笑对周小姐说:“你认得这人么?”周小姐看卡片上写“黄胡成”三字,右角上有“黄胡记珍珠首饰号”一行小字,回言不认识他。三新道:“此人是个开珠宝店的,生意做得很大,我内人也常向他买首饰东西。皆因那天我给你一只钻戒,本是内人之物,给我戴着玩的。日前她不见我戴在手上,向我质问,几乎露出马脚,因此我招呼这珠宝店老板,另送一只大些的钻戒来。你若欢喜,就给了你,那一只小的让我带回去还了内人,免得多一番口舌。适间忘却告诉你,此刻他来看我,大约那话儿也带着来了。”说罢,对西崽点点头说:“你请这位黄先生进来罢。”

周小姐看这黄胡成衣服华丽,气宇轩昂,果不愧是个珠宝店老板。他跨进房门,对着三新异常恭敬,不住请安问好,又问府上少奶奶纳福,因何许久不到小店照顾生意来了。三新笑说:“她新年头里，赌铜钱看戏忙不开交，哪有工夫来买首饰呢？你那话儿带来没有？”黄胡成连说：“带来了，带来了！”一面在身边摸一只丝绒小匣，揭开盖，递给三新。三新接过，取出那钻戒和周小姐一同观看，见这粒钻有指般大，在电灯之下晶光耀目。一比周小姐手上那只旧的，不但大小悬殊，而且暗然无色。黄胡成又拿出一张发票，原来这钻戒重六克拉零二，价值二千四百八十元。周小姐一见，不等三新问她，已把那四克拉半的钻戒捋下来还给三新。自己戴上那只新的，亮晶晶泛出火油光彩。黄胡成又从旁称赞了几句，周小姐喜动颜色。黄胡成对三新说：“现在货看定了，只是有句不中听的话，还求三少爷原谅。小店往日承府上少奶奶照顾的生意原是不小，莫说二三千的事，就二三万也不妨拿去。不过今年还是第一回开簿面，少奶奶也没自己前来，不瞒三少爷说，这钻戒也不是小店自己之物，乃是别处拆来的，免不得要付些定钱。现在我也不敢全要你付清，只消先付我一千块钱，让我前途有个交待。其余不妨上在少奶奶账上，到节再算便了。”

三新听罢，面有怒色，厉声说：“你难道不相信我么？”黄胡成陪笑道：“这个决、决不敢。我已说过，这不是自己之物，由别处拆来的，多少要付些定钱，方有一个交待。若说不相信，为何二千多元的东西，只要你一千呢？”三新闻言，方息了怒说：“这样你且等一会，让我回家去拿一千块钱来给你就是。”一面教周小姐也不可走开，自己匆匆出来，约摸隔了半点钟方回。手拿着一大扎钞票，对黄胡成说：“现在时候晚了，银行都闭了门。我家内现钞票只有七百之数，弄不足一千。你今儿可以先拿七百元去，到明天银行中取来，再给你三百元何如？”

黄胡成连连摇头说：“这件事还望三少爷见谅，小店本钱短，垫不起款。前途说明白的，看中意要，付一千元作定，少一个不兴。你若今儿钱不足数，只有将钻戒带回去还他，明天再作道理。”三新面有难色，眼望着周小姐不语。周小姐留神他二人讲的话，觉这戒指既已戴上了手，再捋下来罚咒不愿。今见三新为难，她便从旁岔口说："不妨事，我耳朵上一副金刚钻环子，乃是五百块钱买的，你教他拿去当三百元，明儿赎还我就是。"说着，自己将耳上一对细钻环子除下，交给三新，三新转交给黄胡成说："你自己去当了来罢。"

黄胡成老实不客气，将这对钻环当一个十足，共是四百五十元，连当票一并给三新点收。三新抽三百元，拼上自己的七百，凑足一千，给黄胡成取去。那一张发票，三新划根火柴烧了。又拿起余剩的一百五十块钱，问周小姐可要钱用。周小姐说："五十元够了，那一百块和当票，你替我藏着，明儿赎还我环子，不必再费手脚咧。"

这一天之后，瀛州别墅中永不见三新的踪迹。只有周小姐连去寻了他好几次，后来还到戏馆中各处探望，不知找他有什么话讲。但那三新此时正同他老婆对脚板儿吃夜饭，他老婆说："现在外间金刚钻耳环盛行，我也想弄一副小的戴戴。"三新笑道："那个容易，我现有副价值四百五十元的金刚钻环子，看定了寄在珠宝店中。可惜眼前我手中只有二百块钱，隔几时待我再弄到二百五十元，一准买回来给你戴着出风头便了。"

（原载《快活》第四号）

孽海红筹

冯叔鸾(马二先生)

在京奉铁路由天津至北京一段,头二等车中,乘客拥挤得不堪。有一位口操南音,年约三十多岁,瘦长身材,斯文模样的旅客,上了车左顾右盼的往来寻觅,竟无容身之地。有许多携带皮包的外国人,和许多着军服拖刀带枪的军人们,虽然都占了不少的空位,但他却不敢向前去商量。踌躇了好一会儿,才于二等室尽头处,看见有两个人夹着一个小皮包坐着,于是低声下气和那两个人商量。那两个人答应了,把皮包移在座位下,让出一尺来的空当,他才坐下。他向那两个人请教姓名。一个年约五十多岁,依微有几根胡子,说是姓王,字丹庭;一个年约二十多岁,紫膛脸皮,高大身材,说是李福彪。当下王李二人也转向他请教,他说:"敝姓陈,草字守敬。"这时候,那车早已电掣风驰的离去天津站了,他们三人却因同坐的关系,互相谈论起来。

陈守敬说:"怎么今天车中这样拥挤啊?"王丹庭和李福彪都笑了,同说:"这条路上,哪一天不是如此。"王丹庭又说:"陈先生,大概是不常走这条路罢?"守敬只得据实说:"不曾走过,这是头一次。"丹庭说:"听陈先生的口音,大概是从南边来的,为什么不坐津浦通车呢? 岂不直捷、舒服?"守敬说:"听说军用半价票,通车上不能通用。"丹庭说:"啊! 这就怪不得了,阁下恭喜在哪一个机关?"陈守敬听了不大懂,福彪从旁解释说:"问阁下在哪一个衙门当差事。"守敬忙说:"没有什么差事,是探望朋友的。"他又转问王李二人。丹庭说:“是在国务院。”李福彪掏出一张名片来,上面刊着三四行官衔,最要紧的是“军警督察处稽查员”,守敬看了不胜钦敬之至。

这时候他们三人的谈锋又转了,丹庭说:“而今的差事不容易当了。别的不用说,只这拿不到薪水,真是没法。”福彪说:“可不是!连我们向来不欠的,都也拖欠了。”丹庭说:“究竟军警机关好得多,上头有些怕兵变,不敢不设法维持。若是别的衙门,任你索薪闹的凶,也是枉然。”守敬听了,心中冷了半截,想道:“原来北京当差事只是如此,我又何苦来呢?”又转念,既已来了,只好奋勇上前,说不得碰一碰罢了。

看看七点钟过了,快要到北京了,丹庭问守敬:“阁下寓在什么地方?”守敬说:“尚未定,左不过是暂歇在客栈罢了。”福彪说:“既这样,不如一同到金台馆去罢,我正要送一个朋友到那里去呢。”守敬应了。过了一刻,到了北京了。丹庭自回家去,守敬却与福彪同行。福彪却另从头等车中接了一位女眷,一齐都到了金台馆。福彪把那女眷送到五十二号一间大房间里,守敬自己却开了三十六号,是一个小房间住了。

次晨,在南长街一所极阔大的宅门里,先后来了两位客。

第一位先来的是一位男客,坐的人力车,口操南音,向门房里掏出一张名片来。那门房的门政大爷并不起身,接过名片一看,见只是三个字:

陈守敬

便说:“大人还没有起来呢。”守敬陪笑说:“我是从杭州来的。”门政说:“不管从哪里来,大人没起来,总不能上去回。”旁边床上还躺着一个仆人,也帮腔道:“你这人太啰唣了,去去!下半天再来。”守敬忍气吞声问:“下半天什么时候呢?”门政说:“总得四五点钟。”正说着,第二位客来了,坐的是一部马车。到了门口,小马夫便先下来向门房里招呼,说是一位女客,要见这里大人。门政便忙出来。守敬也觉得奇怪，便跟了出来。见车窗内端坐一位女客，盛妆丰鬋，听见有人出来，那女客掉过脸来，正和守敬在车窗内打了一个照面，分明便是与他同车来同住金台馆的那位女眷。那门政也向女客回说："大人还没起来，您住在哪里，回头大人起来，好给您打电话去。"女客笑着点点头，又命小马夫从车中拿下大篓小罐，还有纸包几件东西，交与门政说："这是我带的一点土仪。"守敬不便久看，匆匆的走了，心中却狐疑道："这位女眷好生作怪，既然也来探望他，必然是亲戚了，却为何不见太太，只说见大人呢？"这晚，李福彪又到金台馆来了，并且到守敬房中来周旋。守敬触起晨间之事，便告诉他在南长街李宅与那位女眷相遇的情事。又问那位女眷是何人，是不是李总裁的亲戚。福彪呵呵大笑说："他们亲戚却是亲戚，并且很近的亲戚。你既然前去，自然也和李总裁有些渊源了，我且给你引进引进他这位亲戚。"说着，拖了守敬就走。到了那女眷的房内，正值那妇人梳头，福彪向守敬说："她是李总裁贴肉的亲戚，你只称她为四小姐就是了。"又对那妇人说："这位陈老爷也是李总裁的朋友，都不是外人。"那位四小姐一面笑骂说："啥格贴肉的亲戚介，倪倒勿懂，阿要瞎三话四。"一面又请守敬坐，又叫茶房泡茶，又取香烟卷奉客。守敬瞧了这副神情，才有些明白了，知道四小姐绝不是什么李总裁的亲戚。

从这一天起，守敬又一连住了两个礼拜。每日唯一的要紧事，便是到李总裁家去请谒，但是从未见过一面。只在第二次，得了门政一句口头传话，叫他住几天，等着，并且问他住在什么地方。守敬因此便不敢不等，且又添了不少的勇气。但此后虽然每日去一趟，却再也没有下文了，只不过照例留下一张名片，坐在客室中候若干时而已。

这一天下午，约有两点钟光景，守敬正在四小姐房里闲说。因为他们自经福彪介绍之后，便彼此时常往来。守敬客中无聊，也乐得一个闲谈的朋友慰慰寂寞。忽见茶房带进一个仆人来，说是南长街李宅来的。那仆人从怀中取一封信来，四小姐就请守敬代拆，他只见信封上写着：

金台馆五十二号

四小姐　收启

李缄

拆开看时，并无信笺，只有一张一千元的支票，递与四小姐看了。那仆人说："我们大人说，请四小姐权行收下用着。"四小姐冷笑说："你们大人也太瞧不起人了，我难道就缺少这一千块钱吗？你带回去罢。"那仆人兀自不肯。四小姐正言厉色的说："我一会儿就到你们宅里去，自有办法，你只管带回去。"说着又掏出一张五元的钞票来给那仆人说："大远的，拿去坐车罢。"那仆人推却再三，方打千谢了，将支票收回，钞票也揣起去了。四小姐嘴里咕噜道："亏你拿得出，吪拨这样便宜的事。"守敬也不便多问。当晚六点钟，守敬知道四小姐是到李宅吃晚饭去了，他想："如此，总裁必然在家，何不去碰一碰呢？或能见一面也未可知。若只管这样耗下去，我的旅费可要耗干了。"

李总裁自从仆人回来，把四小姐退却支票不收的话回明了，筹思只有约人打牌，抽头相赠之一法较为妥当。恰巧四小姐来了，便将此意说明。又立刻命仆人请王总长、陆总理、常总理来，这几位都是与李总裁常在一起打牌的同志。不多时常、王二位已到，惟有陆宅电话说是到天津去了。李总裁见已成三缺一的局面，十分不悦，又不能中止。忙命再问马总裁、高司长，随便哪一位在宅内，请他立刻过来。仆人答应去了，不多时回说："高宅电话说，司长到天津去了。马宅电话说，到汤山去了。"李总裁这一急，可真没法了，正在进退不能的时候，忽然门政又拿上一张名片来，看时却是：

陈守敬

他立刻有了办法了，便命先请到对面一间小书房里坐，一面向常、王二人说："我会一会他，请等一等，一定可以成局。"果然不多一刻，便带着一位生客进来，向常、王二人介绍说："这是我的同乡老世交，陈守敬。"常、王二人只都略颔颔首。里间房内早有仆人把牌、桌、椅、几、烟茶、筹码等安排停妥。入局之后，守敬见筹码三挡，是牙制圆式，分红黄白三色，以红为大，白最小，因问："这一底是多少？"李总裁说："你不必问，只管打就是了。"守敬却想道："这里的牌必不小，大约总是每底一百元。但他有言在先，便是我输了些量也不打紧。"因此胆便放大了。

四圈毕，扳庄吃饭。守敬并未输。饭毕入座，守敬忽然和了一副两抬，结局一算，却赢七个红筹，十几个白筹。守敬想：在此未便露出寒酸相来，横竖是赢的，便说："赢的有限，给管家们分分罢。"李总裁说："太多了，把白筹给他们罢。"说着，掏出一本支票簿，扯下一张，签了几个字，递与守敬收了。看看头钱，倒也有十几个红筹，李总裁也签了一张支票给了四小姐。四小姐却不再客气，也收了。

次早，守敬一想，正怕旅费不够用，便取出赢的那张支票，见是交通银行的，只是数目都是外国字，不知道究竟有多少，大概七个红筹，或是七十元了。好在交通银行也在西河沿，距离不远，便走了去兑取。到了银行，行员接过他的那一张支票，看了又看，问道："要钞票还是要现洋？"他说："现洋罢。"那行员又问道："你有车吗？"他不耐说："你管我有车无车做什么？"那行员笑说："你只是没有车，七千元的现洋，你一个人拿得动吗？"他此时吓了一跳，不想七个筹码，竟有这许多钱。因急改口说："我住在金台馆，打算你们行中派人给我送过去。"那行员说："也可以，只是送去的车力须你付。"守敬答应了。果然叫了一乘骡车，才把七千元给他送到金台馆。四小姐在这一晚上收拾东西，守敬见了问："为什么急急的走呢？"四小姐说："钱已到手了，北京这个地方是不可久住的。"守敬听了，打动心事，想："两个礼拜省吃俭用，便耗去我一百余元。纵然弄到一件差事，也不过每月数十元、一百元。我何不把七千元带回南方，自谋生活呢？”

次日，金台馆门内壁间所悬的旅客牌上，第五十二号四小姐和第三十六号陈守敬君，都揩去不见了。

著者说，这是中华民国十年秋间，喧传南北的一件新闻，并且是很确的事实。

（原载《红》杂志第一卷第十四期）

宦海中之不幸者

冯叔鸾(马二先生)

一九二二年,直奉两军正在性命相搏的时候,京津间的一般中等官僚们,一个个都睁大了两只眼,想做那事齐事楚的投机事业。但是不到一个月,奉方已完全失败了,那些附直的,当然是趾高气扬;那些附奉的,自然是垂头丧气。乃至奉方退出关外,依然尚可以雄据三省,高竖独立自治的旗帜。于是一个个又试探着,慢慢的出头露面了,管先秋便是其中的一个人。

这一天,忽然他接了奉天一封电报,是叫他速去。他不觉得犹疑起来,坐在逍遥椅子上,衔着一枝雪茄,只管拿着那电报翻覆着看。正凝思时,陡然一双很柔嫩的手,从后面把他的眼睛掩住,他方一惊,却立刻明白了,笑道:"又是我的老五罢。"那人嗤一声笑出了声来,手也撒了。先秋仰脸一看,不是他的新姨太太老五还有谁呢。老五当下便一回身,坐在他的椅子扶手上说:"我上好了两筒烟,等你吃,你老不来,我都吃了,再上两口,你还不来,问小王,小王说你接到电报了,究竟是什么要紧的电报?那里来的?"

先秋只得装作很镇静的样子,淡淡的答道:"奉天来的,大帅叫我去。"老五失惊道:"叫你去?快别去罢,仔细他要问你那一笔款子啊。"先秋心中正是为此事踌躇,但他不愿使老五看破,只冷笑一声说:"那倒不要紧,他和我有这交情,漫说四万,便送我四十万他也肯。"老五把嘴一撇说:"又要吹牛了,他为什要送许多钱与你?他又不是你的儿子。"先秋微笑说:"你们女人家懂得什么。"

次日，先秋便去拜望几位朋友，商量到奉天去不去的问题。结果是有的以为应当去，有的说是不必去。先秋一想，这些朋友们都不知道那四万元的关系，当然说的话不能中肯，还是去占占课罢。叵耐找了几个占课先生，也多是模棱两可的，此时他心中真是七上八下的，一点主意都没有了。

回到家来，和老五对睡在吸鸦片的床上，一连吸了五六口。老五剥了几只蜜橘，给他放在玻璃盘子里，他一边吃着橘子，一边心里打算，只得又和老五商量。因说道："我想明日还是应该去一趟罢？"老五说："倘然大帅问起那四万块钱呢？"先秋说："那我只说是替他用到航空队去了。"老五说："你有凭据吗？"先秋笑道："你们真是女人家的见识，这种运动费，还有什么凭据？"老五摇着头说："我听说大帅那人，是个胡子脾气，翻脸不认人的，你还是小心着好。"先秋急了说："我还不曾去，你倒先说这些不吉利的话。"老五见他认真了，方低声说："不是我说不吉利的话，我只是怕你碰了钉子呵。"先秋忙分说道："咱们是干什么的，哪里就会碰钉子呢？"跟着，二人又唧唧哝哝商量了几个钟点。

过了几日，管先秋已是怀着鬼胎，到了奉天了。起初试试探探的先去见大帅的儿子，居然还好，并不曾究问那四万元一事。后来又趁大帅高兴的时候见了一次，只问了两三句话，便退了出来，也并不提及那件事。他此时心才略略的放下来了，再索性耽搁了几天，暗暗的留心察看时，果然大帅是决不会追问那件事了，方始一块石头落了地似的，心中很是安稳，并且很是感激大帅父子的恩遇。

又过了几日，他在大帅的秘书厅内，瞧见依然常有电报到北京，并且依然是很有力量的。他顿时想出了一条计较来，便借了大帅的名义，拍了一个电报给北京财政总长，内容是："保举管先秋才大心细，堪胜盐运使之职，请遇缺尽先发表。"他料着北京的当局，正在想设法买这位大帅的欢心，不怕他们不应酬这封电报。他的计划实行之后，便束装回京，静候命令发表，去赴盐运使的新位。休说大帅不曾知道他弄的这玄虚，便是对于他的爱妾老五，也只说是大帅待自己十分信用，不但不追究那四万元的下落，并且还保举他做盐运使。老五听了，也自是欢喜，说道："一个人的际遇，真是想不到。当初我只悉你去了之后，大帅向你追问那四万元，谁知不会如此。早知如此，何不早去几天，这时岂不是命令早已发表了吗？"先秋也笑道："何必着急，反正迟早都是一样。"他嘴中说得虽如此镇定把稳，心中却也有些惴惴，恐怕万一弄穿了，似乎不大好。但是又一想，大帅事情忙，公事电报无数，哪里便能觉到这一封电报呢？况且大帅生平弄假成真，保荐到北京的人也不知有多少，只要后来勤奋能干，谁还追问根底。想到此间，心中又觉得意，暗暗自赞，这件事做得委实聪明过人。然而却恐那财政总长公事忙冗，把这封电报忘了，岂不是白白的费了一番心血？好在自己也与财政总长会过面的，不妨借着代表大帅的资格，前去问候问候，只要略谈几句关外的情事，怕他想不到这封电报。主意打定，次日便到财政部去见那位总长。

且说那位财政总长，见了管先秋这张名片，知道是关外大帅的代表，当然须得延见。寒暄着敷衍问了几句关外的话，忽然想起那封电报来，因说道："大帅日前还有一封电报来，保举老兄长才，堪胜盐运使之位。本来即当呈请元首发表，只是目下这几天，还没有什么合宜的缺分。其实像老兄这样的才华，兄弟为事求人，自当借重。不过大帅既经电保，倒不能不格外慎重检择合宜的地方，免得大帅疑心兄弟随便敷衍。"在这位总长说话的当儿里，先秋却是正色危坐，一句一个是字的答应着，心中又是高兴，又是暗笑，只管起伏卜突，说不出是怎样的一种感觉。末了只是称谢，只是请提携。

那位总长把他送走之后，想道："若然只这呈请上去，命令发表之后，那关外大帅人多事忙，也未必记得许多，岂不白白送了这一个美缺，未必能见得什么人情。不如先回复一个电报再行发表罢。”打算停妥，立即叫一位秘书来，吩咐道：“你拟一个复电稿。”说着，检出那封管先秋在关外冒名私拍的来电，递给秘书说：“你就说大帅代表某人，已经见过。既经尊处保荐，自当即行呈请元首发表任命。”那位秘书唯唯而退，且不必表。

却说那关外大帅的秘书厅，忽然接得北京财政总长这一封复电，竟摸不着一点头脑。遍查也查不到当初那封保荐管先秋的原电，便疑是大帅的儿子所发，不敢不向大帅问明。这一问，不但大帅发了脾气，连少帅也大发雷霆，痛骂管先秋荒唐。此信一传，恰巧有几位由北京来报效的飞行家，谈到奉直战争的事情，少帅便问起管先秋当日接洽的情形。那些飞行家们一个个瞠目结舌，没有一人知道。大帅是位极要面子的人物，当下便明白又是管先秋掉枪花，脱空便把四万元运动费干没了。登时大怒，立命秘书处拍一道电报到北京，内说：“管先秋冒称代表，私发伪电，到处招摇。速即拘捕来奉，从严惩办，以儆效尤。”

过了数日，奉天监狱中添了一名少年囚犯。这人身材瘦小，面色苍白，还挟了几册书。那管监狱的卒役们背后谈论到他，都说道：“他当初是少帅的朋友，听说他北京有许多阔差事，人家都称他为管大人呢。”

著者曰：白云苍狗，世态之变幻原无一定。矧官场中皆挟利禄之欲以竞争得失者，复何事不可为耶！管先秋固胆大妄为，然而官僚中类此者，不胜枚举，而甚于此者，亦大有其人。顾彼辈方且车马俨然，席高位，据要津，而先秋乃独事发系狱，倘亦有幸与不幸欤！

（原载《红玫瑰》第一卷第二期，一九二四年八月九日出版）

强盗式的绅士

许指严

苏畏三回到家乡，初时遮遮掩掩，并没有十分出风头。后来，慢慢的拿整块大银子出来做资本，人家就晓得他是已经发了财。一传十，十传百，都要想在他身上沾点肥水。就此开当铺，开绸缎庄，开钱庄，开什么丝厂纱号以及什么公司，都有大股份。阿呀，竟是一位大财主！失敬了……想他从前到江西去，不过官钱局里的小司事职务，如今怎样这般有钱？难道官钱局的资本都让给了他吗？说也奇怪，他竟有整整一百万家私哩！

咦，撞着寻根追究的朋友，偏要晓得他这发财的来历。古语道："若要人不知，除非己莫为。"哪怕他千万秘密，经不起人家的注意，不消几天，便打听出来了。原来在江西省起义革命的当儿，那官钱局的庶务，就是这位苏畏三先生充当的。其余不必说，但是那第一煤矿局的一笔账儿，就有几百万。外面消息一传，乱兵要来抢官钱局，苏老三便和帐房先生说道："我们等死呢，还是发财呢？"帐房先生笑道："世界上只有谋财害命，断没有让财送死。你别取笑，这发财机会我岂不知，但是怎样下手方法，我还没有决定。老三，你是智足多谋的人，你出了主意，倘然遂愿，我们哈夫罢。"苏三道："你倒漂亮。但哈夫的办法，作几份分拆呢？"帐房先生沉吟道："这权在你手中。况且要你出主意，做得干净，自然你的功劳大了，我说四六罢。我四成，你老先生六成，使得吗？"苏三假意应道："使得使得。但是主意我出，责任却要你负的。"帐房先生道："既是你的主意，如何反要我负责任?”苏三道：“我都把这事向账上一推，这是绝好主意，岂不是要老兄负责任吗?”帐房先生着急道：“这个使不得，将来追究起来，我有一千个家都是破了，我有几个身子担当这事？这个使不得。”苏三道：“我晓得你不肯担任，也没有这样胆。那末事不宜迟，你把帐簿都交给我，立刻我们到库里去取银子罢。”帐房先生道：“当真的吗?”苏三道：“这个自然。”帐房先生就开了铁箱，把账簿一一点交与苏三。苏三掏出一块包袱儿，一股脑儿包了，笑道：“我们就此过江去罢。”帐房先生发急道：“库里的银子呢?”苏三道：“自有地方给你，别这样孩子气呢。”

帐房先生怀着鬼胎，只有和苏三一同出局。这时外面风声鹤唳恰又逼紧一步。苏三和帐房先生匆匆的到了江边，直登快轮，不一时到了什么通商大埠，轮也停了。苏三和帐房先生走进一爿大银行，约莫三四十分钟时候便出来了。苏三笑嘻嘻的和帐房先生道：“我的手术怎样？这功劳不值得三七吗?”帐房先生道：“可以的，三七三七。但是账簿要还了我。”苏三道：“别性急，自然要还你的。”一面说，一面走到江边，仍趁原轮东下。两人方才坐定，苏三便带说带笑的道：“我们多年老朋友，这钱是应照原议哈夫的。但是你肚里要放明白些，倘在别人，怕没有半文给你哩。”帐房先生喜孜孜的双手接受，原来是一张十万银子的汇票。帐房先生看了面色一呆。苏三道：“多一万哩，总数三十万，你得三成，三三如九，如今索性满了数罢。那是我顾念老交情的小意思。”帐房先生晓得拗不过他，只得受了，又向他索簿子。苏三忽然变色道：“这个还留得吗？你真骇了。”说时迟，那时快，苏三正靠着甲板旁的散椅上闲坐，椅旁就是栏干，栏干外就是江水。这当儿苏三把手提的一包账簿向江流一抛，悠悠的形影都不见了。帐房吓得没有话讲，后来想想还是这样干净，倒也佩服苏三的手段了。

苏三有的是钱，自然慢慢儿势力扩大了。一会儿要想轧进绅士圈里，去尝尝那鱼肉乡民的味儿，朝也请酒，夜也聚会。一般老绅士看他有些才干，也就把他抬举起来。从此包揽词讼，仗势行凶，种种事情也说不尽了。不上二年，那冤孽钱又添出一倍来。苏三得意的了不得，便买了一块大大的地皮，花几万银子，起一所挺大的住宅，要认真做出绅士的排场来。俗语道："门前结起高头马，不是亲来也是亲。"谁不巴结这个苏三？苏三也晓得机会到了，便想运动做个绅董。不料风头出足，仇怨结足，那些怨家都想下他的手，把他的秘密发财来历调查得清清楚楚，那炸弹就一朝爆裂起来了。

半夜三更，新墙门外有两乘轿子，几个警士在那里拼命的打门，说有要紧公事在此，快快开门。门公说主人睡了，明天来罢。外面的人物恶狠狠的，哪里容他延缓，只得把门开了，搭讪着说道："不瞒诸位说，主公今天新讨一位姨太太，如今一刻千金，万不能出来会客的。请诸位原谅些罢。"轿子里的老爷听了，大骂道："放屁！有紧急公文传他，还容他开心吗？你不通报，我们就此一直进去了。"门公眼见来势不善，连声答应。那轿子里两位老爷便下了轿子，带着巡警大踏步进去。等了多时，还不见门公出来，便大嚷着进去，叫巡警把门看守了，一面往内搜寻。岂知一家眷属得了消息，都从后门逃走了。那老爷没法，只有转身到县里去要人。后来知事公及诸位和苏三要好的绅士出头劝解，那两位各得了一万块钱，就回去销差，说那强盗绅士早已病故了。

（原载《礼拜六》第一〇一期，一九二一年三月十九日出版）

滑稽笑柄

小说材料批发所

徐卓呆

一

小说材料批发所	鼓吹文艺 提倡国货	
		主人邓文工题

这一块招牌，挂在市上以来，到底是个繁盛之区，倒天天有人在那里出入，生意想还不错。

有一天，门口有人问："先生在家么？"进来的是个二十七八岁的书生。一见主人，便道："这位就是邓文工先生么？"即忙拿出一张名片来。主人一看，方知此人名儿叫做费纯仁，他又说要费心弄些某日报上悬赏小说的材料。邓文工即忙答应道："是了，足下想是很热心于文学的。"不料费纯仁说："不然，我非但不热心，而且还很冷淡。"文工即道："如此小说总做过几次的了。"纯仁道："更不对，别说是做，连看也不看的。那些最无价值的文学，我很不喜欢。"文工讶道："既如此不喜欢，又何必特地来求材料呢？"那人道：

“有个缘故,因为急于要用十块钱,所以想做小说了。不是窃盗,定是做小说,二者必取其一,十元方可到手。但是窃盗为法律所禁,小说是不禁的,因此我……”文工插嘴道:“且慢,你怎么把小说与窃盗一样看待?不是太荒谬么?文学是神圣不可侵犯的。”纯仁忙道:“先生别怒,这不过譬喻罢了。实在我想去应今年的文官考试,已经准备一切。不过必须要用十元的印花税一纸,我家中每月所寄来的学费早已断绝。这是有理由的,一向我却很荒唐,所以亲族都不信用了。”文工就说:“我明白咧,你要得买印花税的十元,所以想做悬赏小说。”纯仁拍手道:“对啊,先生慧人!实在何止是个文学家,竟是裁判官的人材。”文工笑道:“别取笑,那某日报的悬赏小说,是短篇么?”纯仁说道:“是五千字以内的短篇,不到五千字,可得十元。实是非义之财,我做几篇考试论文,还要贴十元印花。倘使不取,十元就此没收,不是荒唐么?与小说绝对的反对,想起来真令人愤慨不堪。”文工忙说:“话虽有理,不过此乃问题以外的事。”纯仁点头道:“不错,不可别生枝节,考试时亦然,议论别生枝节一定不取。”

文工喝一口茶说:“如此我把材料说出来,你且听着:‘有一贫家女郎,有心于某公子,邻妇在女郎前自任前去作伐。邻妇不过是一句戏言,女郎竟因此患病。邻妇又说我去邀某公子夜来一叙,你的病便可轻些。不料夜间邻妇与姘夫谈起此事,姘夫就冒名公子闯入女郎处。黑暗中女郎力不能拒,跌倒在地,姘夫夺了她一只绣鞋逃走,哪知绣鞋在中途失去。另有一个屠夫,见邻妇家夜不闭门,便暗暗进去,不料足下踏着绣鞋,就藏在怀中,在房外窃听,正听得姘夫将女郎之事一一向邻妇直言。屠夫听了,即忙赶赴女郎家,误入他父亲房中。父亲大嚷,屠夫就将他父亲杀死,慌忙时竟把绣鞋落在地上。女郎只得说出某公子来过,于是即把公子下狱。”

纯仁欢喜道:“奇极!奇极!女郎虽没有杀父之心,父亲实在为她一念之差而死。这问题大可研究,这时候我应当断女郎有罪。虽是太好奇,若在文官考试时大发奇论,使考官吃惊,必能录取。从前这种讨论题不少,甲用毒药给乙吃了,乙尚未死,忽然丙来将乙杀死,问甲到底有罪无罪,或云谋杀既遂,或云谋杀未遂,我照刑法第二条断定无罪,你想奇不奇?既遂自然也能断的,也不能说未遂,乙既死,甲的目的间接达到,然而间接达到,也不能称既遂。非因所为之结果以致死者,难称既遂。所以甲的罪如何,法律规定,还没有想象到这种地方,即法律之不备。现在女郎之罪怎样呢?"文工急道:"且慢,我非提出法律问题,乃是给你的小说材料。"纯仁陪笑道:"对不起,材料确是很有味,待我来笔记着,那悬赏金可与稿子交换么?"文工说:"这不能保证,当选与否又不能保险的。"纯仁道:"自然当选的,材料很好,当它法律问题,也很有趣。"文工道:"材料果然好,倘使文章不好也是徒然。"纯仁就说:"那么把你说的笔记下来,就此拿去,还不行么?"文工道:"自然,譬如有一斤肉,用菜来煮,或是用豆腐来煮,滋味大大不同,原料同样是肉。"纯仁讶道:"道理却不错,小说如此很难的么?"文工道:"照你这么看得容易,天下的人都成小说家咧。著名的小说家,为着二三行文章,竟有费一天工夫的。也有实地游览各处,然后下笔的。某君描写下流社会状态,夜间徘徊贫民窟中,成为美谈。"纯仁狂笑道:"这些举动实在愚极,中什么用?只消根本有趣,文章随便好了。伦敦在法国,泰山在大西洋中也不要紧。为着小事所拘,费去贵重时间,文学怎能发达?我要提倡文学亡国论了。"文工急问道:"你到底是来攻击文学的呢?还是来求小说材料的?"纯仁道歉道:"得罪了,是来求材料的。方才一段话很好,何不顺便替我编成一篇小说呢?"文工摇头道:"不行,供给材料是我的职业,润色等事,全在你的技能如何。"纯仁一听,便立起来道:"那么自己去做罢,多谢!"

文工急道:"请付材料的代价。"纯仁道:"不是送的么?"文工说:"我当它职业的,岂肯白送?须取十分之一。"他道:"十元中取一元么？太贵了。我去听小热昏说因果，可得种种材料，也不过花三四十文。”文工不快道：“岂可与那些东西一律看待，我是极高尚的材料，与他种营业品不同。”费纯仁道：“不能减价么？如此罢，我目下很穷，且先付一半，当选后取了赏金再行付清。”文工说：“文学本来不是慈善事业，但是看到你的境遇，也不能强迫，姑且依你罢。”他就说：“先生真明白人，你若做了考官，应考者就容易得多咧。”说时怀中摸出角子铜圆等，放在桌上去了。

二

又来一人，是个二十二三岁的青年，打扮得很漂亮。见了邓文工，寒暄几句，方知此人叫做萧伯莲。问他是否来求材料，他说我是一向送稿子到几家大书铺里去的，文工自然称赞他几句。他又说：“但是几家大书铺都说积稿很多，一时不能出版，只得退还。所以现在我变换方针，去应悬赏咧。”文工又说一定能当选的。此人道：“只有一次……”文工急问当选的么？他道：“在备取之中，与不取一样。所以要求先生弄些新材料。”文工便说：“很好，不知要哪一方面的材料？”伯莲道：“最好是花柳小说。其中有个缘故，实不相瞒。我曾被友人诱入花柳场中，弄得一日不可无此君，为着妓女，就是粉身碎骨也不辞。后来朋友们说，那妓女并非真心对你，实在另有相好。我听了自然另外换了一人，这一个好极了，房间里陈列着一部说部丛书，她能知文字，最爱看小说，大家称她为文妓。听得我是小说家，便非常爱慕。老实说我们与女人厮混，是不肯花钱的，一定要女人方面有些津贴才上算。”文工道：“如此说来，做小说也是为此？”伯莲说：“是啊，她一定要叫我做一篇小说给她看看，因此我必须求什么侠妓义妓等材料。她见了这小说，一定将我爱如至宝。到那时她手里一松，我也可以酬谢先生了。我敢保险，只消小说做成，要得三四个情妇，易如反掌。且可得稿资，情妇方面又有津贴送来，小说家实在是最好的生意。小说的效力，比什么种子丸还大。”文工急道：“小说怎能当它那些东西看待？也好，我既把供给材料做职业，自然不能因着理由的怎样就好谢绝，答应你便了。花柳场中的小说材料，有了有了：‘有个书生，与友人去赶考。中途偶入妓院，一见倾心，便把旅费嫖得干干净净。于是两手空空，进退两难。忽然想起未婚妻就在本地，倒不如向岳父去借些盘费。哪知岳父是个势利人，见女婿衣衫褴褛，便存心赖婚，非但不借银子，还逼他写张退婚据，赶他出去。那位小姐倒是贤惠的人，一得此信，就自尽而死。那书生受了一场奇辱，赶出来只得投河自尽。正要下去，恰被楼窗上一个女子看见，叫人将他拖住。原来这女子就是他所识的妓女，于是说明理由，妓女赠他川资去考。后来得中回来，岳父晓得不好，便设法将妓女弄来，认为义女。到他来娶，便安然的嫁去，有情人成了眷属。’”

伯莲听了，忙说：“好极！她一定喜欢，悬赏一定录取。代价要多少？”文工说：“这里规定一成，当它有五十元价值，就是五元。”伯莲道：“五元，那么算了三元罢。”文工说：“你要减价么？”伯莲说：“也不是的，等我给她看了，能够在她那边得到多少，再行奉呈便了。”说着便取出一元纸币三张。文工说：“也只好如此了。”于是他付银告别而去。

三

来的是个女学生，名叫杨兰坞。她说：“新体诗等我是常投稿的，无奈报酬太少，所以要做小说。这里必定有好材料的，请让我一点。”文工道：“是了，材料种类很多，你打算将来在文学上立身么？”兰坞点点头。文工又说：“你日后必能成一著名女小说家，并且品貌又生得惊人出众。闲话休提，小说材料，你看这一种好不好：‘有个很凶的父亲，常虐待儿子。媳妇看不过，便把公公杀死。

为着丈夫杀了公公，自己也就一死。’这样很深刻的，如何？”兰坞道：“好虽好，我是要略为纯洁的东西。”文工说：“那么也是用流行的男女学生之关系？”兰坞点头道：“要表现现代思想，非此不可。”文工道：“如此有了，虽已不很流行，大约二三年内尚过得去咧：‘某女学生，因为与某男学生有了关系，被校中斥退，男生也考试降级，女生家中又不寄学费来了。那男生入了拆白党，时常逼女生拿出衣服品物来。女生虽深悔当初不应该结识了这样的男子，然而还不肯割断，渐渐弄得落魄了。’”兰坞急道：“不行，你太会嘲弄人了，何必中伤我们呢？”文工大惊道：“什么？我不过是提供小说材料罢了。”杨兰坞说：“好啊，我与陶君有何种关系，与你什么相干？我们是纯洁的恋爱，互相扶助，白头偕老。陶君现在虽不在校中，也决不致加入拆白党。在校时不是向来成绩优等么？你也是文学家，不懂恋爱之神圣么？丈夫耻辱就是妻的耻辱，你为何侮辱我？”文工叫道：“冤哉枉也，我讲的不过与你境遇相似，哪里是侮辱你呢？世上这些事情多得很，偶然相同罢了。”兰坞道：“人家是卑劣的恋爱，我们是纯洁的。我无论如何非救陶君不可，无法可施，只得打算做做小说卖卖稿子了，真是我的苦心。望你选好一点的材料给我，我要有家庭的趣味。”

文工说：“有的有的：‘有一军官，与一位小姐有了婚约。那军官出军负伤，入红十字会，小姐去当看护妇，替未婚夫看护，病愈后结婚。’你看如何？”兰坞道：“太平凡，没有波澜。”文工说：“那么可以大起波澜：‘小姐另有心爱之人，听得她有了婚约，便十分愤怒。好得自己也是军人，在战场上将那军官击了一枪，军官负伤而死。小姐悲伤欲绝，做个带发尼僧，每日在墓前拜奠。军人见目的仍不能达，顿时悔悟，也在墓前自杀。’”兰坞摇首道：“太悲惨了。”文工说：“再改罢：‘军官负了重伤，幸小姐尽力看护，得保生命。但是失去双目一足，虽能交谈，已不能见爱妻的笑容。’”兰坞说：“倒不如死的好。”文工说：“那么留一只眼也行，可以见咧。或者成个聋子亦无不可。一个材料，至少须有十种变化。”兰坞问道：“这几种中哪一种好，我竟选不出。”文工道：“几种都差不多，全是上等货，价钱也同，我断无粗货给你。”

二人正在谈论，外面进来一个大汉，对文工道：“先生，我已脱稿，且读给你听。”说时取出几张稿子来。杨兰坞忙道：“先生，待我回去细想，明日再来定夺，千万别让给他人。”说罢告辞而去。大汉道：“先生的材料我想了三昼夜，才做成这篇。不过意思有些变动了，只好两面凑凑咧，且听我读来。”

四

“短篇应当从写景起。‘碧琉璃窗前，红凤仙，白凤仙，密密疏疏，掩映成趣。窗辟，一婢俯身折花，返插胆瓶中，匀称多致。则有睡起无聊，晓妆懒懒者，揉其惺忪之眼，注花语婢曰：“昨宵纳凉，犹见花半含苞，而今盛放矣。”婢笑应曰：“然。”花名凤，娘亦名凤，昨宵之花，有若两旬前之娘。今晨之花，则若七日内之娘也。’你看如何？”文工急道：“不对了，我的材料不是借月为题么？你怎么变了花了？并且我打算小说的主人翁，也以月为名，你如此以下怎么做下去呢？”大汉道：“且慢，你不晓得我腹中没有月的文章，寻了几天，方始觅到这段花的文章，姑且把它凑凑罢。你且听下面：‘所谓娘者，为一十八九之丽姝。脱有小说家描摹其容态，不曰秋水为神玉为骨，芙蓉如面柳如眉者，必曰明眸皓齿，素口蛮腰矣。凤娘方坐妆台畔，玉手轻轻欲启奁，闻婢言，则佯嗔曰：“怪丫头，乃会饶舌，谁教汝者，快为侬理发来。”婢即退立凤娘后，散其髻而梳理之。逾顷，又曰：“婢来已七日，未曾一面爷，不识其究作何状者。娘说新婚才半月，遽成劳燕分飞，胡爷之轻别离也。”’”文工摇手道：“错了错了。我的材料，是一位中年尼姑与一老妪，所以才能演成这场悲剧。你把他们二人年纪减轻，已经奇怪，怎么尼姑忽然有了丈夫了。”那大汉听了文工这几句话，呆了半晌说：“实在我没有相巧的文章，只得待我回去重做罢。”

五

来客年约四十多岁，穿着玄色袍子，一顶瓜皮帽歪戴在额上。天气很冷，他倒拿着一把折扇，走进来先咳嗽一声，自称姓马。敷衍了几句，他对四面一看，说这里屋子很考究，中间六尺中堂，两旁挂一副名人对联，上首供着古铜花瓶，插的是天竹腊梅。下首摆着自鸣大钟，报的是十二时刻。红木桌椅，收拾得清清洁洁，玻璃窗户，揩擦得干干净净……文工听得莫明其妙，说：“你也是来求材料的么？”那人慌道：“言迟了，是的是的，总要诸位太翁照应。”文工道：“那么你要何等样的材料？”那人说：“私订终生后花园，落难公子中状元等旧套大家厌了，所以我想弄些新材料。”

文工就说：“有了：‘有一个女子，品行荒唐，竟与两个学生有了关系。幸亏她手段高明，将二人互相瞒着，不给他们看出丝毫破绽来。有一天，甲生对那女子说，我有急用，要筹划一千元，你若是真心，必能替我设法。女子踌躇了一下，说我自有道理。其实她已想得办法，她却有钱被乙生陆续借去，已满一千多元了。女子本来自己要用，已屡次向他催促过，并且自己还负着债。再加甲生如此嘱托，便向乙生催得极急。最可笑的是甲生急急要钱，实在是打算还所欠乙生的债。乙生被女子催急，就去逼甲生，要他还债。于是甲生更向女子去设法，女子又去催乙生，如此成了循环的催促。乙生只好赶去安慰女子，不料甲生恰巧也赶来，三人一见面，事情一齐明白。女学生也瞒不了，三个人都很为难。’这材料好不好？”

那人说：“好极了，一定受人欢迎。”文工便问：“是否载在杂志上？”那人摇头道：“不对的，我打算编了唱片，就要弹唱的。”文工讶道：“你不是文人么？是弹词的么？”那人将扇子在桌上一拍道：“照啊,我乃马如飞的曾孙,叫做马如鸡,现在场子在畅乐轩。”文工道:“怪不得我一见就觉得你举动奇怪,原来如此。”

六

此刻进来的是一位贵公子,汽车停在门口。他见了邓文工,也不是先生先生的乱叫,宛如对着家里的帐房一般,说:“你就是姓邓的么?”文工恭恭敬敬通了姓名,方知他是朱公馆里的公子,并且说:“今天特地来求小说材料,我平日很热心于文学。”又说,“我做小说,不是靠着它求利的,也不肯应悬赏等卑劣行为。打算出一册单行本的,就是出书,经着商人之手未免容易弄得俗劣而无价值,所以我要自己出书。我的书一出版,社会上自然大放光明。”文工便道:“公子自身肯从事笔墨,已很难得,还要自己出版,更可敬了。印刷装订,自然要尽善尽美,可以一时洛阳纸贵,惊动天下人耳目,要叫书肆中家家门前冷落。”朱公子道:“那么你何种材料可以供给我。”

文工道:“公子所用的材料,非同小可,我自当精细选择。有了有了:‘有一书生才貌双全,他想娶一个才貌双全之妻。但是闺秀名媛,都看不上他的眼,以为都是俗物。却看上了一个妓女,那妓女果然生得才貌双全,也想得一个才貌双全的佳婿,所以两下都如了愿了。不过妓女怎么可以做得正室?那妓女为了此事,便自愿居于侧室地位,并且还要替他去访求一位可做正室的才貌双全的小姐。有一家富家,却有一位才貌双全的小姐,不过有一种缺点,她天生的妒忌心极重。一得此信,便想出一个方法来,打算在家中邀着一班文人来会文,乘此选婿。这一天那书生也在其内,他本是小姐的目的物,自然中选。于是约定秋试毕,即行入赘。那小姐想我如此一来,看那妓女怎么样,我到底是正室。不料这消息已传到妓女耳中,这妓女访了好久,另外访得一位才貌双全的女郎。现在得了此信，就预备舍屋，等秋试出场，就把书生接来，立刻与女郎拜堂成亲。从此将大门一锁，不许新郎出门一步。那富家的小姐，起初觅不到新郎。后来晓得被他们先行夺去，于是用尽种种方法，仍是无效。小姐恍然大悟，自认失败，愿向她们二人立誓，永远不敢再生妒忌之心。这一来方始……美团圆。'这一点儿材料，做起来已可出上下二册，总在三百页以上咧。公子动起笔来，必能得社会上极好的批评。"

朱公子道："很好，材料的价钱多少？"文工即道："也没一定标准，公子随便好了。"朱公子说："总要一千元光景么？"文工慌道："不消不消，五百元也就很多咧。"朱公子道："今天没有带钱，我叫车夫送来罢。到我将要起稿之时，自然还要来商量一次咧，今天惊扰了。"说罢就去，文工宛如被鬼迷着。

七

邓文工开店以来，生涯不恶，他就想在各大都城开设分店。有一天上午，来一位三十多岁的男子，带着眼镜，鼻下有八字须，自称别号燕尾生。二人先闲谈了一下，燕尾生说："先生怎么发明出这种样的新职业来？近年来有什么图画通信社等，专门供给各地报馆的材料，已很新奇了，不料先生更来得新奇。"文工答道："实在因为近来小说非常发达，你也做小说，他也做小说。开书店的，只想出版小说，看书报的，只想观览小说，甚至一知半解，没有小说思想小说趣味的人，也在那里做小说编小说滥竽充数了。所以小说一天盛一天，就是小说一天恐慌一天。小说之需要多，小说之供给少，因此弄得现在出版的小说愈出愈干枯，全是材料缺乏所致。为了此事，我就突然开设这店的。"那燕尾生道："恐怕先生之外，并无第二人从事此事。第一肚子没有先生那么博，我今天来此，也是要请求让些材料。我自已也曾想过几种，但是都觉不好，打算要一篇短篇滑稽材料，不晓得有没有？”

文工就说：“怎么没有？你且听了：‘一人在冬夜风雪中叩门请医。医生出外不归，一个童子开门请那人入内。童子便道：“你是从北方来的，是骑驴来的，这驴是借来的，你是姓王。病人是难产，病人是你的妻，对不对？”那请医的人大惊，说：“你真是仙人，怎么都猜得着？快跟我去诊病罢。”童子说：“用不着，你回去用一文钱，握在产母手中，小儿自能落地。”那人欣然回去。明天医生回来，问昨日有无病人，童子就把昨夜之事详述一遍。医生听了大怒，说你发疯么？这些是什么话？把人命可以儿戏么？医生拿着板子正要打童子，忽然外面进来一群人，说医生真是仙人。那群人送了许多礼物来，并且对那童子拜谢。医生莫明其妙，停一回，众人回去。医生一问，方知是昨夜的难产如法施行，居然落地。医生更觉奇怪，倒要叫他说出这理由来。童子便细说道：我见他背上有雨雪痕，胸前没有，所以晓得他从北方来。见他足上不湿，便晓得他骑驴来的。驴子不牵入屋，听它在雨雪之中，晓得他是借来的。见他袋上有三槐堂字样，晓得他是姓王……’”

文工说到这里，燕尾生忽道：“且慢：‘冬日无急病，便晓得他是难产。他面有忧色，就晓得不为自己老婆，哪能如此？医生还怒道，那么你哪里听来的一文钱可以催生，不是乱说么？童子道，不是乱说，世上的事，一有金钱，无事不成，所以孩子会落地。’”文工大惊失色道：“你知道么？”燕尾生道：“怎么知道不知道，你怎么给我这种材料？这是从前月月小说中载过的。”文工慌道：“我一点不晓得，或者是暗合。”燕尾生说：“暗合么？你既是小说家，连我佛山人的一篇医意也不知道么？”

文工正在回答不出，外面赶进来四五个人，就是费纯仁萧伯莲等，怒容满面将邓文工围住，文工逃也逃不了。费纯仁先启口道：“好啊！你竟可恶极了。”萧伯莲也道：“你为什么如此害人？”文工即问：“何事？”纯仁说：“你给我的材料，悬赏果然一等当选，不料等到要去取赏金,哪知你的竟是赃物?那材料乃是《聊斋》中的《胭脂》,所以立刻发觉,赏金取消。现在没有别的话,且把定银还我。”伯莲接着道:“我也上了你的当,将你的材料做成小说,先给我心上人一看,她大笑道,这在旧的《小说月报》中见过,叫做程大可,亏你抄袭了还要给人家看咧。我于是羞愧得不敢再去。”纯仁道:“你倒还好,我是既伤了名誉,又向友人借了定银,你想损失大不大?一定要提起诉讼。”那燕尾生高声道:“诸君,他的罪实在不可恕。但是诸君既从事著作,连已出版的小说也没有留心到,似乎也有些疏忽之罪。我看还是不要控告,叫他立刻关店罢。”于是有人将他招牌打下来。

邓文工垂泪说道:“诸君,事已如此,也没法了。但是我的职业是批发材料,不是制造材料。批发的店铺,本来不过将人家现成的东西卖与人,至于这东西已经用过与否,全靠买主自己放眼光出来,看对了去买。若说抄袭,近来抄袭大家随处都有,抄了人家的著作,皇皇然刊载出来,也何必独责我一人!况且我是提倡国货的,从来不用外国货,那些翻译外国小说的人,何尝不是抄袭?你们何以只许人家抄袭,独不许我抄袭呢?近来的小说家面皮总算厚了,抄袭旧稿还是小事咧。竟有人东抄一段,西抄一篇,拿来并并凑凑算是一篇滑稽小说,拿去骗人。你们想不是更荒谬么?”

卓呆曰:不好了,这邓文工骂骂人,要骂到我身上来了。我不敢写咧,只好就此搁笔。

(原载《半月》第一卷第三期,一九二一年十月十五日出版)

爱情代理人

徐卓呆

一

“失败了！”

张季浩突然口中这么一声，将手里读残的书信，对桌上一伏，慌忙向四面看看。

还好！对面的女打字员依然很认真，的答的答的的答，目不斜视，正在打字。旁边的抄写员正翻着辞典，在那里查字。

张季浩方始放心。同时想到了自己这样的失败，不免心头乱跳。

“唉！怎么又是这样的不当心呢？”

恨不着自己打自己两记，到心定一定，再把桌上刚刚开封的信封拿过来看。果然是大失败！

信封上，写着笔迹柔软细小的字，是女人写的。

汉口路外滩实业大楼　中央物产公司

宋佩青先生

下面不写地址，单写“杜淑英寄”四字。这四个字，分明是讥嘲着张季浩的粗心。

经理先生的信！何况是女子寄来的秘密信！不料和别的信放在一起，被文书部的张季浩一起拆开了。

这不是失败了么？

张季浩顿时觉得耳鸣，只得闭着眼睛等候一下。

小张虽然是个善良的模范店员，不过美中不足，非常疏忽。

前天朝晨到公司，正在认真办公，忽然留心一看，觉得这一天的同事们与平日不同，似乎有什么事，态度很妙；但他也不在心，依然工作，后来到午间，一位同事过来：

“张先生！今天暖了。坐在屋子里有些嫌热了。”

他一搭讪，季浩也抬头：

“是的。天气虽然暖，热倒还不热。”

对面的女打字员，忽而忍不住的一笑，她一笑，全体的人都笑起来了。

季浩莫名其妙，还在呆着。后来到洗面室去，对镜中一看，不禁阿呀的叫起来。

身上别无异样，面孔还是自己的面孔，洋服也整齐，背心亦然，穿得很好。唷！没有领带！独缺一条领带！

朝晨一醒就从公寓中出来，把领带忘了。他这一天，也与今日一般，也觉得耳鸣，身体几乎倒下去。

实在这不过是一个例罢了。

此外还有戴了同事的帽子回去，第二天仍旧戴着出来，被本人发见了，他方始着急。有一次走错了门，朝晨到隔壁肥皂公司去办公了。这种失败谈，实在数不胜数。

这样的张季浩，今天又玩一次失败。本来不好算什么；不过今天的失败，与已往似乎不同。

不错！文书科里，每天外面寄给经理的公函总有几十封，拿来一一拆看，是他们的工作，每天做着这种事，日子一长久，自然容易把经理的私信，也当做公信一起拆了，不好算什么大过失；不过他此刻拆开的信，竟不是普通私信，从中央物产公司经理宋佩青的性格看来，实在是个严重问题。

因为中央物产公司经理宋佩青，是个模范经理，不吃烟，不饮酒，不近女色，事实是否如此？笔者亦难保证。总之无论在公司中或社会上，大家都这么尊敬着。

因为如此，今天小张的失败，细细想来，决不是平常的事。

“想不到经理先生这样的靠不住！”

他给部下的人这么看不起，自然在他的威严上是致命伤。即使张季浩要严守秘密，他也到底担负不下这种不快的事。

“唔！这件事情，非慎重处置不可。”

好好先生的小张，定了心，暗暗将书信纳入信封中，再偷偷地藏入自己怀中，脸上血色全无的立将起来。

到人很少的洗面所，再拿出信来细读。

二

佩青先生：

很冒昧的突然寄这封信给你，你一定以为我是一个可疑的女子罢？但是，女子能这样放出勇气来，实在有极大的苦痛与决心。请你原谅！我以前与你会见时，对于你的理解和亲热，心中很表敬意。我这样说，恐怕你已经记不得了罢？但是一见面，一定会想得起来……

这是书信的开场，信相当的长，又说：

自己现在在某向导社，充管理员。一个女子这样生活，当然很苦，最近又遇到非常困难的事，苦闷数日，觉得非向人求助不可；否则决不能活下去。我打定了主意，就不能不想到去求一向心中尊敬的宋先生，在我自己，最为侥幸……

这么很婉转的写着，末一段如下：

若然你对于一个女子心中最后的希望，有好意而表同情，请在明天(十九日)下午三时,在北火车站等候,我其时在卖票处的侧面等着。

杜淑英

季浩读罢,非常感慨,向窗外望望天空,呆看了一回,暗想:

"上海的地方,太大了!"

总之,他看了一封了不得的信了。

这自称杜淑英的女子,决非单单是个管理员,还带一点靠不住的性质,而一定不是丑陋的人。

"唉!经理先生的行动,竟看他不出。"

小张在一瞬间,很有轻视他的态度;但不胜感慨。

小张把这香喷喷的便笺折好,仍旧塞入信封内;然而一想到此事如何办法?不禁眉头一皱。

这可以照平常那么拿到经理处去,说对不起,我误拆了么?

万万不可!

如果这么一干,一定与经理之间大伤感情。对于这模范经理,仍旧可以像已往那么今后也真心的尊敬他么?

万万不能!

若然小张是一个心肠略为强一些的男子,在这种时候,一定反而利用失败,去做什么自己有利的计算了;但是,方才已经说过,小张是个善良的青年,梦中也没想过,只是自己痛感自己的责任,很想有什么办法,可以救一救这急?

但总也想不出什么好法子。

不过后来,想到一个最后的手段。

就是只当没有接到这封信,自己藏起来,不给经理知道,假做不知。

照信上看来,这杜淑英,以前在什么地方见过经理的;不过写信给经理,这还是第一次。经理当然想不到杜淑英会寄信给他,所以我假痴假呆,他也不会知道我干这件事。

这虽然不是一个好办法，但这种情形，要双方毫无痕迹的过去，除此竟别无他法。

不错！不这么干，还有什么办法？

小张下决心了。把书信塞入怀中，若无其事的回到办公室去，而且用极冷静的态度去办公。

但是从此，就很不妥当了。

竭力要想忘掉，却总也忘不掉，他老是挂在心上。

到底是拿了经理一封信啊！不但看破人家的秘密，而且还犯窃盗之罪。这哪里可以冷静过去呢？那什么也不知道的经理，此刻大概在旋转的椅子上，正看着报纸罢？

这一天，小张毫无精神。

回去了之后，晚上躺在床上，他忽然想到一事：

我若这么干去，或者可以安然过去，至少自己与经理之间不会发生什么事；但是，那女子怎样呢？发了这样一封信，恐怕已经踏到断崖之端了，并且对方接到了信，也不答应，也不拒绝，她心理怎样呢？

能够看破了么？还是……

不！书信中有的："实在有极大的苦痛与决心。"是啊！恐怕不见得会就此干休罢？

那末，怎么样呢？

写第二封信，或是打电话，不肯放松的要经理一声很明白的回答。对啊！她书信上充满着自信，决不会怕羞耻而就此退缩；即使退缩，也一定用什么方法，使二人见面的。在这时候，必定说：

"前天寄一封信给你……"

那就糟了！

小张在床上坐起来了。

"难了！怎么好呢？"

睡不着了。只管想下去，一夜工夫只是自言自语。

直到将近天明，方始下一个决心：

“一不做，二不休。”

他想到两句俗语。

“我索性代替经理，去会见那女子，见了面，再好好的劝她。”

话虽如此，其实是小张要看看这一种种类的女子。

三

信上说：相见的时刻是下午三时，地方是北火车站卖票柜的旁边。

小张这一天从朝晨起，就有些坐立不安。

细细一想，真是危险之至。虽然很对不起经理，不过放着不管，自己的立场就没有了，只有咬紧牙齿，去代理经理。

但是，用什么话去劝那女子呢？

心里这么想着，哪里有心思办公，一回儿到了会面的时候了。

小张推托了什么，早些退出，走到马路上，胸中非常骚乱。走了一回，喉头很渴。

不知是个何等样女子？她见了我这代理经理的人，不知怎样？或者……

不！第一是话从什么地方说起呢？

一壁想着，已到北火车站。

看看时钟，恰巧三点缺五分。

到卖票处旁边看看，并没有那样的女子，大概快要来了。

没法，只好在附近踱来踱去。

到了三时，还不见来。

再徘徊一下，像什么呢？姑且买一匣香烟。

女子还不来！

她说明在卖票处的侧面，一定会到这里来的。

小张衔着香烟,再在卖票处的附近踱将起来。忽然他不知见了什么,顿时身体很硬的立定了。

一看,在那卖票处的侧面,有一个年在四十左右的妇人,是上等家庭的人物,而且很面熟,不知在什么地方见过的?她带着一种鬼头鬼脑的表情,向这里观看着。

见小张立定,她倒走过来了,并且神气很大方:

"你不是公司里的张先生么?"

"是。"

他直立不动,心中非常诧异。

经理夫人!宋佩青夫人!

怪不得似曾相识,只要她没有那种怪表情,我就老早可以知道她是经理夫人了。

小张吓得动也不动,经理夫人便搭讪起来:

"你是一个人么?"

"是是。一……一个人!"

"不是跟我们主人一起么?"

"不是!"

战战兢兢。

"我主人在哪里?"

"唔?"

"我主人现在在什么地方?"

"经……经理先生在公司里!"

"当真么?"

"是。"

"不会错么?"

"不会错!"

"那末,你什么公事,到这里来……"

"是,我是经理先生的……"

"主人的……什么?"

"他打发我出来……做经理的代表……"

"主人的代表……做什么?"

"是办一种公事。"

这样一来,其时夫人的表情顿时一变。方才的阴险之色已经消灭,变成明朗而柔和,连声音也不同了。

"原来这样……你出来办公,很辛苦的……有工夫请到舍间来玩玩,再会罢。"

说罢,面带喜色,就此去了。

翌晨,小张很忧郁的到公司去。

昨天的事,不去管他罢,他也只好随随便便了。哪里知道,恶事已经泄漏,他私拆书信,吞没书信,都给经理先生知道了。

小张缩在桌前办公,果然经理打发人来叫他了。

他觉悟着进去。

不料经理笑容可掬,轻轻的说:

"昨天的事,多谢多谢。亏得你救了我一救,我真感谢你。下一个月,一定加薪水。……那你给我扣住的那封信,姑且给我看看,也可以参考参考。"

小张呆然地,糊糊涂涂从怀中摸出那书信来,莫名其妙的呈给经理。

经理拿了,读的时候,面孔上有种种表情。歇了一下方始读完,抬起头来叹一口气,对小张说:

"照这封信看来,那是我一定会上当的!"

(原载《小说月报》创刊号,一九四〇年十月一日出版)

热　心

程瞻庐

王金宝和张土生,是十年前的老朋友。金宝连年出外贸易,土生却只在乡间居住,劳燕分飞,十年中不曾会过一面。一年夏季,金宝因事归乡,行装甫卸,便去访候他的老友土生,叙叙十年中的契阔。比及走到张宅门首,却已室是人非,另换了主人。金宝老大没趣,访问左右邻居,说张土生搬到哪里去了。邻居人家都说土生连遭颠沛,这宅子已在三年前卖给别姓。现在土生家境困难,搬在东首一个小村落里居住,离这里约莫三四里,你自去访他便了。金宝听说,不禁诧异起来。暗想土生本是个小康之家,做人是很忠厚的,自奉俭朴,又没有甚么嗜好,怎么十年以来,家产便堕落得这般的快,其中定有个缘故。横竖他搬家不远,不如且到东村去访他,会面以后,这家产堕落的原委自会分晓。

绿槐阴里,日光琐碎,枝头蝉声噪得怪响。金宝寻到这里,已是东村所在。遥见数十步外,有几间矮屋,编茅作檐,叠泥为壁,东倒西歪,不成模样。矮屋以外,有一个年可五十的男子,赤着膊坐在竹椅上搓草绳,仿佛是他的老友张土生。犹恐一时眼错,把人误认了,赶快跑上十多步,停睛细看,谁道不是张土生。唤一声:“土生哥久违了。你怎么搬到这个冷僻的所在?”土生正低头搓那草绳,冷不防有人唤他。抬眼看时,却是旧友王金宝。立时丢去草绳,迎上前去,道了些别后相念的话,不觉又是欢喜,又是惭愧。欢喜的多年旧好,一旦重逢;惭愧的自己贫困得这般模样,实在难见故人。当下忐忐忑忑，要请金宝到里面坐。草屋里肮脏不堪，怎好延客？倘在门外谈话，也不成个礼数。金宝瞧出土生为难的情状，便道："土生哥，和你多年没见面，可以爽爽快快的谈一会心。我们且到镇上茶铺子里叙叙去。"土生点头赞成，便到里面去穿上一件破短衫，把竹椅和草绳都交付了老婆，然后陪着金宝到镇上去吃茶。两人同行时，金宝道："怎么土生哥的家况，竟远不如十年以前？"土生叹了一口气道："说来话长，我的苦痛都吃在热心上面。总恨老天不晓事，偏偏派我生就这一颗热心。为了这一颗热心，吃亏得说不得。东也遭冤，西也受枉，小小的一份家私，被这颗热心断送净尽。直到如今豁然梦醒，无论怎么样，我这颗心不敢再热了。可是懊悔嫌迟，我的家私已变做阿元戴着帽子了。"金宝莫名其妙，便道："土生哥这话怎讲？"土生道："说来话长，坐定了和你细讲。总而言之，都是热心的不好。两点眼泪，损失了我一头牛；半段香烟，损失了我三百元大洋；一只破袜，损失了我一所住宅，百亩良田。俗语道，热心肠招揽是非多。直到如今，才信着这句话了。"说时又连连的叹了几口气。

金宝听了，暗暗的好笑，敢怕土生害了疯了，怎么为着两点眼泪、半段香烟、一只破袜，却损失了他的许多财产？路上不便细问，比及到了镇上小茶肆，坐定泡茶。那时天气正热，两人都解了衣服，喊两盆面汤到来。揩去了身上汗液。金宝道："你方才讲的话不明不白，宛比丈二长的和尚，令人摸不着头脑。端的是甚样一回事，倒要请教。"土生敬了金宝一杯茶道："你莫心急，我的说话正长，且先把你的别后情形告我知晓。"金宝暗想：急惊风碰着慢郎中了。只得略把自己十年来的贸易情形说了一遍。土生道："毕竟你的运气好，到处顺利。"又叹了一口气道："我只恨这热心生得太热，才吃了这大亏！"金宝笑道："土生哥，说了半天话，不曾说甚么，只是热心长热心短。你的心太热，我的心也要焦了。毕竟怎样的吃亏，快说快说！"土生攒着眉头喝了一口茶，然后把十年来热心吃亏的事从头诉起。

土生道："我在八年前，青石桥堍李小二欠了我六十块钱，只为无力还债，把一头耕牛抵押在我家。这头耕牛颈项里有一搭白毛，年龄还不算大，却是一只母牛。我着人牵入牛棚里，好好喂养。过了一天，我到镇上去买东西，打从田岸上经过。蓦见迎面来了一个不相识的童子，气急败坏的赶到我面前，慌慌张张的向我问道：'请问老伯伯，这里有一位张土生老爷，住在哪里？'我听得这般称呼，好生诧异。忙向童子仔细一看，约莫十三四岁年纪，生得眉清目秀，一表非俗，身上衣衫也很整齐，不像这里乡间的人物。便道：'小官人，你姓甚名谁？打从哪里来？为什么要访问张土生？'童子道：'我姓柯名企芳，住在城里紫石街。我是一个可怜孩子，八岁上便死了娘，现在有六年多了。我哪一天不想着我的亲娘！我到这里来访张老爷，是要来会见吾的亲娘。'说时，两点眼泪滴溜溜的滚下。我见这情形，很替他心酸，又问道：'小官人，你小小年纪，难得你有这孝心。可是你的娘已死了，怎么到了张土生那边便可以会见你的亲娘？'柯企芳道：'老伯伯有所不知，我每天放学还家，总到我亲娘坟上去探望，拍着坟墩，唤几声亲娘亲娘，儿子在这里望你，万望亲娘有灵，和儿子在梦中相见。可是这几年来，睡梦里从不曾会过亲娘的面。昨天，我到亲娘坟上哭了一场，一时困倦，竟睡倒在草地上面。恍恍惚惚，见我亲娘来托梦，头颈里围着一条白色绒巾，惨凄凄的向我说道："为娘的已转世投胎，化做了牛身。一向在青石桥李小二家里做工，现在却抵押在百家村张土生老爷府上。你要和我相见，且到张老爷那边来寻我。"我再要问时，怎禁得旁边几声犬吠把我睡梦惊醒。因此过了一宵，拚走着十余里的长途，来觅张老爷，好引着我和亲娘相见。'说时，竟掩着面号啕大哭起来。我忙道：'小官人，且莫哭，区区便是张土生。昨日李小二果然抵给我一头牛，颈里生着白毛，却不料是你的亲娘。'企芳听了，便连连的向我磕头，要我引着他去见他的亲娘。我是热心人，见了这般的孝子怎不感动?当下引着企芳,到牛棚里和母牛相见。企芳跪在牛棚里,足足的哭了半点钟,惹得村里的人都来瞧热闹,谁也不道一声奇怪。后来企芳每天从城里跑到我家,带些豆饼菜饼,供献这头母牛,向我再三恳求,要我好好看待他的亲娘,他便一辈子感我的恩。我一时热心过度,便说:'你的亲娘,凭你领去,我便拚舍着这六十块钱,成全你们俩的骨肉。'企芳大喜过望,拜谢了我的成全之恩,牵着这头母牛,一壁走一壁还说着:'亲娘,和你回家去。'自从企芳牵牛去后,我常把这事记挂在胸。一天便道进城,径到紫石街去探访企芳。一时探访不着,便把这事的原委告诉他的邻居。邻居笑道:'你可吃了小滑头的亏了,柯家的孩子是城里有名的小滑头,到处行骗,不止一遭,你原来也中了他的狡计。记得那天晚上,小滑头牵着一头牛进城,过了一宵,卖给宰牛场,得了三十块钱。欢欢喜喜,又不知到哪里游荡去了。'我到此才知受骗。只因热心过度,要成全人家的骨肉,却不料为了两点眼泪,损失了我的一头牛。"金宝道:"这是老哥忠厚过甚,受了孩子的骗。可是这小滑头,怎能知道老哥府上新得这一头白颈的牛?"土生道:"后来有人告诉我听,这小滑头常和李小二往来,一定他从小二处得了信息,所以想出这般诡计……"说到这里,恰巧有一个卖花生的小贩,到茶寮里来兜卖。土生买了一包花生,授给金宝道:"金宝哥,我的说话正长,请你一壁剥花生吃,一壁听我讲话。"金宝也不客气,慢慢的剥着花生,静听土生讲话。

土生喝了几口茶,接续说道:"五年前的冬季,乡间演着草台戏,答谢土地公公。那班子里很有几个顶刮刮的脚色,排的戏剧又是最著名的几出拿手戏。不但乡间男女都到庙场上来看戏,便是城里人也纷纷坐船骑马下乡来瞧热闹。这戏剧连演三天,我看了一天,看得起劲,第二天又赶到庙场上去看戏,谁料却看出事来了。这天的看客,比第一天加倍热闹,戏台前面拥挤着八九百人,肩背相挨,简直不留一条缺缝。立在我前面的是一个城里人,身上衣服很是体面。旁边还立着一个老者,举头看戏,嘴里却衔着一根香烟,不住的抽吸。这时台上正演着《长坂坡》,起赵子龙的武生十分卖力,台下喝采声和暴雷一般响亮。那吸香烟的老者忘却自己衔着烟,竟也随着众人喝起采来,嘴唇开处,这半段残余的香烟落将下来,不偏不倚却落在这城里体面人的衣襟里面。我瞧得清切,便道:'老兄留心火烛,衣襟里落有半段烧剩的香烟。'谁料锣鼓喧天的当儿,这体面人心在戏剧,却不曾听得我的警告。我这时又热心过度了,暗想衣襟里着了火,须不是要待我替他把半段香烟取了出来,免得发生危险。当下起着右手插到这体面人的衣襟里,待要取出这半段香烟,谁料半段香烟不曾取出,蓦听得绰的一响,我的脸上,早着实的吃了五支雪茄。原来这体面人见我摸他的衣襟,只道我是翦绺小窃,打了我一下嘴巴,还把我当胸揪住,喝一声狗贼做什么?我知道他误会了,忙把情理说明。他哪里肯相信,一手揪住我,一手摸着衣袋,喝一声狗贼该死!你把我的皮夹摸去了,皮夹里有三百元钞票。这还了得?打打打!那时旁边的看客也把我当小贼看待,东一拳,西一脚,打得我弯着腰儿,连连申说我不是贼。人多口众,闹做一片,谁也不曾听得我的说话。亏得有几个乡间熟人从中解劝,竭力替我担保。且说捉贼捉赃,不曾搜得真赃,怎好冤人做贼。这体面人便把我拖到空旷处,解衣搜检,哪里有什么皮夹。我以为这冤枉可剖白了,谁料他一口咬定我是个积窃,说我串着同党,把真赃携去了,赃虽没有,贼却现在定要送到县知事那边去重办。他又自道姓名,说姓巫名兰人,是县公署里的科员。他又说,狗贼没生眼睛,竟敢在太岁头上来动土,不把你送到县里打个皮开肉绽,你的贼心怎肯便死。众人见这事闹翻了,再三求情,教我到家里备了三百块钱,赔偿了这姓巫的损失,才不曾把我捆送到官。这便是为了半段香烟,损失了我的三百块大洋。"

金宝听到这里,花生已吃了半包,便道:"热心人难做,为好反成隙冤,也无从伸处。只是这姓巫的也忒可恶,怎么硬诈人三百块钱！”土生道：“也许是他的皮夹在先已被人摸去，偏我倒灶，去垫这个刀头，才吃了这一番冤苦。可是这一番冤苦还不算大，三年前吃的一番冤苦才算大咧。”说时，又喝了几口茶，接续说道：“我经了这几番苦痛，时时自己警戒，以后待人接物，可不要这般的热心。谁料江山易改，本性难移。三年前的春间，又因热心过度，弄出一场大祸。

“那天，我在门前闲眺。对门赵大娘的四岁儿子绊跌在街心，没人把他扶起，这孩子便伏在地上哭喊。我把他拉了起来，送他还家。入门时便喊道：‘赵大娘，你家小毛跌了，三四岁的孩子怎么放他在街上行走？你可知道很危险的咧！’喊了几声，才见赵大娘披着一件破棉袄，没精打采的出来，接受他儿子小毛，连连向我道谢。说话时牙齿捉对儿厮打，浑身簸糠也似的颤动。瞧这情形，我知赵大娘的疟疾又发了，便道：‘大娘，你的身子可有些不舒服么？’大娘皱着眉道：‘身上冷得很，宛比入了寒冰地狱，冷得没躲处。床上又没有厚棉被，这真要了我的命了！’我那时又热心过度，忙道：‘不要紧，我这里有厚棉被，待我差人送过来，借给大娘一用。’当下转身回家，派遣小厮，把我自己床上的一条厚棉被借给赵大娘御冷。过了一天，大娘把棉被送还，原来她的病已好了。

“又过了五六天，我清早起身，猛听得街坊上人多口杂，一片声的喧闹。开门动问，众人都说赵大娘上吊死了。我听得很诧异，正待探问觅死的根由，却见大娘的丈夫赵老大，手提着一只破旧的青布男袜，气愤愤的向众报告道：‘列位高邻，你们要晓得这婆娘觅死的根由么？我自从在城里充当警察，公事很忙，须隔两个月才能回家一次。常有人向我说，你久不回家，只怕你老婆不耐寂寞，要起野心。我只道是戏谑之言，并不放在心上。昨夜回家，却被我搜出了真赃实据，这只青布男袜，便是从婆娘床头拾得的。我把婆娘辱骂了几句，婆娘哭了半夜，乘我熟睡竟自上吊死了。这是她自走死路，怪不得我赵老大。’说话的当儿，我却恍然大悟，这只破袜确是我的。那天把棉被借给大娘,误把这破袜夹在里面,彼此不曾注意。谁料却种了这个祸根……我那时心头明白,要是守着秘密,不把这事说破那便好了。偏偏我热心过度,定要洗刷赵大娘的名誉,当着众人,把那天借被夹袜的情由说个明白。要是说得明白那便好了。谁料话没说完,早被赵老大当胸揪住道:'冤有头,债有主,原来你便是我老婆的情人! 和你到城里打官司去!'后来把我扭到城里,告发官厅,把我看管了。我是乡下人,怕官如怕虎。公门中人都和赵老大串通一气,知道我是没有势力的,百般恫吓,百般敲诈。这官司拖延了一年又三个月,比及他们的欲壑已满,把我释放回家,我的财产都被这官司打完了。这便是为了一只破袜,损失了我一所住宅,百亩良田。"

金宝那时已把这一包花生吃完了,花生屑嵌了牙缝,便从身边摸出一副钢丝牙签,慢慢的剔着牙缝。一壁剔一壁说道:"土生哥,现在的世界,真叫做恶人世界,热心人到处吃亏。从前的事也说不得了,但愿你以后把这热心放得冷些。狗咬吕洞宾,弗识好人心。你把吕洞宾般的心去待恶狗,这是万万使不得的。"土生道:"谁也不是这般说,吃一次苦,学一次乖,我连吃了三次苦痛,我的热腾腾的一颗心,冷得和死灰一般了。"金宝笑道:"只怕又是江山易改,本性难移。碰着什么事,你又要热腾腾的去招揽是非。"说时,剔牙完毕,又把钢丝签去扒挖耳孔。土生道:"老哥休这般说,从此以后任凭天坍般的事,都不和我相干。要我这颗已冷的心重生热气,千难万难!"说时,瞥见一个蚊虫躲在金宝手腕上叮血。土生一时手痒,伸着掌,向金宝手腕上着力的打了一下,替他打死这个蚊虫。掌声起处,金宝大喊一声向后便倒。原来经这一打,这根钢丝签打入耳孔里去了。茶寮中人,争把土生拖住,防他逃走。土生吓得面如土色,战战兢兢的说道:"热心人又惹出祸殃来了!"

(选自《瞻庐小说集》,世界书局一九二四年六月初版)

言情小说家之奇遇

汪仲贤(UU)

爱读小说者,没有一个不知有嫩红,爱读言情小说的男女青年,更无一人不崇拜嫩红;批评家的推崇嫩红亦无微不至,嫩红诚当代的大小说家呀。

嫩红虽享这样大名,但他在小说界的资格却很浅。他起初只在《明光》周刊上投稿,发表的几篇短小说,除了那位周刊编辑瘦绿先生认识他是个天才外,其余的读者,并不十分注意他。

自从他那部言情巨著《爱神》出现后,他的声价便立刻高起百倍,社会上竟尊他为当代的曹雪芹了。

《爱神》的主人公就是嫩红自己,他写成一位多情多义的公子,体贴女子的心肠比宝玉还要胜过十分。描写那男女恋爱的精微处,真是有字皆香,无句不艳,往往使读者读到精彩的地方,竟无力拍案叫绝,因为骨头都被他迷酥了。

《明光》周刊自载了《爱神》后,销数由三千增到两万。那位负编辑责任的瘦绿,当然要与嫩红作一种感情上的联络。他们用文字做结交的引导,友谊格外深厚。况且嫩红非但天赋他一支缠绵悱恻的笔,更长得一表人才,真不愧为一位俗世佳公子。瘦绿也是一位落落大才的男子,为人豪放,性情直爽,两个人谈论些诗文,觉得很是投机。每逢风清月朗的时候,二人都带了自己的夫人,两对夫妻同到江边或野外去吸些清鲜空气,有时候竟到西湖或虎丘等处,去作三五天的短期旅行。

嫩红与瘦绿虽结了个莫逆之交，而他们二位夫人却不很谈得投机。因为瘦绿夫人是位学堂出身的新女子，笔下也还通顺，有时并能做些短文登在周刊上，为人也很洒脱。嫩红夫人便不同了，她是位旧式女子，虽然小时候也在私塾里念过三四年书，可是识的字不很多，在家里管管油盐酱醋是很能干的，要她出去在交际场中说几句酬应话，那可是绝对的外行了。所以她和瘦绿夫人谈话，总有些格格不入。她本不惯跟丈夫出去玩，实因嫩红从前曾在花月场中有过荒荡的成绩，家产几被丈夫败光。她跟了出去是带几分监视的性质，怕的是再被朋友们引到邪路上去。嫩红对他的夫人呢，只当她是一个呆子看待。好在自己也在情场里翻过一个大筋斗出来，本不想再去多寻烦恼，她既爱同去，也就不去禁制她。瘦绿见嫩红常携着夫人，对于他自己夫人的爱情又很深，便落得也带着同来同往了。

以上不过是叙几句嫩红与瘦绿的关系，只要使诸君知道嫩红现在有这样一位最相好的朋友罢了。其实在我的书里，他倒占不着什么重要地位。

《爱神》发表出去后，周刊的编辑部里，每日都要接到几封恭维嫩红的信。瘦绿怕麻烦，索性把嫩红的最近住址登了出去，所有关于他的信件，都直接寄去，不用编辑部转交了。这许多信里面，仰慕他要与他结文字交的人最多，其余批评他的作品的，空空洞洞赞几句的，送几首诗给他的，要拜他做授业师的，好的也有，歹的也有，真使他应接不暇。他搬到这新寓所来虽则不到三月，但在信面上单写“上海嫩红”四字，邮差便会送到他家里，他收的信件之多，也就可见一斑了。

在这几千百封信中，只有两封女子来信是写得最奇怪。一封是本埠的，信上说所有嫩红的著作，她都读的烂熟。自从读了《爱神》后，使她寝食俱废，见了自己的丈夫直同蠢物。她知道作者是有过夫人的了，但是她要求嫩红分一部分爱情给她，使她的精神能得着一些相当的安慰，否则她不是自杀，就要发疯了。还有一封是由南京寄来的，开场先述一番家世，说她的父母去世得很早，有一个哥哥不事正业，专在外面狂嫖滥赌，把她胡乱嫁与一个南京财主。嫁了过来，夫妻就不和睦，现在丈夫又娶了几个妓女回来，更不把她当人。她亲眼见了一位哥哥，一位丈夫，都是这般下流，心里竟存了一种所有的男子都是无情无义的僻见。如今看见了《爱神》中的主人翁，才知道世界上还有一个能怜惜女子的嫩红存在着。她要与丈夫离婚，出来投奔作者。出来了能够做正室当然最好，如作者娶过夫人，无论派她做第几房妾都情愿的。万一不答应她，就要去削发为尼了。

前一封信具名是一个“灵”字，第二封信的署名是“心知”二字。两封信都没有通信处，都教嫩红在报上暗暗的答复她们。嫩红本是一个兽性没有完全驱除的少年，平常虽与瘦绿谈论什么尊重人格等话头，那也不过一时高兴，拿来当一个谈话的资材罢了，其实他并没有彻底的真觉悟。如今架不住来了两封情书，怎能不触动他心里的爱神呢？此时他做言情小说的材料也渐渐缺乏了，这两封情书，都要教他在报上给她们一种暗示，这明明是替他添小说材料，真是一得而两便，岂有不乐意之理？

嫩红把这两封情书做题目，写成两篇绝妙的小说。文中语语暗带双关，教那两位女子看了，暗暗的知道作者也十二分的在想念她们。嫩红从前做的小说，虽有几处是写他自己堕落的经验，但时过境迁，感情都不及眼前实事的浓厚。更加这两篇小说，他的确是用了心思写的，所以登了出去，非但那两位当事人看得心神服贴，就是多数不相干的人看了，也觉得作者真是一位多情的男子。

两篇小说登了出去果然有效验，那位灵女士先有封感谢的信给他。信中说把他当作自己的灵魂，从今以后，死心塌地的向着他了。又说本想把真名实姓说出来，可是眼前尚没这股勇气。又说他们是见过面的，自己说出来有些不好意思，要请他猜一猜。嫩红搜索枯肠，哪里想得出这位灵女士是谁呢。他又借题发挥作一段短文，题目叫做《爱神何在?》，意思是爱神已发现了，可惜她不肯说出所在地来，累得人为她神志昏乱。如再不示人以进谒的途径，人要狂了。虽只寥寥几百个字，却写得如怨如慕，似泣似诉。

对于南京的知心女士，也是这样在杂志上作公开的情书。这几期的《明光》周刊，开场两篇总是披露嫩红的情书，这周刊几成了情书展览会与嫩红的通信机关了。

后来心知女士要求在《明光》上登一张嫩红的最近半身照片出来，好让她试试日常藏在心灵里的嫩红，是不是与真的嫩红吻合。嫩红便趁势要求女士也寄一张艳影来，双方都同意了。更约定女士在登嫩红小照的杂志出版日，她的玉照也须不先不后就在此时寄到嫩红处，意思是要教双方在一个时候看见各人的面貌。

嫩红因着几篇小说，得同时与两位多才多艺的女文学家亲近，这是何等奇遇啊！并且她们都愿意做妾，足见她们都知道艺术化的人生观，欲求精神愉快，须脱离旧礼教的束缚。讲到名分两个字，她们都不放在心上的。他觉得这才是真正的恋爱自由，觉得这样的讲恋爱，比了从前在妓院里吃花酒叫堂差高尚得多，有意味得多，经济得多。如果八年前发明这种恋爱方式，非但精神上多得不少快乐，并不致于他家产毁去大半。现在遇见这种机会还来得及，还不算迟，还能享大半世的闺中清福，这究竟是一种奇遇啊！

他并没有同时占据两位才女的雄心，他只想在两个中间拣一个更美丽的出来，那位落伍者呢，决不与她断绝，免得她真的去出家、发狂、甚至于自杀。他知道这样做法是有伤天理的，他只想与那选不中的女士做一个永久的精神上的夫妻，时时的通信，时时的供给他言情小说的材料。万一将来经济上有了力量，能够把这落伍者也兼收并蓄起来，这更是情场的韵事，至少可以把自己的一生情史，谱成一部“有情人都成眷属”式的绝妙传奇。

嫩红的计划如此，心里可也得意极了。他恭恭敬敬的去拍了一张半身的照片,自已看看也觉得风姿绝俗,温柔文雅。那两位精神上久已贯通的女士,见了他的美丽的容貌,更不知要增高她们多少爱情热度咧。

他很高兴的带了照相去见瘦绿。到了他家,只见他无精打采的坐着,三岁的孩子睡在摇篮里哭,也没有人去理他。嫩红把下期杂志,要登自己铜版照相的话对瘦绿商量定当,便问他为什么不高兴。他叹一口气道:“唉!我与你有三个星期不见面,家里闹了许多场了,我看总免不了有一场大变动罢!”嫩红忙问什么事情。瘦绿愕了一回道:“一言难尽。你看这孩子,多么可怜!我到现在才知道古人说的‘女子无才便是德’一句话,的确也含着一部分真理的呢!”嫩红听了,知道是为了他夫人身上所起了。那位瘦绿夫人的绝对自由态度,把男女的界限打破,平常没有半点女性的样子,嫩红早已有些看不入眼,只是碍在嘴上有些不便说罢了。如今听了瘦绿的口气,又未便火上添油去掇弄得人家夫妻反目,只好是劝他忍耐些而已。他只是默默不语,二人相对无言,静听那小孩子悲惨地哭着。

老妈子端一盘饭菜上来,一汤两碟,没有半点油水看见。嫩红看着他实难下箸,便拉着他到自已家里去谈心解闷。他也答应了,吩咐老妈子好好的喂几口饭给小孩子吃了,服侍他睡。二人便一同出门。

瘦绿的家在闸北,嫩红住在城里,他们搭了电车一同进城。一路上瘦绿把从前与夫人如何结婚的话告诉嫩红,并说些羡慕嫩红得贤妻的话。嫩红不便去批评他的夫人,想用别的有趣的谈话去岔开他,便把新得两位通信女友的艳事告诉了他。他听了果然也觉得新奇,慢慢地把眉心的愁结解开了。

不一时,已到嫩红家里。嫩红因一向藏在心里的秘密,一旦泄露给最知己的朋友听了,心里颇觉痛快。到了家里,把那无用的夫人支开,连忙将那几封密密固封的情书给瘦绿看,他自己便出去嘱咐夫人，要她去添几样菜来留朋友用饭。等他回来，瘦绿还在那儿呆呆地看情书。

嫩红道："这两个真是奇女子，我无论怎样要求，她们都不肯把住址告诉我。那封本埠寄来的信，我在邮局的戳记上调查出来，是在闸北发的。她们既是有意，我也落得寻寻她们的开心。"他这样说着，瘦绿只是不理，低倒了头只管看信，一封一封的细细看完。嫩红笑着问道："你看了有什么感想？"瘦绿想了想答道："这位灵女士的笔迹熟得很，好像从前有过投稿给我。我有住址留着，你如想打听她的真相，我可以担任。最好请你给一张纸给我，让我去对对笔迹。"嫩红听说能够代他打听，真是喜之不尽，当下拣出一封信来交他带去。

不多时，嫩红夫人进来，请他们出来吃饭。瘦绿因心事很重，端了饭碗在手，只是吃不下。陪他们夫妻坐了一回，说家里有小孩子无人照顾，便兴辞去了。

这几日，嫩红心里十分高兴。因为两三天后，下期《明光》出版，便可以看见心知女士的玉容。几月来梦寐不忘的灵女士，在这一两天内，也有着落。妻谁友谁，也可以决定了，真是痛快极了。

今天是《明光》的定期出版日了。嫩红一早起床，坐在客堂里等候邮差，怕的是心知女士的照片被夫人拦劫去。第一个信差来了，送来两件东西。一件是本日出版的《明光》周刊，他打开来一看，自己的小照果然登在第一页上了，上面还注着"中国大言情小说家嫩红先生最近摄影"两行小字。里面的文章他也来不及多看，急忙去拆那瘦绿寄来的信，只见上面寥寥的写着几个字道："灵女士即湘芬女士的化名，她与先生发生恋爱，我极欢喜。我们今天下午三时，在陆生大律师事务所签订离婚契约。出了事务所，她就是一个完全自由人了。这桩事先生或者会比我先知道，我作此报告，在你看来或是多事。不过我为友谊所迫，不得不来预先通知你。灵女士的左腿上生了一个大疖子，我劝她快去开刀医治，她不相信，再迟恐溃烂得不可收拾。你的话她定肯听的，这笔医费只好偏劳你担负了罢。祝你艳福。瘦绿。”

嫩红看罢，眼睛门前黑了几阵。他夫人坐在傍面看着他出神，心里正自莫名其妙。通通通，又有人叫门了，他夫人刚要站起身来去开，嫩红忽然跳起来，赶出去自己开门。又是一个邮差送一封信来，他一望而知是灵女士的笔迹。往日见了如吸烟的看见大土，恨不得立刻吸它进去。今天见了忽像黄包车夫遇见巡捕，避得越远越好。但是巡捕命令黄包车站住，车夫虽万分不愿，却不敢不立定。嫩红现在的情形，正和黄包车夫差不多，心里万分不欲拆看，而傍边却像有一个无形的瘦绿夫人立着，竖眉横目地逼着他去开拆。他被无形的魔力征服了，结果只得去拆，只见上面写道：

> 为了尊重我们双方恋爱的神圣起见，我已与他实行离婚了。你把我的信都交给他看，我倒感谢，因为没有这个导火线，我尚不能起来奋斗。一向瞒你，就是怕你胆小。我预料你在他面前总有一天要泄露的，你将秘密告诉他的日子，就是我与他宣告离婚的时期。我早已打算好了，我知道你听得了这个消息，一定要惊喜欲狂哩！今日下午四时前，请你到三品旅馆六十八号来，让我们商议组织家庭的方法罢。咦，这是我生平顶快乐的日子呀！灵。

那位嫩红夫人呆瞪瞪地看她丈夫抖抖缩缩的看信，只觉他好像中了邪一般。可见他心里惊则有之，喜的成分却没有。那夫人知道嫩红的脾气，在他不快乐的时候不能与他说话，如果看不出风色去问长问短，那就得预备与他大大地相骂一场。所以他夫人只是冷冷地看着他。

又有人打门了，嫩红面色更急得铁青，大声问：“什么人？”外面懒洋洋地答了一句：“信呀。”他出去开了门，看着那邮差生气，好像是怪他不应该拿这种信送来扰乱人似的。邮差拿了一个大信封，说是挂号信，要他打个图章才肯给他。他瞪着眼不动，还是他夫人去找了图章出来，打发邮差去了。他的感觉还灵，摸在手上，知道信封里装有照片。好了，他拆信的时候，脸上又露些笑容了。不好！他发疯了，嘴里连说："晦乎！晦乎！"这两句是扬州的俗语，同倒霉差不多意思。嫩红把照片望地下一掷，里面夹着一张信纸，他也不看，急急的登楼去了。他的夫人把照片拾起一看，也觉得平常得极，原来那照片上的女子她认识的，不是外人，正是她的姑娘，她丈夫的嫡亲妹子。再把地下的信纸拾起来看时，她也不懂上面写些什么，只见劈头就写着："我受"二字，接着又有许多"受"字。她数了一数，两张信笺上，一共有七十几个"受"，三十三个"请"，她心里只暗暗的埋怨丈夫，大概是瞒着她送了一份厚礼给妹子了，所以回信上写了许多受字来。她又这样估量："他们究竟是亲兄妹呀，我问问他姑娘现在南京住在什么地方，他总回我不知道，说是嫁了出去从没有通过信，原来他只拿我当外人呀！"

嫩红蹬蹬地从楼梯上奔了下来，手里拿了一个皮包，急急地对他夫人说道："上海这地方不能住了，还是回扬州去罢。我立刻就动身，你尽三日内收拾收拾也搬回去罢。我在钞关码头上接你。"

自从那位大小说家的照片在《明光》上披露后，嫩红的言情小说便不见发表了。虽有许多人爱读他的大著，但是那位编辑主任，总不能慰读者的渴望了。

（原载《半月》第二卷第二期，一九二二年九月二十一日出版）

家庭事务

无名女士

恽铁樵(焦木)

“你们都成立了,我死也对得住你老子。我抚育你们这十多年虽苦,你们都知道孝顺,我总算……总算得了报酬。如今可永诀了。”

说这话的是一位四十多岁的病妇。病榻之前,立着两个少年,两人约摸都十五六岁。床前板案上一盏半明不灭的油灯,从灯光里看去,那妇人的脸像枯蜡一般,说话的声浪断断续续,几乎气都接不上来。她又喘息着说道:“死算什么?早已看透,形形色色不过幻象,只是伤心人别有怀抱。像我这结果,是没名目的,却也没有见不得人的所在。你们都这大了,虽没学问,毕竟也有些知识,却还不知道自己出身。都知道我是你们的娘,那么你老子呢,我虽鬓有二毛,还是老处女,没有嫁过人的。孔夫子说,未有学养子而后嫁者。我既没嫁人,自然没有养过儿子。你们休得误会,父母生你们出来,就付与完全人格,并不是私生子没有氏族的。我和你老子既非戚族,亦非世交,何以你们由我抚养?长到这么大,还没知道生身父母是谁,要说明这缘由就话长了。”

两少年本是哭得泪人儿似的,忽然听得这一番意外的说话,那病人有声没气,一句接不上一句的说,灌入两少年耳朵里却字字清楚,像轰雷击电,只是摸不着头脑,两人不觉愕然惊顾。只见病人两颧泛赤，神气转清，听她继续说道："我是在继母手里长大的，我在家庭之中也不算什么儿女，只算是我继母的婢女。她老人家肝火来时，就用着我疏散肝气。我自有知识以来，总是体无完肤的。我父亲在上海经商。那时节社会没有此刻开通，都怕黄眉绿眼的洋人，不知道他们到中国来是哪一回事，只说教会里将小孩眼睛合药吃，所以他们眼睛都绿了。我六岁时，继母就逼着父亲将我送到教会学堂去，不许回家。我一生讲究自立，能受西方教育，成全我的就是继母。岂但不怨她，还感激她呢！不是她要送我到吃人眼睛的所在去，我如何够得上有读书的资格？这是第一件事。后来她又作成我出洋，益发是一件不易得的事情。

"我觉得家里住不来，不如学堂里有趣，和家庭疏远，和学校亲密，年节回家都是很勉强的。因此学校里功课倒赶上了，到得十四岁时，已在中学三年级，教员都说我毕业时成绩可以寄到外国去的。岂知离毕业只一学期，父亲就不许我读书了。校长向我父亲诘问，为甚不教你女儿读书。他说中国规矩，女子原不要有学问，况且年纪大了，抛头露面在外边也不是件事。校长又说你女儿功课很好，等她中学毕业，有些成绩看见，既成全了她这人，我们学校里也有些光彩，不枉我培植她一场。我父亲执意不肯。校长又说以后读书，连膳宿学费一概免了都使得，我父亲露出很轻蔑的样子，笑道：'我哪里不用这几个钱，这倒不劳费心。'校长又道：'那么也要问她本人愿意不愿意。'我父亲道：'她小孩子家懂得什么？她就愿意，我也不容她胡闹。'校长虽有气，却也无法，只得赌气说道：'你同着去罢，休在这里胡闹了。'我在家不多时，就知道我有婆婆家了，我的未婚夫就是我继母的侄儿。年纪只十六岁，嫖赌吃著无一不精。听说他老子娘要赶早替他完婚，意思是有了媳妇，可以不再到外边去嫖。又教导他吸鸦片，据他父母说吸了鸦片家业就保牢了，因此居然有了烟瘾。我既知道这些，哪里忍得，筹划了一夜，决计不承认这婚姻，竟将这话和父母说了。谁知我父亲听了这话，气得半死，说这真是外国道理，给亲戚听了不要笑掉牙齿，我这老脸还要不要呢。我继母道：‘论理我不该帮着娘家，姑娘既这样顾前不顾后的，我倒要老实说了。还是门第配不上呢？还是家私配不上？就是我那侄儿相貌性情，你也见过，难道还委曲了你？况且是亲上做亲，据我看就再好没有，不知姑娘不愿意为的哪一件？倒要说来听听。’我道：‘婚姻大事，总不能这样草草。’我父亲冷笑，正要说时，继母抢着说道：‘呵呀！凭媒说合，父母做主，三茶六礼的聘定，这样算草草，那自己姘合的才算不草草不成？’我道：‘没得我同意，怎样不是草草？’继母道：‘说说又说上我的气来，谁家女孩儿像你这样大方，说得出的？’我道：‘说得出也不是没廉耻，母亲不必见气，乳臭未干，鸦片上瘾，难道不许我说一声不愿意？’继母道：‘鸦片有钱才吃呢，况且这也是你的命。’”

病人说到这里，面红气促，泪痕满面，喘做一团。两少年已听得呆了，见这样，忙向桌上取瓶药水，倒一点在杯子里，对上开水送到病人唇边，说妈妈吃杯药水罢。病人抬头道：“还是开水罢。”少年又忙换开水，病人慢慢吃了，又喘息一会，说道：“这是我的旧创痕，抓着时痛彻心肺。当下我继母扬着脸说道：‘这孩子越说越糊涂，我不惯和人拌嘴，向你老子说去。要退就退，人家还不稀罕呢！横竖丢不到我娘家的脸。’我父亲气得面色泛青，一言不发。我道：‘女儿这话轻易不出口，如今说到做到，依我便罢，不依我死也不能从命。’从此次谈判之后，闹得家翻宅乱，我继母忽然和父亲大闹，口口声声只要寻死。我父亲急了，说我小小年纪会说出这样不要脸的话，留着我总是祸根，不如置之死地，省得后来出乖露丑。亲戚朋友都没命的劝解，我料着凶多吉少，乘乱一走了事。从此以后，家中如何情形，我全不知道了。”

“我一个女子，自然不能高飞远走，只得跑到教会里向校长哭诉。齐巧校长要到外国去，听我诉说完毕，便道：‘既然如此，你父母与你可说恩断义绝，你若肯在我这里尽一辈子义务，我就带你外国留学去。'我听了这话喜之不尽,连忙一口应允。当时委实没有知道留学是哪一回事,岂知从此在伦敦十年,得了学位,和我同等地位的姊妹哪能有此奢望,这不是我继母成全的么？我学的是医,回国的三年,不过在医院里当助手医生。医院是教会开的,我在院里虽说尽义务,却也拿着厚俸大禄,足够我浇裹。在这当儿,就和你老子做朋友了。他是个长身玉立三十岁的英挺少年,他已娶过亲了。我最初见他时,就在太平洋轮船上,当时我是毕业回国,他是到英国办机器回来。他品貌性情学问,色色都好,我是极崇拜他的。他也极佩服我,他在上海某工厂里办事。自从船上订交之后,三年来彼此过从甚密。我心上常常想着此人,若没娶妻,我是一定嫁他的。

"你母亲我们更是很要好的。她是本国师范学堂毕业的,为人极好。只可惜不讲体育,坐着时总是弯腰曲背,像老学究一般。我们因讲得来,就认了异姓姊妹,彼此益发亲密。那时已有你们了,我到你家时,你们都弯着腰要我抱。我是幕天席地,四海无家,如今却享着家庭之福,不觉从心底里温暖上来。你母亲尝问我为什么不嫁,我道:'从小饱经忧患,如今靠着薄技,总算缓口气过来。只是盛年已过,心绪都非,哪里还做春梦。况且人才难得,普天下须眉男子,有表有里的就不可多得,何况要性情脾胃合得来的?'你母亲笑道:'真是可儿但觉眼中稀了,但是你看我外子怎样?'我道:'那自然是阿姊的福气,我看他色色都好,对于夫妇朋友和他自己的职业,都是没话说的。但我有一件事不明白,今天说到话上,倒要问问这底里了。'你母亲道:'你有什么不明白,我总可以告诉你。'我道:'留学生回国受了欧化,往往要破坏中国应有的风俗,即如中国儿子成立之后,和父母是同居,西国是分居的。如今人有大家庭小家庭之说,其实大家庭有坏处,也有好处,小家庭有好处,也有坏处。况且一国都有一国的国风,这国风的好坏,不是个人浅窄的眼光和感情作用,可以轻易下得断语的。所以那些时髦人在外国三年五载回来,就闹家庭革命。我心里总觉得他们过分喜新厌故了,未必不是根基浅薄的缘故。我看姊夫不是这样人,何以他父亲在上海经商,父母都在此地,他却要另住,不比我无家可归,难道他也崇拜欧风忘记本国么?'你母亲道:'你这话也是,能够合在一起,岂不大妙。天下没有无父之国,只是他老太太是继母,著名的贤德,透骨的刻薄。他自认不能做闵子骞,所以情感自耽不是,住在外边,免得伤父子的感情。另住也没有好感情,不过两害相并,则取其轻的意思。我虽做了他家媳妇,这几年细情也不甚了了。从表面看来,倒是老太爷不喜欢儿子呢,这不是俗语说的,有了晚娘就有晚老子么?'她这一席话,我不听则已,听了时只觉鼻子一酸,眼泪直迸出来,禁不住呜呜咽咽哭了。你母亲看了点头太息道:'怨不得你要下这同情之泪,这是我还有深心话和你说,我这话含意未伸多时了,总要妹妹可怜我允许我,那就是我的造化了。你不是常说我不讲体育,肺量缩小,体魄不得健全,你说的何尝不是。只是我的病已成痼疾,从小就自知不永年的。如今有这样夫婿,还有了两个孩子,我有哪头不是?近来每逢节气,总有四五日骨头里火一般热,这不是我的末日近了么?他年纪还轻,我死之后,断无不续弦之理,如此我的孩子须在继母手里过活,我想这继母最好无过于妹妹了。'

"'妹妹是继母手里长大的,我外子也是继母手里长大的,你们两人都深知甘苦,练达人情。照此说来,要得成就有担当人物,须先做孤臣孽子。孩子们有造化,越是磨折,越是造就出人才来,原不劳我费心。只是我有我的想头,我想你们俩都是苦海当中的幸运儿,天下经得磨折的孩子,受了苦没处伸冤的不知道有多多少少咧。妹妹是有学问的,岂不知动物的公例,就是以传种为天职,鸟有两翅,兽有四足,造物主的意思,这翅与足的作用,一半要他保护自己生命,一半是要他保护雏禽,天赋人以聪明智慧,也不外这个公例。所以我不敢教这两孩子到苦海里去,这是我千思万虑想出来的计较，最妥当没有的。如今就望妹妹口里一句话了。'我道：'姊姊当我真骨肉看待，我难道还拿假面具对你么。姊夫这样人才，是没有话说。但我不嫁人也有不嫁的好处，嫁人也有嫁的坏处，虽承你一片好意，老实说我还有一番考虑呢。你且保养身体，至于孩子，你我这样交情，难道不当照应？你放心，我便不嫁，你的小孩总当自己的看待，到他们能自谋生活为止。'你母亲道：'如此我死也瞑目，这以后的事情就交托你了。'

"人事不测，谁知后来竟是你父亲先死。那年上海闹鼠疫，死的人原是可怕，但上等人死的还少。你父亲起先原只有点喉痛，他神经过敏，以为是鼠疫，深怕传染了家人，就跑到一家鼠疫医院。齐巧这一家办理不善，病房并不隔离，许多鼠疫猩红热的病人，统住在一个大房间里，不消说不是鼠疫也是鼠疫了。可怜他一个完全无缺的人才，竟断送在这个所在。我想你父亲倘有不测，你母亲决然难久。你们还有老家，若说不回去，使不得的；若说回去，你们当时尚在襁褓之中。抚育你们的人，无非是伯娘婶子，再不然就是恨你老子如仇的祖母。这些人并不是不慈，只是眼孔太小了，他们都在一根针一条线上打算，又都两眼黧鸡似的望着得父母的遗产，竟有许多大家富户，连老一辈的，用他自己辛苦寻来的钱，还要受他儿子媳妇监督，何况是兄弟子侄要分他家产的呢？对着此等人劝慈教孝，真是东风吹马耳。我想到这里，不能不恨我国女子不学无术，如此这两个孩子不是终究要受苦么？我心里正自耽忧，不道你父母的运命果然不出我所料。那鼠疫医院遣人报告家属说，你父亲不中用了。你母亲就鲜血直喷出来，倒在地下了。我在自己医院里猛可得了这样信息，竟不知照顾哪一头为是。如今我还记得和你母亲永诀时光景，她一手握着我，一手指着你们，眼睛却望着我，眼眶里眼泪断线珠子一般，只是喘着气说不出话来。我连忙说道：'你的意思我懂了，此后你们两夫妇的事，统由我料理，竟不告诉你的翁姑。此后这两个孩子由我抚养教育，等他们成人之后，然后归宗。'你母亲将头动了动，眼睛一闭，就咽了气了。你父亲身后只有两千元，当时丧葬之费除去，还不足千元。我自知举目无亲，更肩着千斤重任，非节俭不可，所以动用什物都选最下等的。我也积了数千金，统存在银行里，我为的感念知己，不负宿诺，所以如此。女子脑力原比男子薄弱，我一身孤苦，又治学问，因而年纪未老，精力先衰。我若是不起，你们将这钱求学去，须将眼光扩大，勿争鸡虫得失，方才不负你生母和我一番苦心。"

自古道："种瓜得瓜、种豆得豆。"这两少年受了贤母的教诲，岂有不力争上游之理。可惜书中主人婆现在还不能宣布她姓氏，只好叫她无名女士。无名女士的身世甚奇，她一身操行，就是较之古时侠义丈夫也无愧色。现在女士已经作古，两少年留学未归，我想他两人功成名立之后，必定有一番表扬潜德的举动。鄙人砚枯笔秃，文事久荒，只因瘦鹃老友强嬲着做小说，不免做一次下车冯妇。诸位看官不必问无名女士究竟何人，只当做谈助解闷罢。

（原载《半月》第一卷第五期，一九二一年十一月十四日出版）

暮境痛语

李涵秋

吴老头子在德兴当典里站头柜,整整有三十个年头。现在年老气衰,办事有点不大中用了。他想向老板辞退,便和他的老伴儿吴老奶奶商量商量。吴老奶奶劈头对他道:“别谈罢,别谈罢。你这个老不解事的东西,有福不会享。”吴老头子抹一抹他那几根胡子,笑着道:“什么有福不会享,你且详详细细的告诉我听。”吴老奶奶连忙的摇手道:“别谈,别谈,谈起来真把人气煞,你……你你……你这老东西。……唉! ……别谈,别谈了,谈起来真把人气煞,要气出大病来呀。”吴老头子听了这几句话,只是呆呆地望着她,半晌说不出一句话来。可怜吴老奶奶气得上气不接下气。过了好久的工夫,才慢慢说道:“你可怜辛辛苦苦地忙了一生,现在给那一对小夫妻作威作福,我想有点替你可惜。可是我呢。唉! 自从入了你吴家家门以来,烧锅煮饭,洗衣浆裳,不曾有一天闲。真是忙得要死。如果说你家穷罢,他们一对小夫妻穿绸着缎,却阔绰得很。唉! 也罢,我老奶奶这颗命前生注定是苦的,今生苦苦,修修来生,而且苦去苦来,无非为的这一份家产……”吴老头子听她说到这里,连忙插嘴道:“你老太太晓得这句话就得了,还说什么有福不会享呢? 我也生得一身苦骨头,是闲不得的……”吴老奶奶接着道:“照这样说,你将来就死在那德兴的柜台头上罢,现在还商议什么呢?”吴老头子道:“别谈,别谈,……不噜苏了。一对好好的老夫妻,不要因为几句闲话,着起闲气,伤了和气。”吴老奶奶余怒未息,只是不做声。

忽然大门轰轰的响了起来,吴老奶奶冷笑道:“少奶奶又回来了。”接着喊道,“小莲子,小莲子,快去开门,大少奶奶回来啦。”小莲子在厢房赶忙答应了一声“晓得了”,就轻轻的把门开了。来人却不是他家的大少奶奶,她打扮着女学生的模样,轻轻的向小莲子道:“你家少奶奶在家吗?”小莲子摇头道:“不在家,她早上就出去了。”那女学生追问道:“到哪家去的?”小莲子道:“不晓得。”她就翩然而去。吴老奶奶已从房间走将出来,问小莲子道:“不是少奶奶么?”小莲子道:“不是,不是,是刘家二小姐来找她的。”吴老头子在房里道:“她早上就出去了吗?”小莲子应道:“是的,恐怕回去了(回娘家去了)。”吴老奶奶冷笑道:“莫问她的信罢,一年三百六十天,她倒有三十六天登在家里呢?”老头子叹了一口气,房里外又悄悄的没有一点声息了。

原来吴老头子到了三十多岁的时候,才养了一个宝贝的儿子。后来一天一天的把他抚养大了,照老奶奶的意思,还把他送典当里去学生意,将来好承继父业。老头子初意也是如此,后来却听见许多朋友说,现在文明世界,洋饭(吃外国人的饭)非常的好吃。因把他的儿子宝林,送到一个教会学校里去读书。那时光吴宝林已经十五六岁了,他倒十分的聪明,从外国人学英文,打哀比西帝学起,不到三年的工夫,居然能够和外国人直接谈心,而且侃侃而谈,口若悬河,像老伶工唱流水板似的。吴老头子听了,虽然莫名其妙,心里却欢喜得非同小可。后来经一个外国人把他荐到一个邮政局里去干事,老夫妻两个,自然都是欢天喜地的。

不料这宝贝自从入了学校以后,吸了满肚皮的外国空气,觉得中国式的老家庭,处处都不合他的意思,甚至于要把祖宗的牌位和供奉的神像搬了出去,供上十字架上的耶稣来。你道这两个老夫妻,可能容得他如此的主张吗?既然不能相容,父子间的感情就一天生疏一天了。后来谈到婚姻问题,宝林自然又大大发挥了他的一番自由恋爱的主张,什么媒妁之言,父母之命,他是丝毫不顾的。两老听了,却也无可奈何,虽然望孙怀切,终不肯过拂爱儿的意思,只得听其自然了。后来不到一年的工夫,宝林果然和一个女学校里的女学生发生了恋爱。其初书信往还,两老固然如在梦里。后来他们俩谈到结婚的条件,两老还是一点儿消息都不知。等到条件磋商好了,内有一件,需要和两老言明,就是他们俩结婚以后,不愿意和两老在一块儿过日子,要另外组织一个小家庭呢。

两老听言之下,如同冷水浇背,不禁打了一个寒噤。过了一刻,可怜老头子淌下眼泪对他道:"我儿宝林,我们老夫妻两个,好容易辛辛苦苦的把你抚养大了,到了现在,你也能够自谋衣食,一场心事算是去了一半。不料谈到婚姻的事体,你竟反起脸来……"老奶奶在旁边也淌下泪来。老头子哭着说着,像似苦苦地向他那宝贝儿子哀求一件重要的事体。这时光宝林沉着脸,双眼呆呆地望着壁上,老头子说的一番话,似乎随便可以睬他或不睬他。后来老头子又断续的说道:"我儿宝林,我们老两个虽然讨厌,但是你应该看看你妈养育你的一番恩意……"老奶奶忍不住了,在旁插言道:"我儿宝林,老实些告你一句话,就是你如能要我们老两个立刻死去,便请你以后在外边娶新妇。不然呢……我想新妇还是娶在家里的好……"宝林一时被老夫妻两个说得没法,只得勉强再向那情人商量商量看,打算情人能够允许固很好,不然就决意和他们两个老人家脱离关系了。幸亏那情人允许了,惟以二年为期,过了二年,就又要实行从前所规定的那个条件了。

那女学生姓秦,学名素真。自从和宝林认识以后,郎情如漆,妾意如胶,缠缠绵绵,便定下了三生密约。谈起她的学问来,似乎还是皮毛,品行呢,倒也没有可议的地方,不过潇潇洒洒,不受丝毫的缚束。这一层却因为她自命为解放女子的先锋,所以行为上特别地做得与众不同。像她这样放浪不羁的女子,将来要和吴老奶奶那样规规矩矩的人过日子,她晓得是使不得的,因藉口他家庭腐败,提出组织小家庭的条件。后来宝林把种种困难的情形告诉给她听,却也无可奈何,咬着牙根答应了。二年为期的说头,不过关照面子的话,然而弄假成真,将来的纠纷,宝林自己也晓得是免不掉的。

他们俩结婚了,旧式的家庭,是不宜于举行文明结婚的仪式的。于是他们赁了个著名旅馆,做个新式的洞房,等到蜜月旅行完毕回来,才与他们老两个并合。一幕怪家庭的怪现象,从此就层出不穷了。

最显而易见的,就是老奶奶欢喜念佛,少奶奶欢喜念圣经。一天,少奶奶问老奶奶佛在哪里,老奶奶说佛在天上。少奶奶冷笑道:“一个极乐天堂,难道还有两个上帝主宰吗?世界上的男男女女老老小小,都崇拜耶稣,独你们这一般中国老婆太太们,要崇拜偶像的佛。”老奶奶又是个很能勤劳的人,家里平时虽然雇用一个女仆,但是这女仆所做的事,都服侍在少奶奶一个人的身上。老奶奶一天到晚,洗衣裳,做针线,如同第二个女仆一样。少奶奶的架子实在摆得十足,厨房的门从未进过一步,衣服鞋袜从未动过一针,家乡虽然没有游戏场,她却时常出去白相白相。

一天,婢子小莲子请假回家,老奶奶到亲眷家去应酬。老头子坐在家里,一直等到午后二点钟的时候,厨房里还不见冒烟,遂匆匆的跑到店里去吃剩中饭。路上碰见了儿子宝林,高坐在黄包车上,车夫拖得气呼呼的,一瞬眼间,擦老头子的肩旁过去了。老头子蓝布长衫,穿得比拖黄包车夫好不上多少。他儿子一身都是华丝葛,何等的阔绰?在路上碰见了,彼此不相招呼,无论什么人,也猜不出他们是父子呀。这天晚上,大舞台新聘请的一个名角,初次登台献技。吴老头子忽动了顾曲的豪兴,因在店里弄了一张优待券,匆匆地走到戏园里,在二等座上坐下。等到那名角要登台的时候,东边包厢里来了一对少年夫妻,十分漂亮,引得看客都注意起来。老头子抬头一望,却不是他人,原来是他的令郎和新妇,心中倒也不生若何的感想，只觉两眼婆娑，瞌睡非常，便不俟那名角出场就匆匆的回去。到了家门口，轻轻地把门敲开，原来老奶奶尚未登床呢。她问老头子道："你今天怎样到此刻才回来呢？"老头子笑道："看戏去的。"老奶奶道："可曾瞧见他们两个人么？"老头子道："瞧见的，瞧见的，他们一刻就要回来了。此刻时间不早了，你且上床睡觉去罢。门给我守，我还不曾瞌睡呢。"老奶奶连忙摇手道："我不瞌睡，你睡觉去，门给我守，门给我守。"老头子只得登床睡觉去了。可是经了一番波折，转辗转不能成寐了。只听见剪刀的声浪，老奶奶此刻正在缝衣守门。过了一刻，他儿子和新妇还不曾回来，他自己不曾入梦。过了好久又好久的工夫，忽然大门丁东的响起来了，但是老奶奶毫无动作。老头子不觉大奇，下床拖了鞋子出外一看，见老奶奶已在灯下呼呼地睡觉了。也不敢惊动她，就前去开门。他们一齐回来了，宝林见他妈妈伏在桌上，笑对老头子道："妈妈不会上床去睡觉吗？"老头子笑道："她是守门睡觉的。"宝林又笑道："妈妈真呆了，睡在床上就不能守门吗？""不是的，不是的……她是做夜作的，不是守门的。"这时光老奶奶已醒了来，说了一声"你们已经回来了？"大家便各自睡觉去了。

一天少奶奶过小生日，便邀了许多的旧同学到她家里聚会。可是事体繁了，小莲子一个人忙不开，老奶奶又是个好动的人，在平日尚且操持家政，此刻她就围起旧布的围裙来走到厨上，预备帮小莲子的忙。给少奶奶瞧见了，以为婆太太操作仆人的事体，有关她的体面，便气得了不得。匆匆的走到厨房里，恶声道："难道小莲子不会烧锅煮饭吗？"老奶奶被她这一声，吓得真是非同小可，回头一看，瞧是媳妇，正是又惊又气。在这个当儿，论理老奶奶要大大的责备她一顿，可怜老奶奶到底是个忠厚老实人，不但不责备她，而且忍气吞声避过去了。她以为这个强悍的媳妇是不受责备的，万一两下弄了吵闹起来，转给来宾笑话……像这样的情形，后来发生了好几次。那少奶奶倒也爽快，老奶奶既然好动手，后来她就索性把她当做奴仆看待了。但是老奶奶从不曾在老头子的面前,说过他的媳妇一声坏。不过老头子却很明白这个中间的情形……

如是过了一个年头,居然相安无事。这一年的春天,少奶奶生产了,产了一个肥头硕脑的男孩子,笑得他们老两个嘴都合拢不起。于是老奶奶房里忙到房外,房外忙到房里,殷勤到了万分,从前所受她的闲气,早已飞到九霄云外。不过瞧瞧少奶奶的颜色,似乎终无感激之容,而且冷冰冰的有嫌厌她的意思。宝林替他的儿子起了个洋文的名字,叫做小威廉,他们俩呼唤起来,自然纯熟非常。可是到了老两个的嘴里,便格格难吐,时而唤作小翩翩,时而唤作小连连,笑得少奶奶格格不休。后来他们老两个便老老实实的唤他叫小乖乖了。

这小乖乖长到足足一岁的时候,少奶奶便整整归吴宝林两年了。两年的条件,从前不是定得非常的郑重吗?现在事到临头,如何办法呢?急得宝林暗中直跳。他们二老固然睡在梦里,丝毫不知。老头子和老奶奶商议辞退的那天,便是宝林要履行条件的前一天,少奶奶已屡屡向宝林有所表示了。这天晚上,宝林打算预备和二老决裂了。不料忽在局中得着一桩可喜的消息,就是他们局长决定明天移职镇江,要将宝林随带渡江去。于是宝林因此得了藉口的机会,便要求二老,预备将妻子带过江去。二老知道那媳妇是个蛟龙,不是能够终久困在池中的,也就慷慨答应了。于是这怪家庭的怪剧,暂时宣告闭幕。

(原载《小说世界》第一卷第一期,一九二三年一月十日出版)

好模范

陆律西

沪西有一所极精致的洋房，每天到了太阳落山的时候，门外总有几部汽车马车停着。因为主人彭贻年最是好客，招待殷勤，许多熟识的朋友晓得他公事办完，天天总是五点钟回家，都一窝蜂似的找了他来。不是扑克就是麻雀，吃吃喝喝，总要闹到夜深才散。

这天范鸿仙从行里出来，想着今晚没有别的应酬，便分付车夫一直到彭府来。但见门外鸦默雀静，只停着一乘旧蓝呢小轿，晓得是医生坐的，心想几天不见，敢是贻年有病么？忙跳下马车，跨进门来。早有用人迎着说道："范先生请书房里坐罢，主人陪着医生咧。"鸿仙才晓得生病的不是贻年，便问是哪个不爽，请的是哪个医生。用人道："大少爷前天从学堂回来，想是着了凉，有些伤风咳嗽，本不能算什么病。主人天天逼着他吃药，医生已经换过两三个了，弄得今天睡在床上不能起来，连饭也不想吃了。因此主人更着了忙，叫人赶紧去请祝先生。他是现在的名医，请一趟要十六块钱。平常请了他总要到夜晚才来，今天是出了加倍的医金去拔号，才得早两个钟头，这还是十二分面子呢！"说完忙跑进去通报。

鸿仙走进书房，见几案上灰尘堆积，果然几天没人到了。才坐下又闻得药香扑鼻，和平日闻惯的那些花香酒气，竟是换了一番境界。等了许久，才见贻年愁眉不展的从里面踱了出来。一手拿着一张药方，一手拿着一本《本草纲目》，见了鸿仙开口便道："你来得正好，你是懂得医道的，就请替我仔细查查，这方子可有什么妨碍么。”鸿仙接来看时，见上面不过是几味轻描淡写的发散药，脉案上却写得很凶险，有谨防变症的话。鸿仙晓得是时医的故套，笑着说道：“这几味药都是很普通的，不用查书，药性我都记得，吃下去包你就好便了。”贻年听了便叫了一个用人，给了一块钱，分付拿这方子到最大的药店去撮药。又再三叮嘱，药材务必都拣最道地的，分量要标准，倘若有一毫一厘不对，我是不答应的。用人应了几个是去了。贻年才坐下叹口气道：“我今年不知走了什么运，所遇的都是些不遂心的事。”鸿仙道：“令郎不过偶然感冒风寒，据我看只要衣服着暖些，就是不吃药也会好的，与运气有什么关系。况且孩子们生病弄痛原是常有的事，只要责成保姆们照管。听说你的儿女不少，照这样忧急起来，一年三百六十五天那里还有快活的日子呢！请你不要忧煎，我们还是找两个人，来叉一场麻雀罢。”贻年道：“我这大儿子是我最宝爱的，从小身体生得娇弱，养到今年十四岁，我不知吃了多少惊吓。这回的感冒虽说不要紧，但俗语说的伤风不醒变成痨，叫我心里怎样放得下呢！叉麻雀虽是我最欢喜的，无奈我现在心绪如麻，哪里还鼓得起兴致。等他们把药买了回来，我还要亲自去煎药。实在没有工夫，只好改天再奉陪了。”鸿仙道：“人生在世，儿子固然不可少的，照你这样未免太自讨苦吃了。”贻年道：“身后的事，什么羹饭祭扫我也不去管它。我不过为着将来年纪大了，有个头痛脑热，有个人在一旁服侍。虽说家里还有别人，总不如自己亲生的知心着急啊！”说时药已买来。贻年便接来亲手打开，一样一样的去比对，又放进嘴里尝尝，一面又叫人生火炉。鸿仙见这样子，不好再坐，便告辞出来。

过了几天，鸿仙接着贻年的手条，说是约了几个朋友在家，预备打扑克，专等入局。鸿仙料着他这令郎痊愈了，所以很是高兴，忙跑了去。果然一桌都是熟人，连主人已经有了六位，因为等得不耐烦，早先打起来。大家见了鸿仙也不暇细谈，忙拉着入局，所谈的无非是些赌经，转眼就是两个钟头。算起账来鸿仙没甚输赢，贻年却输了五十几元,很是不服,兴致勃勃还要接着再来。对面一个姓王的道:"我今天是赢家,本来应该奉陪的。但是听说老伯身体有些不适,我们这样大呼小叫的,老人家不嫌吵闹么?"鸿仙心想:早晓得如此,我便不该来啊。却听见贻年向那人道:"你赢了钱,想走只管请便,何必把这话来推托呢。老年人有病算得了什么,他今年已是六十多岁了,气血本是亏的,哼哼唧唧是常有的事。如果还像壮年人一样,不是要活到几百岁么!早上我也亲自去看过,见他说话还是很清楚的,用不着吃药,日子多了自然会好的。是我母亲大惊小怪,一定要请个人来看看。我想洪老三也常给人家看病,难道他还好和我要钱么?已经叫人去请过,想快来了,借此我们赌局里多一个人也好呀。"众人都拍手赞成。说着又把位子重新扳定,大家坐下来。顺子同花的闹起来。

有一牌那个姓王的拿了一副好牌,开口便是两元。那些没有资格的都把牌丢掉了,只有贻年摸不着他是真是假,又想看他,又想加他。正在聚精会神的揣测,忽有一个用人走进来,向他耳边低低的说了两句。但见贻年大怒,把牌向案上一扑,发话道:"你不看见我这里有事么?没事跑来搅扰,我又不是神仙,难道我一到病就会好么?我向来最怕的是药气,再加上那房里黏痰鼻涕堆满地上,臭气熏蒸,哪里走得进人呢!"用人只得诺诺连声的退了出去。鸿仙早已明白他的意思,心里老大的不然,便托故辞了出来。

这天正是星期,鸿仙在家里没事,贻年走来闲谈。鸿仙问起他父亲的病来,贻年道:"老人家的病还是时发时好,总不能复元。我自问也对得住他了,俗语说的久病床前无孝子,真叫我也没有法子。"鸿仙道:"前回给令郎看病的那个祝医生,几贴药就好了,医道还不错,何不也去请他呢?"贻年把舌头伸了一伸道:"他的医金要十六元一趟,只能偶然请一次。倘若常请我如何出得起呢?"鸿仙道:"既然真有本领,就是一百六十元也不算多。照你府上的光景,不是拿不出来。不要说老人家挣的家当不少,就算靠你去挣钱,当这父母生死关头,也不好打这小算盘啊!倘若你真是一时拿不出,尽管在我这里拿去用,等你有了再还我也是一样。”贻年听了,一时激动天良,脸上红一阵白一阵的,一句话也说不出来。鸿仙又接着道:“方才你说自问对得住他,这句话就不对了。要晓得父母劬劳之恩,是没有穷尽的,本不能掂斤播两,和普通人一样计较厚薄。就算照朋友论起来,譬如你现在有了急难,还是望知己的朋友来救你呢?还是望那泛泛的人来救你呢?”贻年道:“自然是望知己朋友了。”鸿仙道:“譬如他两人有了急难,你还是先救哪个呢?”贻年道:“自然先救知己朋友了。”鸿仙道:“你既然明白,为什么做出事来完全相反呢?你现在待令郎的样子,就是当初老父待你的样子。你现在待老父的样子,自然就是将来令郎待你的样子了。”贻年道:“我自问对于老父没有亏待的地方,这是可以自信的。”鸿仙道:“这里面的滋味你没有亲身尝过,谅你也不晓得,等到将来懊悔就迟了。你如果要试验,我却有个法子。只要你假做生病,看他们怎样待你。但也不忙在一时,你放在心上,随时留意就是了。”

过了几年,贻年的两个儿子都娶了亲,三代一堂,家庭之间倒也很是快乐。贻年忽然想起鸿仙的话。这天从外面回来,嘴里连喊头痛,心里烦闷,从此睡在床上,一天比一天重起来。两个儿子连面都不见。大的推说有酬应,成天的在外面吃酒赌钱。小的新婚不久,躲在自己房里度他的蜜月,只听见风琴和唱歌的声音。这天贻年的病越发重了,打发人去了几回,才把大儿子找了回来。向床前看了一看说道:“年纪大的人,到了春天都要发病,算不得什么事,倒是不吃药的好。”贻年道:“我向来没有这病的,怎么说发了旧症?但是我现在也不想吃药,不过一连泻了几次,下面实在湿得难过,要把衣裳和褥子换一换才好。”大儿子道:“老年人肚里不容易消化,你应该少吃些啊。”说时用手掩了鼻子,像是要呕吐的样子。“等我叫人来给你收拾罢。”一面又说,“昨天有人送来的痧药,很是灵验。等我叫人拿些来,吃了就好。”借此便走了出去。

贻年等到夜晚也不见人来，嘴里真个有些干燥，想吃茶，看了看壶里的茶已经冰冷，案上只剩了一盏孤灯半明不灭，喊了几声没有一个人答应。连那些用人也都偷懒，不是出去游玩，就是鼾呼的睡了。正没有计较，忽听见楼梯上有人橐橐的走来，贻年总当是儿子们皮鞋的声音。等到那人走近床前仔细一看，原来是七十多岁的老父，扶了拐杖走来，颤巍巍的说道："我儿还没有睡着，你这时心里可好些么？"贻年忙坐起来道："孩儿没有什么病，父亲快请回去安息。在这黑暗里摸上楼来，倘若跌一跤还了得么！"老父道："你不要哄我。自从听说你不适意，我已经几夜睡不着了。我这身体虽在自己床上，这一颗心却总在你这边，翻来覆去只是放不下，所以今晚拚了老命也要过来看一遍。你可想吃些东西么？"说着在床边上坐下，伸出五个像生姜似的干枯手指来，向贻年头上身上抚摩了一回，说道："你这病真是不轻，身上的肉都瘦了，要赶紧请一个好医生来诊治才好咧。"又问今天可曾吃过什么，吃了多少。又拉过一条薄被来给贻年盖好，说是不要受凉。贻年道："我不想吃什么，倒是嘴里干渴，想喝一口茶。"老父便从壶里倒出一杯茶来，用手举着在灯火煨热了，送了过来。嘴里还是噜噜苏苏的问个不了。在平日贻年早已厌烦了，不知什么缘故，此时听着句句都打到心坎里去，问一句，答一句，觉得心里很是不安。但是夜深了，惟恐老人家伤了精神，催了几遍才去了。

第二天像是楼下有争论的声音。贻年仔细听去，原来是老父的意思，要请那祝医生来给自己看病，儿子媳妇们同声反对，在房里发话道："家里的光景不是宽余，哪里再好用这种冤枉钱，白花花的银子去丢在海里！你老人家年纪大了，乐得说句现成话，将来只要眼睛一闭，万事都不管了，叫我们大大小小靠什么吃饭呢？如果祝医生真有起死回生的本领，有钱的人家都不死人了，只怕还要活到几千岁呢！"老父气得抖抖索索的道："家里光景虽不见好，但是比较起前几年来，却并没有败落。记得你们小时候，偶然有个病痛，哪一趟不是请这祝医生？有时等不得，还要出了加倍的钱去拔号。才把你们抚养大了，现在到了他自己生病，就应该睡在床上等死，做父母的又要儿孙来做什么呢！倒是我早些闭了眼，看不见也罢了。现在既有我活在这里，你们可晓得，他在床上呻吟着，我听了比我身受痛苦还要难过么！”说着便要拿出专制手段来，打发用人去请。刚好大儿子从外面进来，走近前道：“祖父的吩咐，孙儿自然不敢不遵。但是那祝医生只怕是个小儿科，所以我家几次请他来，都是给儿子们看病。就是前回祖父病得很重，我父亲也没有请他。我们现在照父亲的样子，不能算错啊。”几句话说得老父无可回答，只有流泪的分儿。贻年听了句句都是骂着自己，又是气恼，又是惭愧，又是懊悔，又是害怕。过了一天便找了鸿仙来，请他设法。鸿仙笑道：“这是很容易的，权柄仍旧在你自己手里。好在老人家还在着，只要赶紧做出些好模范来，给他们看就是了。”

（原载《小说世界》第七卷第二期，一九二四年七月十一日出版）

铁窗红泪

张恂子

“三点钟啦！开号子。”

每天下午三点钟，是监犯们出了号子散步的时间。在那狭长的弄堂里，每一个号子门都开了锁，那一百多名女犯，每天仅有这时间，可以自由散步；也仅有这时间，彼此可以高声地讲话。在平常，嗓子偶然高了些，看守们的呵斥就来了，所以时间虽然只有十五分钟，她们却非常地珍惜，仿佛一分一寸都不肯轻易抛掷似的，彼此有话要接洽，也都利用着这个时候。

“龙头！你明天要出去了吗？”

那个被称为龙头的女人，三十多岁的年纪，因为在监狱里营养不良的缘故，所以两条腿和面部都发肿。她的所以被推为龙头，完全是因为刑期长的缘故；在两年以前一个被判无期徒刑的死了，她的刑期是十二年，比较地算是最长了，因此便被推为龙头。这十二年的官司可不容易吃，好容易熬到了今天，算是满期啦，所以明天她将被释放。

“明天，龙头要出去了！”这个消息，霎时间全部女犯都知道了。她们挤拢来围成了老大的一个圈子，把龙头围在中间，你一声我一句的问着她。她却低着头，面部上是那么地冷漠，——可是她不是生来就这么缺乏感情的，在十二年前，她和一般的少妇同样具着热情，这十二年的牢狱生涯，把她训练成行尸走肉的模样。

这时，从人丛里挤出一个十八九岁的少女来，她是被大众称为小妹妹的,原来她在这群女犯中间,是年龄最轻的一个。她吃官司的罪名是秘密卖淫,她在旅馆里接客的时候,被警察抓了送进来的。本来她有一个哥哥,是纱厂里的工人,兄妹二人靠着挣一份工钱过活。叵奈她的哥哥倏忽地又病倒了,这才逼迫她不得不出来操皮肉生涯,谁知才第二次接客,便被警察捕获了,送到监狱里来。她人虽然被关在里头,心却还是挂在哥哥身上,所以今儿知道龙头要出去了,便来郑重拜托,教带一个口信给她的哥哥,说:"自己的刑期也只有半个月了,不久就可以兄妹重逢!"那龙头问明白了小妹妹的住所,暗暗地记在心里。

"嘘嘿嘿,嘘嘿嘿,"一阵叫鞭的声音,这是看守长吹的,表示十五分钟时间已过,监犯重新得回到号子里去。有几个女犯还想延挨,哪里禁得如狼似虎的看守,他们手里有的是皮鞭,逼迫她们不得不服服贴贴钻到号子里去。接着便听见豁啷一声响亮,号子门都已上了锁,这时早瞧见看守长拿了一本点名簿,到一间间号子里来点名,点过了名,便开晚饭。太阳还照在屋角上呢,监狱里却已打过了安睡的钟了。

"明天要出去了!"这六个字在她脑海里盘旋,无论如何睡不着觉,从前的事情,便像电影般演了一幕又是一幕。她想起了从前自己在舞场里的时候,红得发紫,提起了陈丽丽三个字来,谁不是翘起了大拇指头赞一声好。那时多少王孙公子,争着向自己献媚,自己却连正眼都不向他们瞧一瞧。内中只有一个做律师的名唤骆平,算是自己真正的知己,自己除了每天晚上在舞场里伴舞以外,白天还在一所女学校里报名上课,学费也是由骆平掏的腰包。

自己本来可以嫁给骆平,可是骆平是有妻子的,做妾却又有些不愿意,正在踌躇的时候,便遇见了胡瑞生。这胡瑞生是存心要自己落在他的樊笼中,所以拚命价巴结,不知不觉地自己便着了他的道儿,和他打得火一般热,最后便决定和胡瑞生结婚。那骆平知道了消息,便来劝阻说:"胡瑞生是个白相人,你嫁给他将来没有好结果!”然而那个时候,自己是被胡瑞生迷住了,听了骆平的话,颠倒价疑心他是酸素作用,当下便笑着回答他道:“你要是能和你大太太离婚,那我不嫁胡瑞生了,准定嫁给你!”这样一说,骆平便哑口无言。

自己到底是嫁给了胡瑞生,不久便怀了孕,跳舞当然是跳不成了,便躲在家里。等到十月满足,养下来原来是个女孩子,自己便一心一意想做起良妻贤母来。可是生活却成了问题,因为胡瑞生是靠着“讲斤头”、“敲竹杠”过日子的,有时候有钱,有时候却又没有钱,而且一年之中有钱的时候少,没有钱的时候多。好容易把女孩抚养到了六岁,那时候胡瑞生却参加了一件绑票案,把肉票就藏在自己家里。自己其时不合穷昏了心,希望发财,所以没有阻挡,谁知道东窗事发,肉票被探捕救了出去,自己便和胡瑞生锄铛入狱。

骆平毕竟是个多情人,得了消息,马上就到看守所里来探望,答应替自己和胡瑞生出庭辩护。自己这时,对于本身的问题倒还在其次,所放心不下的,却是六岁的女孩子,便把她重重的拜托了骆平,后来骆平答应把女孩子带回家里去抚养,这才放了心。这件绑票案拖了三个多月才判决,自己徒刑十二年,胡瑞生因为有拒捕的行为,所以多判了六个月。骆平当时也曾代表她上诉,可是结果是上诉驳回,维持原判。

“明天要出去了!”在监狱里十二年,不知道外边的世界是变得怎样了?自己的女儿,现在已是十八岁的姑娘了,相隔十二年,到明天才得见面,不知道她要如何高兴哩!所以明天一出监狱,首先是要到骆平那里去,会见自己的女儿……想到这里,一个人在被窝里兀是嗤嗤地发笑,这是她十二年来第一次发笑,这一笑,使她恢复了青春活力。可是这么一来,她的神经却兴奋过度了,无论如何睡不着觉,一颗心辘轳般地转着,翻来覆去,直到远处一片鸡声,她才朦胧睡去。不多一会儿起身钟响了,她一惊而醒,只得也随众起来。

“陈丽丽!”一个看守高声叫着她的名字,接着便把号子门的锁开了,招呼她走出来。她临走的时候,回头把这号子瞥了一眼,十二年了,自己的青春幸福,完全消磨在这间号子里。现在要离开这儿啦,颠倒价有些恋恋不忍遽舍起来,她怀着这矛盾的心情,跟随那看守到了外面。一位科长核对过了她的相片,又教她把十个手指头儿的指模,盖下来核对过,不错,这才教她脱去囚服,换上了十二年前初入狱时穿的那身装束。另外又交给她七块几毛钱,这是她十二年中在狱工作除了开消余下来的钱,她拿了这笔钱,便被释放出狱。

她到了监狱门外,定了一定神,留心瞧那马路上的风景,仿佛是隔了一世似的。骆平的住所她是知道的,那是骆平自己造的小洋房,所以即使隔了十二年,他也不会迁居。当下她便徒步来到骆家,她虽然穿着十二年前过时的服装,可是律师的家里,这种奇形怪状的人,是时常有得发现的。底下人们见了陈丽丽,还当她是打官司的当事人哩,便把她引到了客厅里来和骆平相见。

“呀! 是你,丽丽!”骆平不觉惊呼起来。

“是呀,你想不到我今儿会来看你的吧!”丽丽苦笑着说。

“唉! 光阴过得真快,十二年工夫,一眨眼便过去了,你是期满了被释放出来的吗?”

“是的,我是官司吃满了被释放出来的。我一出监狱,急于要到你这儿来,瞧瞧我那阔别了十二年的女儿。”

“可是……”骆平顿了一顿,便道,“丽丽! 你是做母亲的人,你总希望你自己的女儿幸福,是不是?”

“那当然!”丽丽绝不踌躇,很肯定地说。

“可是你的女儿,这十二年来,改姓了骆,我把她当作自己亲生的女儿一样看待。我送她进学校念书,每次考试,她总是名列前茅,在学校里她居然是校花,她的所以受人尊敬,因为她是骆小姐。

如果一旦大家忽然发现她的父母是绑票匪，是犯罪者，那么非但足以摧毁她的现在，连她将来的幸福，这么一来也都毁灭无余了！你倘若今天一定要见她，我也并不反对，但为了这孩子的将来幸福起见，我主张把你是她母亲的一节事情秘密起来！"

"……"丽丽一时无言可答。

她这十二年中所以不死；所以能勉强把这悠长的刑期度过，可以说完全是为了这女儿。每逢她精神不能支持的时候，只要把女儿的名字在嘴里念一遍，马上就勇气百倍；每逢她郁闷的时候，一想到她的女儿，心里就轻松了许多，所以她在这十二年中，天天想跟女儿见面，想不到今天遇见了骆平，却得到这样的一个结果。宛如骆平拿了一柄刀，把她的心肝五脏给剜去了一般，胸口里兀是空空洞洞地难受。可是转念一想，自己只要知道女儿平安地耽在骆家，而且像一朵初开的花朵似的，受了阳光雨露的灌溉，一天天在欣欣向荣，那么不一定要见面，自己的心愿也可以说是满足了！她决定了主意，于是跄跄踉踉地出了骆家。

一个星期以后，丽丽由荐头店介绍到一家黄公馆来做老妈子，这家黄公馆除了老爷太太以外，是两位少爷，一位小姐。大少爷已经娶了亲啦，大少奶奶是个很柔婉的女性，可是平素不得黄太太的欢心，再加黄小姐日夜媒孽嫂子的短处，所以姑媳二人不见面则已，见了面就吵架。公馆里雇的老妈子和丫头们，也都夹在里边踏沉船，作践大少奶奶。丽丽在旁边瞧见了，不懂合家大小为什么要瞧不起大少奶奶。便向同事的老妈子们打听，才知道大少奶奶的出身原来不很高明。据说，大少奶奶的母亲是天津的窑姐儿，父亲是个投机商人，两下里结合了生下大少奶奶。那一年大少爷往天津去做事，看中了她才娶的。现在大少奶奶的父亲，因为投机失败，所以走的不知去向了，大少奶奶的母亲，便琵琶别抱，另外跟了一个男人。因此大少奶奶自从嫁过来了以后，便和母家断绝往来，黄太太所以要欺负儿媳妇，便是欺负她母家没有人。

丽丽在黄家，很容易便过了三个多月，恰值二少爷定亲。黄太太因为大儿媳妇的出身不很好，所以这一回定二儿媳妇，不得不格外郑重一点。二少爷注意的是“爱情”，黄太太注意的却是“门第”，直待母子二人大家都表示满意了，这才行聘。到了正式行聘的日期，另有一番热闹，自不必说。等正式行聘过了，丽丽听说这一天是二少爷请他的未婚妻和岳父岳母来家宴会的日子，因为现时代的风气，是比较从前开通多了，未婚的夫妇，有时常厮混在一起的，这样正式宴会了一次，小两口子便好你来我往啦！丽丽和别的老妈子们忙着收拾房间，端整茶水，及至将近中午的时候，亲家老爷和亲家太太，带了未来的二少奶奶来啦。那位亲家老爷不是别人，原来就是骆平，而未来的二少奶奶，今年恰好一十八岁，不是丽丽的女儿又是谁呢？

骆平瞧见丽丽在黄家当着老妈子，也觉得诧异，趁着没有旁人在跟前的时候，便警告她道：“你的女儿，现在是骆小姐，也就是黄府上未来的二少奶奶。你如果要顾全她将来的幸福，那你就得把你是她生身母亲的一节秘密永远地保守起来！”丽丽即使没有听见骆平这番言语，可是鉴于“大少奶奶的在黄家受尽了许多闲气”，她也决计没有这勇气出来承认，说未来的二少奶奶，原来却是一个老妈子的女儿。

黄太太为表示爱怜这位二儿媳妇起见，教照相馆里翻印了许多骆小姐的照片，预备分赠戚友，作为纪念。这许多照片，都堆在黄太太的梳妆台上，丽丽在拾掇东西的时候发现了。暗想这位骆小姐，其实就是自己的女儿，为了要顾全她的幸福起见，不能够上前厮认，可是自己的一颗心，却是无时无地不在她身上的。眼前这许多照片，自己何不窃取一张放在口袋里，好等没事的时候拿出来瞧瞧，也可以自己安慰安慰呢！主意想定，便伸手去拿了一张，瞧见房间里没有人,忙着向自己口袋里一塞。

也是合当有事,黄家许多宾客中间,有一位原是监狱里的科长,丽丽便在他手里被释放的。事情虽然隔了三个多月,可是他远远地一见丽丽,就认识了,便把她原是监狱里的罪犯,所犯的罪名是绑票,判的刑期是十二年的许多话,都告诉了黄老爷。黄老爷本是个胆小朋友,一听见说是绑票匪,早吓矮了半截身子,当下便把丽丽的工钱算清了给她,说:“吃过官司的女人,没有好女人,我们这儿不能用你!”这样,丽丽便从黄家被停歇出来。

“吃过官司的女人,没有好女人!”丽丽惘惘出门,在咀嚼着这句话。自己的吃官司,原是丈夫胡瑞生所害,可是已经吃过十二年的官司了,难道还不足抵偿吗?“吃官司的女人,没有好女人!”自己即使不是好女人,难道这个社会就不许自己改过自新了吗?……她边想边走,走至马路中间,想得出神了,汽车捏喇叭她也充耳不闻,说时迟那时快,她便被一辆汽车撞倒在地下。

霎时间,看热闹的人蜂拥而来,把她围住;站岗的巡捕也来了,正在抄录汽车的号码,准备把受伤的人送往医院时,谁想人丛中却有人说道:“这不是龙头吗?”丽丽心想,这人称自己做龙头,那一定是监狱里的难友,当下她忙着定睛细看时,原来便是“托自己带口信给她哥哥”的小妹妹。

那汽车的司机人,瞧见丽丽在车子跟前,忙着连连的捏那喇叭,其时车子的速度已经减低了,及至见丽丽不睬,忙着便刹车,可是保险杠已经和人接吻,所以丽丽受的伤是撞伤,幸喜车轮没有在她身体的任何一部分碾过。当下小妹妹扶了丽丽站起,见没有受什么重伤,便表示不愿意到巡捕房去。那巡捕知道今儿的事,汽车是捏过喇叭的,所以曲在丽丽,现在既然受伤的人表示不愿深究,便乐得省事,一挥手叫汽车开走,一面便驱散看热闹的人。丽丽由小妹妹搀扶着,雇了一辆黄包车,拉向小妹妹和她哥哥的住所而来。

丽丽在小妹妹家里，养息了一个多星期，伤势便完全好了。这时小妹妹兄妹二人，都寄名在丽丽膝下，把丽丽认做干娘。小妹妹的哥哥，依旧在纱厂里做工，小妹妹自己，便进了一家洋袜厂。兄妹二人，自朝至暮都在工作，家里恰正需要一个人替他们做饭洗衣服，所以丽丽耽着，掇拾这样，掇拾那样，倒也并不闲空。他们兄妹二人也很孝顺这位干娘，因此一家三口，融融泄泄。光阴飞快，两三个月一眨眼就过去了。

这一天，丽丽屈指一算，恰正是胡瑞生出狱的日子，便告诉了小妹妹，要到监狱门口去迎候。小妹妹听说干爹要释放了，心里非常高兴，便向袜厂里请了半天假，陪着丽丽一同来接。在监狱大门口，候不上半个时辰，便见大门开处，放出来三五个犯人来，内中一个，便是胡瑞生。丽丽接着了，便替小妹妹介绍，说是自己新收的干女儿。胡瑞生这时，因为监狱里的犯人，都要把头发薙掉的，所以他也变成了光头啦，脸上比较从前瘦些。可是有一样，他在监狱里算是个重犯，男犯人不比女犯人优待，他们重犯，都要在脚上钉脚镣的，他十多年脚镣钉下来，今儿突然间凿掉了，所以他走起路来，总觉得有些异样。

丽丽把胡瑞生引到了小妹妹家里，这一天，她特地做了几样菜，算是替胡瑞生接风。她告诉胡瑞生说："你我吃了这十二年的官司，侥幸不死在监狱里，今天总算又得团聚在一处，这好比是已经死了，重新投的人生。从前种种譬如昨日死，以后种种譬如今日生。往后你我总要改过自新，努力做好人的啦！"她说了这番话，心里觉得十分痛快，可是那胡瑞生听了，却是默然不答。

第二天，胡瑞生出去了半天，回来的时候，却从怀里拿出一段黑魆魆的东西来，交给丽丽，叮嘱她好生收着。丽丽定睛看时，却原来是手枪，不由得吃惊不小，便问："你这东西是哪里来的？"胡瑞生道："这是监里的难友告诉我的，说他还有一枝手枪，寄放在亲戚人家，教我出了监狱马上去拿，所以我今儿特地去拿得来的！"丽丽听了，汪然欲涕道："你难道忘了昨天我告诉你的，从今以后，须要改过自新，努力做好人了吗？"胡瑞生摇头道："你怎么这样胆小！我们是穷人，没有钱，当然只好向有钱的人去要。他们不给，就只好动手枪。他们办我吃官司，总有放我的一天，一放出来，我却要加倍犯法，去报答他们！"丽丽听了，早已变了脸色，把手枪向枕头底下一放，道："我不给你这手枪，看你拿什么东西去犯法？"

照丽丽的意思，要叫胡瑞生和小妹妹的哥哥，一块儿到纱厂里去做工，来解决生活问题。可是胡瑞生却不肯，实在因为他做了大半世的白相人，身体一向散漫惯了，受不了工厂里的拘束；同时他的生活费用，却相当浩大，他不会像丽丽那样，躲在家里做活计的；他却有他的同帮弟兄，喝茶喝酒，需要酬酢；而且他身上的衣服，也不肯将就，至少头上得有顶铜盆帽，身上得有件马裤呢的夹大衣，脚下得有双皮鞋，这在他们叫做"卖相"，卖相一挂花，似乎辱没了白相人三个字的金字招牌了！可是他这一笔生活费用，丽丽却又供给不起，因此他千方百计，在想"生财之道"。

第一个跳进胡瑞生眼帘的是小妹妹，他想这个小娘儿们倒不错，可以骗她出去卖给贩条子的。由他们转卖到海参崴哈尔滨去做生意，自己捞个三五百块钱，那真是不费吹灰之力。可是这个主意和丽丽一商量，却被骂一个狗血喷头，她说："小妹妹同她的哥哥，招待我们在他们家里耽搁下来，又认我们做干爷干娘，孝顺的时候，比自己亲生的还要好，我们好意思恩将仇报不成？快死了这条心吧，你要是做出来，那个时候，我要和你拚命的！"胡瑞生倒并不是怕丽丽和他拚命，实在因为这种贩条子的玩意儿，单枪匹马是不能干的，非要有几个连党不成，最好这个连党要是女人。现在丽丽既然不赞成，那也没有办法，自己一个人当然干不成，所以只好把这问题搁过一边。

这一天，他忽地看见丽丽在瞧着一张照片，他劈手便夺了过来，问道："这小娘儿们打扮得很摩登，她是谁？"丽丽见问，堆着一脸的笑道:“我忘记了正要告诉你,这便是你我生的女孩子!”胡瑞生听说,便把照片凑在阳光里瞧了一下,叹道:“这孩子已经这么长成,怪不得你我都要老了!”丽丽道:“你我最初被关进去的时候,这孩子才六岁,今年她已经整整的十八岁了。我把她交给骆平抚养,骆平送她进学校里去念书,这孩子很聪明,在学校里居然是一朵校花。不过大家都以为她是骆平的女儿,都叫她做骆小姐!”

胡瑞生道:“那么我们该去向骆平要还这孩子呀!”丽丽摇头道:“她做骆小姐,不好,你却一定要她回来,做吃十二年官司的老犯人的女儿不成?况且她现在已经给了人家,她的未婚夫是黄公馆里的二少爷,所以为今之计,就让她由骆小姐而黄少奶奶,这样做下去吧。反正这孩子能够得到幸福,我也心满意足了!”胡瑞生听了,拍手笑道:“许久想不出生财之道,这才是发财的机会哩。那黄公馆里要娶我的女儿,就得好好地给一笔聘礼。女儿总是我养的,他们不能不承认我这老丈人!”说完话,便要撒开腿往外跑。

丽丽忙上前一把拉住了道:“你去不得!黄公馆里的大少奶奶,就因为出身不好,所以一家子都瞧不起她,你这一去,是要坑害孩子一辈子了!”胡瑞生道:“我又不要女婿奉养,我只要他们给我两三千块钱聘礼。在他们有钱人的眼光里,这一点点数目,好比牯牛身上拔根毛,真不在他们心上哩!”丽丽这时急得话都说不上来了,只拉住了他一只臂膀道:“你去不得!你去不得!”胡瑞生这才动怒起来,大喝一声道:“放手!”丽丽使劲拉着不放,胡瑞生毕竟是个男性,力气很大,当下只轻轻地一摔,便把丽丽摔倒在地下了。丽丽兀是哭叫去不得,一边身子便往上爬。胡瑞生见她站了起来,便冷笑道:“你不许我去,我偏要去!”说完话,回身待要向外走,丽丽一瞧见阻挡不住他了,便横了一横心,伸手到枕头底下去,摸出那柄手枪来,向着胡瑞生的后背接连几枪,可怜胡瑞生便滚在地下,惨叫几声死了!

一个多月以后,丽丽又被送进监狱,这回判决的却是无期徒刑。可是那个黄二奶奶骆小姐，却始终没有知道自己的生母，为了她却吃了这么一场官司。

（原载《小说月报》第三期，一九四〇年十二月一日出版）

大 水 中

周瘦鹃

这一星期的倾盆大雨，仿佛千军万马一般，从天上倒将下来，顿使永定河中的水高涨起来，冲塌了河坝，泛滥上岸。可怜这一个富饶的秦家村，一大半淹没在水中，不但村中男女死伤了不少，连猫狗鸡鸭也都牺牲了小性命。

这一天雨止了，水退了，太阳出来了，那一道道黄金色的阳光，也不管人家的惨痛，又照常照遍了全村。除了高处的屋子仍还完好外，其余低下的地方，都是墙坍壁倒，变做了一堆堆的瓦砾。瓦砾之中有时还发见一具两具浸滂的尸体，真使人惨不忍睹啊！

慈善医院的院长秦老医士，带了一个助手，提着药包，在那里挨门挨户的救治伤人。他老人家是全村中最恺恻慈祥的人物，平日间村人们倘有什么病症忧苦等事，他总是掬着笑容，好好儿安慰他们。但今天眼瞧着这一片劫后的惨象，那一头银丝似的白发之下，也不由得做出一张沉郁的面庞，老眼之中，似乎还隐隐含着泪痕咧。

秦老医士一路巡视过来，已救治了好多伤人，此刻便到了陈寡妇家。伊家因为是去年新造的屋子，造得又很坚实，所以没有冲塌。水退以后，一母一子仍厮守在那里。陈寡妇不知怎的，忽的疯了。伊共有两个儿子，大儿平，十五岁，头上受了伤，正躺在床上；次儿威，十四岁，却不知被水冲到哪里去了。陈寡妇坐在床边，哭着嚷着道："阿威阿威，你到哪里去了？快回来！快回来！"秦老医士不理会伊，自管察看平的头额，唤助手舀了盆水来，洗净了伤口，敷了药，用绷布裹好了。床后忽然转出一个老妈子来道："老先生，我们的二官官被水冲去了，不知他的尸骨落在哪里？好苦啊！奶奶一气，就气偏了心，竟发起疯来。您老人家可给她诊一诊，诊好了，那么阿弥陀佛，也是阴功积德的事。"秦老医士给陈寡妇搭了搭脉，说道："这种病不是一时可以诊得好的。这里湿湿的，也不能住，还是把伊们娘儿俩送到我医院里去罢。"这时平也开口说道："好的，秦老先生。我的伤不打紧，但求您医好我母亲的疯病。伊竟为了二弟疯了。"正说着，陈寡妇忽又嚷起来道："阿威阿威！你到哪里去了？快回来！快回来！"

陈寡妇在慈善医院中歌哭无端的疯了十天，口中一声声唤着阿威阿威，一天到晚，总要唤这么一二百遍，又不住的把手向空中抓着，似乎要拉他回来的一般。秦老医士费了好多心力，才把伊的疯病渐渐治愈。每天常能安睡，不再哭闹了，不过态度上还是呆木木的，似乎在那里想什么心事的样子。

一天，秦老医士诊断陈寡妇的疯病已经痊愈，可以出院了。陈寡妇忽地现出一派局促不安的神情，又像有话要说而不敢说似的。秦老医士忙柔声说道："陈夫人，你有什么话要说，尽管向我说来，我能安慰你的。"陈寡妇拉住了秦老医士衣袖，很恐怖的说道："我不敢回家去！到了家里，眼瞧着门前屋檐，就仿佛见阿威那天落水时怒目向我的情景，怕我又要发疯了。"说到这里，涌出两道眼泪，忽又抽抽咽咽的哭着说道："秦老先生，我今天可要和你说个明白了。要是一辈子隐瞒着不说，良心上的痛苦实在难受，并且死了之后，不但见不得阿威之面，也怎么样去见先夫啊？我如今说了出来，也许能减少一分罪恶。唉！秦老先生，我已决定了，今天我向你画了供状，明天便须投身到尼寺中去度此余年，也忏悔我这杀人之罪。"

秦老医士一听了这"杀人之罪"四字，不觉大惊道："怎么说？

怎么说？你怎么会杀起人来？”陈寡妇指着一把椅子，很镇静的说道：“秦老先生，你请坐了，听我慢慢的说来。吾家阿威的死，不是大家都知道了，他是在发水时溺死的，因为水势极猛，把他不知冲到哪里去了。其实呢，水势虽猛，我也尽可救他。然而我却坐视不救，并且扳掉了他攀住在屋檐上的手，把他推落水中。秦老先生，你听着，我委实是个女杀人犯，生生地杀死阿威了。”说着两眼霍霍地向四下里乱射，一会儿把双手掩住了脸，又哭了。秦老医士疑伊的疯病又发作起来，忙抚着伊的背说道：“陈夫人，你快静静心，不要胡思乱想。这一回大水中溺死的人，也不止你家二公子一人，你又何必如此气苦，竟说是你杀死他的，你虽是这般说，我可也一百个不信呢！至于二公子为人，又聪明又诚实，原是一个好孩子，村校中师长们都称赞他。便是你家陈先生在日，也非常疼他的。”陈寡妇道：“原是啊！他是先夫最疼爱的儿子，至于我表面上虽也疼他，心中却并不疼他，因为他是别一个妇人生的，并不是我的骨血！”

秦老医士很惊讶的瞧着伊，以为伊又疯了，接着说道：“陈夫人，你住到这村中来，已有十二三年了，人人都知道你有两个儿子，如今怎说二公子不是你的骨血呢？”陈寡妇道：“你不要当我说疯话，我此刻神志很清明，一些儿也不疯了。可是这十多年来，我绝不披露此中的秘密，你们当然不会知道。要知阿威实是我先夫外室的儿子，是一个窑子里的姑娘生的。待我把过去的事情一一对你说破了罢！”说到这里，顿了一顿，向秦老医士要了一口茶喝，便又接下去说道：“我和先夫的婚事，原是二十年前旧式的婚姻，是凭着父母之命媒妁之言而结合的。我的面貌，自己知道很平常，但也读书明理，努力做他的贤内助。婚后一年中，两下里原也如胶如漆，感情极好。叵耐我夫生性风流，最喜欢沾花惹草，寻芳猎艳，可不是我一个面貌平常的妻子所能拘管住他的。婚后第二年，我即生了一个儿子。他在窑子里却相与了个名唤菊芳的姑娘，竟给伊脱了籍,同住在一起,从此便恋着菊芳,不大回家了。我心中虽很气苦,也奈何不得他。况且做丈夫的纳妾,原是社会上惯有的事。我只索守着自己新生的儿子,鼓起了勇气,挨受那无可告诉的苦痛了。这样过了一年,我夫似乎和菊芳打得火热,也生了一个儿子,但是不上半年,两下里却渐渐冷淡下来。我夫回来得勤了,回来时总满脸现着不高兴的神情,在我身上寻事出气。我心中却暗暗地快乐,知道他和菊芳快要分手咧。有一天晚上,他抱了个小孩,垂头丧气的回到家中说:'菊芳卷逃了,抛下这孩子,只得抱了回来。'我忙道:'你抱回来做什么?'他很苦痛似的说道:'我要求你好好抚养他,像抚养你自己的儿子一样。'我一时妒火中烧,脱口呼道:'不不!这一个娼女的贱种,可不干我的事!'我夫悄然说道:'他虽不是你生的,然而也是我的骨血,你难道不能瞧我分上收下他来么?'我仍很坚决的一叠连声嚷道:'不能不能!我为了那娼女已挨了两年多的苦痛了,如今还要把这贱种来累我么?'我夫含泪说道:'你不要开口贱种,闭口贱种,我万万不能抛下他,就和他一同去了。'说完抱着那孩子,回身走出门去。我这才急了,即忙扯住了他,当下便答应他把这孩子抚养起来。我夫才平了气,不再出去。过后登报招寻菊芳,连登了好几天,也没有什么消息。他心灰意懒,不愿再住在城中,常多伤感,就迁居到这秦家村来。村中的人,都以为这两个孩子同是我所生的,我未便否认,可也不能声明。阿平阿威又并不知道,彼此相亲相爱,好似亲兄弟一般。我对他们俩的待遇虽是一样,心中自然爱着亲生之子,但我夫却似乎专爱阿威一人,他常把菊芳的照片对着,说阿威竟活脱是菊芳的小影。他仍还爱着菊芳,就把爱菊芳之情,都移在阿威身上,对于我和阿平,简直说不上一个爱字了。末后我夫毕竟为了想念菊芳之故,郁郁而死,遗下一份薄产,就由我把阿平阿威抚养长大起来。我为了先夫分上,也不敢难为阿威,吃啊,着啊,两兄弟都是一样,并不分什么薄厚。不过我心中却牙痒痒地恨着菊芳,为了伊,才使我夫杀灭了爱我之情，害我挨受了多年的痛苦；也为了伊，才使我所爱的丈夫葬送了性命，累得我一辈子做这凄凉的寡鹄。我便暗暗立一个誓，我以后倘遇见伊时，定要一报此仇。”陈寡妇说到这里，握拳切齿表示伊心中深嵌着的仇恨。

一会儿又继续说道：“那晚大水来时，我正在楼上做针线，两个孩子坐在一旁读书。先还没有知道水涨，直到邻家呼喊起来，却见我家楼下也已浸在水中，那水还是不住的升高，竟浸到楼上来了。两个孩子着了慌，忙拉了我赶上阁楼，打开天窗，爬到屋顶上去。阿平先上去，不知怎样，一根街灯的长木竿倒过来，恰打在他头上，把他打倒了，躺在屋顶上昏晕过去。阿威跟着也上来了，他脚下正穿着皮鞋，斗的一滑，便从这斜屋顶上滑了下去。他大喊一声，滑到了屋檐，即忙把双手抓住，但他的身体已悬空了。他唤着我，唤我拉他一把，好拉上屋顶来。我这时似乎已疯了，我眼中瞧他，明明是一个菊芳悬空在那里。眼啊！鼻啊！嘴啊！头发啊！一一都是菊芳！于是我自己对自己说：报仇的时间已到了，此刻不报仇，更待何时？心中这样想，便立时咬一咬牙，刷的伸过手去，没命的扳掉他那攀住在屋檐上的手指，一手刚去，那一手恰又一滑，可怜的阿威便掉到下面水中去了。他掉下去时，似乎曾怒目向我瞧了一眼。从此我再也不能忘怀，我于是疯了。”说完，扑倒在床上，又抽抽咽咽的哭个不住。秦老医士不知道应该说什么话安慰伊，只是呆呆的坐在一傍。

第二天，陈寡妇把大儿平和十多年来没有使用完的薄产，全都重托了秦老医士。伊自己便投身到尼寺中去，借着蒲团经卷，消磨伊负疚的余生了。

（原载《半月》第三卷第二十三期，一九二四年八月十五日出版）

劳工生活

在夹层里

包天笑

龙示吉医生是个留学德国归来的医学博士。他回国以后，便在上海开业。他不似那种西装式的说嘴郎中，也不是那一种过一条桥要加两元一千的那些旧式时髦医生。他也不在各报上登巨大的广告，也不把药房里的新式化妆品送给各公馆里的小姐和姨太太，因此开业以后他的业务不十分发达。可是他借此得着余闲，可以研究学问，可以在医学上多得些新知识，可以屏绝那些营业上的无谓的应酬。他家中还殷实，可以不靠他业务上所得支持日用，所以他很有救济贫民的心，因此向他就诊的，贫民一方面比较的多。

有一天，有个衣衫褴褛和乞丐差不多的人，到龙示吉医生寓所来。门口的挂号人问他做什么？伊说要请龙先生看病。挂号人道："门诊是一块钱。"那人道："我没有钱。"挂号人道："没有钱怎能教医生诊病？但是我们的医生却比众不同，他吩咐倘然出不起钱的人，一样也和他诊病。你就出了一角挂号钱罢。"那人道："可怜我就是一角钱挂号费也拿不出。"挂号人道："这就完了，不但挂号费咧，你诊了病须要吃药，还要药费咧。我们医生就肯替你白看病，只怕上海的药房里不肯白给药与你罢。"那人道："如此真没有法子的了。"叹了口气，将出门而去。挂号人忽然喊道："且慢，且慢！你坐一坐，因为我们医生吩咐，无论什么人走上了门，不论有钱无钱，都不教回绝他。现在医生在那里诊病，你挨着第三个。你且等一等，有钱没钱的事，你自己和医生说一声就得了。”

那人道：“还不是我自己要来诊病，因为我的女人病了，想请这里的医生去诊一诊。”挂号人把他的铜边眼镜摘下来说：“你倒说得好太平话儿，既是女人有病，怎么不陪同你那女人到这里来？可知上海的老规矩，医生出诊总是六元二角。你既出不起钱，把她陪到这里来就是了。”那人道：“实不相瞒，我那女人病重得不能来了。”挂号人道：“把她抬得来就是了。”那人道：“请人抬来也得要出钱，我此刻实在一个大钱没有。”挂号人摇着头道：“我们这里本来原是贫病不计，但是送诊的都是门诊，出诊的送诊，我却不敢做主，待问问医生再说。”

挂号人便进去把这些话告诉了龙医生。医生道：“唤他进来问问。”那人跑进来便向医生磕了个头。医生还礼不迭。那人道：“我姓朱，名小二。往常卖卖花生米度日。我有个老婆是产后血崩，病在垂危，但是没有钱请医生，又没有人可以帮着抬得来。有位邻居的徐先生，他告诉我说，你先生很慈善，很肯做好事，所以没有法子了，只得来叩求先生。倘蒙去诊一诊，无论是死是活，一辈子忘不了你先生大恩。”龙示吉医生道：“既然如此，我就到你府上去诊视便了。诊金我不计较，有就拿几个，没有就罢了。你的住址请你写在这里，停刻儿我有寻处。”朱小二道：“先生，我不会写字。我说了你写罢。我住在垃圾码头臭粉弄撒尿弄堂第一百二十三号。”龙医生皱着眉头，把地址摘了下来说：“你住在楼上呢，还是住在楼下？”朱小二道：“我的房屋不在楼上，也不在楼下。”龙医生搁着笔道：“这可奇了，不住在楼上，必住在楼下，难道会悬空在中间吗？”朱小二道：“不瞒先生说，我住在楼上与楼下的中间。”

龙医生听了真莫名其妙，便道：“楼上便是楼上，楼下便是楼下，怎么说是楼上与楼下的中间？”朱小二道：“横竖停刻儿先生来了，就可明白。我住在楼底下的一个阁楼上，就在楼上楼下的中间一个夹层里。”龙医生听了还不明白，可是因此引起他的好奇心来，想停刻儿倒要瞧瞧，这个房子的夹层里如何住法，也可以增长识见。便吩咐朱小二道：“你先去，我随后就来。”

龙医生看好了几个门诊，他坐了自己的汽车，便到垃圾码头臭粉弄来。这个撒尿弄堂，虽然另外设有小便所，可是大家不便在小便所，都便在外面。一进弄堂，那股刺鼻棘脑的臭气，把个龙医生几乎要呕出来。这时在炎夏的天气，刚下了一阵霉雨。龙医生穿的是雪白的洋服，提起了裤管慢慢儿行。可怜他一双白帆布鞋子，已经染了满天星的黑点。好容易寻到一百二十三号，推门进去把个龙医生吓了一跳。原来一个低而浅的客堂，满坐着许多赤膊的人。屋子既小，人又太挤，望进去宛如一座肉山。

龙医生先定了一定神，仔细一瞧，原来许多人都在那里吃饭。这时他所立的地点，是在一个庭心中，但是仅仅只容他一个身子。他的脚边，左首就是一个破碎的鸡罩，那鸡罩已经开了许多门窗，便有一群小鸡来啄医生的脚；右首是几个脚盆和两盆兰花，一只纸灰缸和两个绍兴酒坛。上面横七竖八，都是晾的衣服，小孩子的尿布，妇人的短裤。还在滴它没有干的余滴。龙医生的巴拿马草帽上，已经滴上一点似黄非黄的水。

龙医生急喊道：“朱小二在哪里啊？”在客堂中吃饭的人便喊：“朱小二，有朋友看你。”朱小二急忙在扶梯上跑下来，见了医生连忙招呼，便说：“阿呀，这地方太脏了，坐也没坐处，怎么是好。”医生道：“不用坐，请你快告诉我病人在哪里？”朱小二道：“病人在搁楼上，在夹层里。不要紧，好了些。先生在楼下坐一坐罢。”朱小二说着向楼下客堂内寻觅椅子，但是都坐满了赤膊的人，哪里有空椅子。朱小二的意思，似乎要请他们让一个位子，可是谁也不理他。

医生道：“我不用坐，你引我到病人那里去罢。”朱小二便引医生上楼，走到半扶梯，便停住了。他说我的屋子就在这儿。医生很惊愕的瞧着，只见在黑暗中，左首扶梯栏干那边，开了约有三尺多高一扇小门。这小门里面，隐约点了一盏煤油灯。蠕蠕然好像有个人睡在里面。医生从光亮的地方走到那边，却有些瞧不清楚。朱小二指点道："病人就睡在这里。"医生道："这个地方，我们站在半扶梯，怎能诊病呢？"医生想了一想，除非把病人移到楼下，才可诊病，但是这已经是办不到的事了。第一，楼下正在吃饭喧闹，也没有这个隙地；第二，那病人从这个小门里出来，踏上扶梯也觉困难。正想时，只见蠕蠕然动的还有两个小孩子。一大一小，在那病母的身边。朱小二早由小门里抽出一只小杌子，摆在半扶梯，说："先生对不住，坐坐罢。"又唤阿大娘，先生来诊你病了，睡得出一点儿。龙医生想在这半扶梯，怎可以坐。他掩着鼻子，诊脉听心脏量寒热，知道这病还不十分要紧，因为刚才血崩过多，遂致急晕，把朱小二吓慌了。龙医生实在受不住，说："我已知道了，回去开方子罢。想你也没有钱买药，索性我那里送给你就是咯。你停刻儿到我医室里来取便了。"朱小二千恩万谢。医生临走的时候，把他这个屋子细细端详了一回。原来这屋子本来是一楼一底，大概这二房东租的人家太多了，就想出一个法子来，在楼下搭了一个搁楼，租与人家。医生想，怪道呢，我进来的时候，就觉得他那客堂间浅而且低。却是被他们隔去了一层，因此这两层的屋子多了一个夹层，却变成了三层楼了。可是这高不过三尺多的夹层楼，只好蛇行而入，怎么可以住得人呢？

龙先生出了朱小二的门，在汽车上想：小时节读书，书理不明，解释错了，先生常说，你弄到夹层里去了。不想上海地方的房子，真有一个夹层里。他很希奇的告诉他朋友天笑。天笑说："上海房子本来是有夹层的，就是地板和天花板之间。后来工部局为防鼠疫起见，把所有人家的天花板拆除了，教鼠子没有容身之地。现在你所瞧见夹层楼，是人住的，不是鼠子住的，当然没有鼠疫发生，无庸拆除。可惜穷人的身体，还是和那些富人一般大小，要是穷人身体小的和鼠子一般大小，这个一楼一底的房子，可做好几个夹层咧。”

（原载《星期》第二十八期，一九二二年九月十日出版）

吃人家饭的第一天

毕倚虹

米价一天比一天的贵起来，铜元一天比一天的贱起来，因此凡百的物价，连带飞涨。贫民的生活，格外恐慌。王寡妇有一个儿子，两个女儿。她儿子好容易求人，送到南货店去学生意去了；剩下两个女儿，靠着她度那贫困的光阴。那第二个女儿还小，只有七岁；那大女儿阿宝，已是十二岁了。孩子大了吃得也多，穿得也费，王寡妇一个人的力量，渐渐儿支持不下去。

先前她曾在韩乡绅家做过乳娘，韩乡绅姨太太的二儿子，就是吃王寡妇的乳养大的，韩公馆总算是王寡妇的老东家了。王寡妇前天到韩公馆去说了些苦话，韩公馆的少奶奶听罢大发慈悲，对王寡妇道："天热了，我房里本来用了三个老妈子，梳头的梳头，洗衣的洗衣，还要收拾屋子，正嫌事多忙不开，你家阿宝能够做做零碎事体吗?"王寡妇忙道："阿宝那孩子年纪虽小，还吃得苦。淘米、洗菜、扫地、抹桌子，在家全是她做。"韩少奶奶道："她能做事，好极了。你明天叫她进来，在我这里伺候伺候。我每月给她一块两块钱的工钱。至于太太、姨太太请客打牌，积下来的赏钱、头钱，每月分积起来，她虽不能照一份儿分，就是半份，多多少少也有三四块钱。拿回去，也可以贴补贴补你。我们公馆里吃饭的人多，多你阿宝一个人吃饭不打紧。你家里可少一张嘴吃饭了，那不是很好吗?"王寡妇听说，感激得要哭出来，欢喜得要笑出来，扑的往韩少奶奶面前一跪道："谢谢少太太，少太太若肯收留她，真是成全了她，也是成全了我。”韩奶奶忙道：“王奶妈，你起来，何必这样呢？我不用你女儿也要雇别人的，在我也不过是一个顺水人情。但是一样，恐怕你那女儿，你是欢喜她惯了的，没离过娘，不见得肯来吧？”王寡妇道：“阿宝那丫头还懂得好歹，我回去告诉她少太太的这番大恩，她一定愿意来做牛做马的。”韩少奶奶笑道：“你别怕，我们这里从老太爷起，待下人全是很宽厚的。你还不知道吗？阿宝来了，十分粗重的事我也不忍心叫她做，不过做点轻巧事体罢了。”王寡妇道：“少太太说哪里话来，慢说这里待下人宽厚，我们早已感恩非浅。就是东家严厉些，我们做下人的既吃了东家饭，还敢怨什么说什么吗？阿宝进来伺候少太太，如果她不听话，不好好做事，少太太尽管打，尽管骂，当买得来的丫头一般处治。”韩少奶奶道：“你的女儿是没老子的，怪可怜，我又不是轻易肯下手打人的，你倒不要替阿宝发愁。”王寡妇道：“阿弥陀佛，少太太真是菩萨心肠，怪不得孙少爷、孙小姐一大串，都是方面大耳，肥头胖脑，天的眼睛真不错呢。”韩少奶奶笑了一笑道：“就这么说，你明天带阿宝进来罢。”

第二天，王寡妇带她自己亲生大女儿阿宝来了。阿宝梳一条辫子，穿一套蓝洋布衫裤。这一套衣裳还是王寡妇自己的，因为阿宝今天得近贵人了，十分破旧的穿了惹人讨厌。王寡妇连夜将这套衣裤，替阿宝改小剪短了，穿着起来送进韩府。时候已是中午，韩少奶奶还没起来。王寡妇也不敢惊动，带着阿宝在厨房里静候。这时正当六月中伏，厨房里大灶里烈轰轰烧着大块木柴，两只锅里煮着白米饭。另外一个大煤灶，煤灶里也是火光熊熊，烧菜烧水，热气冲天，菜香扑鼻。厨司务汗流浃背，立在锅子前执着铲子炒菜，好像受不住那股热气，满肚皮不愿意的样子。其余的老妈子、丫鬟到厨房里来，转一转都嚷着热，兜了水三脚两步的全不肯停留。王寡妇和她女儿阿宝，只顾瞧着厨司务烧饭添煤，倒忘记热了。

不一会韩少奶奶起来了，传命王寡妇带着阿宝进去。王寡妇预先教好了阿宝，阿宝一见了韩少奶奶，便扑的跪下去磕了一个头，立起来喊了一声少太太。韩少奶奶见阿宝长得还干净，点点头对王寡妇道："你回去，你女儿留在这里做做罢。"王寡妇千恩万谢的又说了许多感激的话。韩少奶奶正在梳头，便喊阿宝道："阿宝你来，拿把芭蕉扇子来替我打扇。"王寡妇这时候还没走，赶忙的找着一把扇子，递给她女儿阿宝，又恐怕阿宝不会打扇，她便立在韩少奶奶身旁，替韩少奶奶轻轻的打了几扇，做了一个榜样给阿宝看。韩少奶奶笑道："阿宝打扇还不会，还要你教她吗？"王寡妇道："恐怕她粗手笨脚的扇坏了少太太。"韩少奶奶道："我是不怕风的，不像新姨太太，扇两扇就要伤风了。"王寡妇凑着说道："少太太身体好，福气大。"韩少奶奶见她唠唠叨叨的说个不了，有些儿不耐烦，吩咐另外一个老妈子，向账房里取四角钱，给王寡妇做车钱。又对王寡妇道："没事的时候，来瞧瞧你女儿便了。"王寡妇晓得是少太太叫她走了，也不敢停留，谢了韩少奶奶，瞧了一瞧阿宝，说了一声"你好好的在这里"，一步一步的走出去。阿宝打着扇，瞧着她母亲走了，恨不得丢下扇子，跟着她母亲一同回去；可是猛然想起她母亲昨天晚上交代她的话，吃人家的饭，要听人家呼唤，便不敢动了，仍旧替韩少奶奶打扇。但是心里惦记着母亲，手里打扇便不能十分使劲，风也自然小了。韩少奶奶回过头来对阿宝道："使劲扇！"这一声总算提起了阿宝的精神，将她记念母亲的心，暂时撇下了。

韩少奶奶梳完了头吃饭，吃完了饭要吸香烟，吩咐阿宝划火柴。阿宝划了一根，被风吹灭了；再划一根，又被风吹灭了。一连划了四五根，全是半路上熄了，没点着韩少奶奶的香烟。韩少奶奶含着香烟等火，有些急了，叫阿宝将火柴凑到香烟边来再划，两根一齐划，火旺些便不会灭了。阿宝遵命，颤巍巍的小手，划着两根火柴。谁知心虚，又急又怕，火柴的匣子没关紧，火柴一着，匣内的火柴一齐引着了,顿时轰的一声,一阵青烟。阿宝喊声姆妈,吓得连忙将火柴匣子丢在地上。韩少奶奶瞧着她神气慌张,不觉哈哈笑了,并不责备她,但是阿宝的左手小指头被火柴灼伤了,很有些痛。一面用不伤的右手,挪着灼伤的左手指头,止不住要哇的哭出来。可是阿宝又猛然想起她母亲昨天晚上交代她的话,说吃人家的饭,要迎合人家的喜怒。主人笑的时候,万万不许哭,纵使听见自家娘死了,也要忍住眼泪,回来再哭。因此便咬着牙齿,忍着痛,不敢哭了。

韩少奶奶第五个儿子叫五官,刚刚九岁,韩少奶奶很喜欢他。因为天热不读书,五官在家里便串出串进。下午的时候,五官持着一只玻璃杯子,盛满了荷兰水,从韩少奶奶房里走出来,去送给他妹妹六姑吃。刚一掀帘子,不知怎样一绊,便跌了,手里的玻璃杯子不消说是粉碎了。可巧阿宝也走过来,见五官跌了,便来搀他。五官恼羞成怒,哇的放声大哭。韩少奶奶从房里闻声赶过来,问怎么跌了。五官便将罪名加在阿宝身上,说是阿宝撞倒的。阿宝还来不及分辩,韩少奶奶便骂了阿宝几句,说她瞎了眼,为什么不当心。这个地方不比你家里,可以让你横冲直撞的。今天恕你初犯,下一回可不能饶你。五官见她母亲信他的话为真,越发哭个不住。阿宝去搀他,五官便对阿宝身上打了几拳,还要动脚踢时,韩少奶奶呵住道:“好了,好了,打了她几下也出了你的气了。你也没跌伤,起来罢。”五官便也趁此收篷。

阿宝被五官诬蔑,受了韩少奶奶一顿骂,又遭五官几拳打,心有不甘,便要申说理由,和他母子对骂、对打。正要开口、动手,心里又猛然想起她母亲昨天晚上交代她的话道,吃了人家的饭,就要受人家的打骂。漫说做错了事闯了祸,应该受打受骂;就是一些儿不错,主人要打你,你也忍着痛,受他的打;主人要骂你,你也忍着气,受他的骂。瞧白米饭的面上,只好委屈些。谁教我们穷,谁教我们吃人家的饭呢!挨打挨骂,总比挨饿好受些。因此阿宝便不敢回嘴，更不敢回手，只好领主人的打骂了。

阿宝忍气吞声伺候了韩少奶奶吃过夜饭，韩少奶奶便向阳台上藤椅中躺着乘风凉。阿宝见韩少奶奶没事呼唤她，便走进下房，向主人指定她的那张床上躺下。阿宝的意思，本不是来睡觉，无奈她的贫民习惯，向来是起得早，睡得早的；加以今天十分小心伺候韩少奶奶，格外辛苦。十二岁的人，一些小精神，怎么支撑得住，便身不由己的头靠着枕头，酣然入梦了。她的魂灵正寻着她的破屋故居，找着她的母亲，诉述这一天所受的状况，不提防梦境方酣，早听得韩少奶奶呼唤她的声音。阿宝醒了方明白，自己身子不是睡在自家破榻上，却是住在韩公馆。醒虽醒了，可怜疲倦得爬不起来，依着阿宝的心理，只想埋头再睡。但是猛然想起了她母亲昨天晚上交代的话，说吃人家饭，就是做梦的自由，也要得主人的允许。想到这里，自己来睡，本不是韩少奶奶吩咐，便顾不得疲倦，挣扎着一骨碌爬起来，走到韩少奶奶面前。韩少奶奶见她睡眼矇眬，果然不愿意，面斥她道："这公馆里向来睡得晚的，你一早便溜了去睡觉，谁来伺候？我何必花钱来请你睡觉呢？"阿宝听了，早是半身冷汗，把睡魔驱逐到九霄云外去了。

好容易挨过了夜里三点钟，候韩少奶奶从海边上兜风回来，吃过半夜点心，服侍了韩少奶奶睡到珠罗纱的帐子里，台湾凉席上去，韩少奶奶方正式的吩咐阿宝道："阿宝，你可以去睡觉了。"阿宝得着这道命令，方始获着睡觉的自由。

阿宝回到她的床上，躺下来细细的想着这一天经过的历史；又抚摩着左手指上被火柴灼伤的地方，还隐隐作痛。阿宝不觉流下了两点又小、又热、又酸、又涩的眼泪，叹口气道："唉！今天是开始吃人家饭的第一天呢！"

（原载《半月》第二卷第一期，一九二二年九月二日出版）

挑夫之肩

周瘦鹃

黄浦滩一个码头上，有一个老挑夫傍着铁栏干坐着，把他那件千缀百补的破棉袄翻来覆去，不住的在那里捉虱。捉到了一个，便放入口中细嚼，倒像很有滋味似的。这挑夫年已六十左右，头发白了，他把一顶破毡帽罩着，只露出乱乱的几丝，嘴上还没有须子，但是须根也雪白了。他忙着捉虱，几乎把他破棉袄的全部都已检到，末后索性脱了一半，露出一只黄黑的右臂来，臂上肌肉缕缕坟起，分明是很有气力的样子。但他臂膊以上肩井的上面，有使人惨不忍睹的，便是血花模糊的一大块，斜阳红上他的肩头，只见半红半紫又有一半儿黑，分外的可怕。

这当儿五点多钟了，斜阳正照在水面，一闪一闪的，仿佛撒了许多金屑金片一般。小说家秦芝庵这几天正缺少小说材料，任他搜索枯肠，也搜不出什么材料来。他一向相信，街头巷口便是小说材料出产之所，随时随地找得到材料的，于是带了一本手册走出门来，一路信步踱着。不知不觉踱到了黄浦滩边，恰恰踱过这老挑夫坐着捉虱的码头。他一双尖锐的眼睛，就被老挑夫右肩上那个半红半紫半黑血花模糊的一大块吸引住了，不由得立住了脚，呆看了半晌。老挑夫自管低头捉虱，并没瞧见他。秦芝庵却忍不住了，开口问道："老伯伯，你肩上可觉得痛么？"这时老挑夫恰从那乌黑的棉花中捉到了一个虱，猛听得有人问他，也来不及答话，先把这虱送进了嘴，才疾忙抬起头来，一壁嚼着那虱，一壁反问道："先生，你问我什么话?”芝庵道:“我问你肩上破碎了这么一大块,可觉得痛么?”老挑夫向自己右肩上瞧了一眼,摇头微笑道:“这算什么来?我仗着这两个破碎的肩胛,已吃了二十年的饭了。只要肚子不饿,心不痛,还怕肩胛痛么?”说着,索性把那破棉袄全脱了下来,露出那左肩来,也一样的半红半紫半黑,有这么血花模糊破碎的一大块。

秦芝庵不知不觉的在老挑夫身旁坐了下来,忙道:“老伯伯,你快把这棉袄穿上了,这样深秋的天气,没的受了冷。”老挑夫把棉袄披在身上,不再捉虱了,慢吞吞地答道:“我们这种不值钱的身体,在风露下面磨惯了,哪得受什么冷?你几曾见我们挑夫会伤风拖鼻涕的?”说得芝庵笑了,当下掏出他的金烟匣来,把一枝华盛顿牌纸烟授与老挑夫。老挑夫笑了一笑道:“先生,谢谢你,我吃不惯这个,这里有旱烟管在着。”说时,从他裤带上取下一枝短短的旱烟管来,装了一管烟。芝庵忙扳开引火匣,给他点上了,一壁又问道:“老伯伯,你当这挑夫有多少年了?可是少年时就做挑夫的么?”老挑夫道:“我做这挑夫,大约有二十年了,那时记得是四十一二岁罢。少年的时候,我也像先生一样,读书识字,且还在小学堂中当过三年的算学教员。我父母早故,单有一妻一女,每月四五十块钱的束修,已很够敷衍我一家的衣食住了。唉!先生,不道妒忌倾轧,随处都免不了。我这每月四五十块钱束修的算学教员,可没有什么希罕,但我钟点比别班的算学教员少一些,出出进进似乎舒服得很,因此遭了别一班的算学教员妒忌了,鬼鬼祟祟的在校长跟前说我坏话。第二年上,钟点加多,束修减少,我知道有人在那里倾轧我,于是一怒辞职,抛下教员不做了。”说到这里顿了一顿,抽了几口旱烟。芝庵问道:“你既不做了算学教员,就当挑夫么?”老挑夫带笑答道:“不做教员,就做挑夫,这改行未免改得太快了。我出了学校后,仗着一家有钱的亲戚出了一封介绍书,介绍到一家银行中充任会计科副科长。谁知不上一年,又被人倾轧,把我轧出去了。以后连换了好多职业，受了种种刺激，从没有做得长久的。心中暗暗慨叹，想人生世上，吃饭如此艰难，人心如此险诈，动不动就是妒忌倾轧，真使人怕极了。商学两界，我已尝过滋味了，倒要尝尝别界的滋味如何。到了三十八岁那年，便得了一个很好的机缘，入了道署做起幕友来了。那道台很信任我，什么事都和我商量，我说的话，他老人家差不多没有不依从的。和我立于同等地位的幕友还有四五个，见我独得主座信任，自然妒忌起来。到得我自己觉得，设法挽救时，已来不及，毕竟被他们挤去了。我这时心灰意懒，回到家里，简直不愿再出去做事。只是混了多年，毫无积蓄，我的妻向来是享用惯的，除了手头有一二千块钱首饰外，也不曾给我积什么钱。我坐吃了几个月，一瞧局面不对，托了许多亲友，一时也谋不到事。偶然想到有一个好友在山东办盐务，便带了些盘川投奔前去。临行对我妻说：'此次出去，定要衣锦还乡，你耐心儿等着我。'我妻唯唯答应，我便飘然走了。谁知到了山东，我那好友恰恰身故出缺。在客店中住了一个多月，谋不到别的事，盘川完了，只索当去了衣服，没精打采的回来。不想事有凑巧，真应了'福无双至，祸不单行'的那句老话，我妻竟席卷一空，不知跟人逃到了哪里去，连一子一女都带走了。我四下里探听，一些儿消息都没有。我这时伤心已极，暗想十多年糟糠之妻，竟这样弃我如遗，我生在世上还有什么希望？又何必做人？所有几个亲戚朋友都背地笑话我，没一个给我出力的。我这时既无家可归，身上又没有钱，哪里还有生人之趣。"

老挑夫说到这里，叹了一大口气，忍不住掉下几滴眼泪来。芝庵只望着水面上斜阳之影，说不出话来安慰他。老挑夫又接下去说道："我心中怨极恨极，便想自杀了。只是上吊两次，总见我亡故的老子娘立在跟前，不许我死，我于是不死了。又因亲戚朋友一味势利，不愿意去干求他们，就隐姓埋名，专在这一带码头上做挑夫的生活。无家无室，无牵无累，倒也安乐得很。好在穷苦之中，大家都差不多,倒没有妒忌倾轧的事了。二十年来我便自由自在的做这挑夫,每天仗着两个肩胛,赚几百个钱,恰够我装饱肚子。有钱的人,不过衣食住阔绰一些,不是一样的做人么?”芝庵点头叹息道:“老伯伯,我佩服你,你真是一个高人啊!但你那两个肩胛,怎么会破碎的?”老挑夫道:“这两个肩胛,也已破碎好多年了。那一年夏天,挑了一副极重的重担,又走了很长的路,肩上没有衬东西,出汗太多,就被扁担擦破了。可是我天天仗着挑担吃饭的,一天不挑担,一天没饭吃,哪能养什么伤?于是越擦越碎,变成了这个样子。先前虽还觉得痛,现在倒也不大觉得了。”说时微微一笑,把手去抚摩他的双肩,又低声说道:“这两个肩胛,正是我一辈子的饭粮啊!”

这时斜阳已下去了,汽笛声声,有一艘小轮船开向码头来。老挑夫忙拿了地上扁担,跳起来道:“先生,对不起,我的生意来了,再会罢。”芝庵即忙握了握那老挑夫粗糙的手道:“再会,老伯伯,我祝你手轻脚健,多做几年快乐的挑夫。”

(原载《半月》第三卷第五期,一九二三年十一月二十二日出版)

可怜之女郎

严独鹤

上海最可怜的女子,要算是丝厂里的女工了。在那天将发亮的时候,别人都睡得沉沉的,在那里做好梦。惟有那些女工,只要听见工厂里的汽笛一响,便无论严冬霜雪之际,或是狂风大雨之中,也只得咬着牙,低着头,拼命的向前挨去,一刻不敢停留,这种生活那真苦不堪言。有时丝厂里赚了钱,那几个身为厂主的大资本家,只顾嘻着嘴笑个不住,他哪里知道这其间是挥却无数女工的血泪,才造成你这副笑脸哩。

如今单说那和华丝厂里,有一个女工陆昭弟,这是全厂注意的,众口同声说她是本厂第一块牌子。究竟她这第一块牌子,并不是工作比别人格外做得好,也并不是工钱比别人格外拿得多,不过因为她年纪很轻,相貌又算得很好,虽然终日乱头粗服,却是别饶丰韵,在这许多女工里面,自然要算得是个出类拔萃的人物。所以厂中那些管事的见了她,都另眼相看,就是同伴当中,也没有一个人不爱惜她赞美她。但是她自己却很露着一种愁苦的神态,一天到晚埋头作工,双眉紧锁着,难得有一些儿笑容,有时还会无端的流下泪来。有些不知道的人,看着她这种样子,心下都很诧异,以为她是自寻烦恼。有些和她要好些深知她景况的,便也暗暗嗟叹,说怪不得她伤心。

原来陆昭弟虽然身为女工,却也是个好人家的女儿,自幼娇生惯养,也很得着父母的怜爱。不幸到了十六岁上,她的父亲死了,又没有弟兄,只剩下她和她母亲陈氏两人。她父亲在日是个小本经纪,只开着一爿烟纸店,也没有什么积蓄。一死之后,她母女两人便难以存活。陈氏年纪老了,又时常多病,想来想去没有别的法子,只好凭昭弟一双手卖些气力,养活老少两口。昭弟人很聪明,又很孝顺,每月辛苦赚来的工钱,自己从不浪费一文。除了房租饭食以外,偶然多余了几个钱,便买些时新果品,或是烧一两样可口的菜与母亲吃。有时想到要添衣服,也总是尽母亲先做,自己没有钱宁可穿着旧的,差不多一件布衫都要缝上好几个补钉,她也大大方方的,并不怕人见笑。她起身得很早,但是每天晚上总还要和母亲谈些闲话,服侍她睡下,然后自己再睡。有时半夜里还要递茶递水,照应得很是周到。她既如此尽孝,她母亲待她自然也十分慈爱。每天早上昭弟上工,陈氏必定要起来送她,宁可等她出门之后再睡。等到放工的时候,又老早的站在门口望着她了。母女两人一见了面,就有说有笑,从伶仃孤苦中也生出些家庭乐趣。像她们母女二人,真算得是相依为命哩。

一天昭弟从厂中回来,见陈氏忽然闷闷不乐,昭弟觉得很是诧异,急忙问道:“母亲平时一见女儿回来,便笑个不住,今天为何这样愁闷?莫非身上有些不舒服?还是受了什么气呢?”陈氏摇摇头,只不答应。昭弟见她母亲这副神情,猜不出是什么缘故,急得几乎要哭出来了。陈氏才叹了一口气,说道:“你真是小孩子气,我不过偶然触动了一件心事,觉得有些不快,也不愿意便告诉你,你何苦一定要寻根究底,急成这个样儿!实对你说了罢,我今天早上送你出门之后,因为天气很热,便在门口多站了一刻,乘乘早凉。在这个当儿,忽然看见一部汽车飞快的在门口驶过,我一看那车中坐着一个女子,你道那女子是谁?却原来就是你那周家表姊。如今是夏天,他们这些闲人都喜欢兜风,她想必也是兜风回来。你那周家表姊,论模样和性格还远不及你,况且她也是家道贫穷,自小就没了老子,前几年和你的景况也差不多。不知怎样在这一两年里头，会无端的闹起来了。我想你和她两人，从小在一处做伴，真是一张芦席铺在地上，分不出什么高低来。不料如今竟变成天差地远，两人同在一条马路上走，一个是拎着饭篮去上工，一个是坐着汽车回家睡觉。这眼前的比较，教我看着怎不伤心呢?”昭弟起先不知她母亲是为了何事纳闷，一听得这番话，倒反笑道:“母亲说的话自然是爱惜我，不过我的心思却又和母亲不同。我想一个人生在世上，固然没有个情愿吃苦不想享福的道理。不过同一享福，也要仔细辨辨看，这个福究竟享的合理不合理？像周家表姊，面子上算是享福了，但是她这种福，就享的很不合理。母亲不大出门，不知道外边这般人的议论，我却耳朵里听得多了。大概她的福越享得大，她的声名也就越弄越坏了。倒反不如我这个吃苦的，虽然外面吃苦，心里却很安闲自然，母亲何必去空羡慕人家，倒来替我担忧呢？我还记得父亲临死的时节，手指着我，嘱咐母亲说，他自知一死之后，母女两人难以过活。但无论如何，总须保全女儿的清白，不要为了贫穷就将她断送了。照这样说了好几遍才咽了气，足见他最不放心的事情，就是怕我这个女儿不能立定脚跟。如今只要始终能保全清白，就算对得住死去的父亲了。讲到吃苦，只好算是命中注定，可有什么怨呢?”陈氏听她女儿提起她丈夫，不禁哭起来了。一面哭一面却安慰她女儿道:“我不过因为你太吃苦了，实在舍不得你，所以看见别人那样享福，心下便有些难过。你既然有这样的好志气，能耐得起苦，我还有什么话说呢?”

这年秋天，陈氏因感受暑湿，得了一个湿温症病倒在床，那病势十分沉重。昭弟是个女儿家，孤掌难鸣，急得没有法子。幸亏她隔壁邻居有个李婶婶，平日和她们很是要好，便过来探望。李婶婶又命她的儿子去请了一个医生来，替陈氏治病。一连忙了好几天，陈氏的病才渐有转机，算是不妨事了，但一时还不能起床。昭弟本想再在家里歇几天，服侍她母亲的病。无奈手头这几个钱，延医服药早已用完了，不能不硬着心肠去上工。便央求李婶婶在家中陪伴她母亲，李婶婶一口答应。陈氏一个人躺在病榻上，也无非和李婶婶谈谈家常解闷，谈到其间，免不了又要诉苦。李婶婶起初也不过开口安慰她几句罢了，后来因陈氏再三说她女儿年纪很轻，身体又不结实，做了这苦工，只怕将来把身子白白的劳碌坏了，还一世不得出头。李婶婶原是个热心人，听她这样说，便道："你们昭弟真是一个好女儿，天天教她做苦工，不但你做母亲的人舍不得她，便是我们旁人看着也怪可怜的。我倒有个主意在此，不知你心下怎样。如今外边，不是盛行着女子新戏么，我的儿子有个朋友，是一家女子新戏园里的领班，他那里时常招收新戏子，有那些女子自愿学戏的，都去投奔他。听她们说起来，这唱新戏倒像是一桩好生意，又不费力，又赚得起钱。只要人物漂亮，质地聪明，学了几个月就可以出台。出台之后，倘然走了红运，每月就可以拿上几百块钱的包银，别的行业哪里有这样大的好处。我看你既然嫌做工辛苦，不如教昭弟去学新戏。像她这样又聪明又貌美，包你可以出风头，何苦永远埋没在这丝厂里面呢？"陈氏听了，连连摇头道："你的话固然是一番好意，但是昭弟不比别人，性情十分固执。要教她去唱戏，是断断不肯的。"李婶婶道："如今的时势不比从前，还有许多人将唱新戏作为一种很高的行业哩。只要自己行得正，立得正，便是做个戏子又怕什么？到底不比当娼妓，那才真正辱没了一辈子了。"陈氏听着，只是默默不语。李婶婶便也不再说了。

过了几天，陈氏病好了，昭弟心下十分快活，依旧朝出晚归去做苦工。一天放工回来，突然颜色改变，见了陈氏一句话不说，走到房中，伏在案上竟放声大哭起来。陈氏吓得索索地抖，忙问她是何缘故。昭弟哭够多时，才收了泪，对她母亲说道："我从明天起，再也不到厂里去做工了。"陈氏大惊道："难道你犯了什么事，被他们开除出来了么？"昭弟愤愤的道："我为什么犯事！实对母亲说，你老人家只晓得我做工辛苦，却不知道做工的苦还好受，其余更有许多说不出的苦处，实在难受哩。厂中那些管事的，又有哪一个是好人？一天到晚，见了我们这些女工，一味嘻皮笑脸不怀好意。别人还觉好些，我更不知是作了什么孽，格外受他们的轻薄。所以我见了他们，真如遇了蛇蝎一般躲避不迭。但是平日总还不过是口头调笑，可以勉强含忍，我恐怕母亲着恼，回到家中也从来不曾说起。不料今天那个管工的，在放工的时候，趁着忙乱之中便向我动手动脚起来。我遏不住心头大怒，便给他一个嘴巴。他受了我一掌，自己不知道惭愧，反而指着我骂道：'好不识抬举的东西！你有本事，从今天起不再踏进厂门来，就算你狠！不然教你不出三天，知道我的厉害！'当时也有许多同伴替我抱不平，只是怕他的威势，也不能多开口，只将我劝开了就算了事。但是听那管工的口气，分明还要设法报复，这种工还有什么做头？说句拆穿西洋镜的话，我原是要保全这个清白身体，才情愿自己吃苦做工。倘然做了工还要受人侮辱，那真大犯不着了。"陈氏听罢，禁不住泪如雨下，忙道："你的话固然不错，但家中一个钱也没有，不做工又哪里能过活呢？"昭弟又恨恨道："那也只好再打主意了。难道看着这个火坑，还肯再跳进去么？"

隔了半年，和华丝厂里的女工名牌板上，少了一个陆昭弟的名牌。那春江风月社的女子新戏园门口，却多了一块"女子新剧大家陆曼云"的招牌。这陆曼云便是陆昭弟的化身。陆昭弟何以变成陆曼云，丝厂女工何以变成女子新剧大家，这自然是那位李婶婶的劝驾。但是换一句话说，却还是衣食的驱使。经此一变之后，比较从前自然大不相同。钱也赚得多了，起居装饰也渐渐阔绰起来了，那缝着许多补钉的布衫早已抛得老远了，便是坐汽车兜风的滋味也尝着了。最奇怪的是不但境遇改变，性情也会改变。以前的陆昭弟，见了管工的和他戏谑，便要请他吃耳光；如今的陆曼云，成日成夜，有许多鲜衣华服的少年做她的侍从武官，但是她却心平气和，再也不会生气了。

清明时节，大家都去上坟。曼云的母亲陈氏，在前几天便对曼云说道："你的父亲死了之后，草草的葬在龙华，也有好几年了。可怜我母女两人，往年十分艰苦，连上坟的酒菜都办不起，每逢清明，不过去烧些纸钱就算了。今年难得境况宽裕些，却要备一席丰盛些的祭筵，又多买几只草囤，好好的去上一回坟，好教你父亲看着欢喜。"曼云也点头称是。到了清明这一天，母女两人雇了一部汽车，带了一个娘姨和办就的祭菜纸锭前去上坟。一面在那里拜，却只听见路旁有人说道："咦？这个坟前，年年只见一个苦老太婆，带着个乡下小姑娘前来哭奠，今天却为何停着汽车，摆着这样上等的酒肴？连这两个上坟的人，虽然依旧是一老一少，也认不清他们的面目，好像另换了两个人了。"她们母女二人听得明白，心下不知起了一种什么感想。等到拜毕起来，那带来的娘姨一面替她们焚化纸线，一面对她两人笑道："你们来上坟，却引得这些路人一个个都在那里称赞你们的阔气。这一来真是替死人面上也添了许多光彩了。"陈氏听见娘姨这样说，陡然变了颜色，不由自主的对曼云叹了一口气。曼云也不则一声，霍地又跪倒在她父亲坟前，放声大哭道："父亲，你须要原谅我……可怜我……"

（选自《独鹤小说集》，世界书局一九二四年六月初版）

工人小史

恽铁樵(焦木)

晨光熹微中,汽笛声呜呜。一中年妇从黑甜深处闻之,蹶然坐起,揉搓其睡眸,向黝暗之玻璃窗瞠目凝视。玻璃尘封蛛网,不能辨天光云影。中一块已破碎,代以纸,纸复旧敝,晓风拂拂穿隙入,着襟袖云鬓间,始瞿然若苏醒。急振衣起立,踌躕四顾,室殊逼窄,一卧榻已占面积四分之三。榻间卧男子一,小儿二,鼻息齁齁眠正酣。右隅一板桌,桌间物至夥,餈具、炊具皆在焉,余不能悉举名。妇则趋室隅,燃火淅米治早餐。已而摇榻间男子,促之使起。曰:"饭已熟矣。"时天才黎明,男子披衣起。啃曰:"殆已后时。"遂着屦下床,匆匆觅盥器。嘻!是两人者,殆犹有鸡鸣戒旦之风哉?

男子韩姓,故陕产,为上海南市某厂工人,以茹苦也,自号蘖人。有子女各一,子九龄,无力读书,惟知嬉戏;女尚在襁褓中。蘖人膳次,问妇曰:"吾家尚有米否?"妇愀然曰:"可半升耳。"蘖人默然,徐曰:"今且奈何,脱足午餐者。今日已星期六,有工资可领。"妇摇首曰:"吾特虑夫索偿者来,无以应付耳。灶下有铜壶一事,可暂付质库,此外更何有者?"言次,眉宇间凄然无欢。男子强作慰词曰:"债主来,吾当设法应付。度彼等亦未便逼人太甚。"妇黯然曰:"昨日某某等三人来,势汹汹。谓明日星期六,厂中给工资,汝家负款若不悉偿还,后此决不以一文相贷。在彼作此语,亦未过当,然后此若无处通缓急,谓当奈何?"男子方欲答,而汽笛声复作。急投箸起,狂奔出门去。

厂中第二次鸣笛，为晨六时，笛鸣十五分而止。工匠之至，须于此十五分中。若汽笛声止，门则随扃。后至者不复得入，而半日工资扣除矣。门内有所谓工牌处者，牌长三寸许，书工匠姓名，次第悬壁间。一人司之，到者取牌去，司牌人乃记其未到者。工作既毕，仍悬牌故处。蘖人入须臾，汽笛声止，门扃矣。有坌息奔趋，距门才数武，而竟不得入者。时则引擎声，机轮声，金铁击触声，同时并作。工人耶许声和之，对面互语，不能闻也。

工头胡某，每于盛夏购最劣茶叶数斤，交其信任之艺徒。院中置巨缸四，贮茶满中，任人取饮，所以邀冥福，且市惠也。厂中工匠听胡某之指挥者，可千数百人，皆畏惮胡而媚事之。值节日，争出其辛苦工作之资，购食物私致其家，虽举债所不恤。则以胡能媚事洋工程师，作威福也。又必私致之，不敢令人知；又必能久贮之物，如枣、栗、胡桃、荔枝之类，否则胡不受也。于是胡家老幼，终岁甘旨之需，乃不假外求。而大来小往，数斤劣茶叶之外，不肯再破悭囊。然而工人之面谀者，已颂盛德不置。

胡某年事五十许，肥腯如豕，高准四英尺。盖胡尝循墙行，墙有钉，高如其顶，工匠量而得之者。鬓毛鬇鬡作斑白色，才数十茎。顶秃，无冬夏，常戴一软毡帽，油污满坿，仿佛有光。唇紫色，齿黑色，疏笋之屑，黏附齿距，则白色；与之语，浊臭逼人。指麾工匠，呼尔蹴尔；对洋工程师，柔色怡声，乃至妩媚。体臃肿，不良于行。有达官贵人来厂参观，胡则趋跄喘汗，以目听，以肩笑，又至灵敏也。

距日午半时许，匠人多整理器具。辍工闲话，有吸烟者。忽一人作隐语，众则惊顾。遥见彼秃头侏儒蹒跚而来，佥伪为忙碌以掩着，匠目乃弗责其惰。已而群至水管处浣濯，工匠之手类油污，必以臭肥皂和沙土擦之。然此为匠目若洋工程师所不许，以故不敢从容为之，意态张皇，如鼷鼠之离巢穴者。

忽而汽笛大鸣，午膳放工矣。厂门阔两丈许，工人千余，潮涌而出，乃不能容。盖此次放工，为时仅四十五分。工人类健饭，既食多需时，益以途次往返，实无分秒余晷，故争先恐后也。有顽童效汽笛声，呜呜而呼，为匠目所见，怒之以目。童儿丧魄，遂垂首鼠窜出。蘖人至家，膳已具，张口大嚼，伸颈吞咽。妇坐案旁，徐曰："似此终年负债，总非了局。"蘖人摇首曰："苦力糊口，不过如此，但君何不幸为工人妇，吾觍然须眉男子，殊愧对也。"言已，置箸辍食，太息泣下。妇慰之曰："此胡为者，脱君忧愤成疾者，则吾家毁矣。虑细弱累人，弃如敝屣，因糟糠不厌，涕泣下堂，是个所在都有，然惟爱力薄者如是耳。君视我岂不能甘淡泊，耐贫苦者。君待我又不薄，人海中如此夫妻，差可自慰，悲泣胡为？"蘖人闻言，为之雪涕，已而叹曰："君言自佳，吾宁暇自悲，为君设身处地，实难堪耳。昨日李七因加油总轮，偶一失手，为皮带夹而飞转。头着壁上，颅骨粉碎。工头悍然谓是自己不慎，更不稍怜悯。幸总理仁慈，恤二十金。渠妻来收尸，两幼儿都在襁褓中，凄惨之状，行人酸鼻。因忆前年于总理时，李二因瞌睡轧毙，竟未得一文抚恤。脱今总理竟置不问，事属援例，谁得而非之者。此次武昌事起，从军战死者，得数百金恤费。官厂工人，同为国家效力，独无定例。万一不幸，人亡，家亦随之，此不可为寒心耶！"语至末一字，声酸涩，不能自续。妇曰："是诚可怜。虽然，吾侪但勤慎将事，明年或竟邀加薪特典，未来事谁又能逆料者？"蘖人默然，徐曰："未必，加薪由势力，或以运动。吾异乡人，又戆，谁肯嘘拂者。且既为工人，便终身与贫困结不解缘，三十、四十已如此，便到百年也可知。"语未竟，汽笛复鸣，乃惊顾而起，匆匆自去。出门时，不禁涕泗滂沱也。

蘖人妻故旧家裔，慧美知书，幼即订婚。嗣蘖人父以破产忧愤死，母亦继没，孤露余生，不能自振。女父某甲，阴有悔意。时甲方经理钱肆，肆主人，蘖人同族也，以故隐忍不敢言。既而摽梅迨吉，草草嫁娶，甲夫妇以婿贫故，并憎其女。偶归宁，辄以白眼向之。蘖人固具傲骨，遂绝迹不至岳家。蹉跎年余，益不能支。环顾无可恋恋，因货其居宅，挈妻子，弃桑梓焉。辗转至汉皋，附商轮东下。

以戚某宦金陵，思往投之。时方废科举，尚新学，蘗人虽曾读四子书若八股，都无所用。此次中于客气，贸然携家远行，大类盲人瞎马，蹋踸殊甚。所坐为三等舱，旅客皆席地卧，行李什物，纵横狼藉，堆置无隙地。幸妇以初次旅行，颇能以风景自怡，不事愁苦。蘗人惟终日枯坐，视他人之喧笑纷呶，以为是豪情胜慨，人生惟得意时有之也。

舱中客多小负贩若工人，间亦有状貌稍娴雅者。蘗人邻座有一人，行李颇整洁，衣灰色短衣，胸前衣纽累累，悬一银质表链，绝巨。年事可三十许，私意是殆水手，否则工人。其人亦向蘗人熟视，似欲有言者，因与攀谈，互询邦族。其人自言赣产，李姓，名有发，机器厂中工匠。自鄂往宁，应江南造币厂之招也。蘗人自言亦往南京，其人喜曰："如此大佳，吾正虑独行无伴，行动不能自由。君殆非老于行者，此船中积贼最多，探囊胠箧，为术至工，防不胜防也。"因复询蘗人家世，知为读书人，益倾倒。其人谈吐，朴质无文，而诚实有条理，心好之，因得稍遣寂寞。第二日，舟次九江。李约韩登岸，因船有四小时停泊。相与饮于酒肆，剧谈甚欢。饮竟，蘗人殷勤付资，李亦不辞，道谢而已。

抵宁后，与李同寓下关某旅馆中。凡未谙事，颇得其指导。明日，李自去。时蘗人囊中有百余金，变产所得也。辗转探询戚某踪迹，竟不可得。或言在上海，亦终不得确耗。荏苒十余日，囊中金耗十之二矣，大惧。念客中无可商进止者，惟李尚诚朴，虽萍水交，或不至被卖，姑妄探之。至造币厂，阍人拒之。问李有发，无有知者，怏怏而返。从此株守旅馆中，不知所可，月余，余资已耗去过半，益惶急。闻人言，上海为黄金世界，苟非喑哑废疾，即不至饿死。妇女尤易谋生，缫丝织布，日得银币二三角，比比是也。夫妇闻此相顾动色，私念穷无复之，不如姑至上海，因得戚某确耗亦未可知。因以己意商之妇，妇欣然从之。即日首途，自此蘗人乃渐入苦海矣。上海者，不可思议之怪物也。彼都人士，狐裘皇皇。望之，几无一非神仙中人。然贫人流离琐尾而至此者，虽有伍大夫之箫，不许吹也。鄙谚有言，躄脚拉东洋车，途径不识，禁令未谙。即徜徉康衢，犹来警察之干涉，讵知拉东洋车，亦非具资格不办耶？

前清光绪之季，厉行新政。当时财政史中有一绝大计画，鼓铸银元是也。各省督抚无不以此为救穷妙策，而一时机器工匠，亦求过于供。江宁造币厂中，已有机二十具，日出银币万六千枚，意犹未足。而上海江南船坞，则以经费支绌，缩小范围。当路议拨船坞废机，供造币之用。因委员率匠，赴沪拆卸运归。选熟悉机器工匠数人从行，李有发其一也。既至沪，委员脚靴手版，镇日仆仆。李居逆旅中，无所事事，乃与其侣遨游于诸繁盛处。偶至苏州河附近，忽途人哗言有投河自溺者，为警察瞥见，已拯出矣。遥见河干有众麇集，围如堵墙，因亦趣视之。其人为二十余男子，鹑衣鹄面，望而知为贫不聊生者。操陕音，自言韩蘖人。李大惊，趣就之曰："别来数月，乃至此乎，尚识同舟之李有发否耶？"韩为之愕然，已而执手涕泣，悲梗乃不能言。警察问汝为渠何人，李诡言戚属，"今值我不虞其复觅死也。"众乃稍稍引去，李遂挈之以归。时蘖人妻居某客店，负膳宿资十余缗。李悉为代偿之，且曰："凡人必有业，今诗云子曰，既不值一文钱，为君计，不如投身工界，尚是自食其力，不假求人。"李愿之，某厂工头胡某，曾受李推解者也，乃以蘖人属之。备言其故，胡亦慕义强仁，俾破格为铁工学徒，而优其佣值。至吾书开幕时，韩在厂中，已十年矣。或问李，韩某与君萍水交，胡厚之如此？李曰："吾非好行其德，但曾衔杯酒殷勤为欢，奈何坐视其死？"呜呼，可以风矣！

蘖人既午膳出门，悲感无端，泪被其面。邻近皆工人。有同病，痛哭常事，见者不以为怪也。夕阳衔山，钟鸣五下，厂中放工矣。匠目嘱各匠明日一律工作。欧洲苦力，尝以星期日不得休息，同盟罢工。吾国工人则甚愿星期日有工作命令，可多得一日工资也。已而群趋支应处，支钱之法，由一小窗传出。给者高呼号数，工匠即持某号工牌健进。方至十余号,百余号者已越次拥入。遂至重足骈肩,挤如束湿。有呼詈骂詈者,则某甲误践某乙足趾,好事者嗗谨附和之,纷扰乃不可名状。

蘗人既归,计是日所得,为一星期工资,银币四枚也。以其半市米盐,略足支七日;其余悉以偿债主。忽同室王耀妇悲泣失声,问何为,则渠家男子春间病几死,贷资于工头。今病愈,复入厂操作,今日竟无所得。佣值已被扣除抵债,且所负甚巨,须十八周始得毕偿,是以哭耳。蘗人妇叹曰:“吾方虑秋风渐凉,寒衣未赎,今乃知犹在幸福中也。”

翌日,赴厂工作。适杨树浦有某船,汽门损坏。胡某命蘗人往修理,予以车资四角,限七时半往,十一时半返厂。定例工匠出差,给车资一元。今偿四角,是胡中饱过半也。且汽门坏,最难修,又途远,限四小时,默念彼遇我抑何酷虐,然敢怒不敢言。急以需用器械置铁桶中,负之背上,匆匆趋出。途中值电车,径入三等座,置桶座前。蘗人衣油污,两手及面部皆黎黑,桶中满置刀锤铁片,错刀横出尺许。电车章程,不准携负担重物,致为他座客障碍。蘗人不知也,方俯首深思,忧心悄悄,不图巨灵之掌,飞着颊际,砉然一声,众皆哗笑。急审视,则卖票人怒目叱咤曰:“去去!”蘗人大怒,骂曰:“汝洋狗,捧得外人饭碗,便鱼肉同胞。”卖票人不语,仅举其器械之桶,掷之车外。蘗人大窘,不暇争执,急下车拾取颠蹶败颣。电车则风驰电掣以去。蘗人且哭且詈,俯首拾刀锤。头额间血涔涔,不暇顾也。已而四顾怅惘,不得已雇人力车以行,道旁观者皆太息。修船既毕,仍雇人力车驰归,幸未逾限,既复命。向工头乞得橡皮药膏少许,就楼梯边窗间玻璃之可鉴者,掩额际伤口。适洋工程师自后至,见其辍工,蹴之以足,革履着臀肉,有声橐然。愕顾,见是外国人,大惊,忍痛以手作势,且示以额。洋人喃喃自去。午膳返家,告其妻以今晨种种,妻为之洗涤患处,以帕裹之,劝下午弗复工作。蘗人不可。

努力为善，不必免祸；从恶府怨，或且获福。人世所谓恶运命，恒于巽懦良善者显其作用，至可慨也。蘖人处艰难困苦之境，动辄得咎，颓丧已甚。是日所操工作，为已造成之小轮船，而集合其机件，此小轮固刻期须入水者。恶运之神以蘖人之失魂落魄也，乃乘其衰气而玩弄之。无意中脱落一轮叶，惶骇不知所措。方欲掩饰，工头已踵至。顿大怒詈，拳足交下，痛极而晕。比苏醒时，则工程师目灼灼向己注视。胡某则指手画脚以助其不规则英语而达意，洋人有怒色。旋即作三数语，工头顾蘖人大叱曰："洋人命尔去，当即离此。"蘖人知无辜，念被殴非所应得，悲愤填膺。凄然指胡曰："汝亦工人，何苦假洋人势力，自残同类。吾既被殴，又被逐，是一罪两罚也，吾且诉之警署。"胡若勿闻者。蘖人归，妇见状大惊。询得故，痛哭，大骂胡某无良。邻人亦不平，咸怂恿其妻控之警署，否则其威且日炽。妇则号泣赴警署，观者塞途至。则为守卫警察所阻，不得入。问故，妇哭诉。警察摇首微笑曰："若男子自不慎，于人何尤？且此为厂中事，非警局能过问也。"妇欲强入，警察握其臂，牵之出且以亵语揶揄之。观者或笑，或默然。妇愤无可泄，号哭而归，复多方求乞，为其夫调治。月余始痊，典质净尽，贫如洗矣。乃寄其子女于相识者之家，而至英租界为佣。蘖人则卖报纸自活。余尝识之。安分知足，良善人也。尝为余言，癸丑七月制造局之役，事起仓猝，南市工人多中流弹死者。吾夫妇以居英租界，竟免于难，亦可谓塞翁失马矣。

（原载《小说月报》第四卷第七期，一九一三年十一月二十五日出版）

政治国耻

沧州道中

包天笑

有一年在初冬时候，乘着津浦路的火车，傍晚时到了沧州。火车上汽笛啵的一声，惊起了成群的寒鸦盘旋天空，好似觅不到一个枝栖。黄金色的杨柳摇曳在夕照之中，却比南方凋零得迟。火车里的客人经此长途旅行，不免都有疲倦之色；也有的正在睡乡，却被一阵子车站上人声喧杂和那小儿的聒噪，从睡梦中惊回来，揉着眼睛向那朦胧中的车窗里望出去，知道是到了沧州车站了。

一方面是个车站，木栅的外面站着许多卖梨的，卖鸡子的，卖烧饼的，以及许多老头子、小孩子的灾民，各携着一只篮，在木栅的上面伸了出来。几个车站上的巡警，手中执着藤条往来梭巡，对于老年人作种种的示威运动，那藤条却还不敢向他身上抽；要是有小孩子从这折断的木栅中挤身而进，被那巡警老爷见了，便要痛打一顿。

车窗那边的一方面却横了七八条轨道。离月台稍远处，一带短树，竖了几根木柱，把铁丝牵萝扳藤的围起来，也成了个短栅，可是已经开了好大的几个缺口了。许多灾民便从这缺口中进来，但是那边也派了两个巡警在那里梭巡，使这些灾民不许近火车。可是那轨道上，已经横七竖八有许多衣衫褴褛白发飘萧的老妇，和那赤脚蓬头遍体泥污的小儿。头等车中有许多洋大人、洋太太，都凭着车窗展览风景。淡黄的头发披拂于风前,雪白的手巾按着那个高鼻子,似乎怕闻着支那人臭气。也不知道他们出于慈善心呢,还是玩弄心呢,还是好奇心?忽然丢出几个铜圆来,引得一班蓬头赤脚的小孩子拚命的去争,也有踏痛了手的,也有跌破了头的,哭哭啼啼。傍边几个老灾民也禁止不住他们的抢夺,而且就丢在他近侧的铜圆也拾了两枚,塞在破裂的衣袋里。

见了小灾民抢钱打架的洋大人、洋太太们,都拍手欢笑。好像欧美人出钱,教中国人争夺的喜剧,都不过尔尔。然而没有抢着钱,在沙泥里爬着一阵子的小孩子,还是垂着眼泪,拖着鼻涕,伸着乌黑的小手嚷着尖峭的喉咙,高喊洋大人、洋太太们,舍一个铜子,舍一个铜子。洋大人、洋太太们却只是微笑不语。这时又惊动了头等车中另一中国人,紫膛色的脸儿,在鼻孔和嘴唇中间留着一抹胡子,披着一件灰鼠袍子,手中拈着半段雪茄,似乎想给外国人搭话。刚说得两句 Yes,只听里面娇滴滴的声音,操着吴语说道:“倷进来嘘。”那位中国先生便进去,同了一位二十左右的美妇人,凭着车窗眺望,便把从上海带来的鹦鹉牌饼干和她不大喜欢吃的陈皮梅与南华李,丢与许多小孩子。这时又一阵子乱抢,可怜那种最高贵最奢华的赈粮,沧州的小灾民生平从未尝过的东西,在灰里泥里掏出来,还怕别个孩子来抢,便向口中乱塞,塞得气噎泪流。又引动洋大人夫妇和中国大人夫妇呵呵一笑。他们火车中的华洋赈济会,总算告了一个小结束。

这时火车停了有二十分钟,却还没有开,说是等天津来的急行车。可是火车中的华洋赈济会已经告终了。一班小孩子们见头等车里的华洋太太们,也不凭窗展玩风景了。恰巧警察老爷们知道这个时候,可以行使职权,小灾民便也一哄而散。却留几个老灾民还是徘徊不去,只要车窗探出个头来,他那可怜的颜色,便故意的呈显到人家的视线上去。

而且这个当儿,有一股香味从头等车后面的大餐车厨房里透出，散飏到各处。这股香味，在火车里不论头、二、三等的客人，都能辨得出，这是洋葱和牛肉同煎才发出这种味儿。那灾民一样的有食欲，而且在饥饿中更觉得这香味直透鼻观，可是仅仅这香味终不能果腹。不但不能果腹，反使胃里的虫蠕蠕欲动，馋涎只在舌本上似春泉汩汩而流。

非但人类中的灾民具有食欲，即兽类中亦具有食欲。那时有三四头黄色、白色的狗，跳跃在轨道的中间，时时摇着尾巴，张着眼睛，向车窗中而睒睒视，想见它的灵捷的嗅觉，已经嗅得这洋葱和牛肉的香味了。平常乡中的狗，每见有奇形怪状的外国人到它村里，便吠之不已；此刻车窗中虽有外国人的面庞时时出没隐现，它也司空见惯，或者交通路上的狗，它也知道些外交政策、国际道义吗？

那时大餐车厨房里的大司务，和那班中国人操外国语呼他为仆欧的侍者，随意的无意识的在车窗中丢出些吃剩的肉骨和面包上的边皮，却不想因此便引起黄白之争。黄狗的地位站得好，恰有半块明治猪排丢在黄狗距离三尺地；白狗却离此有一丈多远，连忙蹿过来却已被黄狗以势力范围所在，得有优先占有权，竟毫不客气的独吞了。白狗大怒，咆哮起来，一场争闹；却被守中立的一只花狗，拖了半只由德州吃剩一把瘦骨的熏鸡去。这也算是鹬蚌相争，渔翁得利了。

可怜啊，还有一个想做渔翁的人类，却是一个没有脚的残疾乞丐。他的年纪也瞧不出，大概在这个地狱世界已经有三四十年罢。他用手帮着臀，用臀帮着手，在地面上移动。他身上的衣服分不出孰是衫，孰是裤，破裂的地方还用那种厚皮的纸包着。他慢慢的从短树缺口处将身体挪至轨道，又慢慢的移至与车窗相近。他正仰望着车窗中丢出的肉类和面包屑，他还羡慕着黄狗、白狗、花狗等有这跳跃的脚；他并且艳羡黄狗、白狗、花狗等在这天气渐寒的时候，已穿了各色的皮裘。他怨望天老爷怎么不让他变做一只四足灵便的狗。他盼望了半晌,只望车窗中丢出一块面包,恰巧的落在他身边。

然而火车中洋太太正和她洋大人说笑。中国大人们又陪着他太太、姨太太们进晚餐。就是三等车里的客人,也在那里剥几个鸡子点点饥。大司务和仆欧穿着雪白的制服,也正忙得手足无措。谁也没有留神他,谁也没有瞧见他。偶然餐车中厨房里丢出些残骨碎面,离他五尺以外,他就没有法想。只好眼睁睁地瞧那三色种狗互相争夺,互相瓜分。他苦守了半晌,还是得不着一些儿,只空咽了许多馋唾。

俄而隐隐听得如雷声一般,知道前面的火车来了。巡警不愿这轨道上还留着人,疾忙把那个无脚的可怜人驱逐出了轨道。便是这位无脚的可怜人,他还不愿学那螳螂的以臂挡车。他还宝贵他除脚以外的身体和性命,他疾忙的也退避到轨道以外去。一刹那间,从天津开来的急行车已到眼前。那头等车里有许多大人、先生、太太、小姐玉笑珠香,酒痕花气,把个荒寒的原野遮去了。我们的车也蠕蠕的动了。许多小灾民还呐着一声喊,再要寻那无脚的人,早已不知所之了。

(原载《星期》第十期,一九二二年五月七日出版)

谁之罪

包天笑

却说苏州地方，在元妙观背后有条小巷，这巷名唤做牛角浜。是个荒湫之所，却也有几家小店，都是那些旧货铺、拆字摊、铁器店之类。有一家旧货店的楼上，一个后披租了一家人家，一夫一妻之外，倒有三岁一个小孩子。那男子姓王号国才，听说他的祖父还是一个举人。他年纪也不过三十来岁，相貌也很清秀。他的夫人虽不是出身大族，也是清清白白经纪人家的女儿。是他父亲在日缔结的这个姻缘。小孩子是他夫妇的珍宝，自然不必说了。照这样的家庭，除了穷字以外，其余也没有什么大缺陷。可是老天不许他在世上，这也是无可如何的事了。

有一天说是那王国才服了毒咧，那服毒的事，苏州地方却是常常有的。从前鸦片烟没有禁止的时候，吞生鸦片烟的最多。果然也有为着生路既绝，出于无可奈何之一境；也有的为着老子娘训责儿女几句，丈夫和妻子反目种种事情，借此恐吓挟制的也不知多少，然而弄假成真者很多。起初以为人家知道了，终要去救治；谁知救治得迟缓了，往往毒发不及救治而死。

那时苏州地方上有几个好行其德的绅士，设了一个救烟局，专为急救误吞生鸦片烟的人办的。不论风雨昼夜，隆冬盛暑，一召即至，而且不取人家分文。可知有一利必有一弊，因为救得容易，那吞生鸦片烟觅死的人愈加多了。当时统计，苏州城内外吞烟觅死的，每月不下百余人。这百余人中，至少有一成是救治不及而死的。

后来中国厉行烟禁，鸦片烟店尽行闭歇，虽然还在那里私卖，究竟是个秘密机关。那觅死的人不向鸦片烟上想法，就在别种东西上想法了。毒药不容易购得，有一种轻便的方法，就是吞服火柴头也足以致命。现在这位王国才所服的那种毒呢，就是火柴头了。这火柴头也有几种服法，有的是把火柴头切下，装在馒头团子之中吞入腹中的；有的是将火柴头摘下，和吞服丸药一般用茶过服的。因为火柴头上有一种燐质，入了人的肠胃，便立时毒发，有种红色的性质更为暴烈。我今也不去说它。

且说那王国才小时节，也读过几年书。不过从前的读书，纯是死读死记，不去求讲解之法，虽然把什么四书、《诗经》等读完，倒是个陶渊明读书之法，不求甚解。到了十三四岁，连个字条儿都看不明白。到那时候，他的家计已经不好了。他父亲又没有职业，后来连书也不读，说是要送往哪一家店铺子里去学生意了。可是那一家店铺子又没有说妥，倒先出了学堂门，只得在家闲坐。起初还把书本子翻翻，后来一天一天的就和它永不见面了。恰巧这一年，他老子得了一场伤寒症，一命呜呼而死。他更没有到店铺子里学生意的机会。后来好容易有一个亲戚，给他荐往乡间一家米行里当学徒。

那王国才做事倒很勤恳，为人也很驯良，店主却很器重他。一个管账的就把他女儿许配与他，就是现在那王国才的夫人了。不想他的运气实在不济：刚刚三年生意学满，就起了每月三块钱的薪水，这一家米行吃着人家一个倒账，弄得店主破产，管账歇业，他自己的饭碗也没有着落。那时他已成了亲，夫人倒也很贤淑，做些女工帮他的忙。只是他自从这米店倒闭以来，再没有觅得一个正当职业。也有代人家收租米的时候，帮三四个月的工。这也是个短局，名为帮冬，一到春来，依然赋闲无事。他夫人虽然靠着十指做工，究竟所得甚微。那苏州的女工，工价甚廉。如此一年一年，竟难敷衍下去了。直到了去年的冬间，连衣服都不得完全。

那时他有一个朋友，还是从前的同学，唤做宋捷三。在一学堂读书的当儿，他们俩很为要好。如今宋捷三就在一家洋货字号里执业。他为人圆融和气，进款也还可以敷衍。有时对于旧同学王国才，也稍稍周济一二。

有一天王国才亦去寻宋捷三去了。宋捷三道："国才兄，我如今给你想了一个法子，你且试试，或者碰你的运气罢。"王国才道："我现在是饥不择食，无论什么事都做。"宋捷三道："我认得一家东洋号家，他是个杂货商，专贩那各种杂货到中国来的。他在苏州设立了一个分号，除了批发与各洋广货店之外，又招致一种小贩，给他们摆摊去卖。所卖的东西大部分是小孩子的玩具，马口铁制造的各种汽车、电车之类，其余磁器类、木器类等等也有；除了玩具以外，便是学堂用品，石版、铅笔、墨水、簿子之类也很不少。这些货物可以卖出还钱，做得得法大约有三四分钱的利益。不过照章须得有一笔洋钱押柜，就是那保证金了。譬如你要取他三十块钱的货物，就须存洋三十块钱在他那里，以后卖出了可以陆续进货。如今我知道你艰难，我和那东洋号家里头一个账房本是熟人，我就做了个保头。我说我有个朋友，他很靠得住，我做保，这保证金免了罢。他一口答应说，可以批给你二十块钱的货物，以后陆续卖出还钱，再进别货。这也是一条生路。我劝你暂时在元妙观前摆一个摊，无论怎么样，总比没有事好。俗语说得好，坐吃山也空，或者你运气忽然来了，由一个摊就可以变成一个小店；再由小店变成大店。天下的事情最是论不定的。"王国才道："你老兄给我如此想法子，我再有什么说的，惟有感激两字而已。"

过了几天，宋捷三就把王国才介绍到东洋号家。宋捷三做了担保，就批了他二十块钱货物。这里头一半是玩具，一半是学堂用品。王国才就在元妙观山门口租了一个地方，摆起摊来。本来那些货物可以自由定价，王国才想横竖由宋捷三做了担保，卖出可以转头，乐得定价从廉。所以他的东西比较的比人家要廉些，为人也很和气，因此自从设摊以后，生意倒非常发达。每逢星期日大好的天气，除去本钱，可以赚到一块多钱的净利。一月来平均计算，至少也可赚到十几块钱，而且他夫人也新得到一个职业，是专糊一种纸匣，每日除去材料之外，也可以得到工钱二三角的光景。这一年以内，居然可以粗足饱暖。

哪知天下的事最难料到。俗语说的"闭门家里坐，祸从天上来"。处这个乱世弱国之时代，和平之中时时寓着危险。忽然来了一个绝大风潮，说因为日本人欺侮中国，夺我青岛，全国人心愤激，一致的抵制日货。别人还不打紧，大家说不卖日货是个好法子；不卖日货是吾国民自动，人家不能干涉；一时异口同声的说是不卖日货。只有那位王国才，宛如晴天一个霹雳。他的摊子上完全都是日本货，并无一丝国货在内。在这个风潮之中，起初每天还有几个人来顾问，后来一天一天的减少，简直从白天起到黄昏止，没有一个人来问信了。你想王国才是做一天过一天的，他如何能够一连几天没有生意呢？也有人劝他说，外面的风潮激烈，你避避风头罢。他还是不肯。

这时候他夫人的糊纸匣的女工，倒还没有受着抵制的影响。可是有一样，那纸匣外面一层五彩的纸也是日本货。因为那纸在纸铺子里零买太不合算，也是王国才到东洋号家批货，恰巧见有这种纸在那里，问起价钱要比纸铺子里便宜得多，不过要整买不能零买。王国才回去和夫人商量，说横竖要用那种纸的，一样的花钱，整买了究竟便宜得多，乐得买他些安放家中。这又不是鲜果鱼肉，搁不起日子的，因此他听了夫人之言，屯积了三四十块的日本纸在家。那糊匣子的主顾家，虽在这个抵制风潮中，却还不生问题。说纸匣子终究要用的，外面的纸中国的纸没有这般光洁鲜艳，只要好看就是了，所以糊纸匣子还是糊纸匣子。不想那个风潮一天激烈一天，由北京而上海，由上海而各内地。苏州地方自然跟着上海走的，便有学生成群结队在街上游行。

那天上半天还没有什么举动。到了下半天，一个信息说，有许多爱国学生戴了白帽子，要到各家店铺子里搜查日本货。王国才听得风声紧急，急急忙忙把摊子收起来。哪知东西还没收好，早有一群戴白帽子穿竹布长衫的学生排队而来，手中还执着小旗，上书“幸勿暴动”四字。一眼瞥见王国才的摊子上全是日货，大家见了自然要动怒。早已七手八脚的乱抓，说这是日货，这也是日货。也有人嚷着说，这是卖国奴，专替东洋人销货色。也有人说，这定是东洋人所雇用的。也有人喝道，应该把他的东西全数烧掉了。一时大家都呼道，烧，烧，烧！王国才那时瞪着眼睛张着口，一句话都说不出，只是身子乱颤。又偷眼瞧瞧其中有两三个学生，还是王国才的老主顾，在一礼拜之前，还在他摊子上赊取铅笔、橡皮块、小簿子之类，至今没有还钱。王国才这时如何敢哼一声儿，大家说烧，烧，烧，早把摊子上的东西先打了个稀烂。

那时便有一个学生说：“他既是贩卖日货，一定家里还藏着不少的日货咧，须得到他家里去搜一搜。”一个人提议了，大家都嚷着赞成，赞成！又有人说：“我们可不认得他家在哪里啊。”便有人嚷：“他若不肯领我们到他家里去，一定藏着日货不少，分明是日本人的奸细，我们先打死他再说。”王国才一想，我的日本货全都在摊子上，家中却再没有了。要是不领他们去，准吃个眼前亏。他们都是雄赳赳，气昂昂，只要你施一拳，我送一脚，纵不丧却性命，也被他打个半死，倒不如领他到家中瞧瞧，也就完了。便说：“诸位先生不要动武，我家中实在没有日本货了。我就领你们去搜搜。”大家说一定要搜。这时一窝蜂的从元妙观山门口，拥到元妙观后面的牛角浜，本来也没有多少路，却是跟瞧热闹的人可是不少。

到了门口，家中人大大的惊慌，不知道犯了什么罪，来捉人咧！吓得他夫人和小孩子以及邻居人家，都是走头无路，鸡犬不宁。幸亏内中有几个明达事理的学生，说：“你们切勿惊慌，我们是来搜查日货的，决不来惊扰你们。我们是本地学堂内的学生，你们瞧可不是还穿着制服吗？”大家方始稍为定一定心。可是搜了半天，王国才家里的日本货实在没有什么。却把他夫人糊匣子的纸料搜了出来，一调查分明是日本货无疑。大家说这还了得，应该立刻把它烧掉了才得安心。大家又嚷烧，烧，烧，登时七手八脚，将那纸料搬往元妙观后面的空场上，一把火烧了。许多行路的人也帮着拍手喝彩，这就是一种爱国的表示，不爱国的人大家看个榜样。

这时王国才心中又是急，又是羞，又是恨，又是气，不知道怎样才好。他走出来时，人家就指指点点说，这是卖日本货的朋友。又想：这些货物都是向东洋号家赊来的，难道不要由我赔偿的吗？况且我又有何面目去见那好友宋捷三呢！现在两手空空，当此米珠薪桂，每天的吃用是要的，而且又担了个卖东洋货不爱国的恶名誉，这个世界我如何再住得下呢？他常听得人家说，火柴头有毒质，不如死了倒干净。王国才起了这一个死念。那死神立刻派人来接引。

就在那天晚上，他把三匣的火柴头摘下来聚在一处，就和吃丸药一般吞了下去，蒙被而卧。可怜他夫人还没有知道，只说他心中不高兴，想去安慰他几句，却见他神色有异，便道：“你不要吃了什么东西吗？”王国才口中虽说没有，那眼泪便挂了下来，便呜呜咽咽的说道：“一个小孩子，是我们两人的骨血，你好生照看了罢。我和你夫妇的缘分，便尽于今日。大概妇人终是靠着丈夫的，我枉为男子，不能养活一家。自从你过来了，也没有过得一天安稳日子。我尽有对不起你的地方，只好来世补报你的恩了。”他夫人听了那些断头的话，知事不妙。问他吃了什么东西，又不肯说，急得个不得了。后来在他枕边搜出一块手巾，是王国才呕恶时揩抹嘴唇的，在黑暗中忽然亮晶晶发起光来。她给邻居人家一瞧，那个邻居是知道的，说道：“不好，王先生服了自来火柴头了。”连忙帮着她去请医生，想急救方法。可怜中毒已深，早是不能救了。

看官们啊，我做这篇小说，确是纪实。你说王国才的死，是人家害了他吗？人家何尝害他，也是光明磊落，一国国民到此地步应有的举动。你说没有害了他吗？王国才到底为了什么死的。要派王国才自己不好吗？从良心上判断，王国才实在没有什么大罪。试问比王国才要坏几百倍、几千倍、几万倍的该如何处置呢？所以我请读此篇小说的人掩卷想一想，到底是谁人的罪。我所以取名就叫《谁之罪》。

（原载《小说画报》第二十一期，一九一九年九月一日出版）

牺牲一切

姚鹓雏

沪西林荫路一带，地方较僻，空气略为澄鲜。疏疏落落的有几处麦畦、菜圃，很觉得有些江乡意趣。圃傍边一所小小的洋房，门内便是一个天井，天井过去，三楹楼屋，结构得颇为楚楚。那大门上面安着一盏电灯，电光之下照见门上贴着一条朱砂笺儿，写着"归安徐寓"四个大字。

这时，那位房主人徐惠如先生，正坐着人力车从法租界经过方板桥，向自己的家里回来啦。他坐在车上，仰着头，只见残星满天，那马路傍的电灯光也很暗。心中想道：这时候已不早了，今天忙了一天，须得快快的休息啦！呀，不好，行里还有一笔账没有弄妥，早上旧金山来了一个电报，也没有复出。大班说，那宗货不要了，须得赶快打电去退呢。一路想着，那车夫跑得泼风一般，已到了自己门首，他还没有觉得。

原来那徐惠如是浙江湖州人，是个高等学堂的毕业生，也曾到东洋去留学，入了商科。几年之后，便毕了业，还留着实地考察了一年。各处的大商场、大公司内中的组织现状，他一一查考得非常明白。东西文都很来得，论起他的学问来，实在不错。归国以后不多几时，便得了上海某国洋行里的一个书记的职务，每月也有一百多块钱的薪水，论起来也可算得大才小用，或者是楚才晋用。然而在现在的情形，学了一生本领的人，没有饭吃的多着呢。留学造就了人才，我国自己不会用他，自然只好给别国用去，这是更不成一个问题了。可是惠如原是寒家,从前游学的时候还仗着地方公款津贴,好容易的熬了这几年,家况更是江河日下。此刻谋到了事,想着住在家乡也无甚出息。好在他父亲已亡,只有一位老母,一位夫人,别无兄弟姊妹,家累还不算重。便奉了老母带了妻子,搬到上海来。

他的妻子是回国后才娶的,结婚还不曾满一年哩。夫人姓王,是个圣母会女学的毕业生,品貌端丽,举止大方,中西文都近清通。就是年轻娇憨,于操持家政的一方面,却不很大耐烦。惠如所觉得美中不足的就是这一点,其余也还性情投合,伉俪和谐。倒是徐老太太,对于这位完全新派的贤媳,觉得与她这四十年前的旧习惯合不拢来。而且徐老太太年高了,生平第一件深信的是佛教,每天清早起来梳洗才毕,便到她一所平素供奉的佛堂里念一百遍观世音经,这是三十年来寒暑无间的功课。她那位贤媳王女士却大不以为然。她信的是耶稣教,上帝之外决不会还有个如来佛的,因此她每每看见徐老太太唪经,便要忍不住好笑起来。虽然不敢当面出声,却不免掩口葫芦,表示她的诧异和不信的意思。徐老太太益发生气,便不免有些口舌。惠如得知了,却也无可如何。这是旧话,按下不题。

当下徐惠如跳下车来,开发了车钱,便举手碰门。碰了一回,只不见开,只得又重重的把门击了几下。方才听得楼窗呀的一声,他母亲的声音说道:“阿巧快去,开门呀。”便有他家一个小丫鬟儿硌登登跑了出来,把门开了。惠如却已等得有些儿不耐烦,一脚跨进了大门,便问道:“你们多已睡了吗?时光不过十点钟呢。”那小丫鬟一面关门,一面答道:“不是的,太太早已睡了。奶奶是隔壁医院里外国女先生请去的,听说是上什么夜课哩。”惠如也没有听完她的话,一口气跑上楼来。先到他母亲房里,只见老太太已将要睡了,略为说了几句话,一句儿也没有提到他那位贤媳。惠如便回到自己房中,瞧了瞧,他房中那盏电灯光线本不充足,加着那白灯罩上积着煤灰儿,益发觉得黑暗。桌子上边纵横历乱的堆着几本书,什么植物学讲义啦,幼稚园管理法啦,英文文法啦,摊了一桌子。惠如把那些书替她整理好了,坐了下来。一看自己身上还穿着件簇新的袍子,原来因为他今天有个应酬所以换的。便脱了下来,要想找件旧袍子穿上,却是衣架上,衣橱里,床背后四处找到,竟找不着,不知给他夫人放在哪里了。没了法,只得仍旧把那件新袍子披上。

一回儿听得门环响处,是他夫人回来了。惠如心里微微的有些不快,也不则声。只听楼梯上一阵细碎的皮鞋声音,他夫人已笑吟吟走了进来。手里拎着一个皮书包,往桌上一放,随后又把外国纱的套裙换了,在书桌傍边坐下,笑道:"你才回来吗?今天密司迦罗突然的跑来对我说道,她那个学堂里有一班夜课生,是新近添设的。她一个人照应不到,要叫我去帮帮她的忙。我想晚上横竖闲着没事,借此也可以自己温习温习。况且她本来是我们学校里的教习,也不客气的,你看怎样?"惠如听了,没本事不答应她,只好说好。便问道:"我的春绸袍子呢?"他夫人对衣架上望了一望,诧异道:"咦,放在哪里呢?呀,想起来了。早上我叫阿巧拿到天井里去晒的,难道还没收进来吗?这可是要问阿巧的了。"落后还是阿巧到老太太房里去拿了来。原来是老太太叫阿巧收的,阿巧便拿来搁在老太太房里了。惠如一面换衣服,一面笑道:"你居然可以帮密司迦罗的忙了,在我看还不过是一个小孩子,和她学堂里的学生也差不多。"他夫人也一笑,却不说什么。

一宿无话,明天便是礼拜日。惠如的心理,这礼拜日是他最安闲快乐的日子。平日一到早上八点钟就要到洋行里去,一直到下午五点钟方才能够出来。终日里忙着些账簿啦,货单啦,电报啦,信件啦。公司的局面又大,东西洋繁盛商埠没一处没有分号。每日里报告商情与及配置货物的电函,如雪片一般。惠如的职务又差不多和电话局子里的接线生相似,虽然他做不起什么主儿,那一件件事却全要在他手里过一过。那外埠与本行的一应交涉，全在他一个人身上像电流般经过，简直一分钟也不能走开，常常累得过发昏章第十一。好容易盼到个礼拜日，便似久客还乡，罪人大赦一般的快活。

他的夫人也和他一般最盼望的是礼拜日，可是这盼望的心理与惠如略有不同。你要知道，他夫人是从小在教会学堂里念书的，一直到出嫁那年，才出了学校，记算她的平日从没有在家里住上过三个月的。她在学堂里的时候，明窗净几，左图右书，眼里所见的耳内所闻的，无不清绝尘氛。上堂听讲，夜间预备功课之外，闲了便画画铅笔画，闷了便弹弹批亚拿。有时和女教员及同学姊妹谈谈天，再不高兴便跑到草场上拍一回网球。一天天的过去，真是心志安闲，梦魂恬适。一回到家里来，便觉得一派的旧家庭景象。房子又小，空气又坏。家中的人虽多，总没有个可以谈得天的人。用的老妈子、小丫头，没有个不蠢如鹿豕。那些娘娘、太太们呢，又是脑筋很旧，开出口来总是三十年前的老话，把她闷得个不可开交。及至嫁了过来，对着惠如这样一个如意郎君，人品又好，学问又新，可以算得心满意足的了。可奈他是在外边做事的人，一天到晚不在家里。有时碰到外边有应酬宴会，归来的更迟了；或者惠如这天事情忙些，或者他在外边碰到一桩不如意的事，归来自不免的垂头丧气，口也懒得开。他夫人见他这样，便也只好闷闷的坐在一傍。久而久之，便和惠如厮守着，也提不起精神来。幸而他夫人便是在上海学堂里毕业的，她的母校离这里不多远儿。一到了礼拜日，总有些旧时的同学姊妹啦，女教员密司迦罗啦，知道她来了，来望望她，和她谈过半天，或者便邀她到母校里去散散心。他夫人一到了母校，觉得心开目朗，天清地平，比较起旧家庭的生活来，更是有天渊之隔。

加以惠如的老太太年老嘴碎，平日有些看不上那位媳妇，总说她年轻孩子气，不晓得当家，不晓得照顾惠如。念着洋书，什么事也不管，厨房里也轻易不见她影儿。要她三日入厨下，洗手作羹汤，更是一件永远不会之事。又说我是六七十岁的人了，也管不了你们一身一世，看你们往后怎么得了哪。碰到老太太不高兴的当儿，便把这些话在儿子面前说了又说。惠如听了也有些纳闷，只也不好十分责备夫人，只用些婉婉曲曲的话，明言暗讽似乎叫他夫人以后要留心家务，操劳井臼。可奈他夫人又确是小孩子心性，听到这些话，她心里不高兴便别转脸儿，鼓起小腮颊儿，再也不则一声。听过了不上半天，她早已忘了个干干净净，依然的我行我素起来。有时给惠如说急了，也敷衍了几句。只觉得这"主中馈"三个字的题目难做异常，提起厨房里脍鱼的刀儿，远不如她拿着一枝钢笔或者一块网球板儿的得劲。一顿饭没烧好，早累的她粉颊通红，汗珠沁沁。想她经过一次升级考试，也没这样的费力哩。因此想着在学校里的时光，真觉得仙乎仙乎，如在天上了。

表过不提，却说那天惠如夫妇清晨起来，他老太太正做好早课出来。一回儿阿巧搬上早饭，大家吃着。老太太看着儿子说道："昨天你回来为甚这样迟，累人家坐着等门。阿巧在客堂里瞌睡着了，目今春三二月天气，三日黄梅四日雨，忽寒忽暖的，叫她受了寒气，生起病来怎么好呢！人家也是好人家儿女，不过穷了些，出来做人家帮佣，赚人家几个钱一月，你们便这般不顾惜的，我看着也有些不忍呢。"惠如夫人听了，知道说的是她，一声儿不敢回答，低着头只管吃饭。惠如只好陪着笑道："你老人家不用生气，儿子往后一定早些回来，不用她等就是了。"心中却想着：昨天回来才十点多钟，平常比这时候再晚些，过了十二点钟回来的时候也尽有，她老人家从来也不管这些，明明是借题发挥的。然而到此地位，也只好代人受过，却不由的望了他夫人一眼。

一回儿饭罢，惠如按着老例，衔了一枝香烟到门外去散步。不期然而然的，在一所女学校的门前经过，只听见里边琴韵悠扬，歌声嘹亮。原来是一班寄宿生星期日无事，在教室里和着琴声唱爱国歌啦。一带浅灰色的短墙，好像也带着一种庄严肃穆之色。惠如心中不觉动了一动，默默的一个人站着，只在那里出神。他的脑膜中在这时候更有两种影像，渐渐的现了出来。一种便是荆钗布裙，椎髻举案的古人图画；一种便是短袖长裙，知书识字的最近写生。这两幅小影儿，只在他脑中跳跃不已，只是觉的再也合不拢在一处。怔怔的想着，一路回到家中。只见他夫人靠在洋台的栏杆上，手托腮儿，也好是想什么心事一般。惠如走到跟前，她方才觉得。惠如便从房里搬出一张藤穿椅子来，放在洋台边，自己坐下伸一伸腰，对他夫人道："平日忙着事情，倒也不觉得什么，今儿没有事，便有些困懒起来，真真人是贱的。"他夫人也笑道："所以说中国人，大半是中了惰气，要再不振作起来，怕就免不了亡国之惨啦。"惠如不觉嗤的笑了出来。他夫人便问笑些什么？惠如道："我好笑中国的民智，真是愈弄愈开通了。从前只有一班大志士，满口的国亡种奴，满面的已饥已溺，摆着一副孔席不暖，墨突不黔的架子，说着那种天下兴亡匹夫有责的大话。其实几曾看见过他做成功一件事来。不过忽而保皇，忽而革命，忽而虚君立宪，忽而民主共和。闹着无数的笑话，供给万口的讥评罢了。如今索性好了，便连你们这些女太太们也沾染上这些习气了。什么亡国啦，灭种啦，难道中国出了这么许多如蚊如鲫的伟人政客，大人先生，还管不了这件事，要你区区一个巾帼中人抱着不平吗？（痛哉言乎！惠如不知无此许多如蚊如鲫者，固不致有今日也。）"他夫人陡然间听了惠如这一番抢白的话，不觉气的粉面通红，勉强捺住一口气说道："你不要如此瞧不起女子，像我这般虽然是一个毫无学识的弱女，倘使遇到有可以替中国出力的地方，我也一定肯牺牲一切去做的。"惠如见他夫人有些急了，便改了口道："是的，是的！这是我很相信的。我方才说错了。好小姐，这露台上很凉的，我们进去罢，受了寒倒不是顽的。"

哈哈，苏州人有一句常言道：牙齿风是毒的。自从惠如夫人说了这一番话之后，果然不出两个月，全国学界闹着惊天动地的大学潮，便从青岛问题上起的事。接着的学生要求惩办国贼，焚烧了赵家楼，痛打了章宗祥。警厅逮捕学生，激得全国沸然。北京、上海、武昌、南京以及各处学堂罢课，商家罢市，工人也几乎罢了工。

在这当儿却难坏了一个徐惠如。你道是为什么呢？原来在这时候，大家讲究提倡国货的当儿，他所服务的这家洋行，却确乎不错是某国资本。他自从风潮之信一传，便此心自讼了好几日，要待伈伈伣伣的还是服务下去呢，他可还是个留学生，很晓得些国民天职，也抹不去自家的良心；待要辞掉了不干呢，又可怜他素来贫寒，一无积蓄。就事还不曾满一年，这一家数口，外面应酬，支持的也很不容易。一经闲了下来，还将何以为计？在这急切的当儿，也谋不出一件可以替代的事来。这两项问题，只逼的他天人交战，方寸如麻。

那天他在行里毕了事出来，在马路上一个人垂头丧气的踱着。只见满街上纷纷分着传单，有些学生装束的人，逢人演讲着。惠如一一听在耳朵里，好像一把把锥子一般，直刺入心里，见了人也不敢抬头。又像满街上的闲人，没一个不知道他是某洋行的书记一般，个个睁着怒目觑着他。他只恨没有缩地法，一步便跨到家里。在马路上踱了一回，两腿有些酸了，想叫辆黄包车回去。望了望只见转弯地方，烟纸店傍边有一辆车停着。那黯黯的路灯底下，车夫把个头靠在电杆上，手里也捧着一张传单看呢。他喊了声，说明了地点，便坐上去，一路走着。走出法租界，从西新桥转弯到西门，一路行人冷落，店铺也少。那车夫偏一边走着，说起话来道："先生，你可知道明天要罢市了吗？"惠如无聊无赖的说道："不。"那车夫笑道："先生读书人，怎倒不晓得呢？我听说这回的事，全是一班读书学生发起的。先生你难道不和他们一样的吗？"他听了这话，益发不快，也不再回答。一回儿车子已到了门首。

进到家中,可是这天他夫人没有出去,坐在房中。惠如进了房,在床上一躺,一声儿不开口。他夫人忙笑问道:“怎么了,你为什么这般不喜欢,我看你的脸色也青了呢!”惠如长叹了一声,便坐了起来告诉她一切原故,又把这件事不能两全的理由,告诉给他夫人听。他夫人慢慢的听完了,便笑道:“这又何难,你如何到今日又一点主意也没有了呢?我今天到学堂里,她们也已停课了。迦罗女士还告诉我,她的夜班也停了课。还商量着打电报给政府要求呢!你这职事,自然要丢掉的了。明儿写上一封辞职书,邮筒里一丢,便从此不踏那行里的门限儿,什么都完了。还不是干净有志气吗?”惠如道:“你好写意的话,我也知道辞掉了就完了,可是钱呢?不做事这开销打哪里来呢?”他夫人低着头想了一想,毅然的答道:“这个你不用忧。你现在不能做事,我也可以做事的,这个赡家的责任我和你分着担当。料想我们通共几个人,还饿不死了哩。”惠如睃着她,还有些半信半疑的,却一时间无话可答。

果然一到了明天,他夫人逼着他写了辞职书,自己便出门去了半天。回来便喜孜孜的对惠加说道:“好了,我已经在母校里找到一个教习的职务了。迦罗女士还对我说,她很知道你的学问,意思要等到这回风潮过了,依旧上课时,便请你当高级教授呢。”

一星期后,那西门的洋房门上,“归安徐寓”的朱笺已经揭去,换上了一张招租帖子。惠如夫妇已搬到邻近一个里里租了一所小房子住下。因为他现在既已牺牲了职务,那洋房自然住不起了。本来家里用着一个老妈子,也打发走了。可怜惠如夫人,每日里在学校中管理罢课时期中一切事务;晚上归来,还要操作,什么烧饭、洗衣服、零星琐碎,没一件不做。她却很引以为乐,一点儿不觉得不舒服。加着她老太太实在不明白这是什么回事。见儿子无端的歇了出来,未免有点不舒服。对她媳妇益发有些不耐烦。惠如夫妇却安之若素,遂把这回罢市的大道理讲给他母亲听。惠如讲完了,便道:“所以儿子也就牺牲一切了。”他夫人接着拍手道:“牺牲一切,牺牲一切!”老太太也点点头道:“咳,牺牲一切!”

(原载《小说画报》第二十一期,一九一九年九月一日出版)

先烈祠前

何海鸣(求幸福斋主)

“明天十月十号国庆日到了,要预备到先烈祠去致祭咧。”这一种消息,在镇守使署内传出,是秘书厅朱师爷首先提起的。朱师爷到底是个读过书的人,平日对于中华民国法令全书很注意,所以到时便想起这个应办的公事来。接着,副官处具了一个简单的呈条,向镇守使请示,问是不是照向来的成例举行。那位镇守使行伍出身,本一个大字都不认得的。接过呈条,叫一个随身的姨太太念给他听,看是什么一回事。这姨太太虽是娼门中人,却有一种特别的长处,就是也认得许多字。整个镇守使署中的人们,除了那位朱师爷,也就算这位姨太太能通文墨,下余便再找不出一个读书种子来了。所以伊由娼门中买了过来做姨太太以后,全衙门里的笔墨事情,外头靠朱师爷,内里就全凭这位姨太太。论起地位来,朱师爷不过专管秘书厅一部分的职务,分所当然,不足为异。这姨太太却以伊认得字的眼睛,来代替镇守使认不得字的眼睛,所有衙门中公事呈报镇守使,请他主持和吩示的,都一切由伊过目,看完后也就由伊主持。不独能办与不能办以及怎生办法,统由伊亲笔批出来;就是空空洞洞写一个阅字或盖一个小印章,也都由伊一手料理。差不多镇守使就是伊,伊就是镇守使。举凡一切镇守使公务上的职权,全落在伊手里。伊说出一句话或写出几个字来,不独全衙门中人都得遵行,连镇守使也是唯唯诺诺,照伊的吩示那么承转下去叫人办。伊的威权恍惚是一个太上镇守使,断没有半件公事不由伊主持的。自然是国庆日先烈祠致祭那件请示的呈条，也由镇守使转交给伊主持咧。

伊那时看过那呈条，芳容上猛的现出一种惨淡的颜色，半晌没答出话来，好像很沉默的在那里想什么。镇守使在旁见了，不由大惊问道："你、你、你怎么样了？莫非不舒服么？本来天天要你看这许多捞什子的字，是很苦恼很烦神的，我向来见了字就头疼，何况你这样一个娇嫩的人。这只怪我不好，小时候不该没读书，连累你今天专替我辛苦忙这件事。你如果真厌烦，不妨将这字条扔在一边，等高兴的时候再看。我想就是不看，也不打什么紧，横竖这些时没有闹土匪，没有军务上紧要文书，这又不像是省里大帅来的电报，用不着多操心，交给朱师爷随便办了就行。"说罢，又恶狠狠地对那副官申斥道："你不知道太太看字看得太辛苦了吗？以后这些不相干的纸条，不准随便拿上来，你听见吗？"但是那姨太太紧捏着那呈条兀自不肯放，还赶忙强作笑容，来安慰镇守使道："你不要性急，我并不曾不舒服。看看字也不打紧，为你的事，就是辛苦我也不敢辞，何况这还是很要紧的公事。我能够大意误你的公务吗？王副官，不干你事，你暂且下去听信罢。以后不拘大小公事，还是统同拿上来，我来这里的时候还不算久，有好些事不明白，不统同看一看不能放心。我万不能图我一人的清闲，耽误大人的事。"那副官答应了几声是，就乐得退了下去。

这里镇守使笑嘻嘻地握着伊的手说道："我的最贤慧的太太，你这样辛苦为我，我真十二分感激你。没有你，我这官简直做不来。如今闲话少说，这纸条上究是什么要紧公事，你快说给我听，早些办完了我们吃酒去。"伊微笑道："明天是国庆日，你都不知道吗？"镇守使也笑道："国庆日我过了好几回了，怎么不知道？但这不算要紧的公事呀。难道这条上写着要紧吗？……哦，……我明白了，每年国庆日，大总统要发好一大批的命令。文武百官加官的加官，给勋章的给勋章。难道省里有消息来，大帅保举我加上将衔，颁给什么七狮军刀不成？若果是真的，倒是一桩喜事。”伊淡淡的答道：“不是这个。难道国庆日除了加官给勋章，就没有旁的事吗？你想想看。”

镇守使思索了一会，说道：“委实没有什么事了，若是在省里，或者还须到督军衙门里去贺贺喜。如今在外边镇守使任上，又没升着官和得着赏赐，无须乎旁人来向我道贺，我又不去贺别的人，有屁的事。”伊听了这句粗鲁的话很不高兴，便也厉声道：“真就没有旁的事吗？亏你做着民国的大员，连民国法令上规定的国庆日祭先烈的典礼都不知道！”镇守使仍是不解道：“什么叫祭先烈的典礼？”伊道：“是一所先烈祠，祠堂里头全供的先烈牌位。明天你们做大官的应该亲自去祭一祭，这总该懂了。饭桶！”镇守使又很不耐烦的问道：“什么叫先烈？配立祠堂，还要我去祭他？”

伊心里一阵酸痛，便冷笑道：“哎呀呀，连先烈你都不懂吗？也罢，待我来细细与你这饭桶说。从前有班人，提倡革命排满，并为革命牺牲了性命。后来民国成立，大家凭着良心想，若没有这班人牺牲性命，哪里来的民国，便尊他们做先烈，立许多先烈祠，把他们一个个牌位供上。每年国庆日，连大总统都得亲去祭奠，何况你这个小小的镇守使！这还不是要紧的公事吗？”镇守使哈哈大笑道：“说了半天，原来说的是革命党。我生平最讨厌这种人，有好几次在前敌上，也不知由我手里杀了多少。今日叫我去祭他，配吗？不高兴。明天这件事免了罢。”伊勉强忍住了一腔愤怒，拿好言劝那镇守使道：“你不要如此任性，先烈究竟是于民国有功的。没有先烈，你今日哪有这大的官做。况且祭典是政府定的，上头也有公事，你不能不遵从，还是亲自去一趟的好。我是本地方的人，深知道本地方的事。第一次革命那年，本地方有许多革命志士在此响应，不幸事机不密，被清朝的官军查觉，一一拿了去，全死得很惨。所以后来才在此地立一个先烈专祠，每年地方官吏都亲自去祭过。你初来此地，不妨打听看，看历来是不是有这个老例。你若不守老例去祭，万一被地方上人在报上说你一顿侮蔑先烈的坏话，政府也不能答应你。我所说全是卫护你的话，你应该放明白些。”

镇守使道：“得了，你真是个迂夫子。你猜政府果真尊重什么先烈吗？如今做大官的，哪一个没杀过革命党。什么祭先烈的典礼，不过是奉行故事，拿一句空话敷衍那班捣乱的革命党的。有几个人肯真去祭他们，我又何犯着亲自跑一趟。若真个孙中山做了总统，不用你说，我自会去祭一祭。现在不到时候，还是在衙门里与你喝酒谈天的好。”

伊见好言劝说不行，便只好撒起娇来道：“我舌头都说干了，你还是不听我的话，真正气死人！那不行，你还是非得依我的不可，不然，我可要生气啦。”说着，便装出些生气的样子。镇守使也急道：“你这人凭空发冤枉气，我真不懂，你为什么定要我明天辛苦一趟。也罢，我就答应去也未尝不可，不过你总得说出一个真正道理来，为什么你一定要主张去。你若说不出这道理，我却还是不去的咧。”

伊逼得无法，便说出实话来道：“哎哟，你真麻烦死人。你不知道我的爹也是一个先烈吗？所以我非要你去祭他老人家一趟不可。可怜他老人家为民国牺牲了性命，犹如白死了一般，剩下我这样一个女儿，谁也不来照管，只落得堕入娼门，丢尽祖宗的脸。如今好容易嫁着了你这做官的，你这一点面子都不肯给我爹吗？”镇守使一听此言，自是惊讶得很。万想不到他竟娶了一个革命先烈的女儿做姨太太。但一想起伊可爱的地方来，登时也就软化了，道：“哎呀呀，真想不到，我丈人还是一个革命先烈呢！早知道，我早不与革命党作对了。好的，看在你分上，丈人我总不能不认，明天我一准去磕几个头，尽一尽我当女婿的孝心。不过我还有一句话说，先烈祠里不止你爹一个牌位，那些死鬼革命党，也不见得个个都是我丈人。我拜丈人虽应该，拜他们那些无关系的却到底有些冤。不如请你把你爹的姓名告诉我，待我派人把先烈祠里那些不相干的牌位全行撤掉，专供上你爹一位。或者由我呈请政府，改作你爹的专祠，才显得我这一片诚心是专为他老人家的，也不枉他老人家有我这样一个女婿一场，你大概总以我这话为然吧？”

伊却连忙摇手道：“谢谢你这番厚意。但是我想一个轰轰烈烈的先烈，必须他女儿做了娼妓，嫁了大老官，做了姨太太才能换来一所专祠，也不见得有什么体面，或者谈起来更伤心呢。何况政府规定祭先烈的典礼，为的是公。我不能因我一人之私，撤掉那些先烈，霸占做我父亲一人的私祠。万一传出去被人说闲话，你也得耽着过失，又何必那么蛮干呢？再进一步说，我父亲在天有灵，也决不肯为他一个人丢掉一班同难的朋友。只求你明日肯去一趟，笼统的祭一下，我和我爹便已感激不尽。你也算尽了你的职务，在公私两方面上都讲得过去了。”

那镇守使听到这，不愿再多费唇舌，便道：“那末，就由你的意思办罢，我明天答应一准去就是。祭礼也无妨办丰厚些，出门的仪仗也无妨备闹热些。你也可以陪我去一去，在你爹牌位前一同磕几个头。今晚早些安息罢。”伊既得了胜利，便取过笔来批那呈条道：“国庆日本城先烈祠的祭典，由本使亲自拈香致祭。着副官处备办祭礼，秘书处缮制祭文，一切礼仪，必须隆重勿误。”随又叫了那副官来，持了这手谕传令下去。

到了第二天早晨十点钟的时候，伊催促着镇守使穿起陆军礼服，同乘着一辆马车，带了一连兵马，前呼后拥的从镇守使署走出，往先烈祠而去。到了那里，刚刚下车，只见祠前簇拥着许多人民，在那里看热闹。不料人丛中发了一声喊，又挤进一班残废的人，带了一些妇女和孩童在车前高呼请愿。伊仔细去看那班人，却是断手的也有，跛脚的也有，瞎眼的也有，全穿着军人破烂的制服。后面一班妇孺，尤其是瘦弱不堪，面无人色，似乞丐一样。

镇守使怒气冲天，便大声喝道：“这是一干什么东西？敢在此地捣乱？”那班人中便走出三四个人来回话道：“我们是伤兵团的伤兵,那些妇孺是先烈的遗孤。我们全是为民国牺牲,受了莫大的损害的。虽说政府规定下来,伤兵有一半的粮饷,遗孤也有相当的抚恤金,无如近来这笔钱已好久不发了。我们无衣无食,生计困难。慢说遗孤不能再受教育,连生命都快有些保不住呢。但是先烈和我们都是有功于民国的,今天坐视我们这样困苦,先烈在地下哪能瞑目!所以特来请愿。请镇守使念在先烈和我们从前功绩分上,赐给一个救济的方法,把所欠发的抚恤金补给多少救救我们眼前的困苦,犹如救命一样。"说罢,全体发喊。"救命"、"救命"的声浪嚷成一片,直喊得天昏地暗,鬼哭神号。

镇守使哪里看得惯这种局势,便气得疯狗一样,咆哮大喝道:"反了!什么东西!财政厅不发钱,又不是我欠你们的,与我麻烦些什么!你们聚众胡闹,要造反吗?好大胆!也不打听打听看,我是什么脾气。卫队们,拿刺刀和枪托子开这些东西!"眼见得卫队狐假虎威就要动起手来。这时那姨太太触目惊心,含着两眶红泪,忙劝住镇守使道:"你看我分上,不要动气。卫队们尤万万不要鲁莽。这班人都是可怜的人,只有民国对不住他们,他们没半点对不住民国。可怜先烈白牺牲了性命,伤兵白损坏了身体,今日叫死者的遗孤和这干残废连衣食都无靠,连应该给的抚恤金都不给,已经万分说不过去了,还忍心这样威吓他们吗?"随又高声对众人晓谕道:"你们暂且安静一下,退到两旁去,千万保守秩序。我一定对镇守使说,设法救济你们,我是深知道你们艰苦的,请你们信我。"于是众人果然安静退了几步,伸长脖子等候镇守使夫人的救济。

镇守使很焦躁的问伊道:"你打算怎样?你为什么纵长他们的刁风?"伊泣道:"我也是先烈遗孤,你是知道的。兔死狐悲,物伤其类。我如今也没有多说的,只请你多多看我分上,做一回好事。但也不要你另外拿出钱来。这半年来承你待我不错,很给了我许多钱,又替我买了许多珍贵首饰,我愿意都拿出来周济他们,务请你赞成我这办法。"镇守使万分无奈,懒洋洋答道:"既然你定要做好事，横直积下功德来彼此有分，不如就由我另外拨一笔款子去办就是。要多少你说罢。”伊道：“那末开发完后，自然算得出数目来。权当你疼爱我，买首饰与我一般，我是非常感谢你的。”当即把副官叫近前来，又吩咐道：“你对他们去说，叫他们的代表快呈出伤兵和遗族的两项名册来。大人做好事，每人送十块钱。将来我还要替伤兵立一个工厂，替遗孤立一所学校。官家应该给他们的钱，也由我们代他们去讨。你接过名册，算一算多少钱，回去向我领便是。”

这副官遵命把这番话对众人宣布后，登时人丛中狂欢大叫道：“谢大人的恩典。”镇守使破费了这多钱，本是有些肉痛的，只因要讨姨太太的喜欢，才勉强忍痛答应。此时便也大喝道：“不要谢我，谢太太的恩典。”在他的意思，无非是要巴结姨太太，巴结一个痛快。这干人仰承意旨，便又喊起“太太的恩典”来。但其中不少一二有骨气的人，听了却十分悲愤，暗暗伤心道：“什么叫国家崇德报功，到头来还要仗着一个镇守使太太的恩典哟！”但是一般人总算是很满意的散了。国庆日的点缀，也总算是应有尽有了。镇守使和姨太太携手走进先烈祠，在那丰富的祭品桌下，双双行了一个三鞠躬礼。在不知道的人，都以为是镇守使今天忽然崇拜起革命党来，委实有些奇怪。又谁知他是专为拜见岳老大人的灵位而来的呢？祭礼完后，镇守使特跑到神座边，撑起那昏花老眼，向那一方方的牌位细细寻找，又喃喃自语道：“伊姓李，那个李字我还认识。这里有三四座姓李的先烈牌位，究不知哪一座是我真正的岳丈。”伊在旁听明白了这句问词，瞟了伊丈夫一眼，微微苦笑道：“你不要发痴了，我虽已认出来，却断断不能告诉你。我还要替我那做烈士的父亲留一点面子，不愿叫人家听了当笑话说呢。”

（原载《小说世界》第八卷第一期，一九二四年十月三日出版）

一星期的买办

毕倚虹

从前的老辈每每不赞成子弟住在上海,他们总认定上海是青年子弟最不相宜的场所;然而青年子弟却非常的欢喜住在上海,非常的爱恋上海。未到上海来的希望来,已到上海的舍不得去。有许多青年子弟因为在上海没有固定的职业,对于家庭提不出一个久居上海的理由,于是急急忙忙要想在上海寻职业。他那意思并不在职业之如何,宗旨不过要借这名目达到他居住上海目的罢了。社会上的魔鬼最多,他揣测上海有这班急求职业的青年,他便设出方法,以职业来求人。许多恋爱上海的青年,怎么会不坠其术中呢?列位不相信,请看我这《一星期的买办》。

何仲明是南京何中堂的第二个孙子,是一个倜傥的少年。他在二十岁以前,全是极力去做"纨袴"两个字的历史。他的足迹也不出南京,他的活动力也不出秦淮河。他的最远的目的地不逾"下关"。他的欲望也不过希望在钓鱼巷里讨一两个扬帮妓女,置之金屋而已。不想光复以后到了上海,才晓得上海的繁华胜过南京千百倍。他曾和朋友说:"南京除了做督军的有争战的必要,在我们瞧起来,南京无一毫可以留恋的价值。"于是决计久居上海。可是何仲明的老太爷、老太太还双双在世,虽然溺爱何仲明,仲明说什么两老总依着他;此次他要全家搬到上海,仲明的父母可不能贸然答应了。仲明的父母所持的理由,说全家迁沪,一则开支太大,入不敷出;二则南京的房屋财产没人照管,岂不可惜。因此否决了仲明的建议。无奈仲明恋着上海，一定不愿意走。后来仲明的父亲没法，便对仲明道："你当然随我们老夫妇和其余的人一齐回南京去。高房大厦岂不舒服？你如果上海有一件职业，那也不妨一个人留在这里。少年人原是要开创做事的，不能和我们老朽比；可是空空洞洞的若没有职业，萍飘絮泊的独居上海，有何趣味！徒多耗费，还是回南京的好。万一闷起来，不妨偶而来逛几天。"这一番话，仲明的父亲也总算说得词意委宛，爱子之心无所不至了。

仲明听了暗暗打算，我如要在上海，非寻一个职业不可。他既说了这话，我寻着了职业，他只好让我久居此间了。于是仲明也不和他父亲辩论，先让全家搬回南京，分头托朋友替他寻职业。仲明的朋友，向来只知道仲明拣热闹地方去玩耍，从没听见他要寻职业。如今一旦听见他说寻职业，大家全奇怪起来，以为他是玩话。后来仲明再三的催朋友替他寻职业，那朋友对他道："老实说，上海滩上职业是不少，可不是你能做，你肯做的。好事体人家也不见得肯来找你；吃重的事体我又干不了；局面小的事体，你也决不干。上海虽大，要寻一个与你合宜的职业，竟不可得呢，只好徐以图之罢了。"说这一番话的那个朋友却是一个正经人，所说的话也是针对何仲明，一些不假。无如何仲明极不愿意听。

隔了几天，仲明又和别一个朋友谈起，那朋友姓张号晓仁，是在一爿洋行里做事的。他和仲明虽是酒肉之交，可是张晓仁常常将洋行里新到的货样，什么钢表呢，自来水笔呢，纸烟夹子呢等等拿来送点给仲明。仲明因此与他比和别的朋友略为亲密些。张晓仁听仲明要在上海做事，当时极力赞成。这一层已经先得仲明的欢心了。随后问仲明要寻什么样子的职业？仲明道："我初出来单人独马做事，也不敢存十分奢望，你替我留意罢了。"张晓仁道："你也要提出几个条件放在我肚皮里，我方可替你去寻头寸。"仲明道："第一要名称好听，因为名称不好，与我身分门第不称，家严一定不赞成的；第二要职务清简，因为事体太繁太苦，老实话我是吃不落的，反要闹笑话。最好有人做了事，起好了稿子，叫我签签字，接接头最好；第三薪水花红也不可太少，你想我一人在上海，便是不赌不嫖做一个规矩人，起居饮食酬应游戏，已经月费不支，既有了一个职业，似乎也不能再时常向家严开口要钱。我算了一算，至少每月总非三百块钱不可。”张晓仁一面听着，一面点头道：“你这三个条件，一些也不错，而且条条脚踏实地，瞧上去似乎寻这适合头寸的事体很难，然而上海滩上千千万万的行家，有事没人做的也很多，机缘凑巧也许有这样的局面候你呢。我代你留意罢了。”仲明再三的拜托他一番而别。

隔了五六天，张晓仁来寻何仲明了。他说：“巧极了，巧极了。我们行里大班和我说，他们同国的朋友设了一爿行，名唤汤白洋行，已经开张了一年多了。他行里分三部：一部是机器部，一部是军装部，一部是花边部。机器、军装两部，已请两个广东人做买办了；花边部因为初初开办，还没请定了人。大班对我说，汤白洋行的大班托他物色人材，要精明强干，有身家，广交际的华人方肯延聘。钻的人虽然不少，但是汤白大班不轻允许。我听了这话，很替你一喜。第一这个职业名目是‘汤白洋行买办’，说出去也堂皇，走出去也漂亮。老太爷听了外国人请你去做买办，一定很欢喜，很赞成的。岂不是与你第一个条件相符么？第二事体很轻松，每天早上九十点钟到行，与大班接接头；十二点出来吃饭，两点钟再进去，与大班再会会面；四点一刻，反锁了写字间，大家全散了。逢着礼拜六，下午还可以不到，何等写意。”何仲明含笑道：“好便好，不过我的外国话不大行。除掉打扑克上边几句话，和拍拉玛上半本上几个名词还记得，其余全说不上来，如何能和外国人谈天，岂不僵煞？”张晓仁道：“这一层何用费心。你说得不好，可以由你另请翻译。翻译的佣金由大班担负，你何必害怕？像你这样聪明的人，到了行里听人说说，不消三两个月，包你眼面前几句话一定对答如流了。”

何仲明道:“花边我是外行,既做了买办,我怎么办呢?从何下手?”张晓仁道:“浦东一带有编造花边的工厂,他打听你的行里收花边,他们自会带着样子寻上门来。你再替他和大班磋商行情,磋商定了,大班付银子收货,你拿康密沁,岂不省事写意。再者你手底下也有三四人用着,零碎事体你可以不管不问,总其大纲而已。”

何仲明道:“谈了半天,这买办一席,有多少钱薪水花红呢?”张晓仁见问,忙凑过去道:“这一层更合你的条件了。薪水每月三百两。写字间用的翻译、书记、式老夫等等一切归你雇用,行里准其每月开支二百两。多下来是你的好处,不足由你贴。总算一切由你包办,连你自己的薪水五百两银子一月。这是呆薪水,不问有生意没生意,可以坐支的。至于花红、康密沁,瞧生意的大小而定,大概是有个九三扣。譬如做十万银子的生意,你坐稳有三千两的好处。倘如做到一百万,就有三万的利益了。”说罢深深的对何仲明一揖道:“恭喜,恭喜!真是你老哥的发财机会到了。”

何仲明听说,笑得合不拢嘴道:“照你说来,已经代我说成了?”张晓仁道:“成还没说成,因为不能不先来问你一声,得你一个同意。”何仲明道:“既然与我所说的条件相符,你老哥怎不替我决定了呢?这种好事,万一被别人抢去,岂不可惜!”张晓仁道:“这也不是那种登报招请买办,恐怕让人知道了。这是极秘密的机会,不是内里人,怎会有这种好机会。”何仲明道:“那么费心,你就去替我说一说定局,省得夜长梦多。”

张晓仁道:“但是有一样,汤白的大班也有一个条件,所以我要你允许了,方能去说定。”何仲明道:“什么条件?”张晓仁道:“论到这条件,真可谓极宽极稳的了。大班要你垫款三千两。”何仲明道:“他不给我一个钱,先叫我付他三千两,我未免太不上算了。”张晓仁道:“汤白大班手面很好,决不少你这三千两银子用。所谓垫款者,仿佛和押柜差不多。因为以后他有许多银钱货物在你手头出出进进,万不能不有一点押柜,做个信用保障。况且你这三千两分两期交,第一期你只交现银一千五百两,可是他出一张二千两的签字收据给你,总算五百两是预付你一个月的薪水开支的。其余一千两,你开一张一星期以后的支票给他就是了,算出第二期的款子。他收到支票,他也写一张收据给你。万一将来你和他分手,这三千两照数连六厘官利算还,分文不少。你想目前只出三千两银子,每月有五百两的呆收入,又有意外的花红,做的又是洋行买办好席面,这种便宜事体,高尚职业,从何处去寻呢?真所谓踏破芒鞋无觅处,得来全不费功夫呢。"

何仲明踌躇道:"三千两银子我手头一时还凑不出来。我明天只好回南京一转,向家严说明了,带款子来再定局罢。"张晓仁道:"你如果是决定的,那么我先替你说定了,免得为捷足先得。我的意思最好在南京未去以前,银子未交以前,你和汤白大班见一见,说说定。付银子迟两天三天也不要紧。你付了银子,再去起薪水办事就是了。"何仲明道很好很好。

第二天午后,张晓仁介绍了何仲明到汤白洋行去见大班华德莱先生。何仲明又带着他一个堂房阿侄去,因为阿侄在梵王渡读过三年书,会说外国话,同了去做个亲信的翻译。果然华德莱开出条件,垫款银子和薪水数目与晓仁所谈丝毫无误。华德莱又说了几句亲善的话,何仲明非常高兴,当场便说定了。约定三天后交银子,签定合同,再入行办事。何仲明别了华德莱,赶紧奔到南京,见了他父亲报告这个情形。他父亲也将信将疑,说没有这般好事罢?仲明道:"父亲如不相信,可以同去付银子,见外国人,查看合同。"他父亲道:"既靠得住,就去照办。我年纪大了,懒得到上海,外国人更怕见了。明天叫账房里替你汇三千两去,但是要一切格外谨慎。外国人的玩意儿,千万不可大意。"何仲明领命欣然赴沪。

到了预约的那一天,何仲明仍同着堂阿侄,带了一张一千五百两即期庄票,和一张一星期后三月四号的银行一千两支票去,便与汤白大班华德莱双方签定合同,各执一纸存照。将那银票支票付给华德莱时，华德莱也签了一张收据给他。两次收据，一次签好。收据上却写明白是三千两。何仲明拿着非常得意，心想五百两的薪水先到手了。华德莱又将何仲明领到一间不大不小沿马路的写字间去，指定这就是花边部的写字间。那间屋子光线很好，写字台等类也约略有些陈列。何仲明很为满意。华德莱道："如果嫌布置不精，尽管重新安排。今天是二月廿六号，布置收拾总要两三天，那么就请你三月一号来正式办事罢。"仲明一算二月只有廿八号，两天工夫虽甚局促，但是赶紧的办起来，还赶得及，便答应一准三月一号就职。

二月廿七八两天，正是何仲明督率书记、翻译、式老夫组织写字间的期间。张晓仁又时时来做顾问。何仲明不惜工本，又添了几件沙发，两张柚木写字台，几扇油画，顿时将一间小小的写字间，布置得妥妥贴贴。买办何仲明的那张写字台上，格外收拾得整洁漂亮：什么墨水壶、笔架、胶水、吃墨纸硬板、案上日历、大小信封信纸、白钢丝的文具篮，一切应有尽有，非常齐整。台角上又安设了一架买办专用电话机，可以一面写字，一面听电话。何仲明是预备职务忙起来时，不得不如此。未雨绸缪，也正是他的好处。

忽忽的到了三月一号，汤白洋行花边买办何仲明就职了。他的堂侄也就了翻译一席，他的小舅子也就了书记一席，替他拉包车的阿二也高升了，就了式老夫的一席。但是职虽就了，写字间里除了仲明的几个嫖友来道喜以外，没见一个花边交易的人走进来。进去见了一次大班华德莱，华德莱问有什么事？何仲明的翻译回答没有事。华德莱脸上很露出厌恶的神气来。何仲明只得带着翻译退出自家写字间来。以后虽想走进去和大班谈谈，但恐怕惹他的厌恶，只好不见面了。仲明的堂侄也很赞成不去见大班，因为久不说外国话，说多了很觉得吃力呢。何仲明率领着阿侄小舅子株守在写字间，虽有些沉闷，但是仔细一想，不去管他，坐着也有钱拿，坐坐何妨。盼到四点钟一敲，飞也似的出来。到了应酬场中，大家问起，总说是从行里出来，似乎非常光宠。有时夜深了，大家还要拉着仲明打扑克。仲明道："我不能奉陪了，明天九点钟还要到行，迟了大班找不着我，又要说闲话呢。哪有你们可以睡晏觉的舒服自由呢？"说着还带着几分苦恼的神气，然而态度却是非常得意呢！因为不如此，一般嫖客和妓女不晓得他是洋行的买办了。

何仲明如是谨慎从公的约有两三天，实因一无所事，不免厌气起来。心想我接手花边买办以后，那军装、机器两部买办还没去拜访过。虽然你管军装，我做花边，各干各事，风马牛不相及，但是总算得在一个行里办事，大家不照面似乎礼节欠周。想到这里便带了一张名片，踱出自家写字间，到隔壁军装、买办那里去。何仲明此时很懂得点洋行规矩，先用两个指头独、独、独在门外敲了两下。里面答应一声"康姆音"，仲明便走了进去。谁知进去一瞧，仲明大为诧异。只见那军装写字间里的人，七手八脚在那里收拾捆扎。油画挂片全卸下来，倚在墙根。字纸倒得满地，像煞就要搬家的神气。仲明不知何故，还未开口问话，那军装写字间的人先问仲明寻谁，仲明道："我来寻这里买办邝先生。"那人问仲明贵姓，仲明心中好笑，一家人竟会不认得一家人了。当即不多说什么，挖出一张名片。那人一瞧笑了一笑道："就是在隔壁么？"仲明点点头，那人领仲明到里间去坐下。只见一位苍黑面孔，四十岁以外的广东人，愁眉不展的靠着写字台坐着。那广东人见了仲明的片子，起立招呼。仲明问了贵姓，才知那广东人正是军装买办邝先生。邝先生劈头就问仲明道："何先生来行有多少时候了？"仲明答道："刚进来不到一个礼拜，以后一切还要请邝先生指教。洋行的事小弟没做过，实是外行。"邝先生道："何先生进来垫款垫了多少？"仲明道："惭愧得很，垫不出多少，只垫了三千两。"邝先生道："全付了吗？"仲明道："已付了二千，其余一千出的是支票，还没到期呢。"邝先生道："快点，快点，去止付。"仲明忙问何事？邝先生道："我们全是中国人，我不能不关照你一声，我们全上了这滑头外国人的当了。"仲明听罢,急问怎样?邝先生道:“这华德莱原来是一个外国流氓。他开设这一洋行,原是假戏骗人,外国厂家并没一些联络。我进来除已垫付五千两外,另外还做了两三笔生意,有一宗是替江西办军火,已付了四千两的定银,直到如今货色一点没到。今天推明天,明天推后天,定户追得不得了,我去问这滑头华德莱。他一派支吾,也交不出外国厂家电报来。我又秘密的查出他几件诈骗证据。那边机器买办林先生也是上了当,他共总被他骗了一万一千多两,比我还要吃亏。现在我和林先生联合起来,已经请了律师,在领事衙门里控告他了。此刻我正收拾一切,预备和他吃官司。怎么何先生一点不晓得吗?”

何仲明听了很为发急。一想钱已被他骗去还不必说,这么一来这“居移气、养移体”的买办做不成了,未免可惜。当下只得问计邝先生。邝先生道:“你第一步赶紧去止付那未到期的一千两支票;第二步你也赶紧收拾收拾散伙最好,也加入我们这控告以内,以华德莱追偿损失。不过看上来追也是枉然。这样办一办,可以叫华德莱滚蛋回国,省得再在上海害人。”何仲明没了主意,只得点头称是。何仲明还想再谈片刻,邝先生立起来送客道:“我此刻还要到外国律师那里去商量办法,恕不奉陪了。”何仲明只得出来,心想机器买办那里也可以不必去了,纷乱的情形大概也和邝先生这里一般无二。没精打采的只得回到自己写字间来。他堂房阿侄见老叔面如土色而回,不知就里,以为是受了军装买办的抢白。正要问时,仲明叹了一口气,摇了一摇头,打开那往来的银行支票存根来一查,抄出那付给华德莱支票号码来,正式的又写了一封信,盖上印鉴图章,立刻差人送到银行里去。不到四点钟便先走了。

四号的那一天,仲明仍旧到汤白洋行去,以观动静。一看军装、机器两间屋子全空空如也,晓得邝先生的话不是欺人之谈。正要和堂阿侄小舅子说明原委收拾滚蛋,不提防到了十一点三刻的时辰,外面送进一封洋文信来,要仲明亲自签字收拆。仲明签字收下了。只见信封左角上有一行中国字是“匈赖西大律师公馆”，仲明才知道是外国律师的信。抽开一看，全是洋文，急忙叫堂阿侄去看。堂阿侄一口气也看不十分了解，急急忙忙又查了半天字典，总算弄明白了。一句一句的译出来是：

据敝当事人华德莱委托，所有阁下应付华德莱之一千两支票一张，今日到期。华德莱赴银行支取时，该银行拒绝不付，以致敝当事人损失甚巨。兹敝当事人委任本大律师向阁下要求：第一速将应付之一千两克日照付；第二赔偿敝当事人因此损失银一万两正。该两款限二十四点钟内如数交至本大律师公馆，倘逾期不交，或有意延玩，本大律师即向法庭以刑事控告阁下混用伪支单诈骗之罪矣。勿谓言之不预也。此致
何仲明先生

匈赖西大律师启　二月四日十一点钟

何仲明读了一遍，急得一身冷汗，半晌透不出气来。连忙摇电话给张晓仁问计。还是他小舅子明白点，劝仲明不可去问晓仁，恐怕是晓仁和华德莱串通一气，岂不问道于盲。何仲明问：“那么不问晓仁，又怎样对付？”他小舅子道：“我有一个主意，三十六着，走为上着。这时候还来得及，你先坐火车回南京。一到内地，外国律师也立时立刻无所施其技；否则在上海就要吃他的眼前亏。果真闹到公堂，判到西牢，那真坍台坍足了。我们也卷旗息鼓的走了，岂不省事。已付的二千两，譬如丢下水，岂不就完了吗？”仲明一时没了主意，也只得如此办法。

仲明的堂侄道：“这一走了事的办法，只能顾目前，终非长策。难道我们为这一千两银子的关系，永远的卖断上海这条路不成？”仲明道：“对呀，叫我从此不到上海，我办不到。我情愿罚三四千两银子了事。”堂阿侄道：“我有一个法子。一面呢，老叔暂且走出租界避一避；一面呢，老叔将所有和华德莱订的合同以及匈赖西的

信，一齐交给我。我认识一个外国律师叫根茄匈的翻译，叫他想想什么和解的法子。究竟这件事十成有八成是华德莱骗我们，不是我们骗他们。有理不怕打官司，一逃逃了不见，那倒显见情虚了，反为不妥。”仲明道：“这话一些不错，事不宜迟，就这么办。”恰巧已是十二点钟吃中饭的时候，于是不知不觉的何仲明带着他的堂阿侄、小舅子，包车夫升任的式老夫，反锁了写字间，一溜烟出了汤白洋行。何仲明立刻到南京暂避，小舅子也进城去躲一躲。堂阿侄因为要去寻根茄匈律师办正式交涉，只得仍在租界。

一连过了三天，何仲明在南京接着他堂阿侄的信说，根茄匈律师翻译，已将这件案子前后查过，可以包仲明打赢官司，不必怕他，一切有那根茄匈保护。至于根茄匈律师费用，并不要仲明分文。不过预先讲明，将来华德莱那边追出来多少银子，全归根茄匈。总算仲明不费分文，了一场刑事官司。

仲明接到这封信，心安了一大半。第二天又摇摇摆摆，大模大样的到上海去了。正要去寻他堂阿侄，不想在东方旅馆的电梯里，顶头碰见了旧同事军装买办邝先生。邝先生见了仲明先问道：“何先生，你怎么不到行里去搬家具，何必便宜房东？”何仲明问怎样？邝先生道：“华德莱让我们控到领事衙门以后，领事很公正，晓得他是一个流氓败类，因为要保全他们国里商人名誉起见，不能不重办一下。当时判决驱逐出境，永远不准来华。某银行里，他还有二千五百两银子存着没有支完。领事便判归我和机器买办林先生瓜分了。你如果也告他一状，也可以按股分点呢。”何仲明道：“华德莱已经动身了吗？”邝先生道：“昨天绿烟囱的轮船出口，领事已押他上船。这时候早已在东洋大海里了。汤白洋行里的物件，我和林先生的已经取回。你那一间依房东就要打开门来搬动，是我关照他不许擅移。你赶紧明天去收拾收拾，究竟搬几张写字台、沙发回来，也可以抵抵损失。”邝先生说完了自去，何仲明感谢不尽。

何仲明听了好生欢喜。华德莱自已犯了诈骗罪名驱逐回国，匈赖西律师那封信,当然不生问题。根茄匈律师那里,也可以作为罢论,少了许多纠缠。心里非常舒服,好像犯罪的囚徒得了天恩大赦一般。第二天去搬回写字间的写字台、沙发等件。何仲明见这许多写字台,旅馆里也摆不下去,和小舅子一商量,托了一家转运公司运回三张到南京家里,给他自己的儿子做书桌。仲明的夫人见了,心中暗暗的欢喜道:“现在丈夫真是改邪归正,时时刻刻纪念着家了,居然也晓得替小孩子买两张书桌回来。从前他只知道买东西送婊子,哪里想得着自家的儿女啊。”唉!谁知道这两张写字台,正是她丈夫何仲明做一星期买办的成绩品呢。

(原载《星期》第三十一期,一九二二年十月二十一日出版)

政客的面孔

贡少芹

李从新掮着那政客的招牌，在政界中混了八九年，不但那些当道巨僚著名军阀和他意见融洽，声气相通，便是历任的元首，到那内政外交棘手时候，都要卑礼厚币的请教他，帮同着设谋建策。只消他点头允许，各项疑难问题没有不立时解决的。如果稍有不如他的意，他便施展手段，将这些大人先生们在股掌上搬弄，结果总要叫人家吃他的无形苦头，嘴里还说不出来。那种种权利，都为他一人独有，因此人送了他一个徽号，叫做政客大王。

当时有许多大小政客，瞧着他恁般声势煊赫，自然崇拜他与羡慕他到极顶的地步，便都来和他联络。他们并非一定要巴结他，实系想借此亲近，学一学他操纵政局的灵敏手腕，以备自家将来在政治舞台上活动。李从新也明白他们用意，便表示一种默许的态度。于是那班政客们和他在一块儿相处多日，觉得他一切举动，委实有异人之处。但是要跟他学步，却不知从何处入手。当下大家开了一个会议，打算向从新说明志愿，想拜列他的门墙之下，要求他将做政客的秘诀传授众人，以便推广他的这一种专门教育。

从新很是高兴，遂欣然承认下来，并说道："你们欲步我的后尘，算得是些有志之士。可是空担个政客虚名并不难，若想在实际上做真正的政客，却大不容易。此中奥窍，断非言语所能教传的，要在学者运沉细心思，用微妙眼光方可心领神会。诸君果以鄙人为然，且慢慢瞧着我罢。久而久之，自然获益非浅。"那众政客中，有位姓邱名大坤的，说道："我们随你厮混已非一日，你的作为，我们早经领教过了。但个中门径和玄妙，尚不曾寻得着。所以我等愿做你的弟子，务求你将第一步方法不吝指示，那时我们循序渐进，可望达到出神入化的步位。"李从新听大坤这一番话，思索半会，点头道："这也不错，大凡做政客的，那心思和手段固然不可缺一，然而我却将此两项还放在第二着。若谈到我的本领，全在这副面孔上咧。那些达官显宦被我颠倒，听我利用，完全感受我这副面孔的催眠术。诸君如欲以我为法，从今以后注意我的面孔，管教有莫大的效果呢。"众政客被他这句话提醒，无不恍然大悟，由此众人全副精神，总在伊的面孔上。

这一天，从新正同几位门徒式的政客，在休息室里谈天。即见有个家丁匆匆跑进来，手中拿着卡片，对从新说道："某省省长胡大人拜谒。"从新接过那张卡片，瞧了下子说："他算个甚么，值得这样大惊小怪。招呼他在客厅上厮见罢了。"那家丁应了一声是，急忙退出。从新故意延挨半会，方对邱大坤等人道："诸君且略坐一坐，我去便来。"言讫站起身，现出一副道貌严严的模样，慢慢踱向客厅上去。邱大坤望着众人丢了个眼色，低低说道："我们去瞧他对付这位胡省长，究竟是什么面孔？"众人点点头，即跟随大坤尾着从新的脚步儿，到了客厅回廊下。大坤用唾津湿透窗纸，戳几个小窟窿，像瞧西洋影片似的轮流向里面瞧。

只见从新正与那胡省长挨肩儿坐着，交头接耳密谈呢。其先从新面庞上，很带着愉快的颜色。后来那胡省长不知说了几句甚么，从新脸色陡然变了。比及说完，从新换了四五种面孔，始由愉快而矜重，继由矜重而沉毅，再由沉毅而严厉，末了，由严厉而呈露鄙夷不屑之状。即听嗤的一声干笑，接着冷冷的说道："足下愿望未免太奢了，兄弟纵然竭尽棉薄，只怕办不到的。最好你另请他人罢。"那胡省长见从新言辞坚决，很猜透他的意旨，忙将身子向前凑了一凑，附着他的耳朵叽叽咕咕说了一大番。霎时间，从新的面孔渐次回复原状，刚待开口，在这个当儿，蓦听得外面有怪声怪气的人，一路嚷进来道："老李呀，你这几天为甚么事，不到我那儿去。我打了几次电话来，你的仆人都说你在屋里会客。我委实急了，特地赶来，单看你会的是谁。"说着早到了客厅外。从新忙不迭起身迎接，虽然面孔上堆下笑容，但那种厌恶他来得突兀的形状，早流露在词色之外。

当下从新扯着那人的手一同入内，介绍胡省长与他相见，并代达彼此姓名。胡省长方晓得他是解职的公府秘书黄伯潭，却系当代一位名下士，不觉肃然起敬，便和他执手寒暄。黄伯潭哪有工夫与姓胡的作无谓周旋，并不大理会他，只管向从新要酒吃。从新被他纠缠没法儿想，勉强应允。偏生此时那胡省长，和从新的秘密谈判尚未终结，未便即去，从新落得做个顺便人情，留他饮宴。胡省长不敢推辞，很愿意的叨陪末座。

到了入席时候，从新又邀大坤等人列坐。及酒酣耳热之际，只见从新的这副面孔，委实变易得快。对待黄伯潭，忽而庄重，忽而诙谐；对待胡省长，忽而亲热，忽而冷淡。这还不算，和他两个谈论，有时言语尚不曾出口，那眉宇间，眸子中以及颐颊唇齿边，早将欲言而未及言的神态，都一一传达出来，使他俩心领意会。而他俩的精神和意思，随着他这副面孔为转移。酒并不曾吃几多，仿佛是醉了，他的面孔简直和醇醴一般。邱大坤等人在旁边瞧得清楚，彼此目中会意，似乎佩服他的面孔有许多作用。

又有一天，从新真麻烦极了。由朝到暮，接见约有好几十个人。这几十个人之中，上自元首和国务总理，下至微官末秩，还有他私人的亲戚与朋友。可是他会晤的人数虽多，他那副面孔却因人而施，时时变易，无一相同。不但瞧见他面孔的人捉摸不定，便是他自家，并不挟何等成见，但觉对付甚么人，到那临时自然而然的表示一种相当的态度。若一定要鉴别他的面孔种类，又非言语形容所能拟议的。概括说，大率或刚或柔，或骄或谄，或亢或和，或矜持，或戏谑，极离奇变幻之致罢咧。说也奇怪，这班人感受他的面孔魔力，没一个不听他驱策及利用，便牺牲自己的权利，给他一人享受，并无丝毫悔惜。如是者年复一年，从新应付各方面的面孔愈用愈神。就是他跟前的邱大坤等人，受了他无形的涵育熏陶，那个面孔学也大有进步。

又有一天，从新和邱大坤等人在一处闲谈。大家说得高兴，从新蓦然问道："诸君随我数年，这面孔学可算卒业，从今以后不愁没饭碗了。"此时众人模仿他的面孔，都各有心得，很有些自以为是，便对从新说道："承你不吝教诲，我等私心揣度，学你这副面孔，我们虽不敢自信惟妙惟肖，然而也可什得六七的了。"从新笑道："我所教传你们的，就形似上论，不能说你们不像。不过还有对付三等人的面孔，尚不曾传授你们呢。"众人听了，忙要求他指示。从新笑道："一，外国人；二，军阀家；三，小老婆。果能将对待这三等人的面孔施用得当，那就是近代独一无二的大政客了。"众人不甚相信他的话，问道："外人和军阀家，何能与小老婆相提并论，你这般讲，未免拟于不伦了。"从新拍手笑道："你们以为对付小老婆的面孔容易么？在我看来比对付外人和军阀家，兀自难得几倍。果然处处博得小老婆的欢心，即将这副面孔与外人及军阀家周旋，包管无往不利。所以我抱定特殊宗旨，对于那两等人，何尝把他当做外人和军阀家看待，简直儿视同小老婆罢了……"众人听他发出这种奇论，无不诧为怪事，于是一口同声问他："究竟应用什么面孔？"

从新嘻嘻笑说道："只消一个'媚'字就行了。"他这句话才说完，只见邱大坤等人不住的点头称是。

（原载《小说世界》第十一卷第十一期，
一九二五年九月十一日出版）

疲于奔命

范烟桥

一

胡景海的住宅，和苏州唯一有面子的乡绅盛秋笙却巧对门。他时常瞧见盛秋笙的门口，车水马龙，冠雨盖云，不免心底里起些羡慕的感觉。他在静悄悄的半夜，总在那里默默的自语："彼丈夫也，我丈夫也，我何逊彼哉？"

他打听得盛秋笙，并不是有祖宗显擢的宦迹，并不是有丰厚的荫蔽，十年以前，不过是一个普通的商人。只为他懂得交际，居然从伙友一跃而为经理。又是时来运来，那家商店一年年发达，因此秋笙的地位也一步步的上腾。他又是热心不过的，无论什么社会事业，不等人家来拉拢，他老早就自告奋勇，竭力的赞助。要他捐钱，非但自己很慷慨，连他的亲戚朋友都受了他的游说，也表同情于他了。这样不以商店自域的有能耐的经理，自然得到社会一般的尊重。那些绅士，本来不很瞧得起商人的，但是一桩两桩的事，绅士们的尽力倒不及商人的成绩好，少不得要移转目光，不敢小觑了，有时反向商人连络。秋笙又是玲珑不过的，见绅士们都来接近，哪肯失之交臂，便轻舒猿臂，把绅士们都钩住了。这三四年内，社会上已经公认他是一个绅士了，他也把经理的职务让给别人，因为他已不肯再干这些琐碎而不高贵的事业了。

这一段历史，在景海的胸上既然雪亮，怎么不兴奋。他想，我在今日和秋笙的地位一般无二,比较上还要胜他一筹,只消我也像秋笙用些手段出来,就说不定可以和他望衡对宇了。原来景海当一家电气公司的营业科员,一年收入着实不错,也有许多人羡慕他。但是他总觉得有钱无势,是美中不足的事。况且公司里的总办协办,都是在绅士界擅名的,时常瞧见他们居欧气养欧体的模样,往来的不是当今的省议员,便是失时的进士翰林。他在办公的时候,已经饱受绅士空气浓烈的刺激,还到家里,又是有突兀的对门乡邻,使他不能不枨触。他又自己安慰自己道:"万事不能一蹴而就,若要功夫深,铁尺磨做针。"因此他便在可以进行的时候,进行到绅阀的途径上去。不过走陌生路非常费力,中间自然有许多阻碍。幸亏他有百折不回的精神,誓达目的的毅力,虽是受了几次没趣,耗去许多金钱,依旧不敢中止。大概人是最愚笨的动物,肯抛弃了实利去求虚荣,结果虚荣没有得到,实惠却终究牺牲了。到那时或者彻悟也未可知,也有到死还是怨恨天不假年,失掉唾手可得的机会呢。

二

九月里,盛秋笙做寿了。对门的胡景海家里并没有接到他的请柬,但是他在公司里协办的办公室,却老早瞧见的。听说这次五十大庆,大举动,请柬发了二千多份,怎么对门的乡邻却没有想着,难道是遗漏的或者乡邻循例不发的?要想向左右几家乡邻打听打听,得到一个证明,却又是有些不好意思。并且他和盛秋笙在路途上碰见,总是互相招呼的,论理决不至忘记。因此他决定不管他请柬来不来,那一份礼是少不掉的。可是公司里也有公分推派的,他想公司自公司,乡邻自乡邻。主意既定,不用犹豫,便在上一天备了寿烛寿面送去,恐怕他不受礼票,所以送的是现货。当真收受了,还补着一张请柬。但是这一张补给的请柬,倒使他起了许多疑猜,难道他真的不把我放在眼里么?所以起先不来请,见了送了礼去,却不好意思不受。受了自然要补请的,补请就见得以前并不是偶然忘记了。因此他很是气愤,不高兴去应酬。

到了正日那天,他料定有一番热闹,不如早些出门,晏些回家,不见来得干净。不意忒早了,到了公司里,距离办公时间还有两个钟头。在此未免寂寞,便到邻近一家茶馆里泡一壶茶,看几张当地的小报,消遣消遣。只见报上都登着盛秋笙寿诞预志的新闻,说什么官厅也备了寿礼送去,说什么商界联合会要送城外京班串堂戏,新闻记者少不得要加上几句年高德劭,海屋添筹的一类肉麻套话。那时隔壁桌子上有三个茶客,也在那里一唱一和的讲秋笙这回的寿事,更加说得锦上添花,有声有色。甚至有一位茶客要出城去,必定要经过秋笙住的那条高平巷。别一个茶客对他说:"你要走,还是从早。恐怕从十点钟起到下昼三点钟这一个时间,这条高平巷要挤得水泄不通了。"景海听了不禁暗笑,难道竟像这般的形容么?

他看看壁上的时辰钟,又过了一个半钟头,也就走回公司去。见几个同事都穿得衣冠齐楚,都嚷着好了好了,景海来了,人头也齐全了,我们好拔脚了。景海倒有些莫名其妙,便问到哪里去,他们说:"你这般糊涂,连高平巷盛秋笙做寿都忘记了么?"景海心想,怎么会忘记,不过我抵桩避去,如今却避不了。只得随口说:"早咧,早咧,我们到十一点钟去也不迟。"有一个最性躁的说:"我们到了那里打打牌,谈谈心,也比住在这里好些。横竖公司里已经给了我们的假了。"有一个喜欢联想到别地方去的说:"我记得了,景海的府上也是在高平巷,我倒没有瞻仰过,今天有了机会了。"这一句话,很使景海有些局促起来,便说:"草舍狭小得很,哪里容得诸位的高躅?"大家说:"客气客气,越是这样说,我们越要去,走罢走罢。"说着便一哄而出,景海自然也只好附和在里面。

到了那里,各自把名片交给拆管(临时雇用的听差),拆管把名片鹅毛编似的擎在手里。到了轿店上,穿着红镶边白镶边蓝镶边号衣的车夫轿夫,人头济济。礼堂上灯烛辉煌,两边寿幛都是缀着吉羊文字,满堂赤化。见那寿翁盛秋笙的两个儿子立在下首,等客来拜贺,便一起一伏的答拜。景海和众人行过了礼,便有招待引到一处花厅内请坐,那边又有不少的人在着,似乎都是教育界的人物,所以一个也不认识。但是偶然有几个大模大样的绅士走来,却都和他们点头,对景海一辈子,只是眼睛瞟了几瞟,过去了。

有一位是市政厅的职员,和景海是相识的,来和景海敷衍。景海很恭敬的送香烟过去,让坐让茶,忙个不了。正在寒暄未了,忽地外边走进一个招待来,对那市政厅议员说:"我哪里不寻到,原来在这里。警察厅长、县知事、道尹都来了,快要坐席了,还是外边去罢。"那人倒淡然说:"就是在这里吃,也很清静舒服。"招待把那人拉了就走说:"这里都是商人,难道你胡调得来么?"说话虽很轻,但是景海却听了一清二楚,心上好不气恼。暗地里发下一个狠,宁可焦头烂额,总要尝一尝绅士的滋味,好教势利的人们说不出硬话来。这一顿酒,吃来有些不快意。其余的人自问不及人家,也不生什么异志。单是不甘雌伏的胡景海,怪难过的。

三

过了十多天,胡景海的外甥陈维年来对娘舅说,"记得明年正月初十是娘舅的生日。明年娘舅却巧三十岁,三十不做,四十不富,况且明年是闰年,外甥要吃一杯寿酒了。"景海起初推辞说没有钱,不干不干。后来维年坚执要来斋星官,便说:"我有约法三章,依我便干。否则就是你送上门来,也要对不起,完璧归赵的。"维年说:"哪三件?"景海说:"我的家里又狭仄,又槽塌,只好在寺院里或是旅馆里举行。"维年说:"这是娘舅的自由。"景海说:"还有我最怕麻烦,除掉亲戚,一概不许通知。"维年说:"我总替娘舅守着秘密,不过给人家知道了，不干我事。”景海说：“第三件，我不比对门的盛秋笙，没有大手笔，你们将来不能怪我待慢的。”维年说：“这个何消说得？”当下总算得了结果。景海的妻子知道了，便说：“既然要做寿，尽可以在家里，为什么要到寺院里去？又不拜什么寿诞。旅馆里去格外不伦不类了，况且手脚又费，钱也多花。”景海说：“你是不明白我的意思的，我们这里在平常日子，倒也没有什么不安谧，干起事来便捉襟露肘了。譬如人家坐了包车来，乘了轿来，试问包车和轿子都放到哪里去？并且说不定有几个有体面的人来，难道请他们坐到厨房柴间里去么？”他的妻子听了，倒也没有话说了。因着为时尚早，况且做寿也不用预备，所以直到年底，才拣几件事预先做做。

那天正是小除夕，景海晚上回到家里，端正过年。忽地对门盛秋笙的账房莫云峤走来，说要和景海商量一件事。景海心想年尽岁边，难道他们有要请教别人的事么？或者是云峤自己身上的事罢。谁知一接谈，却大出意料之外。原来盛秋笙这几年不在生意场中活动，不能操奇计赢，进款实在年不如年。但是排场却一年阔绰一年，不免入不敷出了。今年那一桩寿事，场面虽好，可是受下来的礼，连香烟戏也不够开销。其余那些呢布的寿幛和纸的寿联，能值几何？寿酒却办了一百三十余席，单纯车饭轿饭，三天发掉五十多块钱。因此今年非得三千块钱，不能过年关。知道景海手头很宽裕，并且在商界上信用也来得，特地托云峤来商量通融。为着体面攸关，叮嘱利息不妨重些，却不肯亲笔出借据的。这一端很为难了，现在有凭有据的事还难办，怎好二三千块钱交给一个空手，拿到一张代笔呢？但是云峤说：“本来像秋笙的局面，要张罗二三千块钱，并不是件难事。一则为期太促，二则他老人家一天到晚在外面应酬，连一日三餐没有一半在家里吃的。说笑话，睡觉都没有工夫呢。这些账目都是我经手出入的，多啊少啊，也是我替他掌管。我在上个月把算盘一拨，知道不妙，便隐隐约约的关照他。谁知他只说一句全权付托你了，到现在还没有一个大钱来。这几天又忙着什么市民公会，有人要他做会长，他又热心起来了，连请了四天客，没有一天不是深夜而归。到了天明，我起来时，他还高卧。等到我要出去收房钱采办什物，还来他老人家又早出门了，可笑正同刑尹避面一般。这般光景，少不得要我出来开口了。”

景海正想和绅士们接近，难得天假之缘，这回不是一个机会么？因此便满口答应说：“不要说秋翁要钱，就是足下的名义来，也当勉力设法的。”云峤自然很感激，约定明天十点钟交款，代笔不妨，只要盖上秋笙的图章就是了。在新年里，景海碰见了秋笙，似乎秋笙比以前客气得多。本来坐在包车里，瞧见了景海，只是略露笑容。如今却点了三四点的头，还带上一句哪里去。明知这不过是无聊的一句话，但是从各种应对上惯例说起来，已经要算关切而亲热了。

年初四盛府接路头，云峤招景海过去瞧热闹。景海先到公司里吃了两杯路头酒，然后到盛府，这时不比以前的云泥判然了。和云峤一辈子碰了八圈和，就在那里吃夜饭，秋笙和许多绅士周旋以外，还来和景海扳谈几句。景海也自心喜，这等待遇，决不是普通绅士对乡邻的模样，这分明是三千块钱的力量。这一天精神上非常愉快，虽是输掉一百多块钱，觉着所得是偿所失。不过这个计算，恐怕不是用他平常所用的算盘了。

四

这一年内，景海的地位突飞进步，居然在绅阀上行走，渐渐和许多绅士配得上分庭抗礼了。虽不能比对门的盛秋笙，自问不出五年，可以后来居上，因为他现在已经有下列许多的职务了：

救火联合会评议长

商界联合会董事

市民公会副会长

青年会征求队长

慈善会劝募队长

商余初级小学校董

第十平民夜校校长

青楼教育团干事

国民党第四区区党部执行委员

卷烟税所顾问

药业公所董事

电气工会理事

中间除掉青年会征求队长和慈善会劝募队长,是临时的服务,此外都是要大驾光临的,这里开常会,那里开临时会,差不多三天中间两天有事。还有些问题,须得在酒馆茶楼赌场妓院里接洽,因此景海也是忙得不可开交。

他到了深黄昏,坐着新置办的包车进高平巷的时候,对着左面六扇黑漆墙门上一块“济阳胡”的铜牌,不禁暗暗得意。觉得门庭虽不比对门挂着“武进盛”的高大,但是在绅阀上地位,竟不输什么了,这不是事在人为么?不过秋笙有一件事,却是不容易到手的,是镇守使署咨议。虽是实际上捞不到钱,资望上究竟硬得多。自己想想,一个毫无凭借的商人,能够和大人先生鬼混在一起,居然景翁景翁的听人们的尊称,其实也可以满足了。到了家里,他的妻子太不济事了,依旧调她的丝经,不减故态,未免使景海气恼了,说:“你也不把镜子照着照着,胡公馆里的太太,还配调丝么?这个笑话给一家知道了,我还有颜面走到交际场中去么?”他的妻子倒也不服起来,说:“我不要搭空架子,问你要一两角钱何等烦难?孩子们瓜啊果啊,都抓住了我伸手,我不去赚几个钱,不是把孩子们馋死么?我也会交际,只要你拿钱来,我也见过世面的。对门的盛太太盛二少奶盛五小姐,哪一天不是花团锦簇的出去?为什么你家太太，做伊们的娘姨都够不上呢？”景海听了倒说不出话来，只得咕哝着说：“随你去干。”但是心上不免难受。为什么人家做了绅士，便这么写意，我做了绅士，只觉得吃力不赚钱呢？嗄，现在社会是一个势利的社会，不下本钱，不能赚利，这是老话。越是悃愊无华，人家瞧不起，越是不容易走红路。就是内眷们也得使伊们浇裹得好看些，好和绅士们的内眷轧淘，说不定裙带上倒可以拖些油水来。听说盛秋笙的女儿五小姐，应酬功夫很好，时常和张镇守使的三姨太看戏叉麻将，白相上海，或者老子的镇守使署咨议，还是千金之力呢。就是盛太太，年纪虽大，口才也还不差，那些小姊妹淘里也轧得上。二少奶本来有交际之花的雅号，这样人才济济，荟萃一门，怎么不兴旺起来呢？再想到自己的黄面婆子，倘然也竭力的修饰，未必逊色。不过伊的手段如何，却不得而知了。要不要尝试尝试？横竖后天商会会长嫁女儿，先唤伊出马，且观成败如何。

主意打定，明天对伊说明，伊也高兴。便去绸缎店里拣衣料，加工赶制。到了那天，坐着小轿前去，这一个居然进退有礼，着实得胜，并且还约伊，过了两天去坐船游虎邱。从此你来我往，把一个荆钗布裙的妇人全变了模样。景海却非常满意，以为“孺子可教也。”

五

这天正是大伏炎暑，火伞一般的太阳，晒得一切都熟了。天上一片薄云也寻不到，很高很大的树，也是兀立不动，好像照片上的影子，连细枝的微动都没有。狗的舌头拖出了三四寸长。那些劳动的，走不到半条巷，就要把负担的东西放下来歇息。卖冰的，卖冰淇淋的，卖西瓜的，卖荷兰水的，生意好得异乎寻常，满头的汗也没有工夫揩拭。这当儿，胡景海刚从时疫医院里参与开幕典礼还来，一身衣服湿得像水里拖起来的一般。正想觅一处略略阴凉的地方坐坐,忽地电话来了。走去听时,原来今天正午在城北饭店公饯警察厅长,不能不去的,自然答应就来。刚刚把听筒挂好,滴铃铃又响起来了,说是新任的警察厅长,要在十一点五十二分一班南京车到苏州,现在保安队骑巡队和各区署长都到火车站去了。横竖饯行不比欢迎,不妨展迟一两个钟点,只有抽出几个人来打牌,敷衍他就是了。景海说:"我先到城北饭店,招呼过了,推说另有应酬,须得走一遭,停歇再来。这时候便到火车站来。"那边说:"很好很好,就动身罢。"

景海便换了衣服,重行出门。半途碰见妻子坐了包车还来,说:"陈旅长的五姨太做生日,千定要你去吃面,他们还配你打扑克咧。打过电话来,知道不在家,又恐怕请你不到,特地命我坐了他的车子来拉你的。千定要去的,否则我便失了面子了。"景海说:"我刚才有事,实在分身不开了,直要到下昼三四点钟光景才有空闲。"景海妻子说:"既然这样,到了四点钟必须来走一趟,不要失了他们的兴。"景海满口答应,便分道扬镳而去。

谁知到了三点钟,景海正想到横马路去,又给一帮子人拉了到安徽会馆,送一个老翰林的丧。直到五点钟方始到横马路。横马路的陈公馆太狭仄了,天气又热,场面又闹。本来在车站立了半个钟头,盛暑里东奔西走,又吃了夹七夹八冷的汽水,热的菜蔬,没有将息,没有消化,就坐下来打牌。却巧又打着闷牌,四圈未毕,一阵恶心,眼前漆黑,便嚷说"不好不好",倒了下来。当下大家手忙脚乱的拿痧药、十滴药水乱灌。就近也有时疫医院的,便去请医生来,说是中暑,要静养几天就会好的。大家才把心放下。等他神志清爽了些,送他回家。到了家里心一定,环境寂静一点,顿时霍然而愈。

晚上青楼教育团在一家春请干事,并且为了筹款开办青楼义务学校,不便不去,不去不是要受人疑心和讥笑么?这个比避债还难过,横竖身体也恢复健康了,便答应如约。却巧共乐旅馆有一家喜事，礼是送过了，还没有去道喜，趁便走去打一个招呼，给他们苦留不放，直到九点钟方得出席一家春，担任了五百块钱的捐款。刚踏下扶梯，小薛宝钗家的马龟来请客，说是上海来的一个洋行买办，要来和电气公司做一笔交易，营业科里几个人都到了。景海现在已经升了营业科长，是自己身上的事，自然不好推却，便折到小薛宝钗家。当下谈了一回，虽然有些眉目，却还要明天细谈。据一个知己的同事秘密告诉他，清记洋行也想运动，我们须得缠住他，不要放走。因此景海当夜便没有过去，和那买办叉了一夜的麻将。这一天的交际，使他疲于奔命了，后来足足病了一礼拜。

六

青天里一个霹雳，盛秋笙自杀了。自杀的原因是显而易见的。第一件，历年为了做绅士，巴结各界人物和一切装饰场面的费用很大，统计亏空在十万以上。第二件，在应酬场中全仗十二分的精神，那临时救济少不得鸦片烟的助力。可是吃上了瘾，急切又戒不掉了。以后的生活觉得困难至极。第三件，二少奶声名狼藉，二少爷几次要离婚，却又碍于体面，不好说话，自暴其丑。第四件，五小姐去年出走了，到今年还没有还来，消息杳然，夫家快要讨亲了，怎样去应付？第五件，大儿子虽在上海银行家吃饭，每年要拿几百块出去用用。小儿子格外糊涂，屡次闹着分家，实在折出身体都换了别姓还不够。第六件，他在生意场中的信用渐渐失掉，不能再苟且下去了。等到破产，身败名裂，不如早些一瞑不视，不过人家说他一声拆烂污罢了。可是不死犹可，一死便像骨牌倒，三朝未过，债户已经踏得户限为穿。他门前虽然仍是车水马龙，却都是向他家要钱的债权人。

不到半年，大门上灿烂的铜牌除掉了，贴上新门条。原来债权团涉讼法庭，执行标卖，一所刻意经营的华屋，早变了别姓人家新画梁了。盛府上大大小小一行人等搬了场，不知去向，不知道如何善后。可是对门的胡景海得了这个消息，见了这般下场，却大彻大悟起来。马上把账簿翻开来，人欠欠人，两两相抵，不过欠上八千金的债。容易容易，便趁现在新兴而将到全盛时代，开口伸手十分便当。谁知人家要你的钱，说得使你不能不依，你要人家的钱，却推三诿四了。平时挺胸凸肚的富翁，顿时变成了愁眉苦脸的窭人。景海好不气愤，费了几天唇舌只借到一千多块钱。他格外明白社会是这样的内幕，人心是这样的真相，便先把利息较重的归还了。到了年底，公司里宕了一笔账，又还去了一半。一面把一骨脑儿的干事、事理、董事统统辞掉，无论什么人来拉他，他只是不干、不理、不懂。韬光晦隐，返璞还真，安安稳稳做他的电气公司营业科长。绅阀的登记上虽是除了名，债台却不到四年就铲平了。

一天又是大伏炎天，晚上在庭心里和妻子儿女一桌吃风凉夜饭。景海说："前四五年，从来没有一顿夜饭在家里舒舒服服吃的。"他的妻子说："我也无端做了三四年的乱梦，不是你一念之错么？"景海说："好险啊！好险啊！"那时电扇在角上疏疏的转动，好似在那里摇头太息。

（原载《小说世界》第十一卷第十二期，
一九二五年九月十八日出版）

亡国奴家里的燕子

周瘦鹃

我是一只燕子，我是一个中华民国亡国奴家里的燕子。

我在我主人家的梁上做窠，一连已十年了。年年的春分前后，我总同着我的妻飞回来，衔泥负草，修补我们的窠，哺育我们的儿女。我们来来去去，甚是快乐。闲着没事时，便在庭中回翔，或是啄那地上的落花。我主人家里，从八十岁的老太太起，到一个五岁的小官官，全和我们感情很好。还有一位十四五岁美貌的姑娘，往往抬高了粉脖子对我们瞧，嘴里则则的娇唤着。瞧伊两边颊上堆着两个笑涡儿，好似贴上两片玫瑰花瓣似的，好美丽啊！

这样过了十年，我们直把主人家当做一个安乐窝了。每天和我的妻双栖画梁上，相对呢喃时，便也做出一派和乐的声音。我们还暗暗地祝颂主人家多福多寿，长享太平之乐，我们也可永久依附他们，一年年很安乐的过去，不致有无家之苦咧。

谁知这近几年来，我们主人家的情形，却忽然有了变动了。先前他们一家快快乐乐的，只听得笑声，牌声，丝竹声，悲婀娜声。现在霍地一变，变做了叹息之声，不但是主人愁眉不展，连那主人的女儿也黛眉双锁，再也不见那贴着玫瑰花瓣似的笑涡儿了。常听得他们说什么五月九日国耻纪念啊，又夹着什么二十一条二十二条的话。主人的儿子从学堂中回来，擎着一面五色国旗，也咬牙切齿地嚷着道："抵制日货！抵制日货！只有五分钟热度的，便不是人，是畜生！"瞧他红涨了脸，愤激得什么似的，我们在梁上呆看着，也不知道是怎么一回事。

第二年春分后，我和我的妻依着年年老例，重又飞到主人家画梁上来了。哪里知道刚到门口，就大大吃了一惊，原来那两扇黑漆铜环子的大门，有一扇已跌倒在地，屋子里也腾着一片哭声骂声呼喊声。我们诧异着，一同飞到里面，见我们的故巢已打落了。有许多恶狠狠的矮外国兵挤满在客堂中，都握着枪，枪头上插着明晃晃的刀。有几柄刀上，却已染了紫红的血迹。

我张着眼寻主人时，见他蹲在一面壁角里，被一个握着指挥刀的矮外国人揪住了。听得他操着强中国话，不住的骂着道："亡国奴！亡国奴！"到此我才明白，原来中华民国已亡了，我的主人已做了亡国奴，我便是中华民国亡国奴家里的燕子了。

这时我好生悲痛，止不住掉下几滴眼泪来。我这几滴眼泪，恰掉在客堂外阶沿的一角，这阶沿的侧面，正有一个十四五岁的孩子躺着。我仔细瞧时，顿时吃了一吓，原来见他胸口开了一个碗儿大的创口，血还不住的流着，不用说早已死了。他的两眼怒睁着冒出血来，颊上凝着两滴冷泪，也带着红色。他的两手中还紧紧地握着那面五色国旗，死也不放。手背上的肉，却已被刀尖剁得烂了，一片模糊的血肉，把那黄蓝白黑的颜色也染红了。可怜啊！这便是我们中华民国的国旗。

我正哭着，吊我的小主人。猛听得里面起了一片尖锐的怒骂声，我即忙抹了抹眼泪向里面望去，斗见四五个矮外国人嘻皮涎脸的挟住了一个女郎，从内堂出来。我瞧这女郎时，不是我主人的女儿是谁。唉！伊不是一个金枝玉叶的千金小姐么？怎么给那些矮人们如此轻薄？我心中虽想给伊打不平，却又无可奈何。那时但见伊没命的挣扎着，一壁不住口的骂。可怜伊究竟是一个弱女子，一会儿竟晕去了，好像一朵无力的海棠，倒在一个矮人的臂间。呀！天杀的！……天杀的！……竟做出这种该死的事来么？……呀！……四五个矮人……竟……竟……

我不忍再看,疾忙回过身来,同我妻飞上西面的屋脊,一颗小心儿几乎要炸裂了。我妻也悲愤万分,扑在我肩上,抽抽咽咽的哭道:“亡了国,竟有这样的苦痛么?可怜的亡国奴!可怜的亡国奴!”我说不出话来,只在屋脊上跳来跳去,一壁哭,一壁痛骂那万恶的矮外国人。

正在这当儿,忽又听得客堂中怒吼一声,似是我主人的声音。我即忙瞧时,却见主人打倒了那握指挥刀的矮外国人,从壁角里跳将出来,去救他的女儿。说时迟那时快,猛听得砰砰几响,五六个弹子都着在我主人身上,立时把他击倒在地。我震了一震,正待飞起,忽又听得我身边嗤的一响,可怜我的妻一个倒栽葱,从屋脊上掉将下来,原来是中了流弹了。我急喊一声,飞下去瞧时,早躺倒在地没了气息。

我痛哭了一场,也不愿再见那些矮外国人作恶了,便没精打采地飞了开去。可怜我主人国亡家破,我也弄得无家可归,连我亲爱的妻,也为这残破的中华民国牺牲了。

明年春上,我勉强压住了悲怀,再来瞧瞧我主人的家可变做了什么样子。只见那屋子已装修一新,门上挂着一面太阳的旗子。我不忍再进去,料知我往时做窠的所在,早已变做别姓人家的新画梁了。我含悲忍泪的一路飞开去,心想古人有“呢喃燕子,相对话兴亡”的话。如今我孤零零地,还有谁和我相对啊?飞过人家屋脊时,听得麻雀们唧唧叫着,似乎也变了声口,改说外国话了。更张眼向四下里瞧时,但见斜阳如血,照着那中华民国的残水剩山,默默无语。

中华民国十二年五月九日

周瘦鹃和泪草于紫罗兰庵

(原载《半月》第二卷第十七期,一九二三年五月十六日出版)

问 题 小 说

父子欤夫妇欤

张 舍 我

一

一天晚上，一间陈设很华丽的卧室里，独坐着一个六十多岁瘦黑脸子花白小胡髭的老人，皱着眉似乎在那里运用他的脑力，追忆以前的梦境。此时雨声淅沥，敲着窗外的芭蕉，益发使有心事的人听了伤心。这老人有吃有穿，家产也有几十万，就是再做一世人，也不愁有冻馁之忧，那么他为什么要有心事呢？要说他愁儿子么，大孩子生的孙子，也已经十三岁了，第二儿子生的孙女也十岁了，小的儿子也二十岁了。家财儿子既有的多了，他还要愁什么？但是他还有一个最小的三岁的孩子，没有母亲的孩子。孩子是他的，那孩子的母亲哪里去了？见了孩子，不见母亲；所以想到孩子，便想到母亲；想到母亲，使他心里伤心忧愁；因为伤心忧愁，便恨他的母亲，并恨和他母亲相类的妇人。

这老人虽然恨小孩子的母亲，却极欢喜小孩子，所以他想到这里，不免慢慢地长叹了一声，好像借此宣泄他一肚皮的抑郁之气。又听听窗外的雨声比前厉害了，顿时从椅子上直立起来，轻轻的出了房门，向隔壁的一间屋子里去。

这间屋子，也是个小而精致的卧室，四壁满挂着许多动物的画图，室中的台椅，都较平常的矮小。小台子和地板上，散堆了许多小孩的玩物，初望时很像幼稚园中的一间教室。不过西北屋角里放着一张铁床，床头放着一个便桶，是不同之点。这时有一个三十左右的妇人，默默的横坐在床沿上，定神向床上瞧着，床上睡着一个孩子。此时屋外的风雨声，虽然比前更猛烈了些，小孩子还是合着小眼微微的呼吸，浓浓的睡着。那妇人恐怕外面的风声雨声，惊醒了小孩子的鼾睡，要像大前夜的一夜睡不着，害他的父亲也一夜不安宁，所以小心服侍着孩子，一点也不敢疏忽。偶然回过头来时，见她的主人站在房门口，向自己瞧着，妇人要开口呼他，主人将手摇了两摇，似乎叫她别发声。妇人理会，也不做声了。主人轻着脚步，慢慢地走进来，到床前看看孩子，脸上微微的现了一阵苦笑。笑容方才敛歇，忧惨的云雾，又已重重的笼罩了他的脸部。呆呆的站了三四分钟，才举步走到小台子旁边，看看台子上的孩子玩物。他在平时，还要将地板上的玩物如泥人、橡皮狗、小木马、小汽车等拾起来整齐一下。这天晚上，好像他心中另有了一桩心事，所以把这事忘掉了。他回到床前，再向小孩子瞧了几瞧，轻轻举起他肥白的小手吻了一吻。小孩子一个翻身，小嘴里呀了一声，似乎要醒了。老人顿时吓得一跳，那妇人也觉惊惶失措，幸而小孩子张了张嘴，依然睡去了。老了吐了一口气，轻步的出去了。妇人的视线，也随着送他出去，这妇人便是小孩子的乳母。小孩子进了老人的屋子，差不多要有二年五个月了。自从他哑哑学语以至会呼爸爸，老头儿家里的人，和他往来的亲戚朋友，只见那乳母领着提抱着和他玩着，从来不见他的母亲，老人也从来不说起他的母亲。有人问他，他也不说所以。起初问询的人还多，后来见老人不痴不癫的不开口，大家也不去动问了。有人同小孩子逗笑时问他："你的妈妈呢?"小孩子不知就里，自然不会说。有时也学着人说道："你的妈妈呢?"老人一听这话，顿时脸色改变，禁止小孩子说，小孩子哭了。他便过意不去，说乳母领导不好，将乳母骂了几句，便自己抱了小孩子，百般的引他喜笑快活。小孩子一天不快活，他也便一天的不乐；小孩子稍微有了点病痛，他便镇日的不开口。

老人在五年前，独自离了他生产地的南浔，到上海去游玩。因为他没有告诉他家里的人，所以家里人吓得赶忙出来寻他。说也奇怪，家里人竟寻不到他。大儿子二儿子，虽是三十以上的人，却因从小生长在内地，从没有到过上海，一到上海便迷惑失措，一步路也走不开，哪里能在一百几十万人中寻得自己的老子？托了亲友寻觅，也没有成功。后来没法，登报广告，他老人家的消息来了。他写信给家里人说："我在上海很是安逸快活，也没一点病，请你们不必过于虑我，不要想我要被汽车电车或马车撞倒死了，我是决不会的。我倒怕你们出来在马路上乱闯，要弄出大祸来了。你们回去罢，我不久就要回南浔的。"他们得了这封信，才放心不寻，知道他带去的一个庄摺上，有二万多银子，虽然游玩作乐，也足够他数年的费用。况且他说就要回来的，自然不把他放在心上了。但是老人方面，每隔了三四个月便写封信到家里去，信里没有别的话，只说他很平安，他很快活。

如此二年后，他忽然回来了，回来时带着二个人，一个才是四五个多月的婴孩，一个是二十七八岁的妇人，就是孩子的乳母。走到家里时，众人大大的吃了一惊，心里很奇怪，怎么弄了一个小孩子回来？他的老妻首先问他，那小孩子是谁，老人只答我也不知道。这时大儿子二儿子都在旁边，听了这话越发惊奇，便问他们父亲道："爸爸和这小孩子有什么关系，莫不是人家……"说到这里，看见老人的面色严肃起来了，便不敢多说。后来大儿子私自向乳母探问，这小孩子究竟来历如何，乳母道："一天晚上，我在李三妈荐头店里。只听李三妈说，静安寺路朱老爷公馆里的太太，前月里生下了一个男孩。听说朱老爷因为晚年得子，心里十分欢喜。不料产母饮食服侍得不当心，竟犯了产后症，不到二礼拜死了。朱老爷哭得死去还魂，连茶饭也几天不进口。小孩子又很会哭，常一夜哭个不休,朱老爷听了愈加伤心。因说乳母不会领孩子,三个礼拜内倒换了六七个乳母。现在那个乳母,还不称朱老爷的心意,所以差人来托我荐一个有本领的。"大儿子听到这里,便问道:"你是不是说自己去,看见那朱老爷么?那朱老爷是不是现在的主人,我的父亲?因为我想我们姓褚,他说姓朱,或者他故意说姓朱也未可知。"乳母道:"大少爷,待我来告诉你。那时我听了李三妈的话,心里想我年纪虽轻,却已做过了十年的乳母,各种小孩子的脾气性子我的确有点知道。那个孩子无论如何会哭,我一定可以使他不哭。因便向李三妈说,我愿意去。李三妈初还不肯,听我说了履历,才肯叫我去试一试。明天她送我去时,她叮嘱我道:'你见了朱老爷别多开口,也别说孩子长孩子短,因为朱老爷听了人说他的孩子,便要想到那鲜花一般的妻子。'我问道:'那太太怎么还这样的美丽?'李三妈道:'什么?虽说太太,年纪还不到二十岁呢!'我道:'难怪朱老爷要那样伤心,我到了朱老爷的家里……'"大儿子急问道:"那朱老爷是不是我的父亲?"乳母道:"你别性急,我到了那公馆中,只见我们的老爷坐在厢房里,我进去见了。他说:'我姓褚,是朱老爷的至友。朱老爷因为做人没味,已不别而行的去做和尚了。他写信叫我好好的抚养他的孩子,所以你要好好的服侍他。我的家里都在南浔,明天就要动身回去,你愿意去吗?你若愿意,领小孩子又好,我加倍你的工钱。'我一口答应,明天便一同动身。此后的事情,你大少爷自己也亲眼看见的了。"大儿子虽然听乳母说了一番长篇大论,还是模模糊糊不知底细。

老人没有到上海以前,他最欢喜的,是他的十七岁的小儿子乃谛。乃谛在家中虽是小辈,势力权力却最大,人家都称他小皇帝。不料老人从上海带了一个小孩子回来后,他一身的爱情和一身的精神,完完全全的都放在小孩子的身上了。乃谛看见自己头上来了一个太上皇,心中着实不快。想有人说小孩子不是他生的,既然如此,他竟不爱自己的骨肉,倒欢喜人家的猴子,实在有点看不惯,气不过。便在母亲前说，要到上海去念书。母亲不肯，他执意要去。他母亲同老人商量，老人也不说什么。

乃谛动身的前一夜，他正在房里督饬仆人整理衣箱书箧。他六十一岁的老母亲，也坐在旁边瞧着。老人忽然轻步前来，向乃谛凝神注视了一会，才慢慢地说了声："乃谛，跟我来，我有话对你说。"此时父子二人，已进了前厅的书房间了，老人说："上海是个万恶的渊薮，你一举一动总要当心，切莫狂嫖滥赌。至于你前曾说过的，你要自由结婚，我也不来阻止你。但须放出眼力，选择个好女子，切莫到妓院里去，妓女是万人中没有一个好的……"

二

褚乃谛到上海的第八个月，认识了一个女朋友，那女子叫做韦嫣娟，是一个师范学校里的刺绣兼图画教员。他们在一个学术研究会里同为会员。众会员见嫣娟极能办事，便举她做了一个干事。乃谛的中文，因为从小在家里读的，所以很有些根底，众人也举了他为书记。彼此既同为职员，见面时自须互相招呼，渐渐便成了朋友。朋友二字的界限，原是一望而知的。但是应用到男女的交际上，便增了一层意义，以为男女一做了朋友，便另有一种结合，不然他们为甚要做朋友呢？中国人社会上的见解，除了受过真正新的教育以外，都是这样设想。但乃谛心中，以为爱情是爱情，朋友是朋友，朋友和爱情不能混为一谈。所以二人见面时，除办事以外，没怎么多说话，二人的态度都很冷淡。

一天午后，乃谛从学校里出来，没有什么消遣，便到会中去找朋友闲谈。不料那天会中除了茶役外，只有嫣娟坐在阅报室里看报，他进去叫道："韦女士一人在此吗？"嫣娟仰头答道："是的，褚先生也来看新闻纸的么？"说毕便依旧低着头读她的新闻纸。乃谛见她不多说，自己也默默的读报纸。看看报纸中没甚紧要消息，便想和嫣娟谈谈天,却又寻不出一个话头来。想了好久,才指着一段趣闻向嫣娟道:“女士看过这段新闻吗?倒很新奇有味。”嫣娟抬眼略略看了一看,便道:“也没有什么新奇,这种新闻,大半是几个人捏造出来的。”她这样一答,便把乃谛的嘴塞住了。乃谛不好意思,故意翻了翻书架上的几本杂志,遂向嫣娟说声再会走了。

二个月后的一个礼拜六,乃谛乘着无事,到半淞园去游玩。此时已届秋凉,梧桐叶落,蓼花烂缦,夕阳返照,将近黄昏。飒飒金风,吹着单夹的游客,似乎有点过凉。乃谛穿着纱长衫,在假山顶上的亭子里坐着,觉得太凉了,便走下假山,去寻一个适当的所在。走到山下时,只见一个女子,独坐在湖边柳树下的长凳上,凝神向湖中的小岛瞧着,背影很像嫣娟。乃谛急往前去看,果然是的,因走到她身旁呼道:“韦女士,你也在这里吗?”嫣娟仰头一看,面色略变,似乎吃了一惊,却故作镇静的答道:“我在这里,褚先生什么时候来的?”乃谛道:“我到了半点钟了。女士怎么一个人在这里?难道一人独游吗?”嫣娟只点了点头。乃谛问一句,嫣娟回答一句,乃谛不问,嫣娟也不开口。乃谛说得没有说了,只好走开。心里想:嫣娟真是个静默寡言的好女子。

八分钟后,乃谛仍走到湖边去看看嫣娟走了没有。但此时长凳上不止嫣娟一人了,同坐的是一个西装少年,装饰的很清洁入时。两人有时说,有时笑,有时指着一棵杨柳,谈论了一会,有时指着湖水小岛,评议了一会。这时乃谛心中,顿时生了一种莫可名状的感想。想她对我为何那样的冷淡?对那少年又何以如此亲近?她对待朋友都是很淡薄的,为何待那少年倒独厚起来。难道是她的……要是那人真是她的情人,那么真所谓知人知面不知心了。乃谛越想越恨,越妒忌那少年。

明天,乃谛在会里看见了嫣娟,开口便问道:“女士在园里什么时候走的?”嫣娟道:“你走了不多时,我从前的图画先生来同我闲谈了多时,到天黑了才一同出来的。”乃谛只说:“是的吗?”停了一会又问道:“你们谈的想是美术了。”嫣娟道:“我们谈来谈去,谈到花草树木和天然的景致,因为我自从小欢喜画图,所以到了那……十七岁的下半年,才到美术学校里专心学习,二年后竟在师范科毕业。”乃谛见嫣娟肯如此详谈,不像往常的冷淡,心里说不出的快活。因接问道:“女士刺绣的学问,在什么地方学会的?”嫣娟道:“我没有到上海以前,我在家里,母亲教我的。”

乃谛心中的情苗渐渐地生长了,觉得嫣娟实在是个好女子。不要说时髦人眼中看去,是个风姿绰约,似天上安琪儿一般的美人儿,就是在老辈人眼睛里看了,也必定称赞她是个幽闲贞静温雅端庄的好女郎。

旁人见了乃谛对于嫣娟的殷勤之情,便说他居心不良,想得了美人,还图金钱。乃谛听了,细加探听,方知道嫣娟早失慈母,于十七岁时丧失老父,得了一万元的遗产。心里想:我家里正不知几十个一万,我哪里要她女子的钱?

光阴一天一天似箭般的飞过去,乃谛心中的情苗也随着继长增高,蓬蓬勃勃不可遏止。他曾在嫣娟面前露过几次求婚之意,嫣娟却表露拒绝之意,似乎很不相信乃谛的为人。以为乃谛是个未经情场的少年,见这个美貌,便爱这个,见那个更美的,便移他的心肠去爱那个。一遇艰难当头,便要随风转舵。与其悔之绝之于后,何如慎之拒之于前!所以乃谛虽爱嫣娟,势将发狂,嫣娟待乃谛,却依然很平常。乃谛虽见嫣娟待他不厚,却并不怪她,只怪自己爱她不深,所以不能使她动情。大凡妇女的心肠无论如何坚硬,只要男子肯以诚挚热烈的爱情灌输于她的一颗芳心里,未有不以一身的真爱情来酬报你的。所以乃谛不问嫣娟如何待他,只求自己的爱情如何表现出来,能使我的小影常居在她浓郁甜蜜的芳心里。

一天,他胸中的爱情,犹如怒涛巨浪的涌起来,实在耐制不住,不能不宣泄了。他对嫣娟道:“嫣娟吾爱,难道你还不晓得我的心吗?我的心坎里,充满了嫣娟二字;我的脑筋里,充满了你的倩影;

我静坐时，或在梦里，我想到你怎样笑，怎样说，怎样皱眉，怎样送睐，怎样静坐，怎样行步，我苦恼的脑筋里，便如活动电影的演出来；你如何的嫣然微笑，如何的软语温香，如何的黛螺紧蹙，如何的秋波呈媚，早晨起来时，容态何等惺忪，晚上归寝时，微倦之态何等娇艳呀！嫣娟吾爱，你别摇手，你别拒绝我。你摇手，我的心痛了，你再摇手吗？我的心……我的心……要碎了，请你可怜见我，我的嫣娟！你是我的灵魂，你是我的明灯，你是我的保姆，你是我的教师，我没有了你，我是没有了灵魂，我活着的不过是一个躯壳。我没有了你，我要终身居在黑暗里；我没有了你，我是一个无人提抱的孩子，将被人家任意的欺侮我；我没有了你，我是一个无智无识的童子，我不能做什么大的事情。我以浓厚的爱情灌溉你，你心中的情苗，为什么不能萌芽生长？你不是个无情的女子，为什么不能在我身上生出爱情呀？嫣娟你怎么哭起来了？你伤心吗？你怒我的无礼吗？你别伤心，你别怒我无礼，你别……"此时嫣娟放声哭道："乃谛，我是爱你的，我初次见你，我心里便觉得爱你。但是我不敢爱你，恐怕因为爱你，以致反而恨你。我不是不晓得你爱我，你真心爱我。但是你没有知道我的历史，所以你爱我。你若晓得我以前是个不完全的女子，你一定要懊悔，一定要不爱我。与其你中途弃掉我，不如当初大家无干无系，免生烦恼，悔恨，怨望，……"乃谛道："我只晓得你现在是个好女子，人孰无过？只要肯改。你以前的种种，譬如已经死去。今后我们的希望，爱情和快乐，从此天天生长，增加，浓郁，直到无量数的地位。我们必永远在一起，我必永永不弃掉你……"嫣娟道："你真有这般勇气吗？"乃谛道："为什么没有？"嫣娟拭了眼眶中的珠泪，望着乃谛直问道："譬如我曾做过妓女呢？"乃谛立道："一点没有关系。"嫣娟听了，泪影里忽然现出绝美的微笑来。乃谛慢慢地俯首，嫣娟徐徐仰起她艳如桃李的粉脸，接了一个吻。

三

三个月后，乃谛写信给他父亲道："我在家时，父亲总叫我万勿游荡，要寻一个好女子做你的媳妇。现在我已和一个绝好的女子订婚了，她不但容貌好，学问高，而且品德极佳。此外又有一件是你所最欢喜的，就是她有一万元现款的奁资。要是照着老辈人的眼光看去，你以前的二个媳妇，正不及这一个的万分之一呢……父亲若不相信，请到上海来玩玩，顺便相相她……"老人得了这个消息，很是快活。但怕儿子年轻上当，连忙赶到上海，寻到儿子的寓所。儿子的寓所内有一个女子，乃谛说便是他的未婚妻。老人听了，好似天空中起了一个霹雳，把他震得目定口呆，只觉得四年前的艳事，此时又一番一番的映在眼前了。日夜思念小孩子的母亲，竟在这里。我小孩子的母亲，现在竟和我的儿子同居，说是我儿子的妻子……

嫣娟见了老人，也想起了四年前的往事，什么？我和他生了孩子，现在我又和他的儿子结为夫妇。

老人和嫣娟，曾为一度的夫妇。老人和乃谛，是父子的关系。今乃谛又和嫣娟发生夫妇关系，父子欤？夫妇欤？到底如何解决，作者没有决断力，还请读者诸君一同思考，一同解决。

（原载《半月》第一卷第一期，一九二一年九月十六日出版）

恩……仇

徐哲身

陈少平是一个食古不化极拘谨的人物。光复肇始，奉了父命，单枪匹马，到四川寻找他不共戴天的仇人白秋浦。可怜他翻山越岭，露宿风餐，走遍了一百零八县的地方，受尽了三四年的痛苦，那仇人依然鸿飞冥冥，没有一点消息。把一个风采奕奕的陈少平，变成形销骨立，面目黧黑的魔鬼。身边的浇裹早已告罄，几乎有伍子胥吴市吹箫的光景。后来辗转流寓打箭炉，幸而遇见寿州同乡尤大士，把少平荐在本地防营里当了一名书记，苟延残喘也混了一年多。这时候，正值云南起事，四川适当其冲，遍地萑苻。打箭炉距省很远，土匪出没自然更加厉害。那一股股的土匪多则几千，少亦千把，都是被裁的军队，来如狡兔，去若惊鸿。虽有官军分头痛剿，无奈地方辽阔，未敷分配，大有应接不暇之势。弄得兵来匪去，兵去匪来，成了印板文章。

内中最著名的，要推女匪首白凤凰那一股。人数既众，枪弹又足，就是有名的军队也要望风而退。有一次白凤凰的大队光降打箭炉。那般防营里的丘八太爷，还有自知之明，晓得螳臂不能当车，只好作壁上观，任他们烧的烧，抢的抢，大大的蹂躏了一夜。临去秋波还勾引了不少的肥猪去。总算这般土匪居然晓得，国际交涉是不好办的，没有绑外国人的票，不能不称赞他们是土匪中有知识的。少平既无缚鸡之力，当然是被拉的一份子。他虽然在防营里经历了一年多，却是胆子愈练愈小。为什么呢？因为那个仅有其名的防营，洋枪一枝没有，烟枪倒是不少。呈报表上虽是号称一营，又被带兵官吞了一半在肚子里。听见土匪两个字，恨不得脚底板里长出翅膀来，真弄得风声鹤唳，草木皆兵。往往睡梦中，大家无端罗唣起来，赶忙下紧急命令开飞步跑，跑了半天，还弄不清楚究竟土匪来了没有。

少平此次被捉，早已吓得昏昏沉沉，魂魄悠悠归地府去了。再看看同捉来的一般人，有钱的认罚，无钱的便杀。一片呼号的惨声，任是铁石肝肠的人也不忍毕听。少平此时，除了把性命置诸度外，断没有别的希望。等到女匪首白凤凰点名点到自己名下，只得大着胆子站了上去，把姓名籍贯报了一遍。白凤凰听了像有感触的样子，便和颜悦色的命令小匪，领少平到书记室里，优给饮食，善为招待，把个少平弄得受宠若惊，莫名其妙。及到书记室里，众人虽是殷勤相待，却不敢私交一言，仿佛奉了命令，不准泄漏机密的样子。少平想打听白凤凰的历史，自然一无所得。这时候所可喜的，就是决得定自己没有生命危险而已。不料就是这晚上，忽然头晕眼花大病起来，迷迷糊糊的困了一个多月。除了觉得每日有不少的人服侍他，还有一个医生守在榻边时常的灌药之外，余者一无所知。

有一天略觉清醒，忽见身旁坐了一个像花朵儿似的美人。仔细一看，不禁大骇，谁知这位美人就是杀人不眨眼的魔王，女首领白凤凰，却换了便装。少平还疑心在做梦或是病里眼花，正在奇怪的时候，忽听白凤凰对他说道："陈君，你此刻觉得有点清醒了吗？这场贵恙，据医生说，很是危险呢。"一面讲话，一面把眼睛向侍立的众匪一瞄。只见众匪便鸦雀无声，纷纷的退了出去。少平觉得直挺挺的睡在床上很是不恭，要想坐了起来。无奈身软如泥，一点动弹不得，反累得满头大汗，把漆黑的一张脸涨得飞红。又听见白凤凰说道："陈君要起来有事吗？"便要唤人进来扶他。少平听了，又狠狠的咳嗽了几声，答道："不是的，我陈少平已是釜底游魂，承首领如此优待，感激同抱愧的心，实在一时说不出来。”少平说话的时候，那声气只在喉咙底里打转，仿佛同蚊虫叫的一般。也不敢必定白凤凰到底听没有听见。白凤凰却已答道：“我初意以为陈君病有转机，想把一件极要紧的事情先来告诉一番，使陈君明白其中道理，便好安心养病。现在觉得尚未大愈，不便长谈，万一劳了神于病体必受打击。若再变症，那就危险极了，只好改日再谈。就是陈君方才所说的什么感激抱愧那种话，也万万不可存诸心里。目下只有静心调理，百务丢开，至于说到优待两个字，我白凤凰就是立时粉骨碎身以报足下，还以为未足呢！”说完便要告退。少平这时候忽然想起一桩事情，便急急的问道：“首领恕我冒昧，尊翁的名号，可否见告？”白凤凰答道：“先父讳云鹤，字不群。”说完便匆匆而去。少平听了方才放心。因为少平见白凤凰如此举动，事出意外，或者竟与他奉命寻找的仇人白秋浦有点关系。及至听了名号完全不符，又是冲口而出，毫无惊慌踌躇的样子，不能因为姓了一个白字便起疑心。如此一想，反安安心心的养病。只有盼望早点痊愈，可以明白这场奇怪事实。

又过了半个多月，病已好了十分之五，少平心里也觉得高兴。谁知这天晚上，天将要亮的时候，睡梦里只听机关枪声劈啪、劈啪响个不止。这时候有一个小匪，急急忙忙的跑了进来，上气不接下气的说道：“省里大兵到了，快逃！快逃！”说完，也不管少平听清楚了没有，他便管自己如飞的去了。少平此时自然性命要紧，连爬带跌的跑了出来。劈面来了一大群人，都拿了快枪，连走连放。少平只当官兵进来，早已吓倒地上，拱手待死。忽听放枪的众人道：“陈先生，快起来，我们奉了白首领的命令，来保护你一起逃走。”说着，便有一个长大汉子来背他。少平这个时候还有甚么主意，自然任他们调排。少平伏在大汉身上走不到半里，迎头遇见一起军队，彼此就打了起来。他身边的匪众却不像那些丘八太爷，一战就逃，倒狠狠的打了一阵。实在众寡不敌，这些人同少平都变了俘虏。正在危急的时候，横腰里忽然冲出一股大匪，奋力的与官军鏖战，白凤凰也在里头。少平这时候的心，却与平日成了一个反比例，只愿土匪胜，不愿土匪败了。谁知这场血战土匪虽然吃了败仗，少平却是被白凤凰夺了转来。白凤凰臂上也中一弹，幸非要害，还不妨事。便扯破一角衣襟，把受伤的膀子扎了，面不改色，若无其事。把个少平看了又是害怕，又是怜惜，恨不得以身代之。少平只管伏在人家背上胡思乱想，这些匪众已是连战带退败了下去，愈退愈少。到了午后离战地已一百多里，白凤凰点点人数不到五百，便长叹了一声，对众匪道："你们原是先父旧部，并非土匪。只因为奉政府命令裁减军队，要怪政府没有预先替你们筹好出路，以致川省所裁的军队都逼到如此地步。今年春天先父不幸阵亡，承你们弟兄以老上司的关系，举我继作首领。我们不是屡次要求省里准我们投诚吗？孰料省里一国三公，各争权利，哪里有工夫来理我们，遂把我们自新之路简直有意截断。昨夜之败，也是我们平日太骄的缘故，应该得这个教训。现在大势已去，正好藉此收场。我希望你们大家从此洗手，各自谋生。将来有缘，再图良会罢。"大众听了，只得各自散去。这个时候，身边只剩得一个使女，连少平一共三个人了。白凤凰想，现在第一要紧的事情就是少平医病，自己养伤。便悄悄的来到重庆，入了克隆医院。

不到三个月，他两个完全好了。少平便问起从前没有说明的那桩紧要事情。白凤凰答道："你那时问我父亲的名号，我因为你在病中，恐怕听了真名实姓，于你病体大有危险。所以早就想了一个假名号，去你的疑心。现在对你实说罢，我父亲便是与尊府有嫌隙的白秋浦，小名叫做如玉的便是我。"少平听到这里不觉大吃了一惊，暗想：这件事情就十分为难了。我父亲的仇人虽然已死，但是他的女儿不能不算仇人。谁知造化弄人，偏偏造成了以上的事实，使他女儿对我做了这一篇文章。平心而论，又不能不算我的恩人。如果当他恩人呢，世人必要骂我忘父仇而重私情。而且我父亲的脾气我是知道的，恐怕难通得过。如果当他仇人呢，世人又要骂我忘恩负义，就是良心上也很觉得过不去。又转念一想，恩是对于我个人的，仇是对于我父亲的，我当然不敢自专。而且到底是什么仇恨，我父亲又不肯对我说明，只简单的说了一句，我母亲死在他手里。这件事应该如何处置，当然取决于我父亲。想到这里，便把他以上所想的话对如玉说了一遍。又接续问道："你方才所说的嫌隙，你可彻底澄清知道吗？"如玉答道："我们两家有嫌隙的事情，我长到二十岁，简直没有听见过。今年春天我父亲中了枪弹，临终的时候对我说道：'我有一件最要紧的事情，嘱你牢牢记着。你如念我死于非命，竟做异乡之鬼，把我嘱咐你的话，拼命去做，就是孝顺女儿。我虽在九泉，也瞑目了。什么事情呢？就是我少年时候，不应形迹不检，做了一件不道德的事情，实在对不住我好友陈鲁平。我到了四川，已是整整的十四个年头，这位鲁平先生，目下生死存亡自然不甚晓得。他的儿子叫做少平，现在大约也有二十多岁了。你就是不及见鲁平，便在他儿子少平面前，也要设法竭力解释前嫌，使陈氏不再恨我。我现在总算遭了天谴，然而良心上，还觉得不足以赎我罪过。'我父亲说到这里，还要想往下说，忽然一口痰涌塞上来，竟是丢了我一个孤苦伶仃的女孩子在万里异乡，他便脱离尘世去了。"如玉一面说，一面想他父亲临死时候的惨状，不禁号啕大哭起来，停了一停，如玉又接续说道："我不但不晓得到底是什么嫌隙，连尊堂因我父亲而死的这桩故事，不是你方才说，我还不晓得呢。"

少平听了大失所望，然而也没有什么法子。又问道："你可能把你们做土匪那一件事情，详细说与我听吗？"如玉答道："我记得我七岁那一年，跟了我父母到四川，我母亲不久就去世，父亲因为军队里有一个熟识的官长，改了名字便去吃粮，直至前年方升到团长。后来全团被裁，那班手下的小弟兄不肯散，便举我父亲为首领。现在连正式军队都没有饷，几千人要吃要住，自然成为土匪。

我那白凤凰名号，也是那般老百姓叫出来的。”少平道：“怪不得我访遍全省，没有人晓得白秋浦三个字，内中是这般情节，哪里会知道呢？现在只有我同你赶紧回到寿州，我父亲果能因你父亲已经去世，消释前嫌，不再怪你，那时候我方好报答你的盛情。”如玉道：“报答二字请勿再提。只要你替我在尊翁面前极力求恕，使我不负我父亲临终所嘱，我就感激你终身不尽了。”

他们两个人商量已定，便买舟东下。虽是一对青年男女，却也内外有别，言不及私。在少平这方面的心理呢，把如玉列在仇人恩人之间。如以仇人而论，只有报复的心。如以恩人而论，只有敬重的心。所以对如玉讲话都句句留心，恐怕于恩仇两个字上，有畸重畸轻之嫌，将来不好办理。况且又是个拘谨人，当然没有别的感想。在如玉这方面的心理却又不然。她是个没有受过教育的女子，又在土匪里头混了两年，眼睛看见的，耳朵听见的，都是不道德的事情。她居然能够把她父亲所嘱咐的话尽心做去，她以为于孝字上还不离边儿。就是我编者平心而论，不能不说她是一个好女子。不过她的初意，自然抱了父亲的遗命，对待少平也可算得仁至义尽。及把少平救到重庆医好了病之后，她认为已经至矣尽矣。这个时候，她便从感情上的途径，走入爱恋上去了。她以为她父亲说了那一句，就是在他儿子少平面前也要竭力设法解释。她想想我一个女子，除了做人家的孝顺媳妇，贤惠妻子，还有什么别样能力呢？这样子一想，便把一缕柔情绕到少平身上，还认为是父母之命，与那旧小说上的什么公子落难，小姐偷汉大有分别呢。然而也晓得这件事情，第一要紧的是把少平父亲心里的仇恨解释开，她的私念也不过是余波罢了。这时对于少平，当然不露痕迹。不是我编者对她太刻薄，请阅者看下文便知。

再说他们二人不日到了正阳关，离寿州只有六七十里。少平已得他父亲经商失败，亏空各家钱庄四五万银子，现在已押在监里严追的信息，不觉顿脚叹气，连说道：“这个样子，我父亲不要急死吗?”赶紧同了如玉回到家里。等得入门一看,见家里所有贵重东西都被债主搬去。仆役星散,只剩得一个他的奶娘还算有点良心,守在那里。奶娘见少平领了一个美貌姑娘,一个使女回来,忙问少平道:“少爷一去几年,现在晓不晓得老主人的事情?”又指着如玉问少平道:“这位小姐是哪家的?”少平道:“老爷的事情,我已经晓得大概。这位就是白秋浦的小姐。”奶娘大惊失色道:“这还了得,她是老主人的大仇家,你怎么好带她回家?你还不知道老主人的脾气难弄吗?”奶娘说完,少平倒也不觉得怎么,把这个出入枪林弹雨之中的白如玉,竟吓得花容失色,像碰着螫蝎的一般。她本来是晓得陈鲁平的这个嫌隙,不易解释,原在意中。不过她现在别有希望,存了患得患失的心思,自然存于中,形于外了。少平迂腐腾腾,只晓得如玉因听奶娘的话,觉着他父亲很难说话,所以吃惊,连忙说道:“你也不必着急,只有一鼓作气的往前做去,我尽我心罢了。现在我急急要去看我父亲,你就姑且在此下榻。”说着急急忙忙而去。

去了半天,回到家来唉声叹气,摇头无语。如玉见了便急问道:“你总见了尊翁,现在亏空款子到底如何安排?”少平答道:“除了家产相抵之外,还少三万多呢!真是一筹莫展。”如玉又道:“我的事情说了没有呢?”少平道:“哪有不说之理。”如玉又道:“尊翁的意思怎样呢?对我还有什么话说?”少平道:“我父亲正急得要死,对你也没有加可否。”如玉道:“现在只有赶紧筹款,把尊翁救出监来是第一要着。”少平道:“三万巨款哪里去弄?我父亲已经家产荡然,我呢,妙手空空,又无点金之术。你快不要讲了,你不知我此刻心里的痛苦呢!”如玉道:“我钱是没有,身边还有两串极好的珠子。它的来路自然是不义之物。你如不嫌亵渎,赶紧拿去卖了,不知道数目够不够。”少平大喜道:“此时不是讲客气的时候,快拿来我去设法。”如玉交与少平,少平便拿了如飞的而去。过了一阵,回来对如玉道:“珠子甚好,据说足值三万。可惜此地一时没有受主。现在我已经交与我父亲至好朋友赵鸣飞,请他设法料理债务。他是现在我们寿州赫赫有名的巨商,那般债主都是他的熟人,总算承他的情,居然答应。时下像这种仗义的人是很少的了,你应该也替我们欢喜。”说时那一种高兴的样子,仿佛他父亲已经回来了一般。

不料第二天满城风雨,大家都闹着赵鸣飞卷款潜逃,亏空公私各款,远比陈鲁平要多几倍。把个少平听了,晓得又出了岔子,直吓得索索的抖个不止。既无以对如玉的一番美意,又痛他父亲马上就可以重见天日的好事竟成泡影。不时的咄咄书空,差不多要发痴了。如玉听了赵鸣飞把她的珠子拐走了,也不禁着急道:“这还了得,现在怎么了呢?”说时也不觉掉下泪来。少平从来没有看见如玉伤心过,今见如玉如此形状,觉得自己虽是救父情切,把这个珠子凭空的断送了,三万之巨不为少数,实在咎无可辞,恨不得有一个地洞钻了下去。如玉见少平又是悲痛,又是羞愧的样子,便对少平道:“我现在只有一颗很大很圆的珠子,别的真没有了。我的初意,原想那两串珠子总可以还清你父亲的债务,这颗珠子预备我们俩……”说到这里便把脸一红,又急急的改口说道:“请你把这颗珠子拿去,这回却要仔细,不可再闹乱子。万一再遇见一个坏人,那时还有什么法子?”说着便把一颗既圆又大的珍珠,郑郑重重的交付少平。少平却是又露出很为难的样子,接又不好,不接又不好。如玉顿脚道:“我的好少爷,你不要迂了,赶紧把这件大事办好了再说。”少平被如玉提醒,便不再说什么,拿了就走。

过了几天,陈鲁平已经回家,把少平同如玉两个人都欢喜得了不得。如玉便请少平到他父亲面前解释,少平满口答应,便去对他父亲道:“做儿子的在四川受白如玉的好处,已经详细禀明。这回如玉两次拿出珠子把债务办妥,似乎不为无功。父亲能不能够念他父亲已受天谴,赦他女儿?这是父亲的主意,儿子不敢多说。”鲁平听了也不说话,把少平领到少平母亲去世的那一间房里,关上了房门对少平道:“你方才所说的话,自己总以为有充分的理由,哪里晓得白如玉在四川救你性命,我却一点不见情。为什么呢?你要晓得白秋浦这个狗彘不食的,他不把你母亲害死,他何至逃到四川去?他不逃到四川,我何至叫你到四川去?你既然不到四川,又何至有性命的危险,被她所救?他女儿若要拿救你性命算有功劳,岂不同一个人拿刀架在你颈项上,后来又把刀去了,说是救你性命?试问你承情不承情呢?再说到白如玉,这次拿出抢来的珠子替我还账,也是我方才讲的道理一样。试问他老子不到四川,就会去做土匪吗?不做土匪,就会有这个珠子吗?我的意思,还要她见我的情呢。她这两年来的赫赫有名匪首,享的福也不在少数呢。"鲁平说到这里,又在箱子里拿出一张小照来。指指小照对少平道:"这个人你认不认得?"少平一惊道:"这是我的母亲,我怎么不认得呢?"鲁平道:"可怜你母亲就因她的老子而死。那临死的惨状,你那时候还小,自然不晓得,我现在的意思,非要把白如玉弄死不可。她近来还不至于防备你,正是一个极好的机会。你本来能够晓得一个孝字,就是不听我的话,也要看你母亲含恨九泉,要把这个父母之仇赶紧报了,方才算得我们陈氏门中的好子孙。"鲁平还没有说完,少平已哭得像泪人儿一般,便奋然对他父亲道:"父亲放心,这件事情交与儿子。若不遵命去办,儿子怎么对起我的生身母亲呢!我陈少平不是变成了一个禽兽吗?"鲁平大喜道:"你也要小心,她是曾经血战的匪首呢。"哪里晓得,白如玉因为急于听这个消息,早已悄悄的踮在窗外,把他父子两个人所说的话听得明明白白,心里也在那里大费踌躇呢。

编者编到这里,对于这篇的结束有好几个意思,一时不能决定,只好都写了出来,请阅者自己去拣。仁者见仁,智者见智,编者就不负责任。至于陈少平的母亲,到底怎么因白秋浦而死,也不可不使阅者明白。白秋浦与陈鲁平是很知己的朋友,所以穿房入户,不避嫌疑。久而久之,白秋浦与陈鲁平的妻子发生暧昧情事,被鲁平知道,秋浦畏罪逃往四川,鲁平妻子羞愤自尽。吊死的时候还留下了一封绝命书,叙她如何被诱,如何失节,后来悔悟,秋浦如何要挟,不然就在外面宣布。自己因想苟全名誉,弄得不敢拒绝,私自寻死已有三次,都被奶娘瞒了主人救活的。十分可惨的情形,写得明明白白。鲁平不便将此事告诉儿子,所以终未宣布。此篇对于白如玉应否报仇;似有研究的价值。

第一是:白如玉听见他们父子二人一定要弄死她,把她的这一番好意付诸流水。她一时怒从心起,便把她做土匪的手段拿了出来,先把他们父子杀死,然后自尽。

第二是:白如玉不肯忘她父亲的遗嘱,抱了宁人负我的主义,便丢了他们父子,自己远走高飞。

第三是:白如玉远走高飞还要进一层,不待少平动手,情愿自杀。

第四是:白如玉只杀陈鲁平一人,弃少平而去。

第五是:陈少平被白如玉说动,他们二人弃了鲁平,遁迹荒山。

第六是:陈少平到底不肯辜负白如玉的好处,只得自己一死,使两方面都有交代。

(原载《小说世界》第一卷第十三期,一九二三年三月三十日出版)

别裁游戏

江南大侠(集锦小说)*

本篇作者为大可、卓呆、芙孙、茗狂、寄尘、律西、济群、独鹤、澹庵、瞻庐诸君,初拟十人轮遍,即作结束。讵因澹庵开首太觉离奇,千端万绪,万难一一交代明白。倘若草草了结,殊少兴味,乃议再轮一周,并相约中间不点澹庵,由伊自行收束以难之。此篇作者当时俱各聚精会神,步步引人入胜,实为集锦小说中不可多得之作也。

一

陈澹庵

在抵制劣货风潮最激烈的时候,三阳公司总经理徐伟臣忽然被人暗杀了。这不是一桩惊心动魄的案子吗?

大侦探许英士从三阳公司出来,他的脑海中间风轮也似的不住转动着,心里起了无数的疑云,兀是解释不开。他在那一条长而寂静的街道上踽踽独行。这时候是阴历十一月的下旬,西北风刮

* 鸳鸯蝴蝶派刊物上常刊登一些游戏文字供读者消遣,并且不断变换形式,以新奇吸引读者。如"集锦小说"、"悬赏小说"等形式。"集锦小说",由几个作者合写。第一人先写一段或一章,用"点将"的方法,在结束的句子里嵌入另一作者的名字,指定由他续写。第二人再点第三人,如此下去,以至完篇。

得像虎吼一般，天上连星光都没有，只有街旁几盏半明不灭的路灯照着他向前行走。他把头上的呢帽按了一按，又把大衣上很阔的皮领拉了起来，遮住了面部，帽子和皮领的中间只露出一副又圆又大的罗克眼镜。两只手插在大衣袋里，低着头匆匆向前走。心里却暗暗的想道，这件案子真可算得离奇极了。十一点钟的时候还有人见他，和他讲话，一个钟头之后就被人暗杀了。但是据医生检验后的报告说，他被害的时候一定在十一点钟之前。那末这个与他讲话的人难道是活见鬼吗？据管门的人说，十点钟以后便没有什么人出入，那末这个凶手怎样进去的呢？凶器是一把很锋利的刀，把他的脑袋割下来了，血流满地，情状十分可惨。最奇怪的便是这脑袋竟塞在一只大花瓶里。这花瓶一向供在客堂内天然几上，瓶里还有小半瓶的水供着几枝腊梅花。论这瓶的容积便是两三个脑袋也放得下去，但是瓶的颈项很小，只有茶碗口粗细，四面和瓶底上又光滑完好，并没有一条裂缝。这脑袋怎样塞进去的呢？而且据公司中人说，客堂里边大家不住的走出走进，却并不见有人移动这花瓶。要不是凶手留着一张字条，谁也想不到这脑袋会在花瓶里的。后来硬生生把花瓶打碎了，方才把脑袋取出来。这不是奇怪极了吗？……论徐伟臣这个人呢，也的确有取死之道。谁教他为虎作伥，专贩劣货呢？前几天还听得他奔走京津，兴高采烈，正在介绍一笔卖国的借款。论起他的行为来，实在是死有余辜。我要不是为着职守所在，谁耐烦去替他侦查这桩案子呢？他想到这里，忽然觉得头上的呢帽微微一动，这时候他正走到一盏路灯底下。他急忙站定了回过头去，四下一看，除了他一人之外街上冷清清地简直连影子都没有一个。他把呢帽拉下来一看，奇了，这呢帽的边上哪里来的一条白纸？他把纸条拿在手中，就在灯光下一看，只见上面写着两条小字道：

你自以为本领很大，可以担任这一件案子呢？我劝你还是歇歇罢！你若一定要着手侦查，恐怕你的脑袋也要和徐伟臣一样。江南大侠警告。

(以下请大可续)

二

孙大可

许英士看了这张纸条,自然格外惊讶起来。但他究竟是个老侦探,心上虽然十分吃惊,面上却仍一些不露。当下把那张纸条折叠好了,顺手放在大衣袋内,迈开大步,仍往前走。走不上半里路光景,忽然有人在他背上拍了一下,说道:"许先生,我有要事找你哩。"他急回过头来一看,不是别人,却是他的助手华又生。忙问他道:"有什么事?"又生道:"适才大盛里徐公馆有电话来,说是徐太太今夕忽然失踪。"英士不禁诧异道:"大盛里徐公馆不是徐伟臣的家中么?徐伟臣今夕被人杀死,他的夫人又在今夕失踪,真是合了福无双至、祸不单行这两句话。但不知道失踪情形如何,你可知道么?"又生道:"我接了电话,因为你到三阳公司去了,说不定什么时候回来,所以我先跑去调查一回。徐伟臣住的乃是二上二下的房子,伟臣家中本有父亲和兄弟,因伟臣贩卖劣货,很受父亲的责备和兄弟的劝告,大家反目,就析居了。现在伟臣的家中,除了伟臣和他的夫人田氏还有一个车夫和两个娘姨。今天午后,伟臣还和田氏到莺花舞台看戏,晚饭以后伟臣到公司里去了。他的夫人兀自一人坐在楼上,有一个扬州娘姨送茶上去,见她正在伏案作书。到了十一点钟的时候,接到三阳公司电话,知道伟臣被人暗杀,赶紧上楼报告夫人,不知何时已失踪了。我到楼上检点一过,房中什物毫无移动。衣箱里的衣服,首饰匣里的首饰也未遗失。后来在她的枕头底下寻出一封书信,乃是给伟臣的。"

英士听到此处,忙道:"此地不是讲话之处,我们还是到办事处去罢。”于是两人又转了几个弯，到了办事处。又生伸手到大衣袋内摸出那封书信，正要递给英士，忽然觉得这封书信不是原物，在灯光下看了看，不禁失声骇叫起来。英士见他这般光景，忙问道：“莫非是一位署名江南大侠给你的么?”又生道：“何尝不是呢，但我离了徐家以后，路上并没遇见何人，这封书信何以会在我的袋内呢？我的本领这样不济，群众还称我东方福尔摩斯，真是惭愧极了！”(以下请济群续)

三

施济群

英士把条子接过来看时，只见上面写道：

徐伟臣的事是我一手包办。请你关切英士，不必多管。要知我这次做的事，是替四万万同胞做的，并不是为我一人出气而已。照徐伟臣平日的卖国行为，简直可以灭绝他的子孙。现在只把他一人处死，可算格外开恩了。他夫人的失踪与我无关，内中尚有别情。我倒晓得，只是不便说，请你自己侦查罢。像伟臣这种人，怎样可算是中华民国“国民”，你们何必替他去奔走呢?

英士看完正想同又生说话，忽闻门上有剥啄之声，又生急忙将纸条折好塞在袋内。英士说了声“进”，推进门来的却是仆人，手里拿了封信，说这是即刻送来的。送信人还等着呢！英士把信拆开看时，那信上道：

家兄惨遭暗杀，已蒙鼎力侦查，沉冤不难大白。惟家嫂忽于今夕失踪，弟已将二女佣监守，顷华君已来察视一过，恐尚未妥，特请大驾立即偕来人至大盛里一行。至要至盼。

徐仲容启

又生道:“我看江南大侠劝告的话一些不错,我们还是连他夫人的事也不必管账罢。”英士道:“论徐伟臣的行为,我也不愿侦查。不过这案情委实太离奇了,我的好奇心勃发,倒偏要去查一查。”说着起身拿了呢帽,问又生道,“你同去么?”又生摇头道,“我不去。”于是英士一人随着来人去了。

这时候时钟已打过二下,街上行人很少。西北风虎吼似的刮来,把半明不灭的路灯刮得益发惨淡。英士走了一段,忽见一个瘦长身材的女子亭亭苕苕,狂喊着救命,迎面奔来。(以下请苕狂续)

四

赵 苕 狂

英士一见那个女人奔来,心中很是诧异。想这么夜深,还有女人在街上狂奔大喊,大概是遭了什么非常事故了。看来总脱不了奸盗二字的范围罢。同时忽听徐宅差来的那个人又在旁边说道,“咦!这不是我家的少奶奶么?”英士一听,更加兴奋起来,暗道巧极了,我正想到伊家中去查探伊失踪的事情,谁知竟在半路上遇见,这不是省了许多事么。正想迎上前去,忽从斜刺里奔出来了一个伟丈夫,挽着他的手腕飞快的向一条小弄中奔去。那人的手又粗又大,抓着了英士,好似老鹰捉小鸡一般。英士挣都挣不脱,只索跟他奔走。待要喊时,那人忽又拿起一块手帕,回手向他鼻观上一扬,他便顿时晕去了。

等到醒来,自己似乎睡在一个地方,但漆黑一片,不辨是何所在。不过知道不在露天罢了。而脑中昏腾腾的,尚没有十分清醒。正在推索之际,忽见电光一亮,照在对面,似乎照在一垛白墙上,跟着就现出“注意”两个大字。随又如映影戏一般映出了一张片子来,上面写道:“余之延君至此,非有加害之意,特有下忱,欲一陈于左右。则君既毅然不顾以徐案自任，是与余已立于对垒之地位，余又安敢不自勉。惟君亦宜振刷精神，疏清脑力，示余一二可观之事。否则譬之演戏，台下既倒好齐起，台上之余亦将拂衣而去，不欲与君配演矣。君谓何如？幸加之意，而余策君第一事，即君将何由出此室耳。至于彼妇之事，涉及暧昧，为盛名计，似以不干预为是。不知君亦能纳此忠告否耶？江南大侠白。”这张片子映在墙上约有几分钟又一闪而灭，又入洞黑之中。不过在这电光明灭之间，约略瞧见了些形状，知道乃在一间室中。室隅似有电灯的机关。英士便立了起来。走到那边，果有一个机关，便把来一扳，登时全室都浴在电光之下。只见陈设绝简单，上面挂了一块匾额，写着“一庐”两个字。此外却有一件很奇怪的事情，原来他仰首四瞻，庐中并无一扇门，也无一扇窗，并连一个小洞都找不出。方才那张片子不知在哪里映出来的呢。（以下请瞻庐续）

五

程　瞻　庐

再向地下看时，很坦平的水门汀一条裂缝都没有。兀的不十二分奇怪。这个所在，苍蝇蚊虫都钻不进，自己一个昂藏七尺之躯，怎会入得这间屋？苍蝇蚊虫都飞不出，自己一个昂藏七尺之躯，怎会出得这间屋？我许英士干那侦探事业十拿九稳，从来不曾失败到这般田地。唉，江南大侠，你也忒煞厉害了。把我装入这个闷葫芦里，上天无路，入地无门，地方又狭窄，空气又混浊，倘不闷死，也要饿死。这便如何是好？许英士想到这里头脑里一阵昏迷，又晕倒在这间屋子里面。

华又生两天不见了英士，知道大势不妙。许先生不肯听我劝告，轻入虎口，一定遭了江南大侠的暗算。我虽没有和江南大侠会过面，可是他的威名早已如雷贯耳。常听得江湖上人说，大侠嫉恶如仇，算得中华民国顶天立地的奇……奇什么，或者是奇男子或者是奇女子，只为大侠手里曾经诛戮五个卖国贼，连着徐伟臣便是第六个。他的杀人手段很是奇妙，从来不曾破过案，也不曾露过庐山真面。有人说他是个虬髯丈夫，也有人说他是个妙龄女郎，扑朔迷离，雌雄莫辨。休说苦了我们侦探家，便是赫赫有名的新文化大家，提起江南大侠，还不知用个“他”字才好，用个“她”字才好。大侠既有这般出神入化的本领，寻常侦探家怎在他的眼里？便是中华民国最有名誉的四大侦探，也被他战胜了两个。这四大侦探，第一王独，第二许英士，第三包上达，第四章锦。包上达和章锦都失败了，轮到我们许先生，敢怕又要失败在大侠手里。可是我在许先生手下办事，许先生失踪，我当然要不避危险，探汤蹈火，去访问一个下落。

趁着天色微明，路上行人稀少，华又生径向大盛里徐公馆去探访动静。为着秘密起见，先到后门口察看一下，走入里中转了一个弯，左右都望了一望，不见有人往来，才慢慢的向着后门那边走去。蓦然间，有人把他衣襟一扯，回头看时不是别人，便是第一名大侦探家王独。又生大喜，便轻轻的问道：“王先生，可也是为着侦探这件案子来么？”王独点了点头儿。当下两个人走后门旁边，恰是一带齐肩的短墙。忽然墙里有吱吱的声响，又生好生诧异，便和王独鹤颈般的伸长了脖子向内瞧视。（以下请独鹤续）

六

严独鹤

只见一个浑身穿着黑衣、脸上罩着面幕的人，正在开足自来水，盥濯手上的血渍。因为夜来水急，故此有那吱吱的响声。他洗完手,便把外面的衣服和面幕一齐卸下,又从地上拾起一把五六寸长的利刃,光芒射目,插在腰间皮袋内,然后卷做一团夹在肘间,大模大样的走到后门边来。王独连忙拉着又生,避到旁边一条小弄中。看他走出后门,向四下望了一望,便慢慢的向东走去。王独低声对又生说道:"这大约就是江南大侠了,你赶紧到里面去,看又杀伤了什么人。我此刻就要追踪敌人前往,待探出了他的下落,然后就可设法把英士救出来,免得再遭敌人的毒手。"说完也不待又生答话,便急匆匆的蹑足去了。

那江南大侠倒也奇怪,他既自谓杀死徐伟臣是为歼除国贼,那么伟臣家中现在只剩了娘姨车夫几个人,难道这班人也是国贼吗?为何今夜还要来杀害呢?又生一面肚内思量,一面转到伟臣家前门口,看看门还未启,便拉着铜环敲了几下。停了一会,才见那车夫倦眼惺忪的来开了门。又生问他道:"你们这里今晚又是什么人被杀了?你竟没有知道吗?"他呆呆的看了又生半晌,才说道:"先生,你莫非弄错了吗?我们这里自从少奶奶失踪后,两个娘姨都被二少爷带回去看管,此地只有我一个人住着。我既好好在这里,还有什么人被杀呢?"又生道:"这真奇了,你快去把你二少爷请来,我有话和他说。"车夫答应着,转身便去。不一会,徐仲容来了。又生便把方才所见的情形告诉他,他也很为诧异。当下便一同走到楼上去察看。刚走到楼门口,徐仲容忽地失声惊呼道:"咦!这门明明是我锁着的,怎的锁会落在楼板上呢?"说时,那车夫已推开了门。又生一眼瞧见床面前躺一个短衣窄袖的男子,一颗头都浴在血内,双目紧闭。走上去摸了一摸,鼻息微微,还没有断气。窗前桌上放着一张字条,具名又是"江南大侠"。又生正要从头细看,忽听那车夫怪叫道:"啊呀!这人好像孙碧芙,孙妈常常鬼鬼祟祟的招他来,说是她的干儿子呀。"又生道:"孙妈是什么人?"车夫说就是那扬州娘姨。(以下请芙孙续)

七

严芙孙

又生道："孙碧芙既时常到这里来，他平日的为人怎样？你一定能够明白，你且说说看。"

车夫道："少奶奶没有失踪以前，孙碧芙时常由孙妈招他来。最奇怪的，我家少奶奶楼上的卧室他都进出自由，一些没有顾忌，我心里早已有些疑惑。没有多时，又由孙碧芙领来一个少年。这少年的年纪约有二十五六岁光景，装饰很是考究。他左颊上有一块很大的红瘢，是他最显明的标记。这位少年每次到这里的时候，也总与我家少爷到三阳公司的时间相左，不过他每次上楼的时候，孙妈的脸上更是装出一种鬼鬼祟祟的神气。我拉少爷到三阳公司以后，有时回来总遇见他。我心中虽是狐疑，也决不敢在我家少爷面前多一句嘴。但据孙妈说，那少年姓田，是我家少奶奶远房的堂弟。在我家少奶奶没有失踪的前三天，我还瞧见孙碧芙和那个姓田的在我家大门口，大家秘密的谈了一会。他们谈些什么我却听不清楚。他们走后，我无意间在大门口捡着一张字条。"车夫一面说着，一面就从口袋里把那张字条摸了出来。又生和徐仲容大家抢着观看。只见上面的字迹是用铅笔写的，并不十分清楚，只有歪歪斜斜的两行道：

小菲青及，事已急迫。今晚八时在梨痕路十七号相候，面商一切。

知白

徐仲容瞧了一半，失声说道："这案有了线索了。小菲是家嫂的乳名，外人决计不会知道。这张字条一定是那个自称田姓的所写。

字条上面既有地址，最好又要劳华先生的大驾，前往侦勘一下，或者与本案不无有几分裨益。”又生道：“既然如此，我一面打个电话到警署里报告这里的情形，一面就到梨痕路十七号去探访。”说着，立刻打过了电话，便坐上车子直到梨痕路而去。那边的地段近于荒僻，平时人迹罕到。车子刚到了梨痕路，又生就举目四看，只见路旁都是一带短墙，墙的左面有两座洋房，却是一律西式。又生仔细一看，正是十七号门牌。（以下请律西续）

八

陆 律 西

门上钉着一块铜牌，刊着田公馆三个字，上面还配着英文。又生正要举手按那门铃，转念一想，我不过是许英士的助手，身上又没有带着侦探证据，倘若敲错了门，被他们诘责起来，倒是无言可对。不如到徐公馆去，看看警局勘验的情形，等晚上再来混进里面，倒可以得着些秘密。正待转身，忽见田公馆开出门来，似乎是送客的样子。里面走出七八个少年，年纪都在二十岁左右，身上都穿着极华丽的衣服，一看就晓得是浮薄一流的人。最奇的他们的衣服虽是颜色不一，却每人衣领内都衬着一条白带，上面绣着一个红蝙蝠，出门后便东奔西散的去了。又生便假做过路的人跟在后面，出了梨痕路，才坐上车子，直到徐伟臣家里来。果然警探都已到齐。孙碧芙因为受伤过重，已经无可挽救，正在脱开衣裳检验。见他身上共受有刀伤七处，内中有三处都是致命的。又在他穿的紧身里面也发见了一条绣着红蝙蝠的白带，带上还系着一个银质徽章，刻着“党员”二字。警长见了像是很注意似的，便走过去亲手取了藏在自己袋里。再看孙碧芙身边还藏着许多秘密信件，警长略一翻看，晓得都是很有关系的，深恐漏泄了对于全案大有不利，便叫一个亲信的从人收了起来,带回署中详细研究。

又生见这边事已完毕,便先回去吃了晚饭,又到梨痕路第十七号来。恰好遇着一个女仆买了茶水回去,他便跟在后面走了进去。见这房子虽大,电灯却关得黑魆魆的,只有楼上一间还有灯火,便轻轻的上了扶梯。朝里望时,乃是一间极华美的卧室,案上放着妆奁器具,一个妇人和一个少年对面坐着。只听那少年道:“今天开会为什么不见孙老五呢?”妇人道:“你还不晓得么?我前天出来的时候,因为一时匆忙,所有许多要紧的信件都没有带来,在我的名誉上很有关系。昨天想起,所以托老五去取来,他原不肯去的,我想那边除了车夫更没有第二个人,不至于有什么危险。又许他取到之后,送他三百块钱,他才欢喜着去了。但现在已是一天一夜了,还不见他回来,莫非有什么意外么?”那少年听了,似乎触动了一桩心事,朝那方桌呆看着。(以下请卓呆续)

九

徐卓呆

忽而少年向妇人道:“孙老五此刻还不见来,事情不好了。因为我与他有一件极紧要的事,约定在此接谈的。这是关于他生命的事,他断无不来之理。现在等了好久还不到,事情一定有变了。”少年说到这里,突然一声“啊呀”,又叫道:“不好了,你看你头上什么东西?”妇人一听,忙向镜中去照。又生在外面看时,见妇人的发髻上正插着一柄小尖刀啊!方才还没有咧,怎么一转瞬间会加上这可怕的东西呢?二人惊骇非常。少年急忙替妇人将刀拔下。在灯下对那刀上看时,妇人惊道:“有字有字。”少年又念道:“江南大侠。”又生听了怎么不惊?不料正在吃惊时,又生右手按着胸口,觉得怀中有一件什么硬东西。他即忙摸出来看时,这一惊更非同小可,原来也是一柄小尖刀。又生不由的两足急急逃出去。晓得再留在此地,要有危险了。一到街上,借灯光一看,果然刀上也有“江南大侠”四个字。他只得赶紧回去,再也不敢上梨痕路去了。

再说许英士到醒过来,头脑似乎清楚些,暗想,我的身体既可以弄进这无孔无缝的室中来,一定有法子能够出去的,不过一时不易发见这门罢了。他再四面摸摸,真是光滑无比,一尘不染。他又想,徐伟臣的脑袋放在花瓶内,倒能够打碎了取出来,我这身体有谁能够打破此室呢?我情愿装在一个大瓶内,倒还有空气可透……唷,我此刻一点不觉闷,这里一定也通空气,断不是没有门的,而且断不是把门关着的。他这么一想,顿时脑中一闪,伸手上去将那“一庐”二字的匾额一推。奇了!这匾额处立刻成了一个长方形洞,外面似乎有些亮光了。他怎么不喜啊,自然就从这长方洞中爬出去。暗暗喜道,江南大侠,你准备了很费事的建筑,也只能够把我的身体暂时在此一寄,尘埃没有一些、光滑无缝的地方,我还是可以出去了。第一事目的已经达到。(以下请寄尘续)

十

胡寄尘

英士一壁想,一壁爬,一会儿已爬出了那长方形的洞。向四面一瞧,却仍在一间屋里。屋里的陈设甚是简单,只有一口橱、一个桌子、几只椅子,静悄悄的没有一人。他心想,奇了,难道竟没有人看守么?于是轻轻把门推开,忽听得别间屋里又有开门声音。英士知道有人来了,急忙缩回,想寻个地方暂避一避,竟是无处可躲。忽见橱门微微开着,就顺手拉开,躲在里面,仍留着一线隙缝。侧耳听那足音,觉得很轻而慢,仿佛也防人听见一般。英士好生诧异,后来足音渐近,又听得开门的声音,知道已到这间屋里了。于是向隙缝里望去，只见那人右手拿着柄手枪，探头探脑似乎也在那里侦探什么。英士仔细一瞧，不觉大喜，轻轻说道："你是王独么？"那人不提防有人喊他，倒骇了一跳。回过头来，果然是王独。英士把橱门推开，想跑出来，无意中触着了橱的后壁，觉得有些活动，竟是扇秘密的门。王独见了英士，喜道："你怎么躲在橱里，寻得我好苦。"英士把被闭在地窟里的情形约略说了一遍，并问王独怎样到这里来的。王独指着橱的后壁门道："我们且慢讲废话，现在你既发现了这扇秘密的门，我们大可向这里面探一探再讲罢。"（以下请大可续）

十一

孙 大 可

英士道："且慢且慢。我被他们弄到这个地方，一天到晚不见日光。若不是我带着一只鹰格索表，哪里知道已经住了两天三夜呢。现在我肚子里饥饿得很，你可带着什么干粮，给我一点。"王独听了，不免鼻子里哼了一声道："亏你还是一位大侦探，怎么干粮都没预备？"说道，便在袋里取出一大片面包递给英士。英士一头吃面包一头问他进来的情形。

王独道："今天早上，忽然有人打电话给我，说是江南大侠现在大盛里徐公馆，请你赶快前去会他。说了这两句就摇断了。我去问明电话局，知道是东六百零六号徐公馆打来的，所以马上赶到徐公馆。在后门口，遇见你的助手华又生。我们两人正想进去，忽然有个黑衣人走将出来，我知那人就是江南大侠。当嘱又生进内视察，我便暗暗跟定那人转了三个弯，忽然不见那人的踪迹。我在路上踯躅了好一会，看见此处还有电灯，很是诧异，因为里边没人住，何以电灯明晃晃的？里边有人住，何以白日不关电灯？是我好奇心动，所以簖垣而入，搜寻到此。”

英士到此也恍然道：“是了是了。我在长方洞里出来的时候，忘却将室内电灯关上。谅来这是一个总机关，所以外边都开着了。”王独道：“这里不是长谈之处，你的面包已吃完了，我们就此进那秘密门罢。”于是王独在前，英士在后，刚要跨进橱去，忽闻砉然一声，窗槛外边掷进一个纸裹来。王独和英士见了，赶紧拾起一看，只见上面写道：

> 英士先生请了，你是一个很忠实很勇敢的侦探，我很佩服。不过我所做的事，于国家社会都是有利无害，所以请你不必干涉。不意你不听我言，和我为难，故我不得不略施薄技屈驾至此。现在你既不能出去，我又不忍害你，没有办法，只得请王独先生到此引你出险。惟你自由之身无端被我拘留，实在抱歉得很。我现在已将徐伟臣夫人失踪案内重要人物孙碧芙杀死。你等能从此点勘入，不难破获。在必要时，我尚可助你一臂之力。这点就是我报偿你的地方。至于我的秘密，层出不穷，请你不必寻根究底。言尽于此，少陪了。

王独看了这封信后不住的念着孙碧芙、孙碧芙三字不置。（以下请芙孙续）

十二

严 芙 孙

英士道：“孙碧芙是什么人？他怎么说是徐伟臣夫人失踪案是重要人犯，究竟是什么一回事呢？”

王独道：“这案子复杂得很呢，你被他拘留在这个所在有三天了，当然这三天里所发生的事你不会知道了。”说着将大略的情形用极简单的话讲了一遍。英士虽不十分明了,但也不便详细问下去,指着那扇秘密的门道:“我们且别管他,将这门推开来看看里面究竟是有些什么。”王独便走过去,轻轻推开那门。只见里面漆黑,伸手不见五指,没有一些阳光,似乎是一条甬道。英士打算摸着那电灯的机关,免得在黑暗里过生活。可是再也摸不到,只听王独轻轻的喊道:“英士,我们可沿着这墙壁向前进行。”他们俩不觉转了几个弯。英士牵着王独的衣襟道:“这条甬道多么长啊?怎么还是不见天日?不过空气倒还不见得十分不足。可想离开那外面也不远了。”王独道:“我们似乎还是不要讲话的好,给外面听见反不好。”这时英士走在前面,王独跟在后面,又走了许多时候转了十几个弯,不觉豁然开朗。

英士回头一看,王独没跟在后面。他也不甚注意,或者是他走得慢些也未可知。并且这条甬道不过只有五尺多阔,打那秘密门走起,也从来没有第二条分路,那么他决不会走错了路的。想着便又转了一个弯,只见一扇门半开半掩着。英士走出去一看,原来是一所荒郊,一望无际。心里想道,方才江南大侠送进来的一张条子,或者就是由此进出的。他就自站在门口等了一会,可是王独还没出来,不觉暗自称奇。心里又转念道,难道他已经先我而出来吗?可是我和他讲话的时候,虽是在暗里,但也明明觉着他在我后面。甬道又是这般狭窄,他要是走到我前面,我怎会不觉着呢?就是他先我出来,他也是一个很细心人,决不会丢我一个人在这里。那么他一定还是在后面,我仍旧在此地等一会儿罢。这时无意回头一看,只见离开这门有一百多码的路,有一个人在那里拿着手帕朝着他摇着。英士仔细一看,正是王独鹤立在一个坟墩上。(以下请独鹤续)

十三

严独鹤

英士又惊又喜,连忙奔至王独身边,问他从哪里出来的。王独指着坟墩旁边一块破旧的木板道:"这底下不是门吗?我刚才跟在你后面,转到第六个弯的时候,耳边忽听得微有呻吟之声,像是从左边传来的。我很为奇怪,无意间用手去一摸,觉得有一条狭小的歧路。这时你已去远,我本想唤住你,恐怕被人听见了不当稳便,因即独自挨身进去。才走十余步,顿觉地位宽广,并且微有亮光。再听听那呻吟的声音,也近在耳际。我便立住脚步,定了一定神,借着一丝亮光看见右首墙壁上嵌着一扇板门,门缝内微有灯光透出,才知道那里也是一所密室,不知又是何人被幽禁在里面。本想进去看个明白,或者乘机救他出来,又怕时候耽搁久了,你在外面等得心焦,所以就从这里先出来了。现在你的意思怎样?还是重复进去救出那人呢,还是丢了不管呢?"英士道:"我们身当侦探,看人落在危险之中,怎可置之不理!况且此人或者与本案有关也论不定咧。"王独点首称是。

于是二人遂把那木板轻轻掀开,探身入内。好在此地僻在荒野,行人绝迹,任凭他们自由出入,并没有人前来干预。他二人走到那板门旁边,王独用力一推,那门登时开了。英士跟了他进去,见里面的情状和自己方才所住的一间室内差不多。室隅躺着一人,背剪着两手,双目紧闭着,口内哼哼有声。英士低下头去一看,不觉失声讶道:"这不是大盛里徐公馆的仆人吗?那天他和我走到半路,我被江南大侠弄到这里直到今朝,几乎把他忘记了。谁知他也被困在此,我们赶快把他扶出去罢。"王独听说是徐公馆的仆人,也吃了一惊,慌忙从身边取出一把小刀,将绑手的绳索割断,然后和英士把那人扶了起来，两面挟持着，慢慢的摸索着走出去。到了外面，王独又施了一番按摩之术，那人才微微苏醒。

英士道："此人看看甚是雄壮，却这样不经饿。照现在的样子，大约不能行走。"王独道："这里是江南大侠的势力范围，况且地下又很潮湿，断难暂寄，尘埃都一些没有，你难道不看见么？"（以下请寄尘续）

十四

胡寄尘

他们正在踌躇不决的当儿，忽见百步之外，飞快的来了一辆小车，车上坐着一人。英士眼快早见那人正是华又生，喜得直跳起来。又生见了他们，也是惊喜交集。英士道："又生，你怎么晓得到此地来的呢？"又生道："我自从那天和王独分手以后，所经历的种种情形一时也不能说尽。今天在家里正苦得不着你们消息，不知吉凶如何，忽然接到一个电话，说你们都在这里，叫我快来迎接，还要带一辆小车，不知是何原故。然而又不晓得电话是哪里来的，无从根问，只得若有若无的姑且跑了来，不料果然在此。真是出乎意外了。"

王独道："不必多讲废话，现在既有车在此，我们就把这人载了回去再讲罢。"英士道："我看还是先往大盛里去一趟，一则此人既系徐氏之仆，应当把他送回去好生调养，免得他家里人担忧；二则也去看看那面的情形，近来可曾有什么意外的变动。"王独也很赞成。于是一行人遂齐往大盛里来，徐仲容接着，自有一番慰劳，不必细述。又生又把怎样到梨痕路察访，怎样遇着江南大侠，不知不觉被他将刀插在自己怀中的话说了一遍。接着又从身边摸出一张字条道："这是前天江南大侠刺死孙碧芙时候留下的。你们瞧这上面的话，究竟真伪如何。”英士等听说，急忙接过去，大家同看字条上说：

> 吾之刺杀徐伟臣，为国除奸。正逢彼伧蹈隙内，进行此不端之事，更欲囊括资财，恶毒已极，不知者且将以奸盗诬吾。吾素以除恶为职志，势不能贷重罪。此贼本欲致其死命，姑留余气，以待办此案者之质供，藉破余党。倘此贼幸而早毙，则东莱路青萍里华安旅馆十二号房中，有一古董客自署南茗狂生者，颇知其详。试一询之，便可得此案真相矣。江南大侠。

（以下请茗狂续）

十五

赵 苕 狂

王独看罢，诧异道：“南茗狂生这人，我曾和他同桌吃过一回酒。那人生得短小精悍，言论豪爽，酒量极大，同席的人没有哪个能敌得上他。不料他也是江南大侠一流人物咧。”又生道：“提起南茗狂生，我也久耳其名。据说他的贩卖古董，并不是贪图货利，不过借此隐身市井，物色当代贤豪与之交结。他本是革命志士，民初时代曾当过几个月陆军次长，后来因为看着国事日非，奸邪当道，才奋身引退的。他住在华安旅馆已有不少时。平日因他是一个与世无干的人，所以也没有人去注意他。现经江南大侠这一证明，足见此人果是一个韬光养晦的豪杰。因为江南大侠神出鬼没，可算世界奇人；南茗狂生却能晓得他的真相，这南茗狂生的本领必在江南大侠之上，岂非奇人中的奇人吗？我们应当赶紧去和他接洽，一则使此案早日结束，二则还可请他作介绍，去和那江南大侠会会面，看究竟是一种什么人物，平日藏身在什么地方。我们以后办案遇到为难之处，不妨去和他商量商量。”

又生说到这里，英士焦躁道：“不要噜苏了，快到外面去看看，可有黄包车唤三辆来。此地到东莱路倒很远。”又生答应自去。这里徐仲容又搬出许多点心来请他们吃。英士饿了数日，得此一顿饱餐，顿觉精神焕发。此时外面朔风甚紧，他三人冒着寒冷，直向东莱路来。到了华安旅馆，问明账房，知道十二号房间在楼上，他们便随着茶房登楼。到了十二号门口，只见房门虚掩着。王独同英士又生推门进去，不觉骇了一跳，原来房内坐着一个年青貌美的女子，背靠着一张红木梳头桌，呆呆的不知看着一样什么东西。（以下请卓呆续）

十六

徐卓呆

那女子期待似的对推门进去的三个人微微一笑，把手中的东西放下来，启口道：“三位大侦探请坐，坐了我们可以细谈啊。”又生对四面看看，不见有第二人，忙问道：“我们是找南苕狂生来的，不知在此否？”女子又笑了一笑，说道：“你们找他，不如找我。并且你们找到了我，就找不到他。我与他，人是两个，其实可以说得只有一个。明白了么？所以有话不妨与我谈罢，三位不是为徐案而来么？徐案真离奇极了。一个江南大侠，闻得诸位侦探手忙脚乱了，实则他还不过弄一点小玩意儿。你们坐啊。”三人到这时候，只好且坐下来。

英士说：“我们有许多话要请教，不知姑娘可以指教么？”女子点点头。英士一想，此人究竟不知什么来路，有大关系的事恐怕未必肯说，并且我们也不知道她是否当真晓得一切详细，不妨先把一件小玩意试伊一试。忙问道：“请问那徐伟臣很大的脑袋，怎么可以藏在一个细颈花瓶内?"

女子一听,不禁失笑道:"这是骗小孩子的戏法啊。你们看,有标本在此。"说时,拿起桌上方才看的东西来。大家看时,果然也与那大磁瓶无异,不过很小罢了,外面花纹也相同。"这是木制的,"女子道,"此乃山东人变戏法,把小孩子藏在小口瓮内的应用法罢了。瓶上花纹不过遮饰裂缝,颈口全无关系。瓶的自颈至腰处,横截做两段,有铰链连着,可以启闭,可以放巨物在内的。你们在磁瓶未打破以前如肯细心观看,也不难发见奥妙。无奈你们太心急咧。徐伟臣的那个大磁瓶本来是一件古董,历史很长。你们看了他三阳公司客堂中器具一律西式,只有这花瓶和安放花瓶的天然几是中国货,也应当生一点疑问了啊!你们可晓得徐伟臣本来把这花瓶做什么用的?"(以下请律西续)

十七

陆律西

又生接着道:"徐伟臣既专运销劣货,自然与某国人接近,这花瓶大概是他当做古董去骗他们的铜钱的么。"女子道:"这种事或者也是有的,但他做这花瓶还不专为此。"说时,又指着那木质模型道:"你看它这上半截另外有底,依然可以装水养花,下半截却是干燥的。违禁的东西,可以随意装在里面,如同手枪弹子等类,经关过卡,别人再也不会猜疑的。所以照这样一式的瓶,他家里不知有多少。他这几年所以发这样大财,全是这瓶里来的。至于他那天然几,乃是收藏秘密文件的地方。几面上有暗锁可以启闭,这两件东西都是伟臣用尽心机想出来的。若不是遇见江南大侠,哪里会失败呢?"

英士说:"他既然做得这样秘密,江南大侠又从哪里打听得如此详细呢?”女子笑道:“他这件事除了他那夫人,更没有第三人晓得。你们当他夫人真是姓田么,原来她本是拆白党的首领,母家实在姓毕。她说姓田乃是用了毕字的上半。梨痕路十七号乃是他们办事的总机关。党员男男女女共有二百多人,全是用红蝙蝠作为暗记。不过她这党里的规则和普通的拆白党有些不同。虽也是以财色两字为目的,却是因人而施,专取那些不义之财。遇着困乏的人也肯周济,群众也都还感激她。因此党里规模越发大了。就是这回嫁了徐伟臣,是图谋他的家当来的。不料被江南大侠晓得了,先派人去假作入党,把内容打听得明明白白,然后才动手的。”

英士道:“这江南大侠究竟有多大的本领?前天我跟在他后面,满望探着他的住址,岂知眼睛一闪他已经不见了,反把我送进地窖里去。若不是遇着王独,不知几时才得出来咧。”女子道:“说起他的本领,真是话长,我一时也说不尽。若不是看着你们诸位都是办公的人,再多几个人也送了命了。”(以下请济群续)

十八

施济群

他们正讲到这里,突见门外走进一人,衣冠楚楚,像个绅士模样。王独一见那人,颇有几分面善。正欲开言,忽见那女子打了个呵呵道:“你来了,巧得很。他们正在这里等着你呢!”说罢,便起身让那人坐下,一面又对王独等说道:“这位就是名闻海内的江南大侠呀,你们大约还没有招呼过,现在不妨见见哪!”英士听说这人就是江南大侠,先抢上前去和他握了握手,接着王独又生也都握过了。江南大侠这才含笑对英士等说道:“我此次为义愤所激,杀死徐伟臣,这层意思早已告诉过你们了。那红蝙蝠党却趁此肆其劫掠手段,这是我预料不到的。我自从那天到梨痕路去下了个警告以后，他们已着了慌，把机关总部早迁往闸北去。现在事不宜迟，赶紧去把巢穴剿了，早些结案罢。”

王独连连称善，接着又道：“我们遵命而来，寻找南苕狂生，不知这南苕狂生究竟哪里去了，可否也请出来见见呢?”江南大侠道：“你们要见南苕狂生吗？这人上不在天，下不在地，张眼一看，就在目前。”说着一阵呵呵大笑。王独等听了这话，才晓得那女子就是南苕狂生乔装，连称失敬失敬。

江南大侠催着南苕狂生换了男装，一齐往闸北去。也不知走了多远，看看已近乡村。英士引首四瞻，庐舍影稀，因回头对江南大侠道：“此地甚是荒僻，我们贸然前去，贼人党徒众多，不要反遭了他们的毒手。我的意思还是先去报告了警署，带了警察来再下手罢。”（以下请瞻庐续）

十九

程 瞻 庐

江南大侠仰天大笑，只是不答。英士莫名其妙，忙问因何好笑。江南大侠道：“我笑你胆小如鼷，怎能干得大事。这几个贼党怎在我的眼里？只要略施手段，管教一网打尽，半个都不能脱逃。别说不消报告警署，便是你们也都不必同去。你们只在这棵大杨树下候着，我和你们立个期限，现在呢斜阳半树，飞鸦还没有归巢。大约飞鸦归巢的当儿，这一群红蝙蝠定可以入我网罗。那么我把一干人犯交给你们，我的责任也尽了。你们只看树上的斜阳移到最高的枝梢，大家便可以高唱着凯歌了。现在的斜阳离着枝梢不是还有四五尺光景么?”他说到这里，众人不知不觉都昂着头去瞧树上的斜阳。说时迟，那时快，盼得一盼眼，早不见了江南大侠。众人把舌头伸了伸，好不惊异。果然驻足在大杨树下，不敢移动。

英士因为方才匆促之间不曾询得大侠的真名确姓，忙问南茗狂生：“这大侠毕竟姓甚名谁？”南茗狂生道：“游侠传中的上等人物，大都不肯把真姓名告人。即如我虽算不得上等大侠客，然而我的姓名识者已稀，何况江南大侠呢？他的真姓确名，除我以外更没第二人知晓，只为他素性冲澹，庵居蔬食，不与世相闻，大有从前方山子气象。他的姓名我当然代守秘密。”（以下请澹庵结束）

二十

陆澹庵

四个人正在谈论，忽见江南大侠从远远地飞奔而来，一瞥时到了跟前。他便含着笑对许英士道：“你们请回去罢，这一班红蝙蝠党，我已经替你们如数捕获了。”

许英士迟疑道：“党人现在哪里呢？”江南大侠道：“我已经就近交给站岗的警察，托他们解往警察厅去了。大概你们回厅里的时候，这一班党人早已解到。只要审问口供，便可以结案了。”许英士嗫嚅道：“红蝙蝠党所做的案子，不过奸盗谋财而已，没有什么大不了。倒是那三阳公司这件暗杀案，糊里糊涂，怎生能了结呢？”江南大侠点头笑道：“听你的话，莫非是要我出头到堂，抵罪偿命吗？我并不是怕死，不敢出头，实在因为徐伟臣这个人死有余辜。我杀了他是为全中国除害，就是在法律上讲起来，也决不能叫我偿命抵罪。现在既然你这等说，我有一样东西给你，你拿回去请徐仲容做个证人就可明白了。倘然徐仲容袒护他哥哥，不肯明言，我早晚教他同徐伟臣一样。”说着便在大衣袋内取出一卷纸张来，递给许英士，许英士伸手接了。江南大侠又问道：“你们现在对于这件案子还有什么不明白的地方吗？”

许英士想了一想，一时倒也想不出什么来问。江南大侠便指着南苕狂生笑道:“你们看他到底是男是女?”大家一听这话,都不觉一呆。江南大侠便又笑道:“我索性同你们说穿了罢,她实在是一个女子,你们刚才所见的倒是她的本相。现在却反而是化妆了。这‘南苕狂生’四个字,本来也是我的化名,有时候我分身不开,便叫我老婆扮了个男子,出来承认这个名字。现在你们明白了吗?话也说完了,我们走了。再会罢。”他说完这几句话,便和南苕狂生手挽着手,堂而皇之的走了。

许英士等回到警察厅,蝙蝠党果然都已解到,一一供认奸盗谋财不讳。许英士又把江南大侠给他的纸张打开一看,原来都是徐伟臣卖国的证据。徐仲容也不敢隐瞒,说明的确是乃兄之物。徐伟臣死有余辜,暗杀案就不再追究。案结之后,王独许英士等,还要想访寻那江南大侠,和他交个朋友,谁知再也访他不着了。

(原载《金刚钻》月刊第一集,一九三三年九月出版)

哭 与 笑(悬赏小说)

严 独 鹤

袁永佳是一个富家子弟。但他这个富家子弟,却与寻常纨袴之子不同,学识又丰富,性情又温良。平时也不喜欢三朋四友,酒食征逐;只和几个知己研究些学术。他本是美国留学生,学的是农科,所以对于农业方面格外注意。他素性好游,每年至少有三四个月在各处旅行。一来是赏玩风景,二来是考察农事。凡是认得他的人,没有一个不说他是有志青年。

他家私既富,名誉又好,一时想和他论婚的自然不少。他的父母倒也很开通的,知道儿子是个维新人物,不能再用旧式婚姻来拘束他,须让他自己自由择偶。但是永佳的脾气又很古怪,平时对于情爱两字,似乎很不留意。便是在交际场中偶然有些丰标绝世的女郎,仰慕着他的丰采来和他周旋,他却落落寡合,好像没有一个看得上眼的。因此大家都很奇怪,以为他一定是别有意中人了。但是据他自己说,却又是生平别无所眷,不过照他生平的志趣,竟想抱独身主义。即使不为父母所许,一定要他娶妻,也须等自己在社会上做了一番事业之后,再谈到婚姻问题。他虽然这样说,隔不到几年,他居然结婚了。他所娶的是一个乡村里面的农家女儿,相貌并不美丽,也并没有学问,只略识几个字就是了。大家知道他订了这头婚事,都啧啧称奇。便是他的父母,也曾问他何以婚媾之求,偏在这小家碧玉,这里面是否是恋爱关系,还有另有别的缘故?他只笑而不答。问得多了便说日后自会知道。他父母也无话可说，只得依着他办。

到了结婚这一天，宾客盈门，排场十分热闹。但是婚礼当中，却发生一桩怪事。在那彼此交换饰物的当儿，那位新娘忽然大笑起来，直笑得花枝招展，几乎立脚不住。那些宾客看着这副神情，已经觉得十分奇怪。不料新娘的笑声未绝，新郎忽又掩面悲号，哭个不休。一时新郎新娘笑啼并作，闹得满堂宾客一个个莫明其妙。（请续）

外国杂志中常有做了半篇小说（或仅做一段），悬赏请人接续的。著者因为这个办法很有趣味，所以想试行一次。这篇《哭与笑》的小说只做了一段，以下请阅者诸君各随己意续做下去。性质不拘，侦探、言情、社会都可以做，只要用白话体与原文接得不露痕迹。字数至多以千字为限。来稿须于信面标明悬赏小说字样，并粘附本期杂志后方之投稿印花，于阴历十月十五日前投寄本社。一经刊载，当以现金奉酬。第一名十元，其余每篇自三元至一元，临时酌定。

（原载《红》杂志第一卷第十五期）

悬赏小说哭与笑揭晓

《红》杂志第十五期中之悬赏小说《哭与笑》来稿至多，牵于人事，无暇详加披阅，径未发表，至以为歉。兹特酌录三篇，余则限于篇幅，只披露姓氏赠品，原文恕不登载，希亮察为幸。

编者识

第一名　陈同善（本埠青年协会）酬现金十元

当下永佳的父母可都吓呆了，急忙追问永佳。好容易永佳止了哭声，又哽咽了半晌，方才宣布那一哭一笑的原委。

原来永佳留学美国的时候,有一个女留学生唤做金粹华的,是交际界的一颗明星。姿容艳冶,态度风流,留学界中没一个不仰望她的颜色。永佳和粹华却是同乡。永佳的学问在留学界中是数一数二的,又加着同乡的关系,所以粹华特别垂青永佳。爱情越过越浓,不多几时便正式宣布婚约了。可是永佳性耽清静,粹华却喜欢热闹,两个人有了这么一点相背的脾气,日子一久,便不免有些言语冲突了。永佳常劝粹华不要只向交际场中滥出风头。粹华却说韶华不再,趁这年轻貌美的当儿,及时行乐,才不辜负此一生。况且她学的原是图书音乐专门,不在交际场中出风头,却向哪里去应用呢?永佳无话可说,就只得任其所为。

这一年永佳毕业了,粹华却还有半年。粹华在交际界的名誉一天高似一天,所以应酬极忙。在永佳呢,大不以为然,在粹华却得意非常。因永佳孤僻,不喜交际,所以粹华又结了几个知己朋友,时常同他们赴宴跳舞。这一下永佳真忍不住了。那一天两个人说翻了脸,永佳突地脱了那订婚的指环,掷还粹华,又立逼着粹华也把订婚指环除将下来收回了。一霎时解除婚约,便怒气冲冲整顿行装,即日还国。临行的当儿,接到粹华一封信,措词非常哀婉,却绝不承认自己是错。信的后方又写着两句话道:"我一定要使你他日将逼我除下来的指环,依旧给我戴上,以出我今日无端被你解除婚约之气。我对于你的爱情,海枯石烂,永不变更。"永佳看了,虽然心中大受戟刺,却凭着一股余怒,竟毫无留恋的走了。

永佳回国之后,究竟哪里能忘情粹华,所以借着旅行,排遣他的闷怀。这天在一家乡村中,遇着了现在这位新娘。偶然谈了几句话,觉得她识见高超,不同流俗,永佳大为惊异。心想未受教育的一个农家女儿,竟有这么样的谈吐,从此就注意了。相识了半年有余,永佳终看不透这农家女儿的来历。

有一次,他到这农家去,不见那女郎,只有老农在家。据说女儿到亲戚家去了。当这老农取茶之际,永佳偶然抽开抽屉,却见了一张画稿，画的朝日初升之景，非常神妙。咦，这不是粹华的笔墨么？细细的一想，不觉恍然大悟，知道这农家女儿，就是粹华改扮的。粹华在美国时和名伶爱丽斯很要好，时常学那化装之术，很有些程度。半年以来，居然给她瞒过了。她假装着不很识字，时常问这样问那样的，怪不得我有一天说了一句英文"我好饿"，她笑了一笑，不多一会就弄出点心来了。想到这里，已无疑义，便依旧把那幅画放在原处，只作不知。永佳打破哑谜之后，又留心了好久，觉得一切声音态度，确是粹华改扮，逃不掉了。心知她要出那时解约之气，所以自己也不说破。原来永佳已深悔举动孟浪，对于粹华万分抱歉。此刻粹华又改扮了农女来吸引他，足见粹华用情之专，心中又是爱她，又是感激她。当下便迎合意志，央媒求婚。老农一诺无辞。结婚的当儿，粹华呢，前言克践，破镜重圆，指环套上的时候，不觉喜极而笑；永佳呢，伤心往事，险些拆散了美满姻缘，已不免有些痛定思痛。而且永佳有个妹妹，从前也一同留学美国，在永佳和粹华决裂的时候，曾再三劝阻，永佳只是不听。如今他们大好姻缘依旧圆满，但是永佳的妹妹，却早已得了个肺痨病，死在美国了。临死之际还对永佳说，她自己和粹华原是知己好友，却不能替他们斡旋婚事，要算得是生平遗憾。但望将来双方再有复合的机会。她在九泉之下也当含笑。这番话说得十分凄惋。如今永佳在结婚场中却顿生感触，回忆着他死去的妹子，便不由大哭不止。

永佳滔滔不绝的讲了一大篇讲究之后，新娘也就除去化装，现出她那天仙似的容貌。众宾客不由得暴雷也似的一声喝彩，喝彩声中，永佳粹华已移步进入洞房了。至于那老农呢，真是个老农，却是粹华的远房叔叔。原知道永佳时常调查农业，所以特地安排下这个机关，来诱致永佳的。

第二名　吴羽白(龙华三十九团医务所)三元

新娘笑,新郎哭,闹了半天,双方都由永佳的父母劝止了。草草成礼,送入洞房。当下满堂宾客议论纷纷,都莫名其妙。问新郎父母,也是茫然。单表宾客里面有个永佳留美时的同学黄君永年,对于今天这场怪剧却格外注意。

那时永佳已恢复常态,一面招待众宾入席,一面拱手道歉。说道:"适才令诸位受惊,只因我一时感触了一件旧事,非常悲痛,并非别故。便是新娘的忍俊不禁,也是她的生来奇癖,烂漫天真。诸位想都知道《聊斋》里有位婴宁女士,我这夫人虽然比不上这位狐夫人,但是这种痴态,也足以遥遥相对。"当下众宾客随意嘲谑了一阵,只有黄永年尚低头沉思。

永年借故起身,踱到永佳书室外面,只见室门掩住,悄悄的从窗帘外面张进去,见永佳立在书桌前面,桌上供了一帧照相,一炷香,一盂清水。口里面轻轻在那里祷告。永年不便莽撞,便在门上弹了弹指。永佳开门出来,见是永年,便让进屋里。一面露着很凄惨的颜色道:"黄兄,我们一别五年,已是人事日非沧桑屡变了。"永年点头道:"可不是,我还记得秦瑛女士,同吾兄在纽约同学的时候,何等轻怜密爱,恩义缠绵,于今是劳燕分飞了。"永佳听了愈加凄然,哽咽道:"你还不知秦瑛女士已经埋骨他乡,香销玉碎了么?"永年道:"几时死的,恐怕不确罢?"永佳道:"我们回国的第二年,接到另外一个朋友来信说起的,秦瑛既死,我本已立志不娶,情愿守一世的独身主义了。却不料今年游历到乡下时,偶然看见了如今这个新娘,竟与秦瑛的面貌一般无二。我不知不觉的便将满怀爱恋秦瑛的心肠,移注到她身上。不管她的门第学问,力排众议,结此婚姻。这也是我痴心之举,其实我和她毫无爱情,连交谈都没有交谈过哩。"

永年续道:“秦女士的恶耗是否确实？新娘今天这一笑，事有可疑。我且问你，新娘姓什么，哪处人？”永佳答道:“她突然一笑的原因，我也不解。我只知她是一个乡下姑娘，先世也是旧家中落的。他姓陈，小字玉英。”永年听了忽然若有所悟，便道:“陈与秦声音相近，玉英又分明是瑛字的拆字格。我看那新娘这一笑，其中很有蹊跷。或者目前这位新娘便是当年的秦瑛女士，亦未可知哩。”永佳道:“秦瑛明明已死，天下哪有这般巧事？”

正在这个当儿，里面忽然传话出来，道是新娘有事，请新郎进去说话。永佳依言进去，新娘劈口便对他说道:“你难道真个不认得我了？”永佳听她这样说，又仔细的一认，便上前去一把握住了她的手道:“原来你果是秦瑛妹妹，我今天真如在梦中，再也不会明白了。”新娘便长叹了一声，才慢慢地把她以前的事情细说出来。原来秦瑛的父亲是极专制的，秦瑛回国以后，便和她另订下了一头婚事，并且拣定了日子，在很短的期间内就要成亲。秦瑛被逼不过，只得私逃在乡下亲戚家里。秦瑛的父亲找女儿不着，恐怕名誉有关，便宣传出去，说她死了。秦瑛住在乡下，那时永佳早已回国，回国之后游踪无定，也无从通讯，却不道无意之中会和她相遇。遇着了不多几时，就和她求婚。她也索性不说明，怕走漏了风声，被她父亲知道。如今既已结婚，便不虑再有风波，一时喜心翻倒，不禁笑逐颜开。又想着永佳会被他瞒过，格外忍不住好笑，因此也顾不得满堂宾朋的讥议，竟然大开笑口了。

第三名　何朴斋(法界环龙路比德学校)二元

满堂宾客看了这种怪剧，正在交头接耳的议论，蓦地见新娘摘下面纱，脱去红裙红衫，大家一看，咦！刹那间巾帼变成须眉了。这时那个易弁而钗的新娘从容说道:“我叫罗福康，务农为业，只因永佳常常到乡村里面来考察农事，所以和他认识，而且结为好友。

前几个月他忽然对我说,要娶我的妹子。我老大诧异,就回绝他道,我们乡下人家怎配得高攀你?他又笑说道,这里面还有个缘故,不过名义上同你的妹子订婚罢了,等到结婚的时候,不妨李代桃僵,你扮了新娘过来。好在你的面貌和令妹差不多,断不会有破绽的。结婚以后,我自有法子教你回去。然后再重重的谢你。我就胡乱答应了。可是今天我想起好端端的一个男子,怎么扮起雌儿来,所以忍不住大笑。至于他为什么要叫我串这出把戏,他也没有告诉我呢。”

众宾客听了罗福康的一席话,目光都移过来注在永佳身上。这时永佳急得双泪直流,半晌才说道:“列位可知道我是素抱独身主义的,但是父母抱孙心切,逼迫得紧。兼之到我家来论婚的,每天总有几家。我麻烦已极,所以想假做结婚为缓兵之计,事后只说把新娘送到学校里去读书,便可遮盖过去。不料他一古脑儿说了出来,直急得我无地可容。这才叫弄巧成拙咧。”众宾客听了,个个替他咨嗟叹息。

你道他为什么要抱独身主义?原来他在美国留学的时候,和留学女生杨清芬发生了情爱,早有婚约。不料将要回国的时候,清芬忽然接得家里老母寄来的信,大致说我已经替你出帖,嫁了方相如。相如的父亲是做省议员的,门第也很相当。等你毕业回国举行婚礼。我寡居十载也可以早日了却我的心愿。伊看了这封信几乎要哭出来,忙去告诉了永佳,并把信给他看了。他也急得目瞪口呆,半晌说不出话来。停了好一回,还是永佳说道:“现在事已这样,看来你是拗不过令堂的。我们的婚约,不如取消了罢。”清芬气急败坏的说道:“我们俩神圣的爱情,谁也不能干涉的。我们既然是维新人物,回国后正要打造精神,改革那万恶的社会。没的先被家庭专制束缚了。我已决定回国后把委曲陈明母亲,再和方家离异便了。”他们经了这一次的挫折,恋爱的程度反而更进了一步。

伊毕业回国后,果然在母亲面前,把自己和永佳恋爱订婚的事情倾吐尽净，并且要和方家取消婚约。母亲原很疼爱伊的，立刻请媒妁到方家去说，哪里晓得方家大发雷霆，反而要提起诉讼，说他们犯着赖婚的罪名。方家这样的有钱有势，吓得伊的母亲再也不敢开口了。伊晓得事已绝望，只得暗自弹泪。这时永佳也回国了，清芬就把详细情形告诉了他。两人哭了一回，只说得一声前途珍重，就惨然而别。因此他很坚决的抱了独身主义，但是这种情场失意史，他从没有告诉过父母和戚友。后来他的父母屡次劝告他早日成婚，他急得没法，这才和罗福康商议，演了这出簇新的把戏。

（原载《红》杂志第十九期）

别裁小小说

程瞻庐

自由花

金蝉脱壳体：上句末一字脱去半个，作为下句首一字，谓之金蝉脱壳体（如朵字脱去半个成乃，孩子脱去半个成亥……以下仿此）。

里中有自由花一朵，乃金姓的女孩。亥年生的，白而且媚。眉目含情，小小的年纪，已做了轻薄的桃花。化妆品又很道地，也不知化了多少钱财，才能够天天打扮，分外的妖娆，女子们见了也都称妙，少年男子怎不动魄销魂。鬼鬼祟祟的粘花惹草，早把伊的丑名儿传得人人知晓。日日被人家嚼舌，口头讲得津津有味。未婚夫听得这个消息，心头火起，走上门来大骂，马上和伊脱离婚姻。因此上伊便异常愧悔，每恨回头已晚，免不得捧面大恸，动了绝念，人静时上吊死了。

方姓妇

首尾相接体：上句尾一字，与下句首一字相接，谓之首尾相接体，亦名鱼贯体。

上海是个繁华地方。方姓少妇生长洋场，场面阔大。大世界、新世界天天游逛，逛个不绝，绝不肯在家里坐。坐了一刻便闷得慌，慌慌忙忙向外面跑。跑马场大坐汽车，车儿四处兜风。风头出足，足有两三天不曾回家。家中丈夫见了伊生气，气嘘嘘的向伊申说，说你该安安稳稳的坐在家中，中馈主持是你的责任。任情游玩是甚么道理，理该听纳良言。言尚没有说完，完全和伊的脾气反对。对了丈夫一顿大骂，骂到深更半夜，夜间卷着家私，私下里跟着小白脸走了。

庸医挨打

掉尾转头体：上句尾二字掉转用之，作为下句之首二字，谓之掉尾转头体（如申江掉转为江申，医名掉转为名医……以下仿此）。

三十年前之申江，江申伯颇有医名。名医之门多病人，人病求医，医求除病。病除全在用药不苟，苟不能谨慎用药，药用失其宜，宜其贻误病人。人病求治于江，江于是乱投方药。药方不管病重病轻，轻病变成重病，病重者变成绝症，症绝则人死，死人之家咸归咎于江。江于是不胜其恐，恐其汹汹上门。门上果来无数打手，手打江之头。头之伤痕不计其数，数其草菅人命之罪，罪之又复连连痛打。打痛庸医，医庸则挨人之打，打之不已，已不堪其辱矣。

舞女结婚

前矛后盾体

飘飘欲仙的舞女，生就大可十围的瘦腰肢。伊在跳舞场看中一个面如傅粉的黑炭团，爱情的热度，直升到冰点以下的三十度。

伊在滴水成冻的炎夏天气，和黑炭团在棺材店里结婚。有许多吊客上门来贺喜，很丰盛的筵席，大家都吃得饥肠雷鸣。两旁奏起军乐，吹打得万籁无声。结婚书挂在棺材盖上。新夫妇身穿吉衣，手里都拿着一根哭丧棒。黑炭团把一个车轮大的戒指，套上了新娘的纤纤玉指。新娘也把马口铁的赤金戒指，和黑炭团交换了。旁边鹤发鸡皮的妙龄女郎，都从血盆也似的樱唇里面，唱出一种结婚歌。唱的是呜呼哀哉兮，伏维尚飨兮。……唱得余音袅袅，声如雷霆。

结婚未久，只隔得三百六十五年，舞女忽占弄璋之喜。生下一个八十三岁的婆婆。黑炭团喜得号啕大哭。这时恰在黄昏戌时，一轮红日高高的照着，照得昏天黑地。伸出手来，认得出螺纹，却瞧不出五个指头。这不是极平常的一桩奇闻么？哈哈，哈哈！这是哪里来的哭声。

少妇写恨

叠床架屋体

夜长之时，宵永之际，有青年少妇，秋波送媚，美目含情。执斑管而拈柔毫，以写其离思而抒其别意。盖念征夫而忆远人也。其词甚哀，其语至悲，诗云词曰：

> 忆良人而念藁砧兮，走长途而作远行。鱼雁断而书信绝兮，一年过而四季已更。长宵拥夫冷被兮，深夜守夫寒衾。倏子规之悲啼兮，又杜鹃之哀鸣。使侬闻之而泣下兮，令我听之而涕零。岂儿夫之薄幸兮，将夫子之寡情。皓月有时而圆兮，蟾魄有时而盈。而独不见儿夫之影，而独不见夫子之形。悲歌兮悲歌，哀吟兮哀吟。泪点点兮湿我之衣，珠颗颗兮沾我之襟。我欲诉之于真宰兮，我欲告之于苍冥。

东方破晓，天已曙兮。思妇长睡，怨女不醒。人叩其门而不应，人款其扉而不答。盖此青春少妇，已赴黄泉之夜台矣。岂不悲哉，宁不痛哉！

（原载《红》杂志第二卷第二十三期，一九二四年一月十一日出版）

一　行　书（附:《天网》）

陈蝶仙（天虚我生）

海丽得情人书，遂赴约。讵为奸人所给，鬻为倡，觅死勿得。后遇情人，卒成眷属。奸人以赂诱受处分。

案此篇仅三十八字，而情节曲折。若使编为长篇，则可分十四章之多：第一章得书，第二章赴约，第三章被给，第四章诱鬻，第五章堕溷，第六章觅死，第七章遇救，第八章劝妆，第九章应客，第十章重遇，第十一章赎美，第十二章结婚，第十三章控奸，第十四章裁判，直可化作三万八千言也。因《礼拜六》篇幅有限，用特倡为此格。应请比照甲等倍酬，给洋三角八分，庶得向老虎灶买水，以润一个月分之枯笔。不识钝根、剑秋与夫读者以为如何？（天虚我生戏注）

天　网

某令以资得官，出宰，尽刮膏脂。幕友亦骤富，各置田产，纳妻妾，合室而居，恣淫乐。猝遇光复，均被杀。

右一篇亦同前例，演为长篇，可得二三十章。凡属官场现

形记中材料，均可抄袭插入，字数更多于前。若编新剧，可保卖座三日。今特大勉强，作成三十八字。（天虚我生附识）

（原载《礼拜六》第八十三期，一九一五年二月二十日出版）

中国文库·文学类

（已出书目）

【第一辑】

鲁迅选集　鲁迅著……人民出版社
郭沫若选集　郭沫若著……人民出版社
茅盾选集　茅盾著……人民出版社
巴金选集　巴金著……人民出版社
老舍选集　老舍著……人民出版社
曹禺选集　曹禺著……人民出版社
冰心选集　冰心著……人民出版社
朱自清选集　朱自清著……人民出版社
徐志摩选集　徐志摩著……人民出版社
萧红选集　萧红著……人民出版社
赵树理选集　赵树理著……人民出版社
郁达夫选集　郁达夫著……人民出版社
沈从文小说选　沈从文著……人民出版社
子夜　茅盾著……人民出版社
家　巴金著……人民出版社
倪焕之　叶圣陶著……人民出版社
围城　钱锺书著……人民出版社
财主底儿女们（上下卷）　路翎著……人民出版社
太阳照在桑干河上　丁玲著……人民出版社
暴风骤雨　周立波著……人民出版社
青春之歌　杨沫著……中国青年出版社
林海雪原　曲波著……人民出版社
红旗谱　梁斌著……中国青年出版社
红日　吴强著……中国青年出版社
冬天里的春天（上下卷）　李国文著……人民出版社
沉重的翅膀　张洁著……人民出版社
活动变人形　王蒙著……人民出版社
白鹿原　陈忠实著……人民出版社
毛泽东诗词选　毛泽东著……人民出版社
艾青诗选　艾青著……人民出版社

贺敬之诗选　贺敬之著 …………………………… 人民出版社
郭小川诗选　郭小川著 …………………………… 人民出版社
余光中诗选　余光中著 …………………………… 中国青年出版社
沈从文散文选　沈从文著 …………………………… 人民出版社
白洋淀纪事　孙犁著 …………………………… 人民出版社
可爱的中国　方志敏著 …………………………… 人民出版社
随想录　巴金著 …………………………… 生活·读书·新知三联书店
文化苦旅　余秋雨著 …………………………… 东方出版中心
欧洲文论简史　伍蠡甫　翁义钦著 …………………………… 人民出版社
欧洲文学史(上下册)　杨周翰著 …………………………… 人民出版社
中国文学史(共四册)　游国恩等主编 …………………………… 人民出版社

【第二辑】

丁玲选集　丁玲著 …………………………… 人民出版社
戴望舒选集　戴望舒著 …………………………… 人民出版社
沙汀选集　沙汀著 …………………………… 人民出版社
艾芜选集　艾芜著 …………………………… 人民出版社
林徽因选集　林徽因著 …………………………… 人民出版社
骆驼祥子　老舍著 …………………………… 人民出版社
懒寻旧梦录(增补本)　夏衍著 ………… 生活·读书·新知三联书店
胡风回忆录　胡风著 …………………………… 人民出版社
保卫延安　杜鹏程著 …………………………… 人民出版社
野火春风斗古城　李英儒著 …………………………… 人民出版社
上海的早晨(共四部)　周而复著 …………………………… 人民出版社
烈火金刚　刘流著 …………………………… 中国青年出版社
一代风流(共四册)　欧阳山著 …………………………… 人民出版社
创业史　柳青著 …………………………… 中国青年出版社
李自成(第一卷:上下册)　姚雪垠著 …………………………… 中国青年出版社
青春万岁　王蒙著 …………………………… 人民出版社
将军吟　莫应丰著 …………………………… 人民出版社
野葫芦引:南渡记　东藏记　宗璞著 …………………………… 人民出版社
钟鼓楼　刘心武著 …………………………… 人民出版社
尘埃落定　阿来著 …………………………… 人民出版社
白门柳(全三册)　刘斯奋著 …………………………… 中国青年出版社
梁遇春散文选　梁遇春著 …………………………… 人民出版社
孙犁散文选　孙犁著 …………………………… 人民出版社
季羡林散文选　季羡林著 …………………………… 人民出版社

周涛散文选　周涛著 ………………………………………… 人民出版社
史铁生散文选　史铁生著 ……………………………………… 人民出版社
北京乎——现代作家笔下的北京（上下册）
　姜德明编 ………………………… 生活·读书·新知三联书店
臧克家诗选　臧克家著 ……………………………………… 人民出版社
舒婷的诗　舒婷著 …………………………………………… 人民出版社
海子的诗　海子著 …………………………………………… 人民出版社
张天翼童话选　张天翼著 …………………………………… 人民出版社
高士其童话选　高士其著 …………………………………… 人民出版社
中国俗文学史　郑振铎著 …………………………………… 商务印书馆
中国鲁迅学通史（共六册）　张梦阳著 ………… 广东教育出版社
论红楼梦思想　冯其庸著 ………………………… 黑龙江教育出版社
中国现代小说史（全三册）　杨义著 ………………… 人民出版社

【第三辑】

废名选集　废名著 …………………………………………… 人民出版社
陈映真自选集　陈映真著 ……………… 生活·读书·新知三联书店
京华烟云（上下册）　林语堂著 ………………… 现代教育出版社
大波（共三部）　李劼人著 ………………………………… 人民出版社
六十年的变迁（共三部）　李六如著 ……………………… 人民出版社
小城春秋　高云览著 ……………………………………… 人民出版社
苦菜花　冯德英著 ………………………………………… 人民出版社
黄河东流去　李凖著 ……………………………………… 人民出版社
平凡的世界　路遥著 ……………………………………… 人民出版社
芙蓉镇　古华著 …………………………………………… 人民出版社
浮躁　贾平凹著 …………………………………………… 人民出版社
绿化树　张贤亮著 ………………………………………… 人民出版社
曾国藩　唐浩明著 ………………………………………… 人民出版社
古船　张炜著 ……………………………………………… 人民出版社
第二十幕（上中下册）　周大新著 ………………………… 人民出版社
刘以鬯小说自选集　刘以鬯著 …………………… 百花文艺出版社
金牧场　张承志著 ………………………………………… 人民出版社
红高粱家族　莫言著 ……………………………………… 人民出版社
梦家诗集　陈梦家著 ………………………………………… 中华书局
穆旦诗文集（一、二）　穆旦著 …………………………… 人民出版社
周作人散文　周作人著 …………………………………… 人民出版社
何其芳散文选集　何其芳著 ……………………… 百花文艺出版社

上海屋檐下法西斯细菌　夏衍著 …………………… 人民出版社
风雪夜归人闯江湖　吴祖光著 …………………… 人民出版社
王国维文学论著三种　王国维著 …………………… 商务印书馆
中国小说史略　鲁迅著 …………………… 人民出版社
咀华集咀华二集　李健吾著 …………………… 人民出版社
现代中国文学史　钱基博著 …………………… 中国人民大学出版社
中国文学批评　中国散文概论
方孝岳著 …………………… 生活·读书·新知三联书店
鲁迅和中国文化　林非著 …………………… 南开大学出版社
唐代科举与文学　傅璇琮著 …………………… 陕西人民出版社
中国诗学　叶维廉著 …………………… 人民出版社
迦陵论诗丛稿　叶嘉莹著 …………………… 中华书局
台湾文学史
刘登翰　庄明萱　黄重添　林承璜主编 ……… 现代教育出版社

【第四辑】

马烽小说选　马烽著 …………………… 作家出版社
周立波小说选　周立波著 …………………… 湖南文艺出版社
玛拉沁夫小说选　玛拉沁夫著 …………………… 作家出版社
王愿坚小说选　王愿坚著 …………………… 中国青年出版社
李準小说选　李準著 …………………… 人民文学出版社
王蒙小说选　王蒙著 …………………… 人民文学出版社
汪曾祺小说选　汪曾祺著 …………………… 人民文学出版社
林斤澜小说选　林斤澜著 …………………… 人民文学出版社
李国文小说选　李国文著 …………………… 人民文学出版社
邓友梅小说选　邓友梅著 …………………… 人民文学出版社
陆文夫小说选　陆文夫著 …………………… 江苏文艺出版社
高晓声小说选　高晓声著 …………………… 江苏文艺出版社
茹志鹃小说选　茹志鹃著 …………………… 江苏文艺出版社
王安忆小说选　王安忆著 …………………… 人民文学出版社
铁凝小说选　铁凝著 …………………… 人民文学出版社
史铁生小说选　史铁生著 …………………… 人民文学出版社
闻捷诗选　闻捷著 …………………… 人民文学出版社
昌耀诗选　昌耀著 …………………… 人民文学出版社
食指诗选　食指著 …………………… 人民文学出版社
天安门诗抄　童怀周编选 …………………… 人民文学出版社

朦胧诗选　杨克　陈亮编选…………………………中国青年出版社
杨朔散文选　杨朔著……………………………………人民文学出版社
秦牧散文选　秦牧著……………………………………人民文学出版社
刘白羽散文选　刘白羽著………………………………人民文学出版社
萧乾散文选　萧乾著……………………………………人民文学出版社
柯灵散文选　柯灵著……………………………………人民文学出版社
杨绛散文选　杨绛著……………………………………人民文学出版社
贾平凹散文选　贾平凹著………………………………人民文学出版社
邵燕祥散文选　邵燕祥著………………………………人民文学出版社
1949～2009 剧作选　老舍等著…………………………人民文学出版社
1949～2009 报告文学选　刘白羽等著…………………人民文学出版社
1949～2009 儿童文学选　冰心等著……………………中国青年出版社
周扬文论选　周扬著……………………………………人民文学出版社
陈涌文论选　陈涌著……………………………………人民文学出版社
张光年文论选　张光年著………………………………人民文学出版社
唐弢文论选　唐弢著　刘纳编选………………………人民文学出版社
王瑶文论选　王瑶著　陈平原编选……………………人民文学出版社
钱谷融文论选　钱谷融著………………………………上海文艺出版社
王元化文论选　王元化著………………………………上海文艺出版社
蔡仪美学文选　蔡仪著　杜书瀛编……………………河南文艺出版社
1949～2009 文论选
　　钱锺书等著　贺绍俊编选…………………………人民文学出版社